文庫

死の家の記録

ドストエフスキー

望月哲男訳

kobunsha classics

光文社

Title : ЗАПИСКИ ИЗ МЕРТВОГО ДОМА
1862

Author : Ф.М.Достоевский

目次

死の家の記録

第一部

序

シベリアの遠い果て、草原《ステップ》か山か人も通わぬ森林ばかりのところに、ぽつりぽつりと小さな町がある。人口は千かせいぜい二千、木造のぱっとしない家が立ち並び、教会は町の中に一つと墓地に一つの二つだけ。町というよりはむしろ、モスクワ郊外のちょっと気のきいた村といった風情である。

こうした町にはふつう警察署長や選任参事官《ザセダーチェリ》[1]、その他あらゆる下級官吏がふんだんに配置されている。概してシベリアは、寒い気候にもかかわらず、役人にはとても暖かい場所だ。住民は純朴で、自由思想などとは縁がなく、古風で厳格な何百年来の秩序が保たれている。役人はシベリアでは掛け値なしに貴族の役割を果たしているが、彼らの中には地元育ちの、根っからのシベリア人もいるし、ロシアの内地[2]、多くは二つの首都のいずれかから、俸給に加わる特別手当や二倍の赴任旅費や魅力的な将来の見通しに誘われてやって来た者たちもいる。その中で人生の謎解きが上手な者たちは、ほとんど常にシベリアに残り、楽しそうに根を下していく。そうして後に、豊かで芳《かぐわ》しい実を結ぶのである。しかし他の考えの浅い、人生の謎を解く力のない者たちは、すぐにシベリアに飽きてしまい、なぜこんなところに来てしまったのかと、くよくよ自問することになる。そしてじりじりしながら規定の三年の任期を勤め上げると、早々に転勤の段取りを整えて、シベリアを罵《ののし》り、嘲《あざけ》りながら、もと来たところへと帰っていくのである。

　そういう者たちは間違っている。単に勤務の面だけでなく、他の多くの面から見ても、シベリアは幸せに暮らすことのできる場所だからだ。気候は申し分ないし、驚くほど金持ちで人付き合いのよい商人がたくさんいるし、飛びぬけて富裕な異族人[3]も多い。若い女性たちはバラのように咲き誇り、しかも清純きわまりない。野鳥は町の通りを飛び交い、自分のほうから猟師にぶつかってくる。むやみにたくさんのシャンパンが飲み交わされ、イクラときたら目を見張るほど。穀物の収穫は場所によっては蒔《ま》いた種の十五倍にもなる……。つまりは祝福された土地であり、ただ利用の仕方さえわきまえていればよい[4]。シベリアの人間にはそれができるのだ。

そんな陽気で満ち足りた小都市のひとつに、私の心にいつまでも消えぬ思い出として残る、すばらしい人々が暮らす町がある。そこで私はアレクサンドル・ペトローヴィチ・ゴリャンチコフと出会ったのだった。この人物はもともとロシア生まれの地主貴族で、妻を殺した罪で第二種流刑懲役囚となり、法によって科せられた十年の刑期がすぎた後、入植者《ポセレーネツ》としてひっそりと目立たずにこのK町で余生を送っているのだった。[5]本来は近郊のある郷《ごう》に居住登録されたのだが、町に住んで子供の家庭教師をすることによって、かろうじて生活の糧《かて》を得ていたのだ。シベリアの町では流刑によ

1　地域における国家行政や裁判機関に参与するために選ばれる職員で、貴族・町人・国有地農民などの身分を代表していた。

2　ウラル山脈の西側の、いわゆるヨーロッパ・ロシアを指す。

3　ロシア帝国の非スラヴ系住民のうち、主としてアジア系諸民族やユダヤ人などを包括的に示す用語。ここではタタール、ユダヤ、カザフ（キルギス）、ブリヤートなどの民族が想定される。

4　中央アジアに接する南部シベリアの豊かさ・住みやすさは、十九世紀後半にこの地を旅行した米ジャーナリストのジョージ・ケナンも指摘している（『シベリアと流刑制度』）。懲役を終えてセミパラチンスクでの兵役についたドストエフスキーも、兄に宛てて「当地の気候は申し分ない。……野鳥は山ほどいるし、商業も盛んだ」と書き送っている（一八五四年三月二十七日付書簡）。

る強制入植者の教師をよく見かける。なかなか重宝されているのだ。彼らが教えるのは主としてフランス語だが、フランス語は立身出世に欠かせない言葉でありながら、シベリアの奥地ではおよそ流刑囚上がりでもなければフランス語を知っている者などいないからである。

私が初めてゴリャンチコフに会ったのは、ある古手の、功なり名とげた、客あしらいの良い役人イワン・イワーノヴィチ・グヴォズジコフ氏の家でのことだった。この人物にはそれぞれ年の離れた令嬢が五人もいて、皆大いに将来を楽しみにされていたのである。ゴリャンチコフはこの令嬢たちに週四回授業を行い、一回につき銀で三〇コペイカ[6]を得ていた。彼の風貌に私は興味を引かれた。ひどく顔色が悪く痩《や》せぎすで、年はまだ若くて三十五くらい、小柄でひ弱そうな男だった。服装はいつもごくこざっぱりとした西洋風だった。話しかけると、妙にまじまじとこちらを見返して、慇懃《いんぎん》の権化のような顔つきで一語一語に耳を傾け、まるでこちらの質問が何か自分に与えられた課題でもあるかのように、あるいはこちらが何かの秘密を問いただそうとでもしているかのように、じっくりと考えこんでから、おもむろにはっきりと短く答える。ただそれも、一語一語を慎重に選んだ答えぶりなので、こちらもなんだか急に決まりが悪くなってきて、しまいには話が終わってほっとするしまつなのである。

初対面のあとすぐに私はグヴォズジコフ氏にゴリャンチコフのことをあれこれたずね、この人物が非の打ちどころのない品行方正な暮らしをしていることを知った。さもなければグヴォズジコフ氏も娘たちの家庭教師に招いたりはしなかっただろう。ただ同時に知ったのは、この男がひどく人付き合いを嫌い、誰からも身を隠していること、かなり学があってたくさんの本を読んでいるのにひどく無口で、まともな会話をするにはとても骨の折れる相手だということだった。中にはまぎれもない狂人だと言い切る者もいたが、かといってそのことをたいした欠点だと思ってはいなかったし、町の有力者の多くには、この人物がむしろ有益であり、請願書を書いたりなんだりと

5　流刑者は懲役囚《カートルジヌィ》、(強制)入植者《ポセレーネツ》、追放者《ススイリヌィ》、随伴者《ドブロヴォーリスヌィ》に分かれる。懲役囚は刑期を終えると入植者として指定された地に留め置かれた。K町のモデルはクズネツク(現ノヴォクズネツク)。ドストエフスキーの流刑地だったオムスクの東方六〇〇キロに位置する西シベリア・ケメロヴォ州の町で、ドストエフスキーはここで最初の妻マリヤと結婚した。

6　コペイカはロシアの通貨ルーブリの百分の一に当たる貨幣単位。通貨は銀の正貨と紙幣及び銅貨で流通したが、紙幣価値の下落により、一八四〇年時点で銀のルーブリやコペイカは紙幣換算で三倍半の価値を持った。一八四〇年代には通貨改革で、銅製ながら銀の正貨価値を保証された銀コペイカ貨が作られた。

いう形で役に立つとみなして、あれこれと珍重する向きさえあったのである。

彼にはロシアの内地にちゃんとした親族がいるはずで、それもおそらくかなり身分の高い人々ではないかと思われていたが、同時に彼が流刑の最初からきっぱりと身内と縁を切ったことも知られていた。つまりは損な振る舞いをしていたのだ。町の皆はこの人物の犯した罪のことも知っていた。彼は自分の妻を殺した、それも結婚わずか一年目で嫉妬ゆえに妻を殺し、自分から自首して出たのだった(それで罪がかなり軽減されたのである)。この種の犯罪は常に不幸とみなされて、同情の対象とされる。だがそうした事情にもかかわらず、この変人は皆から身を避け、授業のときしか人前に出ないのだった。

はじめ私はこの人物に特別注目していたわけではなかったが、しかしなぜか知らぬまま少しずつ関心を引かれるようになった。どこか謎めいたところがあったからだ。まともに語り合う可能性は微塵《みじん》もなかった。もちろん質問をすれば、相手はいつも返事をする。しかも、まるでそれを自分の第一番の義務だと心得ているような様子で返事をする。しかしそうした返答を聞いた後では、なぜか気後れして、それ以上質問を続けることができなかった。それに本人の顔にも、こうした問答の後にはいつも、いかにもつらくてやりきれないといった表情が浮かんでいたのである。

ある夏の宵のことだったが、グヴォズジコフ氏のところから二人で歩いて帰る途中、ふと思いついて、ちょっと家によって一服していきませんかと誘ったことがある。そのとき彼の顔に浮かんだ表情のものすごさときたら、とても筆舌に尽くしがたい。もうすっかりうろたえてしまって、何かしどろもどろなことをつぶやいたかと思うと、急に憎々しげな目でキッと私を睨《にら》みつけてから、ぱっと駆け出して通りの反対側に渡ってしまったのである。私はいささか面食らったものだ。そのことがあってから、会うたびに彼はなんだかびっくりしたような目でこちらを睨むようになった。だが私は引き下がらなかった。なんとなく心引かれるままに、一月《ひとつき》もたったころ、ふらりとこちらから彼の家に立ち寄ってみたのである。もちろん愚かでデリカシーを欠いた振る舞いだった。

彼は町の一番外れの、ある町人の老婦人の家に間借りしていた。この老婦人には肺病の娘がいて、その娘には十歳ばかりの父親のない娘がいたが、これが可愛らしくて愛嬌のある女の子だった。ちょうどゴリャンチコフがこの娘に朗読の授業をしているところへ、私が出し抜けに入っていったわけである。私に気づくと、彼はまるで何かの犯罪の現場を押さえられたかのように慌てふためいた。すっかりうろたえたまま椅子からさっと立ち上がり、目を見開いて食い入るように私を見つめたのだ。やっと一緒に腰を下してからも、こちらの目の動きをじっと追いながら、まるで視線の一つ一つに何か特別な、隠れた意味を探ろうとしているかのようだった。相手が度外れて猜《さい》疑心《ぎしん》の強い人物であることを私は悟った。憎らしそうにこちらを見つめるその目には、まるで「さっさと出て行ってくれないか」と書いてあるかのようだった。私はまず自分たちの町のことや最近の出来事を話題にしてみたが、彼はじっと黙って毒のこもった薄笑いを浮かべるのみだった。明らかに誰もが知っているごく平凡な町のニュースを知らないばかりか、知りたいという興味さえ持ち合わせていないのだ。次にこの地方全体に話を広げて、当地に何が必要かという問題を論じてみたが、相手が黙って耳を傾けながら、あまりに奇妙な目つきでこちらを見つめるので、ついにはそんなふうに話しているのが恥ずかしくなってしまった次第である。

ただかろうじて彼が食指を動かしそうになったのが、私の持っていた新刊の本や雑誌であった。直前に郵便局で受け取ったまま持ち歩いていたものだが、私はまだ頁《ページ》も切られていないまっさらなままで、彼にどうぞと差し出したのだ。彼は書物にむさぼるような視線を投げかけたが、たちまち気を変えて、暇がないからと言って辞退した。とうとう別れを告げて彼の住まいを後にしたときには、まるで耐え切れないほどの重《おも》石《し》が胸から下りたような気がした。自分の振る舞いが恥ずかしかったし、この世のすべてからできる限り遠くに身を隠すことこそ自らの一番の務めだと心得ている人間を追い掛け回すことが、つくづく愚劣な行為だと思えたのだった。しかし、今更取り返しはつかない。思い返してみると、彼の部屋にはほとんど一冊の本も見当たらなかった。してみると、大の読書家であるといううわさは間違いだったのだ。だが、二度ほど真夜中に彼の家の脇を馬車で通りかかったときには、窓に明かりが灯《とも》っているのが見えた。いったい明け方まで眠らずに何をしているのか？　何か書いているのではないか？　仮にそうだとしたら、いったい何を書いているのだろうか？

事情があって私は三ヶ月ほど町を離れていた。そして冬に戻ってきたとき、ゴリャンチコフがその秋に亡くなっていたのを知ったのだった。孤独死で、医者を呼ぶことさえ一度もなかったという。町では彼のことはもうほとんど忘れられていた。部屋は空いたままになっていた。私はすぐに故人の家主の老婦人を訪問し、下宿人は主に何をしていたのか、何か書いてはいなかったかと問いただした。二〇コペイカと引き換えに、老婦人は故人が残した書類を手提げ籠《かご》にまるまる一杯持ってきた。彼女が打ち明けるところでは、他にあった二冊のノートは、自分がすでに使ってしまったとのこと。なにせ頑固で無口な女なので、何か筋の通った話を聞き出すのは至難のわざである。

下宿人については、特に目新しいことは何も聞けなかった。彼女の話では、ゴリャンチコフはたいてい何もせずにすごし、何ヶ月もの間本一つ開かず、ペンを取ることもなかった。その代わり毎夜毎夜部屋の中を行ったり来たりしてはしきりに何かを考え、時には独り言を言っていた。孫娘のカーチャのことを大変気に入って可愛がったが、とりわけカーチャという名前を知ってからは可愛がり方もひとしおだった。カテリーナの日[7]には毎回誰かの供養に出かけた。客を迎えるのは大の苦手で、外出するのは家庭教師の仕事がある時だけ。家主の老婦人が週に一度、せめて少しでも部屋を片付けてやろうと訪れると、彼女さえ白眼視したし、まる三年の間、ほとんど一言も口をきこうとはしなかった。私はカーチャに向かって、先生のことを覚えているかとたずねた。娘は黙って私を見つめていたかと思うと、くるりと壁のほうに向き直って泣き出した。してみると、あの男もこの世に少なくとも一人は、自分を愛してくれる相手を持つことができたのだ。

私は彼の書付けを持ち帰り、まる一日かけて調べてみた。四分の三はつまらない、意味もない紙切れか、あるいは生徒の習字に直しを入れたものだった。だが中にかなり分厚いノートが一冊混じっていた。小さな文字でびっしり書き込みがされていたが、途中で止まっており、おそらくは放棄されたまま書いた本人も忘れてしまったものだろう。それは取りとめもないものながら、ゴリャンチコフが過ごした十年間の監獄生活の記述であった。ところどころ記述を分断する形で、何か別の物語や、一風変わった、恐ろしい回想記が登場する。そうした回想は乱れた痙攣《けいれん》的なタッチで書きなぐられていて、なんだか無理やり書かされたかのようだった。そうした断片を何度か読み返した私は、それが錯乱状態で書かれたものであると、ほぼ確信した。

だが監獄生活の記録――書いた本人が手記のどこかで用いていた呼び名によれば『死の家の情景集』――のほうは、なかなか捨てたものではないように思えた。これまで知られてこなかったまったく新しい世界であり、ある種の事実の奇妙さや、破滅した者たちに関する一種独特なコメントは私を魅了し、むしろ興味を持って読了したものだ。もちろん私の勘違いかもしれない。試みに、まず二、三の章を選んでお目にかけ、読者諸氏の判断にゆだねることとする……。

7　四世紀ローマの女性聖人、聖カタリナの日。十一月二十五日。聖人の名を借りて個人の洗礼名をつける場合、その聖人の記念日を誕生日と並ぶ個人的祝日とみなす習慣がある。ゴリャンチコフがカテリーナ（エカテリーナ）という名の女性の供養をしていると読み取れる。カーチャという孫娘の名もカテリーナの愛称。

第一章　死の家

我々の監獄は要塞の片隅、堡塁《ほうるい》のすぐ脇にあった。せめて何か見えないかと、柵《さく》の隙間《すきま》から外の世界を覗《のぞ》いてみても、見えるのはただちっぽけな空の端っこと雑草だらけの高い土塁だけで、その土塁の上を昼も夜も、歩哨《ほしょう》たちが行きつ戻りつ巡回しているのだった。そんなときついい頭に浮かんだものだ——何年時がすぎても、自分はきっとちょうど今と同じように柵の隙間を覗きに来て、あの同じ土塁と、同じ歩哨たちと、同じ小さな空の端っこを見ることだろう。監獄の上にある空ではなく、別の、遠い、自由な空の端っこを。

奥行きが歩幅で二百歩、幅が百五十歩ばかりの敷地を想像していただきたい。周囲はぐるりと、ひしゃげた六角形に、高い防御柵で囲まれている。これはつまり長い杭（パーリャと呼ばれる）をびっしりと隙間なく地面に深く打ち込み、横板で補強して先端を尖《とが》らせたもので、これが監獄の外塀である。この外塀の一つの面だけに堅牢な門扉がしつらえてあり、常に閉ざされていて、四六時中歩哨が警備している。囚人を作業に出すときには、命令でこの門が開かれる。この門の外には明るい自由な世界があり、普通の人々が暮らしている。だが塀の内側の者たちは、外の世界のことを、何かありえない御伽噺《おとぎばなし》のように思い浮かべていた。塀の中は独特な、特別な世界であり、独自の法、独自の服装、独自の気質や習慣を持った、生きながらに死んだ者たちの住《す》処《か》で、生活も他所《よそ》とは違えば、住人も特別だった。私がこれから書こうとするのは、まさにこの特殊な小世界のことである。

塀の中に入ると、いくつかの建物が見える。広い敷地の両側に二列の長い丸太作りの平屋が伸びている。これが獄舎だ。中に囚人たちが、刑の類別に収容されている。塀の奥にもうひとつ同じような丸太小屋があるが、こちらは炊事場兼食堂で、中は二つの集団《アルテリ8》が使えるように仕切られている。その奥にまた建物があるが、これは一つ屋根の下に食糧貯蔵の穴倉、納屋、物置を並べたものである。敷地の真ん中は何もなく、

8 アルテリは本来同業者集団による協同経営や相互扶助を目的としたギルド的組織。囚人の間にも自治、互助、官への対抗を含みとしたアルテリがあったことが知られているが、規模、組織度などの実態は不明。単に同じ境遇の集団をアルテリと呼ぶ例もある。本訳ではこの語を場合によって「集団」「仲間」「組合」などと訳し分けている。

平坦な、かなり大きな広場になっている。ここに囚人たちが整列させられ、朝昼晩に点呼が行われる。看守が疑り深かったり、数える手際が悪かったりすると、時には一日にさらに何度かおまけの点呼が行われることもある。

周囲の、建物と柵の間にも、まだかなり広い空間が残っている。囚人の中でもちょっと人嫌いで陰気な性格の者たちは、作業のない時間に人目を避けてそうした建物の裏側を散歩して、物思いにふけるのを好んでいた。そんな風に散歩している囚人たちに出会うと、私は好んで彼らの陰鬱《いんうつ》な、烙印《らくいん》を押された顔を観察して、何を考えているのか推測したものだ。ある流刑囚は暇な時間に柵の杭の数を数えるのを趣味にしていた。杭は千五百本ほどもあったが、この男はそれをひと通り全部数え、特徴まで見わけていた。一本の杭を一日と見立てて、毎日一本ずつ数え終わったものとして除《の》けていくと、残った杭の本数で、刑期満了まであと何日監獄にいなければならないか、一目でわかるという仕組みだった。六角形の外塀のどれか一辺を数え終わるたびに、この男はしみじみ喜んでいた。刑期が明けるにはまだまだ何年も待たねばならなかったが、監獄には忍耐を身につけるだけの時間があるのだ。

あるとき私は二十年も監獄にいてようやく出所することになった一人の囚人が、仲間に別れを告げるところを目撃した。この男が初めて入獄してきた頃を覚えている者たちもいたが、そのころ彼はまだ屈託のない若者で、自分の罪のことも罰のことも、なんとも思っていなかった。ところが出て行くときは白髪の老人になっていて、気難しい陰気な顔をしていた。彼は黙ったまま我々の六つの檻房《かんぼう》をすべて回った。一つ一つの檻房に入っては、聖像《イコン》に向かって祈り、それから囚人仲間に向かって頭を腰まで垂れる深々としたお辞儀をして、お先に失礼するが悪く思わないでくれと挨拶《あいさつ》するのだった。同じく覚えているが、かつてはシベリアの裕福な百姓だった一人の囚人が、ある日の夕刻に門のところに呼び出された。囚人はその半年前に、もとの妻が再婚したという知らせを受け取って、ひどく気落ちしていたものだった。今度はその妻が自分で監獄まで訪ねてきて面会し、差し入れを渡したのだった。二人は二分ほど語り合い、ともに涙を流し、永遠の別れを告げあった。この男が檻房に帰ってきたときの顔を私は見たのだ……。たしかに、あそこは忍耐が身につく場所だった。

日が暮れると我々は全員檻房に入れられ、施錠の上、一晩中閉じ込められる。外庭から自分の房に戻るのが、私にはいつもつらかった。それは細長くて天井の低い息の詰まるような部屋で、獣脂《じゅうし》ろうそくがぼんやりと灯り、むっとする重い臭気が立ち込めていた。どうして自分があそこで十年も生き延びられたのか、今となってはもうわからない。板寝床の板三枚分が私の割り当てで、自分の場所といったらそれきりだった。同じ板寝床に私たちの房だけでおよそ三十人が詰め込まれていた。冬場は施錠が早まるので、皆が寝静まるまでには四時間ほども待たねばならなかった。その間ひたすら、ざわめき、喧騒《けんそう》、高笑い、罵《のの》り言葉、鎖の響き、臭《くさ》い煙と煤《すす》、毛を剃《そ》られた頭、烙印を押された顔、つぎはぎだらけの着物に囲まれて過ごす。どこを向いても世間で罵られ、辱《はずか》しめられてきた者だらけ……いやはや、人間とはしぶとい生き物である。人間はどんなことにも慣れてしまう生き物だ——思うに、これこそが人間に一番ぴったりの定義である。

我々の監獄に収容されている囚人の総数は約二百五十で、この数はほぼ一定だった。入ってくる者があれば刑期を終えて出ていく者もあり、死ぬ者もいたからだ。そこにはまた、あらゆる民族がいた。思うに、ロシアのすべての県、すべての地域の出身者がそろっていたのではないか。異族人もいたし、コーカサスの山岳民の囚人さえ何人か混じっていた。それが全部犯した罪の程度によって、つまり罰として科された懲役年数の長さによって、分類されているのだった。

およそ犯罪と名のつくもので、ここに例のないものはないといっても過言ではないだろう。監獄の住人の中心をなすのは、民間人の流刑懲役囚《ススイリノカートルジヌイ》だった（囚人たち自身は素朴にもこの言葉を重刑懲役囚《シリノカートルジヌイ》と発音していた）[9]。これは一切の身分権[10]を剥奪され、人の世からすっぱりと切り離された犯罪者たちであり、顔には永久に消えぬ追放の証《あかし》として焼印が押されていた。この者たちの懲役の刑期は八年から十二年、それが終わるとシベリアのあちこちの郷に入植者として送られるのである。これとは別に軍事犯もいたが、彼らはロシア軍の懲治《ちょうじ》中隊[11]一般の扱いと同じで、身分権は剝奪されていなかった。軍事犯の流刑期は短く、勤め終えると元の身分、すなわち一兵卒に戻されて、シベリア常備大隊に配属される。そうして多くはほとんど即座に、ふたたび重罪を犯してもどってくる。ただし今度は短期ではなく、二十年の刑期なのだ。こうした連中は「常連」と呼ばれていた。ただし「常連」になってもなお、身分権がすべて剝奪されることはなかった。

最後にもうひとつ特別な部類があって、主として軍人からなるもっとも重罪の囚人たちがこれに属していたが、その数はかなり多かった。このグループは「特別檻房」

9　ドストエフスキーが流刑囚の独特な言い回しを収集した『シベリア・ノート』に収録された表現。以下この作品の会話部分には同じノートからの引用が多出する。

10　貴族、聖職者、商人、職人、農民など身分ごとに規定されていた権利。これを剝奪されると流刑囚という特別な身分になる。

11　規律を犯した兵を編成した懲罰隊で、辺地に派遣され過酷な勤務についた。

組と呼ばれていた。そこにはロシア全土から送られてきた囚人がいた。彼らは自分を終身囚だとみなしており、懲役の刑期さえ知らなかった。法律によれば、この者たちには通常の二倍ないし三倍の懲罰労働が科されるはずであった。だからシベリアに別途最重刑囚用の懲役施設が開設されるまでの間、この監獄に一時収容されていたのである。「お前たちには刑期があるが、俺たちはどこまでいっても懲役さ」彼らは他の囚人に向かってそんな口をきいていた。後に聞いたところでは、こうした特別檻房は廃止されたそうである。そればかりでなく、我々の監獄には一般徒刑囚の部類までなくなり、全体がひとつの懲治中隊となったらしい。もちろん、これにともなって管理側の顔ぶれも一変したそうだ。してみると、私が書こうとしているのは昔のこと、すでに過ぎ去って久しい出来事ということになる……。

昔々の話で、今では何もかもまるで夢の中のことのように思われる。自分が入獄したときのことを覚えている。あれは夕刻、十二月のことだった。もうあたりは薄闇に包まれ、作業からもどってきた囚人たちが点呼に備えていた。とうとう口ひげの下士官がこの奇妙な家の扉を開き、私を迎え入れた。そこで私はあれほどの歳月を過ごし、我が身で実際に体験しなければおよそ想像すらできないような、あまたの感覚を味わうさだめとなったのだ。たとえば当時の私には思いもよらなかった——監獄にいる十年間ずっと、片時も、一分たりとも一人きりになれないということが、どんなに恐ろしくまたつらいことか！　外での作業中は常に護送兵の番が付き、所内では二百人の囚人と一緒で、一度として、ただの一度として一人にはなれないのだ！　しかし、私が慣れる必要があったのは、まだまだそんなことどころではなかった。

そこには偶然に人を殺した者もいれば、職業的な殺し屋もおり、強盗もいれば盗賊の親方もいた。ただのこそ泥もいれば、流しの商売人で、強盗だの両替だのを専門にしている者もいた。中には、いったいどうした巡り合わせでこんなところへ来る羽目《はめ》になったのか、判断に苦しむような者たちもいた。とはいえ誰にもそれぞれの物語があったのだ——二日酔いの朝のようにぼんやりとした、重苦しい物語が。概して囚人たちは自分の過去については口を閉ざして多くを語ろうとせず、つとめて過去を考えまいとしている様子だった。殺人犯の中にさえ飛びきり陽気な者もいて、けっしてくよくよ考えたりしないところを見ると、きっと良心の呵責《かしゃく》など一度として感じたことはないだろうと請け合ってもいいくらいだった。だがほとんど黙り込んでいるばかりの、陰気な者たちもいたのである。

概して言えば、自分の身の上を物語る者はめったになく、またそういうことに興味を抱くのも流行《はや》らなかった。何か場違いな、不謹慎なこととされていたのだ。ただほんのまれに誰かが暇にまかせて打ち明け話をすることがあっても、相手はただ無表情で陰気な顔をして聞いているばかり。ここでは話で誰かを驚かすことはけっしてできないのだ。「俺たちは教育があるからな！」彼らはよくそんな風に言った。なんだか妙に自慢そうな調子で。覚えているが、あるとき一人の盗賊が一杯機嫌で（監獄でも時には飲んで酔っ払うことができたのだ）、自分がかつて五歳の男の子を斬り殺した話をしだしたことがある。まずおもちゃで子供をおびき寄せて、どこかの空《から》の物置に連れ込み、そこで斬り殺したというのだ。するとそれまでこの男の冗談に笑っていた房の連中が、まるで一人の人間のようにいっせいに罵《ののし》りだしたので、盗賊は黙らざるを得なくなった。囚人たちが罵ったのは別に義憤からではなく、ただ単にそういうことをしゃべってはいけないから、そういうことはしゃべらない決まりになっているからなのである。

ついでに言っておけば、囚人たちは実際に教育を受けていたし、それも比喩的な意味ではなく、文字通りの意味でそうだった。おそらく半数以上は読み書きができた。どこでもいい、ロシア国民が大量に集まっている場所に行って、そのうちから二百五十人のかたまりを分けたときに、その半分が読み書きできるなどという場所が、いったい他にあるだろうか？[12] 後に私は、誰かがこうした資料を根拠に、教育が民衆を滅ぼすのだという結論を出そうとしているのを耳にした。だがそれは見当はずれで、ここにはまったく別の因果関係がある。確かに教育が民衆の自信過剰を育《はぐく》むことは認めざるを得ないが、それは別に欠点とは言えまい。

囚人たちは服装で類別されていた。ある者たちは半分がこげ茶色で別の半分が灰色の上着を着け、ズボンも同様に片足が灰色でもう片足がこげ茶色、という具合だった。あるとき作業場で、パン売りの小娘が囚人の集団に近寄ってきて、私の姿に長いこと見入っていたかと思うと、急に笑い出した。

「まあ、なんてみっともないの！」小娘は叫んだ。「灰色のラシャも足りなければ、黒いラシャも足りなかったわけね！」

上着が全部灰色のラシャという者たちもいたが、ただし袖だけはこげ茶色だった。頭髪の剃り方にも差があって、縦に半分だけ髪が剃られている者と、横に半分剃られている者とがいた。

一日で、この不思議な家族の全員に、あるはっきりとした共通点が見てとれた。飛

12 識字率は階層や職業によっても異なるが、この作品の時代から半世紀弱後の一八九七年に行われたロシア帝国の国勢調査では、読み書きができると答えた住民は一九・七八パーセントだった。

びぬけて強烈で独創的な個性の持ち主で、自《おの》ずと周囲に君臨しているような者たちでさえ、つとめて監獄全体を覆うある色調に合わせようとしていたのである。概して言えば、底抜けに陽気で、それゆえに皆から軽蔑されているようなごく少数の例外者を別にすれば、囚人たちは皆頑固で、やっかみ深く、恐ろしく見栄っ張りで、自慢屋で、傷つきやすく、この上もない形式主義者ばかりだった。何事にも驚かずにいられることが、最大の美徳だった。いかにうわべを取り繕うかということに皆が熱中していた。だがしばしば、この上なく不遜な表情が、まるで稲妻のごとき速度で、この上なく臆病な表情に取って代わられるのだった。何人か本当に強い人間もいて、そういう人物は率直で気取るところがなかった。しかし不思議なことに、そのような本当の強者の中にも、とことん、ほとんど病的なまでに見栄っ張りな者が混じっていた。概して見栄が、外面《そとづら》こそが何より大事だったのである。

大半の者は堕落して、ひどく卑劣な人間に成り下がっていた。人の悪口やあら捜しは絶え間がなかった。それはもう地獄の、暗黒の世界である。だが監獄の中のしきたりや慣わしには誰もあえて歯向かうことはできず、皆がそれに従っていた。時には傑出した個性の持ち主で、いかにも面倒そうに、しぶしぶ従う者もいたが、いずれにせよしきたりは守っていたのである。入獄して来る者の中には、娑婆《しゃば》にいるうちについつい思い上がって羽目を外しすぎ、犯罪もつまりは当人自身がいわば上の空で、何の自覚もないままに、まるで熱に浮かされたような朦朧《もうろう》とした状態で手を下してしまった、それもしばしば、極限まで肥大した虚栄心のせいで犯してしまった、という者もいる。だがここではそんな連中もすぐに角《つの》を矯《た》められてしゅんとしてしまう。たとえ監獄に来る前にあちこちの村や町で恐怖の的となっていたような者でも同じだ。新米はちらちらとあたりの様子をうかがいながら、どうもここは様子が違う、ここでは誰ひとりびびらすことはできないと気づき、自然とおとなしくなって、全体の調子に合わせることになるのだ。

　この全体の調子のもとになっているのは、外から見た印象で言えば、ほとんどすべての囚人の心を貫いている一種独特な己の尊厳の感覚である。まるで懲役囚、既決囚という呼称が実際に何かの地位を、それも名誉ある地位を意味しているかのようなのだ。だから恥や後悔など、影も形もなかった！　ただしある種のうわべの恭順さ、いわば世間向けの、落ち着いた教訓癖のようなものはあった。

「俺たちはダメになった人間だ」と彼らは言うのだった。「娑婆じゃ生きていけなかったもんだから、こうして緑の道[13]を歩いて、閲兵式のまねをさせられるのよ」

「親父やおふくろの言うことをきかなかったもんだから、今じゃ太鼓の皮の言うなりになれってわけだ」

「金《きん》の糸で刺繍《ししゅう》するのを嫌がったら、今度は金《かね》の槌《つち》で石を割れときた」

このようなせりふはみな、教訓としてもただの諺《ことわざ》や掛け合いの文句としても頻繁に使われていたが、しかしけっして本気で語られてはいなかった。すべてはただの言葉にすぎないのである。自分の罪を内心で自覚している者など、囚人たちのうちただの一人もいなかっただろう。だから仮に誰か懲役囚でない者が、犯した罪のことで囚人を叱責し、悪口を言ったりすれば（とはいえ、犯罪者を批難するのはロシア人の精神に反するが）、きっと果てしない悪罵が返ってくることだろう。しかも囚人たちはそろって、人を罵《ののし》ることにかけてはとんでもない達人なのである！　まさに彼らは凝りに凝った芸術的な口調で罵り合っていた。彼らの罵言の応酬ときたら、いわば一種の学問にまで高められていて、侮辱的な言葉で相手に勝つというよりも、むしろ侮辱的な意味、精神、思想によって相手を凌駕《りょうが》しようと競っていた。そのほうがしゃれていて、効果も強いからだ。彼らはしょっちゅう言い争いをしていたので、この学問はなおさら発達した。囚人たちは皆、ひたすら強制された作業に従事するだけだった。つまりは暇だったわけで、それが彼らを堕落させていた。仮にこれまで堕落していなかった者でも、監獄で堕落してしまうのだった。皆いやおうなくここに集められた者たちで、全員が互いに他人同士だったのである。さすがの悪魔もわらじを三足も履きつぶしたってな！」——彼らは自分で自分たちをそんな風に評していた。こうしたわけだから、デマ、悪だくみ、女なみの陰口、妬《ねた》み、罵り、恨みといったものが、いつもこの暗黒生活の前面に出てくるのだった。まったくどんなに口さがない女でも、この人殺し集団の中のある者たちほど口うるさい者はいるまい。

繰り返すが、彼らの中にも強い人間がおり、生涯自分を押し通して人を顎《あご》で使うことに慣れた大物、筋金入りの猛者《もさ》、豪胆な傑物が混じっていた。そうした者たちはなぜかひとりでに敬意を払われていたが、彼ら自身は、確かに自分の名誉にはしばしば強い執着を示していたものの、概して他人の厄介にならぬように努め、つまらぬ言い争いには加わらず、悠揚迫らぬ態度を保ち、分別をわきまえ、管理者に対してはほとんど常に従順であった。それは別におとなしく従うのが決まりだからでも、それが義務だと意識しているからでもなく、あたかも一種の契約のように、互いの利益をわき

13　笞《むち》を持って二列対面式に整列した兵士たちの間を受刑者が歩かされ、皆に順番に打たれる列間《れっかん》笞刑《ちけい》と呼ばれる刑罰を意味する俗語。

まえてそうしているのである。とはいえ、彼らは慎重に扱われていた。

覚えているが、こうした部類の囚人の一人に、恐れ知らずの向こう見ずで、その獣にも似た性癖が監獄当局にも知れ渡った男がいて、この男が何かの罪で懲罰に呼び出されたことがあった。夏の一日、作業時間外のことだった。我々の直接の監督官で監獄の長に当たる一人の佐官が、じきじきに門のすぐ脇にある衛兵詰所までやって来て、懲罰に立ち会うことになった。この少佐はいわば囚人たちにとっての疫病神《やくびょうがみ》で、その猛威にはみんなびくびくと怯《おび》えていた。まるで正気とは思えないほど厳格で、囚人たちのせりふによれば「人を見れば飛び掛ってくる」といった調子だったのである。囚人たちがもっとも恐れていたのは少佐の射抜くような、オオヤマネコ然とした目つきで、その目に睨まれたら、もう何一つ隠すことはできない。まるで見ていなくても見抜いているといった様子なのだ。檻房に一歩踏み込んだだけで、すでに別の片隅で何が行われているかを察知してしまう。囚人たちは八目妖怪《ヴォシミグラーズィ》というあだ名を進呈していた。この少佐の監督手法は誤っていた。その凶暴な、悪意に満ちた振る舞いは、ただでさえひねくれた者たちをいっそうひねくれさせるだけだったからだ。もしも上に立つ温厚でものの分かった要塞司令官が、時々その野蛮な行動を抑えてくれていなければ、この男に管理される者たちは散々な目に遭っていたことだろう。どうしてこんな男が首尾よく任期をまっとうできたのかわからないが、彼は無事息災で退官していった。もっとも裁判にはかけられたのだが。

自分の名が呼ばれると、囚人はさっと青ざめた。いつもなら、この男は黙ってさっさと笞《むち》の下に身を横たえ、黙って懲罰に耐え、罰がすむとけろりとして、わが身の不運を落ち着いた哲学的な目で省みているような顔つきで起き上がるのだった。とはいえ、この男は常に慎重に扱われていたのだが。しかし今回に限って、彼はなぜか自分に落ち度はないと思っていた。さっと青ざめた彼は、護送兵の目を盗んで英国製の鋭い靴職人用ナイフを服の袖に隠し持った。ナイフおよびあらゆる鋭利な道具を持つことは、監獄では厳重に禁止されていた。頻繁に抜き打ちの、容赦ない検査が行われて、罰則も厳しいものだった。とはいえ泥棒が何かを本気で隠そうとしたら、それを見つけるのは至難のわざだし、またナイフや道具類は監獄では常に必要なものだったから、いくら検査をしても根絶することはできなかった。仮に取り上げたところで、すぐに新しいものが仕入れられるのである。

監獄中の者が柵のところに押し寄せて、息詰まるような思いで杭の隙間から見守っていた。ペトローフというこの囚人が今度という今度はおとなしく笞の下に横たわるつもりはないこと、したがってついに少佐の命もおしまいだということを、皆が知っていたのだ。しかしいざという瞬間に、少佐は体罰の執行を別の将校にゆだね、馬車に乗って立ち去ってしまった。

「命拾いしやがった！」のちに囚人たちはそう語り合ったものだ。ペトローフはといえば、ごく平然と懲罰に耐えた。少佐が去るとともに、彼の怒りも消えたのだ。囚人はある段階までは素直で従順だが、超えてはいけないある限界がある。ちなみに、囚人たちが突然忍耐を切らし、意地を張り出すこの奇妙な現象ほど興味深いものはない。よくあることだが、何年もの間じっと辛抱して逆らわず、どんなにひどい懲罰も我慢してきた人間が、突然ほんのちょっとしたことで、何かつまらない、なんでもないようなことで、爆発してしまうのだ。ある種の見地からすれば、そうした人間は発狂者とみなすことができるし、事実そう扱われているのだが。

すでに述べたとおり、私は何年もの間、この人びとの間にほんのかすかな改悛《かいしゅん》の気配も、自分の犯罪に対するほんのわずかな反省の念も感じたことはなかったし、彼らの大半は内心で、自分は完全に正しいと思っていた。これは事実である。もちろん、見栄、悪いお手本、空威張り、誤った羞恥心といったものが、その大きな原因をなしているのだ。とはいえ一方で、滅びた者たちの心の奥に分け入って、誰からも隠された真実を読み取ったなどと豪語できる者がはたしているだろうか、という問題はある。

だがあれだけの年月を過ごしたのだから、もしも彼らの心に内面の憂いや苦しみを明かすような何らかの兆候でもありさえすれば、その何がしかを察知し、捉えることはできそうなものではないか。しかしそうしたことはなかった、まったく皆無だったのだ。

実際、犯罪というものはどうやら既成の、出来合いの観点から解釈できるものではなく、犯罪の哲学は、普通思われているよりは少々難解なもののようだ。もちろんのこと、監獄や強制労働のシステムが犯罪者を更生させることはない。そうしたものは単に彼らに罰を与えるとともに、悪人が社会の安寧をそれ以上乱さぬよう、保障してくれるだけだ。監獄の囚人にどれほど重い懲役仕事を科しても、それはただ単に恨みを、禁じられた快楽への願望を、恐るべき軽はずみな考えを掻《か》き立てるだけなのである。とはいえ、私が断固確信しているところでは、例の名高い独房システムのほうも、単に偽の、誤った、見せ掛けの目的を達しているに過ぎない。独房システムは人間の生命の汁を吸い取り、心を麻痺させ、萎《な》えさせ、怯えさせる。そうして後から魂の枯れ果てたミイラを、半ば気の触れた人間を、更生と改悛の手本として紹介するのだ。もちろん社会に歯向かった犯罪者は、社会を憎んでおり、ほとんど常に自分が正しい、社会が悪いのだと思っている。おまけに自分はもはや社会の制裁を受けたのだから、もうそれで罪は清められた、清算は済んだと思っているのだ。あげくは、ある種の考え方によれば、ほとんど犯罪者自身を正当化せざるを得ないという議論さえありうる。だが、どんなに多様な立場があるにせよ、世の中には古今東西、ありとあらゆる法に照らして、世の初めから無条件に犯罪とみなされてきたし、また今後も人類が人類としてある限り永遠に犯罪とみなされるであろうような、そうした犯罪が存在するという点に関しては、誰もが賛成するのだ。

監獄で初めて私は、最高に恐ろしい常軌を逸した行為が、最高に猟奇的な殺人話が、とめどなくこみ上げてくる子供そのもののような屈託のない笑いとともに語られるのを耳にした。とりわけ忘れがたいのは、ある父親殺しの男のことだ。この男は元々地主貴族の身分で、役所に勤めながら、六十になる父親のもとで出もどりの放蕩息子といった風情で暮らしていた。暮らしぶりは自堕落極まりなく、借金漬けになっていた。父親は息子をいましめ、善導しようとしたが、父親には家があり、農園があり、金もありそうだということで、息子は遺産目当てで父親を殺してしまった。この犯罪は一月《ひとつき》後にようやく解明された。殺人者が自分から、父親が失踪して行方不明だと、警察に届け出たのだ。それまでの一月間、息子はずっと放蕩の限りを尽くしていた。そしてついに息子の留守中に、警察が死体を発見した。この家の庭を縦断する形で汚物を流す下水溝が通り、板で覆われていた。死体はその下水溝に横たわっていたのだ。きちんと着物を着て整った姿だったが、白髪の頭部は切断され、胴体に添えられて、下には殺人者の手で枕があてがわれていた。息子は自白しなかったが、貴族身分と官位を剝奪されて、二十年の懲役送りとなった。

同房でいた間ずっと、彼は最高に上機嫌で、限りなく陽気だった。ひどく奇矯で、軽薄で、無分別な男だったが、ただしけっして愚か者ではなかった。この男が格別残忍だと感じたことは一度もない。囚人たちは彼を軽蔑していたが、それは犯した犯罪のためではなく（犯罪には一言も触れることはなかった）、半端者で、まともな振舞いができないからであった。会話中に、彼は時おり父親の思い出話をした。あるとき、私を相手に自分の家族は代々体が丈夫だという話をしていて、彼は次のように付け加えた。

「たとえば俺の親父だって、死ぬときまでまったく病気ひとつしたためしはないんだからな」

ここまで人間離れした無神経ぶりには、もちろん付き合いきれはしない。これはいわば奇人の類《たぐい》であり、いまだ科学にも知られていない何らかの構造的欠陥、何らかの身体的かつ精神的な奇形が作用しているのであって、単なる犯罪ではないのである。もちろん、私にはこんな犯罪は信じられなかった。だがこの男と同じ町の出で、彼の事件を詳しく知っているはずの者たちが、一部始終を物語ってくれたのだ。事実関係があまりにもはっきりしているので、ついに信じざるを得なかったのである。

囚人たちはこの男があるとき、真夜中に寝言で次のように叫ぶのを聞いていた。

「そいつを捕まえろ、捕まえろ！　首を切り落とすんだ、首を、首を！……」

囚人はほとんど全員、夜中に寝言、うわごとを言っていた。罵詈雑言《ばりぞうごん》、盗賊の隠語、ナイフ、斧《おの》——彼らのうわごとにはしばしばそんな言葉が混じった。

「俺たちはどやされ続けてきた人間だから」と彼らは言うのだった。「五臓六腑もぼろぼろで、それで夜中に叫ぶのさ」

お上から懲役として科された監獄の労働は、仕事というよりは義務であって、囚人はただ一日分のノルマをすませ、あるいは決まった時間の作業を終えて、また監獄に帰るだけである。そういう労働は憎しみの対象であった。知恵を絞り芸をつくして取り組むような自分自身の、独自の仕事を持っていなかったら、人は監獄で生きてはいけまい。ここにいる人間は皆、まともな知恵を持ち、経験豊富で生きる意欲に満ちていながら、無理やり世間から、まっとうな人生から切り離されて、強引に一箇所に集められた者たちである。いったいどうすればそんな人間たちがこんな場所で、自らの意志と意欲で、まともな正しい生活を営んでいけるだろうか？　ただ無為徒食しているというだけで、こんな場所にいる人間は、それまで自分でも思いも寄らなかったような、犯罪的性向を募らせかねない。仕事もなければ合法的でまともな私有財産もない状態では、人は生きていくことができず、堕落して獣になってしまう。

だからこそ囚人は誰でも、自然な欲求と一種の自己保存の感情にかられて、自分なりの技能と仕事を身につけていた。夏場には長い昼のほとんどすべてが懲役作業に費やされて、短い夜はろくに眠る間もないくらいだった。しかし冬場は規則によって、日が暮れたとたんに檻房の中に閉じ込められることになっていた。冬の晩の長く退屈な数時間、いったい何をして過ごせというのか？　そこでほとんどすべての檻房が、禁止をも顧みず、巨大な作業所に変貌するのだった。そもそも仕事を、作業をすること自体は禁止ではなく、ただ獄中で道具を携帯するのが厳禁だったわけだが、道具なしでは仕事など成り立たない道理である。とにかく皆はこっそりと仕事をしていたし、どうやら管理側も場合によってはお目こぼしをしていたようだ。

囚人の多くは手に何の職もない状態で入獄してくるのだが、他の囚人たちに仕事を教わって、娑婆に出るころには立派な職人となっていた。獄中には長靴職人も、短靴職人も、仕立屋も、家具師も、金属工も、彫物師も、鍍金《めっき》職人もいた。イサイ・フォミーチ・ブムシテインというユダヤ人の宝石職人がいたが、この人物は金《かね》貸し業も営んでいた。皆せっせと働いて、小金を稼いでいた。仕事の注文は町からとってくるのだ。金とはいわば鋳造された自由である。だからこそ完全に自由を奪われた人間にとって、金は普通の十倍も重要なのであった。ポケットの中で銭がちゃりちゃり音を立てていさえすれば、仮に使い道がなかろうと、囚人はすでに半ば心を癒される。しかも金の使い道はいつでも、どこにでもあったし、ましてや禁じられた木の実は二倍も甘いと言うではないか。懲役場では酒を手に入れることさえ可能だったのである。パイプタバコは厳禁だったが、皆が吸っていた。金とタバコが壊血病やその他の病気から守ってくれたのだ。

仕事はまさに犯罪の予防策でもあって、仕事がなかったら囚人たちは、ちょうどガラス瓶に閉じ込められたクモたちのように、互いに食い合いかねなかった。にもかかわらず、仕事も金も禁じられていたのだ。しばしば真夜中に抜き打ちの所持品検査が行われ、禁止品はすべて没収された。金などはしっかりと隠されていたのだが、それでも時には検査官の手に落ちたのである。まあそうしたこともあって、金は大事にしまい込まれるよりは、むしろさっさと飲み代に使われたわけだし、またそれゆえに監獄の中で酒が売られていたのである。所持品検査の後では、規則違反者は全財産を失ったうえに、通例手厳しい処罰を受けた。だがそれでも検査が済むたびにたちまち没収物が穴埋めされ、即座に新しい物品が現れて、すべて元通りに進むのだった。そのことは管理当局も気づいていたし、囚人の側も、処罰されても不平は言わなかった。とはいえこれはまるでヴェスヴィオ火山の上で暮らしているようなものだが。

技術を身につけていない者は別の商売をした。中にはかなり風変わりな商売もあったのだ。たとえば仲買一本を商売としている者たちもいたが、彼らの商品の中には、監獄の壁の外では誰一人そのようなものを売り買いするどころか、品物として認めることすら思いもよらないような、そんなものも含まれていたのである。しかし懲役場というのは貧しい世界であり、それゆえに極めて商売が盛んだった。どんなに汚いぼろきれでも値段がついたし、また何かの役には立ったのだ。また貧しいがゆえに、金の値打ちも獄中と娑婆とでは大違いだった。大がかりで難しい労働でも、払われる金はほんのわずかだった。その一方で、金を貸して繁盛している者たちもいた。囚人は、いよいよ窮地に陥ったり破産したりした場合、なけなしの所持品を金貸しのもとにもっていき、目の玉の飛び出るような利子つきでなにがしかの銅銭を借りる。そうして質入れした品物を期限までに請け出さなければ、品物は猶予も慈悲もなく誰かに売られてしまうのだった。この種の金貸し業は極めて盛んで、点呼の際に検査対象となる官の支給品までが借金の形《かた》にとられた。たとえば官給品の下着、長靴といった、すべての囚人に常時必要な品物である。しかしこの種の質入れがなされると、また別の展開が生ずることもあった（とはいえ、予想できないことではないのだが）。つまり質入れして金を受け取った囚人が、何の挨拶もないままその足で、監獄の直属の監督官に当たる曹長のもとへ行き、官品を質に取る行為が行われていると密告する。すると質草になった官給品は即刻金貸しの手から奪い返され、それ以上上司に報告されることさえないのである。面白いことに、こういうことが起こっても口論にさえならずに済んでしまうことがあった。金貸しは黙ったまま不愛想な顔で必要な品物を返却するのだが、その様子ときたら、まるでこうなることを自分でも予期していたかのようなのだ。ひょっとしたら金貸しも胸の内で、もし相手の立場だったら自分も同じことをするだろうと、納得せざるを得ないのかもしれない。したがって、時には後で悪態をつくこともあったが、べつに恨みなどはなく、ただ気がすむようにそうしているにすぎないのである。

概して囚人たちは皆、互いにひどい盗みあいを行っていた。ほとんどだれもが、官給品を保管するための錠のついた自前の長持《ながもち》を持っていた。これは許可されていたのだが、しかし長持に入れても安全とはいえなかった。今思えば、さぞかし腕の立つ泥棒がそろっていたのだろう。私に心酔していた（これは何の誇張もなく言うのだが）

一人の囚人が、私の聖書を盗んだことがある。懲役場で持つことを許される唯一の書物だ。この男はその日のうちに私に盗みを自白したのだったが、それは別に後悔したからではなく、私が延々と本を探しているのを見て憐れを催したためであった。

酒屋もいて、酒の商売でどんどん儲けていた。酒の販売のことはいつか別に語ることにするが、この商売もなかなか傑作である。監獄には密輸の罪で送られてきた者も多かったので、あれほどの検査と警備の目をかいくぐっていかにして獄中に酒が持ち込まれていたのかと、驚くにはあたらない。ちなみに、密輸というのはその性格からして、一種独特な犯罪である。たとえば、ある種の密輸業者にとって金とか利益とかは二の次で、副次的な役割しか果たしていないと言ったら、意外に思われるだろうか？　しかし実際にそういう例も多いのだ。密輸業者は情熱で、使命感で仕事をしている。ある意味で詩人である。彼はすべてを賭けて恐ろしい危険に立ち向かい、知恵を絞り、機転を利かせて難局を切り抜けていく――ある種の霊感に導かれて行動する場合さえあるのだ。まさにカード博打さながらの、血湧き肉躍るゲームである。

私が獄中で見知っていた一人の囚人は、図体は馬鹿でかいくせにたいそう穏やかでおとなしく慎ましい男で、どうしてこんな人間が監獄にいるのか想像もつかないほどだった。しごく温厚で人との折り合いも良く、監獄にいる間中誰一人とも喧嘩したことがなかった。だがこれは西部国境地帯[14]から密輪の罪で送られてきた人物で、当然こらえきれずに酒の持ち込み業に手を染めた。そのせいで何度体罰を受けたことか、そしてどれほどこの男が笞打ち刑を恐れていたことか！　おまけに酒を持ち込んだところで、この男が儲けるのはごくごくはした金に過ぎない。酒で儲かるのは、出資者ただ一人である。つまりこの変人は、密輪を純粋芸術として愛していたのだ。女のように泣き虫で、体罰を受けるたびに何度も何度も、もう禁制品は持ち込みませんと誓い、約束した。時には意を決して丸々一月《ひとつき》も自制していたのだが、やはり結局は我慢できなくなるのだった……。このような人間たちのおかげで、監獄で酒が払底することはなかったのである。

最後にもう一つ、囚人を富ませるわけではないが、常に絶えることのない善意の収入源があった。すなわち施しである。我々の社会の上流階層には知られていないことだが、ロシアでは商人も町人も農民もすべて、「不幸な人々[15]」のことを深く気にかけているのだ。施しはほとんど絶えることがなく、施しの品はだいたいいろいろな形や大きさのパンであって、金が施されることはごくまれである。こうした施しがなかったとしたら、多くの場所で囚人たちは、とりわけ既決囚に比べてはるかに扱いの厳しい未決囚[16]は、とんでもなくつらい目に遭っていただろう。施しは宗教的な精神によって、囚人たちの間で平等に分けられる。もし全員にいきわたらなければ、一つの白パンを均等に、場合によっては六つにまで分けて、どの囚人も必ず自分の分を受け取るようにするのだ。

はじめて自分が金の施しを受けた時のことを覚えている。それはまだ監獄に来て間もないころだった。私は朝の仕事から一人で帰るところで、一緒にいるのは護送兵一人だけだった。そこへ向こうから母と娘の二人連れが歩いてきた。娘は十歳ばかりで、天使のようにかわいらしかった。私はすでに一度その二人を見かけていた。母親は兵士の妻だったが、すでに夫を亡くしていた。夫というのは若い兵士だったが、裁判にかかっているうちに病気になり、病院の囚人病室で死んだのだ。当時たまたま私も病気で入院していたというわけである。妻と娘は告別にやってきて、二人ともひどく泣

14　ロシア帝国のヨーロッパ側の国境地帯。

15　囚人のこと。序文のゴリャンチコフの妻殺しの話をはじめ、罪を不幸、犯罪者を不幸な人とみなすのがロシア的心性の特徴だという主張が、作品を貫いている。

16　重犯などで最終刑が確定していない者という意味のほかに、平民身分に対する流刑懲役に付随する体刑（笞刑）が未執行の者という意味が含まれている。そういう囚人は体刑を執行されてから初めて最終目的地の流刑地へと送られる。作品ではその立場が既決囚と呼ばれる。

いたものだ。私に気づくと娘は顔を赤らめて、何事か母親に耳打ちした。すると母親はすぐに足を止め、小さな包みから四分の一コペイカ玉を探し出すと、娘に与えた。娘は私を追いかけてきた……。

「ねえ、不幸な人、これをどうぞ、キリストさまのためよ！」私の前に回りながらそう叫ぶと、娘は私の手に硬貨を押し込んだ。[17] 私がその硬貨を受け取ると、娘は大満足で母親のもとへ帰って行った。その硬貨を私は長いこと大事に取っておいた。

第二章　最初の印象

自分の監獄生活の最初の一月《ひとつき》のことや概して初期のころのことが、今ありありと頭に浮かぶ。その後何年かの獄中暮らしについては、はるかにぼんやりとした断片的な思い出しか浮かばない。ある種の事柄はすっかりぼやけて互いに交じり合ってしまったかのようで、ただ全体の印象しか残っていない。重苦しい、単調な、息の詰まるような印象である。

だが懲役生活の最初の日々に体験したことは、今でもまるで昨日のことのように思い浮かんでくるのだ。まあ、それが当然だろうが。はっきりと覚えているが、監獄生活の最初の一歩から私を驚かせたのは、まるで自分がそこにとりわけ衝撃的なこと、異常なこと、あるいは意外なことを、何一つ見出《みいだ》さなかったような気がしたことである。あたかも、まだシベリアへ向かう道中で、先々のわが身の運命を一所懸命推測しようとしていたとき脳裏に浮かんだとおりのことが、そっくり現実となっているかのようだった。しかしやがて、思いもよらぬ不思議な出来事や、奇怪きわまる事実が次々と山のように出現して、一足ごとに立ち止まらされることになった。そしてずっと後になって、もはやかなり長く監獄暮らしを味わった後でようやく、このような生活がいかに常軌を逸した、想像を絶するものであるかということをはっきり自覚するようになり、ますます驚きを深めていったのだった。正直に言うが、その驚きは長い刑期の間ずっと私について離れなかった。ついに監獄生活と折り合うことはできなかったのである。

17　これはドストエフスキーの実体験から取られたエピソードで、『罪と罰』のラスコーリニコフも彷徨中に似た体験をする。

入獄した時の第一印象は、概してひどく忌まわしいものだった。だがそれにもかかわらず、不思議なことに、監獄はそれまでの道中で想像していたよりもはるかに暮らしやすいところと思えた。囚人たちは足かせを着けてはいたが、監獄の中を自由に歩き回って、悪態をついたり、歌を歌ったり、自分の仕事をしたり、パイプタバコをふかしたり、酒まで飲んだりしていたし（もっとも飲む者はごくまれだが）、夜中にはカード博打をする者もいた。

たとえば労働そのものも、懲役の名に値するような、それほどつらい仕事とはまったく思えなかった。ただずっと後になってから思い当たったのだが、ここの労働がつらい懲役だという理由は、難しい作業を絶え間なくやらされるからというよりは、むしろそれが強制された義務としての労働であり、棍棒でどやされながら働かされるからなのである。おそらく娑婆にいる百姓のほうがはるかに労働量は多いし、時には、とりわけ夏場など、毎日夜中まで働いている。しかしそれは自分の仕事であり、理にかなった目的があって働いているのだから、囚人が強制されて、まったく自分の利益にならない仕事をさせられるのに比べれば、はるかに楽なのだ。あるときふと頭に浮かんだのだが、もしも一人の人間をすっかり押し潰《つぶ》し、破滅させてやろうというつもりで、どんな残忍な人殺しでも聞いただけで身震いして腰を抜かすような、最高に恐ろしい罰を科すとしたら、ただ単に一から十までまったく無益で無意味な作業をさせればいいのだ。

今の懲役仕事は、囚人にとってはつまらない退屈なものだとしても、仕事自体としては筋が通っている。囚人が行うレンガ作り、土掘り、漆喰《しっくい》塗り、建築といった仕事には、ちゃんとした意味と目的があるのだ。だから時には囚人も仕事に興味を覚え、器用に、手早く、上手に仕上げようとする。だがもし同じ囚人に、たとえば一つの桶から別の桶に水を移し、その桶からまたもとの桶に移すとか、ひたすら砂を槌で叩くとか、一つの場所から別の場所に土の山を移して、また元に戻すといった作業をやらせてみれば、きっと囚人は何日かで世をはかなんで首を吊るか、それともそのような屈辱、恥、苦しみから逃れるためならいっそ死んでもいいと、自棄《やけ》になって犯罪をし散らかすことだろう。もちろんこのような刑罰は拷問、復讐と化してしまい、意味を失ってしまうにちがいない。なぜならそれによってどんな合理的な目標も達成されはしないからである。ただ、この種の拷問の要素、無意味さ、屈辱、恥の要素はどんな強制労働にもかならず含まれているものだから、懲役労働はそれが強制労働だということ自体によって、いかなる自由労働よりもはるかにつらいのである。

とはいえ私が入獄したのは冬の十二月のことなので、五倍もつらい夏場の労働のことはわかっていなかった。冬場は、我々の監獄で課される作業は、概して少なかった。囚人たちはイルティシ河[18]まで古い官用の艀《はしけ》の解体に行ったり、いろいろな作業所に分かれて作業したり、猛吹雪《もうふぶき》のせいで官舎に降り積もった雪を除《よ》けたり、雪花石膏《アラバスター》[19]を焼いて細かく砕いたり等々といったことをしていた。冬の日は短く、作業は早く終わり、囚人たちは早々に監獄に戻って、その後は何か自分の仕事でもなければ、ほとんどすることがないのである。ただ自分の仕事をするのは恐らくせいぜい三分の一くらいの者で、残りの者たちは何もせず、ぶらぶらと用もなく監獄の檻房をあちこち回り歩き、罵りあったり、仲間で悪だくみをしたり、騒ぎを起こしたり、仮に少しの金でもひねり出せれば、酒を飲んだりしていた。夜になるとカード博打で一枚きりのシャツまで取られたりしていたが、それもみな退屈で、暇で、手持ち無沙汰《ぶさた》なせいなのである。後でわかったのだが、自由の剥奪と労働の強制のほかに、監獄生活には他の何ものをも上回るほどの、もうひとつの苦しみがある。それは、強制的な共同生活である。共同生活というのはもちろん他の場所にもあるが、監獄に入ってくる人間は、誰もが一緒に暮らしたいような相手ではない。きっと囚人は皆この苦しみを感じていたに違いない。ただしもちろん、大概は無意識にだが。

　食べ物もまた私にはかなり豊かに思えた。囚人たちの主張によれば、ヨーロッパ・

ロシアの懲治部隊にはこのような食事はないそうだ（私はそちらの経験がないから、この点は判断を差し控えるが）。おまけに、多くの者は自前の食べ物を手に入れることができた。牛肉は我々のところでは一フント[20]が半コペイカ、夏場は三コペイカであった。しかし自前の食糧を買うのは恒常的に金がある者だけで、囚人の大半は支給されるものを食べていた。ただ、囚人たちが食べ物を褒めるとき、話題にするのはもっぱらパンであり、しかも彼らがありがたがるのは、我々のところではパンが一人分ずつ量り分けて支給されるのではなく、まとめて全員分が支給されるということだった。個別支給は彼らの恐怖の的で、量り分けて支給されたりすると三分の一の人間が飢えてしまいかねないが、まとめて渡されれば皆に行き渡るのである。我々のところのパンはなぜか格別に味が良くて、町中で評判になっていた。これは監獄の竈《かまど》の

---

18 西シベリア・中央アジアを流れるオビ河左岸の支流。全長四二四八キロ。ドストエフスキーが入っていた監獄のあるオムスクも、彼が兵役を務めたセミパラチンスク（現カザフスタンのセメイ）も、この流域にある。

19 天然石膏の結晶集合体で、表面が粒状で白色をしている。彫刻素材に用いられるほか、粉末にして建材や薬剤などにも使用される。

20 旧ロシアの重量単位。四〇九・五グラム。

つくりが良いせいだといわれていた。汁《シチー》[21]のほうはひどくお粗末だった。これはひとつの大鍋で一度に煮るもので、混じっている穀粒もごくわずか、特に平日は薄くて腹の足しにならなかった。私がぎょっとしたのは、中に大量のチャバネゴキブリが混じっていたことである。ただし囚人たちはそんなことには無頓着だった。

　最初の三日間、私は作業には出なかった。新来者に共通した扱いで、旅の疲れを癒すためである。しかし到着の翌日にはもう監獄を出て足かせの交換に行かなければならなかった。私が着けていた足かせは略式の、鎖でできたもので、囚人たちはこれを「チャリチャリ型《メルコズヴォン》」と呼んでいた。これは着衣の上から装着するものだ。正式な監獄用の足かせは作業がしやすいような作りで、鎖でできているのではなく、ほぼ指の太さの四本の鉄棒が三つの輪で互いにつながれた形をしていた。これはズボンの下に装着しなくてはならない。真ん中の輪にはベルトが結わえ付けられ、それが今度はシャツの上に締める腰ベルトに固定された。

　監房で迎えた最初の朝のことを思い出す。監獄の門の脇の衛兵詰所で夜明けを告げる太鼓の音が響き、十分もすると看守の下士官が監房の開錠に取り掛かった。皆が目覚めはじめる。六分の一フント獣脂ろうそくのぼんやりとした光のもとで、囚人たちが寒さに身を震わせながら、板寝床の上に身を起こそうとしていた。大半はまだ覚めやらず、不機嫌に黙りこくったまま、欠伸《あくび》をし、身を伸ばしながら、烙印を押された額にしわを寄せている。十字を切る者もいれば、もう言い争いを始めた者もいる。むんむんする熱気がたまらなかった。扉が開けられたとたん、新鮮な冬の大気がさっと入ってきて、蒸気がモクモクと檻房中に広がった。

水桶のところに囚人たちが群がった。順番に柄杓《ひしゃく》を手にとって、まず口にいっぱい水をため、その水で手や顔を洗っていくのである。水は前の晩に雑役夫《パラーシニク》[22]が用意したものだ。規則によってどの檻房にも一人、檻房の下働き用に皆で選んだ囚人がいた。この囚人は雑役夫と呼ばれ、外作業には出なかった。彼の仕事の内容は、檻房内の清潔を保つこと、板寝床と床を拭き掃除し、平らに削っておくこと、夜間の用便桶を用意し、後始末すること、および新鮮な水を桶二つ分（朝の洗面用と昼間の飲料用）用意することである。一つしかない柄杓のことですぐに言い争いが始まった。

「割り込むんじゃねえ、この刺青《ヤズョーヴィ・ロープ》頭め！」やせて色黒で、剃りあげた頭に奇妙な瘤《こぶ》をいっぱい作った陰気なのっぽの囚人が、ずんぐりと太った陽気な赤ら顔の囚人

21 野菜スープ。発酵した、あるいは生のキャベツがベースだが、緑黄色野菜や根菜も用いられ、穀類や肉の具が入ることもある。

22 文字通りには「用便桶係」。

を押し除《の》けながら文句を言った。「とまれ《ポストーイ》！」

「なに、とまれ《ポストーイ》だと！　おとまり《ポストーイ》にはここじゃ金を払うんだ、自分こそ消えてなくなりな！　まったく、銅像みてえににょきにょき背ばっかり伸びやがって！　要するにな、みんな、この男にはバランシ感覚《ファルティクリチャプノスチ》[23]っつうもんがないのよ」

　この「バランシ感覚《ファルティクリチャプノスチ》」という突飛な言葉がある種の効果を発揮して、多くの者がゲラゲラ笑った。それこそがまさにこの陽気な太っちょの狙《ねら》いで、どうやらこの男は自分から檻房の道化役を買って出ているようだ。のっぽの囚人は見下げ果てたという顔で相手を睨《にら》みつけた。

「不細工な牝牛野郎が！」のっぽは独りごとのように言った。「まったく、監獄の上等なパン《チスチャーク》[24]で食い太りやがって！　精進明けまでにゃ子豚を十二頭も生むんだそうで、めでてえこったな」

　太っちょもついに腹を立てた。

「へん、てめえはいっぱしの大物《プチーツァ》きどりかい？」たちまち真っ赤になって彼は叫んだ。

「そうさ、そのとおりよ！」

「どこの何様《なにさま》のつもりだ！」

「見ての通りよ」

「何が見ての通りだ?」

「見ての通りは見ての通りさ」

「つまり何様なんだい?」

二人は食い入るようににらみ合った。返答を待つ太っちょは、まるで今にも相手に飛びかかって殴り合いを始めようというかのように、両のこぶしを握り締めている。私は本気で喧嘩になると思った。すべてが新鮮な経験で、興味津々で見守っていたのである。しかし後になってわかったが、このような一幕はごく罪のないものであり、ちょうど喜劇の一場面のように、皆を喜ばせるために演じられているのだった。だから喧嘩になることなどめったにないのである。すべてが監獄の気風を物語る、いかにも特徴的なエピソードである。

のっぽの囚人は落ち着き払って、堂々と立っていた。皆が自分に注目し、答え一つ

23 意味不明の合成語。前半の「ファルティ」は「幸運」を意味する「フォルト」か。後半の「クリチャプノスチ」は、第二部六章に登場する、脚が伸びずに胴だけ長く太くなったバランスの悪い犬「クリチャプカ」を連想させる。「クリチャプカ」は「切断された腕や脚のつけ根」という不吉な意味。
24 〈原注〉混ぜもののない純粋な小麦パン。

で恥をかくかかないかと、待ち構えているのを感じていたのだ。ここはしっかりと踏ん張って、自分が本当に大物《プチーツァ》であるという証を立て、しかもいったいどんな大物なのかを示さなければならないところだ。えも言われぬ侮蔑の思いを込めた横目で相手を見ながら、彼はもっと相手を侮辱してやろうと、肩越しに、まるで小さな天道虫《てんとうむし》でも見分けようとするかのように、上から見下す視線を注いだ。そうしてゆっくりとわかりやすい口調で言ったものだ。

「カガーン様[25]よ！」

つまり自分は大王であり幸せを告げる鳥であるカガーン様というわけだ。この囚人の機知が受けてどっと大きな笑いが起こった。

「お前はただのろくでなしさ、なにがカガーン様だ！」全面的敗北を自覚した太っちょは、すっかり逆上してそう喚きたてた。

だが口げんかが本気になったとたん、やんちゃ者たちはただちに制止された。

「何をごちゃごちゃ騒いでやがる！」檻房の全員が二人に向かって怒鳴った。

「そうだ、大声で張り合うくらいなら、いっそ殴り合え！」誰かが片隅から声をかける。

「おい、押さえろ、ほんとに殴り合うぞ！」別の声が答える。「なにせおれたちは勇み肌で喧嘩っぱやいからな。味方七人、敵一人でもひるまずにってな……」

「おまけに二人ともたいしたタマだぜ！　一人はパン一フントのために監獄送り、もう一人は間抜けな脱走犯で、百姓女の凝乳《プロストキーシャ》に手を出してお縄になり、笞をちょうだいしたってえお兄《あに》いさんだ」

「おいおい！　みんないい加減にしないか」傷痍兵《しょういへい》が叫んだ。これは秩序維持のために獄内に住み着いている人物で、それゆえに一番隅っこの専用の寝棚に寝ていた。「水だ、みんな！　ペトローヴィチ傷痍兵殿が起きなさったぞ！　ペトローヴィチ傷痍兵殿に、兄貴殿に水を差し上げろ！」

「兄貴だと……どうしておれがお前の兄貴なんだ？　一ルーブリも一緒に飲んだこともないくせに、兄貴とはな！」外套の袖に腕を突っ込もうとしながら、傷痍兵はぶつぶつとつぶやいた。

点呼の支度をするうちに、空も白んできた。食堂を兼ねた炊事場には立錐の余地も

25　カガーンは古テュルク語やモンゴル語で最高の支配者（汗《ハン》の中の汗＝可汗）を意味する。同時に民間伝承にもカガーンという名の幸せを運ぶ預言者の鳥がいて、ドストエフスキーは『地下室の手記』でそのイメージに言及している。鳥《プチーツァ》という語自体が監獄などの場では大物、あるいは威張っている人間を表す。そうした複数の連想を背景とした言葉遊び。

ないほどの人だかりができていた。囚人たちは羊皮の短外套に二色の布をはぎ合わせた帽子という格好で、炊事係の一人が切り分けるパンのそばに群がっている。炊事係は一つの炊事場につき二名、仲間内で選ばれる。パンや肉を切る包丁は彼らが管理していたが、炊事場全体に一本しかなかった。

炊事場の隅々にもテーブルのまわりにも、あらゆるところに囚人たちが陣取っていた。帽子に短外套、腰にはベルトを締めて、いつでも作業に出かけられる格好である。何人かの前には、クワス[26]の入った木の茶碗が置かれていた。パンを細かく砕いてクワスに入れ、ちびちび飲んでいる。あたりの喧騒は耐え難いほどだったが、それでも中には片隅で、静かにまともな話をしている者もいた。

「おはようさん、アントーヌィチの爺様、たくさん召し上がれ！」一人の若い囚人が、仏頂面をした歯のない囚人の隣に腰掛けながら言った。

「ああ、おはよう、本気で言っているんならな」目も上げずに歯のない歯茎でパンを噛み噛み、相手は答えた。

「いや俺はね、アントーヌィチの爺様、てっきり思っていたんだよ、お前さんはもう死んだんだって。いや本当さ」

「いいや、死ぬのはお前が先だ。俺は後から追いかけるさ……」

私はこの二人の隣に席を取った。右隣には貫禄のある囚人が二人で話をしている。どうやらお互いに相手の前で威厳を保とうと競っているようだった。

「俺のものを盗むような奴はいねえ」一人が言った。「俺はな、兄弟、自分のほうが何か盗みゃあしねえかと、心配しているくらいさ」

「へん、俺のほうこそ、素手で触らないほうがいいぜ。火傷《やけど》するからな」

「何が火傷だ！　お前も同じ流刑囚《ヴァルナーク》じゃねえか。俺たちには他に名前なんてねえのさ……。あの女にかかったら、お前なんかすっかり巻き上げられて、あげくにお礼のひとつも言ってもらえねえぜ。だってお前、俺のなけなしのコペイカ玉もそんな風にして消えちまったんだから。ついこないだあの女が自分でやってきてな。いったいどこにしけこむ場所がある？　それであのフェージカの悪党に頼んだよ。あいつはこの近くの村に家を持っているんだ。あの疥癬《かいせん》搔きのソロモン、あのユダヤ人から買ったのさ。ソロモンの奴はその後で首をくっちまったが……」

「知ってるさ。この監獄で一昨年まで酒を売っていたやつだ。あだ名が闇酒屋のグリーシャ。知ってるとも」

26　ライ麦と麦芽を発酵させて作る清涼飲料。

「ほら、知らねえじゃねえか。そいつはまた別の闇酒屋だよ」

「別のであるもんか！　へん、知ったかぶりやがって！　こちとら証人ならいくらでも連れてきてやらあ……」

「連れてきてみやがれ！　お前、どこの馬の骨だ、俺の生まれを知っているか？」

「生まれが聞いてあきれらあ！　昔あれだけ殴ってやったのに、こちとら自慢もしねえでいてやりゃあ、いい気になって生まれだと！」

「お前が俺を殴っただと！　へん、俺を殴るような奴は、まだこの世に生まれちゃいねえよ。昔殴った奴は、とっくに土の中で寝てらあ」

「ベンデリのペストやろうが[27]！」

「お前なんかシベリアの疫病にかかっちまえ！」

「無駄口ききたけりゃ、トルコ人のサーベルがお相手してくれるとよ！……」

こうして罵り合いが始まった。

「おいおいおい、また騒ぎかよ！」周囲がとがめる。「娑婆じゃあ生きていけねえやつらが、ここに来てやっとまともなパンにありついて、はしゃいでやがる……」たちまち二人は黙らされた。罵り合い、すなわち「舌で叩き合う」のは許されていた。それはある意味で、皆にとっての気晴らしだった。だが取っ組み合いの喧嘩はいつも許されるとは限らず、敵同士が取っ組み合うのはあくまでも例外的な場合に限られていた。喧嘩になると監獄長の少佐に報告が行き、取り調べが始まって、少佐自身が乗り出してくる。つまり誰にとっても厄介なことになるわけで、だからこそ喧嘩はご法度《はっと》だったのだ。それにいがみ合っている者たち自身にしても、罵り合いはむしろ気晴らしのため、啖呵《たんか》の練習のためだった。よくあることだが、この連中は自分で自分を欺《あざむ》き、いきなりカンカンに逆上し、はらわたが煮えくりかえったような形相をする。そこでこちらは、今にも取っ組み合いが始まるぞと思うのだが、そんなことはめったに起こらず、ある段階まで行くとぱっと右左に分かれてしまうのである。こうしたことはすべて、初めのうちひどく私を驚かせたものだった。ここにはわざと、もっともありふれた監獄の会話の例をあげておいたのだが、いったいどうしたら罵り合いを娯楽代わりにして、気晴らしやトレーニングや趣味として味わうような真似ができるのか、初め私には理解できなかったのである。とはいえ、虚栄という要素も忘れてはいけない。弁の立つ罵り言葉の名手は、尊敬の的だった。まるで俳優のように、

27 ベンデリ（ベンデルィ）は現モルドヴァのドニエストル河畔の町。十八世紀にモルダヴィア、ワラキア、ベッサラビアを襲ったペストの中心地とされる。

拍手喝采されんばかりだったのである。

前の晩からもう私は、自分がいかにも胡散臭《うさん》そうに見られているのを感じていた。すでに何人かの暗い視線を捉えていたのだ。反対に別の囚人たちは、こちらが金を持っていると当てこんで、まつわりついてきた。そしてすぐに私の世話を焼きはじめた。新しい足かせを着けて歩く方法を教え、すでに受け取っていた官給品や自分で持ってきた幾ばくかの下着をしまうために、錠前のついた長持を、もちろん有料で調達してくれた。ただし翌日にはもうその長持を私から盗んで、酒に替えて飲んでしまったのである。中の一人は後に私に深く心服する家来のようになったが、ただし隙さえあれば私のものを盗むことはやめなかった。この男はそれを何のためらいもなく、まったく無意識に、あたかも義務であるかのように行うので、怒るわけにもいかなかったのである。

それはさておき、彼らは私に自分の茶をもつべきだと教え、薬缶《やかん》もあったほうが良いと言って、当座しのぎに他人の薬缶を借りてくれた。さらに炊事係にも引き合わせて、もし特別食が食べたくて自前で食糧を買う気があれば、ひと月三〇コペイカで何でも料理してくれると言った……。もちろん彼らは私から借金をした。それも最初の一日にめいめいがそれぞれ三度ずつも借りに来たものだった。

貴族出の囚人は、監獄ではたいてい暗い、敵意のこもった目で見られていた。すでに一切の身分権を失って、ほかの囚人とすっかり対等の身であるにもかかわらず、囚人たちは決して貴族出の者を仲間と認めようとはしなかった。べつに自覚的な思い込みでそうするというわけではなく、ただなんとなく自然に、無意識にそうなってしまうのである。我々のことを心底貴族だと認めていたのだ。とはいえそういう彼らが好んで我々の転落ぶりを揶揄《やゆ》していたのだが。

「いや、もうこれまでだ、観念しなよ！　昔はモスクワ中を闊歩していたお偉いさんが、いまじゃ落ちぶれて縄をなう身ってわけだ」云々とはやし立てるのである。我々が必死に彼らの目から隠そうとしている苦しみこそが、彼らにとってはおもしろい見物《みもの》だった。特に気まずいのは何よりも作業の場であり、我々には彼らほどの力がなく、したがって一人前の手助けができないことである。民衆の（とりわけ監獄にいるような民衆の）中に混じって信用を勝ち取り、その愛を得ることほど難しいことはない。

監獄には元貴族身分の者が何人かいた。まずはポーランド人が五人ばかり。彼らのことはいつか別に語ろう。囚人たちはポーランド人を恐ろしく嫌っていて、貴族出のロシア人よりももっと敵視していたほどだった。ポーランド人たち（私の言うのは政治犯だけだが）の囚人たちへの態度はなんだか気取った、慇懃無礼で打ち解けないものであり、どうしても相手に対する嫌悪を隠せないといった風だったが、囚人たちのほうでもそれをよく感じ取って、そっくりそのままお返ししていたのである。

私の場合、何人かの囚人の好意を勝ち得るまでにほとんど二年も監獄暮らしをしなくてはならなかった。だが最後には囚人の大半が私を愛し、「良い」人間と認めてくれたのである。

元貴族のロシア人は、私をのぞけば四人だった。そのうちの一人は卑しく下劣な人物であり、落ちるところまで落ちて、スパイや密告を商売にしていた。まだ監獄に着く前からこの人物の噂を聞いていた私は、最初の何日かですっかりこの男との関係を絶ってしまった。もう一人は、すでにこの手記の中で述べたあの父親殺しである。三人目はアキーム・アキームィチといったが、これはめったに見かけないほどの変人だった。この男のことはくっきりと私の記憶に刻まれている。背が高くやせぎすで頭が弱く、ひどく教養がないくせに大変な理屈屋で、まるでドイツ人のように几帳面だった。監獄の者たちはこの男を笑いものにしていたが、中には何にでも難癖をつけるような細かくて口うるさい性格に恐れをなして、関わり合いになるのを避ける者もいた。この男は最初の一歩から囚人たちと対等のつきあいをはじめ、罵り合いもすれば、つかみ合いのけんかまでした。正直なことは折り紙付きで、間違ったことを見つけると、たとえ何の関わり合いもないことでもすぐに口を差し挟んだ。その単純ぶりも極めつきで、たとえば囚人たちと口げんかをする際に、どうかすると相手が泥棒であることをとがめて、盗みをしてはいかんと真顔で説教するようなことがあった。

この男は元コーカサス戦線[28]の少尉補だった。初日から私と知り合いになると、すぐに自分の身の上を語って聞かせてくれた。それによると彼はそもそもの最初からコーカサスの歩兵連隊で下士官として軍務につき、長いこと下働きをしたあげく、ついに将校に昇進して、どこかの要塞に守備隊長として派遣された。そのうちにロシアに帰順した近在の部族の首領《クニャジョーク》が彼の要塞に火を放ち、夜襲をかけてきた。ただしこの攻撃は失敗に終わった。アキーム・アキームィチは誰の仕業《しわざ》か知っていたが、ずるく立ち回って気づいているそぶりさえ見せなかった。事件は反ロシア勢力の仕業ということで収まったが、それから一月《ひとつき》して、アキーム・アキームィチは当の首領を友として客に招いた。相手は何一つ疑わずにやってきた。アキーム・アキームィチは自分の

28 ロシアがコーカサス（カフカス）併合の過程で行った一連の戦争をコーカサス戦争と総称するが、ここではイスラームの理念によるイマーム国家を形成した北コーカサスの山岳諸民族との戦争（一八一七～六四）の前線を指している。

部隊を整列させた上で、皆の前でこの首領の罪を暴いて叱責し、要塞に放火することは恥ずべき行為であると説き聞かせた。重ねて、帰順部族の首領として今後いかに振る舞うべきか諄々《じゅんじゅん》と訓戒を垂れた後、最後に相手を銃殺して、その一件を即刻上官に細大漏らさず報告した。この一連の行動で彼は裁判にかかり、死刑を宣告されたが、後に減刑されて、第二種懲役囚としてシベリアの要塞監獄に二十年の流刑ということとなった。自分が誤った行動をしたことはこの男も十分認めていて、私に対しても、相手を射殺する前からそのことを自覚していたし、帰順部族の者は法によって裁くべきだとわかっていたと語った。だがそうしたことがわかっていたにもかかわらず、彼はどうしても自分の罪を本当の意味では理解できないようだった。

「だって、しかたがないじゃないですか！　あいつは俺の要塞に火をかけたんですよ。それともこちらがあいつに、ありがとうと頭の一つでも下げればいいっていうんですか！」私が反論すると、彼はそんな風に答えるのだった。

だが、囚人たちはこのアキーム・アキームィチの変人ぶりを笑いの種にしてはいたものの、やはり彼の几帳面さと器用さには一目置いていたのだった。

およそあらゆる手仕事で、アキーム・アキームィチが知らないものはなかった。家具作り、長靴作り、短靴作り、ペンキ塗り、金メッキ、金物細工と何でもこなし、しかもそのすべてを獄中で習得したのだった。全部独学で、一度見るとすぐにできるようになるのだ。いろいろな箱やら籠《かご》やらランタンやら子供の玩具やらも作って、町で売っていた。それで手元にはいつも小金が入ってきたが、すぐにそれで替えの下着や柔らかい枕や折りたたみ式の敷布団などを買うのだった。彼は私と檻房が同じで、懲役暮らしの最初の何日か、かいがいしく私の世話を焼いてくれた。

監獄の外に作業に行くときには、囚人たちはまず衛兵詰所の前で二列に整列させられ、装塡した銃を持った護送兵たちがその前後に並んだ。そこへ作業隊長にあたる工兵隊将校と兵曹長と、現場の作業監督をする何名かの位の低い工兵が現れる。作業隊長は囚人の数を数え、いくつかの班に分け、必要なところへ作業に派遣するのだった。

ほかの者たちと一緒に私は工兵隊の作業所に行った。それはいろいろな資材が山と積まれた広い敷地に立っている低い石造りの建物だった。そこには鍛冶場、鉄工場、木工場、塗装場その他があった。アキーム・アキームィチはここに通って塗装場で働き、ボイル湯を沸かし、塗料を調合し、机や家具を塗ってクルミ材もどきに仕上げていた。

足かせの打ち直しを待つ間、私はアキーム・アキームィチを相手に自分の監獄での第一印象について話をした。

「たしかに、連中は貴族を嫌っていますよ」彼は答えた。「とくに政治犯なんか、取って食いかねないくらいで。まあ当たり前でしょうな。第一にあなた方は連中とは違う人種で、似ても似つかない。第二に、連中はみんなもとは農奴か、それとも兵隊です。考えてもごらんなさい、連中があなた方を好きになれるかどうか？　たしかに、ここの暮らしはつらいですよ。ですがね、ロシア本土の懲治中隊はもっときついですよ。うちにもあちらから移ってきたのがいますが、まるで地獄から極楽へ引っ越したように、この監獄のことをほめてほめて、ほめまくっています。別に仕事がきついわけじゃありません。話によるとあちらの第一種監獄では、監督官が必ずしも軍人でないとか、少なくともうちとは違ったやり方のようです。あちらでは流刑囚でも自分の小屋に住めるのだとか。私はあちらにいたことはありませんが、そんな話ですよ。頭も剃られないし、お仕着せの囚人服もないそうな。もっとも、結構なことですよ、こちらでみんなが囚人服を着て頭も剃っているのは。やっぱり規律が良くなりますし、見た目にもいいですからね。ただ連中にはそれが気にくわないのです。もっとも、見てもご覧なさい。ひどい寄せ集めですから！　少年徴集兵[29]だった者もいれば、チェルケス人[30]もいれば、分離派信徒《ラスコーリキ》[31]もいれば、家族を、かわいい子供を故郷に残してきた正教徒の百姓もいれば、ユダヤ人もいれば、ジプシーもいれば、どこの馬の骨やらわからない者までいて、それがみんな、否《いや》が応でも一緒に暮らして、お互いに折り合い、同じ茶碗で飯を食い、同じ寝床に寝なくちゃならないわけですから。気ままになることなんて一つもない。一口余計に食べるにも人目をはばかり、小銭一枚も長靴に隠さなくちゃならない。まったくどこからどこまで監獄、監獄、監獄ですから……。ひとりでに馬鹿なことを考えるようにもなりますよ」

だがこれはすでに私にもわかっていたことだった。私が特に詳しく知りたかったことは、我々の監獄の長である少佐のことだった。アキーム・アキームィチは包み隠さず話してくれたが、今思い出しても、そのとき私が受けた印象はあまり良からぬものだった。

だが私はまだ二年もこの少佐の管理下で暮らさなくてはならぬ定めだった。アキー

29 下級兵士の息子で、誕生時から自動的に軍籍に入れられ、兵役が義務づけられた。

30 コーカサスの民族で自称はアディゲ。チェルケスという呼称はコーカサスの複数の山岳民族の代表名詞としても用いられた。

31 公的な教会に属さない信徒集団の意味。本来は後出（八六頁以降）の「古儀式派」と同じく、十七世紀の奉神礼改革に反対してロシア正教会を離れた者たちが形成した諸派を意味するが、去勢派や鞭身派など別系統のセクトを含めて分離派と呼ぶ場合もあり、本作にもそのニュアンスが感じられる。

ム・アキームィチがこの人物について話してくれたことは、結局すべて当たっていた。ただ違う点があるとすれば、それは単に話で聞いた印象よりも、実際の印象のほうがいつも強いということである。この人物の恐ろしさは、まさにこのような人物がほとんど無制限の権力を持って二百人もの人間の上に君臨する長官であったという点にある。一個人としての彼は単なるだらしのない、意地悪な人間であって、それ以上のものではない。囚人たちのことを天敵のように見なしていて、それこそが彼の第一の、しかも最大の過ちだった。実際にある種の能力を持った男だったのだが、何もかも、長所さえもが、この男においては妙にゆがんだ形でしか現れないのだった。抑えの利かぬ底意地の悪さがあって、時には真夜中になってから檻房に闖入《ちんにゅう》してきて、もし体の左側を下にしたりあおむけになったりして寝ている囚人を見つけると、朝になって呼びつけて「命令通り右体側《たいそく》を下にして眠らんか」と言って罰を与えるのだった。監獄では彼は憎まれ、疫病のように恐れられていた。顔も赤黒くて、いかにも凶相だった。皆が知っていたことだが、この人物は完全にフェージカという従卒の手玉にとられていた。何よりも愛しているのがトレゾールカという飼い犬のプードルで、この犬が病気になったときは悲嘆のあまり気も狂わんばかりだった。なんでも、実の息子のように犬の身を案じて慟哭《どうこく》したという話だ。そうして一人の獣医を追い払ったのだが、その際いつもの伝で、ほとんどつかみ合いの喧嘩をしかねなかったそうだ。その後、従卒のフェージカから、監獄の囚人に独学の獣医がおり、きわめて腕がいいと聞くと、ただちにその囚人を呼びつけたのだった。

「助けてやってくれ！　金に糸目はつけん、トレゾールカを治してやってくれ！」

少佐はその囚人にむかって叫んだ。

囚人はシベリア育ちの百姓で、抜け目がなく、賢く、実際に極めて腕のいい獣医だったが、しかし根っからの百姓だった。

「おれがトレゾールカに目をやると」とこの男は他の囚人たちに語ったものだったが、ただしそれは少佐のところへ行ったずっと後、もはやすべてが忘れ去られた頃のことだった。「犬はソファの上に寝ていたよ。白いマクラまでしてな。一目でわかったね、こいつは炎症を起こしていて、放血をしてやりさえすりゃ回復するってね。いや、本当さ！　だがそこでおれは思った。『だがまてよ、もし治らないでくたばっちまったらどうなる？』そこでおれは言ったのさ。『いやはや、少佐殿、呼ばれるのが遅すぎました。昨日か一昨日にでも呼んでくださりゃあ、犬は助けてやれたでしょうに。いまじゃもう手遅れだ、救えませんよ……』」

こうしてトレゾールカは死んだのだった。

この少佐が殺されかかったことがあって、その顚末は私も詳しく聞かされたものだ。我々の監獄に一人の囚人がいた。もう何年もここに暮らしていて、振る舞いがおとなしい点で際立っていた。またもめったに誰とも口をきいたことがないことでも注目をひいていた。結局、なにか宗教痴愚《ユロージヴィ》32の類とみなされていたのだ。この男は読み書きができて、最後の一年はしきりに聖書を読んでいた。それも、昼となく夜となく、ずっと読みふけっているのだ。皆が眠りに就いた後、この男は真夜中に起き上がり、教会用のろうそくに火を灯すと、暖炉《ペチカ》の上に這《は》い上がって、聖書を開いて朝まで読むのだった。ある日、この男は下士官のもとに行って、作業に出たくないと宣言した。これが少佐に伝わると、少佐はカンカンに怒って、即刻自分のほうから駆けつけてきた。そこへ囚人があらかじめ用意しておいた煉瓦を持って襲いかかったのだが、仕損じてしまった。囚人は取り押さえられ、裁判にかけられて処罰された。すべてはバタバタと進んで、三日後にはこの男は病院で死んだ。死に際に彼は、誰が憎かったわけでもなく、ただ苦しみを受けたかっただけだと言った。ただし彼は別にどこかの分離派セクトに属していたわけではない。監獄の者たちはこの男のことを、敬意をもって思い出していた。

ようやく私の足かせの打ち直しが終わった。そうしているうちにも作業場には次から次へと何人かのパン売り女たちが顔を出した。中にはまだほんの小さな娘もいた。こうした娘たちはふつう大きくなるまでの間、白パンを売り歩いている。母親が焼いたのを娘たちが売るのだ。年頃になっても、彼女たちは通ってくるが、もはやパンを売りに来るのではない。たいていそういう按配だった。すでに娘とはいえない年頃の者も混じっていた。白パンは一つ半コペイカという安さで、囚人たちはほとんど全員買っていた。

私は一人の囚人に目をとめた。これは家具職人で、すでに胡麻塩頭《ごましおあたま》だが血色がよく、ニヤニヤ笑いながらパン売り女たちとふざけはじめた。女たちが来る直前に、彼は首に赤い別珍《べっちん》のプラトークを巻いたところだった。太ってあばただらけの女が一人、彼の作業台にパンの木箱を置いた。二人の間で会話が始まった。

「どうして昨日あそこへ来なかったんだい？」まず囚人が、悦に入ったような薄笑いを浮かべて話しかけた。

「なんだって！　こっちは行ったのに、お前さんは影も形もなかったじゃないの」

32　東方正教圏とくに中世ロシアで発達した概念で、キリストのへりくだりにならい、己を空《むな》しくして愚者として神に仕える苦行者を指す。「聖愚者」「聖痴愚」などとも訳されるが、奇矯な言動や物乞い風の身なりから「佯狂者《ようきょうしゃ》」「瘋癲《ふうてん》行者」といったニュアンスを含むことも多い。

勇ましい女が答えた。

「招集がかかったのさ、じゃなかったらあそこにずっといたのにさ……。一昨日はお前の仲間がみんな俺のところへ来たぞ」

「誰と誰さ？」

「マリヤシカが来て、ハヴローシカが来て、チェクンダーが来て、ドヴグロショーヴァヤが来て[33]……」

「いったい何の話だね？」私はアキーム・アキームィチにたずねた。「まさか？……」

「そんなこともあるんですよ」根はごく廉潔なこの囚人は、控えめに目を伏せながらそう答えた。

もちろんそんなこともあったが、ごくまれであり、しかも非常な困難を伴った。強制生活を送る者にとって、これはごく自然の欲求ではあるのだが、概してそちらの方面よりも、むしろたとえば酒が飲みたいという者のほうが多かったのだ。まず女のところへたどり着くのが難しかった。時と場所を選び、値段の交渉をし、逢い引きの約束をし、一人になる算段をし（これはきわめて難しい）、護送兵の目をそらし（これはなおさら難しかった）、そして全体に、ほかのことと比べるとむやみにたくさんの金がかかるのだった。

だがそれでも私は後に何度か、そうした濡れ場を目撃したことがある。ある夏に私たちは三人組でイルティシ河畔のある小屋の中で、何かの焙焼炉《ばいしょうろ》を焚《た》く作業をしていた。護送兵は良い人たちだった。ずいぶん時間がたった頃、囚人言葉で言う「尻軽女《スフリョーラ》」が二人姿を現した。

「おいおい、どこでのんびり座り込んでいたんだ？　またあのズヴェルコーフの家か？」囚人はそんな言葉でお目当ての二人を迎えた。ずいぶん前から待ちかねていたのだ。

「座り込んでいたって？　あたしがあの家にいた時間よりも、カササギが木に止まっている時間のほうが長かったくらいさあ」娘は陽気に答えた。

この世にまたとないほど汚らしい娘だった。これがチェクンダーである。一緒にやってきたのがドヴグロショーヴァヤで、これはもう何とも形容しがたい化け物だった。

「あんたとも久しぶりだな」女たらしの囚人がドヴグロショーヴァヤを振り向いて続けた。「なんだか、痩せたみたいじゃないか」

「そうかもしれないねぇ。昔のあたしはころころ太っていたけれど、今じゃまるで

33　みな娼婦たちの呼称やあだ名。ドヴグロショーヴァヤは「二コペイカで身を売る安物」の意味。

針でも飲み込んだみたいにほっそりしてるもんねぇ」

「相変わらず兵隊さんのお相手かね？」

「いやだぁ、それは口の悪い連中があたしたちのことをあんたにわざと吹き込んだのよぉ。もっとも、いったい何が悪いって言うの？　歌にだってあるでしょ、『つらい目を見てもかまわない、兵隊さんが恋しいわ』って」

「惚れるなら兵隊さんはやめて、俺たちにしなよ。俺たちにゃ銭もあるし……」

この珍場面の仕上げとして、この女たらしの姿を思い浮かべてほしい――頭は剃られ、足かせを着け、縞のお仕着せを着て、護送兵に見張られているのだ。

アキーム・アキームイチに別れを告げた私は、もう監房に戻っていいと聞いて、護送兵を促して帰途についた。ほかの囚人たちもすでに集まりかけていた。真っ先に作業から戻ってくるのは、その日その日のノルマをもらって働く囚人たちだ。囚人を本気で働かせようと思ったら、ノルマを課す以外に手はない。時にはそのノルマが非常に大きなこともあるが、それでも、囚人たちを昼の食事の太鼓ぎりぎりまで働かせた場合よりも二倍も早く仕事は終わるのだ。ノルマ分の仕事を終えれば、囚人は大手を振って監房に帰る。もはや誰も彼を止める者はいないのだ。

昼食は皆でそろってするのではなく、早く帰った者から勝手に始める。そもそもいっぺんには炊事場に入りきれないだろう。私は汁《シチー》を試してみたが、慣れないためにもてあましてしまい、それで自分用に茶を淹《い》れた。私たちはテーブルの端の席に座った。もう一人同房の者が一緒だったが、これは私と同じく貴族出身者だった。

囚人たちがしきりに出入りしていた。とはいえまだ皆が集まる時分ではなく、場所は広々としていた。五人連れの集団がぽつんと離れて大きなテーブルに席を占めた。炊事係が深皿に二杯の汁《シチー》を彼らに注ぎ、焼いた魚を鍋ごとテーブルに置いた。男たちは何かを祝って、特別料理を食べているのだった。彼らは私たちをちらっと横目で見た。ポーランド人が一人入ってきて、私たちの隣に座った。

「留守はしてても、こちとら何でもお見通しさ！」一人の背の高い囚人が炊事場に入ってきて、その場の全員をざっと見渡しながら大声で言った。

五十歳くらい、筋肉質で痩せぎすの男だった。その顔には何か小狡《こずる》そうで、しかも陽気な表情が浮かんでいた。とりわけ目立つのはぽってりと垂れ下がった下唇で、それがこの男の顔になんだかとても喜劇的なニュアンスを付け加えていた。

「おや、景気がいいなあ！　なんで一言挨拶してくれねえんだ？　同じクールスクの仲間なのにさ！」特別食を食っている連中のわきに腰をおろしながら、男はそう付け加えた。「たっぷり召し上がれ！　こちとらもお呼ばれしたいぜ」

「あいにく俺たちはな、クールスクの人間じゃねえんだ」

「じゃあ、タンボフ[34]かい？」

「いや、タンボフでもねえ。いいかい、兄弟、俺たちにねだっても何も出ないぜ。金持ちの百姓のところへ行って、そいつにねだるんだな」

「俺の腹ん中にはなあ、兄弟、このところ引っぱり爺さんとしゃっくり婆さんが棲みついちまっているんだよ。で、その金持ちの百姓っていうのは、一体どの辺に住んでいるんだね」

「ほらあのガージン、あいつこそ金持ちの百姓さ。あいつのところへ行けよ」

「飲んだくれているぜ、みんな、今日のガージンのやつは。いったん飲みだしたからには、財布が空っぽになるまで飲むつもりだぜ」

「あれは二〇ルーブリは持っているな」別の男が言った。「儲かるもんだな、みんな、酒屋っていうのはよ」

「じゃあ、こちらでお呼ばれは無理ってわけか。しかたねえ、定食でもかっ込むか」

「茶でも貰いに行けよ。ほら、旦那方が飲んでいるぞ」

「何が旦那方だ。ここには旦那なんていねえ。今じゃあ、俺たちとまったく同じさ」片隅に座っていた一人の囚人が、暗い声でぼそっと言った。今まで一言も発しなかった人物だ。

「茶が飲めたら結構なことだがね、ねだるのも気がとがめるなあ。俺たちにも誇りっていうものがあるからな」下唇の膨れた例の囚人が、気のよさそうな顔で我々を見ながら言った。

「お望みなら差し上げよう」私は囚人を手招きしながらそう言った。「もしよかったら」

「よかったらだって？　よくないわけがあるかい！」相手はテーブルに近寄ってきた。

「へん、昔はわらじを杓子にして汁《シチー》を啜っていた田舎者が、ここへ来て茶を飲むことを覚えたか。旦那衆の食い物がほしくなったわけだ」さっきの陰気な囚人が言った。

「いったいここでは誰も茶を飲まないのかね？」私はその男にたずねたが、相手は返事をしようともしなかった。

「おや、白パンを売りに来たぜ。いっそ白パンもごちそうになるかな！」

白パンが運ばれてきた。若い囚人が包みに一杯運んできて、監獄中売って回るのだ。パン売りは十個につき一個分をこの男にまけてやるので、その一個分が彼のもうけに

34　クールスク、タンボフはともにウラル山脈以西のヨーロッパ・ロシアの県。モスクワより南に位置する農業地帯。

なっているのだ。

「白パンだよ、白パン！」男は炊事場に入ってきて売り声を上げる。「モスクワ風だ、熱々だよ！　自分で食いてえくらいだが、金がいるんでね。さあみんな、最後の一つが残ったよ。お袋さんがいたのはどいつだい？」

母親の愛を思い起こさせるこのせりふで皆が笑い出し、いくつかのパンが売れたのだった。

「ところでみんな」パン売りは言った。「ガージンの奴、今日はとことん羽目を外すつもりだぜ！　やれやれ！　いい迷惑だよ。あの八目妖怪の野郎が回ってこねえといいが」

「みんなで隠すさ。それで、かなり酔っぱらっているのか？」

「酔っぱらっているなんてもんじゃねえ！　悪い酒で、絡んでくるのさ」

「へえ、それじゃおしまいは鉄拳制裁か……」

「誰の話をしているんですか」私は隣に座っているポーランド人にたずねた。

「ガージンという囚人のことですよ。ここで酒屋をしています。それである程度金が儲かると、たちまち酒に代えて飲んでしまうのです。凶暴で質《たち》の悪いやつですが、ただし素面《しらふ》のときはおとなしいくせに、酔っぱらうと全部表に出てしまって、ナイフを持ってみんなに向かっていったりするんです。そうなったらもう、まわりが静かにさせるのですが」

「静かにさせるとは？」

「十人くらいで飛びかかっていって、すっかり気を失うまで袋だたきにするのです。つまり半殺しにするんですね。それから板寝床に乗せて、半外套でくるんでおくんですよ」

「でも、それじゃ殺してしまいかねませんね」

「ほかの人間なら死んでしまうかもしれませんが、あいつは無事ですよ。なにしろ恐ろしく頑健なやつで、この監獄の中の誰よりも強く、体も丈夫なのです。だから翌朝になればけろっとして起き上がりますよ」

「一つ教えてください」私はさらに問いを続けた。「あそこの者たちも勝手に自前の食事をしていて、私のほうはこうしてお茶を飲んでいる。それなのにあの者たちは、まるでこのお茶を羨《うらや》んでいるような顔をしているじゃないですか。これはどういうことなんです？」

「別にお茶のせいじゃありませんよ」ポーランド人は答えた。「あなたが貴族で、自分たちとは違うから、憎んでいるんですよ。連中の多くは、できればあなたに難癖をつけてやろうと思っているでしょう。侮辱して、恥をかかせてやりたいという気持ちが強いんです。これからもあなたは、ここでいろいろ不快な目に遭うことでしょう。我々みんなにとって、ここは実に暮らしにくいところです。誰よりも我々にとってつらいんですよ、あらゆる意味でね。慣れるためには、精一杯無頓着でいるしかないでしょう。お茶のことでも特別食のことでも、あなたはこれからもさんざんいやな目に遭い、罵られることでしょう。ここでは実に多くの者がごく頻繁に自前の食事をしているし、中にはいつも茶を飲んでいる者さえいるというのに。連中には許されることが、あなたには許されないのです」

そう述べると相手は立ち上がり、テーブルを離れていった。何分か後には、彼の言葉が現実のものとなった……。

第三章　最初の印象（続）

M（私と話した例のポーランド人[35]）が立ち去るとすぐに、ガージンが完全な酩酊《めいてい》状態で炊事場に飛び込んできた。

白昼堂々、しかも全員が労働に出なければならない平日に、いつ監獄を見回りにくるかしれない厳格な長官や、常時ここに詰めて囚人を監督している下士官や、看守や、檻房内に暮らす傷痍兵がいる中で――一言で言えばこの厳格な管理体制をものともせず――酔っぱらった囚人がいるという事実は、牢獄生活に関して私の内に生まれかけていた観念をすっかり混乱させてしまった。そして懲役生活の最初の日々にこれほど不思議と思えたこの種の様々な事実に自分で説明がつけられるようになるまでには、かなり長い監獄暮らしを経験しなくてはならなかったのである。

すでに述べたように、囚人たちは常に自分の仕事を持っていた。仕事を持つことが懲役暮らしの自然な欲求なのだった。またそうした欲求に加えて、囚人は金《かね》が大好きで、金を何よりも大切な、ほとんど自由と並ぶほど大切なものと思っていた。ポケットの中でコインがちゃりちゃり鳴っているだけで心が慰められるのである。反対に金

35 モデルはアレクサンデル・ミレツキ（Aleksandr Mirecki 一八二二年クラクフ生まれ）。ベルリン大学で学びワルシャワで勤務していた際に反ロシア的陰謀に加わった罪で、一八四六年に逮捕、五百発の列間笞刑、十年の懲役を宣告され、オムスク監獄に送られた。家が零落して貴族身分が認められず、獄内で差別待遇を受けた。

がないとしょんぼりと元気がなく、不安になって落ち込んでしまう。そんなときには、ともかく金さえ手に入るなら、泥棒だろうが何だろうが手段はいとわないという気になるのだ。しかし監獄ではそれほど貴重な存在であるにもかかわらず、金を手に入れた幸せ者のもとにそれが長くとどまることは決してなかった。何よりもまず、盗まれも奪われもせずに金をしまっておくのは容易でなかった。もしも抜き打ち検査の際に金が少佐の目にとまれば、即刻没収されてしまう。もしかしたらその金は囚人の食料事情改善に役立つのかもしれないが、少なくともまず少佐の手に渡ってしまうのだ。だが、一番多いのは窃盗だった。この意味では誰一人当てにはならない。後になって我々のところでは、まったく安全に金を取っておく方法が開発された。ある古儀式派[36]の老人に預けるのだ。これはもともとヴェトカの住人で、スタロドゥビエ村[37]を経てここに送られてきた囚人だった……。話は逸れることになるが、ここでぜひこの老人について一言説明しておきたい。

これは年の頃六十くらい、小柄で白髪の老人だった。私はこの人物を一目見ただけで強い衝撃を受けた。それほどまでにほかの囚人たちと違っていたのだ。彼のまなざしは何かとても安らかで静かなものを含んでいたので、細かな放射状の皺《しわ》に囲まれたその澄んだ、明るい目を見るのが、なんだか特別うれしかったのを覚えている。老人とはよく話をしたが、これほど善良で心優しい人物と出会うことは、一生の内でもめったにないことだった。彼はきわめて重い罪で流刑になっていた。実はスタロドゥビエの古儀式派の間に改宗者が出はじめていて、政府はこれを強く奨励し、さらに改宗を拒んでいる他の者たちをも改宗させようと、あらゆる手を尽くすようになっていた。老人はほかの狂信者たちとともに、本人の言葉で言えば「信仰を擁護する」決意をした。その頃帰一派《エディノヴェールイ》[38]の教会が建てられようとしていたが、彼らはそれに火をつ

36　十七世紀のロシア正教会の奉神礼改革に反対して主流派から分離した勢力の総称（＝旧教徒）で、前出の「分離派」と同義で使われることも多いが、分離派が主流派から見た蔑称のニュアンスを持つのに対して、古儀式派はより客観的な呼称。改革前の世代の聖職者が途絶えた後、自前の聖職者を持つ容僧派と聖職者を持たない無僧派に分かれた。

37　ヴェトカは元ポーランド・リトアニア共和国の町（現ベラルーシ）。十七世紀ソシ川に浮かぶ同名の島を中心にロシアから逃れた古儀式派が住み着き、大きな集落を作ったが、十八世紀にロシア帝国の迫害を受け、多くがロシアに強制移住させられた。スタロドゥビエ村はその移住先の一つで、現ウクライナのチェルニゴフ県にある。

38　古儀式派の中で古い奉神礼や習慣を守りながら、改めてロシア正教会主流派の権威を認めるという立場をとった者たち。十八世紀に奉神礼改革以前の聖職者が絶えるにつれてこの勢力が強まり、スタロドゥビエはその中心となった。

けて焼き払ってしまったのだ。老人は首謀者の一人として懲役送りとなった。本来裕福な商人だったが、妻も子供たちも家に残し、毅然として流刑に赴いた。つい血迷って、流刑を「信仰のための受難」と思い込んだからだ。

この人物としばらく一緒に暮らしてみれば、諸君も思わず自分に問いかけることだろう――こんな子供のようにおとなしくて静かな人間が、いったいどうして反徒などになり得たのか、と。私は何度か彼と「信仰論」を試みた。彼は自分の信念を一歩たりとも譲ろうとしなかったが、その反論にはけっして何の悪意も、何の憎しみも含まれてはいなかった。それなのに彼は教会を破壊して、しかもその行為を隠そうともしなかったのである。その信念のあり方からして、彼は自分の行動とその結果引き受けた「苦しみ」を、名誉ある事柄と見なしていて当然だったように思える。だがどんなにじっくり眺めても、どんなに細かく観察しても、彼がそのことを鼻にかけたり自慢したりする気配は皆無だった。

私たちの監獄にはほかにも古儀式派の者たちがいたが、たいていはシベリア出身者だった。かなり教養もあって目端が利く者たちで、並外れた聖書の知識をひけらかし、それぞれに弁の立つ者ばかり。みな飛びきり横柄で高慢で、ずるがしこくて短気だった。老人はそれとはまったく違った人物だった。ほかの者たちよりもおそらく聖書の教えには通じていたかもしれないが、議論は避けていた。きわめて社交性に富んだ気性で、ほがらかでよく笑った。それも、囚人たちがよく見せる無礼で小馬鹿にしたような笑いではなく、明るくて静かな笑い方であり、そこには子供のような純朴さがあふれていて、なぜかそれがとりわけ白髪頭に似合うのだった。もしかしたら単なる私の思い込みかもしれないが、笑い方でその人の人となりがわかるような気がする。だからまったく知らない初対面の人でも、もしその笑い方があなたの気に入ったとしたら、そのまま大胆に、この人は良い人だと断じてかまわないのである。老人は監獄中の人間から尊敬されていたが、それを鼻にかけるところは少しもなかった。囚人たちは彼をお爺さんと呼び、決して彼の気を損なうようなまねはしなかった。この老人が同宗の者たちにどれほど大きな影響力を持つことができたか——私はその一端を理解した。

しかし外から見れば毅然として懲役暮らしに耐えているようでも、胸の内には深い、癒しがたい悲しみが潜んでいた。それを老人は努めて皆から隠そうとしていたのだ。私は老人と同じ檻房だったが、あるとき、深夜の二時過ぎにふと目を覚ますと、静かな、押し殺したような泣き声が聞こえた。老人が暖炉の上に座って（これはかつて少佐を殺そうとしたあの聖書好きの囚人が夜な夜な上で祈っていた、例の暖炉である）

自分の手帳を見ながら祈っているのだった。泣き声の合間に、こんな言葉が混じるのを私は聞きつけた。

「主よ、私を見捨てないでください！　主よ、私を支えてください！　私には幼い子らが、かわいい子らがいますが、二度と会えないのです！」

私がどんなに切ない気持ちになったか、とても言葉にできない。まさにこの老人に、ほとんどすべての囚人が、次第に自分の金の保管を頼むようになったのである。懲役場ではほとんど全員が泥棒だが、あるときふとなぜか皆が、この老人ならば絶対に盗むはずはないと確信したのである。預かった金を彼がどこかに隠していたことは知られていたが、隠し場所はまったくの秘中の秘で、誰にも探し出せなかった。後になってから彼は、私と何人かのポーランド人に自分の秘密を打ち明けてくれた。監獄の柵をなしている杭の一本に節があって、見た目はしっかり木と一体化している。だが実はその節は外すことができて、木の中は大きな空洞になっていた。老人はそこに金を隠しては、後でまた節をはめ込んでおいたので、誰にもまったく探し出せなかったというわけである。

しかし話が逸れた。そもそもなぜ囚人の懐に金が長くとどまらないのかという話で中断したのだった。ところで、金をしまっておくことの難しさ以外にも、監獄という場の大いなるやるせなさの問題がある。囚人というのはそもそも自由を激しく渇望するものであるし、さらには出身階層からしても考え無しで野放図な性格が強いので、どうしてもあるとき不意に「羽目を外して」みたい、ありったけの金を蕩尽して音曲入りのどんちゃん騒ぎをやらかして、たとえ一瞬でも自分の憂さを忘れたいという気になりがちなのだ。中には何ヶ月もコッコツと骨身を惜しまず働いたあげく、貯め込んだ稼ぎをある日ぱっと全部使い果たし、すっからかんになってしまうような者もいる。そしてまた次の散財のときまで、何ヶ月か一心不乱に働くのであるが、これは一種異様な見物《みもの》である。

囚人の多くは晴れ着を新調するのを好んだが、それも必ず一風変わった特徴のある服で、お仕着せ服とはちがう黒ズボンとかポッジョーフカとかシビルカ[39]などである。同じく更紗のルバシカや銅のバックルがついた腰ベルトも愛好家が多かった。祝日には皆が着飾った。中には必ず精一杯派手に着飾る者がいて、そういう者はきまってすべての檻房を回り、世間におのれの勇姿を見せつけようとするのだった。うまく着

39　いずれもカフタンと呼ばれる裾の長いトルコ風の男性用上着で、袖、襟、裾などに様々なアレンジを施したもの。

飾った囚人の満足ぶりときたらまるで子供がはしゃいでいるようだったが、実際多くの点で囚人たちはまったくの子供だったのだ。もっとも、そうしたすばらしい衣装もなぜか急に持ち主の手元から消えてしまう。場合によってはすぐその晩のうちにはした金で質入れされて、そのまま流れてしまうのだ。

しかしこうしたどんちゃん騒ぎに至るまでには、きちんとした手順がある。日取りは通例祭日か、浮かれる当人の名の日[40]に合わされた。名の日を迎えた囚人は朝起きると聖像《イコン》にろうそくを捧げて祈る。それから豪華に着飾って夕食を予約するのだ。牛肉が、魚が買い込まれ、シベリア風ペリメニが作られる。当人はまるで去勢牛のように腹一杯食べるが、ほとんど常に一人宴会であり、仲間を呼んで食事を分かち合うことはめったになかった。それから酒が登場する。名の日の主役はへべれけになるまで飲み、必ず千鳥足であちこちで躓《つまず》きながら檻房を回り、自分は酔っぱらっているんだ、「豪遊」しているんだということを皆に見せつけようとする。そうすることで皆の尊敬を得ようとするのである。

どこに行ってもロシアの民衆には、酔っぱらいに対する一種の共感があるのが感じられるが、獄中に至っては、人々は飲み浮かれている者に対して敬意さえ払っていた。獄中で酔っぱらうという行為には、一種貴族的な要素があるのだ。酔って浮かれた囚人は、必ず楽師を雇う。監獄には元脱走兵の小柄なポーランド人がいて、実にいやな男だったがバイオリンが弾けて、しかも自前の楽器を所有していた。それが彼の全財産だったのだ。何の仕事も持っておらず、ただ酔っぱらいに雇われて陽気なダンス曲を演奏することだけで金を稼いでいた。彼の役割といえば、酔っぱらいの主人の後にぴったりと付き従って檻房から檻房へと回り、キーキーと力の限りバイオリンを弾きまくることだった。ともするとその顔には倦怠と憂愁の影が差した。しかし「ほら弾け、金をもらっただろうが！」というかけ声で、またキーキーと弾かざるを得ないのだった。

こうした一人酒盛りを始める囚人は、もしも自分がぐでんぐでんに酔っぱらってしまっても、必ず誰かが面倒を見て、適当なときに寝かしつけ、監督官が現れてもきっとどこかに隠してくれると、高をくくっていられる。しかもそうして酔っぱらいを助けるのは、まったく私利私欲からではない。秩序維持のために監獄に同居している下士官や傷痍兵たちの側も、酔っぱらいが秩序を乱すようなことは一切あり得ないと、同じく安心しきっていられる。同獄の連中がそろって酔っぱらいを見張っており、も

40 洗礼名をもらった聖人の記念日で、当人の誕生日のように祝われる。

しも騒ぎを起こしたり暴れ出したりすれば、すぐさま黙らせて、なんなら縛り上げてしまうだろうからである。だからこそ監獄の監督官でも下級の者たちは、飲酒を見て見ぬふりをして、特にとがめ立てをしようとはしなかった。もしも酒を禁じたりしたらもっとひどいことになると、よくわきまえていたからだ。それにしても、いったい酒はどこから手に入れていたのだろうか？

監獄で酒を買う相手はいわゆる酒屋《ツエロヴァーリニク》[41]である。酒屋は何人かいた。酒盛りには金がかかるが、囚人が金を稼ぐのは容易でないので、飲んで「豪遊」する者は概して多くないという事情にもかかわらず、酒屋たちは絶えず営業していて、よく儲けていた。この商売の開始、進展、そして解消のプロセスは、かなり独特である。仮に一人の囚人がいて、手に職もなければ働く気もないが（そういう囚人は多い）、しかし金はほしい、それもせっかちなので手っ取り早く儲けたいとする。その男に幾ばくかの種銭《たねせん》がある場合、彼は思いきって酒の販売に手を染める。これは決断のいる、リスクの大きい商売で、下手をすれば罰を食らって背中にお仕置きをされたあげく、酒も元手もいっぺんに失いかねない。だが酒屋はその危険を冒すのである。はじめは手持ちの金が少ないので、最初の回は自分で監獄に酒を運び込み、もちろんそれを儲けが出る形で売りさばく。これを二度三度と繰り返して、もしも監督官にとがめられなければ、みるみる儲けがふくらんでいく。そしてそうなったとき初めて、本格的な、手広い商売が始まる。すなわち本人は事業主、資本家になり、手下や助っ人を雇い、リスクは遥かに小さく、儲けはますます大きくなる。リスクは助っ人たちが代わりに引き受けてくれるからだ。

監獄というところには、有り金を使いはたした者、博打ですってんてんになった者、一文無しになるまで飲んでしまった者、職のない者、哀れにも身ぐるみはがされた者がいつだってたくさんいるが、ただしそういう者たちもある程度の大胆さと決断力は備えている。そうした者たちにあってただ一つ、手つかずの資本として残っているのが背中の皮である。背中だってまだ何かの役には立つというわけで、すっからかんになった飲ん兵衛は、思い切ってその最後の資本を活用しようとする。彼は酒屋の経営者のもとへ行き、監獄へ酒を持ち込む要員に雇われる。金持ちの酒屋はそうした働き手を何人か抱えているのだ。

監獄の外のどこかに誰か片棒を担ぐ者がいて、それは兵隊だったり町人だったり、

41 ロシアの前身モスクワ大公国で税務官（司法・警察も兼ねる）を表す語で、酒税との関連で後に酒屋を示す語になった。就任に際し十字架に口づけ《ツェロヴァーチ》して忠勤を誓ったことから出た呼称。

時には娼婦だったりするのだが、この人物が事業主の金を使い、一定の手数料を取って（これがなかなか高額なのだが）酒場で酒を買い、どこか囚人たちが行く作業現場の、人目につかぬところに隠しておく。ほとんど常に、この調達係がまずしっかりと味見をし、飲んだ分は容赦なく水をつぎ足しておく。それがいやなら置いていけというわけで、囚人の側では贅沢なことは言えない。金が消えずにウォトカが届いただけでもめっけもので、それがどんなものだろうが、ウォトカに変わりはないのである。

この調達係のもとに、慎重な監獄の酒屋があらかじめ連絡を入れておいた運び屋が、牡牛の腸を携えて現れるという寸法である。この腸はまずよく洗ってから水を入れ、自然な潤いと柔軟性を保つ工夫がしてあって、時を経るに従ってウォトカの容《い》れ物にぴったりになっていくのだ。腸にウォトカを詰めると、運び屋の囚人はそれを自分の体に巻き付ける。それもできるだけ人目につかぬ隠しどころに結わえ付ける。もちろんこういうところでこそ密輸業者の腕前が、その盗人的な狡猾ぶりが発揮されるのだ。これは一種沽券《こけん》に関わる場面で、なにしろ護送兵も衛兵もごまかしおおせなくてはならないのだ。彼は相手をごまかしにかかる。腕の良い泥棒にかかると、護送兵は（時には頼りない新兵も混じっていたが）いつもぼんやり見過ごしてしまうのだ。もちろん護送兵のことはあらかじめ調査済みだし、おまけに仕事の時間も場所も計算に入っている。たとえば暖炉職人の囚人がペチカの上に上ったとして、そこで何をやっているかなど、いったい誰に見えるだろうか？　まさか護送兵が後について上りはしまい。監獄まで戻ってくると、囚人は万一のために一五コペイカなり二〇コペイカなりの銭を手に握って、門のそばで兵長を待つ。作業から戻った囚人は全員、衛兵隊の兵長に全身を目で検査され、手で調べられてから、ようやく門を開けて通してもらえるのだ。酒の運び屋は普通、体のある種の箇所をあまり詳しく探るのは相手も気が引けるのではないかと期待している。だが抜け目のない兵長は、時にそうした隠しどころまで手を伸ばして、酒を探り出してしまうのである。そうなると最後の手段しかないということで、運び屋は何も言わず護送兵に隠れて手の内に隠していた銭を兵長の手に差し入れる。そんな鼻薬が効いて無事に通過を許され、獄内に酒を持ち込むことができる場合もあるのだ。

だが時には薬が効かない場合もあり、そんなときにはいよいよ最後の資本である背中の皮に頼らざるを得ない。少佐に報告が行き、資本である背中は笞で、それもこっぴどく打たれ、酒は国庫に没収されるというわけで、運び屋はこれをすべて我が身に引き受けて、事業主のことは口を割らない。ただし言っておくが、べつに密告を嫌って言わないのではなく、ただ単に密告が自分に不利だから言わないのだ。いずれにせよ自分は笞打たれるのだから、密告して良いことがあるとすればもう一人お仕置きの道連れができることぐらいしかない。ところが事業主はまだこの男に必要なのだ。とはいえ、慣習からしても事前の申し合わせからしても、背中が笞で打たれたからといって、運び屋は事業主からびた一文もらえはしないのであるが。

密告一般のことを言えば、それは通例盛んに行われていた。監獄では密告者は少しも評判を落とすことはないし、密告者に腹を立てるなどは論外だった。密告者を仲間はずれにすることもなく、皆仲良くつきあっているわけで、もしも獄中で密告がどんなに忌まわしいことかを論じたてたとしても、まったく理解されないだろう。私が絶交した例の腐りきった下劣な貴族出の囚人は、フェージカという少佐の従卒と親しくしてスパイ役を務め、彼が囚人たちについてしゃべったことが従卒を通じて少佐に筒抜けになっていた。我々は皆それを知っていたが、このろくでなしを懲らしめてやろうとか、あるいはせめてなじってやろうなどと、誰一人一度として思い浮かべたことさえないのである。

だがすっかり話が脱線してしまった。もちろん酒が無事に門を通過することも多い。すると事業主は、届けられた牛の腸を受け取って経費を払い、それから計算を始める。計算してみると酒が非常に高いものについていることがわかる。それで儲けを増やすため、別の器に移す際にあらためて水を混ぜて酒を薄める、それもほとんど半分くらいに薄めてしまう。そうして準備万端整えて、買い手を待つのである。最初の祝日に、時には平日のこともあるが、買い手が現れる。あらかじめこの日に有り金全部飲んでやろうと決めた上で、何ヶ月も粉挽き牛のように働き、小銭をコツコツと貯め込んだ囚人だ。この一日は遥か以前から哀れな働き者の夢に現れ、仕事の合間の幸せな夢想にも現れて、砂を嚙むような監獄暮らしのさなかにも、その魅力で彼の精神を支えつづけてくれたのだった。そして今、晴れの日の曙光《しょこう》が東の空に輝き渡った。首尾良く金が貯まり、没収も窃盗も免れた。その金を彼は酒屋に持っていくのである。

酒屋はまず客にできるだけ純粋な酒を飲ませる。つまりたったの二度しか水増ししてないやつである。ただしこうして瓶から試飲させるたびに、減った分はすぐに水で埋められるのである。一杯分の酒の値段は、酒場で飲む時の五倍か六倍にもなる。さて心ゆくまで酔っぱらうためには、いったいこんな酒を何杯飲んでどれほどの金を払わなくてはならないか、想像がつこうというものだ！　しかし普段酒を飲みつけていない上に、この日に合わせて節制していたおかげで、囚人はかなり酔いの回りが早く、普通はその勢いのまま飲みつづけて、最後には金を使い果たしてしまう。そうなると衣装を金に換えて飲む番となり、酒屋が質屋も兼ねることになる。最初は新調の特殊な装着品が質入れされ、それから古着のぼろ、そして最後には官給品にまで手が付くというわけだ。

最後のぼろきれ一枚まですっかり飲んでしまった酔っぱらいは、倒れて眠り込み、そして翌日、お定まりのズキズキ頭で目を覚ますと、酒屋のところへ行って二日酔いを治すためにたった一口でいいから飲ませてくれと、むなしく懇願するのである。重い気分でこうした難儀を乗り越えると、彼はその日からまた仕事にかかり、あらためて何ヶ月もの間、身を粉《こ》にして働きつづける。そうして働きながら、過ぎ去って二度と戻らぬあの幸せな宴の一日を懐かしんでは少しずつ元気を回復し、やがて次の宴の日を待ち望むようになるのだ。まだ遠い先ではあるが、いつかは必ずやってくるその日を。

酒屋のほうはといえば、こうした商売をこなして何十ルーブリという巨額の儲けを手にすると、最後にもう一度酒を用意するが、それにはもはや水を混ぜたりしない。自分用の酒だからだ。商売はもうたくさん、今度は自分が浮かれる番だ、というわけである。どんちゃん騒ぎが始まり、酒だ、つまみだ、音楽だということになる。資金が大きいので、身近にいる位の低い獄吏たちまで買収されてしまう。こうした宴は時には何日も続く。もちろん自分で用意した酒はやがて飲み尽くされてしまうが、そうなると酒飲みは別の酒屋たちのところへ出かけていく。相手はそれを待ち構えているという寸法だ。こうして最後の一文を使い果たすまで飲みつづけるのである。

囚人たちがどれほどかくまっても、こうした酔っぱらいは時に監督官である少佐や警備将校の目にとまってしまう。すると彼は衛兵詰所に連行され、持ち金が残っていれば没収され、最後に笞打たれる。笞打たれてすっかり正気づいた彼は、檻房に戻ってくる。そして何日かたつと、またもや酒屋の仕事を始めるのである。

気晴らしをする連中の中には、もちろん金持ちの場合だが、女をほしがる者たちもいる。そうした者たちは時々大きな金を払ってこっそりと作業を抜け出し、買収した護送兵に伴われて、どこか監獄を離れた郊外に出かけていく。どこか町の一番はずれの、ひっそりとした小さな家で、豪勢な宴会が始まり、半端でない巨額の金が蕩尽されるのだ。金さえ出せば囚人だって大いにもてる。護送兵も事情をわきまえていて、あらかじめ段取りをつけておいてくれるのだ。通例そうした融通の利く護送兵自身が、いずれ監獄に入る順番となるものだ。とはいえ金を使えば何でもできる道理で、このような遠出もほとんど常に人知れず終わる。断っておくが、こうしたことはごくまれにしか行われない。大変な金がかかるからで、だから女が好きな連中は、もっと別の、完全に安全な手段に走るのである。

まだ監獄暮らしを始めて間もない頃から、私は一人の若い囚人――きわめて美男の青年――に格別の興味を覚えるようになった。青年の名はシロートキン[42]といった。これはいろいろな点でかなり謎めいた人物だった。まず私を驚かせたのは、その美しい顔だった。青年の年格好はせいぜい二十三歳といったところだった。彼は特別《オソーボエ・》檻房《オットジェレーニエ》、すなわち無期懲役囚の檻房にいた。つまりもっとも重い軍事犯の一人と見なされていたのだ。静かでおとなしく、無口でめったに笑顔を見せなかった。目はブルーで、目鼻立ちの整った清らかで華奢《きゃしゃ》な小顔に薄亜麻色の髪をしていた。半分剃られた髪すら、あまりみっともなくは見えない。それほどまでに美男の青年だったのだ。

シロートキンは何の職も持たなかったが、金は少しずつながら頻繁に稼いでいた。目につくほど怠惰で、だらしない格好で歩いていた。ただし誰かほかの者がきれいな服を着せてやって、時には赤いルバシカなどを奮発してやると、明らかに新しい衣装を喜び、あちこちの檻房を巡ってお披露目していた。酒は飲まず、カード博打もせず、ほとんど誰とも口論したことはなかった。よく獄舎の裏手を、ポケットに手を突っ込んで、静かな、考え込んだような顔で歩いていた。この青年がいったい何を考えているのか、想像もつかなかった。たまに興味を覚えて声をかけ、何か質問すると、すぐに返事を返してくる。それもなんだか丁寧な、囚人らしくない態度だったが、ただしいつも言葉少なで、短い返答ぶりだった。こちらを見返す目が、まるで十歳の少年のようなのだ。金が手に入っても、何か必要なものを買うのでも、ジャケットを修繕に出すのでも、長靴を新調するのでもなく、白パンと糖蜜菓子を買って食べている。その様子は七歳の子供と変わらなかった。「おいおまえ、シロートキンよ！」そんな風に囚人たちはよく彼に声をかけた。「おまえはまったくカザンの孤児《シロター》だなあ！」[43]

作業のない時間、彼は普通よその艦房を回り歩いていた。ほとんど誰もが自分の用事にかまけているとき、彼だけは何もすることがない。誰かが何か声をかけると、それもほとんどいつもからかい言葉だったが（この青年や彼の同類の者たちは、よくからかいの的になっていた）、何も言わずにくるりと向きを変え、別の艦房に向かう。

42 孤児《シロター》を連想させる姓。
43 カザンはヴォルガ河中流域の都市。ムスリム系タタールの多かったこの地域が十六世紀にイワン雷帝に征服された後、タタールの公侯の中にキリスト教に改宗してモスクワに行き、ロシア皇帝に臣属する者たちが現れたが、その様子を権力への媚びと見たモスクワ人がこの表現を生んだ。「寄る辺ないふりをして同情を買う者」という意味で現在でも使われる。

ただ時折ひどく冷やかされたりすると、顔を赤らめていた。私はよく考えたものだが、こんなにおとなしい、純朴な青年が、いったいどうして監獄なんかにいたのだろうか?

あるとき私は病院の囚人部屋に入院していた。シロートキンも同じく病気になって、私のすぐ脇に寝ていた。ある日の夕刻、私たちはなんとなく話し込んだ。彼も何かしんみりした様子で、話のついでに、自分が兵役に出されたときの事情、母親が自分を見送りながら悲しんで泣きじゃくった様子を物語り、そして新兵暮らしがどんなにつらかったかを語ってくれた。新兵生活にはどうしても慣れることができなかった、と彼は語った。まわりがみんな怒りっぽい、厳しい人間ばかりで、隊長はほとんど常に彼のすることに不満だったからだ……。

「それで、結局どうなったんだね?」私はたずねた。「いったいどうして君はこんなところに来るはめになったんだ? しかも特別檻房とは……。ああ、シロートキン、シロートキン!」

「そう、僕は、ゴリャンチコフさん、たった一年しか隊にいませんでした。それからここに送られたのですが、理由は、グリゴーリー・ペトローヴィチを、中隊長を殺してしまったからです」

「それは聞いたよ、シロートキン、でも信じられない。どんな相手にせよ、君が人を殺したなんて」

「巡り合わせですよ、ゴリャンチコフさん。もう、つらくてたまらなかったんです」

「でも、ほかの新兵はどうして暮らしているんだね？　もちろん最初はつらいだろうが、だんだん慣れていって、そのうちに立派な兵隊になるじゃないか。君はきっと、お母さんに甘やかされたんだね。お菓子とミルクで十八の年まで育てられたんだ」

「お母さんは本当に僕のことをとってもかわいがってくれました。僕が兵隊にとられた後、お母さんは寝込んでしまって、二度と起き上がれなかったそうです……。新兵勤めは、しまいにはほとほと嫌になりました。隊長は僕のことが気に食わず、何かにつけて罰を食らわせました。でも全部言いがかりです。僕は誰にも逆らわず、規律を守り、酒も飲まず、借金もしませんでした。だってゴリャンチコフさん、人間、借りを作るのは良くないことですからね。でもまわりがみんなそろって意地の悪い人たちで、泣きに行く場所さえ見つからないのです。よくどこかの隅っこに隠れて、そっと泣いたものです。あるとき僕は歩哨をしていました。真夜中でしたが、哨所の銃座のついた掩蔽部《えんぺいぶ》のすぐ脇に一人で立たされたのです。秋のことで、闇の深さときたら、目の玉をくりぬかれてもわからないほど。そのうちにせつなくてせつなくてたまらない気持ちになってきました！　僕は銃を足に寄せ、銃剣を外して脇に置くと、右のブーツを脱ぎ、銃口を胸に当て、銃にのしかかるようにして、足の親指で引き金を引きました。ところが、不発だったのです！　銃を点検し、発火装置を掃除し、新しい火薬を詰め、火打ち石の表面も削り、もう一度胸にあてがいました。ところがどうでしょう？　火薬には点火したのですが、またもや弾が出なかったのです！　いったいどうしたんだろう、と僕は思いました。そうしてブーツを履き、銃剣をつけ直し、黙ってその辺を歩き回りました。まさにそのとき、僕はやるしかないと決めたのです。たとえどんな目に遭ってもかまわない、新兵生活から逃げられさえすれば、という気持ちでした。半時間後に隊長がやってきました。哨兵の点検です。隊長はすぐさま僕に向かって『何という格好で歩哨をしておるのだ！』と怒鳴りつけました。僕は銃を手に取ると、そのまま相手の体に銃剣の刃を、根元の銃口のところまで突き刺しました。それで四千発の笞打ちをくらい、それからここの、特別檻房に送られたのです……」

彼の言うことに嘘はなかった。そもそも彼のような者が特別檻房送りになるのに、いったいほかにどんな罪があるだろうか？　通常の犯罪に対する処罰は、もっとずっと軽いのだ。それはそうと、シロートキンの仲間の中でも際だった美男は彼一人だった。お仲間は我々の監獄に全部で十五人ほどいたが、彼以外の者はといえば、まともに目も当てられない連中ばかり。二、三人はまだしも我慢できるが、ほかはみんな間の抜けたへちゃむくれの、だらしのないご面相で、中には白髪頭の者さえいた。もし事情が許せば、いつかこの連中について詳しく語り聞かせよう。シロートキンはよくガージンとつきあっていた。このガージンこそが本章の最初の話題であり、私はこの人物が酔っぱらって炊事場に飛び込んできて、監獄生活に関する私の最初の理解を打ち砕いたところから始めたのだった。

このガージンというのは恐るべき人物だった。誰もがこの男を見ると怖《お》じ気《け》づき、震え上がってしまうのだ。この男ほど凶暴で化け物じみた存在はあり得ないと、私はいつも感じていた。私はトボリスク[44]では、悪行で名を馳せた例の盗賊カーメネフを見かけたし、その後、逃亡兵で恐るべき殺人犯の未決囚ソコローフも見たことがあった。だがそのいずれからも、ガージンほどの忌まわしい印象を受けはしなかった。ガージ

44　トボリスクは西シベリア、流刑世界の入り口に当たるイルティシ河畔の都市で、十九世紀前半に流刑囚の分類・識別・登録および輸送・配置を総管理する流刑行政局が置かれた（のちにチュメニに移転）。カーメネフは後にコーレネフという名でも出てくる実在の流刑囚。

ンを見ていると私は時折、まるで人間ほどの大きさをした、とてつもなく巨大なクモと対面しているような気になるのだった。彼はタタール人で、恐ろしく力が強く、監獄一の力持ちだった。背は並よりも高く、ヘラクレス張りの体格で、醜くて不釣り合いに大きな頭部をしていた。猫背で歩き、目つきは上目遣いだった。監獄ではこの男に関して不思議な噂が流れていた。もと軍人だったことは知られていたが、囚人の仲間内の話では、本当かどうかは知らないが、ネルチンスク[45]からの脱走者だということになっていた。シベリアにはもう何度も送られ、何度となく脱走して名前も変え、最後に我々の監獄の特別檻房にたどり着いたということらしい。

　同じく噂話によると、この男はかつて幼い子供を、単に楽しみのために殺すことを好んだらしい。どこか都合の良い場所に子供を連れ込んで、はじめはさんざん怯えあがらせていじめ抜き、哀れな幼い犠牲者が恐怖に打ち震える様《さま》を十分に楽しんだ後で、そっと時間をかけて、楽しみながら斬り殺すというのである。もしかしたらこれはなにもかも、ガージンが誰にでも与える重苦しい印象に起因する、作り話だったのかもしれないが、たとえ作り話にせよ、全部がなんだかいかにも彼にお似合いの、もっともらしい話であった。ただし獄中での彼は、酒を飲んでいない普通のときには、ごく品行方正だった。いつももの静かで誰とも決して喧嘩せず、むしろ争いごとを避けていたが、それはどうやらほかの者たちを見下して、自分のことを他の誰よりも高く評価しているからのようだった。口数もきわめて少なく、あらかじめ思うところがあって他と交わらないという様子だった。彼の動作はすべてゆっくりと落ち着いて、自信に満ちていた。目を見ても、これがなかなか抜け目のない、狡猾な男だということが知れた。ただ顔にも笑みにも絶えず、何かしら高飛車に人を見下したような表情、残忍な表情が浮かんでいた。

ガージンは酒を売るのが商売で、獄中でもっとも羽振りの良い酒屋の一人だった。ただし年に二度ほど自分がへべれけになるまで飲まずにはいられず、まさにそうしたときに獣的な本性が存分に発揮されるのだった。酔うにつれて、彼はまず嘲弄的な言辞でほかの者たちをいたぶりはじめる。それも計算ずくの、まるでずっと前から用意していたかのような、やたらと毒のこもった台詞《せりふ》を用いるのである。そうして、いよいよすっかり酔っぱらってしまうと、恐ろしく凶暴になって、包丁をつかんで人に飛

45 ネルチンスクは東シベリア、アムール河沿いの都市で、同じく流刑地があった。一般にヨーロッパ・ロシアから遠いシベリア東部、北部の流刑地ほど生活条件が厳しく、重罪の者・政治的に危険な者が送られた。

びかかってくるのだった。彼の怪力をわきまえた囚人たちは、ちりぢりに逃げて身を隠す。それでも彼は、相手かまわず見かけた者に襲いかかるのである。

だがやがて人々は、この男の料理法を発見した。同じ檻房の者が十人ばかり、一、二の三で彼を急襲し、袋叩きにするという手法である。およそこの際の暴行ぶりほどむごたらしいものは思い浮かばない。胸も心臓のあたりも鳩尾《みぞおち》のあたりも腹も、ところかまわず殴りつける。そうして数限りなく延々と殴り続けた末に、相手が気を失って死んだようになると、ようやく殴打をやめるのである。ほかの者が相手なら、こんな殴り方をするのは気が引けるだろう。殺してしまいかねないからだ。しかしガージンは別であった。殴打が終わるとすっかり意識を失ったガージンの体は半外套でくるまれて、板寝床へと運ばれる。「寝てりゃあ治るさ！」というわけである。そして実際、翌朝になると彼はけろりと治ったかのように起き上がり、むっつりと不機嫌な顔で作業に出かけていくのだった。だから監獄では、ガージンが飲んで酔っぱらうたびに、その日はきっと袋叩きで終わるだろうということが、あらかじめ皆に了解されていた。本人もそれを承知していたのだが、しかしそれでも飲んでしまうのだった。そうして何年かがたつうちに、ついにさすがのガージンにもこれがこたえてきたのが皆にわかった。あちこちが痛いとこぼすようになり、見るからに衰えてきて、しょっちゅう病院に通うようになったのだ……。「とうとう参りやがったか！」囚人たちは陰でそう言っていたものだ。

ガージンは、酔っぱらった囚人たちがたいてい興を盛り上げるために雇う、例の嫌らしいポーランド人のバイオリン弾きを連れて炊事場に飛び込んできた。そうして炊事場の真ん中で歩みを止めると、その場にいる全員を黙ったまじろりと見回した。皆はしーんと押し黙った。とそのとき、ついに私と私の連れに目をとめたガージンは、憎々しげな嘲りの目でこちらをにらみつけ、したり顔でほくそ笑むと、あたかも何かを独り合点したかのように、ひどい千鳥足で我々のテーブルに歩み寄ってきた。

「なあ、一つ教えてくれよ」そう彼は切り出した（彼はタタール人だがロシア語を話した）。「旦那がた、いったいどんな稼ぎで、ここで茶を飲んでいらっしゃるんで？」

私は黙って連れと目を見交わした。黙ったまま何も答えないのが一番だと悟ったからだ。一言でも言い返したりすれば、相手は怒り狂うだろう。

「してみると、金があるんだな？」彼は続けて問いただす。「してみると、金がうなっているんだな、ええ？　するてえと、旦那がたは茶を思い切り飲みたくて、わざわざ懲役に来たってていうわけかい？　茶を飲みにやって来たってわけかい？　さあ、何とか言ったらどうだ、この野郎！……」

しかし我々が黙ったまま無視するつもりでいるのを見て取ると、彼は顔を赤黒く染め、怒り狂ってがたがたと身を震わせはじめた。彼のすぐ脇の片隅に、大きな木箱が置いてあった。監獄の囚人の朝食や夕食用に切り分けられるパンを全部納めておく容器である。囚人の半数が食べるパンが収まるほど大きな箱だが、このときは空っぽのまま置いてあった。ガージンはその箱を両手でつかむと、我々の頭上に振りかざした。あとちょっとで頭を粉砕されるところだった。

殺人あるいは殺人未遂は監獄の誰にとっても大迷惑を引き起こす恐れがある。すなわち調査やら捜索やらが始まり、締め付けがきつくなるわけで、だからこそ囚人たちは全力を挙げて、自分たちの身にそのような非常事態を招かぬようにつとめるのだ。だがそれにもかかわらず、このときは全員が押し黙ったまま様子を見守っていた。我々をかばう言葉は、一声も発せられなかった！　ガージンを制止する叫び一つなかった！　それほどまでに囚人たちの我々に対する憎しみは深いのである！　見るからに、我々が窮地に陥っていることが彼らには愉快だったのだ……。しかし事態は丸く収まった。ガージンが木箱を振り下ろそうとしたとたん、誰かが玄関口で叫んだのだ。

「ガージン！　酒が盗まれたぞ！……」

ガージンはガラリと木箱を床に落とすと、気が触れたようになって炊事場を飛び出していった。

「やれやれ、神のお助けか！」囚人たちはそう言い交わした。そしてその後も長くこのことを語りつづけたのだった。

酒が盗まれたというこの知らせが果たして事実だったのか、それともとっさの思いつきが我々を救ってくれたのか、後になっても私には確かめることはできなかった。

夕刻、すでにあたりが暗くなってから檻房が閉ざされるまでの時間、棒杭の柵のあたりを歩いていると、やりきれない悲しみが胸を浸した。このときほどの悲しみは、この後の監獄暮らしを通じて、二度と味わったことはなかった。まったく、監禁の初日というのは、たとえどんな場所でもつらいものだ。それが監獄であれ、要塞の檻房であれ、懲役場であれ……。

しかし今でも覚えているが、何よりも私の心を捉えていたのはある一つの考えで、それが後々の監獄暮らしの間ずっと、片時も頭から離れなくなってしまったのである。その考えとはある意味で解決しようのないもので、今でも私は結論が出せないでいる。それはすなわち、同種の犯罪に対する処罰の不平等という問題である。確かに、犯罪そのものも互いに比べることはできず、近似的な比較さえ難しい。たとえばこの男もあの男もともに一人の人間を殺した。そこでそれぞれの事件の状況をすべて勘案し、その結果いずれの犯罪にもほとんど同じ処罰が下される。ところがよく見ると、同じ犯罪といってもそれぞれどんなに異なっていることだろう。たとえば一人は、ただ単に人を斬り殺して、見返りといってもただ同然、タマネギ一個しかない。街道に出かけて通りがかりの旅人を斬殺したところが、相手はタマネギ一個しか持っていなかったというわけだ。

「いやはや、親父さん！　稼いでこいってあんたに送り出されて、ほらこうして一人殺したけれど、見つけたのはタマネギ一個だぜ」

「馬鹿野郎！　タマネギ一個なら一コペイカだ！　がんばって百人殺せばタマネギ百個で、立派に一ルーブリじゃねえか！」（これは監獄の伝承である）

一方別の殺人者は、好色な暴君の手から花嫁の、あるいは妹の、あるいは娘の貞操を守ろうとして、相手を殺した。またある者は、浮浪罪で一連隊もの追っ手に囲まれて、飢え死にしそうになりながらも自分の自由を、命を守るために人を殺した。一方別の者は、享楽のために小さな子供たちを斬り殺す。子供たちの体を裂いてその暖かい血を我が手に感じ、ナイフを突きつけられた彼らの恐怖を、小鳩のようにいたいけな末期《まつご》の戦慄を、味わうために殺すのだ。ところがどうだろう。いずれも同じ懲役場に送られるのである。

　確かに、受刑者といっても刑期には差がある。だがその差が比較的小さなものであるのに対し、同一の種類に入れられる犯罪の間には、無限の差異がある。人の性格が多様なように、犯罪もまた多様なのだ。とはいえ、そうした犯罪間の差異に折り合いをつけ、解消することは不可能であり、いわば円積問題[46]と同じく解きえない問題だ――それは認めてもよかろう。しかし、たとえそうした不平等が存在しなかったとしても、もう一つの差異に注目していただきたい。すなわち刑罰の結果そのものの差異に……。

　たとえばある者は懲役場でやせ衰え、まるでろうそくが溶けるように弱っていく。ところが別の者は、懲役場に来て初めて、世の中にこれほど楽しい生活があるのだ、威勢の良い仲間揃いの愉快なクラブがあるのだと知って、驚喜する。確かに、監獄に入ってくる者の中にはそうした連中もいるのだ。またたとえば、教養があって公徳心にも富み、ちゃんとした意識と心を備えた人物がいる。そうした人物の場合、どんな刑罰を受けるより前に、自身の心の痛みだけで死ぬほどの苦しみを味わうだろう。彼

46　円と同面積の正方形を描く問題。

はどんなに厳しい法にもまして容赦なく、非情に、自分の犯した犯罪故に自身を裁くのである。ところがそのすぐ隣には、懲役暮らしの間ただの一度として、自分の犯した殺人のことを考えてもみないような人間がいる。彼は自分が正しいとさえ見なしているのである。また中には、わざと罪を犯してなんとか懲役囚になり、懲役暮らしよりも遥かにつらい娑婆の生活を免れようとする者たちもいる。娑婆ではとことん惨めな境遇に置かれ、一度として腹一杯食ったことはなく、朝から晩まで雇い主にこき使われ通しだった。ところが懲役に来れば、仕事は娑婆よりも楽で、パンはいくらでもある。それもこれまで見たこともないような上等なパンなのだ。祭日には牛肉が出るし、施しものももらえるし、小銭を稼ぐ手段もある。しかも周囲にいるのは、抜け目がなくて器用で、何でもわきまえた者たち揃い。こうして彼は囚人仲間を畏敬と賛嘆の目で見るようになる。今までこんな連中を見たことがなかったからだ。これこそがこの世にまたとない、最高の仲間だと思い込むのである。

さて、こうした二種類の人間にとって、果たして罰の効き目は同じだろうか？　だが、解けない問題にかかずらわっていてもしかたがない！　太鼓が鳴った。房に戻る時間だ。

第四章 最初の印象（続々）

最後の点呼が始まった。これが終わると檻房にはそれぞれ別の錠が掛けられて、囚人は夜が明けるまで閉じ込められる。

点呼を行うのは下士官と二人の兵士だった。時には点呼のために囚人が内庭に整列させられ、警備将校が立ち会うこともあった。しかし多くの場合、この儀式は内輪で、つまり檻房ごとに行われていた。このときもそうだった。点呼係はしばしばへまをして数え間違い、一度出て行ってはまた戻ってきたりした。やっとのことで数が合うと、気の毒な衛兵たちは檻房に錠を掛けた。中には三十人ばかりの囚人が、板寝床にぎっちりとおさまっている。眠るのはまだ早い。当然、皆それぞれ何かをすることになる。

管理者側で檻房に残るのは、すでに述べた一名の傷痍兵のみである。このほかに檻房ごとに囚人頭が決められていたが、これは少佐直々《じきじき》の任命で、もちろん素行の良い者が選ばれた。ただししばしばそうした囚人頭たち自身がひどい悪ふざけに加わることがあって、そんなときには彼らも笞打ちの罰をくらい、即刻平囚人に格下げされて、別の者が囚人頭に任ぜられるのだった。我々の檻房の囚人頭はアキーム・アキームィチだったが、驚いたことにこの男はよく囚人たちを怒鳴りつけていた。囚人たちのほうではたいてい嘲笑をもってこれに応《こた》えていたものだ。傷痍兵は彼より賢くて、何事にも首を突っ込んだりせず、仮に一言二言口をはさむとしても、ただ単に体面上、気休めのためにそうするだけであった。よく黙って自分の寝棚に座り、ブーツを縫っていた。囚人たちは彼のことをほとんど気にしていなかった。

監獄生活の第一日目に私はあることに気づいたが、後になって自分の見方が間違っていなかったことがわかった。それはつまり囚人に直接関係する護送兵や衛兵に始まって、何らかの形で懲役場の暮らしに関わりのあるすべての人々に至るまで、囚人以外の者は誰でも、囚人というものを大げさに考えているということである。まるで囚人が今にもナイフをもって自分たちの誰かに襲いかかって来はしないかと、固唾《かたず》を呑んで身構えているような様子なのである。だが何よりも注目に値するのは、囚人たち自身、自分たちが恐怖の的になっているのを意識していて、見るからにそれが彼らに一種の虚勢のようなものを与えていることだった。ただし、囚人にとって最良の監督官とは、自分たちを怖がらない監督官なのである。それに囚人たち自身、概して虚勢を張りたがる傾向はあるものの、人に信用されたほうがずっと気持ちが良い。信用することで彼らの気持ちを引きつけることさえ可能なのだ。私が監獄にいた間に、ごくまれにではあるが、長官連中の誰かが警護兵も伴わずに獄に入ってくることがあった。そんなときの囚人たちの驚きぶりといったらなかった。しかも良い意味で驚いたのである。このような大胆な訪問者は必ず尊敬の念をかき立てるものであり、万一実際に何かまずい出来事が起きるようなことがあったとしても、こういう人物の前ではまず起こりえない。

囚人に対する恐れは、彼らがいるところならどこにでも存在したが、そもそもそうした恐怖が何に起因するのか、本当はわからない。もちろんある種の根拠はあって、たとえば名うての強盗である囚人の極悪な風貌などはその筆頭である。おまけに、懲役場を訪れる人は誰でも意識している——そこにいる一団の者たちは皆、好んで集まったわけではないこと、そしていかなる措置をもってしても、生きた人間を死骸にすることはできないのだから、囚人はそれぞれの感情、復讐欲や生命欲、情欲を持ち、それらを満たそうという欲求を持っているのだということを。だが、にもかかわらず私はやはり、囚人を恐れるべき理由はないと確信している。人間がそれほど容易に、それほど身軽に、ナイフを持って他人に襲いかかれるはずはないからだ。簡単に言えば、仮に危険の可能性があって、いつか本当にそんなことがありえるとしても、その種の事故が起きる確率の低さからして、危険性はゼロに等しいときっぱり結論づけてかまわないのである。

もちろんここで私が言っているのは既決囚のことである。既決囚の多くはようやく監獄に着いてほっと喜んでいるほどであり（新しい生活というのは、時にそれほどまでにうれしいものなのだ！）したがって、静かで平和な暮らしをしたいという気分になっている。それればかりか、実際仲間に不穏な連中がいても、そういう者たちをのさばらせてはおかないのだ。懲役囚は皆、たとえどんなに大胆で剛毅な者でも、懲役場ではいろんなことを恐れるものだからである。これが未決囚となると話は別である。未決囚は本当に、闇雲に理由もなく他人に襲いかかって行きかねない。それもただ単に、たとえば自分が明日体刑に引き出される身であり、ここで何か新しい事件を起こせば、体刑も遠ざかるだろうという考えからだ。それこそが襲撃の理由であり目的である。つまり何が何でもできるだけ早く「自分の運命の転換」を図ろうというわけだ。この種の奇妙な心理が引き起こした事件を、私は実際に知っている。

我々の監獄の軍事犯に、下級兵士身分の囚人が一人いた。身分権は剝奪されないまま二年ばかりの短期刑をくらって監獄に送られてきたのだが、これが恐るべきほら吹きで、かつまれに見る臆病者だった。一般的にいって、ほら吹きと臆病はロシアの兵士にはごく少ない。わが軍の兵士はいつも勤務にかかりきりの様子で、仮に本人がその気でも、ほら話などしている暇はないだろう。ただし仮にほら吹きの兵士がいたとしたら、その男はきっと役立たずな臆病者である。ドゥートフ（これがその兵士の姓である）は短い刑期を勤め上げると、またもとの常備大隊に戻っていった。しかしこの男のように懲罰による矯正が目的で監獄に送られた者は皆、監獄ですっかり怠け癖がついてしまうので、たいていは自由の身になってもせいぜい二、三週間で、また裁判にかかって監獄に逆戻りということになる。ただし今度は二、三年の短期ではなく、十五年か二十年をくらって「常連」の仲間入りをするのである。この場合もまさにそうだった。監獄を出て三週間ほどでドゥートフは金庫破りの罪を犯し、おまけにさんざん暴言を吐いて狼藉を働いた。それで裁判にかけられ厳罰を言い渡された。

　いかにもとことん腰ぬけの臆病者らしく、目の前に迫った体刑にすっかりおびえてしまったドゥートフは、明日はいよいよ列間笞刑《れっかんちけい》という日に、営倉を訪れた警備将校にナイフを持って飛びかかったのである。そのようなまねをすれば処罰が格段に重くなって、懲役の年数も長くなるということは、もちろん彼もよく承知していた。しかし本人の計算は、たとえほんの何日かでも、ほんの何時間かでも、恐ろしい体刑の瞬間を先延ばしにしたいという、まさにその点にあったのだ！　あまりの臆病者であった彼は、ナイフをもって襲いかかりながらも相手の将校に傷一つつけなかった。すべては単なる見せかけで、ただ新しい罪を犯してもう一度裁判にかかりたいという一心だったのである。

受刑者にとって体刑をくらう直前の一分間というのは、もちろん耐えがたいものだ。私は何年かの間に、そういう運命の日の前日の未決囚たちをかなり見てきた。普通未決囚に出会うのは病院の囚人病棟で、私はよく病気でそこに入院していたのである。ロシアの囚人なら誰でも知っていることだが、囚人に一番同情的な人物は医者である。医者はけっして囚人たちを差別しない。これに対して一般人はたいてい無意識に囚人を差別するもので、それをしないのはただ素朴な民衆のみである。民衆は、たとえ囚人の犯した罪がどれほど恐ろしいものであれ、決してその罪のことで囚人を責めようとはせず、囚人が負わされた罰に免じて、そしてそもそもその不幸に免じて、すべてを許そうとするのである。ロシア中どこへ行ってもすべての民衆が犯罪を不幸と呼び、犯罪者を不幸な人と呼ぶのは、理由があってのことなのだ。これは極めて意味深い定義である。それも無意識に、本能的にそう思っていることだけに、なおさら大事なのだ。一方医者はいろいろな場合に囚人たちの本当の避難所となる。とりわけ既決囚よりも待遇の厳しい未決囚にとっては……。

たとえば恐るべき体刑の執行期日をおおよそ見当づけた未決囚が、そのつらい瞬間を少しでも先送りしようとして病院へ逃げることがよくある。そうしていよいよ明日は運命の日だとほぼ確実に知りつつ、退院して監獄に戻るときには、囚人は必ずと言っていいほど激しく動揺しているものだ。中には見栄を張って心の内を隠そうとする者もいるが、下手な上っ面だけの虚勢では、仲間の目はごまかせない。みんな相手の気持ちを察していて、ただ気の毒だから口をつぐんでいるのである。私の知っているある囚人は、まだ若い男で、もと兵隊の殺人者だったが、これがめいっぱいの数の笞打ち刑[47]を宣告されていた。この男はすっかり震えあがったあげく、刑の前日、水差し一杯の酒に嗅《か》ぎタバコを浸したやつを思い切って飲み干してしまった。ついでながら、笞刑を前にした未決囚のもとには必ず酒が現れる。それは執行期日のはるか以前から持ち込まれ、高い金で購《あがな》われたもので、未決囚は半年もの間一番の必需品さえ我

47 十九世紀前半の法令では、ヤナギの枝を笞に使う列間笞刑で六千発が刑の上限数と定められていた。ただし実際には四千ないし三千発が上限とされていて、新帝アレクサンドル二世が即位した後、一八五六年にさらに千発に下げられた。一八六三年の法により刑事罰としての体刑は廃止されたが、再犯者・懲役囚・規律違反の兵士などへの処罰としては存続した。

慢して、四分の一シトーフ[48]の酒を買うのに必要な金を貯める。体刑の十五分前に飲むためである。一般に囚人たちの間では、酔っている者は編み鞭も棒笞もあまり痛くは感じないのだと信じられている。

だが話が本筋から逸れてしまった。さてその哀れな青年は、水差し一杯の酒を飲み干すと、本当にすぐさま病気になってしまった。血の混じった反吐《へど》を吐きはじめて、ほとんど無意識状態でまた病院へと運ばれたのだ。嘔吐のせいですっかり胸を痛め、数日後には本物の肺病の兆候が現れだして、その病気で半年後に死んだのである。彼の肺病の治療にかかっていた医者たちは、発症の由来を知らなかった。

ところで、体刑を前にした犯罪者たちの小心ぶりというよく見る例について語ったついでに、ある種の囚人がこれとは逆に、見ている者がたまげるほど、飛び抜けた度胸の良さを示すということも言い添えておかねばならない。一種無感覚の域に達したような剛胆さの例を、私はいくつか覚えているし、そうした例は決してまれではなかった。特によく覚えているのは一人の恐るべき犯罪者との出会いである。ある夏の日、囚人病棟に噂が流れた――その晩に、もと逃亡兵で名だたる盗賊のオルローフが笞刑に処されて、刑の後でこの病棟に運ばれてくるというのだ。オルローフを待つ間、病気の囚人たちは、きっと奴はこっぴどく笞打たれるだろうと口々に言っていた。皆なんだかそわそわしていて、正直な話、この私も名だたる盗賊の出現を興味津々で待ち構えていた。すでに久しくこの男の桁外れな武勇伝を聞かされていたのである。これは老人や子供を残忍に斬り殺すというめったにないほどの悪党で、恐るべき意志力を備え、しかも自分の力を誇らしげに意識していた。それが何件もの殺人を自白して列間笞刑を宣告されていたのである。

彼が運ばれてきたときはすでに晩も遅くなっていた。病室はもはや暗くなっていたので、ろうそくが灯された。オルローフはほとんど気絶状態で、恐ろしいほど血の気がなく、タールのように真っ黒な濃い髪はくしゃくしゃになっていた。背中はぼってりと腫《は》れあがり、紫色に染まっている。囚人たちは一晩中彼を介抱し、水を換えてやったり、寝返りを打たせたり、薬を与えたりした。まるで肉親か恩人の看護をしているかのようであった。そして翌日にはこの男は完全に意識を回復し、病室を二度ほど歩いて回ったのだ！　これには私も驚いた。病院に担ぎ込まれたときには、すっかり弱ってぐったりとしていたのである。膨大な数の笞打ちノルマのうち、半数をいっぺんにこなしてしまったからだ。これ以上刑を続行すれば囚人は確実に死ぬと判断さ

48　三〇〇ミリリットル強。

れたところで、ようやく医者が刑を中止させたのだ。しかもオルローフは小柄で体格も悪く、おまけに未決檻房が長かったおかげで、すっかり体が弱っていたのだ。

一度でも未決囚に出会ったことがある者なら、その憔悴して痩せこけた、青ざめた顔と、熱に浮かされたような目つきを、きっといつまでも覚えていることだろう。ところがこのオルローフは、みるみるうちに回復していった。明らかに、内に秘めた精神のエネルギーが、肉体を強力に支えたのだ。実際、彼は並の人間とはちょっと違っていた。興味を覚えた私は彼に近づき、丸一週間観察した。断言してもいいが、この男ほど強靱な、鉄のごとき性格の持ち主を、私は生涯見たことがない。すでにこれ以前、私はトボリスクで、かつて盗賊の首領だったという、同じように名の通った囚人を見かけたことがあった。その男は完全なる野獣であって、名前は知らなくともそばに立っただけで、隣にいるのは恐るべき怪物だと本能的に感じ取れるような相手だった。しかし私がぞっとしたのは、むしろその男の精神の鈍さだった。肉体があらゆる精神的素質をすっかり抑え込んでいて、その顔を一目見ただけで、頭の中にあるのはただ一つ、肉の快楽を求め、淫欲、獣欲を満たしたいという、荒々しい渇望でしかないのがわかったのだ。コーレネフというのがその囚人の名前だったが、この男だったら、眉根一つ動かさずに人を斬り殺すまねはできても、体刑を前にしたらきっとしょげ返ってしまい、恐怖に打ち震えていたことだろう。

これと正反対なのがオルローフだった。肉体に対する完全なる勝利の、明白な一例だったからだ。明らかにオルローフは自分をどこまでも完全に統括していて、苦しみだろうが刑罰だろうが歯牙にもかけず、世の中に何一つ怖いものなしだった。彼の内にあるのはただ無限のエネルギーであり、それが行動を求め、復讐を求め、決められた目標の達成を求めていたのである。

ところで、私はこの男の奇妙な傲岸さに驚いたものだ。まるですべてを信じがたいほどの高みから見下しているような様子で、それも決して高飛車を気取っているのではなく、自然にそうなってしまうようなのだった。思うに、単なる権威だけでこの男に圧力をかけられるような存在は、世の中に一つもなかっただろう。まるでこの世に驚くに足るものは一つもないというかのように、何を見てもこちらが拍子抜けするほど平然としていたものである。他の囚人たちに尊敬のまなざしで見られていることは十分意識していたが、彼らの前であえて気取ってみせるような様子はいささかもなかった。虚栄とはったりこそ、囚人たるものにほぼ例外なく備わった属性だというのにである。彼はかなり頭が切れて、しかも不思議なほど打ち解けた態度だったが、ただ決して口数は多くなかった。私の問いに率直に答えてくれたところによると、体の回復を待って少しでも早く残りの体刑を済ませてしまいたいとのこと。はじめ、刑を受ける前には、さすがの彼も持ちこたえられないのではないかと心配したそうだ。「だが今じゃ」と彼は片目をつぶってみせて言い添えた。「もう済んだ話よ。残った数だけ笞をくらえば、すぐに隊と一緒にネルチンスク送りになる。その道中で俺は逃げる！　絶対逃げてやる！　ああ、背中さえ早く治りゃなあ！」

そして五日間というものずっと、彼は退院の申請ができるのを今か今かと待っていたのである。待っている間の彼は、時にひどくはしゃいで陽気になることがあった。私は彼の波瀾に満ちた人生について話を向けてみた。こちらが繰り出す質問にちょっと顔をしかめながら、彼はいつもあけっぴろげに答えてくれた。ところが、私が彼の良心の問題に触れて、たとえわずかなりと改悛の情のようなものを見つけ出そうとしているのに気づくと、不意に、いかにも軽蔑しきったような、見下したような眼を向けてきた。まるでこの私が目の前で急に年端もいかない愚かな子供に変身してしまったかのようで、こんな子供相手にまともな大人の話をするのは無理だと言っているようであった。その顔には私への憐れみのような表情さえ浮かんでいた。次の瞬間、彼は私を見ながらゲラゲラ笑いだしたが、それはまったくあっけらかんとした、何の皮肉もない笑いだった。きっと一人になってからも、私の言葉を思い出しては、何度も一人笑いをしたことだろう。

結局彼は背中の完治を待たずに退院していった。私も同じときに退院手続きをしたので、たまたま一緒に病院から戻ることになった。私は監獄へ、そして彼は前から収容されていた我々の監獄付きの衛兵詰所に。別れ際に彼は私の手を握ったが、これは彼にすれば深い信頼のあかしであった。思うに彼がそうしたのは、自分にもまたその瞬間にも大いに満足していたからだろう。本来彼は私など軽蔑しないでいられるはずがなかったし、きっと従順で、ひ弱で、哀れな、あらゆる点で自分より低級な生き物とみなしていたにちがいないのだ。その翌日、彼は二度目の体刑に引き出されていった……。

檻房の扉が施錠されると、房内《なか》の様子が急になんだか特別なものになった。まるで本物の家の、炉端の光景のようである。今ようやく私は、仲間の囚人たちが、すっかりくつろいでいるのを見ることができるのだった。昼のうちは下士官やら衛兵やら、概して管理側の人間がいつ顔を出すかわからないので、監獄の住人たちの雰囲気も、総じてこれとはちょっと違う。なんだか落ち着きが足らず、のべつ何かを待ち受けて、耳をそばだたせているみたいなのだ。だが檻房の扉が閉ざされるやいなや、皆たちまちほっとした顔になってめいめい自分の場所に陣取り、そしてほとんど全員が何かの手仕事に取りかかった。監房が急に明るくなる。各自が自分のろうそくと燭台をもっているのだ。燭台はたいてい木製だった。座り込んで長靴の縫製を始める者もいれば、何かの着物を縫いだす者もいた。監房のむっとするような空気が刻々と臭気を強めていく。遊び人風の一団が片隅に広げられた絨毯《じゅうたん》[49]を囲んでしゃがみ込み、カード博打を始めた。ほとんどどの監房にも、一アルシン四方の粗末な絨毯とろうそくと、あきれるほど手垢《てあか》にまみれてべとべとしたカードを持った囚人がいる。以上の三点をまとめて賭場《マイダン》と呼ぶのだが、持ち主はこれをゲームをする者たちに一晩一五コペイカばかりで貸し出し、それで儲けているのだ。ゲームの種目はたいてい三枚札、小山《ゴールカ》[50]などといったものだった。どのゲームもすべて博打である。ゲームに加わる者はめいめいありったけの持ち金である銅貨の山を目の前に積み上げており、これをすっかりすってしまうか、それとも仲間の金を全部巻き上げるかしたとき、初めて席を立つのである。ゲームが終わるのは深夜であるが、時には夜明かしして監房の扉が開く間際まで続くこともあった。

監獄の監房はどこでも同じだが、我々の房にも常に一文無しの裸虫《バイグシ》[51]がいた。博打や酒に持ち金を使い果たしたか、あるいはただ単に、生まれつき一文無しの者たちである。「生まれつき」という表現には私なりのこだわりがある。実際、どこへ行ってもわがロシアの民衆の中には、周囲の環境やおかれた境遇にかかわらず、常に一種不思議な人間たちが存在していて、絶えることはない。彼らはおとなしくて、しばしばかなかの働き者のくせに、運命によって永遠に無一物であるべく予定されているのである。彼らはいつも裸一貫で、いつもうだつの上がらぬ様子で、いつもなんだかへこたれたような、何かにうちひしがれたような顔つきで、しょっちゅう誰かにこき使われ、誰かの使い走りをさせられている。たいていは遊び人かそれともにわか成金でのし上がったような連中に使われているのだ。とにかく自分で何かを始めたり、裁量を握ったりすることが、こういう人間にとっては苦痛であり、重荷である。自分からは何一つせずにただ他人に仕え、自分の意志で生きるのではなく、他人の笛で踊る——まるでそんな条件づきで生まれてきたかのようで、彼らの使命はひたすら他人の用を果たすことにつきる。どんなに状況が変わろうと、たとえ世の中がひっくり返ろうと、所詮彼らが金持ちになる気遣いはない。いつまでも無一物なのだ。私の観察では、こ

49 ロシアの長さの単位で、約七一センチ。
50 ともに配られたカードの持ち点をベースに賭け金をレイズしていくゲーム。前者は各自に三枚カードを配り、二人から十人で行う。後者は各自四枚でスタートし、二人から六人で行う。
51 貧者を意味するカザフ語「バイグス」からきている。

のような人間は単に民衆の間にいるだけでなく、あらゆる社会に、階層に、党派に、雑誌社に、協会に混じっている。房の中でも牢獄でも事情は同じで、こうして賭場が開くやいなや、そんな人間の一人がさっと現れて下働きを始めるのだ。

それにだいたいが、賭場というものはどんな場合でも下働きなしには成り立たない。ふつうこうした人間は、博打をする者の共同出資で、一晩銀で五コペイカほどで雇われる。その主な任務は、一晩中見張りに立つことである。たいがいは戸口の暗がりで、零下三十度の寒さの中、ひたすらドアをたたく音、あたりの物音、中庭の足音に耳を澄ませながら、六時間か七時間も凍えて過ごすのである。監獄長の少佐や衛兵は時々かなり夜更けになって監獄に現れ、そっと入ってきて博打をしている者や手仕事をしている者を捕まえ、余分なろうそくを没収する。ろうそくの火は内庭からも見えるのだった。少なくとも外に通じる扉の錠がガチャガチャ鳴りだした後では、隠れるのもろうそくを消すのも寝板に身を倒すのも手遅れだった。しかしそんなことにでもなれば、見張り番の下働きは後で賭場の連中にこっぴどく焼きを入れられるので、そんなへまをしでかすことはめったになかった。

五コペイカというのはもちろん、いかに監獄といえどもばかばかしいほど安い駄賃だ。だがいつも驚いたものだが、監獄における雇い主というのは実に厳しく容赦がない。この場合でもほかのどんな場合でも同じである。「金をもらったんだから四の五の言わずに働け！」というわけで、これはどんな反論も受け付けぬ鉄則だった。ほんの目腐《めくさ》れ金《がね》の駄賃で雇い主は取れるだけのものを取り、あわよくば余計なものまで手に入れて、おまけに雇った相手に恩恵さえ施している気になっているのだ。酔っぱらってろくに数えもせずに金を四方にまき散らしているような遊び人が、雇った手下に対しては勘定をごまかそうとする。私がそうしたことを見かけたのは監獄の中だけでないし、また賭場だけでもなかった。

すでに述べたように、檻房のほとんど全員が座り込んで何かの仕事を始めたので、博打をしている連中をのぞけば、まったく暇にしているのはせいぜい五人ほどだった。この者たちはすぐに横になって寝た。板寝床の上の私の場所は、房の扉に一番近い所にあった。すぐ後ろ側には、頭を接する形で、アキーム・アキームィチの寝場所があった。彼は十時か十一時まで仕事をしていた。なんだか派手な色の中国風ランタンに紙を貼る仕事で、かなり結構な手間賃で町で引き受けてきたのだ。彼のランタン作りの腕は職人並みで、段取り通りに手を休めず作業していた。いよいよ仕事が終わると、きちんと後片付けをして、自前の敷布団を敷き、神に祈ってから、作法通り自分の寝床に横たわるのである。この作法と秩序は、彼の場合見るからに些末な形式主義の域にまで達していた。明らかに、自分をとびきり賢い人間だと思わずには気が済まないのだ。鈍くて視野の狭い人間が概してそうであるように。私は初日からこの男が気に入らなかったが、ただし忘れもしない、まさに最初の一日のうちに私は彼のことをあれこれ考えたものだった。中でも一番私を驚かせたのは、このような人物が人生で成功する代わりに監獄に入っているということだった。アキーム・アキームィチのことは後で何度も語ることになる。

だがまず、檻房全体の成員をざっと紹介しておこう。これは私がこの先何年も暮らすはめになった場所で、ここにいるのは皆、将来の同居人であり仲間だった。当然ながら、私は興味津々、食い入るような目で彼らを観察したものだ。

板寝床の私の左側の部分には、コーカサスの山岳民の一団が陣取っていた。大部分が強盗罪で流刑になった者たちで、刑期はまちまちだった。その内訳は、レズギン人二名、チェチェン人一名、ダゲスタン・タタール人三名であった[52]。チェチェン人は陰気で無愛想な男で、ほとんど誰とも口をきかず、いつも毒のこもった憎々しげなほくそ笑みを浮かべながら、恨みがましい上目遣いで周囲を見ていた。レズギン人の一人はすでに老人で、細長い鉤鼻《かぎばな》をした、見るからに札付きの盗賊風であった。その代わりもう一人のヌッラーという男には、初日からじつに心暖まる好印象を覚えたものだ。

これはまだそんなに年のいっていない人物で、背は高くないがヘラクレス張りの体つきに完全な金髪、明るい碧眼、獅子鼻と、フィンランド女性を思わせる顔立ちをしていて、かつて常に馬に乗っていたせいですっかりがに股になっていた。体は一面、銃剣で斬られたり銃弾を受けたりで、傷だらけだった。コーカサスではロシアに帰順した部族に属していたが、しょっちゅうこっそりと非帰順派山岳民の村に出かけていって、そこから彼らに混じってロシア軍に襲撃をかけていた。

ヌッラーは監獄では皆に愛されていた。いつも明るくて誰にも愛想が良く、文句も言わずに働き、落ち着いて明朗だった。もっとも囚人生活の醜悪さや不潔さにはしばしば憤懣《ふんまん》の目を向け、盗み、いかさま、酔っぱらいをはじめあらゆる非道なことには、

52　レズギン人はコーカサス東部のダゲスタンからアゼルバイジャンにかけて居住する民族。ただしこの作品の時代には、ダゲスタンの複数の民族がレズギン人と総称されていた。チェチェン人はコーカサス東北部の民族でこの作品の時代には導師《イマーム》シャミールの指導の下にロシア帝国と熾烈《しれつ》な戦争を行っていた。タタール人は本来ユーラシアの広域に居住するモンゴル系、およびトルコ系遊牧騎馬民族の総称。ロシア帝国の支配下に入ってからも、カザン、アストラハン、クリミア、シベリアなどの地域に密な集団を作ってきた。ここで言及されるのはコーカサスのタタール。なお以上の民族はすべてイスラーム信仰を基調としている。

腹を立ててかっとなることもあった。ただし自分からは喧嘩はせず、ただ憤ったままくるりと背を向けるのである。彼自身は懲役生活のあいだ何一つ盗んだこともなければ、一度として悪事を働いたこともなかった。とびきり信心深く、敬虔な祈りを欠かさなかった。イスラームの祭日の前の精進期には、狂信者のごとく断食をして、何夜も夜通し礼拝をした。皆が彼を愛し、その正直さを疑わなかった。「ヌッラーは獅子だ」と囚人たちは言い交わしていたが、そのまま獅子というのが彼の通称になってしまった。彼は監獄で決まった期間のお勤めを終えたらコーカサスの故郷へ帰してもらえると堅く信じ込んでいて、その希望一つを生きる支えにしていた。おそらくその希望を奪われたら死んでしまうだろうと思われた。

入獄したまさに最初の日、私はこの男を強く意識した。ほかの囚人たちがみな敵意に満ちた、無愛想な、あざ笑うような表情を浮かべている中、優しくて感じのいい彼の顔は嫌でも意識されたのだ。私が懲役場について三十分もしないうちに、彼は通りかかったついでにこちらの肩をぽんとたたき、善良そうな笑顔を浮かべて私の目をのぞき込んだ。はじめ私はこの仕草の意味が理解できなかった。彼はロシア語がひどく下手だったのだ。その後まもなく、彼はまた私に近寄ってきて、またもや笑顔を浮かべて、親しげに肩をたたいた。それからもう一度、もう一度というふうに、結局三日間これが続いたのだ。後に思い当たって確かめたのだが、彼はこのような仕草によって私に次のようなことを伝えたかったのだ——「お前は実に気の毒だ。きっと監獄暮らしに慣れるまでずいぶんとつらい目に遭うだろう。でも、俺が友達になってやるから元気を出せ。いざとなればかばってやるから」。優しい、純真なヌッラーよ！

ダゲスタンのタタールは三人で、三人とも血を分けた兄弟だった。そのうち二人はすでに中年だったが、末弟のアリは弱冠二十二歳。見かけはもっと若かった。板寝床の私のすぐ隣がこの青年の場所だった。なかなかの美男で気取りがなく、賢そうであると同時にいかにも善良で純真そうなその顔を一目見たとたん、私はこの青年のことが気に入ってしまい、運命がほかの誰でもなくまさに彼を隣人にしてくれたことを大いに感謝したものだ。青年の心根のすべてがその美しい、いや麗しいといってもいいような顔に表れていた。彼の笑みはいかにも人を信じ切ったような、子供のように無邪気な笑みだった。大きな黒い目はとても穏やかで人なつっこくて、なんだか見るたびに格別の喜びを覚え、たとえこちらが滅入ったりふさぎ込んだりしているときでも、心が癒されるようだった。これは誇張ではない。

まだ故郷にいたころ、ある日この青年の長兄が（彼には兄が五人いて、他のうち二人はどこかの工場にやられていた）皆でどこかへ遠征に行くから、剣を持って馬に乗れと命じた。山岳民の家族にあっては年長者の権威は絶対なので、末っ子としてはどこへ遠征に行くのかなどと問い返す勇気もなければ、そもそも問おうという考えさえ浮かばなかった。また兄たちも弟にそんなことを教える必要があるとは思っていなかったのである。実はこれは追い剝ぎ目的の遠征で、金持ちのアルメニア商人を道中で待ち伏せし、金品を奪おうというものだった。そして実際そうなった。兄弟は護衛を皆殺しにしてアルメニア商人をも殺《あや》め、その商品を強奪したのである。しかし事件は発覚し、六人兄弟すべてが捕まって裁判にかけられ、有罪となってまず体刑を受け、そのうえでシベリアに懲役に送られたのだ。

法廷はアリに情状酌量を示したが、それはただ刑期を短縮したというにすぎない。彼は四年の刑期をくらったのである。兄たちは彼を大変にかわいがっていたが、それは兄としてというよりもむしろ父親のようなかわいがり方だった。流刑地にあっては彼は兄弟の慰めであり、いつも不機嫌で無愛想な兄たちも、この弟の顔を見ると必ず笑顔になり、一緒に話し出すと（といっても彼らが弟と話すのはごくまれで、どうもいまだにまじめな話をするに足りない小僧っ子扱いしている気味があった）その厳しい顔がだんだん穏やかになっていくので、私はきっと彼らは弟に何か冗談のような、子供じみた他愛のない話をしてやっているのだと思ったものだった。少なくとも弟が何か返事をするたびに、兄たちはじっくり聞き取ってから決まって目を見交わし、優しい笑みを浮かべたものである。弟が自分から兄たちに話しかけることはめったになかった。それほどの敬意を払っていたのである。この年端もいかぬ青年が懲役生活を通じて、これほどしなやかな心を持ちつづけ、絶対に曲がったことをせず、実に親身で好感の持てる人柄を身につけて、粗暴にもならず堕落もしないでいられたのはいったいどうしてなのか、私には想像もつかない。ただし見かけはどんなにひ弱そうでも、芯は強くてしっかりした気性だった。

私は後に彼をよく知るようになった。彼は無垢な乙女のように清純で、誰か監獄の者が卑劣な、破廉恥な、醜悪な、あるいは不正な、暴力的な振る舞いをすると、その美しい目に怒りの火がともり、それがなおさらその目を美しくしたものだった。自分では喧嘩や罵り合いは避けていたが、だからといって侮辱されて黙っているような連中とはまったく違い、自分の名誉はきちんと守っていた。とはいえ誰とも言い合いになるようなことはなかった。皆が彼を愛し、かわいがっていたからだ。はじめ私に対しては、単に丁寧な態度を示すばかりだった。だが徐々に、話を交すようになった。そうしているうちにほんの何ヶ月かで、彼は大変上手にロシア語が話せるようになったのだった。一方の兄たちは、刑期の間中ついにそうはならなかったのにである。私の感じでは、彼はきわめて賢い青年であり、大変に謙虚かつ繊細で、すでに多くのことを考えてきたようだった。まあ先回りをして言ってしまえば、私はこのアリをかなり非凡な人物と思っていて、彼との出会いを人生で最良の出会いの一つとして思い出すのである。世の中には生まれつきこの上なく美しい、神の恵みをふんだんに授かった天性というものがあって、そうした天性がいつか悪しき方向に変わるなどということはおよそ思いもよらない。そういう天性の持ち主は、いつも安心して見ていられる。私は今でもアリのことは心配していない。今彼はどこにいるのだろうか？

あるとき、もう監獄に来てだいぶたったころだったが、私は板寝床に横になって、何かとても重苦しい考えにふけっていた。いつもはこまめな働き者のアリは、まだ寝るには早い時間なのに、このときは何もしていなかった。ちょうどイスラームの祭日で、彼らが仕事をしない日だったのである。頭の後で手を組んで横になったまま、アリも同じように何か考えている。すると不意に、彼は私にたずねた。

「どうしたの、ひどくつらいのかい？」

私はおやっと思って振り返った。いつもは敏感で察しがよく、賢い気配りを見せるアリからこんな単刀直入な問いを投げかけられて、意外な気がしたのだった。しかしじっと見つめる彼の顔に、思い出にさいなまれる者のやるせなさ、せつなさがあふれているのに気がついて、ハッと悟った。彼こそがまさにその瞬間、つらくてたまらなかったのだと。そんな推測をそのまま告げると、アリは深いため息をついて悲しげににっこり笑った。いつも優しく親身な彼の笑いが、私は好きだった。それればかりか、彼が笑うと真珠のような二列の歯並《はなみ》が見えるのだが、その美しさときたら、絶世の美女といえども羨むほどのものだったのだ。

「なあアリ、お前はきっと今、故郷のダゲスタンではどんな風に今日の祭日を祝っているだろうかって考えていたんだろう？　きっと、故郷は良いところなんだろうね？」

「うん」アリはいかにもうれしそうに答えて、目を輝かせた。「でもどうしてわかったの、俺がそんなことを考えていたなんて？」

「わからなくてどうする！　どうだい、あちらはここよりも良いかね？」

「ああ、なぜそんなことを聞くの……」

「きっと今頃はいろいろな花が咲いて、さぞかし天国のようだろうね！……」

「だめだめ、思い出させないで」アリは激しく動揺していた。

「ところでアリ、お前には姉さんはいたかい？」

「いたよ、それが何か？」

「きっと、姉さんは美人なんだろうね、お前に似ているとすれば」

「俺に似ているだって！　姉さんみたいな美人は、ダゲスタン中探したってどこにもいないさ。ああ、なんてきれいだったことか、姉さんは！　あんただってあれほどの美人は見たことはないさ！　俺の母さんも美人だったからね」

「で、母さんはお前をかわいがってくれたかい？」

「当たり前じゃないか！　きっと母さんはもう、俺の身の上を悲しむあまり、死んでしまっているに違いない。俺は母さんのお気に入りで、姉さんよりも、ほかの誰よりもかわいがられていたんだ……。その母さんが今日夢に出てきて、俺の身の上を嘆いていた」

アリは黙り込んで、その晩はもはや一言も口をきこうとしなかった。だがこのとき以来、好んで私と話したがるようになった。もっとも、なぜか私の前では遠慮していて、自分から話しかけようとはしない。それだけに、こちらから話しかけてやると、とても喜ぶのだった。私は彼からコーカサスのこと、以前の生活のことをたくさん聞き出した。兄たちは弟が私と話すのを妨げようとはせず、むしろ歓迎していた。こちらがアリをどんどん好きになるのを見て、兄たちまでぐっと私に好意的な態度を取るようになったのである。

アリは作業場で私を助け、檻房ではあれこれと用を足してくれたが、明らかに何かで私の苦労を和らげ、私の役に立つことが自分でもうれしくてたまらぬようで、しかもその役に立とうという熱意にはみじんの卑屈さも、見返りを得ようという下心もなく、ただ暖かい、親身な気持ちがあるだけだった。そうした気持ちを彼はもはや私に隠そうとはしなかった。ついでながら彼にはいろいろ職人的な能力があって、立派に下着を縫うこともできれば、長靴を作ることもできたし、後には家具職人の技《わざ》も可能な限り習得した。兄たちは彼をほめて、誇りにしていた。

「ねえ、アリ」あるとき私は彼に言った。「ひとつロシア語の読み書きを身につけたらどうだ？　そうすれば、のちのちシベリアでどれほど役に立つか、わかるだろう？」

「それは身につけたいさ。でも、誰に教わればいいの？」

「読み書きのできる人間なら、ここにはいくらでもいるじゃないか！　よかったら、私が教えてやろうか？」

「ああ、是非教えて、お願いだ！」そう言って彼はわざわざ板寝床から身を起こし、私を見ながら哀願するように手を合わせるのだった。

私たちは次の晩からとりかかった。私の手元にはロシア語訳の新約聖書があった。

獄中でも禁止されていない書物である。入門書もなく、この本一冊だけで、アリは何週間かで見事に読むことを覚えた。三ヶ月もすると、文章語を完全に理解するようになっていた。彼は熱心に、夢中で勉強した。

あるとき私は彼と一緒に山上の垂訓[53]を全部通して読んだ。気がつくと、彼はいくつかの箇所を何か特別感情を込めたような調子で読み上げていた。

読み終わってから私は、今読んだ文が気に入ったかとたずねた。

さっと振り向いた彼の顔に赤みがさした。

「あ、はい！」彼は答えた。「そう、イエス《イサ》は聖なる預言者で、イエス《イサ》は神の言葉を告げた。すばらしいことだ！」

「どんなところが一番気に入ったのかな？」

「許しなさい、愛しなさい、辱めるな、敵を愛しなさいと言っているところ。ああ、なんていいことを言うんだろう！」

我々の話を聞いていた兄たちを振り向くと、アリは熱烈な口調で彼らに何かを語りだした。兄弟は長いことと真顔で語り合っていたが、やがて納得したように首を振った。それからしかつめらしい好意のこもった微笑を、すなわち純イスラーム式の微笑を浮かべると（この微笑は私のお気に入りで、まさにそのしかつめらしさが気に入っている）私に向かって断言した——イエスは神の使わした預言者であり、数々の偉大な奇跡をなした。粘土で鳥を作り、息を吹きかけると鳥が飛び立った……そのことは自分たちの本にも書かれている。そう言いながら兄たちは、イエスを賞賛することで私に大きな喜びを与えているのだということを確信していたし、アリのほうは、兄たちがそうした喜びを私に与えようと決め、また与えたいという気になったことで、有頂天になっていた。

書くほうの勉強も同じくきわめてうまくいった。アリが紙を手に入れ（しかも私が自分の金で買おうと言っても許さなかったのだ）ペンとインクも手に入れて、ほんの二ヶ月ばかりの間に、立派に書くことを覚えてしまったのだ。これには兄たちも仰天した。その誇らしくもうれしげな様子ときたら、とどまるところを知らなかった。私にどう感謝していいかわからぬ彼らは、作業現場では——仮に一緒に作業するような場合だが——先を争って私を手助けし、しかもそれを自分の幸せと見なしていた。アリについては言うまでもない。ひょっとしたら私のことを、兄たちと同じくらい好き

53　新約聖書の「マタイ福音書」第五〜第七章の、イエスによる弟子たちと群衆への説教のこと。「心の貧しきものは幸いである」というメッセージに始まり、来るべき天の国の観点に立った、地上の人間の生き方の規範が説かれている。

になってくれたかもしれない。

アリが監獄を出て行ったときのことは決して忘れない。彼は私を檻房の裏へと連れて行って、そこで私の首にかじりつき、泣きだしたのだった。それまでは一度も私にキスしたこともなければ、泣いたこともなかったのである。

「あんたは俺にたくさんのことをしてくれた。それはもう」と彼は言った。「俺の父さんでも、母さんでもできないほどのことをしてくれた。あんたは俺を人間にしてくれたんだ。神様がご褒美をくれるだろう。俺はあんたをいつまでも忘れない……」

どこに、どこに今はいるのか、私の優しい、かわいい、かわいいアリよ……。

チェルケス人たちのほかに檻房には一群のポーランド人がいたが、彼らはまったく別個のファミリーをなしていて、ほかの囚人たちとはほとんどつきあおうとしなかった。すでに述べたが、そんな閉鎖的な態度を取り、ロシア人懲役囚を嫌っていたために、彼らのほうも皆から嫌われていたのだった。さんざん苦しみ抜いた、病んだ性格の持ち主ばかりで、その数は六人ほどだった。中には教養のある者もいたが、彼らについては後で別個に、詳しく語ることにしたい。監獄生活の最後の何年間か、私は時々まさにこのポーランド人たちからあれこれの書物を手に入れたものだった。最初に私が読んだ本は、強烈な、奇妙な、独特な印象をもたらした。その印象についても、いつか別に語ろう。私にとってその印象はひどく興味深いものだったが、きっと多くの人にとっては、まったく理解不能なものだろうと思う。ある種の事柄は、経験しなければわからないものである。ただ一つ言っておけば、精神的な喪失というものは、どんな身体的な苦しみよりもつらいものだ。下層民の場合は、懲役送りになっても結局は同じ仲間の社会に入るだけで、場合によってはそこがもとよりももっと開けた社会だったりする。もちろん故郷も家族も何もかも、多くのものを失うのだが、しかし環境自体はもとのままなのである。ところが教養階級の人間が法によって下層民と同じ罰を受けると、しばしば比べものにならぬほどの精神的な喪失を被る。あらゆる欲求、あらゆる習慣を断念しなければならず、自分にふさわしからぬ環境に混じって、なじみのない空気を吸うことを覚えなければならないのだ……。いわば陸《おか》に上がった魚である……。だからしばしば法によって皆に同様に科される罰が、こういう人物にとっては十倍もの苦しみとなる。これは事実だ……彼が断念せざるを得ない物質的な習慣だけをとってみても、その通りなのである。

ただしポーランド人は、特別なひとまとまりのグループをなしていた。その数は六人で、いつも一緒にいた。私たちの檻房にいた囚人全体のうちで、彼らが気に入っていたのはただ一人のユダヤ人ばかりだったが、それもひょっとしたら、単にそのユダヤ人が彼らを笑わせてくれるからだったかもしれない。ちなみにこのユダヤ人はほかの囚人たちにも愛されていたが、そのくせ誰も彼もが例外なしに、この男を笑いものにしていたのである。我々のところでは彼が唯一のユダヤ人だったが、いまだに思い出すたびに笑いがこみ上げてくる。私はこの男を見ると必ずゴーゴリの『タラス・ブーリバ』に出てくるユダヤ人ヤンケルを思い浮かべたものだ。夜にかみさんのユダヤ女と一緒にどこかの戸棚にもぐり込もうとして着物を脱ぐと、とたんにひな鳥そっくりになるという、例の人物である。[54]

我らがユダヤ人イサイ・フォミーチも、毛をむしられたひな鳥に瓜二つだった。もはや若くはない五十格好の男で、背は低く力も弱く、小ずるそうでいながら完全に間が抜けていた。態度も横柄で高飛車なくせに、その実ひどい臆病者である。なんだか体中皺だらけで、額にも頬にも、処刑台の上で押された烙印を負っている。こんな男が六十発もの笞打ちをどうして耐え切れたのか、私にはどうもわからなかった。流刑は殺人の罪によるものであった。この男は一枚の処方箋を隠し持っていたが、それは処刑台での体刑が終わった直後にユダヤ人仲間が医者から手に入れて届けてくれたものである。その処方箋で作った軟膏を用いれば、二週間ばかりで顔の烙印を消すことができるという。さすがに獄中でそんな軟膏を使うわけにもいかないので、彼は十二年の刑期が過ぎるのをじっと待っていた。刑が終わって入植地に移ったら、必ずその処方箋を使ってやろうという腹だったのである。

「そうでもしねえと、ケッコン《ゼニーツァ》できねえからな」と彼はあるとき私に言ったものだ。「俺はどうしてもケッコン《ゼニーツァ》してえんだ」

私とは大変仲がよかった。とにかくいつもすこぶる上機嫌な男だった。監獄暮らしは彼には楽だった。宝石細工が商売だったのだが、町には宝石職人がいなかったので、町から山のような仕事が舞い込んでくる。そんなわけでつらい重労働とは無縁だった。もちろん金貸し業も営んでいて、利子だの抵当だのを取って監獄中に金を融通していた。入獄は私よりも前だったが、ポーランド人の一人が、この男の入獄したときの模様を事細かく語ってくれた。それはきわめて滑稽な話だったので、後で紹介しよう。イサイ・フォミーチのことは、まだ何度も語ることになる。

このほか我々の檻房のメンバーには、まず四人の古儀式派――年寄りで聖書の教え

54 『タラス・ブーリバ』はニコライ・ゴーゴリが一八三四年に書いた歴史小説で、ポーランドの支配に対抗して闘うウクライナ・コサックの隊長ブーリバと二人の息子の運命を描く。ヤンケルは全編を通じて登場する重要な傍役だが、このエピソードはヤンケル本人ではなく、彼の知人で「赤毛のユダヤ人」と呼ばれる人物のもの。

に詳しい者たち——がいて、例のスタロドゥビエ村からきた老人もその仲間だった。ほかに二、三人の小ロシア人[55]がいたが、これは陰気な者たちだった。また細面《ほそおもて》で鼻《び》梁《りょう》も細い、二十三歳くらいのうら若い囚人もいたが、この男はすでに八人を殺しているという。さらに一団の偽金作りがいて、そのうちの一人は房全体の人気者になっていた。最後に何人か、暗くて気むずかしい連中がいた。頭を剃られた醜い姿、口数は少なくやっかみ深く、憎しみのこもった上目遣いで周囲をにらみ、まだこの先何年も、自分の刑期が終わるまで、そんな目つきで不機嫌に黙りこくって、憎しみつづけていこうという気構えの者たちであった。

　私の新生活の第一日目の憂鬱な晩には、こうしたすべての群像は、さっと目の前をよぎったばかりだった。しかもその群像は、ろうそくの煙と煤《すす》に包まれ、罵り合い、言語を絶する厚顔無恥、むっとするような悪臭、足かせの響き、呪詛の言葉と恥知らずな笑いを伴っていた。私はむき出しの板寝床に身を横たえ、頭には自分の服を敷いて（枕はまだ持っていなかった）毛皮外套にくるまった。だが、最初の一日の奇怪かつ意外な印象群に圧倒されて、全身ぐったりと疲れきっていたにもかかわらず、長いこと寝付くことができなかった。とはいえ私の新生活はまだ始まったばかりだった。この先もまだ思いもよらなかったこと、予測もつかなかったことが、次から次へと待ち受けていたのである……。

第五章　最初の一月《ひとつき》

監獄に着いてから三日後、私は作業に出るよう命じられた。最初の作業日のことはよく覚えている。ただし私のような立場ではただでさえ何もかも異常なことばかりだったので、少なくともそれを考えれば、その一日に何かとりたてて変わった出来事があったわけではない。ただこの日のことも第一印象の一コマであり、私は依然としてすべてをむさぼるように観察していたのである。それまで三日間ずっと、私はきわめて重苦しい感覚の中で過ごしていた。

「さて私の遍歴もここでおしまい。今や監獄の中だ！」と私は何度も繰り返し自分に言い聞かせていた。「これがこの先何年も、長い歳月を過ごすことになる私の波止

55　十七世紀半ば以降、帝政ロシア期のウクライナの呼称。

場、仮の宿だ。そこに今自分は、こんな疑心暗鬼の、病人みたいな気分で、一歩を踏み入れようとしている……。だがわかるものか。ひょっとしたら何年もたってここを出て行くことになったときには、名残惜しささえ覚えるかもしれないぞ！……」

そんな独り言には自嘲の念さえ混じっていた。ときに人はそんな風にわざと自分の傷口に塩を塗るようなまねをするものである――まるで痛がる自分を見て楽しみたいかのように。とてつもない不幸の全容を知ることが、実際に喜びであるかのように。いつかこの仮の宿が名残惜しくなるだろうという考えには、私自身ぞっとするような衝撃をおぼえた。私はすでにこのときに、人間がいかに化け物じみた適応力を持つかを予感していたのだ。だがそれはまだ先の話で、当面私を取り巻くものはすべて敵意に満ちた、恐ろしいものばかりであった……それがすべてではなかったのだが、当然私にはそう思えたのである。

新しい仲間にあたる囚人たちがこちらを窺《うかが》うときのむき出しの好奇心、突然彼らの集団に闖入《ちんにゅう》した貴族出の新顔に対する、ひとしお強面《こわもて》の、時に憎しみの域に達するばかりの厳しい態度――そうしたものに閉口した私は、いっそさっさと懲役仕事が始まってほしいという気持ちになっていた。我が身の不幸の全貌を一挙に、少しでも早く知り尽くし、少しでも早く皆と同じ生活を始め、さっさとほかの連中と同じ軌道に乗ってしまいたいと思ったのである。もちろん当時の私は、自分の鼻先で起こっていることの多くに気づかなかったし、想像さえもしなかった。敵意だらけの中に喜びの種も転がっていることに思い至らなかったのだ。とはいえ、この三日間でさえ、私はいくつかの愛想のよい、優しい顔に出会って、とりあえず大いに元気づけられたものだ。誰よりも優しく愛想よくしてくれたのはアキーム・アキームィチだった。その他の囚人たちのむっつりとした恨みがましい顔の中に、ほかにもいくつか、善良で明るい顔を認めずにはいられなかった。

「どこへ行っても悪人はいるが、悪人に混じって良い人間もいるのだ」私はとりあえずそう考えて自分を慰めた。「ひょっとしたら、ここにいる人間たちも、監獄の外に残っているほかの人間たちに比べて、それほど劣っているわけではないのかもしれないぞ」

そんなふうに考えながら、自分で自分の考えに首を振った私だったが、しかしああ、この考えがどれほど正しかったか、あのときの私にわかっていたら！

たとえばある一人の囚人などは、獄中生活の間ずっと私と一緒で、絶えず身の回りにいたにもかかわらず、この男のことを私が完全に理解したのは、すでに何年も何年もの時がたってからだった。これはスシーロフという囚人である。今こうして、ほかの人間たちに劣らない囚人がいたという話を始めた途端、すぐに図らずもこの人物のことが頭に浮かんできたのだった。彼は私の召使役を買って出てくれたのである。

私にはほかにも一人召使役がいた。アキーム・アキームィチがはじめから、つまり最初の数日のうちに、囚人の一人オーシプを紹介してくれたのである。監獄の食い物がどうしても口に合わず、しかも自前の食事に使うだけの金があるならば、このオーシプが月に三〇コペイカで毎日特別食を作ってくれるというのだった。オーシプは我々のところの二つの炊事場にいる計四人の炊事係の一人だった。これは囚人たちの選挙で指名されるのだが、ただし選挙の結果を受けるかどうかは完全に本人の意志一つにかかっているし、仮に引き受けたところで、明日にでもまた断ってよいことになっていた。炊事係は一切作業に出ることはなく、その任務はひたすらパンを焼き汁《シチー》を煮ることであった。監獄では彼らは炊事係ではなくて炊事婦と（わざわざ女性形の職名で）呼ばれていたが、これは別に馬鹿にされていたからではない。まして炊事の担当にはそもそものわかった、できる限り誠実な人物を選ぶわけだから、これは単なる親しみのこもった冗談であり、炊事係たち自身少しも気を悪くしてはいなかった。

オーシプはほとんどいつもこの役に選ばれるので、ほぼ数年立てつづけに炊事婦を続けていて、ただ時々、あまりにも気が滅入って、同時に酒の持ち込みへの欲望がおさえがたくなった場合にのみ、一時的にこの役を断った。めったにないほど誠実でおとなしい人物だったが、罪名は密輸業であった。前に簡単に触れた、背が高く大柄な密輸人がこのオーシプである。何かにつけて臆病で、とりわけ笞を怖がり、おとなしく、聞き分けがよく、皆に愛想がよくて、誰とも一度としてけんかなどした例《ため》しはなかった。そのくせ、すこぶる付きの臆病にもかかわらず、密輸への情熱に駆られるまま、酒を持ち込まずにはいられないのである。ほかの炊事係と一緒に、この男も酒の商いをしていた。とはいえもちろん、大きなリスクを負うほどの肝っ玉はないので、たとえばガージンのように手広く商うことはなかった。私はこのオーシプと、いつも大変折り合いがよかった。

自分用の特別食を作ってもらう経費は、ごくごく少額で足りた。私の食費として出て行く金が、一月にわずか銀一ルーブリで足りたと言っても嘘にはならないだろう。もちろんパンは別に支給されるし、時々腹の減り方しだいで給食の汁《シチー》だって、嫌いなのを押して食することができたのだ。もっとも後になるとここの汁《シチー》への抵抗感もほとんどすっかり消えてしまったのだが。普通私が買うのは、日に一フントの牛肉だった。冬場はここの牛肉の値段がわずか半コペイカなのだ。囚人用の牛肉を買いにバザールまで行くのは、秩序管理のために各檻房に一人ずつ配置されていた傷痍兵のうちの誰かだった。傷痍兵たちは自分から進んで、囚人のための買い出しという日課を職務として引き受けていて、ほとんど礼金も取らず、取ったとしてもほんのはした金だった。これはつまり自分たちの心の安らぎのためであり、またこのぐらいのサービスをしなければ監獄内でうまくやっていけなかっただろう。こういうわけでこの傷痍兵たちがタバコ、磚茶《だんちゃ》、牛肉、白パン等々、酒以外のあらゆるものを配達してくれた。酒は彼らに頼むことはなかった。もっとも時には囚人の側が振る舞うことはあったのだが。

オーシプは何年間もずっと、いつも同じビーフステーキを料理してくれた。その焼き加減はまた別の問題だが、しかしそれは重要ではない。驚くべきことは、数年間にわたって私が彼とろくに言葉を交わしたことがなかったことだ。何度も話しかけてみたのだが、彼のほうはどうも会話を続ける能力がなかったらしい。にっこり笑うか、それとも「はい」か「いいえ」と答えるばかりなのである。まるで当年七歳ばかりのヘラクレスを見ているような、奇妙な感じさえしたものである。

だがこのオーシプのほかにも私の手助けをしてくれる者たちがいて、その一人がスシーロフだった。別に私のほうから彼に声をかけたわけでもないし、探したわけでもない。彼のほうがなんとなく私を見つけ出し、私に仕える形になったのである。いつどんな風にしてそうなったのかさえ、こちらは覚えていない。彼はまず私の洗濯係になった。檻房の裏手には、わざわざその目的でこしらえた、大きな洗濯穴があった。囚人の肌着はこの穴の上で、共用の洗濯桶を使って洗うのである。このほかにもスシーロフは、私の役に立とうとして無数の様々な役割を考え出した。茶の用意をする、いろんな用事で使いに行く、私のために何かを探し出す、私の上着を繕いに出す、月に四度私の長靴に油を塗る、といった調子である。このすべてを彼は、まるで恐ろしく大変な任務を背負い込んだような様子で、熱心に、こまめにこなしていた。ひとことで言えば、自分の運命を完全に私の運命と結びつけ、私の用事を全部引き受けることにしたのである。

スシーロフは決してたとえば「あんたのシャツは何枚ある」「あんたの上着は破れている」といった言い方をせず、つねに「うちには今シャツが何枚ある」「うちの上着が破れている」と言った。絶えず私の目の色をじっと窺って、そうすることを生涯の一大使命と心得ている様子だった。仕事、つまり囚人の言葉で言う手職は、何一つ身につけておらず、察するにもっぱら私から稼ぐ小銭が収入だった。私が彼に払う謝礼は懐の許すだけ、つまりははした金に過ぎなかったが、それでもいつも文句一つ言わずに満足していた。常に誰かにかしずいていなくてはすまない人間で、特に私を主人に選んだのは、どうやらほかの連中よりも物腰が柔らかで、金払いがきれいだったからしい。この種の者たちは、一稼ぎして自分の境遇を改善するようなまねが決してできないので、賭場の見張りに雇われて夜通し凍てついた戸口で立ち番をし、例の少佐でも見回りに来はしないかとあらゆる物音に聞き耳を立てたあげく、一晩かかってわずか銀で五コペイカばかりの目腐れ金を稼いでいたが、ひょいと足音を聞き漏らしでもした日には、すべてをパーにしたうえに、背中に笞を食らって償いをすることになる。そうした連中のことはすでに語った。彼らの特徴は、いつでもどこでも、ほとんど誰の前でも自分の個性を殺し、共同の仕事においては、二流どころか三流の役割しか務めないことだ。なにもかも彼らの本性のせいなのである。

スシーロフは実に惨めな男で、口答え一つせずに唯々諾々と他人に従い、打ちのめされた者のようにおどおどしていた。別に監獄の中に彼を殴る者がいたわけではないが、いわば生まれつきおどおどしていたのである。私はいつも、なぜだかこの男に哀れみを覚えていた。それも一目見るだけでかわいそうに思ってしまうのだが、なぜそうなのかと聞かれたとしても、自分でも答えが見つからなかっただろう。この男とは話を交わすこともできなかった。とにかく口のほうも重く、見るからにしゃべるのがつらくてたまらない様子で、面倒くさくなったこちらが話を切り上げるために何か仕事を頼んだり、どこかに使いに出してやったりすると、ようやくほっとして元気づく。

結局は私も、そうしてやるのが相手のためなのだと納得した次第である。

背は高からず低からず、美男でもなければ醜男《ぶおとこ》でもなく、馬鹿でもなければ賢くもなく、若くもなければ老人でもなく、ちょっとあばたがあって一部だけ金髪だった。この男についてはっきりとしたことは、何一つ言えたためしがない。ただ一つ言えるのは、彼が例のシロートキンと同じ仲間に属していたことだが、それもひとえにおどしていて従順だというところからそう区分けできるに過ぎない。彼は時々囚人たちのからかいの的になっていたが、その主な理由は、彼がシベリアへと集団護送される道中で、他人と入れ替わったこと、それも赤いルバシカと銀一ルーブリという代償で身代わりになったことである。まさに彼がそんなただ同然の代償で自分の身を売ったことを、囚人たちはからかいの種にしていたのだ。

入れ替わりとはすなわち、誰かと名前を交換し、したがって運命も交換することである。いかに奇妙に聞こえようと、これは掛け値のない事実であり、私がいた当時はまだシベリアに護送される囚人たちの間でしきりに行われていて、数々の言い伝えもあれば、一定の形式さえ整っていたのである。はじめ私はどうしてもこのことが信じられなかったが、結局は明らかな事実を信じないわけにはいかなかった。

入れ替わりは次のようにして起こる。たとえば一隊の囚人たちがシベリアに護送されるとする。中にはいろいろな囚人がいて、懲役囚も工場送りの者も強制入植者も、皆が一緒になっているのだ。道中のどこか、たとえばペルミ県で、囚人の誰かが別の人間と入れ替わりたいと思いつく。たとえばここにミハイロフ某という殺人犯か何かの重罪犯がいて、この人物が、何年も懲役に行くのはばかばかしいと考えたとしよう。もしそれが目端の利く、世慣れた、抜け目のない人間ならば、同行の流刑囚のうちでなるべく単純でおどおどして口答えをせず、しかも比較的刑の軽い者を見つけ出そうとする。ほんの数年工場へ送られる者とか、強制入植者とか、あるいは懲役でも良いが、ただしなるべく刑期の短い者を探すのだ。

そうしているうちに、ついにスシーロフが目にとまる。スシーロフ本人は屋敷づきの農奴だった男で、しかも懲役囚ではなくて単なる強制入植者である。もうここまでに彼は千五百露里[56]も歩いてきて、もちろん懐には一コペイカの金も無い。スシーロフはいつだって一文無しでしかあり得ないからだ。旅する彼は疲れきってへとへとの状態、食べ物は官給の食事ばかりで、甘いものなどたまさかにも口に入らず、服も官給の着た切り雀、皆の用事をしてわずかな銅銭の小遣い稼ぎをしているという有様である。ミハイロフはこのスシーロフに声をかけて近づき、仲間になったふりさえして、しまいにどこかの宿営地で酒を飲ませる。そうして最後に、ひとつ俺と入れ替わってみないかと持ちかけるのである。——自分の名はミハイロフといって、これこれの身の上で、行き先は懲役場だが、じつはただの懲役ではなくて「特別檻房」とやらいうところに送られる。これも懲役には違いないが、特別というくらいだから、普通の懲役よりはましなのさ——という具合である。

この特別檻房のことは、それが存在した当時、監獄の役人さえ皆が知っているわけではなかったし、たとえばペテルブルグでも事情は同じだった。これはシベリアのいくつかの地区の中でも特に孤立した、特別な片隅にあって、送られる人間の数もきわめてわずかなので（私の頃にはそこに入っているのはせいぜい七十名だった）、その場所を突き止めるのさえ難しかったのである。後に私は、シベリア勤めを経験したシベリア通の人々と何度も出会ったが、「特別檻房」などというものが存在するなんて、私から初めて聞いたという人が多かった。法律集成にもこれについてはわずか六行の記述があるにすぎない。「シベリアに最重犯者用懲役施設が開設されるまで、これこれの要塞に最重犯者用の特別檻房を置く」という一節である。この「檻房」に属する囚人自身でさえ、檻房なるものが永続的なものか一時的なものかわかってはいなかっ

56　一露里は一・〇六七キロメートル

た。そもそも年限が付いておらず、最重犯者用懲役施設が開設されるまでとされているだけなのだから、つまりは「無期懲役」というのと同じなのだろう。ともあれ、スシーロフも同じ集団にいた者たちも、一人としてこのことを知らなかったのも不思議ではないし、そこに送られるミハイロフさえ例外ではなかった。ただこの男は自分がかなりの重罪犯であり、おかげで三千か四千発の笞打ち刑をくらった身であるところから、特別檻房なるものに一定のイメージを持っていた。思うに自分のような人間が楽な場所に送られるはずがない。ところがスシーロフのほうは入植地へ行く身である。これほどうまい話はない。そこで「ひとつ俺と入れ替わってみないか？」と持ちかけたわけだ。

スシーロフのほうは一杯機嫌のうえに根が純朴で、優しくしてくれたミハイロフへの感謝の気持ちでいっぱいなので、断るだけの勇気はない。しかも護送集団の中ですでに人間の入れ替わりということが可能であり、他にもそうしている連中がいることを聞かされてきたので、してみるとこれは別に異常な話でも突飛な話でもないと思うわけだ。そこで両者は合意する。恥知らずのミハイロフはスシーロフのまれにみる純朴さに付け込んで、赤いルバシカ一枚と銀一ルーブリで相手の名前を買い取るという話をつけると、ただちに証人たちの目の前でその代償を相手に渡す。翌朝になるとスシーロフはもう素面《しらふ》に戻っているが、そこへまた飲まされるというわけで、もうこうなると断るのも気がとがめる。もらった一ルーブリはすでに酒代に化けてしまったし、赤いルバシカもやがて飲み代になる。取引がいやなら金を返せというわけだが、スシーロフがいったいどこで銀一ルーブリもの金を稼げるというのか？　しかし返さなければ囚人仲間《アルテリ》が無理やりにでも返せと迫る。こういうことについては、仲間の目は厳しい。そもそも約束をしたからにはそれを守れという理屈で、仲間は頑強にそれを強《し》いる。果たさなければ責めさいなむ。おそらくは袋叩きに遭うだろうし、さもなければあっさり殺されてしまうかもしれない。少なくとも脅しつけられることは確かだ。実際のところ、たとえ一度でも囚人仲間の内でこうした問題での甘やかしが認められたとなれば、その時点で名前の取り替えという慣行はおしまいになってしまう。いったん金を受け取っておきながら約束を破り、決めた取引を反故《ほご》にすることが許されるとしたら、この先いったい誰が決まりを守ろうとするだろうか？　要するに、これはもはや仲間全体に関わる共通の問題なのであり、だからこそ囚人集団はきわめて厳しい態度で臨むのである。

とうとうスシーロフも、もはや免れる道はないと悟り、すっかり受け入れる覚悟を固める。このことが同行の囚人たちすべてに表明され、さらにその際しかるべき相手には、必要に応じて贈り物や供応が行われる。そうした第三者からすれば、遠い地の果てに送られるのがミハイロフだろうとスシーロフだろうと、何の変わりもない。一通り酒肴の供応を受けたからには、彼らとしてはただ口をつぐんでいればよいのである。次の宿営所でたとえば点呼の際、ミハイロフの番がきて「ミハイロフ！」と名が呼ばれたときにスシーロフが「はい！」と答え、「スシーロフ！」と呼ばれたらミハイロフが「はい！」と答えると、それで一件落着。もはや誰もこのことは口にしない。トボリスクで流刑囚の仕分けが行われる際に、もとの「ミハイロフ」は入植地に、「スシーロフ」は一段厳重な護送兵の監視下で特別檻房に送られる。その先はもはやどんな申し立ても不可能である。それに、そもそも何が証明できるだろう？　訴えたところで、いったいそんな審理に何年かかることか？　しかもどんな証拠があるというのか？　そして証人はどこにいるか？　仮にいたとしても、口を割りはしないだろう。つまりこういうわけで、結局スシーロフは銀一ルーブリと赤いルバシカをもらって「特別檻房」に至り着いたわけである。

囚人たちはスシーロフを笑いものにしていたが、それは別に彼が人の身代わりになったからではなく（とはいえ、わざわざ軽い懲役から重い懲役に入れ替わるような者は、自業自得の愚か者として、一般に馬鹿にされやすいのだが）、彼がその代わりに手に入れたのが、赤いルバシカと銀一ルーブリだけだったからだ。つまりあまりにも代償が安すぎるというわけである。普通、身代わりには大きな金が動く。とはいえまたもやここの相場でいえばということだが。一回に何十ルーブリもの金を取る者もいるのだから。しかしスシーロフはあまりにも従順で、自分というものがなく、誰が見ても小物だったので、この男のことは何か笑うのもはばかられるほどだった。

私とスシーロフの縁は長いこと続き、かれこれ数年間にもなった。だんだんと彼は並はずれた懐《なつ》きぶりを示すようになり、私もそれに気づかぬわけにはいかなかった。つまりこちらもすっかり彼に馴染んでいたのである。しかしあるとき（これは決して自分を許す気になれないエピソードであるが）、彼が何かで私の頼んだ用事を果たさなかったことがあって、そのくせ謝礼は前金で渡していたものだから、私は残酷にもこんな風に言ったのだった。「おや、スシーロフ、あんた金を取ったくせに、仕事はしないのか」。スシーロフはひと言もいわずに私の用を果たそうと駆け出して行ったが、そのままなぜかぱったりとふさぎ込んでしまった。そうして二日が過ぎた。私のほうは、まさか自分の言葉が原因でそうなったとは思わなかった。私の知っているところでは、アントン・ワシーリエフという一人の囚人が、何かみみっちい額の貸し金を、スシーロフからしつこく取り立てようとしていた。きっとスシーロフは金がないくせに、私に泣きつくのを遠慮しているのだ。

三日目に私は彼に言った。「スシーロフ、あんた私に金を借りたいんじゃなかったのかい、アントン・ワシーリエフに返す金をさ？　ほら、お取り」

そのとき私は板寝床に座り、スシーロフは私の前に立っていた。彼はどうやら、私が自分のほうから金の提供を申し出たこと、自分で彼の窮状を察したことにびっくりしたようだった。ましてこのところ、私から持ち出す金がかさんでいるという疚《やま》しさを覚えていたので、このうえ貸してもらえるなどという期待は持てないでいたのだ。じっと金を見つめ、次に私を見つめていたかと思うと、急にくるりと後ろを向いて出て行ってしまった。こうした展開には私もひどく驚いた。後を追った私は、檻房の裏手で彼を見つけた。彼は例の監獄の柵のところにこちらに背を向けて立ち、柵に片手でもたれて、額を押しつけていた。

「スシーロフ、どうしたんだね？」私は声をかけた。彼は目を合わせようとしない。ふと見ると、驚いたことに今にも泣き出しそうになっているのだった。

「ゴリャンチコフさん、あんたは……思っているんだね」切れ切れの声で、なんとか目を逸らそうとしながら、彼は切り出した。「俺があんたになにするのは……金が目当てだと……でも俺は……俺は……ううう！」

　そこで彼はまた柵のほうに振り向いたが、勢い余ってゴツンと額をぶつけてしまった。そしてなんと激しく泣きだしたことか！　はじめて私は監獄で人が泣くのを見た。私はやっとのことでスシーロフを慰めた。そしてそれ以来彼は、もしそう言ってよければ、ひとしお熱心に私に仕え、「気を配る」ようになったが、しかしある種の、ほとんど目にもとまらぬ気配から察するに、私がした叱責を彼の心が許すことは決してありえなかった。その一方で他の者たちは彼をあざ笑い、何かにつけては嘲弄して、時にはきつく罵ったりしているのに、彼はそうした連中とは和気藹々《あいあい》とつきあっていて、腹を立てることはないのである。いや、人間を見抜くということは、時にじつに難しいものだ。たとえ長年知り合った相手でも！

　そういうわけだから、懲役の世界も一目見ただけで、後になってわかったような真実の姿を私の目にさらすはずがなかったのである。だからこそ私は言ったのだ——仮に注意を張り詰めて、むさぼるようにしてすべてを観察したところで、所詮自分の鼻先で起こっていることでさえ、多くを見逃すことだろうと。当然ながらはじめ私を驚かせたのは、大規模な、はっきりと目立つ事象であったが、しかしそうした出来事でさえおそらく私には正しくは理解できず、ただ重苦しい、やりきれぬほど憂鬱な印象が胸に残っただけであった。その大きな原因の一つがAとの出会いだった。これは同じ囚人で、私のほんの少し前に入獄した男だが、これが監獄での最初の数日間、とびきりひどい印象で私を苛《さいな》んだ張本人だった。とはいえ私はまだ監獄に着く前から、ここでAと出会うことを知っていた。その彼がただでさえつらい最初の時期に陋劣《ろうれつ》な振る舞いをして、私の心の苦しみに輪をかけたわけだ。この男のことを語らずにはいられない。

人間は果たしてどこまで堕落し、卑劣になることができるか、何の苦もなく悔いもなく、いったいどこまで自分の内にある道徳的感情のすべてを圧殺してしまえるものなのか――この男こそがもっとも唾棄すべきその標本であった。Aは元貴族の青年で、すでに少し触れたが、我々の監督官である例の少佐に獄内の状況をつぶさに密告し、おまけに少佐の従卒のフェージカと仲間づきあいしていた。経歴を簡単に言えば――この人物はろくに学校も出ていない身で、いかがわしい所行を重ねてモスクワの家族にも愛想を尽かされ、ペテルブルグへと移ったのだったが、そこで一稼ぎするためにある卑劣な密告に手を染めた。すなわち破廉恥かつ淫蕩きわまる快楽に対する己の癒しがたい渇望を手っ取り早く満足させるために、十人もの人間の生き血を売るというまねをしたのだ。ペテルブルグという町の、喫茶店やらメシチャンスカヤの歓楽街や[57]らに手もなく誘惑された彼は、そうした快楽にどっぷりとはまり込んでしまった結果、根っからの愚か者というわけでもないのに、無分別で無意味な行為に手を染めてしまったわけである。

Aの罪はやがて暴かれた。無実の者たちを密告の対象に混ぜて他人を欺いていたわけで、その咎《とが》でシベリアの我々の監獄へ、十年の刑期で送られたのである。当時彼はまだかなり若く、人生は始まったばかりだった。普通ならこれほどにも恐ろしい運命の変転は、必ずや当人の本性を震撼させ、何かの反発をよび、何らかの転機を促すことと思われる。だが彼はいささかもまごつくことなく新しい運命を受け入れ、嫌なそぶりもなければ道義上の憤りも恐れもなく、ただ怯《ひる》んだことといえば、労働せざるを得なくなったこと、そして喫茶店やメシチャンスカヤ街とお別れしなくてはならなくなったことくらいだった。懲役囚という名前がつけば、かえって卑劣なまねでも汚いまねでも大手を振ってやり放題だ——そんな風にさえ思ったのである。「懲役囚となると、これはもう落ちるところまで落ちたわけだ。いったん懲役囚になってしまえば、つまりはいくら卑しいまねをしても、もう恥ずかしくはない

57 当時ペテルブルグにはメシチャンスカヤ（町人街）と呼ばれる通りが大中小あわせて三本並んで走っていた。

ぞ」――文字通りこれがこの男の意見だった。

私はこの唾棄すべき存在を、あたかも一個の怪物のように思い出す。何年もの間、人殺しや放蕩者や極めつけの悪党に囲まれて過ごした身であるが、正直な話、その私にしてこのAのように心の底まで荒《すさ》みはて、堕落しきって、人をくったように卑しい男に出会ったのは、あとにもさきにもこれきりであった。すでに述べたように私たちの監獄には元貴族の父親殺しもいたが、いろいろな特徴や事実から見て、その父親殺しでさえAに比べればはるかに上品で人情もあったと確信している。私の監獄生活を通じて、Aは私の目の前で何か一個の肉塊のようなものへと変身していった。その肉塊は歯と胃袋を持ち、とびきり下品で獣じみた肉の快楽に対する癒しがたい渇望に駆られていて、そんな渇望のほんの小さな、気まぐれのかけらを満たすために、冷酷きわまるやり方で殺したり裂いたりできる。早い話が、証拠さえ隠しおおせれば何でもやりかねないのだった。私は何も誇張してはいない。Aの本性ははっきりと見抜いている。仮に人間の肉としての半身が、内面の規範や法によって一切抑制を受けなかった場合に、果たしてどこまで暴走しうるのか――Aはその一例なのである。絶えず人を小馬鹿にしたようなこの男の笑顔を見るのが、私には不快でたまらなかった。これは怪物であり、精神におけるカジモド58であった。おまけに、この男は狡くて頭が切れて、美男子で、多少は教育さえあって、いろんな能力を持っていたのだ。いやはや、世の中にこんな男がいるのは、まったく火事やペストや飢饉よりももっと始末が悪い！

すでに述べたとおり、監獄の中はすっかり堕落していたので、スパイ行為や密告が横行していて、囚人たちはそうしたことに少しも腹を立てはしなかった。それどころか、囚人たちは皆Aときわめて折り合いがよく、私たちに対するのとは比べものにならぬほど良好な関係を結んでいた。おまけに例の酒飲みの少佐が目をかけたものだから、囚人たちにとってAはなおさら意味と重みを増したのだった。あるときこの男は少佐に向かって、自分はあなたの肖像画が描けると断言した（囚人仲間に対しては、自分は近衛隊の中尉だったと言いふらしていたものだ）。すると少佐は、この男を自宅に作業に来させるように命じた。もちろん自分の肖像画を描かせるためである。そこでこの男は従卒のフェージカと出会った。自分の主人に絶大な影響力を持ち、それゆえ監獄のすべての人間、すべての事柄に絶大な影響力を持つ従卒である。

58　ヴィクトル・ユゴーの小説『パリのノートルダム』（一八三一）に登場する捨て子で、司祭補佐に拾われて教会の鐘撞きになった容貌魁偉な人物。カジモドの名は復活祭後の最初の日曜日に唱える祈り「Quasi modo geniti infants...」（新生の幼子のごとく……）から採られている。

Ａは少佐の要請に従って我々に関するスパイ役を務めていたが、少佐は酒飲みなので、酔っぱらってＡにびんたをくらわすときなど、彼をスパイだ、密告屋だと罵ったものである。そうして殴ったすぐ後で、自分は椅子に座り、Ａに肖像画の続きを描けと命じることもしょっちゅうだった。どうやら少佐は本気で、Ａが噂に聞くブリュローフ[59]並みの名画家だと信じ込んでいたようだったが、それでも相手の頬を殴る権利が自分にはあると思っていた。仮にお前が立派な画家でも、今は哀れな懲役囚の身で、いくら名声があったところで何の役にも立たないが、こちらはなんといってもお前の監督官《ボス》だから、お前をどう扱おうが俺の勝手だ、という理屈である。一方で少佐はＡにブーツを脱ぐのを手伝わせたり、寝室の溲瓶《しびん》やら便器やらを片付けさせたりしてこき使っていたが、それでもやはり長い間Ａが名画家だという思いを捨てきれなかった。

　肖像画の作成は延々と手間取り、ほとんど一年が過ぎた。そしてついに少佐は自分がだまされていたことを悟り、肖像画がちっとも終わらないばかりか、日増しに自分とは似ても似つかないものになっていくのを確かめると、この画家をさんざん殴りつけたあげく、罰として監獄へ送り返し、雑役に就かせた。Ａは見るからに事態を嘆いており、かつてののんきな日々と、少佐の食卓からのおこぼれと、友人のフェージカと、そして彼らが二人して少佐の家の台所で編み出した数々のお楽しみと縁が切れるのを悔やんでいた。

少なくとも少佐はAを遠ざけたそのときから、囚人のMを迫害するのをやめた。この囚人の悪口をAはしきりに少佐に吹き込んでいたのだが、そこには次のような事情があった。

Aが入獄してきたとき、Mは孤立していた。彼はひどくふさぎ込んでいたが、それは自分はほかの囚人たちとまったく違った人間だという思いから、まるで恐ろしくも忌まわしいものでも見るような目で皆を眺め、仮に相手が和解につながるようなサインを出していても、何一つ気づかずにすべて見逃して、交わろうとしなかったからだ。ほかの囚人たちも同じ憎悪をもって彼に応《こた》えた。概してMのような人間たちは、監獄では悲惨な立場に追いやられるわけだ。

Aが監獄送りになった理由をMは知らなかった。反対にAのほうは、Mがどんな人物かを見抜くとすぐに、自分が送られてきた理由は密告などとは正反対で、むしろMが監獄送りになった理由とほぼ同じだと、信じ込ませてしまった。Mは同志を、友を

59　カルル・ブリュローフ（一七九九～一八五二）ペテルブルグ生まれの画家。歴史画、肖像画を得意とし、「ポンペイ最後の日」（一八三三）、「詩人ジュコフスキーの肖像」（一八三八）などが有名。

得たとばかりに、大喜びした。Aの入獄直後の数日間、Mは相手の世話を焼き、慰め、きっとAがつらい目に遭うだろうと想像して、なけなしの金を分かち与え、飯も食わせ、必要不可欠な品々も分け合った。だがAはすぐにMを憎むようになった。相手が上品な人間なのが気にくわず、あらゆる下劣なことをさも忌まわしげな目つきで眺めるところが気にくわず、そしてまさに自分とはまったく似ても似つかぬ人間なのが気にくわなかったのだ。そこで彼はMがそれまでの会話で監獄について、少佐について自分に漏らした話を、機を見てさっさと少佐に密告してしまった。

これを聞いた少佐は恐ろしく立腹し、Mを迫害した。もしも要塞司令官が影響力を行使しなかったら、少佐はMを悲惨な目に遭わせていたことだろう。後にAの卑劣な振る舞いはMの知るところとなったが、Aはそのときもうろたえなかったばかりか、むしろ好んで相手と顔を合わせては、あざ笑うように見つめたものである。明らかにそうすることで快感を覚えていたのだ。これはM自身が何度か私に指摘したことである。この腐りきった卑劣漢は後にもう一人の囚人および護送兵とともに脱走したが、その脱走劇については後で語ろう。

この男ははじめ、私にもしきりにすり寄ろうとしてきた。こちらが彼の経歴を聞いていないと思っていたのだ。あらためて言うが、この男のおかげでただでさえせつない入獄後の数日間が、私にはなおさらやりきれぬものとなった。自分が巻き込まれ、渦中におかれることになった、恐ろしく卑劣で下品きわまる世界に、ぞっとしてしまったのだ。そのときの私には、ここでは何もかもが同様に卑劣で下品なのだと思えた。だがそれは間違いだった。ついAを基準に全員を判断してしまったからだ。

この最初の三日間、私はふさぎ込んだまま監獄の中をうろついたり、自分の板寝床に寝転がったりしながら、アキーム・アキームィチが教えてくれた信用のおける囚人に、官給品として渡された麻布でシャツを、もちろん有料で（といってもシャツ一枚何コペイカだが）縫ってもらい、これもアキーム・アキームィチにしつこく勧められるまま、ブリン[60]の皮のように極薄の折りたたみ式敷布団（フェルトを麻布で包んだもの）と、毛皮を詰めた、慣れないうちはひどく硬い枕を手に入れた。アキーム・アキームィチは私のもとにそうしたすべてのものが備わるようあちこちに口をきき、また自分でも一肌脱いで、古い官給品のラシャのぼろきれで手ずから毛布を縫ってくれた。材料のラシャは私がほかの囚人たちから買った、着古しのズボンや上着から集めた。

60　薄く溶かした小麦粉を発酵させクレープ風に薄焼きしたもので、バターを塗り、スメタナ（サワークリーム）、キャビア、燻製魚などを包んで酒のつまみにしたり、ジャムなど甘いものを包んで茶菓にしたりする。

たものだった。

官給の物品は、一定の耐用期間が過ぎると、そのまま囚人の手に私物として残るが、それらはただちに同じ監獄の中で売りに出された。たとえぼろぼろの使い古しであっても、なにがしかの値段で買い取られる見込みがあったからだ。そうしたすべてのことに、当初私は大いに驚いたものだった。そもそも、私が民衆と直《じか》に向かい合ったのは、このときが初めてだった。この私自身が突然に、彼らとまったく同じ一平民、一囚人と化したわけである。民衆の習慣、考え方、意見、日常が、そのまま私のものとなったかのような案配だった。本来私はそうしたものを共有してはいなかったのだが、少なくとも形式上、規則上は、そういうことになったのである。まるでこれまで一度として考えたこともなければ聞いたこともない異世界に放り込まれたかのように、私は驚き、うろたえた。民衆の暮らしについては従来から知りもし、聞きもしていたのだが、実体験がもたらす印象は、知識や伝聞とはまったく違っていたからである。たとえばの話、あれほどくたくたになった古着がまだ商品と見なされうるなんて、一度でもこの私の頭に浮かぶ道理があっただろうか。ところがその私が、そんなくたくたの古着から、毛布をこしらえてもらったのだ。

囚人の衣服に用いられるラシャの品質もまた、想像を絶するものであった。一見したところではそれはまさに、厚地の、兵隊用のラシャにそっくりだったが、ただしほんのちょっと着ているうちに、なんだか魚採りの網のように透けてきて、無残なほどぼろぼろにほつれてしまうのである。ちなみに、ラシャの上着は一年に一着の割で支給されるのだが、その一年をもたせるのは至難のわざだった。囚人は作業をし、重い荷物も背負うので、上着はじきに擦り切れて、破れてしまうのである。毛皮外套のほうは三年に一着の割で支給されたが、通例その三年の間に、着衣としても毛布としても、そして敷物としても使用された。その割には毛皮外套は丈夫だったが、とはいえその三年の、いわゆる耐用期間の最後になると、ただの麻布で継ぎはぎされた毛皮外套を着ている者を見かけるのも珍しいことではなかった。にもかかわらず、たとえひどく着古されていようとも、定められた期間が過ぎると、銀で四〇コペイカほどの値で売りに出されるのだった。中には保存状態のましなものがあって、銀で六〇あるいは七〇コペイカといった金額で取引されたが、これはもはや懲役囚にとってはたいへんな額だった。

すでに述べたとおり、金《かね》は監獄の中では恐るべき意味と力を持っていた。はっきりと断言するが、獄中でたとえ何がしかでも金を持っている囚人は、一文無しの囚人に比べて、味わう苦しみが十分の一ですんだ。とはいえ、無一文の者だって同じように官給品一式が支給されているのだから、いったい金なんか持っていて何になるのか？——というのが管理側の見解であった。だがあらためて繰り返そう——もしも囚人たちが一切自分の金をもつ可能性を奪われてしまったとしたら、彼らは気が狂ってしまうか、（衣食住の一切が保証されているにもかかわらず）蠅のようにバタバタと死んでいくか、あるいはとどのつまり、前代未聞の悪事に走ることだろう。ある者たちはやるせなさのあまりに、またある者たちはいっそさっさと何かで処刑されてこの世とおさらばしたい、あるいはそうして何とか「運命の転換」（これは彼らの術語である）を図ろうという思いで。

だから仮に囚人が、わずかばかりの金を稼ぐのに血の汗を流すような苦労をしたり、あるいはほとんど盗みや詐欺と紙一重の、とびきり汚い仕事に手を染めたりしたあげく、せっかくのその金をひどく軽率に、まるで子供のように無分別に浪費してしまうとしても、それは決してその囚人が金を大事にしていないという証拠にはならない。一見そう思えても、実は違う。金の話になると囚人は思わず身を震わせ、分別をなくす——それほど金がほしいのだ。だから、酒を飲んで浮かれた囚人が、本当に木っ端《こば》みたいに金を投げ捨てるような真似をしているとしたら、それは大事な金よりもさらに一段階上とみなしているもののために投げ捨てているのである。ではいったい囚人にとって金よりも上位に位置づけられるものは何だろう？　それは自由である。つまり、どれほどささやかなものであれ、自由にかけた夢である。そもそも囚人たちは、夢見ることにかけては達人なのだ。この点については、後でいくらか説明するが、ついでにひとこと言っておこう。はたして信じてもらえるかどうかわからないが、かつて二十年もの長期で送られてきた囚人たちに出会ったとき、彼らは私に向かって口々に、平然とこんなセリフを吐いたものだった――「まあ私どももそのうち、首尾よく刑期を勤め上げて、それから……」

「囚人」という言葉の意味は、自由《ヴォーリャ》[61]のない人間ということに尽きる。ところが金を浪費する囚人は、すでに自分の自由な意志のままに振る舞っているわけだ。身に負った囚人の刻印も、足かせも、神の世界をさえぎってわが身を檻の獣のような境遇に閉じ込めている、憎むべき監獄の棒杭の壁をもものともせず、囚人は酒を、つまり厳しく禁じられた快楽を手に入れ、娼婦と交わり、時には（いつもではないにせよ）自分の直属の看守や、見張り役の傷痍兵や、ひいては下士官まで買収してしまうことがで

61　ヴォーリャという語は「自由」と「意志」の両義を持っているが、ここではその両者を含んだ「思い通りにふるまう自由」が論じられている。

きる。そうなれば相手は、こちらが規則や規律を破るのを見て見ぬふりをするばかりだ。それどころか、もはや取引抜きで、連中に対して威張りかえった振る舞いをしてみせることもできる。とにかく囚人は、威張ってみせるのが大好きなのだ。どうだ、この俺様には見かけよりはるかに大きな自由と権力があるのだと、仲間の前で見得を切ってみせ、それによってたとえほんの一時でも、みずからそれを信じ込むのである。早い話が、大酒盛りをするのも、乱暴狼藉を働くのも、誰かをコテンパンにやっつけるのも思いのまま、そうして、おれにはどんなことでもできる、何もかも「俺様の思い通りだ」と相手に認めさせ、ひいては当人も、哀れな百姓には思いもよらないような、尊大な自信を得るのだ。

ついでながら、囚人は一般に酔っ払っていないときでさえ、空元気《から》を出したり、自慢をしたり、根拠もないのに滑稽かつ無邪気にも大物ぶって見せたりといった傾向を示すが、もしかしたらそれも同じ理由からかもしれない。結局、そんな風に羽目をはずすのは、いつもそれなりのリスクをともなうが、だからこそなにがしかの生活の幻想が、わずかとはいえ自由の幻想が味わえるのである。自由の見返りにならなら何を惜しむことがあろうか？　どんな億万長者でも、いざ首吊り縄に喉を締め付けられるという瀬戸際に立ったら、たった一息の空気の見返りに、巨万の富をすべて投げ出すのではないか？

時々監獄当局をびっくりさせるようなことが起こる——極めて従順な模範囚として何年もすごし、ご褒美として囚人頭《デシャートチヌィ》にまでとりたてられたような優等生が、突然、まったくやみくもに、まるで悪魔にでもとりつかれたみたいに暴走しはじめ、さんざん羽目をはずして狼藉を働き、時にはまっしぐらに違法行為にまで突っ走って、最高監督官に対して明らかな不敬を働いたり、誰かを殺したり、強姦したりする、といったケースがあるのだ。そんな囚人を見れば、人はただあきれるばかりである。だがもしかしたら、一番似つかわしくないような人間が突然の爆発を起こすのもすべて、止《や》むにやまれぬ、発作的な個性の顕現衝動、自分を取り戻したいという本能的な欲求、自己を発現し、踏みにじられた己の人格を顕示する願望といった諸々《もろもろ》が突如として湧き上がり、さらには恨み、激怒、狂気、発作、痙攣にまで達した結果ではなかろうか。ひょっとしたら生きながらに埋葬された人間も、墓の中で目を覚ましたとき、まさに同じような激しさで棺の蓋を叩き、跳ね飛ばそうとするのではないか。もちろん理性の声に従えば、どんなにあがいても無駄だと悟ることだろう。しかし問題はまさに、これが理性の作用ではなく、痙攣の作用だというところにあるのだ。

もうひとつ考慮に入れておくべきなのは、囚人の場合、自分の意志で個性を発揮しようとすれば、その行為はたいてい規則違反とみなされてしまうということである。どのみち規則違反だとすれば、当然彼にとって、個性を大々的に発揮しようがささやかに発揮しようが、同じことになるではないか。羽目をはずすならとことんはずしてやれ、どうせやばいことをやるなら一か八か、人殺しだってやってやろう、というわけだ。そして一歩踏み出したら最後、当人はもはや自分の行為に酔って、歯止めが利かなくなってしまう。だからこそ、あらゆる手を尽くしてでも、人間をそこまで追い込まないようにすべきである。皆が安心していられるように。

そのとおり、だがはたしてどうすればそれが可能だろうか？

第六章　最初の一月（続）

監獄に入るとき、私はいくらかの金を持っていた。手持ちの金は、没収されるのを恐れて少しにしておいたが、もしものときに備えて、獄中に持ち込める唯一の書物である福音書の表紙裏に何ルーブリか隠して、つまり貼り込んであったのだ。この福音書は、貼り込まれた金も含めて、まだここへ来る前にトボリスクの中継監獄でプレゼントされたものだった。贈り主は同じく流刑の苦しみを嘗《な》め、すでに流刑地暮らし何十年を数えて、かねてから不幸な流刑者をすべて自分の兄弟とみなすことに慣れている人たちだった。[62] シベリアには「不幸な人たち」を兄弟のごとく親身に世話し、あたかも実の子供にするように、まったく私心なく、清い気持ちで苦しみや痛みをともにすることを、生涯の務めとして自分に課している人たちが何人かいて、しかもその数はほぼ減ることがないのだ。

ここでどうしても頭に浮かんでくる一つの出会いについて、簡単に記しておきたい。我々の監獄があった町に一人の女性が住んでいた。ナスターシヤ・イワーノヴナという未亡人である。もちろん監獄にいる私たちはだれ一人、この女性と個人的に知り合うことはできなかった。どうやらこの女性は流刑者への支援を自分の使命として選んだようで、他の誰にもまして我々のことを気にかけてくれた。果たして彼女の身内に

62 ドストエフスキー自身の伝記的事実と対応している部分の一つ。作者の場合は一八二五年に立憲君主制や共和制の理念を掲げて蜂起し、流刑になったデカブリストに付き添った妻の一人から、福音書を贈られた。一八七三年の『作家の日記』第二部「昔の人々」にそのことが語られている。デカブリストの乱では首謀者五名が死刑になり、百二十一名がシベリア流刑ないし徒刑になった。

何か同じような不幸を背負った者がいたのか、あるいはとりわけ大切で親密な誰かが同じような罪で罰せられたのか、いずれにせよ彼女は私たちのためにできる限りのことをすることを格別の幸せとみなしているかのようであった。もちろん彼女にできることは多くはなかった。大変に貧しかったからだ。しかし我々は獄中にいながらも、外の世界に一人の献身的な友がいることを感じていたのだ。ちなみに彼女は、しばしば我々にニュースを届けてくれたが、それは我々が極めて必要としていたものだった。いよいよ監獄を出て別の町へ出発するとき、ようやく私はこの女性のもとを訪ねて、個人的な面識を得ることができた。彼女の住まいはどこか町を外れたあたりで、近い親戚の誰かのもとに暮らしていた。年寄りでもなければ若くもなく、美しくも醜くもなく、はたして賢いのかどうか、教養があるのかどうかさえ判然としない。彼女から伝わってくるのはただ、その一挙手一投足ににじみ出ている尽きせぬやさしさと、どうにかして相手を満足させ、安らげ、何かしら相手のうれしがることをしてやりたいという、強い願いのみであった。静かで善良なまなざしも、そっくり同じ願いを浮かべていた。私はもう一人の監獄仲間と一緒に、彼女のもとでほぼ夜更けまで過ごした。彼女はじっと我々の目を見つめ、こちらが笑うと笑い、こちらが何を言ってもすかさず同意した。そしてせめてありあわせのものでもてなそうと、あくせくと動き回るのだった。お茶と軽食と何か甘いものが出された。仮に何千もの金が手元にあったとしたら、彼女はきっとうれしかっただろうが、その理由はただひたすら、その金で我々をもっと喜ばせることができる、そして監獄に残っている仲間をもっと楽にしてやれるということだけだっただろう。

　別れ際に、彼女は記念にと言って我々にひとつずつ煙草入れを差し出した。彼女が我々のためにボール紙と糊でこしらえたもので（できばえは言わぬが花だ）、色のついた紙で表装されていたが、その紙はちょうど小学校の算数の教科書の表紙にそっくりだった（ひょっとしたら本当に算数の本を表装に使ったのかもしれない）。葉巻入れは両方とも細く切った金紙で縁飾りが施されていたが、たぶんその金紙を買うために、彼女はわざわざ店まで出かけたのだろう。

「あなた方は煙草を吸われるから、もしかしたらお役に立つかもしれないと思って」まるで詫びるような口調でそんな風に言いながら、彼女はおずおずと我々の前に贈り物を差し出すのだった……。隣人への崇高な愛とは同時に最大のエゴイズムである――そんな風に言う者たちがある（私自身聞いたことも読んだこともある）[63]。さて、この場合どこにエゴイズムがあるというのだろうか――私にはさっぱりわからない。

　入獄時の私の手元にはまったくまとまった金などなかったが、囚人たちの何人かはほとんど最初の何時間かの間にそんな私から金をだまし取り、しかも少しも悪びれた気配はなく、それぞれ二度三度、あるいは五度までも、繰り返し金をせびりに来たものだ。だが、なぜかしら私はそんな囚人たちに対して、当時本気で腹を立てる気にはなれなかった。ただ一つだけ打ち明けて言えば、他愛もない手法で人をだまそうとするこんな連中が、きっと私のことをお人よしの馬鹿だとみなして笑いものにするに違いない、しかもその理由が、こちらが五度までも金を出してやったからなのだと思うと、それが悔しくてならなかった。連中はきっとこちらが彼らの嘘や計略に引っ掛かったのだと思ったはずだし、もしも逆にこちらが彼らの無心を断って追い払っていたならば、きっと格段に私を尊敬するようになっていたに違いないのである。しかしいかに腹が立とうと、やはり彼らをはねつけることはできなかった。腹が立ったのは、私がこの最初の何日間か、監獄の中で果たしてどんな立場にわが身を置くべきか、あるいはむしろ、連中に対してどのような立場をとるべきかについて、真剣かつ入念に思いを巡らせていたからだ。私は感じ、理解していた——この環境は何から何まで自分にとってまったく新しいものであり、自分は完全な暗中模索状態におかれているが、暗中模索のままで何年もすごすわけにはいかないのだと。だとすれば準備をするべきだ。当然ながら私の決断は、何よりもまず内なる感情と良心の命じるまま、まっしぐらに進むべしということだった。だが同時にわかっていたのだ――それは単なる格言に過ぎず、前途にはやはりまったく予想もしない体験が控えているだろうということを。

そういうわけで、一方で前述のように主としてアキーム・アキームィチの勧めで始まった、檻房生活開始に際しての細かな準備作業の数々に忙殺され、しかもそれが幾分気晴らしになっていたにもかかわらず、恐るべき、身を食《は》むようなわびしさがますます私をさいなんでいたのだった。時折夕暮れに、すでに作業から戻った囚人たちが監獄の内庭を、檻房から炊事場へとけだるい足取りで行きつ戻りつしているのを、檻房の入口階段から見つめながら、「死の家だ！」と私は胸の内でつぶやいたものだった。囚人たちをじっと見つめては、その顔や動作から、これは果たしてどんな人間たちなのか、どんな性格をしているのか、見極めてやろうと努めていたのである。目の前をぶらついている囚人たちには、むっつりと額にしわを寄せている者もあれば、反対にはしゃぎまくっている者もいた（ともにいちばんよく見かけるタイプで、ほとん

63 アダム・スミスや一九世紀ロシアのニコライ・チェルヌィシェフスキーの「理性的エゴイズム」に通じる思想。ニコライ・ゴーゴリの『交友書簡抄』にも類似の思想が含まれる。

ど懲役囚の二大類型である）。罵りあう者たちもいればただ話をしている者たちもあり、はては一人ぼっちで物思いに沈んだように、淡々と静かな足取りで歩いている者もいた。疲れ果てて表情すらなくしている者がいるかと思えば、（こんな場所だというのに）帽子を横っちょにかぶり、毛皮外套を肩に羽織った格好で、不敵で狡猾な目をして不遜な嘲笑いを浮かべ、俺様は偉いんだとばかりにふんぞり返っている者もいた。

「このすべてが私のおかれた環境、今の私の世界なのだ」と私は考えた。「否《いや》でも応でも、私はこの世界と折り合っていかなければならないのだ……」

私はアキーム・アキームィチにこの者たちのことをあれこれと問いただし、認識を深めようと試みた。なにせ一人になりたくなかったので、アキーム・アキームィチと は好んで一緒に茶を飲んでいたのだ。ついでに言っておけば、この最初のころ、茶がほとんど唯一の私の栄養源であった。アキーム・アキームィチのほうも茶を飲むのにやぶさかではなく、私がMから借りた、貧弱な手製の小さなブリキのサモワールを使って、自ら茶を淹《い》れてくれた。アキーム・アキームィチは普通コップ一杯だけ茶を飲んだ（彼はコップもいくつか持っていたのだ）。黙ったままかしこまって飲み終わると、コップを戻してよこし、礼を言って、すぐさま私の毛布の仕上げにかかるのだった。しかしこちらが知りたい事柄について答えることはできなかったし、そもそもどうして私が周囲の身近な囚人たちの性格などに格別の興味を示すのかさえ理解できぬまま、ひどく忘れがたい小ずるそうな笑顔さえ浮かべて、私の言葉を聞くばかりだった。

「いや、これはきっと、他人に聞くんじゃなくて、身をもって知るべきことなんだ」そう私は思ったことだった。

四日目には、ちょうど私が足かせの着け替えに行ったときと同じように、早朝から囚人たちが監獄の門のすぐ手前、衛兵詰所前の空間に整列させられた。列の前後には兵士たちが囚人に顔を向けた形で、装弾して剣を装着した銃を持って立ち並んでいる。兵士は逃亡を企てた囚人を銃撃する権利を持つ。ただし必要不可欠な場合以外になされた発砲については、責任を負うこととなっている。囚人たちの公然たる反乱の際も同様である。しかし果たして誰があからさまに逃げようなどと考えるだろうか？　工兵隊の将校、作業隊長が姿を現し、同じく下士官および兵卒、作業監視人たちが現れた。点呼が行われる。縫製工場に通う一部の囚人たちが、他に先駆けて出発した。この者たちには工兵隊の幹部もタッチしない。彼らはそもそも監獄のために働き、監獄用の衣料を供給しているからだ。次には様々な作業所で働く者たちが出発し、その後から普通の雑役に向かう集団が続いた。二十人ばかりの囚人に混じって、私も出発した。要塞の背後の凍った河に二艘の官用の平底艀《はしけ》が浮かんでおり、これはすでに壊れて役に立たないため、せめて古い木材を無駄にしないように、解体する必要があった。とはいえ、古い木材を全部まとめても、たぶんその値打ちはごくわずかで、ほとんどただ同然だっただろう。薪なら町で二束三文で売られていたし、森はまわりにいくらでもあったからだ。だから囚人をこんな仕事に送り出すのも、きっと彼らをのんびりと遊ばせておかないためにすぎず、囚人たち自身もそのことをよくわきまえていた。この種の仕事の場合つねに、取り組む囚人たちの態度ものろのろとしていて覇気がない。およそ正反対なのが、仕事自体が道理にかなった価値のある仕事で、しかもとりわけノルマを決めてもらえる場合である。そうした場合、囚人たちはまるで何かが乗り移ったように活気づき、自分にとって何の利益にならなくとも、少しでも早く、上手に仕上げてやろうと、身を粉にして働く。私はこの目で見た。そこには自尊心さえ介在しているようだった。そこへいくと今回の仕事は、必要のためというよりむしろ体裁を繕うだけのもので、ノルマを決めてもらうのも難しく、午前十一時の帰りの太鼓が鳴るときまでびっちりと働かなくてはならなかった。

温かく霧がかかった日で、雪も解けそうなほどだった。そろって要塞の裏の河岸へと向かう我々の集団は、軽く鎖の音を響かせていた。足かせの鎖は着衣の裏に隠されていたが、どうしても一足ごとに甲高い金属音を立てるのだった。二、三人は集団を離れて工具倉庫に必要な道具を取りに行った。皆と共に歩きながら、私はなんだか生き返ったような気持ちさえ覚えていた。どんな仕事をするのか、一刻も早く見て確かめたかった。いったい懲役仕事とはどんなものだろうか？　果たして私は生まれて初めての労働をどのようにこなすだろうか？

何もかも細かな点に至るまで覚えている。途中で小ぶりのひげを生やしたどこかの町人と行き会うと、相手は足を止めてポケットに片手を突っ込んだ。するとただちに一人の囚人が集団を離れ、帽子を脱いで施しの五コペイカを受け取り、速やかに仲間のところへ戻った。町人は十字を切り、また歩みを続けた。その五コペイカはこの朝のうちに白パンに化けて我々の胃袋に収まってしまった。全員で均等に分けたのだ。

このとき一緒だった囚人たちの中には、気むずかしい顔でむっつり黙り込んでいる者もいれば、しょんぼりとつまらなそうにしている者もおり、またぽつりぽつり仲間としゃべり交わしている者もいた。中の一人は何かひどくうれしいことがあるらしく浮かれていて、道々歌を歌っては踊るような仕草をして、飛び上がるたびに足かせをガチャガチャ鳴らしていた。それは私が入獄した翌朝の洗面時間に水場のそばで別の囚人と喧嘩していた、例の短軀で肉付きのいい囚人であった。別の囚人が無鉄砲にも幸せを告げる鳥カガーン様を自称したことから喧嘩になったのだった。このむやみに陽気な青年は名前をスクラートフといった。やがてこの男は何か勇ましい歌を歌い出したが、私が覚えているのは次のようなリフレーンの部分である。

留守の間に嫁持たされた
粉挽き小屋で稼ぐ間に[64]

バラライカが出てきてもおかしくないような浮かれぶりだった。

この男の並外れたはしゃぎぶりは、当然ながらすぐに仲間の何人かの反感を呼んだ。まるで自分が馬鹿にされたように受け止める者さえいた。

「うなり出しやがったな！」何のかかわりもない一人の囚人が、とがめる口調で言った。

「オオカミにゃ一つしか歌がねえってのに、そいつをかっさらってきやがって、このトゥーラ[65]っぽが」陰気な顔をした連中の一人がウクライナなまりで言った。

「俺がトゥーラっぽだとしたら」すかさずスクラートフが言い返す。「お前たちはあのポルタワで[66]、団子を喉に詰まらせて死にかけた口だろう」

「出任せを言うな！　お前こそ何を食って生きてきたんだ！　わらじを杓子にして汁《シチー》を啜ってたんじゃねえか」

「それが今じゃ、鬼に鉄砲玉でも食らわしてもらっているってえ面《つら》だぜ」別の男が言い添えた。

「正直言って俺はな、兄弟衆、甘やかされて育った人間さ」まるで自分が甘やかされたのを後悔しているかのように、軽いため息をつきながらスクラートフは答えた。特に誰かを相手にというわけでなく、皆に向かって言っているのだ。「ほんの小さなガキのころから、乾《ほ》したプラムだの上等の白パンだのを試させられてきたわけよ（つまり食べさせられてきたという意味で、スクラートフはわざと言葉をひねっていた）。

64　ドストエフスキーの『シベリア・ノート』に収録された民衆の歌。「まん丸い顔、白い顔／山雀《ヤマガラ》みたいにお歌が上手……」と始まる、娘を愛《め》でる歌。以下囚人たちの掛け合いに同じノートに記された言いまわしや歌などが多出する。

65　ヨーロッパ・ロシア中部の県で、トルストイの生地。

66　ウクライナ北東部の都市。十八世紀初期にピョートル大帝のロシアとカール十二世のスウェーデンが戦った北方戦争の舞台となった。

実の兄弟たちは今でもモスクワに自分の店を持って、素通り横町で風を商っているぜ。[67]
実入りのいい商売さ」

「それでお前は何を商ってたんだ？」

「それが、同じ兄弟でもできが違ってるからな。商いをしているうちにさ、俺は最初の二〇〇をちょうだいしたわけよ」

「二〇〇ルーブリを！」好奇心の強い一人が、額の高さにぎくりとしてすかさず反応した。

「違うよ、お兄さん、ルーブリじゃねえ、笞の数さ。ルカ、おいルカ！」

「ただルカと呼んで良い奴もいるが、お前はちゃんとルカ・クジミーチと、親の名前もつけて呼びな」とんがり鼻の小柄で痩せた囚人が、渋々返事をした。

「じゃあルカ・クジミーチだ、気に食わねえがしかたあるめえ」

「ただルカ・クジミーチですむ奴もいるが、お前には伯父貴と呼んでもらおうか」

「へん、お前も伯父貴もくそ食らえ、口をきく値打ちもねえや！　せっかくいい話をしてやろうとしたのによ。ともかくな、みんな、あれやこれやで俺がモスクワで稼いでいたのもつかの間、とうとう笞を十五発食らって追い出されちまった。それでこうして……」

「でも、いったい何で追い出されたんだい？」律儀に話を聞いていた一人が口を挟んだ。

「だって女郎屋に通っちゃいけねえ、酒を飲んじゃいけねえ、博打をしちゃあいけねえって調子だから、俺はな、みんな、モスクワでマジに一儲けするいとまがなかったわけよ。ところがどうしても、金持ちになりたくてなりたくてたまらねえ。もうどうにも口じゃ言えねえくらい、喉から手が出るほど金が欲しかったわけだ」

多くの者が笑い出した。スクラートフは明らかに、頼まれもしないのに気むずかしい仲間たちを楽しませてやるのを自分の義務と心得ているようなひょうきん者、というよりむしろ道化者の一人で、当然ながらその見返りに得るものは、悪罵のほかはまったく何一つないのだった。彼はある特殊な、注目すべきタイプに属していたが、そのことについてはたぶんまた後に語ることになるだろう。

「そうだ、一つお前をこの場で黒貂《くろてん》代わりにたたき殺すのもいいな」ルカ・クジミーチが言った。「着ているものだけでも一〇〇ルーブリは下らないだろうからな」

スクラートフが着ているのはすっかり古びてぼろぼろになった毛皮外套で、あちこ

67　「何もせずぶらぶらしている」という意味の表現。

ちからつぎあて布がはみ出していた。彼は痛くもかゆくもないといった顔をしながらも、自分の外套を上から下までしげしげと見まわした。

「頭《あたま》はその代わり値打ちもんだぜ、みんな、頭はよ！」スクラートフは答えた。「モスクワにおさらばしたときも、この頭が自分と一緒に付いてくるというんで慰められたんだから。あばよ、モスクワ、ひと風呂あびたみたいな、すがすがしい気分だぜ。背中にびっしりミミズ脹《ば》れも作ってもらったしな！　おい、お前、俺の外套を見てたって仕方がねえぞ……」

「じゃあ、お前の頭でも見ろっていうのか？」

「なあに、こいつは頭まで自前じゃなくて施しもんさ」ルカがまた口を出した。「チュメニの中継監獄でキリストさまのために[68]といって恵んでもらったのさ、みんなしてここへ来る途中でな」

「ところでスクラートフ、いったいお前は手に職でもあったのか？」

「何が手に職だ！　親切な道案内を名乗って、目の見えねえ物乞いたちの手を引きながら、連中の小銭をかっさらっていたんだぜ」仏頂面をしていた内の一人が言った。「こいつの職といやあそれっきりよ」

「俺は実際、長靴職人になろうとしたことがある」辛辣な発言には耳も貸さずにスクラートフは答えた。「縫い上げたのはやっと一足だったがな」

「それで、売れたのかい?」

「まあな、ちょうど神様も恐れねえ、親父とお袋も敬わねえという外道《げどう》がひょいと顔を出してな、そいつが天罰で買っていったぜ」

スクラートフの周囲の者たちは、またもやそろって爆笑した。

「その後もう一度仕事をしたなあ、もうここに来てから」落ち着き払った口調でスクラートフは続けた。「ステパン・フョードロヴィチ・ポモルツェフ、つまりあの中尉殿に、ブーツのつま先の部分を付けて差し上げたわけだ」

「それで、気に入ってもらえたのか?」

「いや、兄弟衆、ご不満だったよ。もう末代まで罵られて、おまけに尻っぺたを膝で思い切り蹴られたさ。ひどい剣幕だったぜ。ああ、俺は人生にだまされた、だまされたあげく懲役暮らしさ!」

それからしばらく待ってると

68 物乞いをするときの決まり文句。

アクリーナの亭主が家を出る……[69]

出し抜けに彼はまたもや朗々と歌いだすと、ぴょんぴょん跳ねながら足拍子を取りはじめた。

「ちぇっ、みっともねえ野郎だ！」私のすぐ脇を歩いているウクライナ人が、憎しみと侮蔑の混じった目で彼を斜《はす》に見ながらつぶやいた。

「甲斐性なしさ！」別の一人が、けりを付けるように真剣な口調で言った。

私にはさっぱりわからなかった——なぜみんながスクラートフに腹を立てているのか、そもそもどうして（この最初の何日かで私が気づいたとおり）陽気な連中は誰も彼も、いささか軽蔑されているように見えるのだろうか？ ウクライナ人や他の者たちが怒っているのを、私は彼らの人柄のせいだと思っていた。だがこれは人柄の問題ではなく、彼らはスクラートフが自制心を欠いていて、他人の前でしっかりと自己の威厳をつくろうことができないでいるのが腹に据えかねるのだった。監獄の連中はみなそうした矜持《きょうじ》を鼻につくくらい大事にしているというのに。つまり彼らの表現を借りれば、スクラートフは「甲斐性なし」だから馬鹿にされているのである。ただし陽気な連中がみな、スクラートフやほかの同様な者たちのように反感を買うわけでもなければ、馬鹿にされているわけでもない。それぞれ自分の身の処し方をわきまえているわけで、ただお人好しで工夫のない奴がすぐに馬鹿にされるのである。これには私もいささか驚いた。たしかに陽気な連中の中にも、非難めいたことを言われると、待っていたとばかりに巧みにやり返し、誰であろうと容赦なくやっつけてしまう者たちがいた。そうした者たちは自ずと皆の尊敬を呼ぶ。このときの集団の中にもそうした舌鋒の鋭い男がいて、彼は本来きわめて陽気な好人物だったのだが、ただし私がこの男のそういう面を知ったのは後になってからだった。これは堂々とした大柄な青年で、片頬に大きな疣《いぼ》があって、ひどくひょうきんな顔つきをしていたが、それでもかなりの男前で頭の切れる男だった。土工兵と呼ばれていたが、これはかつて工兵隊土工部に勤めていたからで、今では特別檻房に入れられていた。この男のことは、また先で語ることになる。

ただし「まじめな」者たちのすべてが、陽気な振る舞いに腹を立てる例のウクライナ人のように激しやすかったわけではない。監獄には、博識であれ、頓知であれ、意

69 『シベリア・ノート』に記された舞踊歌の一節。第二部四章に登場するアクーリカという女性名は、このアクリーナの指小形《ししょうけい》（愛称）のひとつ。

志力であれ、頭のよさであれ、一番になろうという人物が何人かいる。そうした人物の多くは実際に頭がよくて意志も強く、本当に自分が目指したものを手に入れていた。つまりトップに立って仲間たちにかなりの精神的な影響力を持っていたのである。そういう優秀な者たちは、お互いの間ではしばしば大敵同士になるので、それぞれたくさんの者の恨みを買っていた。その他の囚人たちに対しては、彼らは権威者の優越をもって臨み、寛大なところさえ見せた。余計な喧嘩はせず、当局の覚えもめでたく、作業の際には現場監督のような役割を果たし、誰一人として、たとえば歌のようなつまらないことに文句を付ける者はなかった。そんな些事に関わるのはプライドが許さなかったのだ。私に対しては、そうした者たちは皆、流刑の間中きわめて礼儀正しかったが、ただしあまり口をきこうとはしなかった。それもまたプライドのなせる業《わざ》のようだ。この者たちについても、同じく詳しく語ることになるだろう。

我々は河岸に着いた。眼下の河の中に、古い艀が水につかったまま凍り付いていて、それを解体するのが仕事だった。河の対岸は青くかすんだ草原《ステップ》。無愛想で荒涼とした光景だった。私は皆がそのまま作業に取りかかるものと予期していたが、彼らにはそんなつもりはさらさらなかった。中には岸辺に転がっている丸太の上に座り込む者もいて、ほとんど全員が長靴の中から、バザールで一フント三コペイカでバラ売りされているこの地方のタバコが入った小袋と、手製の小さな木の吸い口が付いた短い柳のパイプを取りだした。皆が一服しだすと、護送兵たちは我々をぐるりと囲んで、実につまらなそうな顔で見張りを始めた。

「で、こんな艀を壊そうなんて、いったい誰が思いつきやがったんだ?」一人の囚人が独り言のように、誰にともなく言った。「木っ端でも欲しいってわけか?」

「俺たちの怖さを知らねえ奴が思いついたんだろうよ」別の一人が言う。

「あの百姓ども、どこへ行こうっていうんだ?」しばしの沈黙の後、最初の男が、遠くの新雪の上を一列になってどこかへ向かう百姓の一団を指して尋ねた。もちろんさっきの自分の質問への答えは聞き流している。みんなは物憂げに指さされたほうを向くと、退屈しのぎに百姓たちを笑いのタネにしはじめた。列の最後の百姓は、なんだかとんでもなく滑稽な格好で、両手を広げ、円錐形の先を切り取ったような高い百姓帽をかぶった頭を片方にかしげて歩いている。その全身が真っ白な雪の中にくっきりはっきりと浮き上がっていた。

「あらまあ、ペトローヴィチの兄さん、いいべべ着たなあ!」一人の囚人が百姓の口まねをして言った。おもしろいことに、囚人たちの半分は百姓の出であるにもかかわらず、総じて百姓たちを幾分下に見ているのだった。

「最後の奴ときたら、みんな、まるで大根でも植えながら歩いているみてえじゃねえか」

「あれは石頭で、ああいう奴が金をしこたま持っているんだぜ」別の囚人が答えた。

皆はどっと笑ったが、それも何か投げやりで、無理に笑っているみたいだった。そのうちにパン売りがやってきたが、これは威勢が良くて快活な小娘だった。

皆はさっきもらった五コペイカで白パンを買い、その場で均等に分けた。

監獄でパンを商っている若い囚人は、白パンを二十個買った上に、値引きをいつもの取り決め通り二個分ではなくて三個分にするよう、しつこく交渉しはじめた。だがパン売りは承知しようとしない。

「じゃあ、あれをおまけに付けなよ」

「何をさ?」

「あのネズミも食わねえ代物《しろもの》だよ」

「まあ、なんていけ好かない人!」小娘はキンキン声で叫ぶと、ケラケラ笑いだした。

とうとう作業監督の下士官がステッキを持って登場した。

「おいお前たち、なんで座り込んでいるんだ! 仕事にかかれ!」

「でも、イワン・マトヴェーイチ、ノルマを決めてくださいよ」親方気取りの囚人の一人が、ゆっくりと腰を上げながら答えた。

「どうしてさっき割り当ての場で申し出なかった？　艀を解体しろ。それがお前らのノルマだ」

そんなこんなでようやく腰を上げると、一同は重い足を引きずって河に降りていった。集団の中にはたちまち「仕切り役」たちが現れた。少なくとも口先だけは仕切り役気取りだった。話を聞いてみると、艀はただ闇雲に切り刻んではだめで、できるだけ丸太材を救いださなくてはならないとのこと。とりわけ横木の肋材《ろくざい》は貴重だそうだが、これは艀の底に端から端まで木の釘でぴったりと打ち付けられている何本もの長い材木である。長く退屈な仕事になりそうだった。

「まずは手始めに、ほらこの丸太を取り外すんだ。さあみんな、始めようぜ！」

まったく仕切り役風でも親方風でもないただの下働きで、これまで黙りこくっていた無口なおとなしい若者が、ひょいと身をかがめて太い丸太を両手で抱えると、相方を待つ仕草をした。しかし誰もこの男を手助けしようとはしなかった。

「へん、できるもんなら持ち上げてみろや！　お前なんかに持ち上げられるもんか、お前の爺さんの熊公がきたって持ち上がりゃあしねえよ！」誰かがぼそぼそつぶやいた。

「しょうがねえな、じゃあどこから手を付けるんだ？　へん、勝手にしな……」すっかり当てが外れた出しゃばり男は、そう捨て台詞を吐くと丸太を手放して身を起こした。

「こんな仕事、そっくりこなせるわけがねえ……何を出しゃばりやがる？」

「ニワトリ三羽に餌をやる算段も付かねえくせに、先走りやがって……おっちょこちょいが」

「いや俺は、その、別に」困った男は言い訳しようとした。「俺はただちょっと……」

「どうした、お前たちまとめて袋詰めにでもしてやろうか？　それともいっそ冬支度に塩漬けか？」二十人もの集団がどう仕事にかかったらよいかもわからずにいるのを不思議そうに眺めながら、改めて下士官が怒鳴った。「取り掛かれ！　早く！」

「早くったって程がありますぜ、イワン・マトヴェーイチ」

「お前、そんなことを言って何もしないいじゃないか、こら！　サヴェリエフ！　無駄口叩きが！　お前に言っているんだ。ボケッと突っ立って、ぐずぐず油を売りやがって……さあ取りかかれ！」

「ええ、まさか俺一人でやるんですか？」

「どうかノルマを決めてくださいよ、イワン・マトヴェーイチ」

「言っただろうが、ノルマはなしだ。艀を解体し終えたら帰っていい。開始！」

皆はとうとう作業にかかったが、いかにもだらだらと気が乗らない様子で、手つきもおぼつかなかった。屈強な猛者たちの集団が、どうやって仕事にかかったらいいかわからず途方に暮れているのを見ると、腹立たしい気さえした。まず一番短い肋材を外しにかかったが、手をつけた途端に肋材は折れてしまった。「ひとりでに折れたんで」と連中は下士官のもとにわざわざ届けて言い訳した。つまりは作業の手順が悪かったので、何か別のやり方を考えなくてはならない。ほかにどんな手順があるか、どうしたものか——囚人たちの相談がだらだらと続いた。当然ながら次第に話し合いが罵り合いとなり、さらに厄介なことになりそうな雲行きとなった……。下士官がまたもや怒鳴りつけ、ステッキを振るって見せたが、次の肋材もまた折れてしまった。とうとう斧の数が足りないということになり、他にも何か道具を持ってこなくてはならないという話になった。ただちに二名の若手が見張り付きで要塞まで道具を取りに派遣され、残りの全員は使いの帰りを待つ間、のんびりと丸太に腰を下ろし、めいめいパイプを取り出して一服しはじめた。

下士官はとうとうペッと唾を吐いた。

「まったく、お前たちにまかせたら二進《にっち》も三進《さっち》もいきやしない！　ええい、あきれ果てた連中だ！」カンカンになってそう言うと、監督官は腕を一振りし、ステッキを振り振り要塞へと帰って行った。

一時間すると作業隊長がやってきた。隊長は落ち着いて囚人たちの話を聞き終わると、ではノルマを決めてやろうと言った。あと肋材を四本、それも折らずにそっくり取り外すこと、さらにこれとは別に艀の大半を解体すること――それがノルマで、これが終わったら帰ってもいいというのだ。これはきつい割り当てだったが、いやはや、皆の取り組み方ときたら！　だらだらした様子もまごついた振りも、跡形もなく消えてしまったのだ！　カツカツという斧の音が響きだして、木の釘をほじり出す作業が始まった。残りの者たちは太い棒を何本か肋材の下に差し込んでは、十人がかりで梃《て》子《こ》のように押し下げて、威勢良く巧みな手つきで外していった。肋材は今や驚いたことに、そっくり元のまま、傷一つない形で取り外されているのだった。作業はどんどんはかどった。なんだか急に全員が驚くほど聞き分けがよくなったみたいだった。余計な口もきかなければ悪態もつかず、一人一人が言うべきこと、なすべきこと、立つべき場所、注意すべきことをわきまえていた。帰りの太鼓のぴったり三十分前に、与えられたノルマが完了し、囚人たちは帰路についた。皆疲れていたが、たかが半時間ばかり作業時間を短縮できただけとはいえ、すっかり満足した様子だった。ただし私自身のことを言えば、私は自分が除け者だということを思いしらされた。作業の間どこに首を突っ込もうとしても、至るところで私は場違いな存在であり、邪魔にされ、罵られんばかりにしてはねつけられたのだった。

ずたぼろの格好をして、働き手としてはまったく役に立たず、自分よりも威勢が良くてものわかった仲間の前では口答えする勇気もないようなへなちょこの囚人でさえ、この私が近くに突っ立っていたりすると、一人前の顔をして邪魔だといって怒鳴りつけ、追い払おうとする。しまいには威勢のいい連中の一人が、私に面と向かって露骨に言い放った。

「ちょっとちょっと、どいたどいた！　頼まれもしねえのに、首を突っこまねえでくんな」

「落ちぶれたもんだな！」別の男がすかさず合いの手を入れた。

「いっそ、お布施の碗でも持って、物乞いに行きなよ」もう一人が私に言う。「石のお堂にご寄進を、タバコも切らしておりまするってな。ここじゃあ出る幕はねえからさ」

つまりは離れて立っているしかなかったが、みんなが働いているときに一人ぽつんと立っているのは、なんだかきまりが悪かった。ところが、いざこちらが言われたとおりに脇に下がって、平底船の端っこのほうに立っていると、すぐにみんなは口々に罵りだすのだった。

「まあ、ひでえ人足をよこしたもんだ。いったいあんなやつが何の役に立つ？　何の役にも立ちゃしねえ！」

これはもちろん、すべて意図的に行われていることだった。つまりみんなの気晴しである。相手が元貴族様だとなれば、無理難題で困らせてやらなくては気が済まない。みんな当然、そうした機会が来たのを喜んでいたのである。

すでに述べたように、監獄入りした際の私の第一の問いは、この人たちの前で自分はどのように振る舞うべきか、どんな態度を取るべきかというものだったが、なぜそんな問いが生じたのか、今でこそよくわかる。まさに今作業現場で起こっているような囚人たちとの衝突が、きっと何度も我が身に生じるだろうと、予感していたのである。だが、たとえどのような衝突が生じようと、私はすでにこのときある程度まで考えて選んでいた自分の行動方針を、変えることはするまいと決意した。それが正しい選択だとわかっていたからだ。私の決意とはつまり、できるかぎり単純でかつ自立した姿勢を維持し、あえて他の者たちにすり寄るような態度を見せず、ただし相手がこちらに近寄るそぶりを見せたら、それを拒絶することはしない。彼らの脅しや憎しみにも決してうろたえず、できるだけそうしたものに気づかぬふりをする。ある種の点では決して彼らと馴れあわず、彼らのある種の風俗習慣のたぐいには妥協しない。端的に言えば、こちらから一〇〇パーセント彼らの仲間になろうなどとはしない、ということだった。もしもそんな態度を見せたら、彼らは真っ先に私を軽蔑するだろうということが、一目で見抜けたからである。

ただし彼らの理屈からすれば（これは私も後に確かめたことであるが）、私はやはり彼らの前で自分の貴族としての出自を裏切らず、貴族らしく振る舞うべきだったということになる。つまり極楽とんぼのようにのほほんと気取りすまし、平民を侮蔑して何かにつけて不平を言い、高等遊民然としているのがふさわしいというのだ。彼らの貴族観というのは、まさにそんなものだったからだ。もちろん私がそんな態度をとったなら、彼らはさぞかし罵ったことだろうが、それでも陰では敬意を払ったことだろう。そんな役回りは私に似つかわしくはないから、私が彼らの考えるような貴族だったためしは一度もない。だがそのかわり、心に誓ったのだ——この連中に妥協したりして、みずからの教養を、思想を辱めるようなまねは決してするまいと。もしも私が連中のご機嫌を取ろうとしておもねり、話を合わせ、馴れあって、いろんな点で彼らの「レベル」まで身を落としたりすれば、彼らはすぐさまそれを恐怖や臆病心の仕業だとみなして、私を侮ることだろう。

例のAは私の参考にはならなかった。彼は少佐のところへ出入りしていて、囚人たち自身、彼を恐れていたからだ。いっぽう、ポーランド人たちの場合のように、冷ややかな距離を置いた慇懃さをもって、他の連中に対して心を閉ざすような態度も取りたくはなかった。このとき私がはっきりと意識したのは、自分が彼らの前でのほほんと気取りすます代わりに、彼らと同じように働こうとしたことで、彼らに軽蔑されているということだった。そのうちに彼らも私に対する考えを変えざるを得なくなるだろうということは確実にわかっていたのだが、それでも作業場での私の振る舞いが彼らへの追従《ついしょう》のように受け取られ、それで彼らがあたかも私を軽蔑する権利を得たかのような顔をしているのだと思うと、やはり無念でならなかった。

夕刻、午後の作業が終わって監獄に戻った私はへとへとに疲れていて、気分はまたもやひどく落ち込んでいた。

「こんな日がまだ何千日続くことやら」と私は思った。「しかも毎日判で押したように、同じことの繰り返しなのだ！」

すでに薄闇が降りた頃、獄舎の裏手を塀沿いに、黙然と一人でぶらついていると、不意にシャーリクの奴がまっしぐらにこちらに駆けてくるのが見えた。シャーリクは我々の監獄の犬だった。工兵隊にも砲兵隊にも騎兵隊にもそれぞれ犬がいるように、監獄にも犬がいるわけだ。シャーリクは誰も覚えていないくらい昔からこの監獄に住み着いていて、誰の持ち物でもないが皆を主人と思っており、炊事場の残飯で養われていた。かなり大柄な、黒毛に白の斑《ぶち》が入った雑種で、まだそれほど老犬というわけでもなく、賢そうな目とふさふさした尻尾《しっぽ》を備えていた。これまで誰一人この犬をかわいがる者もいなければ、気にとめる者もいなかった。ところが私は最初の日からこの犬を撫でてやり、自分の手でパンを与えた。私に撫でられている間、シャーリクはおとなしく立ったままうっとりとした目でこちらを見つめ、満足のしるしにそっと尻尾を振っていたものだ。

今回、この数年来初めて自分に優しくしてくれた私という人間をしばらく見失っていた彼は、皆の間を駆け足で探し回ったあげく、獄舎の裏手でやっと見つけ出すと、キャンキャンいいながらまっしぐらに駆け寄ってきた。自分でも何がどうしたかわからないが、私も駆けだしていってシャーリクに口づけし、その頭を抱きしめた。シャーリクは両前足を私の肩にかけて立ち上がると、私の顔をぺろぺろなめはじめた。

「つまりこいつこそ、運命が私に遣わした友なのだ！」

そんな風に私は考えた。そしてその後も、このつらく鬱陶《うっとう》しい最初の時期、作業から戻ってくると、どこへ立ち寄るよりも真っ先に、待ちかねていた私に会えたうれしさにキャンキャン鳴いているシャーリクを連れて、急いで獄舎の裏手に行っては、その首をかき抱いて口づけしたものだった。そうして口づけしていると、何かしら甘い、そして同時に苦く切ない感情がこみ上げてきて、胸が疼《うず》くのだった。覚えているが、そんなとき私はまるで自分の苦悩を我と我が身に向かって誇るような気持ちになり、次のように考えては満足を覚えたものだった——これこそ今や世界中で唯一この私に残された存在、私を愛し、なついてくれる友、唯一の我が友、私の忠実な犬シャーリクなのだ。

第七章　新しい知人たち　ペトローフ

だが時がたつにつれて、私も少しずつ監獄の生活に馴れていった。日を追うごとに、新生活の日常への当惑はどんどん薄れ、出来事も状況も人間もすべて、何かしら目になじんでくるようだった。このような生活に甘んじるのは不可能だとしても、まぎれもない事実としてそれを認めるべき時期は、とっくに来ていたのである。あれこれ釈然としない気持ちはいまだに残っていたが、そうしたものを私はできるかぎり胸の奥底に押し隠した。監獄の中を途方に暮れたように歩き回り、憂いを人目にさらすこともはやなかった。囚人たちの好奇心むき出しの視線を身に浴びることも少なくなったし、わざと無遠慮な口調で一挙手一投足を論評されることもなくなった。どうやら私のほうも彼らの目になじんだようで、それが私には大変ありがたかった。すでに私は監獄の中を我が家のごとく歩き回るようになっており、板寝床の上にもしっくり収まって、生涯馴れっこにはなれないと思った事柄にも、どうやら馴れてしまったようだった。

規則正しく週に一度、私は頭の半分を剃られに通った。毎週土曜日の作業が明けた時間、我々はその目的で順番に檻房から衛兵詰所に呼び出された（このとき剃ってもらわなかった者は、自分の経費で剃ってもらう仕組みだった）。そこには大隊付きの床屋たちがいて、冷たい水で我々の頭に石けんを塗り、ひどく鈍い剃刀《かみそり》で情け容赦なく削り取っていくのだ。この拷問を思い出すと、今でも肌に寒気が走るほどである。しかしやがて対応策が見つかった。アキーム・アキームィチがある軍事犯の男を紹介してくれたが、この男は自分の剃刀を持っていて、一コペイカで誰の頭でも剃ってくれる。それを商売にしているのだった。お上の床屋を避けてこの男のもとへ通う囚人は多かった。決して軟弱な連中ではなかったのだが。

この囚人の床屋は少佐という名で呼ばれていたが、そのわけは知らないし、どのへんが少佐らしいのかも私には説明できない。今こうして書き記している間も、この少佐の姿が目に浮かんでくる。背が高くやせぎすの無口な男で、たいそう鈍重であり、たえず自分の仕事に没頭し、いつだって手にはベルトを持っていて、昼となく夜となく、ただでさえ完璧に研ぎ澄まされた剃刀を、ベルトに擦《こす》って研いでいた。明らかにその仕事を生涯の天職と思い込んで、身も心も捧げきっている様子だった。実際、剃刀の仕上がりがよくてしかも誰かが剃ってもらいに来たときの彼は、心底うれしそうであった。彼の石けんは暖かく、手つきは軽く、剃り心地はビロードのようになめらかだった。明らかに自分の技《わざ》を楽しみ、誇りとしていて、報酬の一コペイカを受け取る手つきはぞんざいだった。あたかも本当に大事なのは一コペイカのはした金ではなく、自分の技なのだと言わんばかりだった。

この件で例のAが要塞参謀の少佐からこっぴどく叱られたことがある。あるとき監獄の状況をこの少佐に密告している際に、ふと囚人の床屋に話が及び、軽率にも床屋のことを少佐と呼んでしまったのだ。要塞参謀はカンカンに怒り狂い、ものすごい剣幕で吠えたてた。

「やい、このくず野郎、少佐様というのがどれほど偉いかわかっているのか！」口から泡を飛ばし、独特のやりかたでAをこづき回しながら少佐は言った。「少佐様が何者か、わかっているのか！　どこの馬の骨とも知れない囚人を持ち出してきて、そいつのことをいけしゃあしゃあと少佐呼ばわりするとはな。この俺様の目の前で、俺様のいる前で！……」

こんな男とうまくやっていけるのは、Aくらいのものだった。

監獄暮らしの初日から、私はもう自由を夢見はじめていた。自分の刑期がいつ終わるかということを、あれやこれやと無数の場合を仮定しながら計算するのが、私の楽しみになった。それより他のことは何も考えられなかったほどで、しかも一定期間自由を奪われた人間は誰でも同じことをするものだと思い込んでいた。果たして他の囚人たちが私と同じことを考え、計算していたかどうかは知らないが、しかし彼らがあまりにも無分別な希望を抱いていることには、最初から唖然とさせられたものだ。自由を奪われた囚人の抱く希望は、まともな生活をしている者の希望とは、まったく質が違う。自由な人間ももちろん希望を抱く。たとえば運を変えたいとか、何かの目論見を実現したいとかいう希望だ。だが彼は生活を営み、活動しているので、実生活の絶え間ない変転が、彼の興味を十分に引きつけている。

しかし囚人の場合は違う。もちろん囚人にも生活が、つまり監獄暮らし、懲役暮らしというものがあるが、たとえその人物が何者であれ、またどんな刑期で監獄送りになったのであれ、囚人というものは自分のその運命が本当の、最終的なものであって、現実生活の一部なのだとは、絶対に、本能的に認めることができないのである。囚人は誰でも、自分は我が家にいるのではない、いわば客に来ているようなものだと感じている。彼は二十年を二年であるかのように見なし、五十五歳になって監獄を出て行くときにも、三十五歳の今と同じように若いのだと、すっかり思い込んでいる。「まだその先を生きてやるぞ！」そう思って、あらゆる疑念やその他の腹立たしい考えを、断固としてはねつけているのだ。無期で送られてくる特別檻房組でさえも時たま、そのうちに突然ペテルブルグから「ネルチンスクの鉱山に移送し、刑期を付すこと」というお達しが届くものと見込んでいる者がいる。そうなればしめたものだ。第一、ネルチンスクまで歩いて行くのにほとんど半年かかるし、囚人隊で歩くのは、監獄にいるよりずっと快適だ！　それからネルチンスクで刑期を終えて、その後は……。まったく、白髪頭でこんな計算をしている者もいるのだ！

トボリスクで私は壁につながれた囚人たちを見かけた。一サージェン[70]の鎖で拘束されていて、寝棚も同じところにあった。すでにシベリアに来てから何かとびきりの悪事を働いて、それでつながれていたのである。拘束刑の刑期は五年の者も十年の者もいて、大半が盗賊だった。ただ中に一人だけ、地主貴族とおぼしき人物がいた。かつてどこかで役人をしていたのだろう。話し方は囁《ささや》くような、穏やかな調子で、妙に人なつっこい笑顔を浮かべていた。この人物は我々に自分の鎖を見せ、寝棚に具合よく寝るにはどうしたらよいかを教えてくれた。昔はきっと、それなりに大物だったのだろう！　こうした者たちはたいていおとなしく、一見満足した様子をしているが、しかし誰も彼も、一刻も早く拘束の刑期を勤め上げたくてたまらないのだ。それが何になるか、と思われるだろうか。その理由はこうである。つまり刑期を終えれば、この低い煉瓦天井の、息が詰まるほどじめじめした部屋を出て、監獄の内庭をのんびりぶらつくことができる、そして……ただそれだけなのだ。監獄の外には決して出してはもらえない。一度鎖を着けられた者は、それを解かれても永遠に、死ぬまで監獄暮らしで、しかも足かせを外されることはない——それは彼自身わきまえている。それはわきまえているのだが、なおかつ一刻も早く鎖刑の刑期を終えたいのである。そもそ

70　約二・一三メートル。

もそうした希望がなかったなら、五年も六年も鎖につながれたまま、死にもせず発狂しもせずにじっと我慢していられただろうか？　誰か我慢できる人間がいるものだろうか？

作業が私を救い、健康を促進し、体を鍛えてくれるかもしれない——そう私は感じていた。絶え間ない不安、神経のいらいら、檻房のよどんだ空気のせいで、そのままではすっかり廃人になりかねなかったのだ。

「できるだけ外気に触れ、毎日疲れるまで体を動かし、重い荷を運べるようになれば、少なくとも自分の命は救える」と私は思った。「体を鍛え、健康で、元気で、力強く、若々しい姿で監獄を出るのだ」

私は間違っていなかった。作業と運動は大いに有益だったのだ。同じ貴族出の仲間の一人が、獄中でまるでろうそくのように燃え尽きていくのを、私は恐ろしい思いで見ていた。一緒に入ってきたときにはまだ若く、美しく、元気だったのが、出て行くときには半ば廃人のようになって、髪も白くなり、歩くのもままならず、息切れがしていたのだった。

「いや、私は生きたい、生きるんだ」その男を見ながら私はそう思ったものだ。

ただし作業をしたがったせいで、初めのうち私は囚人たちから白眼視され、長いこと彼らのさげすみと嘲りに苦しめられた。しかし私は誰のことも気にせず、どこへでも元気に出かけていった。たとえば雪花石膏《アラバスター》を焼いて細かく砕く作業は、私が最初に覚えた仕事だった。これは軽作業である。工兵隊の指揮官には、できるだけ貴族出身者の作業を軽減してやりたいという意図があったが、ただしこれは甘やかしというよりは単に公平な扱いに過ぎない。半人前の力しかなく、肉体労働をした経験のない人間に、一人前の労働者が規則で課されているのと同じ仕事を要求するのは、おかしなことだろう。しかしこうした「手加減」は必ずしも実現されなかったし、実現されるとしても、こっそりさりげなく行われた。脇から厳しく監視されていたからである。だからしばしば重労働に従事するはめになったが、これはもちろん貴族にとって、他の働き手に倍する負荷を被ることを意味した。

雪花石膏の作業には、通例三名か四名、老人や非力な者が割り当てられたが、そこには当然我々も混じっていた。そしてさらに、仕事に詳しい一人前の労働者が一名、加えて派遣されるのだった。たいていは同じ一人の人物が何年にもわたってこの役に当たっていた。アルマーゾフという厳しい顔つきの、浅黒い、やせぎすの男で、すでに年はかなりいっており、無愛想で気むずかしい人物だった。彼は我々を心底軽蔑していたが、あまりに無口なために、こちらに文句を言うのも面倒くさがっていた。

雪花石膏を焼いてつぶす作業小屋は、例によって荒涼とした、切り立った河岸に立っていた。冬場のとりわけどんより曇った日に、河とその遠い対岸を眺めると、わびしい気持ちがした。その荒涼とした人気《ひとけ》のない風景の内には、何かしら切ない、胸の張り裂けそうなものが宿っていたのだ。しかし果てしない純白の雪原に明るい陽光が照り映えているときも、これに劣らずつらい気持ちを味わわされた。そんなときには、対岸から始まって南の方角へと、はるか千五百露里のかなたまで一枚の切れ目のないテーブルクロスのように敷き詰められたあの草原《ステップ》のどこかを目指して、飛んでいきたい気持ちになるからだ。

アルマーゾフは普通むっつりと無愛想な顔で作業にかかった。私たちはまともに彼の手伝いができないのが恥ずかしいような気持ちになったが、彼のほうはわざとのように我々に何の手伝いも要求せず、これ見よがしに一人でかたづけようとするのだ。まるでこちらが彼に対する自分たちの非を十分に感じ、自分たちの役立たずぶりを悔いるように促しているかのようである。ところで作業というのは単に、炉を焚き、雪花石膏を入れてよく焼くことで、通例その雪花石膏を運んで来る仕事を我々がやるのだった。そうして次の日、雪花石膏がすっかり焼き上がると、炉から取り出す作業が始まる。めいめいが重い木槌を手にとって、それぞれ自分の箱に雪花石膏を詰めてから、それをつぶす作業にかかるのだ。これは大変楽しい作業だった。焼けてもろくなった雪花石膏は、急速に純白のきらきらした粉末に変わっていく。それもごくスムーズに、易々《やすやす》と砕けるのだ。重い槌を振りかぶって振り下ろすと、我ながらほれぼれするほどの快音を立てて石が割れるのである。やがて我々も疲れるが、同時に身が軽くなった気がする。頬には赤みがさし、血行も速くなっている。その頃にはもうアルマーゾフも我々のことを、まるで年端のいかない子供を見るような、許しの目で見るようになっている。ただしそんな寛大な様子でパイプに火をつけながらも、何か言う段になると、やはり文句を言わずにはいられない。しかしこの男は誰に対してもこんな態度なのであり、根はどうやら良い人間なのである。

もう一つ私が派遣されたのは、作業所で研磨機の軸輪を回転させる作業だった。軸輪は大きくて重かった。とりわけ研磨工（工兵隊所属の職人）が、どこかの役人が官舎で使う家具調度として、階段の手すりの軸とか、大きなテーブルの脚とかを削っているときは、軸輪を回すのにかなりの力が必要だった。そうした用途には、ほとんど丸太のような木材を加工しなければならないからである。そんな場合には一人ではとても回しきれないということで、通例私ともうひとりの元貴族のB[71]が、二人組で派遣された。そしてその後何年かの間、何かを研ぐ必要が生じた場合、この部分の仕事は我々二人で引き受けるということになった。

Bは非力でひ弱な人間であり、若い身で胸を病んでいた。監獄へ来たのは私よりも一年ばかり早く、二人の仲間と一緒だった。そのうち一人は老人で、監獄暮らしの間中、昼となく夜となく神に祈りつづけ（それで囚人たちにたいそう尊敬されていたのだが）私が獄中にいる間に死んだ。もう一人はまだかなり若い青年で、きびきびして血色がよく、力が強く大胆で、ここへ来る道中には路程の半ばで疲れてしまったBを抱えて歩み、そのまま七百露里も面倒を見たという。彼らの友情の深さは見た者にしかわからない。Bはすばらしい教養の持ち主であり、高潔で心の広い人物だったが、病気に損なわれて苛立《いらだ》ちやすくなっていた。旋盤の仕事は二人がかりでうまくこなせたし、どちらもその仕事に興味さえ覚えたほどだった。私にはその作業が大変よい運動になったのである。

雪かきもまた、私が格別気に入っていた作業である。雪かき仕事は普通大吹雪の後で、冬場にはかなり頻繁に行われた。一昼夜も吹雪が続いた後では、建物によっては窓の半分まで雪をかぶったり、ほとんどすっぽり雪に埋まったりしている。そんな際には、吹雪がやんで日が差した頃、我々は大人数でいろいろな施設の雪かきに駆り出されたものだ。時には監獄中の囚人がこれに当たることもあった。一人一人にスコップが渡され、全員一括でノルマが与えられる。時にはどうやったらこなせるかと当惑するしかないほどの量になるが、それでも皆一斉に作業にかかるのである。まだ積もったばかりで、表面だけわずかに凍った柔らかな雪は、スコップで具合よく大きな塊に切り取り、脇に投げることができる。するとまだ空中にある内に、きらきらと輝く雪粉と化してしまうのだった。スコップはそのままうっと、陽光にきらめく純白の塊の中に入っていく。囚人たちはたいてい嬉々としてこの作業に取り組んでいた。すがすがしい冬の大気と運動が、彼らを興奮させるのだ。みんなが陽気になり、高笑いや歓声が上がり、しゃれが飛び交う。雪合戦が始まるが、当然一分もすると必ず、笑ってはしゃいでいる連中に腹を立てた分別くさい者たちが怒鳴りだし、皆の遊びはたいてい罵り合いに終わるのである。

少しずつ私はつきあいの範囲も広げはじめた。とはいえ、こちらから意識して他人とつきあったわけではない。私自身はまだ心が落ち着かず、かたくなで、人が信用で

71 モデルはユーゼフ・ボグスワフスキ（Józef Bogusławski 一八一六～五七（五九））。ポーランドの革命家。政治的陰謀罪で一八四九年に十年の刑期でシベリアのウスチ・カメノゴルスクに流刑になり、同年末後出のトカジェフスキ、ジョホフスキとともにオムスクに移された。後に書いた回想『一シベリア人の思い出』（一八九六刊）にはドストエフスキーの姿も登場する。

きなかったからだ。つきあいはひとりでに始まったのである。はじめに私のもとを訪れるようになった囚人の一人はペトローフだった。あえて訪れるという言葉を使ったが、この言葉にはこだわりがある。ペトローフは特別檻房に暮らしていたが、それは私のところから一番遠くにある檻房だった。私たちの間には、一見何のつながりもあり得なかった。共通点さえ一切なかったし、またあるはずもなかった。ところがこのはじめの時期、ペトローフはまるでそれを自分の義務と心得ているかのように、ほとんど毎日のように房にいる私のところに立ち寄るか、あるいは作業の引けた後の私が、できる限り人目を避けて檻房の裏庭を歩いているところを呼び止めるのだった。はじめのうち私にはこれが疎ましかった。しかしどうも相手が一枚上手で、やがて彼の訪問がよい気晴らしになってきた。べつにとりわけ社交的で話し好きの人間ではなかったのだが。

外見からいえば、ペトローフは背の高いほうではないが体つきは頑健であり、すばしこくてせっかちで、たいそう感じのいい顔をしていた。色は青白く、頬骨が張って、目つきは大胆不敵、密に生えた真っ白な小つぶの歯をして、下唇の裏にはいつも粉タバコをひとつまみ忍ばせていた。唇の裏にたばこを置くのは多くの囚人に見られた習慣である。ペトローフは年よりも若く見えるたちで、四十がらみのくせに三十にしか見えなかった。私と話すときはいつもごく打ち解けた様子で、あくまでも対等な態度に徹していた。つまりきわめてまともで、気遣いに満ちていたのだ。たとえば私が一人になりたがっているのを察すると、二分ばかりしゃべっただけで、すぐに立ち去っていく。しかもそのたびに、話を聞いてもらった礼を言っていくのだが、もちろん他のどんな囚人に対しても彼は決してそんな態度はとらなかった。

おもしろいことに、私たちの間のこのような関係は、単に初めの時期だけでなく、何年間かずっと続いた。そして相手が私に心酔しきっているにもかかわらず、これ以上両者の距離が近づいたためしはほぼ皆無だった。果たして彼は私に何を求めていたのか、何のために毎日毎日飽きもせず私のところへ通ってきたのか、いまだにわからない。後に私のものを盗んだこともあったが、しかしそれはいわばはずみで盗んだのであり、金の無心をしたことはほとんど一度もない。つまり、決して金が欲しくて通ってきたのではないし、他に何かの魂胆があったわけでもないのである。

同じく理由はわからないが、私にはいつも、まるでこの男が一緒に監獄に暮らしているのではなく、町の、どこか遠くにある別の家に住んでいて、ただニュースを聞いたり、私のもとを訪れたり、皆の暮らしぶりを眺めたりするために、何かのついでにちょっと監獄に立ち寄っただけのような気がしたものだった。まるでどこかに誰かを待たせているかのように、あるいは何かし残したことでもあるかのように、いつも急いでどこかへ行こうとしていた。だがそれでいて、あまりせかせかしているようではなかった。目つきもなんだか変わっていて、いかにも肝の据わった、ちょっとあざ笑うような感じでじっと何かを見つめながら、しかし視線は対象を通り越してもっと先に達しているかのようだった。まるで目の前にあるものを飛び越えて、別の、もっと遠くの何かを見極めようとしているみたいだったのだ。そのせいで彼はぼんやりしているように見えた。

時々私は意識して、ペトローフが私に会った後でどこへ向かうのか、どこに人を待たせているのか、観察してみた。しかし私のもとを去った彼は、急ぎ足で檻房のいずれかに向かうか、あるいは炊事場へと向かい、そこで誰かおしゃべりをしている人間の脇に腰を下ろして、じっと話に耳を傾け、時には自分も話に加わって、大いに熱が入るのだったが、そのうちなぜか急に口をつぐんで、黙り込んでしまうのだった。しかしゃべっていようと黙って座り込んでいようとかかわりなく、彼はただ何かのついでにそうしているだけであって、どこかに別の用事があり、誰かを待たせているのだといった様子をはっきりと漂わせているのだった。これが何より不思議なのは、彼にはいつだって、何一つ用事などあったためしはなく、完全に暇な暮らしをしていたからである（もちろんあてがわれる作業を別にしてだが）。何の手職もなく、金もめったに持ってはいなかった。ただし金のないのもあまり苦にしてはいなかった。私とはどんな話をしていたか？　彼の話というのは、彼本人と同じようにひどく変わっていた。たとえば私が一人でどこか檻房の裏手を歩いているのを見かけると、彼は急にくるりと私のほうに向き直る。歩くのも常に早足なら、向きを変えるときも常に急だった。だからこちらへ向かって歩いてくるのも、いかにも駆けつけてくるような気がした。

「こんにちは」

「こんにちは」

「お邪魔じゃねえですか？」

「いいえ」

「実はナポレオンのことを教えてほしいんです。あれは例の、一二年にやってきた奴の親類ですか[72]（ペトローフは少年徴集兵だったので、読み書きができたのだった）」

72　ここで話題になっているのは、一八四八年にフランス大統領になり、五二年に皇帝となって第二帝政を開いたシャルル・ルイ・ナポレオン。一八一二年にロシアに侵攻したフランス皇帝ナポレオン・ボナパルトの甥。

「親類だよ」

「大統領として、評判はどうです?」

彼の質問はいつも早口で、断片的で、まるで少しでも早く何かのことを確かめなければならないかのようだった。あたかも何か一刻の猶予も許さない重要案件について、調書をつくっているかのような案配である。

私はナポレオンの大統領ぶりを説明し、さらに、もしかしたらじきに皇帝になるかもしれないと言い添えた。

「というと、どういうことなんで?」

これについても、私はできる範囲で説明した。ペトローフはこちらに耳を傾けるようにしてじっと聞いていたが、その様子から、彼が完全に理解し、素早く考えを巡らせていることがわかった。

「なるほど。それから、ゴリャンチコフさん、もう一つ質問があるんですが、サルの仲間で腕が踵《かかと》につくほど長くて、大きさは背の高い人間ほどのやつがいると聞いたんですが、本当ですかい?」

「ああ、そういうのがいるよ」

「どんなやつらでしょう?」

私は知っているだけのことを説明した。

「それで、どこに住んでいるんです？」

「熱帯だな。スマトラ島にいるよ」

「というと、アメリカですか？　聞いた話じゃあ、あちらの人間は頭を下にして歩いているそうですね？」

「頭が下なんてことはないよ。君が言っているのは対蹠人《アンチポード》[73]のことだろう」

私はアメリカのことを説明し、それからできる範囲で対蹠人のことも説明してやった。彼は、まるでわざわざ対蹠人のことを聞きに駆けつけて来たかのような顔になって、神妙に耳を傾けていた。

「なるほど！　あ、もうひとつ、去年ラ・ヴァリエール伯爵夫人のことを読んだんです。副官のアレフィエフから本を借りてきて。それで、あの話は本当でしょうか、それともただの作りごとでしょうかね？　デュマという人が書いたんですね[74]」

「もちろん、作りごとだよ」

「じゃあ、これで失礼します。どうもありがとうさんです」

73　地球の反対側（対蹠地）に住むと言われたあべこべ人のこと。

そういってペトローフは去っていくのであるが、そもそも私たちの間ではこの種のこと以外ほとんど話をしたためしがないのである。

私はこの人物のことを調べはじめた。Mはこうしたつきあいのことを知ると、私に気をつけるように警告した。その話によれば、彼はこれまでたくさんの囚人に恐怖を覚えてきた。とりわけはじめの頃、入獄したての頃はそうだったが、しかし誰一人、あのガージンでさえも、ペトローフほどの恐ろしい印象を彼に与えはしなかったというのだ。

「あれは囚人の中でも一番向こう見ずな、恐れ知らずの奴ですよ」とMは言った。「あいつは何でもやってのけられます。いったん何かの考えが頭に浮かんだら、たとえどんなことでもためらいはしない。ひょいとその気になれば、あなただって斬り殺しかねません。ただざっくりと斬りつけて、眉一つ動かさず、後悔もしない。あいつは少し頭がおかしいんじゃないかとさえ、私は思っているんです」

こうした評価は、激しく私の興味をかき立てた。しかしMはなぜか、どうして自分がそんな風に感じるのかという問いへの答えを、私に与えることはできなかった。しかも不思議なことに、この後何年間もずっと私はペトローフとつきあい、毎日のように彼と話をし、彼のほうもいつも変わらず私に心からの愛着ぶりを示してきたし（その理由は一切つまびらかにしないが）、またその同じ何年かの間、彼の監獄暮らしもまっとうで、一切スキャンダルめいたことは起こさなかったにもかかわらず、毎回彼の顔を見て話をするたびに、私は確信するのだった――Mの言うとおり、このペトローフこそがおそらく一番向こう見ずな、恐れ知らずの、どんな規範も受け入れない人間であろうと。どうしてそう思ったかという理由は、私もまた説明できないのだが。

ついでに言っておくが、このペトローフこそ、例の少佐を殺し損なった男である。ペトローフが処罰に呼び出されたとき、少佐のほうは処罰の寸前に立ち去ったものだから、囚人たちの表現によれば、「奇跡のおかげで命拾いした」のだった。別の、まだ監獄へ来る前の話だが、ある大佐が教練中に彼を殴ったことがあった。おそらくそれまでにも彼は何度も殴られたことがあるのだろうが、このときは我慢がきかず、自分のところの大佐を白昼公然と、横隊に整列した兵士たちの目の前で刺してしまった。とはいえ私は彼の全経歴を詳しく知っているわけではない。一度も本人から話しても

74 ルイーズ・ド・ラ・ヴァリエール公爵夫人（一六四四～一七一〇）。ルイ十四世の愛妾。アレクサンドル・デュマ（父）はダルタニャン物語シリーズの最終作小説『ブラジュロンヌ子爵』中でこの女性に触れているが、小説『ラ・ヴァリエール公爵夫人』はジャンリス夫人という別の作者によるもの。同作品のロシア語訳は一八〇五年に出版され、何度となく再版された。

らったことはないからだ。もちろんこのときのことは単なる発作的事態で、本性が突然、一挙にむき出しになってしまったのだろう。やはりこうしたことはきわめてまれであり、実際の彼は分別もあっておとなしいといえるほどの人間だった。内に秘められた感情は強くたぎっていたが、しかしいわば燃えさかる炭は絶えず灰で覆われ、静かにくすぶっていたのである。たとえば他の囚人たちに見られるような大言壮語癖や虚栄心は、彼にはかけらさえ見られなかった。人と言い争うこともまれなら、誰とも特に親しくはなかった。ただシロートキンとは親しかったが、それも彼が相手を必要とするときだけだった。

ただし一度、この男が本気で怒るのを見たことがある。何かしら皆に配るものの分配から外され、彼だけがもらえなかったのだ。そのとき口論の相手になったのは、ワシーリー・アントーノフという一般徒刑囚で、力持ちで背も高く、口が悪くて喧嘩早く、皮肉屋でたいそう度胸もよかった。二人の怒鳴り合いはそのときすでに長く続いていたので、私はせいぜいがただの小突き合い程度で終わるものと思っていた。というのもペトローフは、ごくまれにではあるが、囚人のうちでももっとも下等な連中と同じように、つかみ合ったり罵り合ったりすることもあったからである。だがこのときは様子が違った。ペトローフは不意に青ざめ、紫色になった唇をぶるぶる震わせて、息をするのも苦しげな顔つきになった。そしてすっと立ち上がると、ゆっくりと、きわめてゆっくりと、いつもどおり音を立てぬ裸足《はだし》の足取りで（彼は夏場には裸足で歩くのが大好きだった）アントーノフに近寄っていった。それまでざわざわがやがやしていた檻房の中が、たちまちしーんと静まりかえり、ハエの羽音さえ聞こえそうなくらいになった。皆がこの先どうなるかと待ち構えていた。アントーノフも相手に向かって駆け寄っていった。彼も顔面が蒼白だった……。私はいたたまれずに檻房を出た。まだ入口階段を下りないうちに、斬りつけられた人間の叫びが聞こえてくるものと覚悟していた。

しかしこのときは、事件は無事に収まった。まだペトローフがぶつかってくる前に、アントーノフが黙ったまま、急いで問題の品物を相手に向かって放り投げたのだ（争いの種は、足巻き布[75]かなにか、ごくつまらないぼろ切れだった）。もちろんものの二分もすると、やはりアントーノフは気休めと体面のため、自分は別に怖じ気づいたわけではないということを見せつけようと、あらためてちょっと相手を罵ってみせた。しかしペトローフはそうした罵り言葉は歯牙にもかけず、返答一つしなかった。この

75　長靴をはく際に靴下代わりに足に巻く布。

場合問題は罵り合いではなく、勝負は彼の勝ちに終わったのだ。彼は大いに満足して、ぼろ切れを拾い上げたのであった。十五分もするとすでにいつも通り暇の権化のような風体で、どこかで何かおもしろい話をしていたら鼻先を突っ込んで聞いてやろうとでもいうように、監獄の中をうろついていたものだ。

ペトローフはどんなことにでも一応関心を持つように見えたが、なぜかたいていの場合、結局はすべてに興味を失って、そのままひたすら用もなく監獄の中をあちこち歩き回るはめになっている。彼を一人の働き手に、それも頑健な働き手にたとえることもできよう。いったんその男が働きだすと仕事はどんどんはかどるのだが、ただし今のところは仕事が与えられていないので、ただ座り込んで仕事を待つ間、小さな子供たちと遊んでいるというわけだ。

もう一つ私にわからなかったのは、彼がどうして監獄にじっとしているのか、なぜ逃げ出さないのかということであった。もしもどうしてもそうしたくなったら、彼はためらうことなく逃亡しただろう。ペトローフのような人間を理性がコントロールできるのは、本人が何かの欲望を持つまでのことである。いったん何かの欲望が生まれれば、もはやこの世にそれを妨げるものは存在しないのだ。私は確信しているのだが、彼はきっと逃亡も巧みにやってのけ、皆を欺き、一週間でもパンもなしにどこか森の中か川辺の葦の中に隠れていることができただろう。しかしどうやらまだ頭がそちらには回らず、したがって本気でそんな願望を持つには至っていなかったのだ。立派な分別とか際立った良識といったものは、一度もこの男の内に認められたためしはなかった。こうした人間はただ一つの考えを抱いて生まれてきて、生涯無意識のうちにそれをあちこち転がしている。だから己の欲望にぴったりと合った仕事を見いださぬうちは、そのままいつまでもふらついているのだ。ただし、いったん仕事が見つかれば、もはや命も惜しくはないのである。上官に殴られたからといって相手を斬り殺したような人間が、どうして監獄の中でおとなしく笞打ちの刑を受けているのかと、私はよく驚いたものだった。彼は時折酒を持っているのを見つかっては、笞で打たれていたからだ。手に職のない流刑囚が皆そうするように、彼も時々酒の運び屋をやったのである。ただし、彼は笞の下に身を横たえているときも、あたかも自分で納得しているかのようだった。つまり自分の落ち度を認めた上で、罰を受けているという風情だったのである。もしそうでなかったら、たとえ殺されても、絶対に笞打ち刑など受けはしなかっただろう。

　同じく私が驚いたのは、私にこれほどの心酔ぶりを示すこの人物が、時々私のものを盗むことだった。どうもこれは周期的に起こるようだった。私の聖書を盗んだのも彼である。こちらはただ聖書をある場所から別の場所へ移してもらおうとして、手渡したに過ぎない。移す場所まではほんの数歩の距離だったのだが、その間に彼は買い手を見つけて本を売り払うと、すぐにその金で酒を飲んでしまったのだ。きっと酒が飲みたくてたまらなかったのだろう。そして何かがしたくてたまらないとなれば、それはきっと実現せずにはすまないのだ。こんな男は、たかだかウォトカの小瓶が飲みたいために、人を斬り殺して二五コペイカのはした金を手に入れる、といったことさえやりかねない。それでいて状況が変われば、何十万の金を持った人間が脇を通っても、目もくれないのだ。

その晩ペトローフは自分から私に盗みを打ち明けたが、ただしいっさい悪びれた様子も悔いた様子もなく、ごく当たり前の出来事を告げるかのように、けろりとした顔をしていた。私はこっぴどく相手を叱りつけてやろうとした。なんと言っても聖書が惜しくてならなかったのだ。彼は別に激しもせず、むしろおとなしく私の言葉を聞き、聖書が大変にためになる書物であることも認めて、その書物がいまや私のもとにないことを心から残念がったが、自分がそれを盗んだことについては少しも後悔していなかった。その顔つきがいかにも自信満々だったので、私はただちに小言をやめてしまった。私の小言を彼が我慢していたのは、おそらく、あのようなことをしたからには小言の一つも聞かされずにはすまないのが道理だから、いっそ気のすむように、心ゆくまで小言を聞かせてもらおうという腹づもりだったに違いない。しかしその一方で、こんなことはそもそもつまらないことで、まともな人間なら口にするのも恥ずかしいような、けちな出来事だと思っているのも確かだったのだ。

思うに、ペトローフはそもそもこの私のことを、まるで世の中の一番単純なことさえわきまえていない子供か、赤ん坊に毛の生えたくらいのものと見なしていたのではないか。仮に学問のことや書物のことを離れて、私が一人の人間として何かのことで彼に口をきくような場合、彼は確かに返事はするが、それはいかにも単なる礼儀上のもので、しかもごく簡単な返答に限られていた。よく私は自問したものだ――この男がいつも私に質問する書物上の知識は、いったい彼に何の役に立つのだろうか、と。そうした話をしている最中にも、ふと私は、こいつ俺を笑い者にしているのではないかという疑念に駆られて、彼の顔を脇からうかがってみることがあった。しかしそれは杞憂で、相手はたいていまじめに、注意深く耳を澄ませているのだが、かといってものすごく集中しているというわけでもなく、その辺が時々私を腹立たしい気にさせるのだった。たずねる質問は正確で、きちんとしているのだが、こちらが与える情報にはあまり感じ入った様子はなく、むしろぼんやりと受け止めていた……。

もう一つ感じられたのは、彼はあまり悩むこともなく、私についてすでに一つの決断を下しているということだった。すなわち、私相手にほかの連中とするような話はすべきでない、私は書物の話以外何一つ理解しないし、理解する力もないのだから、そっとしておけばいいと決めつけていたのだ。

この男は私を好いてさえいる――そう確信して私は衝撃を受けたものだ。はたして私のことを未熟な半人前の人間と見なしていたのか、ごく弱い人間と認めた上で、あらゆる強者が弱者に対して本能的に抱くような、一種の同情の念を覚えていたのか――それはわからない。ともあれそうしたもろもろの事情も、彼が私のものを盗む妨げにはならなかったわけだが、しかし私の確信するところ、きっと彼は盗みを働きながらこちらを哀れんでいたのだろう。

「ああ、いったいなんと気の毒なやつだ」とたぶん彼は私の持ち物に手をつけながら思ったかもしれない。「自分の財産を守るすべも知らないなんて！」

しかしまさにそのために、おそらく彼は私が好きだったのである。あるとき彼が自分の口から、何かのはずみのように言ったことによれば、私が「あんまり心の優しい人で」おまけに「とことん、底抜けのお人好しなので、ついつい気の毒になってしまいますよ」ということだった。

「でも、ゴリャンチコフさん、どうか悪くとらないでください」と彼はしばらく後に付け加えた。「俺は心から言っているんですから」

こうした人間の生涯には、何かしら急激な、全社会的な事件あるいは大変動の瞬間に、たちまち頭角を現して世の注目を浴び、一挙にして全面的な活動を展開しはじめる、といったことが時に起こる。彼らは文字の人ではないから、事業の創始者だとか、主導者だとかにはなれないが、ただしその主要な実行者となって、真っ先に取りかかるのである。はじめはただ無造作に、改まった宣言もなく手をつけるのだが、大きな障害に出くわすと、ためらいもせず恐れもせず、全力で突っ走ったまま、真っ先にそれを飛び越えていく。すると皆が彼らの後についてやみくもに突進し、ついに最後の壁まで突き進んで、通例はそこで命を投げ出すのである。

きっとペトローフは良い死に方はしなかっただろう。何かの瞬間に一切きっぱりとけりをつけるような人物だから、もしも未だに生き延びているとすれば、すなわちまだチャンスを迎えていないのだ。しかし、誰が知ろう――ひょっとしたら白髪頭になるまで生き延びて、当てもなくあちこちさまよったあげく、老衰で大往生を遂げるかもしれない。だがやはり、この男が監獄中で一番向こう見ずな人物だと言ったMの言葉は正しかったと、私には思えるのである。

第八章　向こう見ずな者たち　ルカ

向こう見ずな人間について語るのは難しい。どこでもそうだが、監獄にも、本当に向こう見ずな人間はごくわずかしかいなかったからだ。見るからに恐るべき感じのする者はいるし、人の噂から判断して、なんとなく避けたくなるような者もいる。何か説明しがたい感覚によって、私は最初からなんとなくそうした者たちを避けるようにしていた。後になって私の考えも大いに変化して、もっとも恐るべき殺人犯に対しても、見る目が変わった。一方、殺人犯でない者の中にも、六人を殺して入ってきた者よりももっと恐ろしい人間がいるのだ。犯罪によっては、ごく基本的な理解さえ難しいものもあった。それほどまでに、犯行の状況には奇妙な要素がたくさん含まれているのである。私がこんな言い方をするのも、まさに我が国の一般民衆においては、きわめて驚くべき理由から殺人が犯される場合があるからである。

たとえば、かなりよく見られる例だが、こんなタイプの殺人犯がいる。これまでひっそりとおとなしく暮らしてきた男だ。つらい運命にも、じっと耐えてきた。身分は百姓か、召使か、町人か、兵隊かといったところ。それが突然、この男の内部で何かがぷつっと切れる。するともはや歯止めがきかなくなって、自分を押さえつけていた敵にナイフをもって飛びかかっていくのである。

さて、この先が不思議な展開となる。つまり一時《いっとき》の間、男は闇雲に常軌を逸した振る舞いに及ぶのである。手始めに彼は自分を迫害する者を、敵を斬り殺した。これは犯罪ではあるが、しかし理解はできる。理由があるからだ。しかしその先はもはや、敵味方の見境もなく、行き当たりばったり誰にでも襲いかかるようになる。気晴らしだといっては刺し、言葉遣いが悪いといっては刺し、目つきが気に入らないといっては刺し、数合わせだといっては刺し、あげくはただ「邪魔だ、どきやがれ、俺様のお通りだ！」といって刺す始末だ。まるでどんどん酔っぱらっていくような、熱に浮かされているようなものである。いったん大事な一線を越えてしまったからには、もはや自分にとって何一つ神聖不可侵なものはないと感じて、悦に入っている風情。あらゆる法と権力を一挙にまたぎ越え、何の制約もない極限の自由を満喫し、さらにはそのとき自分が当然味わわざるを得ない血も凍るほどの恐怖まで、とことん味わいつくしてやれ――そんな気持ちに突き動かされているかのようである。おまけに彼は、恐るべき刑が自分を待っているのを知っているのだ。ちょうど高い塔の上に立った人が足下に開けた深淵に引きずり込まれるような感じを覚え、やがては自分から進んで真っ逆さまに飛び込んでやろう、一刻も早くけりを付けてやろう、という気になるのに似ている。しかもこのすべてが、今の今までごくおとなしく目立たなかった人々の身にさえ、起こりかねないのである。

中にはそんな状況のさなかに、気取ったポーズをとる者さえいる。それまでとことんうちひしがれてきたような人間であればあるほど、こうした際には一発派手に決めてやろう、怖がらせてやろうという気が強くなる。そうして人が怖がるのを見て楽しみ、他人の心にかき立てた嫌悪感そのものを愛でるのである。彼はある種の破れかぶれの仮面をかぶるが、そうした「破れかぶれ」の人間は、時として自分のほうから、一刻も早く罰せられたい、自分を裁いてほしいと願うようになるものだ。なぜならそうした見せかけの破れかぶれの仮面が、本人にとってだんだん重荷になってくるからだ。

おもしろいことにこうした精神状態、こうした見せかけの演技は何もかも、たいていはちょうど仕置き場に連れてこられる間際まで続き、その後はかき消したように失われる。まるで本当にこの終了点が、何か特別の規則によってあらかじめ決定された、正式の期限であるかのようだ。ここに至ると人は急におとなしくなって影が薄くなり、なんだかぼろ切れのようになってしまう。そして仕置き台に上ると、めそめそ泣いて人々に許しを請うのだ。監獄に送られたときが見もので、その様子があまりにも惨めで弱々しく、うちひしがれているので、「いったいこれが五人も六人もの人間を斬り殺した当の人物か？」とびっくりするくらいである。

もちろん、ある種の者たちは監獄に来てもすぐにはおとなしくならない。いまだにある種の気取りやうぬぼれが消えないで、俺様はおまえたちが考えているような人間とは違うんだ、なにせ「六人殺し」のお兄いさんだからな、といった気炎を吐いている。だが結局のところ、やはりおとなしくなっていくのである。時には単にまだ威勢が良くて、「破れかぶれ」だった頃に、生涯で一度とことん羽目を外したことを思い出しては、自分を慰めている者もいる。そういう者は、おめでたい相手が見つかりさえすれば、好んでその前でもったいぶったポーズで格好をつけ、話したいそぶりなど毛ほども見せぬまま、ひとしきり自慢しては、自分の勲功を披瀝《ひれき》するのだ。どうだ、俺も昔はこれほどの男だったんだ、というわけである。

それにしても、うぬぼれを慎重に隠すこうしたポーズが、いかに洗練された技巧を含んでいることか、時には大事な思い出話が、なんと面倒くさそうに、投げやりに語られることだろうか！　語り手の口調にも、一つ一つの言葉にも、堂に入った気取りっぷりが現れているのだ。まったくこの者たちはどこでこんな技を身につけてくるのだろう。

まだ入獄したての頃、ある長い晩に、することもなくやるせない気持ちで板寝床に横たわりながら、そんな話の一つをじっくり聞かされた私は、慣れないせいで話の主を、何か恐るべき大悪人、前代未聞の鉄の意志の持ち主だと、すっかり思い込んでしまった。その一方で、当時の私はペトローフのことを、ほとんど小馬鹿にしていたのである。このときの話題は、この人物すなわちルカ・クジミーチが、他ならぬ自分の楽しみだけのために、一人の少佐をかたづけてしまった顚末であった。

このルカ・クジミーチというのは、すでに何かのついでに触れた例の小柄でやせっぽちでとがった細い鼻をした同房の若い囚人で、ウクライナの出身だった。本来はロシア人だが、ただ南方の生まれで、どうやら召使をしていたようだ。この男には実際、どこか突っ張った、傲岸不遜なところがあった。「小さな鳥だが、爪は鋭い」[76]と言いたいのだろう。だが囚人は本能的に人間を見分けるものだ。彼はあまり重きを置かれていなかった。囚人の言葉で言えば「一目置くようなタマじゃねえ」ということだ。

ともあれ、ひどく自尊心の強い男だった。

その晩、彼は寝床の上に座り、シャツを縫っていた。肌着の仕立てが彼の商売だった。脇に座っているのは、のっそりしていて頭は鈍いが、善良で愛想が良く、がっしり型で背も高い青年で、寝場所が隣り合わせのコブィリンという囚人だった。ルカは隣り合わせのせいでよくこの囚人と言い争いをしていたが、概して彼のほうが高圧的で、相手を馬鹿にしたような、暴君的態度をとっていた。コブィリンのほうはお人好しのせいで、あまりそのことに気づいていなかった。毛の靴下を編みながら、気の乗らない顔でルカの話を聞いている。ルカはかなり大声で、開けっぴろげな話しぶりだ。いかにもコブィリン一人を相手にしゃべっているように見せかけながら、実はみんなに聞かせたいのだった。

「これはな、兄弟、俺が故郷から送られる道中の話だ」ルカはゆっくりと縫い針を動かしながら語りはじめた。「行く先はC町[77]。放浪罪というやつでよ」

「いつのことだい、大昔?」コブィリンがたずねる。

「なに、今度マメが実りゃあ、ちょうど一年よ。それで、K町[78]まで来ると、俺は一時そこの監獄に入れられた。まわりを見ると十二人ばかりの囚人が一緒に入っている。

76 「山椒は小粒でぴりりと辛い」に相当する諺。
77 おそらくチェルニーゴフ（ウクライナ、デスナ河の古い港町）。
78 同じウクライナの首都キエフ。

全員ウクライナ人で、背が高くて、丈夫そうで、まるで牡牛みたいにがっしりした連中だ。しかもやけにおとなしい。メシはひどいもんだった。少佐というやつが連中を好き放題に取り仕切っていて、何もかも少佐殿のお気持づのまんまというわけだ（ルカはわざと言葉をなまらせた）。一日二日とそこで暮らしたが、どうにも連中は腰抜けばかりだ。『なんでお前たちは、あんな馬鹿をのさばらせておくんだ？』俺が言うと、『じゃあ自分で行って、談判してきなよ！』と、こちらが笑われる始末だ。俺は黙っていた」

「ところでみんな、中に一人、傑作なウクライナ野郎がいてなあ」急にコブィリンを見捨てて皆のほうに向き直ると、ルカは話を続けた。「自分が裁判にかかったときのこと、判事と話したことなんかをしゃべって聞かせるんだが、話しながら本人は涙にかきくれているわけさ。子供も置いてきた、女房も置いてきたって言ってな。本人はもういい年で、白髪頭の太ったおっさんさ。それがこんなことを言うんだ――『俺は拝むようにして判事に頼んだんだが、相手は聞きもしねえ！　まったく血も涙もないやつで、書類ばかり書いていやがる。俺は腹の中で思ったよ――ちくしょう、いっそくたばりやがれ、そうすりゃ、せいせいするぜ！　それでも相手はただ文字を書いているばかり。やっと書き終わったと思ったら……それが俺の有罪判決だったってわけさ！』おい、ワーシャ、糸をくれ。監獄の腐れ糸をよ」

「こりゃあ、バザールの糸だよ」ワーシャが糸を渡しながら答える。

「うちの縫製工場のやつのほうがまだましだ。ついこの間もあの傷痍兵を使いにやったんだが、あいついったいどこのあばずれ女から買ってきたのやら？」ルカは明かりにかざして針に糸を通しながら続けた。

「情婦のところだな、きっと」

「ちげえねえ、情婦のところだ」

「それで、その少佐ってのはどうなったんだい？」すっかり放っておかれたコブィリンがたずねた。

この催促こそ、まさにルカの待ち望んでいたものだった。だが彼はすぐに話を再開しようとはせず、まるでコブィリンのことなど無視しているかのようなそぶりさえ見せた。そうしてのんびりと糸を通し、のんびりとけだるそうに脚を折ってあぐらをかくと、やっとのことで話しだした。

「とうとう俺はウクライナ人たちを焚きつけて、少佐を呼んでくるように仕向けた。一方その日の朝から、俺は仲間のドス[79]を借りて、そっと隠し持っていた。いざというときのためだ。少佐はかんかんに腹を立てて、馬車で駆けつけてくる。ウクライナの奴らに、いいか、怖じ気づくんじゃないぞ、と俺は言った。だが連中はすっかりびびって気もそぞろ、本当にぶるぶる震えている。そこへ少佐が駆け込んで来た。酔っている。

『ここにいるのは誰だと思う！　どうしてここにいると思う！　俺様は皇帝《ツァーリ》だ、つまり神様だぞ！』

少佐が『俺様は皇帝だ、つまり神様だぞ』と言ったとたん、俺はさっと前へ出た」とルカは続けた。

「ナイフは袖口に隠したままだ。

『いいえ、閣下』そう言いながら、俺は少しずつ相手との間合いを詰めていった。

『いいえ、あんたが皇帝で、おまけに神様だなんて、閣下、どうしてそんなはずがありますかい？』

『ははあ、これはお前だな、お前の仕業だな？』少佐はわめいた。『謀反人めが！』

『いいえ』と言いながら俺はますます距離を縮めていった。『いいえ閣下、おそらく閣下もご存知でしょうが、全能にして遍在なる我らが神は、ただ一人しかおられません。そして我らが皇帝も、ただ一人、我々の上に君臨すべく神の手で遣わされた方だけです。皇帝とくれば、閣下、君主ですよ。そこへいくと閣下、あんたはまだただの少佐じゃないですか。皇帝のご慈悲とご自身の功績によって、俺たちの指揮官になっただけでしょうが』

『な、な、な、なんだと！』相手は息を詰まらせて口もきけぬまま、雄鶏《おんどり》の鳴き声のような音を立てた。すっかりたまげてしまったのだ。

『さあ、これでもくらえ』そう言ってぱっと相手に飛びかかると、そのまま相手の腹の真ん中にぶすりとナイフを根元まで突き刺してやった。やけにうまくいったものさ。相手はどうと倒れて脚をぴくぴくさせただけだった。俺はナイフを放り投げた。

『見たかお前たち、さあ、こいつを片付けるんだ！』」

ここで私から一つ補足説明をさせてもらおう。困ったことに、「俺様は皇帝だ、つまり神様だぞ」とか、あるいはこれに類する他のいろいろな表現が、かつては多くの指揮官の間で頻繁に用いられていた。ただし断っておくが、その種の指揮官は今やわずかしか残っていない。ひょっとしたらすでに絶滅したかもしれない。

もう一つ付け加えるなら、特にこの種の表現をこけおどしの種にし、またそうすることを好んだのは、大半がもとは低い位にいた叩き上げの者たちだった。将校の地位

79 〈原注〉ナイフのこと。

に就いたとたん、まるで彼らの中身ががらりと変わり、頭の中まで変わってしまうかのようである。長年の間うんざりするようなお勤めを耐え抜き、下積みの位を一つ一つ上ってきた人間が、とつぜん将校となり、指揮官となり、上流人士の仲間入りをする。そして馴れない上に最初はうれしくてたまらないものだから、ついつい自分の力と職分を誇大に考えてしまうのである。もちろんそういう態度をとる相手は、自分よりも位の低い部下たちに限られる。地位の高い相手に対しては、彼らは相変わらず卑屈な態度をとりつづけるのだ。もはやそんな態度はまったく不要であり、多くの上司はかえって不快に思うにもかかわらず、そうするのである。そんな卑屈な追従者の中には、上官の前に出るといたく感動した調子で、自分は低い位から這い上がってきた人間に過ぎず、将校となっても「いつまでも自分の分《ぶん》は忘れません」などと、大急ぎで表明する者さえいる。それが身分の低い者が相手となると、ほとんど無限の権力を持つ上官に変身するのである。

もちろん今ではもうおそらくそんな人間はいないだろうし、ましてや「俺様は皇帝だ、つまり神様だぞ」などと怒鳴る者はあるまい。それはともかく、私が指摘しておきたいのは、まさにこのような上官の物言いほど、囚人たちを、そして世の部下たち一般を、苛立たせるものはないということだ。こうした人を人とも思わぬ尊大さ、俺は何をしても許されるのだといわんばかりの誇大な自信は、きわめておとなしい人間の心にも憎しみを芽生えさせ、堪忍袋の緒を切らせてしまうのである。幸いなことにこうしたことはすべて、ほとんど過去の遺物となっているし、昔でさえ当局によって厳しく取り締まられていた。そうした例をいくつか、私も知っている。

　実際、上司に馬鹿にされたり、やたらと文句ばかりつけられたりすると、一般に部下は苛立つものだ。中には、たとえば囚人などというものは、きちんとメシを食わせ、ちゃんとした施設に住まわせ、全部規則通りにすれば、それで十分だと思っている者もいる。これもまた心得違いである。人間は皆、どんな身分であろうと、どれほど惨めな立場にいようと、本能的にせよ無意識的にせよ、やはり自分の人間としての尊厳が大事にされることを求めているのである。囚人は自分が囚人であり、世を追われた者であることを自覚し、監督官に対する自分の立場をわきまえている。だがどんな焼き印を押しても、どんな足かせをはめても、自分が人間であることを彼に忘れさせることはできない。そして彼はまさに人間に他ならないのだから、人間らしく扱わなくてはならないのだ。そしてなんと、人間らしく扱われたおかげで、すでに久しく神のイメージを失いかけていた者が、人間らしさを回復することさえあり得るのである！そうした「不幸な人たち」こそ、とりわけ人間らしく遇するべきだ。それが彼らの救いとなり、喜びとなるからだ。私はそのような温情のある、立派な指揮官たちを目にしてきた。そうして彼らが辱められた囚人たちに及ぼした影響も目にしてきた。ほんの少し優しい言葉をかけるだけで、囚人たちは精神的によみがえったようになる。そしてまるで子供のように喜び、子供のように愛しはじめるのだった。

もう一つ、不思議なことを指摘しておこう。それは、囚人たちからすると、監督官があまりにも打ち解けた、親切すぎる態度で接してくるのは、歓迎しないということである。囚人は監督官を尊敬したいと思っているのに、そうされるとなぜか敬う気持ちが萎えてしまうのだ。囚人にとって好ましいのは、たとえば監督官がいくつも勲章を付けていて、見た目も立派で、どこかのもっと偉い長官に目をかけられていて、しかも厳格で、重厚で、厳正で、威厳を保っているような場合である。そんな人物は囚人から愛されやすい。自分の威厳も保ち、おまけに囚人を侮辱することもないとなれば、どこから見ても満点で非の打ちどころがないというわけだ。

……………

「きっとお前さんは、後でこっぴどくやられただろうね」コブィリンがそっと言った。

「まあな。ひでえ目に遭ったよ、兄弟衆、確かにひでえ目に遭ったさ。おいアリ、はさみを貸してくれ！　どうした、みんな、今日は賭場は休みかい？」

「みんなして有り金を酒にはたいちまったばっかりでな」ワーシャが答える。「もしも飲んでいなけりゃ、いまごろ賭場が開けていたんだが」

「もしもだってやがら！　もしもでことが運ぶなら、モスクワで一〇〇ルーブリくれるとよ」ルカが言い返す。

「それでお前さん、あれこれ全部あわせて、結局いくつ笞を食らったんだい？」またコブィリンが口を開いた。

「そうだな、百と五つ食らったよ。いや正直言って、兄弟衆、もう少しで殺されそうだったぜ」またもやルカはコブィリンをほったらかして話題にだけ飛びついた。「その百と五つの笞打ちの日には、俺は全隊が整列しているところへ引き出された。俺はそのときまで、一度も笞を味わったことがなかったんだ。見物人が押し寄せてきてあたりは黒山の人だかり。『盗賊が処罰される』、『殺人犯だそうだ』――というので、町中の人間が駆けつけたんだ。まったく、世間のやつらのおめでたいことといったら、あきれてものが言えないぜ。さてティモシカ[80]が俺を裸にして寝かせると、『歯をくいしばれ、いくぞ！』と叫ぶ。俺はどうなるかと思って待っていた。最初の一撃

80〈原注〉刑吏の名。

が来たとき、思わず叫ぼうとして口を開けてみたが、叫び声が出なかった。つまり、声が途中で止まっちまったのさ。二発目を食らったときには、信じるかどうかは別にして、二発という数え声も俺には聞き取れなかった。次に気がつくと、十七発と数える声がした。そんな調子で、兄弟、この後四度ほども俺は拷問台の拘束具から外されては、そのたびに半時間ずつも休み、水をかけられた。目を見張るようにしてみんなのほうを見ながら、『この場でくたばるんだろうな』と思ったよ……」[81]

「でも、死ななかったんだろう?」コブィリンが屈託もなくたずねた。

ルカがこの上もない軽蔑の目つきで相手の顔をまじまじと見ると、あたりは大笑いになった。

「なるほど、とんだ無駄口たたきだぜ！」

「おつむのてっぺんがいかれているんだ」こんな男を相手に思い出話を聞かせたのを悔やむような調子で、ルカが言う。

「つまり、知恵が足りねえんだな」ワーシャが念を押した。

ルカは六人も殺していながら、監獄では一度も、誰からも恐れられたことはなかった。たぶん本人は、恐るべき人間という名を馳せるのを心から望んでいたのだったが……。

第九章　イサイ・フォミーチ　風呂　バクルーシンの話

降誕祭[82]が近づいてきた。囚人たちがなんだか改まった様子でその日を待ち望んでいるものだから、彼らを見ているうちに、私まで何か普通とは違う出来事を期待するようになっていた。この祝日の四日ほど前、私たちは風呂に連れて行かれた。当時、とりわけ私のいた最初の何年かは、囚人たちはめったに風呂に入れてもらえなかった。だからみんな、小躍りして支度をしたものだ。風呂に行くのは昼食の後という決まりで、その日の午後はもはや作業はなかった。

我々の檻房で誰よりも喜び、いそいそしていたのが、本書の第四章ですでに触れたユダヤ人の囚人イサイ・フォミーチ・ブムシテインだった。この男はぼうっとして気

81　笞刑は前出の列間笞刑と受刑者をうつぶせに寝かせて背中を打つ刑に大別されるが、これは後者の例。
82　キリスト降誕祭すなわちクリスマスのこと。

を失うまで蒸されたがるような風呂好きで、古い記憶のページをめくりながらふと監獄の風呂を思い起こすようなとき（監獄の風呂はまさに忘れずにいるだけの値打ちがあるのだ）真っ先に私の脳裏に浮かんで舞台の前景を占めるのが、我が懲役の友にして檻房の同居人、忘れがたき奇人イサイ・フォミーチである。まったく、なんとおかしな、風変わりな人物だったことか！　外貌はすでに少し触れたとおりで、年齢は五十ばかり、貧相な皺だらけの顔をして、両頬と額にはひどい焼き印が押され、痩せこけてひ弱で、白っぽい雛鳥のような体をしていた。それでいて顔には、不断の揺るぎなき自己満足と、さらには至福とも言うべき表情を浮かべているのだ。見たところ、彼は監獄に入ったことを少しも後悔していないようだった。

もともとが宝石職人で、町には宝石職人がいなかったことから、町の旦那衆やお偉方からの注文で、この方面だけでも仕事が絶えなかった。仕事をすれば、やはりいくらかの報酬が入ってくる。だから金には困っておらず、暮らしは豊かと言ってもいいほどだったが、きちんと金を蓄えて、監獄中の者に利子をとって貸し付けていた。自前のサモワール、上等の敷布団、茶器、ディナーセットを所有していた。町に住むユダヤ人たちも、絶えず彼とつきあい、支えになっていた。毎週土曜日には、護送兵に伴われて町の礼拝堂にも通う（これは法律で許されていた）というわけで、まったく何一つ不自由のない暮らしをしていたが、それでも十二年の刑期を無事勤め上げ、晴れて「ケッコンする《ゼニーツァ》」日を心待ちにしているのだった。性格は天真爛漫、愚かしさ、抜け目なさ、図々しさ、素朴さ、臆病さ、自慢癖、無礼さといったものの、滑稽きわまる寄せ集めだった。

私には不思議でならなかったが、囚人たちは決して彼を馬鹿にするようなことはなく、ただ慰みにからかってみせるばかりだった。明らかにイサイ・フォミーチは皆の気晴らしの種であり、いつも笑いを提供してくれたのである。

「一人っきりで換えのきかねえ奴だから、イサイ・フォミーチに手を出すな」

囚人たちがそんな風に言うと、イサイ・フォミーチはその意味を理解しながら、いかにも自分の値打ちを誇っている様子を見せるので、それがまた囚人たちに大いに受けるのだった。

彼が懲役に来たときの様子も実に滑稽だった（まだ私が来る前だったが、人から聞いたのである）。あるとき突然、日暮れ時で作業もすんだ後のこと、監獄に噂が流れた。ユダヤ人が一人送られてきて、いま衛兵詰所で髪を剃られているが、じきにこっちへ来るというのだ。その当時監獄にはまだ一人もユダヤ人がいなかったのだ。囚人たちは今か今かとこの男を待ち構え、門から入ってくるとすぐにまわりを取り囲んだ。

監獄の下士官が新米を民間人用の檻房に案内し、板寝床の上の場所を指定した。イサイ・フォミーチは支給品と私物が入った袋を両手で抱えていた。袋を置いて寝床の上に乗ると、あぐらをかいて座り込み、目を伏せたまま誰の顔も見ようとしなかった。周囲に笑いが起こり、ユダヤ人をネタにした監獄のジョークが飛び交う。そこへ不意に人混《ひとご》みを分けて一人の若い囚人が飛び出した。両手にはひどく古ぼけた、汚れきってぼろぼろになった私物の夏ズボンと、おまけの官給の足巻き布を握っている。男はイサイ・フォミーチのすぐそばに腰を下ろすと、彼の肩をぽんとたたいた。

「やあ、よく来たなあ、おいらもう五年越しでお前さんを待ち焦がれていたんだぜ。さあこいつを見てくれ、いい金になるかい?」そう言うと囚人は、新入りの前に持ってきたぼろ切れを広げてみせた。

監獄に入ったとたんにすっかりおびえ上がって、びっしりと自分を取り囲んでにやにや笑っている醜くゆがんだ恐ろしげな顔の集団に目を上げることさえできず、また臆するあまりに一言も口がきけずにいたイサイ・フォミーチだったが、質草を目にするやいなや俄然勢いづき、元気よく指でぼろ切れを吟味しだした。光にまでかざしてためつすがめつしている。一同は彼の言葉を待ち構えていた。

「どうだい、銀で一ルーブリとはいかねえか? そのくらいの値打ちはあるだろうよ」質入れ人がイサイ・フォミーチに目配せして言う。

「銀一ルーブリは無理だが、七コペイカなら引き取るよ」

これがイサイ・フォミーチが監獄で発した最初の言葉だった。皆はそれこそ、腹を抱えて笑い転げたものだ。

「七コペイカだと！　へん、しょうがねえ七でもいい、まけといてやらあ！　そのかわり、質草を大事にしろよ。なくしでもしたら、首で払ってもらうからな」

「利子が三コペイカだから、請け出すときは一〇コペイカになるよ」途切れ途切れの震え声でユダヤ人は続けた。懐に突っ込んだ片手で銭を探しながらも、不安そうに囚人たちを窺っている。ひどく怯えていることも確かだが、商売は商売でしっかりやりたいのだ。

「そいつは年利かい、その三コペイカというのはよ？」

「いいや、年利じゃないよ、月の利息だよ」

「さすがユダヤ人、しっかりしてやがるぜ。それでなんていうお名前で？」

「イサイ・フォミーチです」

「そうか、イサイ・フォミーチさんかい、さぞかしここじゃあ商売繁盛だろうよ！　じゃあな」

囚人たちのゲラゲラ笑いが続く中、イサイ・フォミーチはもう一度質草をあらためてから畳み、大事に自分の袋にしまい込んだ。

皆は実際、この人物が気に入ったようで、ほとんど全員が彼に借金をしているにもかかわらず、彼を侮辱するような者は一人もいなかった。本人もまるで雌鶏《めんどり》のように気のいい人間で、皆の好意を感じると、ちょっと得意になった様子さえ見せたが、それがまたいかにも単純で滑稽だったものだから、たちまち許されたのである。昔たくさんのユダヤ人とつきあいのあった例のルカは、しばしばイサイ・フォミーチをからかったが、決して悪意からではなく、ちょうど子犬やオウムや芸を仕込まれた動物の仔などと戯れるのと同じ気晴らしであった。イサイ・フォミーチもそれを十分心得ていて、少しも怒ったりせず、巧みに冗談で切り返していた。

「へん、ユダヤ人め、ぼこぼこにしてやるぞ！」

「お前さんが一発殴るうちに、こっちは十発殴ってやるよ」イサイ・フォミーチは勇み肌風に答える。

「忌まわしい疥癬かきが！」

「疥癬かきで結構だね」

「疥癬かきの上にユダヤ人だ！」

「それがどうしたね。疥癬かきでも財産持ちだ。銭《おあし》があるからね」

「キリスト様を売りやがって」

「それがどうしたね」

「ようよう、イサイ・フォミーチ、お見事だねえ！　おい、手を出すなよ、こいつは一人っきりで換えがきかねえんだから！」囚人たちがゲラゲラ笑いながら叫んでいる。

「こら、ユダヤ人め、笞をくらった後はシベリア送りだぞ」

「シベリアならもう来ているよ」

「もっと奥地へ送られるのさ」

「で、そこには神様はいるのかい？」

「ああ、いることはいるだろ」

「ならかまわないね。神様と銭さえあれば、どこへ行こうと大丈夫だからね」

「お見事、イサイ・フォミーチ、立派なもんだ！」

周囲が歓声を上げると、イサイ・フォミーチはからかわれていると知りながらも、勢いづく。みんなにほめられるのがうれしくてたまらぬ様子で、彼は檻房中に響き渡るような甲高い男声ソプラノで「ラーラ、ラーラ、ラ」と歌い出すのだ。何かばかげていて滑稽なこのメロディは、彼が監獄にいる間に歌った唯一の、詞のない歌だった。

後に私と親しくなってから、彼がわざわざ誓いを立てて打ち明けてくれたところによると、これはかつて貧者も富者も含めて六十万のユダヤ人がそろって黒海を歩いて渡ったとき歌っていたまさにその歌であり、そのメロディであって、ユダヤ人は皆、祝いの際や敵に勝利した際にこれを歌うべしという言い伝えを受けているのだという。[83]

毎週土曜日の前夜、すなわち金曜の晩になると、イサイ・フォミーチが安息日《シャバット》の儀式を執り行うのを見物しようと、よその檻房からわざわざ我々の檻房に人が集まってきた。イサイ・フォミーチのほうはごくごく無邪気な自慢屋で見栄っ張りなので、皆に関心を持たれるのは彼にとっても喜びだった。いかにも形式主義者らしい、磨きがかかった荘重な手つきで片隅の小テーブルにクロスを掛け、聖書を開き、二本のろうそくに火をつけると、なにか秘密の文言をつぶやきながら、おもむろに祭服《さいふく》をまといだす(彼の発音だとサイフクがシャイフクになるのだった)。祭服というのはまだら模様の毛の上っ張りで、彼はこれを大事に長持に入れて持っているのだった。両手には手かせをはめ、頭の、額の上には、包帯で何かの木の箱を結わえ付けるので、まるでイサイ・フォミーチのおでこからなんだかおかしな角が生えているように見えた。

こうしてお祈りが始まる。彼は歌うように祈りを唱えながら、叫び声を上げ、つばを吐き、くるくる回り、野蛮で滑稽な身振りをした。もちろんこれはすべてあらかじめ決まった祈りの作法であって、何一つ滑稽なものも奇妙なものもないのだが、にもかかわらずイサイ・フォミーチがわざとらしく我々の眼前で見得を切り、気取って儀式をするさまは滑稽に見えた。そのうちに、突如両手で自分の頭を隠すようにして、号泣しながら祈りだす。号泣はどんどん激しさを加え、そのあげくへとへとになった彼は、ほとんどうなり声のようなものをあげながら、聖櫃《せいひつ》をかぶった額を聖書の上に垂らしていく。だが突然、その慟哭のさなかに、彼は高らかに笑いだし、何かうっとりするほど晴れがましい、多幸感に浸りきったような声で、歌うように祈りはじめるのだ。

「見ろよ、何かに取り憑かれてるぜ！」と囚人たちは言い交わした。

あるとき私はイサイ・フォミーチにたずねてみた——あれだけ号泣したあげく、突然けろりとして、うっとりと幸せそうな様子に変わるのは、いったいどういうことなのかと。イサイ・フォミーチには、私のこの質問は大歓迎だった。彼はただちに次のように説明してくれた——涙と慟哭はエルサレム喪失の思いを意味しており、この思

83 旧約聖書の「出エジプト記」第十四章にある、モーセに率いられたユダヤ人のエジプト脱出の際の挿話。海が割れたおかげで彼らが渡れたとされるのはもちろん黒海でなく紅海である。

いに駆られた際には、できる限り激しく泣き、我と我が胸を打つべしと、聖典は命じている。しかしもっとも激しい慟哭のさなか、イサイ・フォミーチは決まって突然に、独りでにそうなるかのようにして思い起こすのだ（この突然にということも、また聖典に定められている）――ユダヤ人はいつかエルサレムに帰るという予言がなされていることを。そこで彼はただちに歓喜と歌と哄笑の虜《とりこ》となり、祈りを唱えるにも、声そのものができるだけ多くの幸《さち》を伝え、顔もまたできるだけ多くの晴れがましさと高貴さを表現しなければならないのである。この変化の唐突さ、およびそうした変化が必ず生じなければならないということが、イサイ・フォミーチにはひどく気に入っていた。彼はそこに何か独特の、きわめて精巧なトリックのようなものを見いだしていて、その込み入った規則を自慢げに私に伝えてくれるのだった。

あるとき、まさにお祈りが最高潮にさしかかったとき、房の中に当直将校と警護兵たちを引き連れた少佐が入ってきた。囚人たちは全員板寝床の脇に一列に並んだが、イサイ・フォミーチばかりはますます激しく叫んではしかめ面をしつづけていた。お祈りが許されているからには途中で止めさせるわけにはいかず、従って少佐の前で叫びつづけても、当然何の危険もない――それを彼はわきまえていた。それに、少佐の前でおどけたふりをしたり、我々の前で気取ったポーズをとったりすることが、彼にはうれしくてたまらなかったのだ。

　少佐はあと一歩の距離まで彼に近寄った。イサイ・フォミーチは自分の小テーブルに尻を向け、少佐と正面から向き合う格好になって、腕を振り振り例の厳《おごそ》かなる予言を、歌うような口調で唱えだした。ちょうどここで、とびきり多くの幸と高貴さを顔に表すべきときが来たため、彼はただちにそれを実行し、なんだか特別に目を細め、にやにや笑いながら、少佐に向かって何度も頷いてみせた。少佐は度肝を抜かれたが、しまいには吹き出してしまい、面と向かって彼を馬鹿呼ばわりしたあと、立ち去っていった。イサイ・フォミーチはますます大声で叫びつづけた。

　一時間後、夜食をとっている彼に、私はたずねてみた。

「もしもあの少佐が、愚かにもあんたに腹を立てたらどうするつもりだったんだい？」

「少佐って、どこの？」

「どこのって？　なに、いったいあんたは気がつかなかったのかね？」

「ああ」

「だって、あの少佐、あんたから一メートルも離れていないところに立っていたじゃないか。あんたの顔の真ん前にさ」

だがイサイ・フォミーチはまったくの真顔で、自分は絶対に少佐など見てはいないと断言するのだった。ああしてお祈りをしている間は、自分はある種の恍惚状態に入ってしまうので、周囲で起こっていることなど何一つ見もしないし聞きもしないと言い張るのだ。

今でも目に浮かんでくるが、土曜日のイサイ・フォミーチは、よく用もなくぶらぶらと監獄の中を歩き回っていたものだ。土曜日はそうするべしと聖典が命じているとおり、全力を尽くして何もするまいとがんばっているのだった。そうして町の礼拝堂から帰ってくるたびに、なんと不思議なゴシップを私に語ってくれたことか。なんと驚くべきペテルブルグ発のニュースや噂話をもたらしてくれたことか。そしてそのたびに、自分はユダヤ人仲間からの又聞きだが、彼らは当事者から直接聞いたのだと請け合うのであった。

だがイサイ・フォミーチの話に深入りしすぎた。

町の中に公衆浴場は二軒しかなかった。一軒はあるユダヤ人が経営するもので、旅館式に客室に分かれ、料金が一室五〇コペイカというのだから、大物相手の施設である。もう一軒は主として庶民相手の風呂屋で、古くて汚くて狭い。われわれ囚人が連れて行かれたのも、まさにこの風呂屋だった。キンと冷えて陽光の差す日で、囚人たちは要塞監獄を出て町が見られるというだけで、すでにはしゃいでいた。道中、冗談口や笑い声が絶えなかった。兵隊が一小隊、装填された銃を持って我々を護送しているので、町中がびっくりしている。

風呂屋に着くと、すぐさま我々は二班に分けられた。後の班は前の班が体を洗っている間、寒い脱衣所で待っていることになるが、これは小さな浴場ではやむを得ぬことだった。しかしそんな工夫をしたところで、風呂場があまりにも狭いので、どうしたら我々の半分が中に収まるのか、思わず首をひねる有様である。だが例のペトローフは私から離れようとしなかった。こちらが頼みもしないのに自分から助けに駆けつけ、私の体を洗ってやろうと申し出たのだ。ペトローフとともにもう一人、バクルーシンという男も私の手伝いを申し出てくれた。これは特別檻房の囚人で、我々の間では土工兵と呼ばれていたが、なんとなく囚人の中でも一番朗らかな、愛すべき人物として印象に残っているし、また実際にそのとおりの人間だった。私たちはこのときすでに顔見知りになっていたのだ。

さてペトローフは私が服を脱ぐのにさえ手を貸してくれたが、それというのも脱衣所はほとんど屋外と変わらないほど寒いのに、馴れない私は服を脱ぐのに手間取っていたからである。ついでながら、囚人はまだ馴れきらないうちは、服を脱ぐのにかなり苦労する。まず、足かせ用の当て帯を手早く外せるようにならなくてはいけない。この帯は革製で長さ四ヴェルショーク[84]ほど、脚にはまった鉄の環の裏に当たる部分に、下着の上から装着される。この当て帯は一対《つい》、最低でも銀で六〇コペイカはするが、囚人は誰でも自分の金でこれを調達する。もちろん、この当て帯がなければ歩くことができないからだ。足かせの環はぴったりと脚にはまっているわけではなく、環と脚の間には指一本が入るくらいの隙間がある。それで鉄が脚にぶつかって擦れるので、当て帯をしていない囚人は一日でひどい擦り傷をこしらえてしまうのだ。

しかし当て帯を外すことはまだ難しくはない。もっと難しいのは、足かせを付けたままうまく下着を脱ぐこつを身につけることである。これはもはや奇術そのものだった。たとえばまず左脚から脱ぐ場合、いったんその部分を脚と足かせの環との間をくぐらせながら脱ぎ、脱ぎ終わったら、もう一度同じ環の隙間を通してその部分を手元にたぐり寄せる。それから、左脚から脱いだ部分をそっくり、今度は右脚の環の隙間にくぐらせ、ついでに右脚部分を脱ぐ。そして最後に、右側の環をくぐったものを全部、もう一度手元にたぐり寄せる、という手順である。新しい下着をはくときも、手順は同様だ。新入りには、いったいどうしたらそんなことができるのか、想像さえ付きがたい。我々はこうしたあれこれを、トボリスク中継監獄にいたコーレネフという元盗賊の首領で、すでに五年間も鎖につながれていた囚人から手ほどきされたのだった。だが、囚人たちはすっかり習熟していて、何の苦労もなくやってのけていた。

私はペトローフに何コペイカか渡して、石鹸《せっけん》とヘチマを用意するように頼んだ。もっとも石鹸は皆に支給されるのだが、一人の割り当てがちょうど二コペイカ玉くらいの大きさで、厚みは、「中流どころの」家で晩酌のつまみに出されるスライスチーズくらいしかなかったのである。石鹸は同じ脱衣所の中で、蜂蜜湯、白パン、熱い湯と一緒に売られていた。湯は風呂屋の主人との取り決めで、囚人一人につき手桶に一杯ずつしか与えられない。だが、もっときちんと体を洗いたいという者は、半コペイカで手桶にもう一杯、洗い湯を買い足すことができた。風呂場の中に脱衣所とつながった小窓がわざわざしつらえてあって、そこからこの湯を渡してもらえるのである。

すっかり服を脱いでしまうと、ペトローフは、足かせ付きではひどく歩きにくいからと言って、手まで引いて案内してくれた。

「足かせを持ち上げなさい、ふくらはぎのところまで」まるで叔父さんが甥っ子にするように私の体を支えながら、彼はそんな風に指図するのだった。「ほら、ここは

84 約一八センチ。

気をつけて、敷居があるから」

さすがにちょっと決まりが悪くて、よっぽど一人でもちゃんと歩けると言ってやりたかったのだが、そんなことを言ってもペトローフは信用しなかっただろう。私のことを、まだ年端もいかず右も左も分からない、みんなで助けてやらなければならない子供のように思い込んでいたからである。ペトローフは決して下男タイプではない。むしろ下男から一番遠い人間だ。だからもしも私に侮辱されたりしたら、きちんと落とし前を付けることだろう。奉仕の代金などこちらからはまったく約束していなかったし、彼のほうからも請求しなかった。彼がこれほどまでに私の面倒を見ようとする動機は、はたして何だったのだろう?

浴室の扉を開けたときには、我々は地獄に落ちたのだという気がした。奥行きが十二歩ほど、幅も同じくらいの部屋を想像してほしい。その中におそらく百、少なくとも八十は確かだろうという数の人間が、一度に詰め込まれている。というのも、囚人たちは二班にしか分けられなかったが、一緒に風呂にやってきた仲間は、全部で二百人近くもいたからである。目をくらます湯気、煤、湯垢《ゆあか》、それに狭さときたら大変なもので、足の踏み場もない。

度肝を抜かれた私は思わず引き返そうとしたが、ただちにペトローフに励まされた。

床に座り込んだ者たちに、通れるように身をかがめてくれとたのんでは、その頭をまたぎ越えながら、大変な苦労をしてなんとか我々はベンチのあるところまで進んだ。しかしベンチもすっかり席がふさがっている。ペトローフは場所を買わなくてはいけないと言って、すぐに小窓の脇に座っている囚人と交渉を始めた。相手は一コペイカで場所を譲るのを承知すると、ペトローフがこんなことを見込んで風呂場にまで握りしめて持ってきた金を受け取り、即座に私が座ることになったベンチの真下に潜り込んだ。そこは暗くて汚くて、一面に溜まったぬらぬらした湯垢が、指半分ほどの深さにまで達しているのだった。しかしそんなベンチの下の場所もすっかり埋まって、人がうようよしていた。

床の上はもう手のひらほどの場所さえ空いておらず、至るところに囚人が身をかがめて座り込み、手桶の水をかぶっている。そうでない者は、座っている囚人の隙間に手桶を持って突っ立ったまま、その格好で体を洗っている。彼らの体を伝った汚れた湯がそのまま、座っている囚人たちの剃られた頭に降りかかるのだった。上のほうの棚板にも、そこへと通ずる階段の一段一段にも、すでに体を洗った者たちが身をすくめ、体をかがめて座っている。だが、体を洗っている者は多くはなかった。一般庶民はあまり湯と石けんで体を洗ったりしない。ただ湯気で思い切り体を蒸しあげ、その後で冷水をかぶる——それで彼らの入浴は終わりなのである。

棚板の上では枝箒《えだぼうき》が五十本ほどもいっせいに上下して、蒸された体を叩いている。みんな酔っ払ったようになるまで、この枝箒を浴びるのだ。ひっきりなしに焼けた石に水が浴びせられ、湯気が立ち上る。もはや熱いなどというものではなく、地獄の釜そのものだった。至るところで怒号や哄笑が起こり、しかもそこに床の上を引きずる百本もの鎖の音が混じるのだ……。中には風呂場を横切ろうとして他人の鎖に足を取られたり、低いところに座っている連中の頭に鎖を引っかけたりして倒れ、罵詈雑言を吐いた後、引っかけた相手をそのまま引きずっていこうとする者もいた。泥水のようなものが四方八方から流れてくる。皆なんだか酔っぱらったような、高揚したような気分で、金切り声や叫び声が響いている。

湯の渡し口になっている脱衣場の小窓のあたりは、罵声が飛び交い、押し合いへし合いの混乱状態になっていた。せっかく受け取った湯も、本人のところまで運ばれるうちに、床に座っている者たちの頭に撥ね散らかってしまう。時折ちらちらと、窓やちょいと開いた戸口から、銃を持った口ひげの兵隊の顔が見えた。騒動でも起きていないか見張っているのだ。囚人たちの毛を剃られた頭や真っ赤に蒸し上がった体は、普段よりいっそう醜く見えた。普通背中が湯気で蒸されると、昔編み鞭や棒笞で打たれたときにできたミミズ脹れがくっきりと浮き上がってくるので、今やどの背中も、まるで新たに傷を負ったような様子だった。なんとも恐ろしいミミズ脹れである！　見ているうちに、背筋に寒気が走った。

　またもや焼けた石に水がかけられ、湯気がもうもうたる熱い雲となって風呂場中に広がっていく。その湯気の雲の向こうに、さんざん笞をくらった背中が、毛を剃られた頭が、ねじ曲がった腕や脚がほの見える。そしてこの光景の画竜点睛として、一番高い場所に陣取ったイサイ・フォミーチが、声を限りに高笑いを響かせているのである。頭がぼうっとするくらい蒸されているのに、どうやら彼はどんなに湯気を浴びても満足できないらしい。枝箒で体を叩いてくれる三助役を一コペイカで雇っているのだが、ついには相手が音《ね》を上げて枝箒を放り出し、水を浴びに逃げ出す始末だ。イサイ・フォミーチはそれにもめげずに、二人目、三人目と雇いつづける。せっかくの機会に出費を惜しんだりせず、五人まででも雇いつづけようという勢いである。

「よく蒸すもんだなあ、えらいぞ、イサイ・フォミーチ！」

　下のほうから囚人たちがはやし立てる。イサイ・フォミーチ本人も、この瞬間の自分は誰よりも勝り、みんなを凌駕していると自覚しているのだ。彼が勝ち誇った顔をして、甲高い、気の触れたような声を張り上げておなじみの「ラーラ、ラーラ、ラ」

というアリアを歌うと、それが皆の声をかき消してしまう。もしも我々がいつかそろって地獄に堕ちることがあったなら、そこはきっとこの場所にそっくりだろう——そんな考えがふと頭に浮かんだ。ついこらえきれずに、そんな思いつきをペトローフに告げたが、彼はただぐるりとあたりを見回しただけで、黙りこくっていた。

私はペトローフにもすぐ隣の席を買ってやろうとしたが、彼は私の足下に座り込んで、そこがちょうど具合がいいのだと宣言した。その間にもバクルーシンが我々のために湯を買っては、必要に応じて運んできてくれた。ペトローフは、私の頭のてっぺんから爪先まで洗い上げて「すっかりきれいにしてあげますから」と宣言し、湯気に蒸されに行きましょうと、強く誘った。私は湯気に蒸されるのは遠慮した。ペトローフは石鹼で私の全身を洗ってくれた。

「今度はあんよを洗いましょう」と最後に彼は言った。私はよっぽど、自分で洗えるからと答えたかったが、この期《ご》に及んで逆らうことはせず、何もかも彼の意志に任せたのだった。「あんよ」という子供をあやすような言い方にも、卑屈な響きはみじんも混じっていなかった。ただ単にペトローフには、私の足を足と呼ぶことがはばかられたのだ。おそらく、足と呼ぶべきものは別の、本当の大人が持っているもので、私のはいまだ、ただのあんよにすぎないということだろう。

私の体をすっかり洗い終えると、彼は前とまったく同じ手順で、つまりあたかも私の体が陶器ででもあるかのように大事に支えて、一歩ごとにああしろこうしろと指図しながら脱衣所まで送り届け、下着一式を身につけるのを手伝い、そうして私の世話をすっかりすませた後で、今度は自分が湯気を浴びるために、大急ぎで風呂場に駆け戻っていったのである。

監獄に戻ったとき、私は彼をお茶に誘った。彼は断ることはせず、一杯の茶を飲んで礼を言った。私はちょっと財布の紐をゆるめて、彼にウォトカの小瓶でも振る舞おうと思いついた。小瓶なら我々の檻房にもあったからである。ペトローフはたいそう喜んで、ウォトカを飲み干すと満足そうに喉を鳴らし、おかげですっかり人心地が付きましたと礼を言い、急いで炊事場に出かけていった。まるでそこに彼抜きではどうしても決着のつかない問題でも待っているかのようだった。彼と入れ替わりにもう一人の話し相手バクルーシン（土工兵）が顔を出した。まだ風呂にいる間に、同じくお茶に招いておいたのである。

このバクルーシンほど愛すべき性格の持ち主は見たことがない。確かに彼は他人には厳しいし、しばしば喧嘩もして、自分のことに嘴《くちばし》を入れられるのを嫌うという、いわば独立独歩の人間だった。しかし喧嘩をしても長く根に持つほうではなく、どうやらここでは皆に好かれていたようだ。どこへ顔を出しても、皆喜んで迎えるのである。町でも彼は最高に愉快な男、決して朗らかさを失わない男として知られていた。背の高い青年で、年は三十ばかり、たくましい素朴な顔はかなりの美男で、一つ疣《いぼ》があった。時々その顔をへんてこりんに歪めて、自在に他人の顔まねをしてみせるものだから、周囲の人間もつい吹き出してしまう。つまりひょうきん者の一人だが、冗談を解さないような朴念仁《ほくねんじん》は容赦なくあしらうので、彼を「つまらん役立たず」と罵るような人間は一人もいない。いわば活力と生気のかたまりだった。

知り合いになったのはまだ最初の頃で、私に向かって、自分は少年徴集兵で入ったあと土工兵になり、何人かのお偉方に目をかけてもらった覚えもあると言って、昔を思い起こしてはたいそう誇らしげな顔をしていた。会ったとたんにペテルブルグのことをあれこれ質問されたものだ。本も読む人間だった。

お茶に来たときは、まず今朝S中尉が少佐のやつをやり込めたという話を披露して、房のみんなを大笑いさせ、それから私の隣に座ると、うれしそうな顔になって、どうやら芝居がやれそうだと告げた。監獄では降誕祭週間[85]に芝居が計画されていたのである。すでに役者が発表され、少しずつ舞台装置も整えられていた。町の住人で自分の服を芝居の衣装に提供してくれる人もいて、中には女ものの服まで混じっていた。ある従卒の仲介で、将校の制服が飾緒《かざりお》[86]付きで手に入るという見込みさえあった。ただひとつ心配なのは、少佐が去年のように急に禁止命令を出しはしないかということである。とはいえ去年の降誕祭の時期には、少佐の機嫌が悪かったのだ。どこかで賭に敗けて文無しになったところへ、監獄の連中が大はしゃぎしていたものだから、腹いせに禁止したのだが、今回はたぶん邪魔はしないだろう。

ひとことで言えば、バクルーシンはやる気満々だった。明らかに彼がこの芝居の主な仕掛け人の一人と見られたので、私はこのとき即座に上演の際には見に行かせてもらうと約束した。芝居がうまくいきそうだといって素朴に喜んでいるバクルーシンの様子に、私は好感を覚えた。だんだんに口がほぐれて、ずいぶん長話になった。話のついでに彼が言うには、ずっとペテルブルグで勤務していたのではないらしい。何かで過失を犯してR[87]の守備大隊に回されたという。ただしおかげで下士官になれた。

---

85 キリスト降誕祭（十二月二十五日）から洗礼祭（一月六日）までの間を一連の祝日とみなして、降誕祭週間（スヴャトキ）の名で呼んだ。新年の時期を含むため、土着の伝統行事を含め、各種の祭事が行われた。

86 武官の正装で右肩から胸にかける飾り紐。

「そこからこっちへ送られたんですよ」バクルーシンは言った。

「またどうして送られたんだね？」私はたずねた。

「理由ですか？　さて、どうして送られたと思いますか、ゴリャンチコフさん？　それはね、女に惚れたからですよ！」

「でも、それだけじゃシベリア送りにはならないだろう」私はにやっと笑って言い返した。

「じつは」とバクルーシンは続ける。「じつはその女の絡みで、あそこのドイツ人を一人、ピストルで撃ち殺してしまったんですよ。でも、どう思います、たかがドイツ人一人のことで流刑にしますかね！」

「しかし、またどうしてそんなことになったんだね？　一つ話してくれないか、おもしろそうだから」

「ずいぶんおかしな話ですよ、ゴリャンチコフさん」

「なおさら結構じゃないか。聞かせてくれたまえ」

「ええ、話すんですか？　じゃあまあ、聞いてください……」

私が聞いたのは、たいしておかしくはないが、そのかわりかなり不思議なある殺人の話だった。

「話というのは、実はこんなことなんです」バクルーシンは始めた。「俺が送られたRの町は、見ると立派な大きな町で、ただやけにドイツ人が多いところでした。俺はもちろんまだ若い盛りで、上官の受けもよく、帽子を横っちょにかぶったりして、つまりはのんきに暮らしていたのです。ドイツの女の子にウインクしたりしてね。そのうちに一人のドイツ娘が好きになりました。ルイーゼという名です。洗濯屋をしていて、とびきり上物の下着やらシーツやらを扱っていました。叔母さんと二人でね。叔母さんというのは年寄りの気むずかしい女ですが、暮らしは豊かでした。初めのうちはただ、店の窓の外を行ったり来たりしていたのですが、そのうちにすっかり仲良くなりました。ルイーゼはロシア語が達者でしたが、ただ発音がなんだか舌足らずで、そこがまたいかにもかわいらしくて、まったくあんな娘には会ったことはありません。俺のほうは初めからあれもこれもと迫ったんですが、娘は『いけないわ、サーシャ、きれいな体のままでいて、あなたに恥ずかしくないお嫁さんになるんだから』と言って、ただ甘えながら鈴のような声で笑うばかり……いや、あんなうぶな娘は、他に見たことがありませんよ。それが自分から俺と結婚しようと言ってくれたんですから。

87 ラトヴィアの都市リガを指している。後出の通りバルト・ドイツ人が多かった。

その気にならないわけがないでしょう、ええ？　それでこちらも中佐殿に結婚の許可を願い出ようという心づもりになっていたんです……。

ところが気がついてみると、ルイーゼのやつ、一度逢い引きをすっぽかしたと思ったら、二度目も来ない、三度目も来なかった……。手紙を出してみましたが、手紙にも返事がないのです。いったいどうなっているのかと思いました。つまり、もしも俺のことを騙そうとしているのなら、むしろ狡く立ち回って、手紙にも返事をよこすだろうし、逢い引きにも来そうなものでしょう。ところが嘘がつけないものだから、ぷっつりと黙り込んでしまったんです。叔母さんの差し金かなと思いました。叔母さんのところへは行くのがはばかられます。むこうは気づいてはいたんですが、なにせ俺たちのほうでは一応煙幕を張って、こっそり付き合っていたからです。気が触れたように歩き回ったあげく、俺は最後の手紙を書いて、『もし会いに来なかったら、こちらから訪ねていくぞ』と言ってやりました。

相手は怯えてやってきました。泣きながら説明するところによると、シュルツという遠縁のドイツ人がいて、これは時計屋を営んでいる金持ちの中年男だが、この男が彼女を嫁にしたいと言い出したとのこと。

『私を幸せにしたいし、自分も年をとって独り身でいたくないからというの。私のことを好いていてくれて、もう前からそういう気持ちを持っていたけど、口には出さずに準備していたというのよ。どう、サーシャ、相手はお金持ちだし、私には良縁なのよ。あなた、私の幸せを奪うつもり？』見ると、彼女は泣きながら私に抱きついてくるんです……。ええい、と私は思いました、彼女の言うことは筋が通っている！

『わかったよ、ルイーゼ、さよならしようぜ、達者でな。お前の幸せを壊しちゃあ、たとえ下士官になったとはいえ、兵隊の女房になって何の意味がある？　なんにもならないから。それで相手はどうだい、いい男かい？』

『いいえ、老けていてね、鼻がすごく長いの……』

自分でもおかしくて笑い出しましたっけ。仕方がない、縁がなかったんだと思って、俺は彼女を置いて立ち去りました。翌朝、俺はそいつの店のあたりに行ってみました。所番地は彼女から聞いていたのです。ガラス窓から覗いてみると、確かにドイツ人が座って時計を組み立てています。年は四十五くらい、鉤鼻に出目、燕尾服にスタンドカラーの、たいそう背の高い、威張り返った男です。俺はペッと唾を吐きました。せめて窓ガラスでも割ってやろうかと思いましたが……いやいや、手を出しちゃあいけない、と思い返しました。きれいさっぱり消えるんだ！　夕方になって兵舎に戻り、寝棚に横になると、なんてえことか、ゴリャンチコフさん、涙が出てきましたよ……。

そんな風にして一日が過ぎ、二日、三日と日がたちました。ルイーゼとは会わないままです。そのうちにある知り合いの女から（これは年寄りの同じ洗濯女で、ルイーゼが時々訪ねていた相手ですが）例のドイツ人は俺たちの仲がいいのに気づいていて、それで早いうちに結婚の申し込みをしたのだと聞きつけました。もし気づかなければ、まだ一、二年は待っていただろうとのこと。ルイーゼからは、俺とは縁を切るという誓いを取り付けたんだそうで、しかも当面は叔母さんもルイーゼも何一つ良い目を見させてもらっていないというのです。本人はこの先まだ考えを変えるかもしれないし、今だってまだはっきり決心を固めたわけじゃないと言うじゃありませんか。同じ女の話によると、ドイツ人はその二日後の日曜日、二人を朝のコーヒータイムに招いていて、そこにはもう一人、親戚の老人も加わるとのこと。これは昔商人をしていたのが、今では貧乏のどん底にいて、どこかの地下倉庫の管理人をしている男だそうです。日曜日に連中が全部話を決めてしまうかもしれないと聞くと、俺はもう憎くて憎くて、どうにもたまらない気持ちになりました。その日も次の日も、一日中そのことを考えてばかり。いっそあのドイツ人を葬り去ってやりたいと、そんな気持ちでしたよ。

日曜日の朝はまだ何も決めてはいませんでしたが、礼拝式が済むとぱっと飛び上がって、外套を羽織ってドイツ人のところに出かけていきました。そこに行けば連中に会えると思ったのです。でもなぜドイツ人のところへ行こうとしているのか、向こうで何をするつもりなのか、自分でもわかってはいませんでした。ただ念のためにピストルをポケットに忍ばせました。手元にあったやくざなぼろピストルで、昔の撃鉄が付いたやつです。まだ子供の頃、俺はこれで撃った覚えがあります。今ではもう、撃つこともできないような代物でした。しかし、俺はそいつに弾を詰めました。もしも連中が俺を追い払おうとしたり、乱暴なまねをしたりしたら、こいつを取り出して脅かしてやろうと考えたのです。

店に着きました。作業場には誰もいません。皆で奥の部屋に座っているのです。主人と客たちの他は、女中も含めて誰一人いません。この男の家では女中は一人、ドイツ女がいるだけで、これが料理女も兼ねていたのです。俺は店の奥まで行きました。見ると、その先へ行くドアは閉まっています。古いドアで、かんぬきをかけるタイプのものでした。心臓がどきどきしてきて、俺は足を止め、耳を澄ませました。ドイツ語で話している声が聞こえます。全力でドアを足蹴にすると、すぐに開きました。見ると、テーブルに茶会の支度ができています。大きなコーヒーポットが載っていて、アルコールランプでコーヒーが煮立っています。乾パンを入れた器が置かれ、別の盆の上にはウォトカの入ったガラス瓶、酢漬けニシン、サラミとどこかのワインが一瓶載っています。ルイーゼと叔母さんは二人とも着飾って、ソファに座っていました。二人の向かい側に例のドイツ人が、花婿が座っていましたが、髪をきちんととかして燕尾服を着て、カラーまで付けた格好で、そのカラーが妙に前のほうにつきだしていました。脇の椅子にはもう一人ドイツ人が座っていましたが、こちらは太った白髪頭の年寄りで、むっつり黙り込んでいました。

俺が入っていくとルイーゼはすぐに真っ青になりました。叔母さんのほうは一度立ち上がろうとしてそのまま座り直し、ドイツ人は顔をしかめました。むっとした顔で立ち上がると、先手をとって言います。

『君、何の用だね？』

俺はつい腰砕けになりそうでしたが、憎しみの力のほうが上回りました。

『何の用だと！　客が来たんだ、ウォトカを振る舞えよ。俺はお前のところに客に来たんだからな』

ドイツ人はちょっと考えてから言いました。

『おしわりなさい』

俺は座りました。

『ウォトカをくれよ』
『ほら、ウォトカだ。どうぞ、お飲み』
『おいお前、もっと上等なウォトカを出せよ』俺はもう憎しみで一杯でした。
『これは上等なウォトカだ』
これほどまでに相手に見下げられているかと思うと、腹が立ってきました。何より
も、ルイーゼに見られているのが大きかったのです。俺は一杯飲み干すと言いました。
『おい、ドイツ野郎、どうしてこんなに客あしらいが悪いんだ。ちゃんと友達らし
くもてなしやがれ。俺は友達だと思って来てやったんだぞ』
『私は君の友達になれない。君はただの兵隊だから』
いや、これには頭に来ました。
『おい、このかかし野郎、腸詰め野郎め！　いいか、これから先、お前を俺の思い
通りの目に遭わせてやるからな。お好みなら、ピストルで撃ってやろうか？』
俺はピストルを取り出すと、やつの前に立って、銃口をまっすぐ相手の頭に向け、
狙いを定めました。みんな生きた心地もなく座っています。怖くて身じろぎもできま
せん。年寄りの客は、まるで木の葉のように身を震わせながら、真っ青になって、口
もきけずにいました。

ドイツ人はいったん驚いたものの、気を取り直して言いました。

『私は君なんか怖くない。君もちゃんとした人間なら、そんな冗談はすぐにやめたまえ。私は君なんか全然怖くない』

『この嘘つきめ、怖いくせに!』

よく見ると相手は口ほどにもなく、ピストルで狙われている頭を動かすこともできずに、じっと座っているのです。

『いいや、君には絶対にそんなものは使えない』

『へえ、いったいどうしてだい?』

『だってそんなことは固く禁じられているし、もしそんなことをしたら厳しく罰せられるからね』

つまりとことん間抜けなドイツ人でした。自分から俺をけしかけるようなまねをしなければ、今でも生きていられたのに。言い合いをしたばっかりにあんなことになってしまったんですよ。

『じゃあ、俺には撃てないと言うんだな?』

『撃てない!』

『撃てないか?』

『君は私に対して絶対にそんなまねはできない……』

『じゃあ、これでも食らえ、腸詰め野郎!』そう言ってバンと撃つと、相手は椅子の上でごろんと倒れました。みんなが悲鳴を上げました。

俺はピストルをポケットに入れると、さっさと逃げ出しました。そうして要塞に入るときに、門の脇の草むらにピストルを投げ捨てました。

兵舎に戻って寝棚に横になったときは、すぐにも逮捕されると思っていました。ところが一時間がすぎ二時間がすぎても、捕まえにくる者はいません。そのまま夕暮れどきが迫ると、すごくやりきれない気持ちになってきて、俺は外に出ました。どうしても一目ルイーゼに会いたくなったのです。さっきの時計屋のそばを通りました。見ると人だかりがしていて、警察も来ています。例の洗濯屋のばあさんのところへ行き、ルイーゼを呼んでくれと頼みました。しばらく待っていると、ルイーゼが駆けてきました。そのまま俺の首っ玉に抱きついて、泣きながら『全部私がいけないの、叔母さんの言うことを聞いたから』と言います。彼女の話によると、叔母さんはさっきのことの後すぐに家に戻りましたが、怯えのあまり具合が悪くなって、じっと黙り込んでいるとのこと。自分も誰にも通報はしないし、ルイーゼにも黙っていろと命じたきり、ただ恐ろしがって、成り行きに任そうとしているようです。

『今朝、私たちは誰にも見られていないのよ。あの時計屋さんは女中さんまで使いに出してしまったから。怖がっていたのよ。もしもあの人が結婚しようとしているのを女中さんに知られたら、たいへんな目に遭うと思ったのね。職人さんもみんな休みにして、一人も店にはいなかったわ。コーヒーもあの人が自分で淹れたし、つまみも自分で用意したわ。あの親戚の人も、これまでも生涯黙って、何も言わずに生きてきた人だし、さっきのことがあった後も、帽子をつかんで真っ先に帰って行ったわ。きっとあの人もしゃべらないわ』そんな風にルイーゼは言いましたが、まさにそのとおりでした。二週間もの間、俺は誰にも捕まらなかったし、何の疑いもかけられなかったんです。まさにその二週間でね、ゴリャンチコフさん、あんたが信じられるかどうかわかりませんが、俺は自分の幸せを味わいつくしたんです。来る日も来る日もルイーゼと会っていました。あいつのほうも、それはもう私に首ったけだったんですよ！　泣きながら『私、あなたがどこへ送られようとついて行くわ。あなたのためにすべてを捨てるわ！』なんて言うんです。俺はいっそこの場で死んでしまってもいいと思いましたね。それほどあいつの気持ちにほだされたんですよ。ところが、二週間たって俺は逮捕されました。あの年寄りと叔母さんが相談して、俺を密告したわけですよ……」

「ちょっと待ってくれよ」私はバクルーシンの話に口を挟んだ。「それだったら君はせいぜい十年か、重くても十二年の刑だろうし、一般囚として流刑になるだろう。でも君は、特別檻房に入っているじゃないか。どうしてそんなことになったんだね？」

「いや、それにはまた別の事情があったんですよ」バクルーシンは言った。「軍法会議に掛けられたとき、ある大尉が裁判の前に俺をさんざん汚い言葉で罵ったのです。俺は我慢がならずに、相手に言ってやりました。『何を四の五の言いやがる！　場をわきまえろ、この下衆《げす》め、お前は今公正標88の前に座っているんだぞ！』

さてこうなると話は別で、裁判は改めてやり直し、諸罪をまとめて量刑という運びになって、答四千発に特別檻房送りとなったわけです。俺が体刑に引き立てられた時、相手の大尉も引き立てられました。俺のほうは緑の道、相手は階級剝奪の上、一兵卒としてコーカサスに送られました。じゃあこれで失礼しますよ、ゴリャンチコフさん。芝居にはぜひ来てくださいよ」

88　司法機関に置かれた三角錐の標章で、法の遵守に関するピョートル大帝の指令が書かれていた。

第十章　キリスト降誕祭

とうとう降誕祭がやってきた。すでに前日《イヴ》から、囚人たちはほとんど作業に出るのをやめていた。縫製工場やその他の作業所に行く者はいるが、残りの者はただ班分けに顔を出すだけで、どこそこの現場に送られても、ほぼ全員がぽつりぽつりと、あるいはまとまって、すぐに監獄に戻ってきてしまい、食事の後はもはや誰一人外に出ようとはしなかった。午前中でさえ、大方の者が出歩いているのはお上の命じた作業のためではなく、もっぱら自分の用を果たすためだった。すなわちある者たちは酒の持ち込みと新しい発注のために奔走し、別の者たちはなじみの男や女を訪ねたり、祭日を機に以前やった仕事の代金でツケになっているものを取り立てたりしていたのだ。バクルーシンや芝居の参加者たちは、必要な衣装を手に入れるために、何人かの知人、とりわけ将校の家の使用人たちのところを回っていた。中には、他人がせかせかと気ぜわしげにしているからというだけの理由で、せかせかと気ぜわしげに歩き回っている者もいて、たとえばどこからも金の入る当てなどないにもかかわらず、自分たちもまた誰かから金を受け取るのだといった顔つきをしているのだった。要するに、誰もがまるで明日には何かが変わり、何か普通ではないことが起こると期待しているかのようだったのだ。

夕刻には囚人たちの使いでバザールに出かけていた檻房付きの傷痍兵が、あれこれの食料品を山ほど抱えて帰ってきた。牛肉、子豚肉にガチョウの肉まである。倹約を重ねて一年がかりで小銭を蓄えてきたような、ひどくつましい連中も含めて多くの囚人が、この日こそ財布の紐をほどいてまともな精進落としをしなくてはならぬと思い込んでいたのである。明日こそ本当の、囚人たりといえども失うことはない、法によって正式に認められた祭日なのだ。この日、囚人が作業に出されることはありえない。そういう日は一年に三日しかなかったのだ[89]。

それにしても、この大事な日を迎えるに際して、世に見捨てられた人々の心にどれほどの思い出がわき上がってくることか、果たして誰が知ろう！　大きな祝祭の日々は、ごく幼い頃から、庶民の記憶にはっきりと刻み込まれているものである。それは

89　降誕祭以外は復活祭週に二日の休日が与えられた。

つらい仕事を休んでくつろぐ日であり、家族が集う日だからである。監獄の中では、そうした思い出が切なくやるせない気持ちを伴うのも、また当然であった。晴れの日を大事に思う気持ちが、囚人たちの間では一種の作法にまでなっていて、浮かれ騒ぐ者は多くなく、皆まじめな顔つきで、多くの者はそもそも用事などほとんどないくせに、なんだか用ありげな様子をしていた。暇な遊び人たちでさえ、一所懸命威厳らしいものを保とうとしているのだった……。笑いは禁じられてしまったかのようだ。全体が、なにかしら張り詰めた期待感のためにぴりぴりした雰囲気で、たとえその気がなくともこの雰囲気を乱すような者がいれば、怒号と罵言を浴びせられ、祝日自体を軽んじる者として、叱責を食らったことだろう。

囚人たちのこうした気分のあり方は瞠目すべきもので、感動さえ覚えた。大いなる祝日に対する生まれながらの敬虔の念に加えて、囚人たちは無意識に感じていたのだ——この祭りの日を祝うことによって、自分はいわば世の中の人全部とふれあっている。ということは自分も、完全に世から見捨てられ滅びた人間ではないし、切り離されたパン切れなんかではなく、たとえ監獄の中にいても、世間にいるのと同じなのだと。彼らはまさにそう感じていた。それは一目瞭然だったし、また理解できることであった。

アキーム・アキームイチもまた祭日の支度に余念がなかった。孤児として他人の家に育ち、ほぼ十五の年にはもうつらい兵役に就いていた彼には、家庭の記憶すらなかった。これまでずっと教えられた義務の範囲をほんの毛筋でもはみ出すことを恐れながら、ひたすら規則正しく単調な生活を送ってきたために、その人生にはとりわけ楽しいこともなかった。取り立てて信心深いところもなかったが、それはどうやら、正しく振る舞わねばという気持ちがあまりにも勝《まさ》って、彼の内にあるその他の人間的資質や特性を、情熱や願望を、悪いものも良いものも含めて、すべて飲み込んでしまっているからのようだった。そんなわけで彼はあくせくもせず、興奮もせず、やるせないうえに何の役にも立たぬ思い出に煩わされもせず、ただただ自分の義務を果たし、いったん教え込まれた儀式を執り行うのに必要なだけの、静かな、揺るぎない品行方正さをもって、この厳粛な日を迎えようとしていたのである。

そもそも彼は、あれこれ考え込むのが嫌いだった。事実の意味などというものは一度も彼の頭に浮かんだことはないらしく、ただいったん教え込まれた規則を、聖務を行うように律儀に守ってきたのである。仮に明日になって急にまったく正反対のことをしろと命じられたとしても、今日まで別のことを行ってきたのとまったく同じ従順かつ入念な態度で、その命令を果たすことだろう。一度、人生でたった一度だけ、彼は自分の頭を使って生きてみようとしたが、その結果懲役をくらったのだ。その教訓は無駄にはならなかった。いったいなぜ有罪になったのか、あいにく本人には永遠に理解できない巡り合わせになっていたが、その代わり彼は自分の思いがけない経験から、一つの救いになる決まりを導き出した。たとえどんな状況にあっても、決して自分で判断してはいけないという決まりである。なぜなら、囚人たちの表現を借りれば、判断するのは「自分の頭の仕事じゃない」からである。

儀式の盲目的な信奉者である彼は、粥《カーシャ》を詰めて焼く自分の祝日の子豚（彼には焼く腕があって、自分で焼くのだった）まで、なにやらはじめから敬意を表するような目で見つめていた。まるでそれが、いつでも買って焼くことのできる普通の子豚とは違った、一種特別の、祝日の子豚だと言わんばかりだった。もしかしたら彼はまだ子供の頃からこの日の食卓に子豚が載っているのを見慣れていて、降誕祭には子豚がつきものなのだと思い込んでいたのかもしれない。だから、この男がたとえ一度でもこの日に子豚を食べ損ねたら、きっと義務を果たさなかったという一種の良心の呵責が、生涯残ることだろう。

祭日の前まで、彼が着ていたのは古びた上着と古びたズボンだった。それらはきちんと繕われていたが、すっかり着古されたものには違いがなかった。今になってわかったのだが、彼は四ヶ月も前に新しい上下を買ったまま大事に長持にしまい込んで、降誕祭になったら新調の服を着てやろうという思いに頰をゆるめながら、手も触れなかったのである。彼は計画通りに実行した。すでに昨日のうちに新しい上下を取り出すと、広げて点検し、はたいたり吹いたりしてすっかりきれいにしてから、試着してみたのだ。上下とも完全にぴったりだった。何一つ非の打ちどころもなく、ボタンは上までぴっちりとかかり、襟はまるでボール紙で作ったように、ぴんと立って顎を支えている。ウエストのあたりにはなんだか軍服のようなくびれさえできていたので、アキーム・アキームィチは満足のあまり歯をむき出してにやっと笑うと、ちょっと伊達《だ》男《て》風に、自分の小さな鏡の前でくるりと回ってみせた。この鏡はもうずいぶん前、暇なおりに、手ずから金の縁飾りを貼り付けておいたものである。ただ一つ、襟のホックの位置がずれているように見えたので、アキーム・アキームィチはよく考えた上で、ホックを付け直すことにした。付け直してもう一度試着すると、もはやまったく申し分がない。そこですべてを元通りに畳むと、心安らかに次の日まで長持にしまい込んだのである。

頭はちゃんと剃ってあった。だが鏡でよく見ると、なんだか完全につるつるになっておらず、ちょっと伸び出した髪が目立つような気がした。そこですぐに例の「少佐」の所へ行って、しっかりと型どおりに剃ってもらった。別に翌日にアキーム・アキームィチを点検しようとする者がいるわけではなかったが、彼はひたすら自分の良心の安らぎのため、大切な日に向けて自分の務めをすべて果たしたいがために頭を剃ったのである。

ボタン、肩章、襟章を尊ぶ態度は、まだ子供の頃から彼の内に染みついていた。理性にとっては、それは絶対の義務だったし、心情においては、立派な人間が至るべき美の極地を示すものだったのだ。準備万端整うと、彼は檻房の囚人頭として干し草の搬入の手配に当たり、干し草が床にまかれるのを注意深く見守っていた。他の檻房でも同じことが行われている。なぜだか知らないが、ここではいつも降誕祭を迎えるときに、檻房に干し草をまくのである。[90]こうして自分の務めをすっかり済ませてから、アキーム・アキームィチは神に祈りを捧げ、自分の寝棚に横になると、ただちに幼子のように安らかな眠りに就いた。翌朝なるべく早く起きるためである。ちなみに、他の囚人たちの振る舞いもまったく同じで、どの檻房でも就寝は普段よりずっと早かった。普段の夜の内職は中止されたし、博打のことなど口にする者さえなかった。物みなが翌朝を待っていたのである。

ついに朝が来た。まだ暗い早朝、起床の太鼓が鳴るか鳴らないかのうちに、檻房の扉が開き、囚人の数を調べに入ってきた看守の下士官が、全員に降誕祭の祝いを述べた。皆も愛想よく、親しげに同じ言葉を返す。手早く祈りを済ますと、アキーム・アキームィチはじめ炊事場にガチョウや子豚肉を預けてある多くの者たちは、急いで出かけていく。預けたものがどうなっているか、焼き具合はどうか、何がどこにあるか等々を確かめるためである。雪と氷が張り付いた檻房の小さな窓から、暗がりの向こうにある二つの炊事場で、未明から点火された火が、六台ある竈《かま》のすべてで赤々と燃えているのが見えた。外の暗がりにはすでに囚人たちが、半外套に手を通したり肩に羽織ったりの格好でうろうろしている。みんな炊事場を目指しているのだ。ただし中には、ごく数は少ないが、早くも酒屋を訪れた者もいた。これはもう、もっともこらえ性のない者たちである。概して、誰も皆節度のある、控えめな態度で、なにか異常なほどに礼儀正しかった。いつもの罵言も喧嘩も聞こえてこない。今日が大切な一日であり、大きな祝日だと、皆が理解しているのだ。

他の檻房まで出かけて、仲間の誰彼と挨拶を交わしている者もいる。なにかしら友情に似たものが漂っていた。ついでに言うが、囚人たちの間には友情というものはほ

90 イエス・キリストが降誕の後、飼い葉桶に寝かされたという故事にちなんだ習慣。

ぼ存在しなかった。ここで言うのは全体の友情のことではない。そんなものはもとよりなかったが、ある囚人が別の囚人と親交を結ぶといった、普通の、個人的な友情のことである。そうした友情も監獄にはほぼ皆無で、しかもそれは特筆すべき特徴だった。世間ではそんなことはあり得ないからである。ここでは概して皆お互いに殺伐とした、素っ気ないつきあい方しかせず、例外はごくまれだった。しかもそれが、まるであるとき導入されてそのまま定着してしまった、正式の作法みたいだったのだ。

私も檻房の外へ出た。あたりが次第に明るみ始め、星たちはすっかり輝きを失っていた。凍った蒸気がうっすらと立ち上っている。炊事場の竈の煙突から何本もの煙の柱が吹き出していた。すれ違う囚人たちの何人かは、すすんで愛想よく降誕祭の挨拶をしてくれた。私は礼を述べ、同じ挨拶で報いた。その中には、これまで一月もの間、私と一言も口をきいたことのない者もいたのである。

炊事場のすぐそばで、毛皮の長外套《トゥループ》を肩に引っかけた軍事犯檻房の囚人が一人、私に追いついた。まだ内庭の中ほどから私の姿を認め、「ゴリャンチコフさん！ゴリャンチコフさん！」と声を掛けてきたのだ。この男は炊事場に駆けつけるところで、先を急いでいた。私は立ち止まって彼を待ってやった。丸顔で穏やかな目つきをした青年で、誰に対してもきわめて無口、私とはまだ一言も口をきいたことはなく、入獄以来何の関心も寄せられた覚えはなかった。私はこの青年の名前さえ知らなかったのである。彼は息せき切って駆けつけると、私の前に直立し、なんだか曖昧な、しかし同時に見るからにうれしそうな笑顔を浮かべた。

「何かご用ですか？」

前に立った相手がにこにこしながら、目を見開いてこちらを見つめるばかりで、いっこうに口を開こうとしないので、私は幾分驚いてそうたずねた。

「いえ別に、降誕祭が……」相手はそんなふうにつぶやいたが、それ以上何もしゃべるべきことがないのに自分で気づくと、私を見捨ててさっさと炊事場めがけて立ち去った。

ついでに言っておくが、この後監獄を出るそのときまで、二度とこの青年と一緒になったことはないし、互いにほぼ一言も口をきかなかったのである。

炊事場の燃えさかる竈のあたりにはせわしげな囚人たちがひしめいて、押し合いへし合いの状態になっていた。皆がそれぞれ自分の預けた宝を見張っていたのだ。この日は普段よりも食事が早めになっていたので、炊事係はまず給食の調理にかかっていたからだ。しかし、まだ誰一人食事を始めようとはしない。中にはさっさと始めたい者もいたのだが、皆の手前遠慮していたのだ。司祭が来ることになっていて、司祭が来たあとで精進明けの食事というのがしきたりだった。一方でまだ夜も明けきらないうちから、監獄の門の外で「炊事係集合！」という兵長の号令が響き出す。そうした号令がほとんど小止みなしに二時間ほども続くのだ。調理場にいる炊事係たちに、町のあちこちから監獄へ届けられた施しものを受け取りに来いと言っているのだ。施しものは膨大な量で、三日月型の白パン《カラーチ》、大きな丸パン《フレーブ》、凝乳揚げパン《ヴァトルーシカ》、揚げ菓子《プリヤージェニク》、ホットケーキ《シャニガ》、クレープ《ブリン》その他各種のクッキーのたぐいが含まれていた。思うに、町中の商人や町人の家の主婦が一人残らず、「不幸な人たち」、囚人たちに降誕祭の祝いを告げようと、自前のパンを届けたのだろう。中には極上の小麦粉でできた味付けパンが山のように積まれた、豪華な施しものもあった。また中には、安物の三日月パン一個とほんの申し訳程度にスメタナをまぶした黒っぽいホットケーキが二個といった、ごく貧しい施しものもあった。これはもはや、貧者から貧者への、なけなしの贈り物である。贈り物の中身や贈り主に関わりなく、すべてが同じ感謝の気持ちで受けとられた。受けとる囚人たちは帽子を脱いでお辞儀をし、降誕祭の挨拶をして、施しものを炊事場へと運ぶ。やがてそうした贈り物のパンが積もり積もっていくつもの山ができると、それぞれの檻房の囚人頭が呼び集められ、彼らがすべてを均等に、各房に分配するのである。言い争う者も罵る者もなく、作業は誠実に、平等に進んだ。

我々の檻房に割り当てられた分は、すでに分配されていた。すなわちアキーム・アキームィチともう一人の囚人が、じかに手で分けてめいめいに手渡したのだ。いささかでも異を唱えたり、人をやっかんだりするような者は一人もおらず、皆が満足していた。施しものを隠匿したり、不平等に分けたりすることがあり得るなどとは、頭に浮かびもしないからである。

炊事場での用事を終えると、アキーム・アキームィチは自分の身支度に取りかかった。万事作法通り厳かに、ホック一つかけ忘れのないようにきちんと上下を着込むと、すぐさま本式の祈禱《きとう》に取りかかった。彼はかなり長く祈っていた。他にも祈りを捧げている囚人たちは多かったが、大半は年配の者たちだった。若者はあまり長たらしいお祈りはせず、ただ朝起きたときに十字を切る者がいるくらいで、祭日でも事情は同じだった。祈りを終えたアキーム・アキームィチは私のもとへやって来ると、幾分改まった調子で降誕祭の挨拶をした。私はすぐに彼をお茶に招待し、彼は私を子豚の食事に招いた。しばらくするとペトローフも駆けつけてきて、私に挨拶した。彼はすでに一杯飲んだようで、息を切らして駆け込んで来たが、たくさん口をきくでもなく、ただしばらく何か期待するような顔で私の前にたたずんでいただけで、やがて私を置いて炊事場へと立ち去った。

そうするうちにも軍事犯の檻房では司祭を迎える準備が進んでいた。この檻房は他とは作りが違っていた。他の檻房のように板寝床が房の真ん中にではなく、壁沿いにしつらえられているのだ。それで監獄の中で唯一、中央に邪魔なものがたまっていない部屋だった。おそらく必要な場合に囚人たちを集めることができるように、そんな配置にしてあるのだろう。部屋の中央には小さなテーブルが置かれ、それに清潔な布巾をかぶせてイコンを置き、灯明を灯してあった。ついに司祭が、十字架と聖水を持って現れた。イコンの前でしばし祈り、歌ってから、司祭は囚人たちの前に立つ。すると皆は心からの恭敬を込めて、十字架に近寄り、口づけするのだった。その後司祭はすべての檻房を回り、聖水を振りかけて清めた。炊事場に来ると、味のいいことで町でも評判の監獄のパンをほめたので、囚人たちは早速新しい、焼きたてのパンを二つ司祭様のところへお届けしますと申し出た。十字架はしてただちに傷痍兵の一人が、贈り物を届けるために派遣されたのである。そう迎えたときと同じくうやうやしく見送られたが、ほとんど入れ替わるようにして少佐と要塞司令官が到着した。司令官は囚人たちに愛され、尊敬されてさえいた。少佐に従われて、司令官はすべての檻房を回り、皆に降誕祭の挨拶をし、炊事場に入って監獄の汁《シチー》を試食した。汁《シチー》のできは上々だった。この特別な日のために、囚人一人あたりほぼ一フントもの牛肉が支給されていたからだ。おまけに黍粥《きびがゆ》が炊かれ、バターもふんだんに出されていた。

司令官を見送ると、少佐は食事の開始を命じた。囚人たちは努めて彼の目に触れないようにしていた。そのめがね越しの意地悪そうな目つきは皆に嫌われていたが、今も彼はその目を左右に走らせては、規律違反はないか、悪事を働くやつはいないかと窺っていたのである。

食事が始まった。アキーム・アキームィチの子豚は上々に焼き上がっていた。そして、どうしてそうなるのかさっぱり説明もつかないのだが、少佐が立ち去って、ものの五分もたたないうちに、もはや異様に多くの者が酔っぱらっていた。ほんの五分前には、全員ほぼ完全に素面《しらふ》だったのにである。多くの顔が朱に染まり、てらてら光っている。バラライカも登場した。例のポーランド人がどこかの遊び人に一日仕事で雇われて、後をついて回っては、バイオリンで陽気なダンス曲を奏でていた。会話は酔っぱらい風の、騒々しいものになっていく。だが大きな騒動もなく食事は終わった。皆満腹である。高齢者や年配の者はおおむね、そのまま一眠りしに檻房に戻る。アキーム・アキームィチもそうした。たぶん大祭の日の食後は必ず眠るものと思い込んでいるのだ。

スタロドゥビエの古儀式派の老人は、しばしまどろんだ後で暖炉に這い上がり、いつもの書物を開いて、そのまま深夜まで、ほとんど絶え間なく祈り続けた。囚人たちがそろって浮かれ騒いでいるのは彼にとっては「恥さらし《ストラム》」であって、見るに堪えないものだったのだ。

チェルケス人たちはそろって入口階段に腰を据え、酔っぱらいたちを興味深そうに、そして同時に幾分厭《いと》わしそうに観察していた。例のヌッラーに会うと、彼は「いけない《ヤマン》、[91]いけない《ヤマン》！」と敬虔なる怒りを込めて私に言った。「ああ、いけない《ヤマン》ことだ！　アッラーがお怒りになる！」

イサイ・フォミーチは頑《かたく》なな、見下したような様子で自分の一角に明かりを灯し、手仕事を始めた。明らかに降誕祭など何とも思っていないということを見せつけたいのだろう。

そここの片隅では賭場が開帳した。傷痍兵は警戒の対象外だったが、もし下士官が来たらというので（下士官は自分のほうで何も気づかないよう気を遣っていたのだが）見張りが立てられていた。警備の将校はこの一日に三度ばかり監獄を覗きに来た。しかし将校が姿を現すたびに酔っぱらいは身を隠し、賭場はかたづけられたし、将校のほうでも小さな規則違反は見逃そうと決めているようだった。飲酒はこの日にはささやかな規則違反としか見なされなかったのである。次第に皆は羽目を外し、口げんかも始まった。ただしそれでも素面《しらふ》の者たちのほうがまだはるかに多かったので、酔っぱらいの見張り役には事欠かなかった。

そのかわり浮かれた連中は、もはや際限なく飲んでいた。ガージンは得意の絶頂にあった。寝床の自分の場所の近辺を、したり顔で歩き回っている。その寝床の下には大胆にも、これまで檻房の裏のどこか秘密の場所に雪に埋めて隠しておいた酒を運び込んであって、客が寄ってくるのを見るたびに、にんまりと狡い笑みを浮かべていたのである。本人は素面で、一滴も飲んでいない。まずは囚人どもの懐から有り金を巻き上げて、祝日の最後に羽目を外そうという魂胆なのだ。

あちこちの檻房で歌が響いていた。ただし酒を飲んでいる連中はもはや朦朧《もうろう》状態になっていたので、歌はすぐに涙声になった。多くの者が外套を肩に引っかけた格好で、自分のバラライカを持って歩き回り、勢いよく掻き鳴らしている。特別檻房には八人組のコーラス隊まで登場した。バラライカやギターの伴奏で見事に歌っている。純粋な民謡は少なかった。次のような歌が一つ、威勢よく歌われたのを覚えている。

91 ヤマンはタタール語で「悪い」の意味。

若い身空で夕べは一人
お酒の席に居た私

ただしここで聞いたのは、以前には聞き覚えのない、この歌の新しい替え歌だった。歌の最後に、いくつかの文句が付け加わっていた。

まだまだ若い私だけれど
お家《うち》もきれいに片付けて
お匙《さじ》はすっかり洗い上げ
お鍋にスープのお水も入れて
ドアの柱は磨き上げ
肉まんじゅうも焼きました。

歌われた歌の大半は、ここで言うところの囚人歌であるが、しかしすべてよく知られた歌だった。その一つ『あのころは……』というのは愉快な歌で、昔娑婆にいた頃は、さんざん楽しくお大尽暮らしをしていた男が、今では監獄暮らしをしているという筋である。かつては「乳ゼリー《ブラマンジェ》にシャンパンで」味付けしていた身分なのに、今では――

キャベツと水のごちそうも
勇んでがつがつ食べまする

あまりにも有名なこんな歌も歌われていた。

ガキの頃には楽しく暮らし
自分の財産《カピタル》持っていた
若気の至りで財産《カピタル》なくし
監獄暮らしの身となった……

云々というわけである。ただしここでは財産・資本を「カピタル」とは言わず、「コピタル」と言っていた。つまり「金を貯める《コピーチ》」という言葉から派生したことになっているのだ。わびしい歌も歌われていた。一つは純粋に懲役囚の歌だが、これもまたよく知られているらしい。

天の光が輝き渡り
太鼓が夜明けを告げ知らす
囚人頭が扉を開けりゃ
看守が点呼にやってくる

壁に隠れて外には知れぬ
獄《ここ》の暮らしの有様は
ただ神様のご加護によって
獄《ここ》でも滅びることはない

以下続く

もう一曲はさらに陰々滅々とした調子だったが、節回しが秀逸で、おそらくどこかの囚人の作であろう、甘ったるくてしかもかなり稚拙な歌詞が付いていた。中で今思い出せるのはいくつかの詩句だけである。

二度と再び見ないだろうさ
自分の生まれたふるさとを
無実の罪を背中にしょって
生涯果てぬ刑務所《ムショ》暮らし

屋根のミミズク寂しく鳴けば
森に木霊《こだま》が行き渡る
胸のうずきは高まるばかり
故郷と切れた俺だから

この歌はここではよく歌われたが、合唱ではなくて一人で歌うのだった。よく休みの時間などに誰かがふっと檻房の入口階段に出て行って、腰を下ろして物思いにふけり、頬杖を突きながら高いファルセットで朗々と歌うのだった。聞いていると、なぜだか胸が張り裂けそうになる。監獄の歌い手は良い声をしているのだ。

そうこうしているうちに、やがて夕暮れが迫ってきた。飲んで浮かれていた者たちの間にも、哀愁と憂悶と朦朧《もうろう》がどんよりと漂っている。一時間前にはにこにこ顔だった者が、飲み過ぎたあげく、今ではどこかで涙にむせんでいた。すでに二度ほど、とっくみあいの喧嘩をした者たちもいた。また別の者たちは、真っ青な顔で立っているのもやっとという有様で、房から房へとふらついて回りながら、あちこちでもめごとを起こしていた。もっと穏やかな酔っぱらいたちは、胸襟を開いて酔いの憂さを泣きはらそうと、むなしく相手を捜している。かわいそうに、誰もがせっかくの降誕祭を楽しみ、陽気にすごそうとしていたのに、どうしたことか、ほとんど全員にとってなんとも切なく、やるせない一日になってしまったのである。誰もが、まるで何かの期待を裏切られたような顔をしていた。

ペトローフはもう二度ほど私のところに駆け込んできた。彼は一日中ほんのちょっぴりしか酒を口にせず、ほぼ完全に素面で通した。ただそうして最後の一時間までじっと何かを待ち受けていた。きっと何かが起こるだろう、何かしら並外れた、祝日らしい、わくわくするようなことが起こるはずだと、じっと待ち受けていた。口にこそ出さなかったが、目を見れば明らかだったのだ。彼は飽きることなく檻房から檻房へと行き来していた。だが何も特別なことは起こらず、目に入るのはただ酒盛りばかり、しどろもどろの罵り合いと、飲みすぎで頭のいかれた連中ばかりだったのである。

シロートキンもまた新しい赤いルバシカを着てすべての房を巡り歩いていた。美男でこざっぱりとした彼も、同じくただ静かに、純真に、何かを待ち構えているかのようだった。次第に檻房の中がやるせない、うんざりするような雰囲気になってきた。もちろんいろいろ滑稽なこともあったのだが、私にはどうも誰も彼もがなんだか寂しげな、哀れな存在に思えて、彼らの中にいることが切なくて息苦しくなってきたのである。

ふと見ると二人の囚人が、どちらがおごるかで言い争っている。どうやら言い争いはすでに長く続いていたようで、その前には喧嘩状態だったらしい。とりわけ一方がもう一方に対して、ずっと以前から何か根に持つところがあるようだった。その男はろれつのあやしい口調で文句を並べ、相手が汚いまねをしたことを懸命に論証しようとしている。半外套を勝手に売り払われたとか、いついつにこれこれの金を隠されたとか、去年の謝肉祭のときにどうしたこうしたとかといった話だ。ほかにもまだ何か含むところがあるようだった……。

責めているほうは背の高い、筋骨隆々とした青年で、なかなか賢くておとなしい性質《たち》だが、ただし酔っぱらうと、やたらと馴れ馴れしくなって悩みを打ちあけたがるほうだ。こうして相手を罵り、あれこれ要求しながら、あたかも雨降って地固まるの伝で、あとですっかり仲直りする気でいるらしい。もう一方はずんぐりとした頑丈そうな体格で、背は低くて丸顔、老練で世慣れた感じの男だった。こちらのほうがもしかしたら相手よりも余計に飲んでいるかもしれないが、酔いの程度は浅かった。意志の強い男で金持ちだという評判だったが、今はなぜだかくだを巻いている連れを刺激しないほうが都合がよいらしく、相手を酒屋に連れて行こうとしているところだった。相手はしきりに「仮にもお前が正直な人間ならば」、自分に酒を振る舞う義理と義務があるのだと主張している。

酒屋は、スポンサーの男のほうはある種の敬意を込めて迎えたが、くだ巻き上戸《じょうご》の連れのほうは、自分の金で飲まずにおごってもらおうとしているというので、若干軽蔑気味にあしらい、酒を出してきて茶碗に注いだ。

「やっぱりな、スチョープカ、お前はこうして当たり前なのさ」自分の言い分が通ったのを見てくだ巻き上戸のほうが言った。「お前には貸しがあるんだからな」

「ああそうかい、俺のほうはもうお前と無駄口ひとつきくのもごめんだね!」スチョープカは応じる。

「いや、スチョープカ、そいつは了見違いさ」連れは酒屋から茶碗を受け取りながら言い張る。「何たってお前は俺に金を借りているんだから。まったくお前には良心もねえし、目玉だって自前じゃなくて借り物じゃねえか！　お前はろくでなしだよ、スチョープカ、本当にろくでなしの一言《ひとこと》さ！」

「何をめそめそ泣いていやがる、酒をこぼしているじゃねえか！　せっかくありがたい酒をもらったんだ、ちゃんと飲みやがれ！」酒屋がくだ巻き上戸を怒鳴りつけた。

「朝まで面倒見る気はねえからな！」

「ああ、飲むから、そう怒鳴るなよ！　降誕祭おめでとう、ステパン・ドロフェーイチ！」茶碗を両手で持ったまま、彼はつい今し方ろくでなし呼ばわりしたスチョープカに向かって、軽く一礼して丁寧な口調で挨拶した。「達者で百年長生きしてくんな。これまで生きた分は勘定に入れずにな！」ぐいと飲み干すと、一つ喉を鳴らして口元をぬぐう。「昔はな、兄弟衆よ、こうしていくらでも酒をあおったもんだ」ふと真顔になってそう言った彼は、特に誰に向かってというわけでもなくみんなに話しかけるような調子だった。「だが今じゃもう、俺も年貢の納めどきか。ありがとうさんよ、ステパン・ドロフェーイチ」

「礼を言われる筋合いはねえや」

「だからな、スチョープカ、いつもいつも同じことをお前に言っているじゃねえか。

お前はただろくでなしなだけじゃねえ、はっきり言うが、お前はな……」

「なに、こっちから言ってやるよ、お前は飲んだくれのくず野郎さ」堪忍袋の緒を切らしたスチョープカが相手を遮《さえぎ》って言った。「耳をかっぽじって、一言一言よおく聞きゃあがれ。お前に世の中の半分をくれてやらあ。世界の半分はお前のもん、後の半分は俺のもんだ。だからとっとと失《う》せて、二度と俺の前に顔を出すんじゃねえ。うんざりしたぜ！」

「じゃあ、金は返さねえつもりか？」

「このうえなんの金だ？　この酔っぱらいめ」

「畜生め、あの世でのこのこ返しに来やがっても、受け取ってやらねえからな！　俺たちの金は働いた金だ、汗水垂らして、マメまで作って稼いだ金だぜ。きっとお前はあの世でも、俺の五コペイカ玉を持って路頭に迷うぜ」

「お前こそさっさと地獄に堕ちやがれ」

「何をせかしやがる。まだ支度ができていねえぜ」

「さあ、行った、行った、行った！」

「ろくでなしが！」

「囚人野郎め！」

こうしてまた、酒をふるまう前よりもっとひどい罵り合いが始まるのだった。またこちらの寝床の上には、ぽつんと二人組が座り込んでいる。一人は背が高くがっしりと肉付きがよくて、まさに肉屋そのもの。顔も赤ら顔である。何か感じるところがあって、泣きそうになっている。もう一人はいかにもひ弱そうなやせ細った男で、細長い鼻は、その先から何かが滴っているかのよう、豚のように細く小さな目は地面を向いていた。これは政治向きのことに通じた教養のある男で、かつて書記官をしていたという。だから相手を幾分見下していて、こちらはそれを内心ひどく不快に思っていた。二人は一日中一緒に飲んでいたのだ。

「あいつは俺に向かって手を上げやがったんだぜ！」肉付きの良い男は声を張り上げて、左手でつかんだ書記の頭を激しく揺すぶった。「手を上げやがった」というのは殴ったという意味だ。肉付きの良い男はもと下士官で、やせっぽちの仲間を内心羨んでいた。それでこの二人はそれぞれお互いの前で、しゃれた言い回しを使って気取ってみせているのだ。

「言っておくが、あんたも間違っている……」書記は断定口調で言った。頑なにも目を上げて相手を見ようとはせず、もったいぶったように床を見据えている。

「あいつは俺に向かって手を上げやがったんだ、わかったか！」友の言葉を遮って、相手の体を余計に揺すぶりながら最初の男は言った。「今の俺には、世界中でお前一人しか残っていない、わかったか？　だからお前にだけ言う――あいつは俺に向かって手を上げやがった！……」

「じゃあ、こちらももう一度言おう。そんな稚拙な言い訳はな、いいか、あんたの頭の悪さをさらすだけだよ！」調子の高い丁寧な声で書記は反論する。「いっそ認めたほうがいいよ、あんた、そうして酔っぱらうのも、みんなあんた自身の芯が定まっていないからだって……」

肉付きのよい男はちょっと後ずさり、ぼんやりとした酔眼で得意顔の書記を見据えると、突如、まったく思いがけずも、巨大な拳骨で書記の小さな顔を力一杯殴った。これで一日がかりの友情が終わりを告げた。親愛なる友は意識を失って板寝床の下に飛んでいったのである。

そのとき我々の檻房に、特別檻房にいる私の知り合いが入ってきた。底抜けにお人好しの陽気な男で、人をからかっても憎まれないような、とびきり純朴そうな外見をしている。これは私の監獄での第一日目に、炊事場で食事時に金持ちの百姓を捜していた人物で、自分にも「誇りというものがある」と言いながら、私のお茶をたらふく飲んだものだった。[92] 年格好は四十くらい、唇が異様に厚く、大きくて肉付きのいい鼻はニキビだらけだった。両手に抱えたバラライカの弦を、弾くともなく爪弾いている。この男の後から、ひどく背が低くて頭だけ大きな囚人が腰巾着のように付いてきたが、これは私とはほとんどつきあいのない男だった。この男にはしかし、誰一人何の注意も払わなかった。なんだか一風変わっていて用心深く、いつもまじめな顔で黙りこくっているような人間である。作業に行く先も縫製工場で、いかにも独立独歩、誰とも関わらずに生きようといった気配を漂わせていた。それが今は酔っぱらって、影のようにヴァルラーモフにへばりついている。しかもひどい剣幕で相手に追いすがり、両手を振り回しながら、拳骨で壁やら寝床やらを殴りつけ、ほとんど泣き出さんばかりである。ヴァルラーモフのほうは、そんな男につきまとわれている気配も見せず、いっこうに気にしていないようだった。おもしろいことに、これまでこの二人の間にはほとんど何の接触もなかった。仕事も別なら性格にも共通点はない。おまけに作業の班も違えば住んでいる房も違っていたのである。小柄な囚人の名はブルキンといった。

ヴァルラーモフは私を見つけると、歯をむき出してにやっと笑った。私は暖炉のそ

92 本書第二章のエピソード。

ばの自分の寝板の上に座っていた。彼は私から離れたところで立ち止まり、何か考えていたが、急にぐらりとよろめいて、そのまま千鳥足で近寄ってくると、伊達男風に腰に手を当てて上体をぐっと反らせるポーズを決め、それから静かに弦を爪弾きながら、軽くブーツで拍子を取って、叙唱調《レチタティーボ》で一節語った。

ふくよかな雪色《ゆきじろ》の頬
歌声は小鳥のごとし
愛《いと》し娘よ
艶やかな繻子《しゅす》のドレスの
襞《ひだ》飾り心ときめく
麗《うるわ》し娘よ

どうやらこの歌を聞いて、ブルキンは堪忍袋の緒を切らしたようだ。彼は両手を振り回し、みんなに向かって叫んだ。
「全部嘘だ、みんな、こいつの言うのは全部嘘だぞ！　一言だって本当のことは言いやしねえ、何もかも嘘ばっかりだ！」

「ゴリャンチコフの爺様に捧げる歌で！」ヴァルラーモフは小狡い笑みを浮かべて私の目をのぞき込みながらそう言うと、接吻でもしそうなほど間近に顔を寄せてきた。だいぶできあがっている。「〜の爺様」という表現は「わが敬愛する〜さん」という意味合いで、シベリア全域で庶民が使っている。たとえ二十歳《はたち》の人間相手でも、こういう呼び方をしてかまわない。「爺様」という言葉は、なにか目上の者を立てるような、恭《うやうや》しい気持ちを表し、場合によってはおだてるようなニュアンスがある。

「おやおや、ヴァルラーモフ君、元気かい？」

「まあ、なんとかその日暮らしでやってますさあ。今日はせっかくの降誕祭だから、うれしくて朝から酔っぱらっていますがね。どうか許してやってくださいよ！」

ヴァルラーモフの言葉には歌うような調子が混じっていた。

「あれも全部嘘だ、また嘘ばっかりついてやがる！」

ブルキンが何かやけになったように片手で寝床を殴りつけながら怒鳴った。しかし怒鳴られたほうは、あたかも相手を完全に無視すると決めたかのように、一顧だにしない。そこにはなんともいえぬ滑稽みがあった。ブルキンのほうは、もう夜が明けるなりずっと、闇雲に相手にへばりついて離れようとしなかったが、それというのも、なぜだか知らないがヴァルラーモフが「嘘ばっかりついている」と思いこんでいたからである。まるで影のように相手の行くところについて回り、相手が言う一言一言に口をさしはさみ、両手をもみしだき、すりむいて血が出るほど壁やら寝床やらを殴りつけては、見るからにヴァルラーモフが「嘘ばっかりついている」という確信のゆえに苦しんでいるのである。もしも坊主頭でなかったら、たぶん嘆きのあまり自分の髪をむしり取っていたことだろう。まるでヴァルラーモフの振る舞いに関する責任は自分にある、ヴァルラーモフのあらゆる欠点は自分の良心の問題だ、とでも言うかのような態度である。にもかかわらず、相手はこちらを振り向きさえしないのであった。

「嘘ばっかりだ、嘘ばっかりだ、嘘ばっかりだ！　一言一言、全部でまかせじゃねえか！」ブルキンが喚いている。

「それがお前にどうしたってえんだよ！」囚人たちがにやにやして言い返す。

「実を言いますとね、ゴリャンチコフさん、俺も昔は結構な男前で、娘っこたちによくもてたもんで……」突然出し抜けにヴァルラーモフがしゃべりだした。

「嘘だ！　また嘘をついてやがる！」ブルキンがほとんど金切り声になって遮ろうとする。

囚人たちは大笑いである。

「俺のほうでも、娘っこたちの前で格好をつけたもんですよ。真っ赤なルバシカにビロードのズボン、まるでどこかの酒瓶《ブティルキン》伯爵さながら、つまりスウェーデン人みたいに酔っぱらってごろんと横になっているという寸法で。早い話が、やりたい放題ってやつですよ！」

「嘘だ！」ブルキンがきっぱりと言い放つ。

「その頃俺には親父からもらった二階建ての家がありました。石造りでね。ところが二年ばかりの間に一階も二階も全部手放しちまいましてね、手元に残ったのは柱もない門扉だけです。いやはや、金というやつは鳩と同じで、飛んできたかと思うとまた飛んでいってしまうんですね！」

「嘘だ！」ブルキンがさらにきっぱりと言い放つ。

「結局はこうして正気に戻ったもんで、この監獄の中から親父とお袋に泣きの涙で手紙を書きましたよ。いくらか送ってくれるかもしれないと思って。でもね、俺も親の言いつけを聞かずに、さんざん叱られてきましたからね。親のありがたみがわからなかったんですよ！　だから、もう、手紙を書いて足かけ七年になりますが」

「返事がないんだね？」私は笑ってたずねた。

「ええ、さっぱり」そう答えると彼は急に自分も笑いだして、鼻先をぐいぐいこちらの顔に寄せながら言った。「実はね、ゴリャンチコフさん、俺はここに情婦《おんな》がいるんですよ……」

「君に？　情婦が？」

「オヌフリエフのやつにさっきも言われたんですよ。『俺の女はあばたで器量も悪いが、その代わり服はいくらでも持っている。お前のは器量よしだが、乞食女で、ずだ袋を下げて歩いているじゃねえか』ってね」

「それは本当かい？」

「ええ、確かに乞食女でさあ！」

そう答えて彼は声にならない笑いを漏らした。檻房の中でも笑いが起こった。実際、この男がどこかの乞食女とできていて、しかも半年でたったの一〇コペイカしか払っていないというのは、周知の事実だったのだ。

「ふうん、それがどうしたというんだね？」そろそろやっかい払いしたくなって、私はたずねた。

彼はちょっと口ごもり、へつらうような目で私を見つめてからそっと言った。

「そんなこんなで、心を慰めるための酒半瓶でも、一つお恵みいただけねえでしょうか？　だって俺は、ゴリャンチコフさん、今日はずっと茶ばっかり飲んでいたもんで」金を受け取ろうとしながら、彼はさもうれしそうに言った。「すっかり茶腹ができあがっちまって、息切れはするわ、腹は瓶みたいにチャプチャプいうわでして……」

ヴァルラーモフが金を手に入れようとしている間に、どうやらブルキンの道徳的な憤りが限界に達したようだ。身も世もないような絶望の身振りをする彼は、ほとんど泣き出しそうだった。

「なあみんな！」檻房にいるすべての囚人に向けて、彼は怒り狂った声で叫んだ。「この男を見てくれ！　いつも嘘ばかりついてやがる！　たとえ何をしゃべろうと、全部、全部、全部嘘ばっかりだ！」

「だからなんだよ？」彼の剣幕に驚いて囚人たちは怒鳴り返した。「お前もわからねえやつだなあ！」

「もう嘘はつかせねえ！」目をぎらぎらさせ、拳骨に全力を込めて寝床を殴りつけながらブルキンは叫んだ。「こいつの嘘が気にくわねえんだ！」

みんなはゲラゲラ笑っている。ヴァルラーモフは金を受け取ると、ぺこぺこお辞儀をして、気取ったポーズをとりながら、急いで房を出て行こうとした。目指す先はもちろん酒屋である。そしてそのとき初めて、彼はブルキンに気がついたようであった。

「さあ、行くぞ！」敷居の上で立ち止まると、ちょうど何かのことでこの相手を必要としていたかのように声を掛けた。「この頭でっかちが！」

しょんぼりしたブルキンを先に行かせながら、いかにも馬鹿にしたようにそう付け加えると、彼はまたバラライカを爪弾きだした……。

だが、このらんちき騒ぎを描いていったい何になろう！　とうとうこの息詰まるような一日も終わろうとしているのだ。囚人たちも寝床の上で重苦しい眠りに就こうとしていた。眠りながら彼らは、普段の日よりも激しく寝言を言い、悪夢にうなされる。どこかその辺でまだ賭場を囲んでいる者もいる。長く待ちわびた降誕祭が過ぎたのだ。明日はまた平日で、また作業に出ていくのである……。

第十一章　芝居

降誕祭週間の三日目の晩に、監獄の舞台の初演が行われた。準備にはおそらく大変な手間がかかったと思われるが、それは役者たちが全部自分で引き受けたので、いったいどこまで進んでいるのか、いま何が行われているのか、部外者は誰も知らなかった。どんな演《だ》し物があるのかさえ、よくわかっていなかったのである。この三日間ずっと、役者たちは作業に出るたびに、貪欲にありったけの衣装をかき集めてきた。例のバクルーシンは私と会うと、ひたすら満足そうに指を鳴らしたものだ。

どうやら少佐殿もまた、ご機嫌麗しいようだった。とはいえ、果たして少佐が芝居のことを知っているのかどうか、我々にはまったくの謎だった。もし知っていたのだとすれば、正式に許可を出したのだろうか、それともどうせ囚人のやることだと見くびって、ただしもちろん、努々《ゆめゆめ》秩序を乱さぬようにと念を押した上で、黙認することに決めたのだろうか？　思うに、少佐は芝居の件を知っていた。知らなかったはずはない。ただ、もし禁止でもしようものなら、囚人たちが狼藉を働いたり、酒を飲んで暴れたりと、なおさら面倒なことになるかもしれないから、いっそ何かさせておいたほうがよほどましだとさとって、横槍を入れるのをためらったのだ。もっとも、私がこんな風に少佐の考えを推測するのは、ただ単にそれが一番自然な、一番まともでかつ良識的な考えだからである。極端に言えば、もしも囚人たちが降誕祭週間に、芝居か何かそれに類した催し物を思いつかなかったとしたら、当局の側で何か企画してやる必要があるくらいなのだから。

ただし、うちの少佐という人間は、他の人間とは完全に正反対の思考形式を誇る人物ゆえに、彼が芝居の件を知っていながら許したのだという私の推測が、まったく外れていたとしてもおかしくはない。この少佐のごとき人間は、至るところで誰かを抑圧し、何かを取り上げ、誰かの権利を奪っていなくては気が済まない。つまりいつもどこかで管理統制をしていたいのだ。この点では彼は町中に名を馳せていた。だとすれば、まさに芝居を禁じたせいで監獄に騒動が起こったとして、それが彼にとって何だというのか？ 騒動に対しては罰則がある（という風に少佐のような人間は考える）悪辣な囚人どもに対しては厳格な態度で臨み、不断に、文字通りに法を執行すべし——それこそが必要なことのすべてなのだ！ こうした無能な法の執行人たちは決して理解しようとしないし、また理解する力がない——法の意味、法の精神をわきまえず、単に法を文字通り執行したりすれば、不可避的に暴動が起きるし、これまでも必ずそういう結果になってきたのだということを。「法にはこう書いてある。この上何が必要なのか？」そう言う者たちは、法に加えてさらに良識的な判断力と冷静な頭脳が必要だと聞くと、心底びっくりするのである。特にこの冷静な頭脳というやつは、彼らの多くにとって、役にも立たぬ腹立たしい贅沢品であり、邪魔でやっかいな代物と感じられるのだ。

しかしともかく、主任下士官は囚人たちをとがめだてしようとはしなかったし、囚人たちの側はそれで十分だった。断言するが、降誕祭週間に監獄で何一つ深刻な不祥事が起こらなかったのも、ひとえに芝居のおかげであり、また芝居を許可してもらったことへの感謝の念のおかげなのだ。まったく一度としてたちの悪い喧嘩もなければ、盗みもなかった。私はこの目で見たが、羽目を外し過ぎたり喧嘩を始めたりする者がいると仲間がなだめにかかる。その口実はただ一つ、騒ぐと芝居が禁止されるからというのであった。下士官は囚人たちに、万事静粛に行い、素行を正しくするという約束をさせた。皆は喜んで承知して、その約束を大事に守った。自分たちの約束を信じてもらえたことで、また大いに気を良くしたのである。

ただし正直な話、芝居を許可するのは監督官にとって造作もない、何のリスクも伴わぬことだった。別にあらかじめ場所が仕切られているわけではなかったし、舞台そのものは十五分もあれば組み立ててまたバラすことができる。上演時間はほんの一時間半ほどで、もし急に上のほうから上演中止の命が下ったりしても、一瞬で片付けてしまえただろう。衣装は囚人の長持に隠してあったのだ。しかし舞台の仕組みや衣装の様子を語る前に、まず芝居の演目、つまりどんな演し物が予定されていたかを紹介しよう。

そもそも紙に書いたポスターというのは存在しなかった。ただ、最初の上演のときからわざわざ囚人芝居に足を運んでくれた将校連など、いわゆる上客たちがいたので、二回目三回目の上演の際には、バクルーシンがそうした客用に作った手書きのポスターが一部だけ出現した。そんな上客の中の常連が当直の衛兵将校だったが、一度などは巡察将校までもが巡回ついでに顔を出した。同じく工兵将校も一度来てくれたことがある。まさにこの種の客が来たときのために、ポスターが作られたのである。監獄芝居の評判は要塞の端々まで轟《とどろ》きわたるばかりか、町にも広まるものと思われていた。町には劇場がなかったからなおさらである。かつて一度、素人芝居が催されたことがあったが、それっきりで終わったそうだ。囚人たちは子供のようなものだから、ほんのささやかな成功もうれしくてたまらず、鼻に掛ける者もいた。

「これはひょっとすると」と囚人たちは密かに思い、また互いに語り合ったものだ。「一番のお偉方まで小耳に挟んで、見物に来るかもしれないぞ。そうなれば、ここにどんな囚人がいるのかわかってもらえるだろう。俺たちの芝居は、案山子《かかし》が出たりボートが動いたり、熊だの山羊だのが歩き回ったりするような、ただの兵隊芝居とは違う。役者が、本物の役者が、貴族様流の喜劇《コメディー》を演《や》るんだからな。こんな芝居は町にはないさ。話では、あのアブローシモフ将軍の家で一度芝居をやったとか、これからもやるとかいうことだが、だとしても、あっちが勝つのはせいぜい衣装ぐらいなもんだ。ところが、せりふときたら、うちの芝居にかなうはずがないぜ！　ひょっとして知事様のところまで伝わるかもしれん。そうして、まかり間違って、知事閣下が直々に見物をご所望てなことになるかもな。なにせ町には芝居小屋がないんだから……」

　早い話、囚人たちの空想は、とりわけ最初の公演が成功した後、降誕祭週間の間にどんどんふくらんでいって、ついには報奨金が出るだとか、作業期間を縮めてもらえるだとかという話にまでなっていた。しかも同時に、そういう本人たちがすぐに自分の浮かれぶりを、あっけらかんと笑いものにしていたのだ。要するに彼らは皆子供であった。中には四十面を下げた者もいたが、皆他愛ない子供だったのである。

　ポスターがないにもかかわらず、私はすでに予定されていた演目の概要を知っていた。最初の芝居は『フィラートカとミローシカ、恋のさや当て』[93]というのだった。バクルーシンはまだ上演の一週間も前から、自分が演じるフィラートカの役はかのサンクト・ペテルブルグの芝居でも見たことがないほどの名演になるでしょう、と私に向

93　一八三〇年代からペテルブルグのアレクサンドリンスキー劇場で演じられていたヴォードビル。副題『四人の婿に嫁一人』。

かって自画自賛していた。彼はあちこちの檻房を回っては、遠慮も恥じらいもなく自慢しまくっていたが、それがまたいかにも無邪気な様子だった。時には出し抜けに何か「芝居風に」、つまり自分の役の一部を演じて見せることもあって、そんなときは滑稽な演技であろうがなかろうが、皆がどっと笑うのである。とはいえ、このような場合でも、囚人たちがちゃんと自制を働かせて自分の威信を保つすべを心得ていたのは認めざるを得ない。バクルーシンの振る舞いや来《きた》るべき芝居の話に拍手喝采しているのは、自制のきかない一番若手の、嘴《くちばし》の黄色い連中か、あるいはもっとも貫禄盛りの囚人ばかりだった。後者の場合は、もはや揺るぎない権威が確立しているので、どんな感情であれ自分の感じたままを率直に表すことをためらう理由がない。たとえそれがもっとも素朴な（つまり監獄の考えでは一番みっともない）質の感情であってもかまわないのである。その他の者たちは、噂話であれ議論であれ、ただ黙って聞いているばかりで、確かに非難も反論もしはしなかったが、芝居についての噂話にも極力熱くならずに、ある意味では見下したような態度を取ろうと努めていた。ただ、いよいよ時も迫って、いざ芝居の当日という頃になって、皆がにわかに関心を示しだしたのだった。「一体何をやるつもりなんだ？」「みんなの調子はどうだ？」「少佐の様子は？」「一昨年みたいにうまくいくのか？」といった調子である。バクルーシンは私に、役者陣は皆粒選《つぶよ》りで、それぞれが「はまり役」だと請けあった。幕まで用意されているというし、フィラートカの花嫁役はあのシロートキンが演ずるという。

「ひとつご自分の目で見てやってくださいよ、あいつに女の格好をさせたらどうなるかを！」

目を細めて舌を鳴らしながら、彼はそう言うのだった。善良な地主夫人役はフリルのドレスにケープ、手には傘といった出《い》で立ちだし、善良な地主は肩章の付いた将校のフロックコートをまとい、細い杖を持って登場するという。

次の演目も同じく劇で、『大食漢のケドリール』というのだった。この題名に私は大いに興味を覚えたが、どんな劇かといくらたずねても、何一つ前もって知りえたことはなかった。わかったのはただ、戯曲のテクストが書物に載っていたのではなく「写し」だということ、その持ち主が郊外に住んでいるさる退役下士官で、当人がたしか、かつてどこかの兵隊芝居でこの戯曲の上演に参加したことがあるということだけだった。実際、我が国の僻遠《へきえん》の町や県には一種独特な劇の演目があって、それはどうやら誰も知る者がなく、ひょっとしたらかつてどこにも印刷されたことがないくせに、どこからかひとりでに現れて、ロシアのある一帯の地域のすべての民衆劇にとって欠かすことのできない要素になっているのである。

ここで私はあえて「民衆劇」という言い方をした。実際、誰か我が国の奇特な研究者が、民衆劇に関する新しい、従来よりも一層綿密な研究をしてくれたらと、切に切に願うものである。民衆劇というものは確かに存在しているし、しかもおそらく決してあなどれないものだからである。この後自分が監獄芝居で見たものが、すべて仲間の囚人たちの考え出したものだなどとは信じたくない。そこには必然的に伝統の継承があり、古い記憶によって代々受け継がれていく、ある決まった型や考え方があるはずなのだ。そうしたものを見つけようとしたら、兵隊だとか、工場のある町の工員だとか、さらには聞いたこともないような小さな町の住民等に当たってみるしかない。村や県都の大きな地主屋敷の使用人たちの間にも、同じくそうしたものが受け継がれている。むしろ多くの古い演目が、手書きの写しでロシア中に広まっていったのは、ほかならぬ地主屋敷の使用人たちのおかげだとさえ、私は思っているのだ。かつての古い家柄の地主やモスクワの貴族たちは、農奴の役者からなる自前の劇団を持っていた。そしてまさにそうした劇団の中に、疑いようのない特徴を持つ我が国の民衆演劇芸術の出発点があったのだ。

ところで『大食漢のケドリール』について言えば、私の願いも虚しく、事前に何一つ知り得たことはなかった。わかったのは唯一、舞台に悪霊が現れて、ケドリールを地獄へとさらっていくということだけである。しかし、ケドリールとは一体どんな意味なのか、ひいてはなぜキリールではなくて、ケドリールなどというのか？　語源はロシア語なのか、それとも外国語なのか？——私にはどうしても突き止められなかったのである。[94]

最後には『伴奏付きパントマイム』が演じられると告げられていた。もちろんすべて大変に興味深い。役者は全員で十五名で、そろって元気な勇ましい連中である。彼らはこっそりと活動し、稽古も時には獄舎の裏手でやるという調子で、ひたすら静かに身を隠していた。早い話が、何か尋常でない、予想外のことをしでかして、我々みんなをびっくりさせてやろうとしていたのである。

普段監獄の門限は早く、夜になるとすぐに扉が閉まった。ところが降誕祭週間の祝日は例外で、消灯の太鼓が鳴るときまで閉まらなかった。これはそもそも、芝居のための特別措置だった。祝日が続く間、たいてい毎日夕刻前に、監獄から当直将校のも

94　本訳の底本としたソ連版ドストエフスキー三十巻全集第四巻の注によれば、この戯曲のもとは『ドン・ヤンとドン・ペドロについての喜劇の断片』という十七世紀か十八世紀の戯曲で、ドン・ペドロという（おそらくスペイン語の）主人公名が、演じられているうちにペドリーロ、さらにケドリールへとなまったという。キリールはスラブ地域で一般的な男の名。

とに使いを出して、「芝居をご許可いただけますように、また、閉門時間をなるべく遅らせてくださりますように」と折り入って頼み込み、重ねて、「昨晩も芝居があり、長く門扉が閉ざされませんでしたが、何の不始末も生じませんでした」と付け加えるのである。

当直将校のほうはこう考える――「昨夜は実際、不始末はなかった。本人たちが約束するからには、今夜も無事だろう。つまり自分たちのことは自分たちで管理すると言っているわけで、それほど確かなことはないからな。それどころか、もしも芝居を許可しなかったら、ひょっとして腹いせにわざと不届きなことをしでかして、看守たちを困らせるかもしれない（とにかく懲役囚だから、何をするか知れたもんじゃないぞ！）」

さらにはこんな思惑もある――「当直の仕事は退屈だが、芝居があれば別だ。それもただの兵隊芝居ではなくて囚人芝居だ。囚人というのはおもしろい連中だから、見物するのは楽しかろう。当直将校には常に見る権利があるからな」

巡察将校がやってきて「当直将校はどこだ」と聞いたら、「囚人の点呼をして檻房を閉めるために、監獄へ行かれました」と答えればいい。まっすぐな返事が、そのまままっすぐな理由づけになっている。そんな調子で当直将校たちは、降誕祭週間の間毎晩芝居を許可し、消灯の太鼓が鳴るまで檻房を閉めなかった。囚人たちのほうもあらかじめ、当直のほうからは何の横槍も入らないと知っていたので、安心していられたのである。

六時を過ぎた頃ペトローフが誘いに来たので、二人連れだって芝居に出かけた。我々の檻房の者はほとんど全員が出かけることになり、残ったのはチェルニーゴフの古儀式派が一人とポーランド人たちだけだった。ポーランド人たちがようやく重い腰を上げて芝居小屋を訪れたのは、もはや最後の、一月四日の公演のことだったが、それも芝居は上出来で愉快で、しかも安全だからと、さんざん説得されたあげくのことだった。ポーランド人たちの警戒心も囚人たちには別に気にも障らなかったようで、一月四日には彼らもごく丁重に迎え入れられた。一番の上席へ案内されたほどである。チェルケス人たち、それにとりわけイサイ・フォミーチは、監獄の芝居を心の底から楽しんでいた。イサイ・フォミーチは毎回の観劇のたびに三コペイカの金を払っていたが、最後の回には寄付の皿に一〇コペイカも載せて、至福の表情を浮かべていたものだ。役者たちは客から自由な額の寄付を募って、芝居の経費と自分たちの「活力費」に当てようと決めたのである。ペトローフは私に向かって、芝居小屋がたとえどんなに満杯であろうと、あんたは最上席へ通されるよと請け合ったが、その根拠は、ほかの者より金回りが良いから寄付も多いだろうと見込まれているからであり、おまけに彼らよりもよく物事がわかっているからというのだった。実際これはその通りになったのだが、まずは客席の様子と芝居小屋の構造を説明しよう。

芝居小屋になった軍事犯の檻房は、奥行きが約十五歩分あった。内庭から入口階段を上がり、入口階段から玄関へ、そこからさらに檻房へという仕組みになっている。この細長い檻房はすでに述べたとおり特別な作りになっていて、板寝床が壁伝いに並んでいる結果、中央に何もない空間が残っている。このうち玄関や入口階段に近いほうの半分が観客席になり、残った奥の半分が、舞台になっていた。この奥のほうは、もう一つ別の檻房へとつながっているのだった。

何よりもまず私が驚いたのは幕だった。部屋全体を横切る形で、全長十歩分ほどの幕が掛かっていたのだ。たいそう豪勢な作りで、確かに驚くに値する代物だった。しかも油彩の絵が一面に描き込まれ、樹木や四阿《あずまや》や池や星が表現されていた。幕の材料は、囚人たちがそれぞれできる範囲で拠出した足巻き布やシャツなど、新旧の麻布を、なんとか一枚の大きな布切れに縫い上げたもので、一部布が足りない部分は紙が使われていた。これもまたいろいろな事務所や役所から一枚一枚もらい受けてきたものである。これに色を塗り絵を描くのには、例の自称ブリュローフたるAを筆頭とした囚人画家たちが一役買った。その効果たるや驚くべきものだった。この豪勢な幕には もっとも気むずかしくて口やかましい囚人たちも大喜びで、芝居が始まる頃には、頑固な連中も一番夢中になって待ち望んでいた連中と同じく、一人残らず子供のように狂喜乱舞していた。皆が大満足、それも自慢の混じった満足ぶりだった。

照明は数本の獣脂ろうそくをいくつかに小分けしたもので行われていた。幕の手前に炊事場から持ってきたベンチが二台置かれ、そのベンチよりも前に下士官の部屋にあった椅子が三脚か四脚置かれていた。この椅子は、もし将校連の上客がやってきた場合に備えたもので、ベンチのほうは下士官や工兵書記官、作業隊長等々、監督官の仲間ではあるが将校の位は持っていないような客が顔を出したときの用意であった。この想定はまんまと当たった。祝日が続く間、よそからの訪問者が絶えなかったからだ。客が多めの晩も少なめの晩もあったが、芝居の最終日などはベンチの上に一人分の席も残らないほどの大入りだった。

このベンチ席の後ろがようやく囚人たちの見物席になっていたが、そのあたりはみんな立ち見で、外部の客に敬意を表して帽子を脱ぎ、部屋の中が人いきれでむんむんしているにもかかわらず、上着か半外套を着込んだままだった。むろん囚人席に割り当てられた場所があまりにも狭かったのである。特に後列のほうには、文字通り肩車をして見ている連中もいれば、寝床の上や舞台の袖によじ登って見ている者もおり、中にはちょろちょろと舞台の奥の別の檻房にまで潜り込んで、裏手から芝居を見ているという物好きもいた。とにかくこの檻房の手前半分の込み合いようは尋常ではなく、おそらくは、この少し前に私が浴場で経験したあの芋の子を洗うような混雑ぶりに匹敵しただろう。玄関に続く扉は開け放たれていて、零下二十度の凍えるような玄関にも、同じく囚人がひしめいていた。

私とペトローフはすぐに前方の、ほとんどベンチの真後ろの場所へと通されたが、そこは後列よりもはるかに見やすい席だった。どうやら私は、こういうにわか芝居ではない本物の劇場に出入りしたことのある、もののわかった芝居通と見なされていたようだ。バクルーシンがこのところずっと私のところに相談にきては、敬意のこもった態度で接しているのを皆が見ていて、そんなわけでこうして手厚くもてなし、上席へ通すという扱いになったのだ。囚人というのは極度に見栄っ張りの、軽薄な人種かもしれないが、しかしそれはすべてうわべのことだ。私のことだって、ろくに仕事の手助けにもならないといって、笑いものにすることもあろう。あのアルマーゾフが、雪花石膏《アラバスター》を焼く手際をひけらかしながら、我々貴族をあざ笑うのももっともだ。しかし彼らはただ我々をいじめたり、馬鹿にしたりするだけでなく、そこにはまた別の感情も混じっていた。我々はかつて地主貴族だった。つまりは元来彼らの主人にあたる階層に属した者たちであり、そうした者たちに良い思い出が残っているはずはないからである。しかし今こうして芝居の場では、彼らは私の前に道を空けてくれた。芝居に関しては自分たちよりもこの私のほうが目利きであり、経験も知識も豊富だということを認めているのだ。私を一番嫌っている連中でさえ（それが誰か私にはわかっていたのだが）今回は自分たちの芝居をほめてもらいたい一心で、見栄も沽券《こけん》も忘れて一番良い席に私を通したのだ。

今私は、あのときの印象を思い起こしながら、こんな推測を述べているのである。今でもよく覚えているが、あのとき私は感じたものだった――彼らが自分の立場を公平に判断できるのは、決して卑屈だからではなくて、むしろ自尊心を持っているからなのだと。ロシア民衆の最大の、そしてもっとも際だった特徴とは、まさにこの公平さの感覚であり、それを求める心である。自分にその値打ちがあろうがなかろうが、ところかまわず、何が何でも前へ前へとしゃしゃり出る雄鶏的な出しゃばり根性は、民衆にはかけらもない。表面を覆っている偽の殻を取り去って、中にある穀粒を注意深く、間近に、偏見なく観察しさえすれば、ある種の人は民衆のうちに思いも寄らなかったような資質を見いだすことだろう。我々のうちのいわゆる賢人たちが、民衆に教えることのできる事柄は多くはない。はっきり言うが、むしろ話は逆で、賢人たちのほうがもっともっと民衆に学ぶべきなのである。

先ほど、この芝居小屋に来る支度をしていたときに、ペトローフは無邪気な調子で言ったものだった――「あんたはきっと前のほうに通してもらえるが、その理由の一つは金払いが良いからだ」と。定額の木戸銭というものはなくて、めいめいが出せるだけ、あるいは出したいだけ出すのだ。集金人が皿を持って回ってくると、ほとんど全員が、たとえ半コペイカ玉ひとつであれ、なにがしかの金をそこに載せた。さて、仮に私を前列に案内する理由の一つが金であり、私が他の連中より多く出すだろうという見込みのなせる業だったとしても、そこにもまた計り知れぬほどの自尊心が隠れているのだ！「お前さんは俺よりも金持ちだから、前の席へ行くがいい。ここではみんな平等だが、出す金はお前さんのほうが多いだろう。つまり、役者にとってはうれしい客だ。だからお前さんは前列へ行きな。だって俺たちはみんな銭金ずくで来ているんじゃなくて、気持ちで来ているんだから、居場所も自分で仕切らないとな」――本物の、高貴なる誇りに満ちあふれた言葉ではないか！　金を大事にしているのではなくて、自分自身を大事にしているのだ。

一般に金や財産を特にありがたがる風潮は、監獄の中にはなかった。とりわけ囚人を一人一人区別せずに、集団として、グループとして見るとそれがわかる。仮に一人一人のケースを見たところで、金がほしくて卑しいまねをするような囚人は一人として見た覚えがない。中には金をねだる者もいて、私もせびられたものだ。だがそうした行為は、金そのものへの欲よりは、むしろふざけてやろう、騙してやろうという気持ちのなせる業だった。つまりユーモアが、無邪気さが勝っていたのだ。こういう言い方で理解してもらえるかどうかわからないのだが……。しかし芝居の話を忘れていた。本題に入ろう。

幕が開く前から、部屋全体が異様な、活気に満ちた様相を呈していた。まずは観客の群れであるが、ぎゅうぎゅうのすし詰め状態の中、四方八方からの圧力にひしゃげたようになりながら、皆じっと我慢して至福の笑みを浮かべ、芝居の始まりを待っていた。後方の列に至っては、人間同士が重なり合っている。多くの者は炊事場から薪を持ってきていた。壁際に太い薪をうまく立てて固定し、その上に両足で乗ると同時に前に立っている人間の肩に両手を突いて身を支え、その姿勢のまま二時間ばかりずっと立ちつづけるのである。それで自分にも自分の場所にも大満足なのだ。暖炉の登り段の下のほうに足をかけ、同じく前に立つ者たちの体にもたれながら、じっとしている者もいた。これはもう最後列の、壁際の光景である。脇のほうでは、観衆は板寝床の上にのぼり、楽師たちの頭上に身を乗り出すようにして立っていた。これは上席であった。さらに五人ばかり、暖炉の上に乗って寝転がって見下ろしている者もいたが、これはもう特等席である。反対側の壁には窓があったが、その窓仕切りの上にも、遅れて来た者や良い席が見つからなかった者たちが鈴なりになっている。誰もがおとなしく、行儀良く振る舞っていた。お偉いさんや上流の来賓の前で、良いところを見せたいのである。

どの顔も純真な期待をみなぎらせ、熱と温気《うんき》のために紅潮して汗まみれだった。これら皺だらけの、焼き印の押された額や頬に、さっきまでむっつりと不機嫌だった男たちのまなざしの内に、時折恐るべき炎を宿らせるその目の中に、今やうっとりと純真な快感に浸る子供のような、奇《くす》しき歓喜の光が浮かんでいるのだった！　全員帽子を脱いでいて、左手にいる者たちの頭は、私の目につるつるに剃られた側の半分をさらしていた。

そうこうしているうちに舞台の上が騒がしくなり、人の動きまわる気配がする。今にも幕が上がりそうだ。オーケストラが演奏を始めた……。ところでこのオーケストラについては触れておく価値がある。脇の板寝床に沿って八名ばかりの楽師が並んでいる。バイオリンが二挺（一挺は監獄にあったもの、もう一挺は要塞の中の誰かから借りてきたもので、楽師は囚人仲間)、バラライカが三本ですべて手製、ギターが二本、コントラバスの代わりにタンバリンが一張という編成だった。バイオリンはただキーキーとうるさいだけ、ギターもやくざな代物だったが、そのかわりバラライカは聴いたこともないほどの名演だった。弦を択《えら》ぶ指の運びの速さといったら、まったく絶妙な手品にも劣らないほどなのだ。演奏されたのはすべて舞踊曲だった。踊りの山場に来ると、奏者たちは指の節でバラライカの胴を叩いた。音色、味わい、スタイル、楽器の扱い、モチーフの伝え方――どれをとっても自分たち独自の、囚人風のものだった。

ギタリストの一人も楽器を見事に使いこなしていた。これは例の、父親殺しの元貴族の囚人である。タンバリンはといえば、これはまさに至芸で、指の上でくるくる回したかと思えば、親指で皮の表面を擦ってみせ、高らかに単調な連打を響かすかと思えば、突然その強烈で明晰な音がまるで豆でも散らすように、カラカラシュッシュッという無数の小さな音となって散っていくかのようだった。最後には、さらに二台のアコーディオンまでが登場した。正直な話、私はこれまでこの素朴な民衆の楽器にどんな可能性があるのか、わきまえていなかった。ところが音の協和ぶりも、呼吸の合わせ方も、そして何より大事な精神、つまりモチーフの本質の理解や伝達のあり方も、ただただ見事なのであった。陽気で勇壮なロシアの舞踊歌の、いったいどこが限りなく陽気で勇壮なのか、このとき私は初めて理解した。

とうとう幕が開いた。皆がもぞもぞと身を動かし、片方の足から別の足に重心を移し、後列の者たちは爪立《つま》ちになった。誰か薪から落ちた者がいる。皆が一様に口を開け、目を見張り、完全な沈黙が支配した……。芝居が始まったのである。

私のすぐ脇にアリが立っていた。兄弟とその他のチェルケス人もそろって一つの集団になっている。彼らは皆芝居がすごく好きになってしまって、この後も毎晩やってきた。総じてイスラーム教徒とかタタールとかの者たちは、私が何度か気づいたところでは、見せ物なら何でも大好きだった。彼らの脇にイサイ・フォミーチも潜り込んでいたが、見受けたところ、幕が開いたとたんに全身耳と目と化してしまい、いとも純真に、むさぼるように奇跡と慰安とを待ち受けていた。もしもその彼の期待が裏切られたら、気の毒な気さえしたことだろう。アリの愛らしい顔は、あどけなくも美しい歓喜の光を帯びていて、正直な話、私は彼の顔を見るのがひどくうれしかった。それで、今でも覚えているが、役者が何か滑稽で気の利いた仕草をして、皆がどっと笑い崩れるたびに、ついつい彼を振り向いては、その顔をのぞき込んだものだった。彼のほうから私を見ることはなかった。私どころではなかったのである！　左手の、私のごく近くに年配の囚人が立っていたが、これはいつでも仏頂面をして、不満たらたらの人物だった。この男もアリに目をとめて、見ていると何度か薄笑みを浮かべて振り向いては、彼を見ていた。それほどアリはかわいかったのだ！　この男は「アリ・セミョーノヴィチ」とロシア式に父称を付けてアリを呼んでいたが、なぜかは私にはわからない。

皮切りは『フィラートカとミローシカ』だった。バクルーシンの演じるフィラートカは、実際に見事なできばえだった。驚くほど精確に役を捉えた演技で、一つ一つの言葉、一つ一つの動きに至るまで、役者がじっくりと検討してきたのが一目瞭然だった。何気ない一つの言葉、一つの仕草に、自分の役の性格にぴったりと合った、意味と役割を与えることができていたのだ。そんな努力と研究の上に立ちながら、まったく底抜けに陽気で、素朴で、技巧を感じさせない演技をするものだから、もしも俳優としてのバクルーシンを初めて見る人でも、これが大きな才能を持った本物の、生まれながらの役者であることを、きっと納得したにちがいない。

『フィラートカ』はモスクワやペテルブルグの舞台で何度か見ていたので、はっきり言わせてもらうが、フィラートカ役を演じた首都の俳優たちは、いずれもバクルーシンより下手だった。バクルーシンに比べると、連中は本物の百姓ではなく、牧歌的な農夫というやつにすぎない。百姓を演じようとするあまり、逆効果になってしまっているのだ。それに加えてバクルーシンは、競争心にも煽られていた。実は二番目の芝居でケドリール役をポツェイキンという囚人が演じることになっていて、そのことは皆が知っていたが、なぜかしらこの役者は皆にバクルーシンよりも上手とみなされており、バクルーシンはそのことを、まるで小さな子供のように悔しがっていたのだ。この何日か、彼は何度となく私のところに通ってきては、切ない気持ちを吐露したものだった。上演の二時間前になるともう、熱に浮かされたように体を震わせていた。客席がどっと沸き、「うまいぞ、バクルーシン！　お見事！」と声がかかるとうれしさに満面を輝かせ、目には本物の霊感がひらめくのだった。ミローシカとのキスのシーンで、フィラートカがまず相手役に「口を拭いな！」と叫んでから自分も口を拭ってみせたのは、たまらなく滑稽で、皆こらえきれずに腹を抱えて笑いだした。

しかし私が一番目を惹かれたのは観客だった。観客はみな、外套の前をはだけてくつろいでいた。そうして一心に、観劇の喜びに浸りきっているのだった。景気づけの掛け声がどんどん頻繁に掛かるようになる。連れの体をつついて早口で感想を伝えている者もいたが、おそらく本人は隣に立っているのが誰なのか、気にもしていないし、目もくれないのである。別の男は、何かの滑稽な場面になると、急に躍り上がって観衆のほうを振り向き、素早く皆の顔を見回すと、全員に笑えと促すかのように片手を振り回して、すぐにまた舞台を振り返り、貪るように見はじめた。また別の男は、舌を鳴らし指を鳴らして、おとなしくひとところに立ち止まっていられない風だったが、どこにも行き場がなかったので、仕方なくその場で足踏みをしていた。

最初の演《だ》し物が終わる頃には、客席の浮かれた気分も最高潮に達していた。私は何一つ誇張してはいない。ひとつ想像して欲しい——監獄、足かせ、囚われの身、この先も延々と続くつらい歳月、暗い秋の日の雨だれのごとくに単調な生活……そんな中でうちひしがれた囚人たちが突然、一時だけ羽目を外してお楽しみにふけり、重苦しい夢を忘れて、立派な芝居を上演することを許されたのだ。しかもその芝居ときたら、町中がアッと驚くほどの、誇らしい芝居なのである。「ほら、これが俺たちの仲間だぞ。囚人も隅におけないだろう！」というわけだ。もちろん何もかもが彼らの楽しみのタネになった。衣装もそうである。たとえばやけっぱちのワーニカとか、ネツヴェターエフとか、バクルーシンとかいった馴染みの連中が、何年も着たきりすずめのいつもの格好ではなく、別の服を着ているのは、たまらなく面白いものである。

「確かに囚人は同じ囚人で、足かせをガチャガチャ引きずってはいても、今はフロックコートにソフト帽、マントを羽織ったいでたちだ。まるでお役人みたいな格好じゃねえか！　口ひげも手入れして、髪も刈ってよ。ほら、ポケットから赤いハンカチを出して、顔を扇《あお》いでいるぞ。あれは旦那衆のマネだ。いやまったく、掛け値なしに本物の旦那様だぜ！」

そんなふうに皆が夢中になっていた。善良な地主役の男が副官の軍服で登場した。軍服は確かにひどい年代物だったが、ちゃんと肩章が付いており、軍帽には徽章もついていたので、並々ならぬ効果を引き起こした。

実はこの役には志願者が二名いて、あろうことか、どちらがやるかということで、まるで頑是《がんぜ》無い子供同士のように大げんかをしたのである。どちらも飾緒の付いた士官服を着て舞台に立ちたかったのである！　ほかの役者たちが両者を引き離し、投票の結果ネツヴェターエフに役を任す決定をした。これは別に彼のほうが見栄《みば》えがよくて男前だから、旦那役がよく似合うだろうという配慮からではない。ネツヴェターエフが、自分は杖を持って登場し、本物の貴族の旦那、第一級の伊達男がするように、杖を振ってみせたり、地面に模様を書いてみせたりできると言って、皆を説得したのだった。一方のやけっぱちのワーニカは、本物の貴族の旦那衆など見たこともなかったので、そんなマネはできなかったのである。

そして実際、ネツヴェターエフは相手役の女性を連れて観客の前に登場すると、どこからか手に入れてきた細い葦の杖で、くるくると素早くなめらかに床に線を描いてみせた。おそらくそんな仕草こそが旦那らしさの極み、究極の伊達者ぶり、洒落者《しゃれ》ぶりの印なのだと思い込んでいるのだろう。多分かつて少年時代に屋敷付きの農奴として裸足で暮らしていた頃、彼は綺麗に着飾った貴族の旦那が細身の杖を持っているのを見かけ、相手がそれをくるくる回してみせる様子に魅了されてしまったのだろう。そしてその記憶が後々まで胸のうちに消しがたいものとして残り、ひいては齢《よわい》三十を数えた今になってもまざまざと思い起こされて、その結果、監獄中の者たちをすっかり魅了し、虜にすることになったのである。ネツヴェターエフは自分の仕草にすっかり没頭するあまり、もはや誰にもどこにも目をくれず、セリフを言うときでさえ目を上げもせず、ただただ自分の杖とその先端を追うばかりであった。

相手役の善良なる地主夫人も、またある意味で極めて傑作だった。どうみてもただのボロ布にしか見えない旧式の着古したモスリンのドレス、たっぷりと白粉《おしろい》をまぶした剝き出しの腕と首、紅を塗りたくった顔、あご紐で止めたキャラコのナイトキャップという格好で、片手には傘を持ち、片手には紙に絵を描いて作った扇子を持って、ひっきりなしに顔を扇いでいた。この夫人は爆笑をもって迎えられ、当の本人も我慢できずに、何度か吹き出してしまった。この夫人を演じていたのは囚人のイワーノフだった。娘の格好をしたシロートキンは大変に可愛らしかった。小唄の部分も同じくうまく行った。ひとことで言って、この演目は大成功に終わり、誰もが満足した。批判がましい声は聞かれなかったし、またあるはずもなかったのである。

あらためて序曲「懐かしの我が家」が奏でられ、再び幕が開いた。今度が『ケドリール』だった。『ケドリール』は『ドン・ジュアン』に似たたぐいの芝居で、すくなくとも最後には主人も下男もまとめて悪魔どもが地獄へと連れ去ってしまう。全編上演という触れ込みだったが、明らかに断片に過ぎず、発端も結末も失われている。だから理屈も意味もさっぱりわからない。

場所はロシアで、どこかの宿屋が舞台である。宿屋の亭主が、外套を着てひしゃげた山高帽をかぶった地主の旦那を部屋に案内してくる。後から召使のケドリールがトランクと、青い紙に包んだ蒸し鶏を下げて付いてくる。ケドリールは毛皮のハーフコートに下僕風のひさしの付いた帽子という格好だ。この男が大食漢なのである。ケドリールを演じているのが囚人のポツェイキン、すなわちバクルーシンのライバルである。主人役は、初めの芝居で善良な地主夫人を演じた、あのイワーノフであった。ネツヴェターエフ演じる宿屋の亭主は、この部屋には悪魔が出ると予告して姿を消す。客の地主は不安げな憂い顔になって、「こうなることは前からわかっていた」と一人でつぶやき、それから、ケドリールに荷物を広げて夜食を用意するよう命じる。ケドリールは臆病者のくせに大食漢である。悪魔のことを耳にすると、彼はさっと青ざめて病葉《わくらば》のように震え出す。逃げ出したいのだが、主人が怖いのである。おまけに、ひどく腹が減っているのだ。好色で、愚かで、それなりに抜け目がなく、臆病で、のべつ幕なしに主人を騙し、しかも同時に相手を恐れているのである。実に巧みに下男のタイプを表していて、しかも何となくドン・ジュアンの召使のレポレロを偲ばせるところがある。実際、演じぶりも見事だった。

ポツェイキンは確かな才能の持ち主で、私の見たところ、役者としてバクルーシンよりもさらに一枚上手だった。もちろん翌日バクルーシンに会ったときには、私は自分の意見をはっきり告げることはしなかった。そんなことをしたらひどく傷つけることになっただろうからだ。主人役をやっていた囚人も、また悪くなかった。せりふは、およそ聞いたこともないほどひどいものだったが、発声は確かで元気があり、所作も適切だった。

ケドリールがトランクの片付けをしている間、主人は何か考えながら舞台を歩き回ったあげく、皆に聞こえるような声で、今晩が自分の放浪の旅《アパルテ》の終わりだと告げる。ケドリールは興味津々で聞き耳を立て、渋面を作ると、わきぜりふを吐くが、その一言一言が観客を笑わせるものである。彼は主人を惜しむ気はないが、悪魔のことを耳にしたので、それがどんなものか知りたがっている。それで主人に話しかけ、問いただそうとするのである。主人がついに打ち明けたところによると、この男はかつて何かの災難に遭ったときに地獄の力の助けを仰ぎ、悪魔たちの助力によって救われた。しかしその際の契約の期限が今日だから、ひょっとしたら今日中にでも悪魔どもが契約通り、魂を取りに来るかもしれない。ケドリールはひどく怯えだす。だが主人のほうは消沈もせず、夜食の用意を命じるのだ。

夜食と聞くとケドリールはにわかに元気づいて、蒸し鶏を取り出し、ワインを取り出す。そうしてたちまち蒸し鶏を一切れむしり取ると、味見をする。観客は大笑いである。そのときドアがギーと音を立て、一陣の風が鎧戸《よろいど》を鳴らす。ケドリールはわなわなと身を震わせ、あわてて、ほとんど無意識に、蒸し鶏の大きな一切れを口の中に隠そうとするが、大きすぎて口に収まらない。またもや大笑い。

「支度はできたか?」主人が部屋の中を行き来しながら問う。

「ただいま、ご主人様……すぐに……整いますので」そう答えながらケドリールは自分でテーブルに着き、いとも平然と主人の食事をがつがつ食いだす。

観客は明らかに、すばしこくてずるがしこい召使に主人がしてやられているのが、うれしくてたまらないのである。ポッェイキンが実際賞賛に値する役者であるのは、認めざるを得ない。「ただいま、ご主人様、すぐに整いますので」というせりふなどは、実に見事だった。テーブルに着いてがつがつ食いはじめながら、主人が一歩歩くごとに、自分の所行が気取《けど》られはしないかとびくっと震えてみせる。そして相手がこちらを振り向きそうになると、さっとテーブルの下に隠れながら、ついでに蒸し鶏も持ち込むのである。そうしてとうとう小腹《こばら》を満たすと、やっと主人のことを考える番だ。

「ケドリール、まだできんのか？」旦那がたずねる。

「できました！」ケドリールは威勢良く答えるが、気づいてみると主人の食べ物はほとんど何も残っていない。実際、皿に載っているのは小さな鶏の脚が一本きりである。暗い憂い顔の主人は、何も気づかぬままテーブルに着き、ケドリールのほうはナプキンを手に主人の椅子の後ろに立つ。彼が観客のほうを振り向いて、主人の間抜けぶりを顎で示してみせると、その言葉、仕草、渋面の一つ一つに、観客はたまらず爆笑してしまうのだった。

ところがいざ主人が食事を始めようとしたとき、悪魔どもが出現する。ここの場面になると、もうさっぱり意味不明で、悪魔どもの登場ぶりも、なんだかあまりに「人間離れ」している。舞台の袖にしつらえたドアが開き、そこからなんだか白装束のものが現れるのだが、頭の部分はろうそくを灯した提灯《ちょうちん》になっている。別の化け物も同じく提灯をかぶっているが、手には柄の長い大鎌を握っている。なぜ提灯なのか、なぜ大鎌なのか、なぜ悪魔のくせに白装束なのか――誰にもわかりはしない。しかしそんなことで頭を煩わす者は一人もいない。つまりは、きっとこれが正しいのだろう。

主人はなかなか威勢良く悪魔たちを振り向くと、もう覚悟はできているから自分を連れて行けと宣言する。だがケドリールのほうはウサギのように怖じ気づきテーブルの下に潜り込む。ただし怯えきっているにもかかわらず、テーブルにあった酒瓶をつかんでいくのを忘れない。悪魔たちが一瞬姿を消すと、ケドリールもテーブルの下から這い出てくる。だが主人がまた蒸し鶏に取りかかろうとしたとたん、またもや、こんどは三体の悪魔が部屋に飛び込んできて、後ろから主人を羽交い締めにして、地獄へと引きずって行く。

「ケドリール、助けてくれ！」主人が叫ぶ。

しかしケドリールはそれどころではない。今度は瓶も皿もパンまでも、テーブルの下に引っ張り込んだ。ただし今はもう彼は一人で、悪魔もいなければ主人もいない。這い出してあたりを見回した彼の顔が、にんまりとした笑みに輝く。ずるがしこそうに目を細めると、主人の席に腰を下ろし、観客にうなずいて見せながら、冗談交じりの口調で言う。

「さあて、もうおいらは一人……旦那はいやしない！……」

召使に主人がいなくなったということで、皆は大笑いする。そこで彼は追い打ちをかけるように、いかにも内緒話のように観客に向かい、ますます愉快そうに目配せしながら、ひそひそ声で付け加えるのだ。

「旦那は悪魔どもにさらわれちまったから！……」

観客の喜びようときたら、もうとどまるところを知らなかった！　ただ主人が悪魔にさらわれたというばかりでなく、このせりふがいかにもペテン師めいた口調で、人を小馬鹿にして悦に入ったようなひょっとこ面で発せられたものだから、実際拍手喝采せずにはいられなかったのだ。

しかしケドリールの幸福も長くは続かなかった。酒瓶を開けてグラスに注ぎ、さて飲もうとしたところで、突然悪魔どもが戻ってきて、抜き足差し足で彼の背後に忍び寄ると、ひょいと脇腹のあたりを捕まえてしまう。ケドリールは声を限りに叫んだが、恐ろしさのあまり身をよじって振り向くことさえできない。手に持った酒瓶とグラスを手放すのが惜しくて、戦うこともできないのだ。彼は恐怖のあまりあんぐりと口を開いて、むき出した目を観客に向けたまま、三十秒ほどもじっと座り込んでいた。臆病者が怯えきった表情があまりにも滑稽で、きっとそのまま写したら良い絵になったことだろう。最後には彼は担ぎ上げられ、運び去られていった。酒瓶を持ったまま両足をばたばたして、必死に叫んでいる。その叫び声は、袖に引っ込んでからもまだ続いていた。そのまま幕が下りてくるが、客席は笑いと歓声の渦である……。楽隊がカマリンスカヤ[95]を演奏しはじめる。

演奏は聞き取りにくいほど静かな調子で始まったが、次第にメロディーが強さを増し、テンポが上がっていって、バラライカの胴を指ではじく勇ましい音が聞こえるようになってきた……。これこそばりばりの正調カマリンスカヤで、実際、もしもかのグリンカがたまさかにでも我々の監獄でこの演奏を耳にすることがあったとしたら、きっとよろこんだことだろう。こうして伴奏付きパントマイムが始まった。カマリンスカヤはこのパントマイムの間ずっと止むことなく演奏されていた。シーンは農家の内部。粉挽き農夫とその妻が板付きで出ている[96]。夫の粉挽きが一方の隅で馬具の修理をしていると、別の隅では妻が麻糸を紡いでいる。妻の役がシロートキン、粉挽きを演じているのがネツヴェターエフである。

言っておくが、監獄芝居の舞台装置はきわめて貧弱である。この演し物でも前回の演し物でも、他のどれでもそうだが、観客が目で見るものよりも各自の想像力で補わねばならぬもののほうが多い。舞台の奥は壁に代わって何か絨毯か馬衣《うまぎぬ》のようなものが張ってあるだけだし、右手の壁はぼろぼろの衝立《ついたて》のようなものですませている。左側には何の仕切りもしてないので、板寝床が丸見えだった。しかし観客は細かいことは言わず、納得ずくで実景を想像力で補っていた。ただでさえ囚人はそうした能力に長けていたからだ。「これが庭だというなら庭だと思え。部屋なら部屋、家なら家──それでかまわんし、しち面倒くさいことをする意味はない」というわけだ。

若い農婦の衣装を着けたシロートキンは大変かわいらしくて、観客の間にひそひそと褒めそやす声が聞かれた。粉挽きは仕事を終えると、帽子をつかみ笞を手にとって妻に近寄り、ジェスチャーで説明する。自分は出かけなければならないが、もしも留守の間に妻が誰かを家に入れたら、そのときは……といって笞を指さすのである。妻はそれを聞いてこくりとうなずく。おそらくその笞は彼女にはなじみのもので、この妻は夫の留守に浮気が絶えないのである。夫は出かけていく。夫の姿が扉の陰に消え

95　ミハイル・グリンカが一八四八年に民衆歌謡を模して作曲した序曲。
96　以下の伴奏付きパントマイムの構成はかなり一般的なもので、ニコライ・ゴーゴリの『降誕祭の前夜』(『ディカーニカ近郊夜話』)にも似たシチュエーションが登場する。

たとたん、妻は後ろから拳骨で脅《おど》す仕草をする。そこへノックの音がする。扉が開いて、入ってきたのは隣の男。同じ粉挽きで、外套《カフタン》を着た髭の百姓である。手にはプレゼントの真っ赤なスカーフを持っている。妻はにっこりと笑うが、いざ隣人が彼女を抱きしめようとした瞬間、またもや扉を叩く音がする。どこに隠れよう？　女は素早く男をテーブルの下に隠し、自分はまた紡錘《つむ》を手に取る。

現れたのはもう一人の崇拝者。書記官で、軍服姿である。ここまでのところ、パントマイムは完璧なできで、動作は正確無比であった。こうした即興劇をやってみせる役者たちを見ていると、感嘆の念さえ浮かんでくる。そして思わず考え込んでしまうのだ――わがロシアでは果たしてどれほどの力と才能が、しばしば何の実も結ばぬまに、自由を奪われたつらい境遇の中で、むなしく滅びていくことだろうか！

ただし書記官役の囚人はおそらくかつて地方の芝居小屋か地主屋敷の芝居に出たことのある人間で、彼の目から見ると、わが囚人劇団の役者たちはどれもこれも素人ばかりで、舞台を歩く作法もわきまえていないように思えるようだった。そこでこの男は、いわゆる往時に古典劇の主人公が舞台に登場したときのような作法で登場してみせた。すなわち、まず大きく片足を踏み出すと、もう片方の足を引き寄せる前に不意に静止して、上体と頭をぐっと後ろにそらせ、傲然とあたりを睥睨《へいげい》して、それからおもむろに別の片足を踏み出すのだ。古典劇の主人公でさえこんな歩き方は滑稽だったのだから、軍の書記官の格好をした人物が喜劇の舞台で同じことをすれば、なおさらおかしい。しかし囚人たちは、おそらくこれがすなわち作法なのだろうと解釈して、のっぽの書記官が大股でゆっくり歩くのを当たり前の出来事のように受け止め、とくに批判がましいことも言わなかったのである。

　この書記官がようやく舞台の中央まで出てきたと思うと、またノックの音がして、女はまたもや慌てふためく。書記官殿をどこに納めようとあたふたしていると、幸い長持の蓋が開いている。書記官は長持に潜り込み、女が蓋をかぶせる。今度の客は特別で、同じ愛人ではあるが、一風変わっている。なんとバラモンの僧侶で、それらしい衣装まで着けているのだ。観客の間に思わず笑い声が上がった。バラモン僧の役はコーシキンで、好演であった。体型からしてバラモン風だったからだ。彼は身振りたっぷりに自分の愛の丈《たけ》を表現してみせる。両手を天に掲げては、それを胸に、つまり心臓に添えるのだ。だがせっかくうっとりとしかけたところで、扉に激しいノックの音が響く。叩きぶりからして、夫が帰ってきたのだとわかる。妻はうろたえてパニックになり、バラモン僧は狂ったようにあたふたして、どこかに隠してくれとせがむ。妻は急いで戸棚の陰に僧を隠し、自分は、ドアを開けるのも忘れたまま、すっとんで糸車のところに戻ると、夫のノックの音にも耳を貸さずに、夢中で紡ぎはじめる。ただ気が動転しているので、手に持ってもいない糸を撚《よ》ったり、紡錘を床に落としたまま糸車を回したりしている。シロートキンの動転ぶりの演技は、実に巧みであざやかだった。

一方、夫はついに扉を蹴破り、笞を片手に妻に詰め寄ってくる。彼は何もかも見抜いたうえで見張り番をしていたので、いきなり妻に三本指を突き出して、三人を隠しているだろうと迫るのだ。そうして隠れている連中を探しはじめる。まずは隣の男を発見し、小突き回して家から追い出す。恐れをなして逃げ出そうとした書記官は、頭で長持の蓋を開き、自分から居場所を教えてしまう。夫が笞で打ち据えると、今度は二枚目役の書記官も、先ほどの古典劇風の歩き方はどこへやら、一目散に逃げていく。一人残ったのはバラモン僧。長いこと探し回ったあげく、隅の戸棚の陰にいるのを見つけ出すと、夫はまず丁寧にお辞儀をしてから、顎髭《あごひげ》をつかんで部屋の真ん中まで引っ立ててくる。バラモン僧は身を守ろうとして「この罰当たりめ、罰当たりめ！」と叫ぶが（これがこのパントマイムで発せられた唯一の言葉だった）、夫は耳も貸さずに思うさま制裁を加える。今度は自分の番だと悟った妻は、糸車も紡錘もほっぽり出して家から逃げだそうとするが、その拍子に糸車の座り板がひっくり返り、観客は大爆笑である。隣にいたアリはこちらを見もせずに私の手を引っ張って「ほら見て！バラモンが、バラモンが」と呼びかけるが、自分自身が笑い転げて立っていられないほどである。幕が下り、次の演し物が始まる……。

だが、一から十まで詳述するには及ぶまい。演し物はまだ二つか三つあったが、すべてが滑稽で、掛け値なしに愉快だった。たとえ囚人たち自身の作でないにしても、少なくとも皆どこかに彼らによる解釈が含まれていた。ほぼすべての役者が、自己流の即興演技《アドリブ》を加えていたので、毎晩同じ役者が同じ役を少し変えて演じていることになる。最後のパントマイムは奇想天外なもので、仕舞いにはバレエになった。死者の埋葬のシーン。バラモン僧が多数の従者を従えて、棺に様々な呪文を唱えている。だがどうにも効き目がない。そしてついに「日は傾き」[97]が奏でられると、死人がよみがえり、一同が楽しげに踊りだすのだ。バラモン僧も死者と一緒にダンスを踊るが、ただしきわめて独特な、バラモン式のダンスである。さてこれにて芝居はおしまい、また翌晩にお越しを、ということになる。

97　F・ミトロファーノフの歌「日は傾き、いたずらに時は過ぎ」（一七九九年）で、民謡化して流行した。

それぞれの房へ散っていく囚人仲間は、そろって明るくご機嫌であり、口々に役者を褒め、見張り番の下士官には礼を言っていた。言い争う声など一切なかった。皆なんだか珍しいほどに上機嫌で、ウキウキしていると言いたいほどである。眠りにつく様もいつもとは違って、心安らかな様子だった。まさかそこまでと思われるかもしれない。しかしこれは別に私の空想の産物ではない。見た通りの真実を言っているのだ。ほんのちらっとでもいい、こうした哀れな囚人たちに自分らしく過ごし、人並みに楽しみ、一時間であれ監獄式とは違う暮らしをする機会を与えてやるだけで、人間の心は変わるのである。変わるといっても、ほんの何分かのことかもしれないが……。

しかしすでに夜も更けた。眠り込んでいた私は、びくりと身震いしたついでにふと目覚めてしまった。例の老人は相変わらず暖炉の上で祈っていた。夜が明けるまで同じ場所で祈りつづけるのだろう。アリは隣で静かに眠っている。彼が眠りに落ちる間際まで、ニコニコ顔で兄弟たちと一緒に芝居の話をしていたのを思い出して、私は思わずその静かな、子供のような顔に見入ってしまった。

少しずついろんなことが頭に蘇《よみがえ》ってくる。昨日のこと、降誕祭週間のこと、この一月《ひとつき》全体のこと……思わずぎくりとして頭をもたげ、あたりを見回すと、官給の六分の一フントろうそくのぼんやりと揺れ動く光の中に、眠りこけている仲間の囚人たちの姿が見える。彼らの哀れっぽい顔、貧弱な寝床、素寒貧のハダカムシのような寝姿を見ているうちに、ついついまじまじと食い入るように見とれてしまう。まるで自分の見ているのがすべて荒唐無稽な夢の続きではなく、本当の現実なのだと確かめたいかのように。だがこれは紛れもない事実で、今も誰かのうめき声が聞こえたかと思えば、別の誰かが重い腕を投げ出した途端、鎖がジャラリと鳴った。別の誰かが眠りながらびくりと身を震わせ、寝言を言いだす。暖炉の上の老人はすべての「正教徒」のために祈り、規則正しい静かな声を歌うように伸ばしながら、「主イエス・キリストよ、我らを憐れみたまえ……」と唱えている。

「ここに一生いるわけじゃない、ほんの何年かのことじゃないか！」そう考えて私はもう一度枕に頭を沈めた。

（第一部終わり）

第二部

第一章　病院

降誕祭週間が明けてまもなく、私は病気になって、軍の病院に入院した。要塞監獄から半露里ほどのところにぽつんと建っている建物だ。長く伸びた平屋建てで、黄色に塗られている。夏にあった改修工事の際には、ものすごい量の黄土が使われた。広大な敷地に事務所、軍医たちの宿舎、その他の付属施設が並んでいる。本館にあるのは病室ばかりだった。病室の数は多いが、囚人用は二室だけしかなかった。それでいつも満員だったが、特に夏場は混み合って、しばしばベッドを寄せて詰め込まねばならなかった。

囚人病棟に詰め込まれているのは、多種多様な「不幸な人たち」である。我々のような監獄の囚人もいれば、あちこちの営倉に入っているいろんな軍事犯もおり、既決囚も未決囚も、護送中の者も混じっていた。懲治中隊の兵士もいた。これは不思議な組織で、あちこちの大隊から罪を犯した兵や見込みのない兵を集めて行状を矯正しようとするのだが、二年かそれ以上も経《た》って出てくる頃には、たいていがまれに見るほどの極悪人となっているのだ。

我々のような囚人が病気にかかると、ふつう朝方に本人が病気であることを下士官に報告する。発病者の名はすぐに連絡簿に書き留められ、当人はその連絡簿とともに衛兵付きで大隊の診察所に送られる。そこで医師が要塞内の各所から送られてきた病人全員を予備診察し、本物の病気と認められた者が病院送りとなるのである。私は正式に病人として連絡簿に記録され、すでに一時も過ぎて仲間が昼飯後の作業に出てから、病院へ出かけることになった。

入院する囚人は、普通ありたけの金とパンを持っていく。入院当日は、病院で食事を出してもらう見込みがないからだ。他に持参するのは、小さなパイプにタバコ入れ、火打ち用の石と鉄だ。タバコ道具一式は、ブーツの中にしっかりと隠される。病院の構内に入る私は、それまで知らなかった囚人暮らしの新局面に、ある種の好奇心を覚えていたものだ。

暖かくてどんよりと曇った、陰気な日だった。こんな日には病院のような建物が、普段にもまして無愛想な、うら寂しく殺伐とした姿をしているものだ。護送兵と一緒に受付に入っていくと、そこには真鍮《しんちゅう》の洗盤《あらいばん》が二台おかれていて、すでに未決囚の病人が二名、同じく護送兵に付き添われて待っていた。准医[1]が入ってきて、面倒くさそうな権柄《けんぺい》ずくの目で我々を眺め回すと、さらに面倒そうな足取りで当直の医師に取り次ぎに出かけた。すぐに医師が現れ、我々を一通り診察したが、その態度は大変に親切だった。医師は我々にそれぞれ患者票《カルテ》を渡したが、そこには名前が入っているだけだった。その先の病名の記入、薬の種類や投与量の判断等々のことは、囚人病室の担当医に一任されていたのだ。私はすでに前から耳にしていたが、囚人は自分たちを診てくれる医師のことを褒めちぎって止まない。「実の親父さん以上だよ！」入院前の私が医師のことをあれこれ問いただすと、彼らはそう答えたものだった。

まず、我々は着替えをした。ここまで着てきた上着と下着は取り上げられ、病院の下着を着せられて、おまけに長い靴下、スリッパ、室内帽、そして分厚い茶色のラシャの部屋着を与えられた。部屋着の裏地は麻布とも膏薬とも付かぬほどヌラリとしていて、早い話がひどく汚い部屋着だったのだが、それを確認したのは病室に落ち着

1　中等医学教育を受けて医師の助手を務める資格を持つ者。

いた後だった。それから我々は囚人病室に案内されたが、それは天井が高くて清潔な、たいそう長い廊下の突き当たりに並んでいた。どこもかしこも表面的な清潔さに関しては申し分がなく、目に飛び込んでくるものがすべて等しくつやつやと輝いていた。ただしこれは私が監獄から来たからそう見えたのかもしれない。

未決囚の二人は左側、私は右側の病室に入ることになった。病室のドアは鉄のかんぬきで閉ざされており、傍らに銃を持った哨兵が立っていた。隣には交代の哨兵が控えている。下級下士官（病院の衛兵詰所から来た衛兵）が通すよう命じて、すぐに私は病室に入った。それは細長い部屋で、両側の壁に沿ってずらりとベッドが並んでいる。その数は二十二ばかりで、そのうち三つか四つが空いていた。ベッドは木製で、緑色の塗料が塗ってある。わがロシアの住民なら誰でも、よくよく馴染みの代物だ。すなわち、ある種の宿命によって、どうしても南京虫がわかずにはいないベッドなのである。私は隅っこの、窓のある側のベッドに身を落ち着けた。

すでに述べたとおり、ここには監獄から来た囚人仲間も混じっていたので、前から私のことを知っている者、少なくとも見かけたことがある者が何人かいた。ただし未決囚ないし懲治中隊から来た者のほうがはるかに多かった。重病患者、つまり寝たきりの者はさして多くはなかった。それ以外の軽症患者や回復期の患者は、ベッドの上に座っているか、あるいは病室の中を行ったり来たりしていた。左右のベッドの列の間にはいくらか空間があり、歩き回るには十分だった。病室にはむっとするような、病院特有の臭気がこもっていた。気味の悪い蒸発物が漂い、薬品の臭いとともに空気を汚していて、片隅でほとんど一日中暖炉を焚いているのに、なんの効き目もないのである。

私のベッドには縞のカバーが被《かぶ》さっていた。カバーをはぐと、麻の裏地が付いたラシャの毛布と、厚地のシーツが現れたが、清潔さという点ではかなりあやしい代物だった。枕元には小さなテーブルがあって、柄付きのコップと錫《すず》の茶碗が載っていた。体裁のために、私に支給された小振りの布巾が上に被せてある。テーブルの下の部分も物置棚になっていて、茶を飲む人間はそこに茶器やらクワスの入った水差しやらを置くようになっている。ただし患者の中で茶を飲む者はごくわずかだった。パイプやタバコ入れは、肺病患者も含めてほとんど全員が持っていたが、寝床の下にしまい込まれていた。医者やその他の監督官はほぼこの種の持ち物を検査しなかったし、誰かがパイプを手にしているのを見かけても、気がつかぬ振りをしていた。しかし患者のほうはたいていいつも用心して、わざわざ暖炉のところへ行ってタバコを吸うのである。じかにベッドでタバコを吸うのは深夜だけだった。深夜に病室を見回る者はおらず、ただ時たま病院付き衛兵司令の将校が顔を見せるのみだったからである。

　これまで私は一度も入院というものをしたことがなかったので、何もかもがひどく目新しいことばかりだった。自分自身が好奇の的となっているのにも気づいた。私の噂はすでに伝わっていたようで、かなり無遠慮な目でじろじろ見られたものだ。その目つきには優越感めいたものさえ混じっていた。学校の新入生や役所の請願者が身に浴びる視線と同じである。

　私の右隣のベッドにいるのは未決囚の男で、元は役場の書記、どこかの退役大尉の私生児だった。偽金事件で裁判にかかっている身ですでに入院して一年ばかりになるが、どうやら悪いところはない様子で、ただ自分は動脈瘤だと医者たちに信じ込ませてきたらしい。この男はまんまと目的を達した。結局、流刑も体刑もまぬがれて、この一年後にはT[2]に送られ、どこかの病院に収容されたのである。これはがっしりとした骨太の二十八歳ばかりの青年で、大のペテン師である上に法律にも詳しく、なかなかに頭が良くてとことん図々しい、自信満々の男だった。病的なまでに自尊心が強く、俺こそ世の中で一番正直でまともな人間であり、何の罪も犯してはいないのだと、真顔で自分に言い聞かせ、終生そう信じ切って生きていく口である。私に最初に口をきいたのがこの男で、根掘り葉掘りこちらの事情を詮索しながら、病院のおおよその決まりについて、かなり詳しく話して聞かせてくれた。もちろん開口一番私に向かって、自分は大尉の息子だと名乗ってみせた。どうしても貴族と見られたい、あるいはせめて「良家の出」だと思わせたいのである。

この男の次には懲治中隊から来た患者が近寄ってきて、自分はかつて流刑になった貴族たち[3]をたくさん知っていると断言し、一人一人の名前と父称まであげてみせた。これはもう白髪頭の兵士だったが、言っていることは全部嘘だと顔に書いてあった。名前はチェクノーフと言った。私にすり寄ってきたのは、明らかに、金を持っていると当て込んでのことだろう。私が茶と砂糖の入った包みを持っているのに気づくと、彼は即座に、一つお役に立ちたいと言いだした。薬缶《やかん》を手に入れて茶を淹れてくれるというのだ。薬缶の件は監獄にいるMが、誰か病院に作業に通う者に託して、明日にでも届けてくれると約束していた。だがチェクノーフはすべて自分で段取りを付けてしまった。何かの鉄鍋と茶碗まで手に入れてきて、湯を沸かし、茶を淹れてくれたのだ。

2　トボリスクのこと。
3　第一部の注62で言及したデカブリストの乱の貴族青年将校たちのことと思われる。

いわばとんでもなくマメな奉仕ぶりを見せたのだが、これがたちまち患者の一人の辛辣《しんらつ》なからかいの対象になった。これは私の向かいに寝ている肺病患者で、名前はウスチヤンツェフ。未決の兵士で、懲罰を恐れるあまりタバコをたっぷりと浸したワインをコップに一杯飲み、そのせいで肺病になってしまったという男である。この男のことはすでに触れておいた。これまで彼は重い息をしながら黙って寝たまま、真剣な顔をひたと私のほうに向け、チェクノーフのすることを腹立たしげに目で追っていた。いかにも疳《かん》の強そうな度はずれた真剣さが、彼の怒りに一種独特の滑稽味《こっけいみ》を与えていた。とうとう彼は堪忍袋の緒を切らした。

「へん、おべっか使いめ！　いい旦那を見つけやがったな！」衰弱のため息をあえがせながら、間延びした声で彼は言った。もはや余命何日かという状態だったのである。

チェクノーフはかっとなって振り返った。

「誰がおべっか使いだと？」見下すような目でウスチヤンツェフの顔を見ながら彼は言った。

「お前がおべっか使いさ！」相手は自信満々に答える。まるで自分はチェクノーフを叱りつける十分な権利を持っている、いやむしろその目的で彼を見張っているのだと言わんばかりだった。

「俺がおべっか使いだと?」

「お前だよ。聞いたか、みんな、こいつ納得がいかねえみたいだぜ! びっくりしていやがる!」

「お前なんかの出る幕か! こういうお方はな、一人じゃあ手足をもがれたようなもんなんだ。世話をする者がいなくちゃ、何一つできねえ風になっているのさ。だから世話をしてやって何が悪い、この毛むくじゃらのおっちょこちょいめ!」

「毛むくじゃらとは誰のことだ?」

「お前だよ」

「俺が毛むくじゃら?」

「そうさ、お前だよ!」

「じゃあ、自分は男前だって言うのか? カラスの卵みたいな面をしやがって……人のことを毛むくじゃらなんて言えた義理かよ」

「毛むくじゃらは毛むくじゃらよ! だいたいが、神様に見放されたんなら、おとなしく横になって、お迎えが来るのを待っていやがれ! それを、余計なことに嘴《くちばし》を突っ込みやがって! 生意気な口をきくんじゃねえ!」

「なんだと！　へん、こちとら、たとえ長靴に頭を下げても、草鞋《わらじ》ごときにへいこらしねえんだ。親父もそういう男だったし、俺にもそう教え込んだ。俺は……俺は……」

彼は先を続けようとしたが、ひどい咳に見舞われ、そのまま何分か、血の混じった唾を吐きながら咳き込んでいた。やがてその狭い額に、冷たい脂汗が浮かんだ。咳に邪魔されさえしなければ、彼はずっとしゃべりつづけていたことだろう。その目にも、まだまだ罵倒してやろうという思いが浮かんでいた。しかしもはやその力もなく、ただ片手を振ってみせるしかなかった……。それでチェクノーフもしまいには、相手のことを忘れてしまったのである。

私の感じたところでは、この肺病患者の憎しみは、チェクノーフよりもむしろ私に向けられたものだった。人の用をしてはした金を稼ごうと思ったからといって、誰もそのことでチェクノーフに腹を立てたり、特に蔑《さげす》んだ目で見たりするはずがない。彼が単に金のためにしているのだということは、誰の目にも明らかだったが、こうした点では庶民はいちいち細かいことはいわず、きわめて物わかりが良いのだ。ウスチヤンツェフはそもそも私のことが気にくわなかったのである。私が茶を持っていることも、足かせを着けているくせに旦那気取りで、召使なしではいられない風なのも、同じく気にくわなかったのだ。ところが私は、召使など頼みもしないし、望みもしなかったのである。

本当の話、私はいつだって自分の力で何でもしたかったし、とりわけ自分が高等遊民で、ひ弱で、貴族の旦那風に振る舞っているなどと見られないよう、気をつけていたくらいである。ついでに言えば、それこそがある意味で私の自尊心のよりどころだったのだ。だがそれでいて、どうしていつもそうなってしまうのかさっぱりわからないのだが、あれこれ世話を焼きたがる人間や奉仕したがる人間を、私は一度として断れたためしがないのだ。そうした者たちは自分のほうから私にまつわりついてきて、しまいにはすっかり私を支配してしまう。つまり本当は彼らこそが私の主人で、私は彼らの僕《しもべ》だ。ところが表向きにはなぜか当然のごとく、私が実際に貴族の旦那で、召使なしではいられないので、人をこき使っていると取られてしまう。これはむろん、ひどく悔しいことだった。

ただし、ウスチヤンツェフの場合は肺病で気が立っていたが、ほかの患者たちは無関心のポーズを崩さなかった。そこには幾分見下すような雰囲気さえ混じっていたのである。覚えているが、皆はある特別な出来事で頭がいっぱいだったのだ。囚人たちの会話から知ったところでは、ちょうどこの瞬間ある未決囚が列間笞刑を受けていて、その男がこの日の晩に、当病室へ運ばれてくるらしい。囚人たちはその新米を、ちょっとした好奇の目で待ち構えていた。ただしこれも噂だが、この男の処罰は軽くて、笞打ちの数はただの五百だったそうである。

私はそっと周囲を観察してみた。目に止まったかぎりでは、ここの入院患者には壊血病だとか眼病だとか、当地の風土病を患っている者が多い。この病室だけでも、そうした患者が数人はいた。その他、本物の患者の病名には、熱病、諸種の腫れ物、胸の病などがある。特にこの病室は他とは違っていろんな病気の者を一緒くたに集めているので、中には梅毒患者も混じっていた。

今本物の患者と言ったのは、別になんの病気でもなくて、ただ「休養に」来ているような者も何人かいたからである。医師たちはそうした連中への同情から、とりわけ空きベッドがたくさんあるときなど進んで受け入れていた。営倉や牢獄での拘禁生活は、病院暮らしとは比べものにならないほどひどいので、空気が悪いのも病室が錠で閉ざされているのももものともせず、喜んで入院する囚人が多かった。とりわけ入院好きで、そもそも病院暮らし大歓迎という者さえいたが、ただしその多くは懲治中隊の者たちだった。

覚えているが、新しい病室仲間を興味深く見回しているうちに、私は中の一人に特別関心を引かれた。今はもう故人となっているが、我々の監獄から来ていた男で、これもまた肺病で余命数日という状態だった。ウスチヤンツェフの一つ置いて隣のベッドにいたので、私からもほとんど真向かいというほど近かった。姓はミハイロフ。この二週間前に私は監獄でこの男を見かけていた。もう長いこと具合が悪くて、とっくに治療を受けているべきだったのに、なんだかんだと意地を張り、まったく無用な忍耐力を発揮してがんばり通したあげく、やっとクリスマスの週に入院したのだった。結局重篤の肺病で、三週間で死んでしまったのだが、それはまるで燃え尽きるような死に方だった。このとき私を驚かせたのは、ひどく変わり果てた彼の顔だった。そもそも彼の顔は、入獄したての私が真っ先に目をとめた顔の一つだった。なぜかそのときも、ひとりでに目に飛び込んできたのである。

その隣のベッドにいたのは懲治中隊の兵士で、すでに老人だった。すこぶるつきの、胸が悪くなるような不潔漢で……。もっとも、こんな風に入院患者を数え上げていったらきりがないが、今ふとこの薄汚い老人のことを思い出したのは、これもまた入院当時の私にかなりの印象を与えた人物で、この老人のおかげで囚人病棟というものの特殊な側面が、瞬時にしてかなりはっきり理解できたからである。よく覚えているが、この老人は当時かなりひどい鼻風邪を引いていた。そのせいでくしゃみが止《や》まず、その後も一週間というもの、寝ても覚めてもくしゃみをしていた。それも立て続けに五つも六つもくしゃみをしては、そのたびに律儀に「やれやれ、ひどい罰をくらったもんだ！」と唱えるのだ。このとき老人はベッドの上で身を起こした格好で、紙包みからタバコの粉をつまみ出しては、必死に鼻の穴に詰め込んでいた。そうすることで強くしっかりとくしゃみをしたいのである。彼は木綿のハンカチでくしゃみを受けていたが、そのハンカチたるや、そもそも格子縞だったのが百回ほども洗濯しているうちにすっかり色あせてしまっていた。くしゃみのたびに小さな鼻が極端にしかめられて無数の小じわが浮かび、黒ずんだまばらな歯並《はなみ》と、唾でぬらぬらした赤い歯茎がむき出しになった。ひとしきりくしゃみをし終えると、彼はすぐにハンカチを広げてたっぷりと溜まった痰《たん》を仔細に点検し、それが済むとただちに痰を官給品の褐色の部屋着になすりつける。それで痰はすっかり部屋着に付着し、ハンカチのほうはただ少し湿っているだけになるというわけである。これが一週間ずっと繰り返された。

ここまで手間をかけて、官給品の部屋着を犠牲にしてまで自分のハンカチを大事にしようというけちな根性を見せられても、患者たちはべつになんの抗議もしなかった。ひょっとしたらいつか自分がこの男の去ったあとに、同じ部屋着を着せられる羽目になるかもしれないのにである。我が国の民衆がものにこだわらず鷹揚なことときたら、まったく不思議なほどだ。私は見た途端に虫酸が走り、思わずその場で、自分が着込んだばかりの部屋着を、嫌悪と好奇の入り混じった目で点検にかかった。そのときはじめて気づいたのだが、すでにしばらく前から部屋着の強烈な臭気が鼻についていたのだった。体温で温められたおかげで、薬品や膏薬のにおい、それに何か膿《うみ》のように思えるもののにおいが、どんどん強くなってきた。なんといっても長年の間代々の患者が羽織ってきたものだから、無理もないのである。もしかしたら背中の部分の麻の裏地は、いつか洗濯されたことがあるのかもしれないが、確かなことは不明である。ただ現状ではその裏地には、ありとあらゆる不気味な汁やら湿布剤やらカンタリスチンキ[4]の飛沫やらがたっぷりと染み込んでいるのだった。おまけに囚人病棟にはしょっちゅう列間笞刑を受けたばかりの人間が、背中を傷だらけにして運び込まれる。そうした人間は湿布剤で治療されるので、濡れたシャツの上にじかにかぶせられる部屋着は、どうしたって汚れないはずがない。結局何もかもが部屋着に染み付いて残るのだ。

そんなわけで、監獄にいた何年かの間ずっと、入院する羽目になるたびに（入院は

4　ハンミョウなどの甲虫を原料とした発泡薬剤。

ちょくちょくあったのだが）、私はその都度こわごわと、胡散臭《うさんくさ》い気持ちで部屋着を着たものだった。とりわけ嫌だったのは、ときどき部屋着にシラミがついていることで、しかもそうしたシラミは大きくて見事なほどツヤツヤしているのだった。囚人たちはシラミを見つけるとうれしそうに退治した。太くて無骨な指の爪の下でこの「官給の獣」がプチンと潰れるとき、うっとりしている囚人の顔を見れば、彼の得ている快感の度合いがわかろうというものだ。南京虫もここではひどく嫌われていて、時折、長くて退屈な冬の晩など、病室の全員が決起して、一斉に南京虫退治をすることもあった。確かに病室は、どんより立ちこめた臭気を別にすれば、外面上はなんでもできるだけ小綺麗に保たれていたが、しかし内側の、いわば裏地の部分の清潔さという点では、決して褒められたものではなかった。患者たちもそれに慣れきっていて、それが当たり前だと思い込んでいた。だから特に清潔を保つための秩序を導入したりすれば、彼らの反感を買うのである。しかし、秩序の話は後にしよう。

　ちょうどチェクノーフが私に茶を淹れてくれたばかりのとき（ついでに言うが、これは病室の水を使ったのだが、この水は一昼夜に一度だけの汲《く》み置きなので、ここの空気の中ではすぐに悪くなってしまうのだった）、なんだか入り口のあたりがざわめいてドアが開いたかと思うと、普段より多い護送兵に引っ立てられて、たったいま列問答刑をくらったばかりの若年兵が入ってきた。私が体刑を受けた者を見るのは、このときが初めてだった。この後、ちょくちょく連れてこられるようになって、中には担ぎ込まれてくる者さえあったが（これは体刑が重すぎた場合である）、そのたびに患者たちには良い気晴らしになった。

こうした受刑者を迎える患者たちは、たいていいつもに倍して厳しい表情になり、幾分わざとらしく見えるほどまじめな態度を示す。とはいえ、どんな対応をするかはある程度まで受刑者の罪の重さ、つまりは受けた笞の数によって決まった。運び込まれた受刑者がむごたらしく打擲《ちょうちゃく》されていて、重罪犯だと評判になっているような場合には、たとえばちょうど今回連れてこられたような、ただの脱走した新兵なんかよりも、はるかに重んじられ、大事にされるのだ。しかしどちらの場合でも、特に同情の言葉を掛けたり、とりわけ激したような発言をしたりする者はいなかった。皆黙々と不幸な受刑者を介抱し、世話をしてやる。本人が介助なしでは何もできない状態のときはなおさらだった。病院の衛生兵たちのほうも、この病室に送れば経験も技術も備えた者たちが受刑者の世話をしてくれると、あらかじめ承知しているのである。

この場合の介抱の中身はたいてい、さんざん打ち据えられた受刑者の背中に、冷たい水に浸したシーツなりシャツなりを掛け、それを頻繁に、必要なだけ換えてやることだ。受刑者が自分で自分の面倒を見られないときには、特にこの作業が必須になる。このほかに、ただれた背中に刺さったトゲを上手に抜いてやる仕事がある。これはたいてい、枝笞が背中に当たって折れたものがそのまま残ったトゲであるが、このトゲ抜き作業は、ふつう受刑者にとって大変な苦痛をもたらす。だが概して受刑者は、苦痛に耐えることに関しては並外れたがんばりを示すもので、いつも私は驚かされたものだ。私が見た受刑者はかなりの数にのぼり、ときにはとんでもない数の笞をくらった者も混じっていたが、うめき声を上げるような者はほとんど一人もいなかったのである！　ただ顔つきだけがどんどん変わっていく様子で、みるみる青ざめて目は真っ赤に燃え、視線は定まらずに揺れている。唇がぶるぶる震えるので、哀れな受刑者はそれを止めようとして、わざと血が出るほどに強く歯で唇をかみしめるのだった。

今し方入ってきた新兵は、二十三歳ばかりの若者で、筋骨隆々とした体格に整った顔、背が高く、引き締まって、浅黒い皮膚をしていた。ただし背中は無残にも笞痕だらけである。上半身は、腰のところまで裸に剝かれていた。肩には濡れたシーツが掛かっていて、その冷たさに、まるで熱に浮かされたように全身をぶるぶる震わせ、そんな格好のまま一時間半ほども病室の中を行ったり来たりしていた。顔を覗き込んでみたが、どうやらその瞬間何一つ考えてはいなかったようで、奇妙な猛々しい目つきをして、きょろきょろと素早い視線を走らせていた。きっと何かにじっくりと目を据えるのが苦痛だったのだろう。

ふと一瞬、彼の目が私の茶に釘付けになったような気がした。熱い茶で、茶碗から湯気が立ち上っている。一方哀れな受刑者は、すっかり凍え、震えて、歯をガチガチいわせているのだ。私は彼に茶を勧めた。相手は黙ったままくるりとこちらを振り向くと、茶碗をつかんで立ったまま、砂糖も入れずに飲み干した。それも大急ぎで、なぜか必死に私の顔から目を背けようとしているかのようだった。全部飲んでしまうと黙って茶碗を元へ戻し、こちらにはお辞儀一つせずに、またもや病室の中を行きつ戻りつしはじめた。もっとも、本人は口をきいたり頭を下げたりするどころではなかったのだ！

他の囚人たちはといえば、皆なぜか初めから受刑者の新兵と一切口をきくのを避けているようだった。それどころか、とりあえずの介抱が一段落すると、その先はまるでこの新兵をすっかり無視するべく努めているかのようだった。おそらく、できるだけそっとしておいてやろう、詳しい詮索や「同情」めいた言葉で相手を煩わせるのはいっさい慎もうという気持ちからなのだろう。相手もどうやら、そんな配慮をしみじみ喜んでいるようだった。

そうするうちにすっかり日も暮れて、夜間灯に灯《ひ》が点《とも》った。囚人の中には自前の燭台を持っている者までいたが、しかしその数はごく限られていた。いよいよ医者の夜間回診も終わると、当直警備の下士官が入ってきて患者全員の数を数え、それから病室のドアを閉ざして我々を閉じ込めた。ただし施錠の前に、夜間用の用便桶が運び込まれていた……。知ってびっくりしたのだが、その用便桶は一晩中病室に置きっぱなしにされるのだ。つい目と鼻の先、ドアからたった二歩のところに、本物の便所があるというのに。そういう規則になっているのである。

日中はまだ囚人も、用便の際には、たとえほんの一分程度とはいえ病室から出してもらえるが、夜間は何があっても一切出してもらえない。囚人病室は一般の病室とは違っていて、囚人は病んでなお罰を背負い続けるというわけだ。そもそも誰がこんな決まりを作ったのか、私にはわからない。わかるのはただ、これがなんの意味もない単なる決まりに過ぎなかったこと、そして、他ならぬこの種の場合にこそ、役にも立たぬ無味乾燥な形式主義がまかり通っていたということだけだ。

こんな決まりを作ったのは、もちろん医者ではない。繰り返して言うが、囚人たちは医者のことを褒めちぎり、実の父親のように慕い、ありがたがっていたのである。誰もが医者の優しいいたわりを感じ、温かい言葉を耳にした。世間からつまはじきされた囚人には、これが格別身にしみた。なぜならそうした温かい言葉やいたわりに、作り物ではない真心を感じ取っていたからだ。そもそもそんないたわりなど、なしでもすまされるものだった。仮に医者がもっと別の、つまり粗暴で不人情な態度を取ったところで、誰もそれを咎めるものはいなかっただろう。ということはつまり、この医者たちの親切は、本当の人間愛から来ていたのである。そして当然医者たちは知っている——病人というものは、たとえ囚人であろうがなかろうが、一番のお偉いさんまで含めて身分の上下にかかわらず、皆同じように新鮮な空気を必要とするものだということを。だから別の病室の患者たちは、回復期になると、たとえば自由に廊下を歩き回ってたっぷりと体を動かし、病室の中とちがって汚れていない空気を呼吸することも許されるのだ。

病室の空気ときたら淀んでいて、必ずむっとするような諸々《もろもろ》のガスに満ちているのである。ただでさえそうして空気が汚れているところへ、毎晩用便桶が持ち込まれる。病室は熱がこもっている上に、ある種の病気の場合、患者はどうしても何度も排泄を必要とするのだ。そこの空気がどんな惨状を呈するか、いま思ってもぞっとして吐き気を催すほどである。さきほど、囚人は病んでなお罰を背負いつづけると言ったが、もちろんこのような規則がまさに罰だけを目的として作られていると言うつもりはなかったし、いまでもそうは思わない。そんな意味で言ったとしたら、私の言葉はとんでもない言いがかりに他ならない。ただでさえ病気の者に、罰を加える理由はないからである。にもかかわらずこんなことがまかり通っているからには、もちろんきっと病院当局は何らかの切実な、のっぴきならぬ必要に迫られて、有害な結果をもたらすような措置を強いられているに違いない。ではいったいその必要とは何なのか？

腹立たしいことに、このような措置の必要性をたとえ幾分でも説明してくれる理由は、他に一つも見あたらないのだ。とはいえ他の多くの措置ときたら、あまりにも突飛なものばかりで、説明するどころか、説明できると想定することさえ不可能なくらいなのだが。さて、こんな無益な非人情ぶりを説明する根拠とは何か？　ひょっとして、わざと病気を装って入院してきた囚人が、医者たちを騙して夜中に便所へ行ったまま、夜陰に乗じて逃亡するという筋書きを想定しているのではないか？　このような仮定はあまりにもばかげていて、まじめにその破綻《あな》を指摘する気にもなれないほどだ。いったいどこへ逃げるというのか？　どんなふうに？　どんな格好をして？　日中は単独で用便に出してもらえるのだから、夜間も同じでかまわないではないか。

出入り口には装塡した銃を持った哨兵が立っているのだ。哨兵のいるところから便所まで文字通り二歩の距離しかないが、にもかかわらず哨兵の交代要員が患者に付き添い、一瞬も目を離さない。便所には窓が一つしかなく、しかも冬仕様で二重窓になっていて、鉄の格子がはまっている。その外は内庭だが、ちょうど囚人用病室の窓の下あたりを、同じく一晩中歩哨が行き来している。窓から脱出しようとすれば、窓枠と鉄格子をぶち抜かなくてはならない。いったい誰がそれを許すだろうか？　仮に囚人が、あらかじめ付き添いの哨兵を、声も出させず誰にも気取られぬように殺したとする。だが、そんなばかげた仮定を許したところで、それでもまだ窓枠と鉄格子を壊さなくてはならないのだ。そもそも、哨兵のすぐ脇には病室担当の衛兵たちが寝ており、十歩の距離の別の囚人病室の前には、また別の哨兵が銃を持って立ち、その脇には別の交代要員がいて、別の衛兵たちが眠っているという案配なのである。それにこの冬場、靴下にスリッパ履き、病院お仕着せの部屋着と室内帽という格好で、いったいどこへ逃げようというのか？　もしも、もしもリスクがそれほど小さいのだとすれば（要するに事実上リスクはゼロなのだから）、ひょっとしたら数日か数時間かの余命しかなく、健康な者よりもっときれいな空気を必要としている患者たちに対して、これほどまでにむごい仕打ちをする理由があるだろうか？　それが何の役に立つのか？　私にはついに理解できなかった……。

さて、いったん「何の役に立つか」という問いを発してみると、行きがかり上どうしてもう一つの疑問が頭に浮かんでくる。これもまた長年の間、きわめて不思議な事実として目の前にぶら下がっていた疑問であり、同じく私にはどうしても答えが見つからなかった。話を先に進める前に、その件について一言なりと触れておかないわけにはいかない。

疑問というのは足かせのことである。たとえどんな病気になろうとも、既決囚は足かせを外してもらえない。肺病患者でさえ、私の目の前で足かせを着けたまま死んでいった。しかも皆がそのことに馴れきっていて、何か既定の、抗《あらが》いがたい事実のように受け止めていたものだ。この問題をあらためて考えてみようとした者はおそらく皆無だろう。なにせ医者でさえ、この何年かの間に誰一人、一度として重病患者、とりわけ肺病患者の足かせを外してやろうと、当局に掛け合ったためしはないのである。仮に、足かせそのものの重量はたいしたことはないとしよう。足かせはだいたいが八から一二フントぐらいのものだ。一〇フントばかりのものを身につけられたところで、健康な人間なら重いとも感じない。ただし私が聞いたところでは、何年も足かせを着けているうちに、足が萎縮しはじめるそうだ。本当のことかどうか知らないが、ある程度の蓋然性はある。たとえわずかな、一〇フントばかりの重しでも、ずっと足にくくりつけられていれば、やはり脚部の重量が異常に増加するわけだから、長年のうちには何かしら有害な作用をもたらす恐れはあるのだ……。

だが仮に、健康な者にとってはまったく問題ないとしよう。しかし病人にとってはどうだろうか？　通常の病人は平気だとしてもいい。しかし、くりかえすが、重病患者も同列に扱えるか？　さらにくりかえすが、肺病患者はどうだろうか？　彼らはただでさえ手も足も萎縮して、わらしべ一本さえ重く感じる身なのだ。実際、もしも病院当局の尽力で、仮に肺病患者だけでも楽にしてやれたなら、それだけでも本当の、大きな善行となることだろう。もしかしたら、囚人は悪人なのだから、情けをかけてやるには及ばないという人がいるかもしれない。だが、それでなくともすでに神の指[6]に触れられた者に、さらに罰の追い打ちをかける必要があるだろうか？　しかも、ただ罰のためだけにこのような措置がとられてきたとは信じられない。肺病患者は裁判の際にも体刑を免除されるからである。つまりはここにもまた、転ばぬ先の杖とでもいった風な、何か窺い知れぬ重大な配慮が働いているのだ。

だがいったいどういう配慮なのか――得心がいかない。肺病患者が逃亡するのでは

5　三キロ強から五キロ弱。
6　旧約聖書「出エジプト記」第八～第十九章に見られる表現で、ユダヤの民を虐げたエジプト人への懲らしめを意味する。ここでは「犯した罪による罰」の意味。

ないかなどと、本気で心配するはずがないからである。この病気がある段階まで進んでいる場合、もはや逃げようなどと思う者はいない。逃亡を目的として肺病を装い、医者を騙すのも不可能だ。一目でわかる病気だから、仮病の余地はないのである。しかも良い機会だから言っておくが、そもそも人間に足かせをはめる目的は、逃がさないため、あるいは逃げるのを邪魔するためということだけだろうか？　とんでもない。足かせというのはひとえに辱めである。身体的および精神的な屈辱であり、重荷である。どこの誰であれ、足かせが邪魔になって逃げられないなどということはあり得ない。どんなに要領の悪い、不器用な囚人でも、たいした苦労もせずに、のこぎりで切ったり留め金をたたき壊したりして、手早く足かせを外すことができる。足かせは一切何の予防にもならないのだ。だとすれば、つまり足かせが単に既決囚に対する罰だけを目的としているのだとすれば、あらためて疑問がわいてくる――はたして瀕死の人間を罰するべきなのだろうか？

今これを書いているとき、私の脳裏に一人の瀕死の肺病患者のことが浮かんできた。例のミハイロフという、ほとんど私の真向かいの、ウスチヤンツェフのすぐそばのベッドにいた囚人で、いまでも思い出すが、私が病室に入って四日目に亡くなったのだった。もしかしたら私がいま肺病患者の話を始めたのも、あのときこの人物の死に立ち会って自分の頭に浮かんだ印象や思いを、無意識に再現していたのかもしれない。ただしミハイロフ本人のことは、私はほとんど知らなかった。まだとても若い男で、年はせいぜい二十五どまり、背が高く痩せぎすで、とびきり整った顔立ちをしていた。特別檻房の囚人で、不思議なほどに寡黙であり、いつもなんだか静かで、ひっそりと寂しげな様子をしていた。まるで彼自身が監獄の中で「萎縮」しかけていたかのようだ。少なくとも囚人たちは後になってそんな風に評したものだった。彼は囚人仲間に好ましい印象を残したのである。私が思い出すのは、ただ彼がきれいな目をしていたことであるが、それにしても実のところ、どうしてそんなにはっきりと思い出せるのか、我ながらよくわからない。

彼が死んだのは昼の三時頃、冷えてよく晴れた日のことだった。覚えているが、日の光がそのまま強い斜めの光線の束となって、我々の病室のちょっと凍り付いた緑色の窓ガラスを貫いていた。陽光は大きな流れとなって、哀れな囚人に降り注ぐ。死ぬときにはすでに意識はなかったが、何時間も断末魔の状態が続く、苦しい死に様だった。すでに朝方から目はかすみ、近寄ってくる者を見分けることができなかった。ひどくつらそうな様子が見えたので、なんとか楽にしてやりたかった。呼吸は重く、深く、ぜいぜいという音が混じっていた。まるで空気が足りないかのように、胸を高く持ち上げて息を吸っている。自分で毛布を剝ぎ、着衣もすべて剝ぎ取って、しまいにはシャツまでむしり取ろうとしだした。シャツ一枚さえ重く感じるのだ。皆で彼に手を貸し、シャツを脱がせてやった。ひょろ長い体、ガリガリに痩せて骨と皮になった脚と腕、ぺこりとへこんだ腹、高く上がった胸、骸骨のようにくっきりと浮き出た肋骨——見るも無残な姿だった。もはや身に着けているものといえば、香袋のついた木の十字架と、そして足かせばかり。その足かせときたら、彼のしなびきった脚ならば、今やそのまま抜けそうに見えた。

死ぬ半時間前になると病室中が息を潜めてしまったかのようで、話をするにも囁き交わすような案配だった。歩く者も、なにか足音を消すようにするのだ。互いの会話はまれになり、話しても無関係なことばかりで、ただ時折、ますます息音を荒らげる瀕死の患者のほうを見やるのであった。ついに彼は頼りない手をさまよわせながら、胸の上の香袋をつまんでもぎ取ろうとしだした。そんなものでさえ重くてやりきれず、胸が押しつぶされるような気がしたのだろう。そこで香袋も外してやった。それから十分ほどして彼は死んだ。扉を叩いて衛兵を呼び、知らせてやった。看守が入ってきて、しばし無表情な目で死人を見つめ、それから准医を呼びに行った。准医は若くて気立ての良い人物で、いくらか自分の容姿を気にしすぎる気味はあるもののかなりの男前だったが、じきに姿を現すと、静まりかえった病室に大きな足音を響かせながらつかつかと死者に歩み寄り、わざわざこのときのために考えておいたと言わんばかりの、なんだか妙にくだけた態度で脈をとり、あちこち触ってから、片手を振って出て行った。すぐに衛兵所に連絡が行った。なにせ特別檻房の重刑囚なので、死亡認定まで特殊な手続きが必要だったのだ。

衛兵を待つ間に、囚人の誰かが小さな声で、死者の目をつぶらせてやったほうがよくはないかという意見を述べた。神妙な顔で聞いていたもう一人の囚人が黙って死者に歩み寄り、目を閉じてやった。そこで枕の上に置かれていた十字架に目をとめると、手にとってしげしげと眺めてから、黙ってもう一度ミハイロフの首に戻してやった。首にかけて、それから十字を切ったのである。そうする間にも死者の顔は硬直がすすみ、顔面に日の光が戯れていた。口が半開きになっていて、歯茎に粘り着いた薄い唇の下に、真っ白な若々しい二列の歯が輝いていた。やがて短剣を帯びて鉄兜《てつかぶと》をかぶった衛兵所の下士官が、二人の看守を従えて部屋に入ってきた。死者に歩み寄る足取りを徐々にゆるめながら、下士官はしんと静まりかえって四方から厳しい表情で自分を見つめる囚人たちの様子をいぶかしげに窺った。死者まであと一歩のところまで行くと、彼はその場に釘付けにされたように立ち止まった。まるで怖じ気づいたかのようだった。素っ裸のカラカラに乾いた死体が、足かせだけをまとっている姿に衝撃を受けたのだ。やにわに顎紐を解いて、まったく必要もないのに鉄兜を外すと、彼は大きく十字を切った。いかめしい、白髪の、軍人らしい顔をした男だった。覚えているが、ちょうどそのとき、同じ白髪の老人チェクノーフがその場に立っていたのだった。彼は終始無言のまま、下士官の顔をひたと間近から凝視し、何かしら異様な注意深さで相手の一挙一動に見入っていたのだ。だが相手と目が合うと、チェクノーフはなぜか突然下唇をびくっと震わせた。そしてその唇をちょっと奇妙に歪めて歯をむき出すと、まるで自分でも思いがけなかったようにひょいと顎をしゃくって下士官に死体を示して、言った。

「こいつだってお袋さんがいたんだ！」そう言いすてて脇に退《の》いたのである。

この言葉に胸をえぐられるような思いがしたのを覚えている……。それにしても、何のために彼はあんなことを言ったのか、どうしてあんなせりふが頭に浮かんだのか？　だがもう搬出作業が始まって、死体は寝台ごと持ち上げられた。麦わらががさがさと鳴り、足かせが床に当たって、静寂の中にゴツンという音が響いた……。誰かがそれを拾い上げ、死体は運び出されていった。にわかに皆がしゃべりだす。すでに廊下に出た下士官が、鍛冶屋を呼んでこいと誰かに命じる声が聞こえた。死人の足かせを外さなければならないわけだ……。
だが私は本題から外れてしまった……。

第二章 病院(続)

医者が各病室を回診するのは午前中だった。十一時頃に院長を先頭に全医師が一団となって現れるのだが、その一時間半ほど前にあらかじめ担当医が病室にやってくる。当時の我々の担当医はまだ若い医師で、腕前が確かなうえに愛想が良くて親切なので、囚人たちに大いに人気があったが、唯一の欠点と見なされていたのは「あんまりおとなしすぎる」ことだった。実際なぜか口数も少なく、まるでこちらに気兼ねでもしているように頬さえ赤らめんばかり、患者がちょっとでも頼めば食事の割り当てを変え、果ては薬の指定まで、患者の頼みどおりにしかねない様子だった。とはいえ立派な青年であったことは間違いない。

正直な話、ロシアには一般民衆に愛され敬われている医者が数多くいるが、私の見る限りそれはまったく正当なことだ。ロシアの一般民衆が医学とか舶来の薬品だとかに対して不信感を抱いていることを思えば、わたしの言っていることが逆説に聞こえるのは承知している。実際、民衆は重い病気に何年も苦しみながらも、医者にかかったり病院に入院したりするよりは、むしろまじない医者に診てもらったり自家製の民間薬を使ったりするほうを選ぶ（もちろんまじない医者や民間薬も馬鹿にはできない）。そこには医学とはまったく関係のない一つのきわめて重要な事情があって、それは民衆が一般に「官」とか「公」とかの名がつくものに不信感を抱いていることだ。またそれとは別に、民衆は病院についての様々な脅し文句や作り話を聞かされる。多くはばかげたヨタ話で、中にはそれなりに根拠のあるうわさもあるが、いずれにせよ彼らは怯えと偏見にとりつかれている。ともかく一番大きいのは、病院ではドイツ式の秩序が支配していて、病気の間中ずっと他人に囲まれて暮らさねばならず、厳しい食事の制限があり、さらには准医や医師がとことん厳しいだとか、死体の腹を割いて臓物を取り出すだとかの噂話をさんざん聞かされることである。おまけに民衆には、所詮治療に当たるのは貴族の旦那衆だという頭がある。なんと言っても医者とは彼らにとって旦那衆だからだ。

しかし医者とより近くつきあいさえすれば（例外なくとは言えないが、大方は）こうした不安もじきにかき消えてしまう。それこそ、私の意見では、ひとえに我が国の医師たち、とりわけ若い医師たちの功績なのである。医師たちの大半は、素朴な民衆の尊敬を勝ち得、愛さえも勝ち得ることのできる人々である。少なくともこれは書いている私が自ら何度となく、いろんな場所で目撃し、経験したことであり、別の場所ではこれとは違うことが頻繁に起こっていると考える根拠はない。もちろん場所によっては医者が賄賂《わいろ》を取り、病院を私利私欲のために利用し、ほとんど患者を顧みず、医学さえすっかり忘れてしまう、といったこともあるだろう。そうしたケースはいまだに存在する。しかし私が言っているのは大半の例、もしくは今日医術の世界に確立されようとしている精神であり、方向性のことなのだ。

自らの道を踏み外し、羊群の中の狼と化すような者たちは、どんな風に自分を正当化しようと、たとえば環境が自分たちを蝕《むしば》んだのだといった言い逃れを試みようと、常に過つだろう。とりわけ人間愛まで失っている場合には、救いはない。人間愛、優しさ、患者に対する親身な同情こそ、ときには薬よりももっと必要なものだからである。そろそろ我々も、自分たちを蝕む環境が悪いんだといった、無気力な物言いをやめるべきときだ。まあ、確かに環境が我々を蝕む部分は大きいが、すべてをだめにするわけではない。なのにずるがしこい手練《てだ》れのペテン師はうまく言いくるめて、自分の弱点ばかりか卑劣な振る舞いまでも、環境に強いられたということで正当化してしまう。もしも文筆や弁舌の才があればなおさらだ。

しかし私はまたもや本題を逸れてしまった。言いたかったのはただ、民衆が信用せず、敵対視するのは、むしろ医療機関であって医者ではないということだけだ。医者がどんな人間かを実際に知れば、彼らはたちまち多くの偏見を捨てることだろう。それ以外の多くの点では、我が国の診療施設は民衆の気風になじまず、いまだに民間の習慣にさからうような決まりばかりなので、十分な信用と尊敬を得られずにいる。少なくとも私はある種の自分の印象から、そんな感想を抱いている。

我々の担当医はいつも一人一人の患者の前で足を止め、真剣な目できわめて注意深く診察し、問診し、薬を指示し、食事の割り当てを決めていた。時々仮病の患者が混じっていて、医者のほうでもそれに気づいていたが、せっかく囚人が作業を休んで一息つくために、あるいは裸の板に寝る代わりに敷布団に寝るために、そして極めつけは、青ざめてやつれた未決囚が狭いところにうじゃうじゃ閉じ込められている営倉の代わりに（未決囚はほとんど常に、ロシアのどこへ行っても青ざめてやつれているが、これこそ彼らの栄養状態と精神状態が、ほぼいつも既決囚に劣っていることの証拠である）、何はともあれ暖かい部屋で過ごすためにやってきたのだからということで、我々の担当医はそ知らぬ顔で《febris catarrhalis》[7]とやらの診断を下し、ときにはそのまま一週間も入院させておいてやるのだった。この《febris catarrhalis》を聞くと、我々は皆ニヤニヤしたものだ。それが医者と患者の間の暗黙の了解で決まった、仮病を意味する決まり文句であることを、よくわきまえていたからである。囚人たち自身はこの《febris catarrhalis》を「奥の手の病気」と訳していた。ときに患者が医者の寛容さにつけ込んで居座り、力ずくで追い出されるまで出て行かないことがある。そんなときの担当医は見物《みもの》で、回復してきたから、もう退院願いを出しなさいと、じかに患者に言い渡すのを、なんだか臆したような恥ずかしいような様子でためらっているのだ。本当ならば何の挨拶も斟酌《しんしゃく》もなく、ただ単に《sanat est》[8]とカルテに書いて、追い出すだけですむのである。なのに医者は、初めは暗にほのめかすような、後にはまるで懇願するような調子で「そろそろじゃないかね。もう君はほとんど健康だし、病室も手狭だからね」等々と持ちかけている始末。そのうちに患者のほうがきまりが悪くなってきて、ついには自分から退院願いを

7　カタル性熱病。
8　全快。

出すのだった。

院長のほうは、本来慈愛に満ちた高潔な人物だったが（彼も患者たちに人気が高かった）、担当医とは比べものにならぬほど厳格で毅然としており、場合によっては容赦のない厳しさを見せたので、そのせいで我々の間では何か特別の尊敬を勝ち得ていた。院長は担当医の診察のあとに全医師を引き連れて訪れ、同じく患者を個別に診て回るのだが、特に重病患者のところでは足を止めて、いつも何かしら温かく励ますような、しばしばじんとくるほど親身な言葉をかけるので、概して良い印象をもたらした。「奥の手の病気」で来ている者を彼は決して邪険に追い返そうとはしなかったが、患者のほうがごねるようなときは、単刀直入に「さあ、もう十分寝て休んだだろう。出て行くんだ、潮時だからな」といって退院させるのだった。

ごねて居座ろうとするのは普通、特に忙しい夏場の時期に仕事を怠けたいという人間か、あるいはこれから体刑が待ち受けている未決囚であった。そんな未決囚の一人を退院する気にさせるために、格別に厳しい、残酷なと言えるほどの措置がとられたのを覚えている。その患者は眼病で入院したのだった。真っ赤な目をして、目の中が刺すように痛むという。カンタリスチンキを使ったり、ヒルに瀉血《しやけつ》させたり、何か刺激性の水薬で洗浄したりして治療を試みたが、いっこうに病気は治まらず、目は濁ったままである。次第に医者たちはこれが仮病であることに思い至った。腫れがいつまでも軽微なままで、それ以上大きくもならず、かといって治りもしないで、ずっと同じ状態が続いているからである。疑わしい症例というわけだ。囚人たちは皆とっくに、この男が仮病を使って人を騙しているのに気づいていた。とはいえ本人が自分から白状したわけではない。これはまだ若い男で、美男のくせに、誰に対しても妙に不快な印象を与える人物だった。打ち解けず、疑い深く、不機嫌で誰とも話そうとせず、上目遣いにあたりを見て、まるで誰一人信用できないといった風に人目を避けていた。覚えているが、囚人たちの中には、この男が何かしでかすのではないかと危惧している者さえいた。元は兵隊で、派手に盗みを重ねて捕まり、千発の笞打ち刑と囚人部隊送りという判決をくらった。前にも触れたとおり、体刑の瞬間を先延ばしするためなら、未決囚はときに恐るべき振る舞いにまで及ぶことがある。たとえば刑の前夜に誰か当局のお偉方を、あるいは囚人仲間をナイフで刺し、あらためて裁判にかかって、その結果体刑が一月《ひとつき》か二月《ふたつき》先になる——それで目的が達せられるというわけだ。その二ヶ月が過ぎたとき、自分が二倍も三倍も厳しく罰せられることになろうと、知ったことではない。ただ今このとき、恐怖の瞬間をわずか数日なりと先延ばしにできさえすれば、もうその先はどうなってもいい——不幸なる未決囚たちの萎縮ぶりは、時としてそれほどまでに甚《はなは》だしいのである。我々の中のある者たちは、すでに仲間内で、この男に気をつけるよう囁き交わしていた。ひょっとすると夜中に誰かに斬りかかるぞというのだ。もっとも、ただそんな風に囁き交わすばかりで、彼の隣の寝台にいる者たちでさえ、別に何の予防策も講じたわけではない。ただしこの男が夜な夜な、漆《しっ》喰《くい》壁から取った石灰に何かをまぜて目にこすりつけ、明け方にはまた赤い目をしているのは目撃されていた。

とうとう院長は、串線《かんせん》法という荒療治をするといって男に脅しをかけた。いつまでも治らないしつこい眼病で、あらゆる療法を試してもだめだったときには、患者の視力を救うために、医者たちは痛みを伴う荒療治を断行する。患者に、馬にするような串線を付けるのだ。しかしこのわからず屋は、そこまで言われても、自分から病気が治ったとは言わなかった。なんと頑固な性格か、それとも臆病のほうが過ぎるのか、串線法といえば、たとえ棒笞で打たれるほどでないにしても、やはりかなりの苦痛をもたらすのである。患者の後ろから首の皮を手でつまめるだけつまみ、引っ張っておいてそこにナイフを突き通す。するとうなじのところに広くて長い傷口ができるから、そこにほぼ指二本の幅のかなり広い麻の平紐を通す。そしてその平紐を、毎日決まった時間に左右に動かしてやると、そのたびに傷口が開いて、傷はいつまでも膿んだまま癒えないというわけだ。未決囚はひどく苦しみながらも、この拷問を何日か頑固に踏ん張り通したあげく、ようやく退院することを受け入れた。目のほうは一日ですっかり正常に戻り、首の傷が癒えるとすぐに、彼は営倉へと戻っていった。そしてすぐにその翌日、千発の笞打ち刑を受けるために引き出されたのである。

むろん体刑を受ける直前の一分はつらい。そのつらさを思えば、私がその恐怖心を弱気とか臆病とか名付けるのは、おそらく誤りなのだろう。だとすれば、二倍三倍の笞打ちをくらうのはなおさらつらいはずで、とにかく一瞬でも執行を先に延ばしたいという気になるのも当然だ。しかし前に書いたように、笞刑の第一段階で受けた背中の傷がまだ癒えきらないうちに退院を志願し、さっさと残りの笞打ちをすませて未決囚の身を脱しようとする者もいるのだ。誰にせよ未決の身で営倉に収監されているのは、懲役とは比べものにならないほどつらいからだ。だが気質の差はさておき、ある種の人間がうろたえもせずに不敵な態度を保っていられるのには、生まれつき殴られたりお仕置きされたりということに馴れきっているという事情も大きい。何度も笞で打たれているうちに、なんとなく度胸もすわれば背中の皮も丈夫になってきて、しまいには体刑など馬鹿にしてちょっとした不都合というくらいにしか感じなくなり、もはや恐怖心は消えてしまうというわけだ。一般的に言えば、これは確かである。

特別檻房にいた囚人仲間で、受洗カルムィク[9]のアレクサンドルもしくは仲間内の呼称でアレクサンドラという女名前の人物がいた。変わった男で、ずる賢くて大胆で、そのくせたいそうお人好しだったが、この男が私に四千発の笞打ち刑を耐え抜いたときの話をしてくれたことがある。にやにや笑いと冗談交じりの話だったが、それでもふとまったくの真顔になって、きっぱりと言いきったものだ——自分は少年時代から、それもまだひ弱な、ほんの小さな子供の頃から笞をくらって育ち、おかげで集落《オルダ》に暮らしている間ずっと背中の生傷が絶えなかったが、もしもそうした経験がなかったとしたら、とても四千発の笞打ちには耐えられなかっただろうと。話をするときの彼は、まるでそんな笞によるしつけを褒め称えているかのようだった。

「何をしてもひっぱたかれたもんだよ、ゴリヤンチコフさん」ある夕べ、ちょうど火灯し頃に私の寝床に腰を下ろして、彼は語った。「もう一から十まで、することなすことケチを付けられてね、十五年ほどもの間ずっとひっぱたかれ通しでさ。物心がついた最初の時から、毎日何度かずつね。手を出さないのはその気のない者だけだった。それでしまいには、俺もすっかり慣れっこになっちまったんだよ」

この人物がどうして兵隊になったのか、私は知らない。もしかしたら、彼はそれも話してくれたのかもしれないが、覚えていない。この男は逃亡と浮浪の常習犯だった。[10]

彼の話で一つだけ覚えているのは、上官殺害の罪で笞刑四千発を宣告されたとき、自分がどれほど怖じ気づいてしまったかというくだりだ。

「俺は承知していたよ、きっと厳しい罰をくらわせられるだろうし、もしかしたら生きて返してはもらえないだろうってね。だって、いくら笞には馴れっこだっていっても、四千発っていえば半端じゃないからな！　おまけに上官たちはみんなカンカンに腹を立てているんだから！　だからわかっていた、はっきりとわかっていたんだ――こいつはただじゃあすまないぞ、こっちも持ちこたえられないだろうし、相手も生きては返さないだろうって。そこでまず俺は洗礼を受けて改宗しようと思いついた。もしかしたらそれで許してもらえるかと思ったんだ。仲間からは当時、そんなことをしても何にもならん、許しちゃもらえないよと言われたけれど、それでもとにかくやってみようと思ったんだ。なんと言ってもキリスト教徒が相手なら、あちらさんも情がわくんじゃないかと思ったわけさ。で本当に受洗を許してもらって、洗礼のと

9　洗礼を受けてキリスト教に改宗したカルムイク人。カルムイクは本来ロシア帝国内で最大の仏教徒集団。

10　帝政ロシアでは軍からの逃亡はもちろん刑罰の対象であり、また軍や村からの逃亡の結果、身分証を持たずに浮浪している「無宿人」も、犯罪者として流刑などの罰を科された。

きにアレクサンドルという名前までもらったよ。なのに、笞の数はやっぱり元のまま、ただの一発もお目こぼしはなしだ。これには俺も頭に来たね。そこで腹の中で考えた――よし見てろ、お前らをみんな、本気で騙してやるからなってね。それがどうだい、ゴリャンチコフさん、まんまと騙しおおせたんだよ！　俺は死んだまねをするのが大の得意でね。といってもすっかり死んじまったまねをするんじゃなくて、もう今にも魂が体から出て行きそうな、瀕死の人間の振りをするのさ。さて刑場に連れて行かれて、まずは千発をくらった。背中に火がついたようで、つい悲鳴を上げてしまったよ。次の千発をくらっているうちに、もうこれでおしまいだと思ったね。頭はすっかり朦朧として、脚もふらふら、そのままばったり地面に倒れちまった。目は死人のよう、顔は青ざめて息も止まり、口に泡を吹いているわけだ。近寄ってきた医者は、すぐにも死ぬだろうと言う。そこで俺は病院に運ばれたが、するとたちまち生き返っちまったというわけさ。

そんなわけであと二回、俺は刑場に引き出された。連中はもう俺のことが憎らしくて、腹に据えかねていたけれど、そんな奴らを俺はあと二回もこけにしてやったよ。次の時は千発くらっただけで気絶したが、これでしめて三千発だ。さて、いよいよ最後の千発のときには、一笞一笞がまるで心臓をナイフでえぐるような具合だったよ。

一発くらうたびに三発くらったような気がするほどで、まあ痛いのなんの！　マジで怒り狂っていやがったんだな。まったくあの忌々しい最後の千発ときたら（ちくしょうめ！）、最初の三千発を合わせたぐらいすごかったぜ。こいつは、もししまいまでいかないうちにこっちからくたばらなかったら（残りはたった二百発だったよ）、きっと死ぬまで殴られるぞって思ったね。だが俺も連中の思うとおりにはさせないさ。またもや裏をかいて、死んだまねをしてやった。で、連中はまたもや信じやがったんだ。だって医者が信じているんだから、信じないわけにいくかい。

だから最後に残った二百発のときにはもう親の敵《かたき》みてえにこっぴどくやられてさ、まったく最初の二千発のほうがまだましだったくらいだが、でもこっちが一枚上手《うわて》で、殴り殺されはしなかった。なぜ殺されずにすんだかって？　それはやっぱし、ガキの頃から笞をくらって育ったからさ。だからこそ今日まで生き延びてこられたんだ。あ、まったくよく殴られた、生涯殴られ通しだったぜ！」

話の最後に彼は何か切ない思いに駆られたような調子で言い添えた。まるで自分が何度殴られてきたか、思い起こして数え上げようとしているかのようだった。

「いいや」つかの間の沈黙を破って彼はさらに言葉を継いだ。「殴られた数なんて、数えたって無駄だ。なに、数えきれるもんか！　数のほうが足りねえくらいさ」そう言ってちらりと私の顔を見るとにっこり笑ったが、それがまた実に気のよさそうな笑顔だったので、こちらもつい笑みを返さずにはいられなかった。

「いいかい、ゴリャンチコフさん、俺は今でもまだ、寝て見る夢といえば必ず殴られている夢だ。ほかの夢は見たことがないのさ」

事実彼は夜中によくうなされていて、しかもめいっぱいの大声で叫ぶものだから、すぐに囚人たちが「こん畜生、何を怒鳴っていやがるんだ!」と言って、こづいて起こすのだった。小柄な元気者で、軽薄で陽気で、年格好は四十五くらい、誰とでも折り合いがよかった。確かに盗みが大好きで、ここではよく盗みのことで殴られていた。しかしはたしてここに生涯盗みをしてこなかった者がいただろうか、そしてそれで殴られたことのない者がいただろうか?

ついでに一つ付け加えておこう。同じように殴られてきた者たちが、自分はどんな風に殴られたか、誰に殴られたかを語って聞かせる際に、皆異様なほどお人好しの、恨みつらみのない口調で話すのだが、私は常々そのことに驚いてきた。聞いている私のほうは、時に身につまされて切なさのあまり胸がどきどきしてくるというのに、話すほうの口ぶりには憎しみにせよ恨みにせよ、かけらさえもないのである。それどころか、話しながら子供みたいにケラケラ笑っていることさえあるほどだ。

ポーランド人のM[11]が自分の受けた体刑について話してくれたことがある。彼は貴族ではなかったので、五百発の笞刑をくらったのだ。[12]私は別の者たちからそのことを知り、それは本当なのか、どんな風にされたのかと、直接彼にたずねたのだった。彼の返事はなぜか素っ気なく、胸の内に痛みでも秘めているかのように、努めてこちらの顔を見まいとしている様子だったが、顔には朱が差していた。しばし後にこちらを振り向くと、その目には憎しみの火が燃え、唇は怒りで震えていたのだった。この男は生涯自分の過去の一頁を忘れられないだろうと私は感じたものだ。

しかしロシア人の囚人はほとんど全員が（例外なしだとは請け合えないが）体刑をまったく別の目で見ていた。時々考えたものだが、囚人たちが完全に自分を罪人と認め、体刑を受けて当然だと思っていたはずはない。とりわけ自分と同じ仲間に対してではなくて、監督官に対して罪を犯した場合には。囚人たちの大半はまったく自責の念など持っていなかった。すでに書いたように、自分たちの仲間に対して罪を犯した場合でさえ、良心の呵責《かしゃく》に駆られている者など見たことはないのだ。監督官に対す

11 第一部第三章に登場した人物で、モデルはアレクサンデル・ミレツキ。
12 貴族階級は基本的に裁判による体刑の対象から外されていた。ただし後出のように受刑中に体刑をくらう可能性はあった。

る犯罪の場合は、推して知るべしである。時々私には、監督官に逆らった後の囚人が、一種独特な態度で、ことがらをいわば現実主義的に、つまり起こってしまったこととして受け入れようとしているのだと思えた。事態は宿命として、あらがいがたい事実として受け止められる。それも何か特に考えた結果ではなく、ひとりでに、何かの信仰のようにそんな風になるのだ。たとえば監督官に対して罪を犯した囚人は、ほとんど常に自分のほうが正しいと思うもので、その正否を問うこと自体あり得ないほどだ。しかし実際問題として、監督官の側が彼の犯罪をまったく違う目で見ていることは囚人も意識しているわけで、従って自分が処罰されるのも当然、それで貸し借りなしだ、という理屈になる。これはお互いの戦いだからである。

この場合囚人が疑う余地なく理解しているのは、自分と同じ一般民衆の裁きによれば、自分は正しいということだ。自分の犯罪が仲間を、兄弟を、すなわち一般民衆を相手にしたものでないかぎり、民衆仲間はけっして自分をつきつめて断罪するようなことはしないし、大半の者はまったく正当だと見なすだろう——それも彼はわきまえているのだ。従って彼の良心は安らかであり、良心の咎めがなければ精神も強く、揺らぎはない。それこそが肝心なのだ。彼はいわば寄りかかる支えを持った気分で、だからこそ自分の身に起きたことを厭わずに、避けられぬ出来事として受け入れることができる。それは彼に始まったことでも彼で終わることでもなく、いったん開始された受け身の、しかし粘り強い戦いの一部として、この先もずっと続いていくことがらなのだ。トルコ軍と戦っている兵士が、はたしてトルコ人に個人的な憎しみを持つだろうか。しかしそんなことにはおかまいなく、トルコ人は斬ったり突いたり撃ったりしてくるのだ。

ただし体刑の話がすべて、まったく冷静かつ淡泊に語られていたわけではない。たとえばジェレビャートニコフ中尉の名が登場すると、話に幾分憤りのニュアンスが混じった(とはいえたいしたものではないが)。このジェレビャートニコフ中尉のことは、すでに入院した最初の頃から知っていた。もちろん囚人仲間の話に出てきたからである。その後、いつかこの人物が我々の監獄の衛所に立っていたとき、じかに見る機会があった。背が高くて脂肪太りした三十がらみの男で、脂でふくれた赤い頰と真っ白な歯をして、ノズドリョーフ[13]式の豪傑笑いをする人物だった。顔を見ただけで、これがおよそ思慮というものを欠いた人間だということが読み取れた。よく体刑の執行官に指名されたが、そんなとき枝笞で打ったり棒笞で罰したりするのが、いかにも

13 ニコライ・ゴーゴリの小説『死せる魂』に出てくる厚顔無恥な田舎地主。

うれしくてたまらないようだった。

急いで付け加えておくが、私はすでに当時からこのジェレビャートニコフ中尉を同類の人間のうちでもひときわ化け物じみた存在と見なしていたし、囚人たちも彼を同じように見ていたのである。もちろん昔は、つまり例の「新しい言い伝えだが、にわかには信じがたい」[14]という程度の近い昔には、この男のほかにも自分の仕事を熱心かつ勤勉に果たそうとする体刑執行官がいた。だがたいていの場合は、さりげなく淡々と執行されていたのだ。この中尉ときたら、なにかしら体刑執行における極度に洗練された美食家といったものを思わせた。体刑の技を心から、熱烈に愛し、それもひたすら技芸そのものとして愛していたのである。彼はその技を堪能し、そしてちょうど快楽に疲れ果てたローマ帝国時代の退廃貴族と同じように、たっぷりと脂のついた自分の胸を少しでもときめかせ気持ちよくすぐるために、あれこれ手の込んだ仕掛けや不自然な工夫を、自ら編み出したのであった。

さて、一人の囚人が体刑のために獄から引き出されてくる。ジェレビャートニコフが執行官だ。太い棒笞を持った兵たちの長大な列ができており、それを一目見ただけですでに彼の胸は高鳴っている。彼は満悦顔で列の周囲を歩き回り、しつこく確認している――兵は各々熱意をもって良心的に自分の務めを果たすべし。さもないと……

だが「さもないと」どうなるかは、すでに兵士たちもわかっていた。さていよいよ受刑者本人が刑場に到着するが、もしもこの男がまだジェレビャートニコフを見知っていなかったり、この男の本性についてまだよく聞き知っていなかったりすると、中尉はたとえば囚人相手に次のようないたずらをしてみせるのだ（もちろん以下に述べるのは、何百といういたずらの一例に過ぎない。なにせこの中尉は無尽蔵のアイデアを持っていたからだ）。

囚人は誰でも裸にされ、左右の手をそれぞれ小銃の床尾《しょうび》にくくられて、そのまま下士官たちに引きずられながらいわゆる緑の道を歩き通すことになるのだが、まさにその準備をしている最中、囚人は皆例外なく、必ずめそめそと訴えるような声で、どうか手加減してほしい、あまり厳しく罰しないでほしいと、執行官に懇願しはじめる。「中尉殿」と哀れな囚人は呼びかける。「お願いだ、実の親父様になって、一生神様に祈らせてください。どうか殺さないで、お情けをかけてください！」

ジェレビャートニコフはたいていこの瞬間を待ち構えていた。即座に支度をストップさせると、自分もしんみりしたような顔になって、囚人相手に話をしだすのだ。

14 アレクサンドル・グリボエードフの戯曲『知恵の悲しみ』の科白。

「なあお前」と彼は言う。「いったいこの俺がお前に何をしてやれるというんだ？　罰するのは俺じゃなくて、法なんだぞ」

「中尉殿、何もかもあなた様次第です、お情けをかけてください！」

「俺がお前に同情していないと思うのか？　お前が笞打たれるのを見て、俺が楽しむとでも思うのか？　俺だって同じ人間だぞ！　俺は人間か人間でないか、お前どう思うんだ？」

「それはもう、中尉殿、知れたことで、あなた様は父親、私どもは子供です。どうか実《じつ》の親父様になってください！」脈があると見た囚人は訴えかける。

「いいかお前、自分で考えてみろ。お前にも頭はあるんだから、考えられるだろう。俺だって言われなくても知っているさ、人の道から言えば、お前のような罪人のことも寛大な、優しい目で見てやるべきだってな」

「おっしゃるとおり、まったくそのとおりでございます、中尉殿！」

「そうさ、優しい目で見るんだよな、お前がどんなに罪深かろうと。だがな、この場合問題は俺じゃなくて、法なのさ！　考えてみろ！　俺は神様に仕えると同時に祖国にも仕えているんだぞ。もし法を甘くしたりしたら、俺は重い罪を背負うことになるじゃないか、そうだろう！」

「中尉殿！」

「じゃあ、こうしようか！　かまわない、お前のためだ！　罪を犯すのはわかっているが、まあしかたがない……ひとつ今回は情けをかけて、手加減しようじゃないか。しかしな、もしそうすることがお前の仇《あだ》になったらどうする？　今俺がお前に情けをかけて、手加減すると、お前は次のときもまたそうなると期待して、また罪を犯すとだろう。そしたらどうなる？　俺だって気が咎めて……」

「中尉殿！　もう二度と、金輪際罪は犯しません！　天の神様の玉座の前に立ったつもりで申します……」

「ああ、よしよし、わかった！　じゃあ俺に誓うというのか、この先ずっと悪さはしないと？」

「たとえ神様に八つ裂きにされても、たとえあの世で……」

「誓うのはよせ、恐れ多いぞ。俺はお前の約束を信じよう、約束するか？」

「中尉殿!!!」

「いいか、俺が情けをかけるのは、ただただお前の流す孤児《みなしご》の涙にほだされてだぞ。お前は孤児だろう？」

「孤児であります、中尉殿、天涯孤独の身の上で、親父もお袋もいません……」

「じゃあ、お前の孤児の涙に免じてだ。だがいいか、これが最後だぞ……さあ連れて行け」中尉が優しい猫なで声で付け加えると、囚人は感激のあまり、こんなに優しい人間のことをどんな言葉で神様に祈ったらいいかわからないといった表情になる。だがそのとき不吉な兵士の行列が展開をはじめ、囚人はしょっぴかれていく。太鼓が鳴り出し、列の最初の者たちが棒笞を振り上げる……。

「やつをしょっぴいていけ！」ジェレビャートニコフが声を限りに叫ぶ。「痛い目に遭わせてやれ！　ひっぱたくんだ、皮がひんむけるほどにな！　背中一面にびしびしやれ！　もっとだ、もっとだ！　その孤児に、その騙《かた》り野郎にきついのをくらわせてやれ！　そいつをぶちのめせ、ぶちのめすんだ！」

すると兵隊たちは渾身の力で笞を振り、哀れな囚人は目から火花が飛ぶのを覚え、悲鳴を上げる。一方ジェレビャートニコフは隊列に沿って囚人の後を追いながらカラカラと高笑いを上げ、やがて笑いにむせて両手で腹をかかえて屈み込んだまま身を起こせなくなる。しまいにはこの哀れな男を見ているのがつらくなってくるほどだ。彼はうれしいのだ。おかしいのだ。そうしてほんの時たま例の高らかな、元気な、豪傑笑いが途絶えたかと思うと、またもや号令がとどろくのだった。

「そいつをじゃんじゃんひっぱたけ、そいつを、その騙りをびしびしやってやれ、その孤児をぶちのめすんだ！……」

また彼は次のようないたずらも考えついた。体刑の場に引き出されると、囚人はまた懇願しはじめる。ジェレビャートニコフは、今度はわざと困った顔もしかめっ面も作ろうとはせず、いきなりざっくばらんに応じる。

「いいか、お前」と彼は言う。「俺はきちんとお前を処罰する。お前の自業自得だからな。ただし、お前のためにこうしてやることはできるぞ。つまり銃の床尾にくくりつけるのはなしにしてやる。自分一人で歩くんだ。ただし、新機軸なんだから、全速力で隊列を一気に駆け抜けること！　一本一本笞は降ってくるが、刑は短くてすむだろう。どうだ、試してみたいか？」

囚人はなんだか納得のいかないような、半信半疑の顔で聞きながら考え込んでいる。そうだな――と彼は胸の内で考える――もしかしたら本当に得かもしれない。全力疾走すれば、お仕置きの時間は五分の一ですむだろうし、もしかして笞が全部は当たらないかもしれない。

「はい、中尉殿、承知しました」

「じゃあ、俺も承知だ、行け！　さあみんな、ぬかるんじゃないぞ！」中尉は兵士たちに声をかけるが、しかしただの一本の棒笞も囚人の背中を打ち損じることはないと、あらかじめわかっているのだ。打ち損じたりしたらどんな目に遭うか、兵士のほうでも自覚しているからだ。囚人は全力で「緑の道」を駆け出すが、しかしもちろん十五列も並んだ兵士の前をすっと駆け抜けるわけにはいかない。棒笞が、まるで小刻みな太鼓の連打のように、稲妻のように、一時《いちどき》に四方八方から背中に振り下ろされ、囚人はまるで足元をなぎ払われたか、銃弾を浴びせられたかのように、叫び声を上げて倒れてしまう。

「いけません、中尉殿、やっぱり規則通りにやってください」真っ青な怯えきった顔でゆっくりと地面から身を起こした囚人がそう言うと、この悪ふざけの顚末を最初から見通していたジェレビャートニコフは、腹を抱えて大笑いする。しかしこの男のこうした気晴らしも、彼についての監獄の噂話も、とても全部書き記すわけにはいかない。

スメカーロフという別の中尉の噂話は、これとはちょっと形も違えば、調子も雰囲気も違っていた。これはかつての我々の監獄の長で、今の少佐の前任者に当たる人物であった。ジェレビャートニコフの話をするときの囚人たちは、とりわけ敵意をむき出しにもせず、かなり淡々とした口調でしゃべってはいたが、それでもやはりこの男のやり口に感心したり、褒めそやしたりすることはなくて、明らかに忌み嫌っていた。

上から見下すような様子さえ見られた。しかしスメカーロフ中尉のことは喜んで、うれしそうに思い起こされていたのだ。

そもそもこの人物には、特に笞打ちを好むようなところはまったくなく、純粋にジェレビャートニコフ的な要素は皆無だった。とはいえこの人物も、けっして笞打つのが嫌いだったわけではない。いやむしろ彼の笞そのものが、囚人の間で何か甘美な、懐かしいものとして思い起こされていた。それほどまでに囚人たちを喜ばせるすべを心得ていたのである！　だがいったい何によって？　どうして彼はそこまで人気者になれたのだろうか？　確かに囚人たちは、たぶんロシアの民衆一般がそうであるように、たった一つの優しい言葉で山ほどの苦しみも忘れてしまうことができる。これはあれこれの論証抜きに、事実として言うのだ。だから囚人たちのご機嫌を取って、彼らの人気を得ようとするのは難しいことではなかった。しかしスメカーロフ中尉の人気は飛び抜けていたのであり、そのせいで笞打ちの仕方さえもがほとんど感動を込めて思い出されていたのだった。

「もう親父なんかいらねえくらいだったぜ」前任の一時的な監獄長スメカーロフを思い出しては今の監獄長の少佐と比較しながら、囚人たちはそんな感慨を漏らしてため息さえついていたものだった。「いい人だったなあ！」

これは素朴で、優しいと言っても良いくらいの人物だった。ただし、監督官の中にはただ優しいどころか、度量の大きな人物さえ混じっていたのだが、どうしたわけか誰もがそういった人物を嫌い、見下すようにして、ただ笑いものにしていたのだった。要は、スメカーロフという人物は一種独特のやり方で、囚人全員に自分を仲間だと認めさせることができたのである。これこそは大変な手腕というか、正しく言えば持って生まれた才能であって、それを持っている人間もそのことをいちいち意識しないたぐいのものである。不思議なことに、そうした才能の持ち主の中にはまったく意地悪な人間も混じっているのだが、そんな人間でさえ時には大いに慕われることがあるのだ。そういう人物は配下の囚人たちに対して難しいことも言わなければ毛嫌いする様子も見せないが、そんなところがミソだと私には思える。苦労知らずのお坊ちゃん育ちのような様子は混じっていないし、貴族くささのかけらもなく、その代わり生まれつきの一種独特な民衆のにおいを持っているのだ。ああ、民衆はなんと敏感にそのにおいを嗅ぎつけることか！　そしてそのにおいのためなら何を惜しむだろうか！　最高に慈悲深い人間と最高に厳しい人間を取り替えることさえ厭わないのだ——もしもその厳しい人間が、自分たちと同じ手織りの麻のにおいを放っているならば。もしもその民衆くさい人間が、おまけに、たとえ自己流にであれ、本当に心優しい人物だったならどうなるか？　そんな人間はもはやかけがえがない！

スメカーロフ中尉は、すでに述べたように、時には痛い笞もくらわせたが、一種独特の仕方で囚人たちに恨まれずにすんだ。いやむしろ反対に、すでに何もかも昔の話となってしまった今日でもまだ、笞打ちの際に彼がしたいたずらが、笑いながら楽しそうに思い起こされているのである。とはいえ、彼のしたいたずらは多くはなかった。芸術家的な想像力が不足していたのだ。実際のところ、彼のいたずらというのはただの一つきりしかなく、ほとんど丸一年それ一つで通したのである。ただしもしかしたら、まさに一つしかないからこそ皆に受けたのかもしれない。それはまったく無邪気ないたずらだった。

罪を犯した囚人が連れられてくる。スメカーロフ自らが処罰に立ち会うが、出てきた彼は冗談を言ってにやにや笑いながら、その場で罪人にあれこれ質問する。質問は何か関係のないこと、たとえば囚人自身の身の上、家の事情、刑務所暮らしのことなどだが、別に何か目的があるわけではなく、かといって何かのいたずらでもなく、ただ単にたずねるのだ。なぜなら、彼が本当にそうしたことを知りたいからなのである。枝笞が運ばれ、スメカーロフには椅子が用意される。彼は椅子に腰を下ろすと、パイプまで吹かし出す。たいそう長いパイプである。囚人のほうは懇願しはじめる……。

「まてまて、横になるんだ。何をそういつまでも……」スメカーロフが諭すと、囚人はため息をついて身を横たえる。「ところでお前、これこれのお祈りの文句を空で言えるか？」

「もちろんです、中尉殿、俺たちキリスト教徒はガキの頃から教わってきましたから」

「じゃあ、唱えてみろ」

すでに囚人は、何を唱えればいいのか、唱えるとどうなるかを心得ている。なぜならこのいたずらは、すでにかれこれ三十回ほども、ほかの囚人相手に繰り返されてきたからだ。おまけにスメカーロフ自身も、囚人が心得ていることを承知しているし、さらには横たわった犠牲者の上で枝笞を振り上げている兵士たちもまた、この同じいたずらのことをずっと前から聞き知っているということも承知しているのだが、それでもこれをまた繰り返すのである。こんなにもやみつきになっているのは、もしかしたらまさに自分がこれを思いついたのだという、文学的な自己満足のせいかもしれない。囚人が祈りを唱えはじめ、兵士たちが枝笞を手にして待ち構える中、スメカーロフは身を乗り出すような格好になって、片手を上げる。もはやパイプを吹かすのもやめ、じっとある言葉を待ち構えているのだ。有名な祈りの最初の一行が終わると、囚人はいよいよ「天に《ナ・ネベシイ》」[15]という文句まで来る。まさにそここそがポイントだった。

「待て！」中尉は高ぶった声で叫ぶと、霊感を帯びたような身振りで枝笞を振り上げた兵士に向かい、間髪を入れずに命令する。「さあ、こいつに一発献上しろ《ポドネシイ》！」そうしてゲラゲラと大笑いするのだった。周囲に立っている兵士たちもまた笑みを浮かべている。笞打つ者もにやりとすれば、打たれているほうまでにやっと笑いかねない様子だ。「献上しろ」という号令によって、すでに枝笞は空中でうなりを立て、一瞬の後には囚人の罪深い背中をカミソリのように裂こうとしているというのに。スメカーロフは大喜びだ。まさに自分がこれほど愉快ないたずらを思いついたこと、しかも自分で語呂合わせを考えたことが、うれしくて仕方がないのである。「天に《ナ・ネベシイ》」と「献上しろ《ポドネシイ》」は意味も呼応しているし韻も踏んでいるからだ。スメカーロフも完全に自分に満足して刑場を後にするし、笞打たれた者も、ほとんど自分とそしてスメカーロフに満足せんばかりの様子で戻って行く。そして半時間もすると監獄の中で、ついさっきすでにこれまでに三十回も繰り返されてきたいたずらが、また繰り返されて三十一回になったということを吹聴して回っているのである。

「まったく、いい人だよ！　いたずら好きでなあ！」

15　話題になっているのはいわゆる「主の祈り」。この言葉の前後は「爾《なんじ》の旨は天に行わるるごとく」。

時にはこの善良きわまる中尉の思い出話が、なんだかあのマニーロフ[16]のように浮き世離れした調子を帯びることもあった。

「よくあの脇を通りかかるとな」どこかの囚人が満面に思い出し笑いを浮かべて物語る。「通りかかるとな、あの中尉が部屋着姿で窓辺に座ってな、茶を飲んだりパイプを吹かしたりしているんだ。帽子を取って挨拶すると、アクショーノフよ、どこへ行くんだ？ と聞くんだよ」

「へえ、仕事です、スメカーロフの旦那、大急ぎで作業所に行かなくちゃならないんで、と言うと、にこにこ笑ってたっけな……いやはや、いい人だった！ まったく善人だったよ！」

「あんな人はまたといないさ！」聞いていた誰かが言い添えるのだった。

第三章 病院（続々）[17]

私がここで体刑のこと、およびこの興味深い義務を遂行する様々な人間のことを語りはじめたのは、そもそも病院に入ったおかげで初めて、そうしたすべてのことを自分の目で見て理解するようになったからである。それ以前には、ただ又聞きでしか知らなかったのだ。ここの二つの病室には、この町とその近郊一帯にあるすべての大隊、懲治中隊、およびその他の部隊から、列間笞刑を受けた未決囚が皆送られてきた。監獄暮らしの初期の頃には、私はまだ身の回りのすべての出来事をむさぼるように観察していたので、自分には奇妙なものに見えるこの方面のしきたりも、体刑を受けた者たちや体刑に備えている者たちの姿も、すべてをきわめて強烈な印象とともに受け止めたものである。私は興奮し、当惑し、驚愕していた。覚えているが、まさにこの頃私はふと矢も盾もたまらなくなって、この見たこともない現象を事細かく調べ、この方面に関する他の囚人たちの会話や述懐に耳を傾け、自分からも質問したりしながら、何とか自分なりの判断を得ようと試みたのだった。

とりわけ判決および刑執行のあらゆる等級について、体刑執行に際しての様々な匙《さじ》

16 ニコライ・ゴーゴリの小説『死せる魂』に出てくる地主で、お人よしの空想家。

17 〈原注〉様々な罰や刑について私がここで書いていることは、すべて私の時代に行われていたことである。今では、聞くところによると、すべて変わってしまったし、また変わりつつあるということだ。

加減について、そうしたいろいろなことに対する囚人自身の見解について、私は是非知りたかった。刑場に赴こうとする者の心理状態を、我がこととして思い浮かべようと試みたものである。すでに述べたように、刑を前にして冷静でいられる者はめったにいない。すでにたっぷりと、何度も笞打たれた経験のある者も、その例に漏れない。受刑予定者はたいていい何か強烈な、ただし純粋に身体的な恐怖に見舞われる。それは意志によらない打ち消しがたい恐怖で、それが人間の精神に重くのしかかってくるのである。

その後も私は何年かの監獄生活を通じて、体刑を半分終えて一時入院し、傷が癒えたあとで、判決で決められた残りの半分の笞打ちを受けるために退院していくような未決囚たちを、心ならずも観察する羽目になった。体刑を半分ずつに分けるには、刑に立ち会う医者の宣告が必須である。もしも犯罪に応じて科刑された笞打ちの数が大きくて、囚人が一度に全部を受けきれない場合、刑を二度か、場合によっては三度に分けることがあるが、それは受刑の際に立ち会いの医者が、この受刑者はこのまま列間笞刑を受けつづけられるか、あるいはそれは生命の危険を伴うかを判断し、その所見によって決められるのである。

通例、五百や千、もしくは千五百発の笞打ちはいっぺんに行われる。しかし二千とか三千発の場合は、執行が半分ないし三分の一ずつに分けられるものだ。最初の半分を終えたあとで背中の傷を癒し、また残りの半分を受けるために退院していく囚人は、退院の当日とその前日はたいてい陰気にふさぎ込んでいて、口数も少ない。そうした人間には、頭脳の鈍化と不自然な放心症状が観察される。そんな人間は会話にも加わらず、たいていは黙りこくっている。何より興味深いことに、他の囚人たちも決してそういう人間に自分から話しかけたりはせず、彼を待ち受けている事柄を話題にすることもない。無駄口も叩かず、慰めもせず、概してそういう人間にあまり注意を払わぬように心がけているのだ。もちろん体刑を受ける者にとってもそのほうがありがたいのである。

時々例外もあって、たとえばすでに書いたオルローフがそれに当たる。最初の半分の体刑をすませた後、この男は背中の傷がなかなか癒えなくて、さっさと退院できないことをひたすらこぼしていた。一刻も早く残りの体刑をすませて、隊とともに指定された流刑地めがけて出発し、その道中で逃亡してやろうというつもりなのである。とはいえこの男は逃亡という目的に惹かれていただけだから、実際に頭の中で何を考えていたのかはわからない。ともかく激情家で、殺しても死なないようなしぶとい人間だった。最初に連れてこられたときの彼は、大満足な様子で激しい興奮状態にあったが、ただそんな気分をじっと押し殺していた。実は、まだ最初の半分の刑を受ける前の彼は、とても列間笞刑から生きて返してはもらえまい、自分はもうおだぶつだと思い込んでいたのだ。裁判のために収監されているうちから、当局のやり口についていろんな噂が耳に届いていたからだ。すでにその頃から、死ぬ覚悟を固めていたのである。しかし最初の半分を無事に終えると、彼は俄然元気づいた。病院に運ばれてきたときには、さんざんに痛めつけられて半死半生の状態だった。あれほどまでに破れ爛《ただ》れた皮膚を、私はそれまで一度も見たことがなかった。しかし本人は上機嫌で、これで生き延びられるという希望に満ちていた。今までの噂は嘘っぱちだ、こうして列間笞刑から生きて帰れたじゃないか、というわけで、ずっと裁判で勾留されてきた彼の頭に、今やもう旅が、逃亡が、自由が、平原が、森が、夢として浮かびはじめたのである……。

退院して二日後、彼は同じ病院の同じベッドの上で死んだ。後半の笞刑に耐えきれなかったのだ。だがそのことはすでに書いた。

ところで、体刑の前に重苦しい日々と夜々を過ごした囚人たちも、刑そのものには雄々しく耐えた。最も臆病な者たちでさえ例外ではない。彼らが病院に運ばれて来たその日の晩でさえ、うめき声などは滅多に聞かれなかった。とびきりひどく笞打たれた者たちの場合でさえ、そういうことが珍しくなかった。概して民衆は、痛みをこらえるすべを心得ているのだ。痛みについては、私はいろいろと聞いて回った。笞打ちの痛みがどれほどのものなのか、つまり喩《たと》えていえばどういう痛みなのか、時折きちんと突き詰めてみたくなったからである。正直な話、どうしてそんなことが知りたくなったのか自分でもわからない。ただ覚えているのは、単なる好奇心からではなかったことだけだ。繰り返して言うが、私自身興奮してショック状態だったのである。ただ、誰にたずねても、どうも満足のいく答えを得ることはできなかった。

「ひりひりして、まるで火で焼かれるみたいだ」――それが私の得た答えのすべてであり、すなわち全員のたった一つの答えだった。「ひりひりする」の一言に尽きるのである。ちょうどこの最初の頃にはMと親しくなったので、Mにも同じことを問いただしてみた。

「痛いですよ」と彼は言った。「とってもね。感じは、ひりひりですね。火で焼かれているようにね。まるで背中を最強の火で焼かれているような具合です」

つまりは全員が同じ言葉で表現しているのである。

ところで、同じ頃私はある不思議なことに気づいた。本当のことだと請け合うつもりはないが、囚人たち自身が異口同音に言うからには、信憑性は強いのだろう。それはすなわち、枝笞というものは、大量にくらわされると、我々のところで用いられているあらゆる体刑のうちで最も厳しいものになるというのだ。[18]一見したところ、ナンセンスであり得ないことに思えるだろう。しかしながら、五百発かあるいは四百発の枝笞でさえ、人間を死に追いやることができるし、五百発を越えればこれはもうほとんど確実なのだ。千発の枝笞ときたら、どんなに頑健な人間でも一度には耐えきれない。一方棒笞を五百発くらっても、一切生命の危険はない。棒笞なら千発だって、別に頑健な人間でなくとも、命の心配をせずにやりすごせる。人並みの強さで健康な人間なら、二千発くらいでも殴り殺されるまでには至らない。だから囚人たちは口をそろえて、枝笞は棒笞よりもたちが悪いというのだ。

「枝笞は食い込むからな」と彼らは言っていたものだ。「それでこたえるんだよ」

当然枝笞のほうが棒笞よりもしのぎにくい。人間をより激しくいらだたせ、より強く神経に作用し、度を越えて興奮させ、耐えがたいほどのショックを与えるのだ。今はどうか知らないが、少し前までは、生け贄《にえ》を笞で打つことで、あたかもサド侯爵かブランヴィリエ夫人[19]に通じるような感覚を味わう紳士たちがいたものだ。思うにその感覚とは、その紳士たちの胸をときめかせてやまないような、甘美さと苦痛を同時に含むものなのだろう。まるで虎のごとくに、血を啜《すす》ることに飢えている人間がいる。自らと同じく神の手で造られた人間、キリストの法による兄弟である人間の肉と血と精神に対する権力を、すなわち無限の支配力をひとたび味わい、神の相貌を担った他者を最も激しい屈辱にまみれさせるだけの権力と十全な可能性を味わってしまった人間は、いつしか否応なく自分の感覚をコントロールする力を失っていく。暴虐行為は習慣である。それは本来亢進性を宿しており、亢進していったあげく、ついには病と化すのだ。

どんなに優れた人間であっても、習慣の作用によって獣の域にまで粗暴化し、鈍化することがあり得る――私はこの意見に与《くみ》する。血と権力は人を酔わせる。粗暴さも

18　枝笞はヤナギ、シラカバ、ハシバミ、ハナミズキなどの木や灌木の枝でできた笞。一本でも用いるし、何本かを束ねて、ほうき状にしても用いられる。しなりを増すために、塩水に漬けられることもある。棒笞とここで呼ぶのは、体刑用に用いるいろいろな太さの長い木の棒。作品中で話題になる列間笞刑とは、しなりのよい長い枝笞（この場合一本）もしくは棒笞を持って立ち並ぶ兵士たちの列の間を受刑者が引かれて歩きながら、次々に笞打たれていく刑。体刑にはほかに革鞭も使用されたが、この作品に出てくるような監獄では、前記のようなより素朴な笞がもっぱら使用された。

19　十七世紀フランスの侯爵夫人。愛人と共謀し、遺産目当てで父親や兄弟を毒殺した。

堕落ぶりもどんどん進行していく。理性も感情も、もっとも常軌を逸した現象を許容し、ついにはそれを快楽と見なすようになるのである。暴君のうちでは人間性も市民性も永遠に失われ、失われた人間の尊厳を、後悔の念を、復活の可能性を回復することは、もはやほとんど不可能となる。おまけに誰かがそんな例を示し、わがまま勝手に振る舞ってもいいのだとなると、そのことが社会全体に感染力を持つ。この種の権力は人を誘惑するのである。そのような現象を平気で見ているうちに、いつの間にか社会が根底まで汚染されてしまうのだ。一言で言えば、人間が他の人間を体刑に処する権利こそが、社会の病害の一つであり、市民社会の芽を根底から摘み取り、市民社会を育てようとするあらゆる試みを潰《つい》えさせる最強の手段の一つであり、社会を不可避的で後戻りのできない解体へと追いやるのに十分な足場となるのである。

刑吏は社会の嫌われ者だが、紳士の顔をした刑吏は決してそうではない。やっと最近になってこれを批判する意見が現れたが、いまだ書物の中で抽象的に述べられているだけだ。おまけにそうした意見を表明する者たちでさえ、いまだ必ずしも自身の内なる権力欲を払拭し切れてはいないのである。世の工場主や事業家も皆、働く者がしばしば家族も込みで丸ごと、自分一人の思い通りになるということに、一種の疼くような満足感を覚えているに違いない。それもそのはずで、一つの世代が遺伝として自分に備わっているものをかなぐり捨てるようなことは、すぐには実現しないし、血肉として、いわば母親の乳と一緒に受け継いだものは、にわかには捨てきれない。世の中が一夜にして変わることはありえないのだ。過ちを認め、父祖伝来の罪を意識するだけではまだ足りない、大いに足りない。そうした罪からすっかり縁を切らなくてはいけない。ただしそれは一朝一夕にできることではないのである。

私は刑吏の話を始めたのだった。刑吏的な要素の芽は、現代人ならほぼ誰でも持っている。しかしその獣的な要素の発達ぶりは、人によって違う。もしもある人物のうちで、獣的な要素が他の諸要素を圧倒する形で発達したとすれば、その人物はむろん恐ろしくも醜怪な存在となるだろう。刑吏には二種類ある。自ら進んで刑吏になった者と、不本意ながら強いられてなった者である。むろん自発的刑吏のほうが強いられてなった刑吏よりもあらゆる意味で下等だが、しかし世間では後者のほうを嫌う。それも怯えるほど、虫酸が走るほど、説明のつかぬ、ほとんど神秘的な恐怖を覚えるほどに忌み嫌うのだ。一方の刑吏にはそうしてほとんど迷信的な恐怖を覚えるくせに、他方の刑吏には是認ともいえるほどに無関心である——これはいったいなぜだろうか？

世間にはつくづく不思議な例がある。私の知り合いに善良で誠実で世の尊敬を受けているような人たちがいたが、そういう立派な人物でありながら彼らは、たとえば体刑を受けているのに笞の下で悲鳴一つ上げず、容赦を乞い願いもしないような囚人がいると、冷静に許しておけないのだった。受刑者は必ず悲鳴を上げ、容赦を乞うべきものとされている。それが常識であり、それこそが礼にかなった、不可欠な振る舞いなのだ。だからあるとき、笞打ちの犠牲者がいっこうに悲鳴を上げずにいると、執行官は（これは私の知っていた男で、普通の意味では善人と見なしてかまわない人物だったが）これを一種の個人的な侮辱と受け止めた。はじめは軽く済ませるつもりだったのだが、例の「執行官殿、実の親父様、ご容赦ください、一生神様に祈らせてください、云々」という決まり文句が聞こえてこないのでむかむかと腹を立て、どうしても悲鳴と懇願の言葉を引き出そうとして、五十発も余計に笞を与えてしまった。そうして結局引き出したのである。

「あれは許せません、無礼ですから」執行官は真顔で私に答えたものだ。

本物の刑吏、すなわち望まずして、強いられてなった刑吏について言えば、これは周知のように、本来既決囚で流刑を宣告されていたのが、そのまま残って刑吏となったものである。そういう人間はまず別の刑吏のもとへ行って修業を積み、一人前になると、監獄付きとして生涯留め置かれる。他と切り離して特別の部屋をあてがわれ、自分の所帯道具まで持っているが、ほとんど常に見張りがついている。もちろん刑吏も生身の人間で機械ではないから、いかに職務だとはいえ、時にはついつい笞を打つ手に熱が入ることはある。ただし、多少は自分の興が混じるとはいっても、刑吏が囚人に対して個人的な憎しみを持つようなことはほぼない。彼の笞さばきは巧妙で、自分の仕事に精通しており、同僚と公衆の前でいいところを見せたいという欲がある――自尊心が煽られるわけだ。彼があれこれ気を遣うのも、いわば芸のためである。おまけに彼は、自分が世間の爪弾《つまはじ》きで、どこへ行っても人々の迷信的な恐怖に迎えられ、つきまとわれることをよくわきまえている。それが彼に作用して、凶暴性や獣的な傾向を煽らないとは言えないのである。子供でさえ、彼が「親父もお袋も捨てた人間」であることを知っているのだ。

私は何人もの刑吏を見たが、奇妙なことに、彼らはそろってものわかった、まともな、賢い人間で、異様に自尊心が強く、尊大な気味さえあった。はたしてそうした尊大さは、世間の軽蔑への反発によって助長されたものだろうか、自分たちが拷問の犠牲者に与える恐怖によって、犠牲者に対する権力の意識によって強化されてきたものだろうか――私にはわからない。もしかしたら、彼らが処刑台の上で公衆に身をさらすときの芝居のような晴れがましさそのものが、ある種の尊大さを助長するのかもしれない。

覚えているが、かつて私はある一人の刑吏と一定期間に何度も会って、間近に観察する機会があった。これは中背で筋肉質の引き締まった体の男で、年は四十くらい、たいそう感じのよい賢そうな顔をしていて、髪は縮れていた。いつも異様なほどもったいぶった、落ち着き払った態度で、外目《そとめ》に見る立ち居振る舞いは紳士然としており、こちらの質問にはいつも短い言葉でよく考えた、丁重なほどの返事をしたが、しかしその丁重さにはなんだか人を見下したような、私に対して何かを鼻にかけているようなところが感じられた。警備隊の将校たちはよく私のいるところでこの男と話をはじめたが、彼らにも確かに、なんだか彼に一目置いているようなところがあった。男もそれを意識していて、上官の前でわざと輪をかけて慇懃な、プライドをあらわにしたような態度を取ってみせるのだった。上官が愛想よく話しかければかけるほど、彼はますますしたたかな態度を見せた。決して洗練された礼儀正しさの範囲を超えることはなかったが、そうした瞬間の彼が、自分を相手の上官よりもはるかに上に見ていたのは確かだと私には思われる。そのことが顔に書いてあるようだったからだ。

ひどく暑い夏の日など、時折この男が警護兵付きで、細長い竿を持って町の野犬撲殺に派遣されることがあった。この町にはまったく飼い主のいない犬がひどくたくさんいて、それが異常な速度で繁殖していたのである。暑中休暇の時期には、そうした野犬が危険な存在になるので、撲滅のためにお上の計らいで刑吏が派遣されるのだった。しかしそんな体裁の悪い仕事でさえ、見たところいささかもこの刑吏の屈辱にはならないようだった。この男が疲れ果てた警護兵を引き連れて町の通りを縦横に闊歩《かっぽ》し、通りかかる婦女子を外見だけで驚かせながら、出会う者たちすべてを平然と見下すようにしている様は、まったくの見物《みもの》だった。

ところで、刑吏というのは実入りのいい商売である。金があるので食事も贅沢だし、酒も飲んでいる。金は賄賂の形で入ってくる。民間の被告人は、裁判で体刑の判決が下ると、前もってたとえほんのわずかでも、なけなしの金を工面して、刑吏に進呈するのだ。いっぽう別の部類の、金持ちの被告人の場合は、刑吏のほうが相手の懐具合を推測して額を決め、取り立てる。一人から三〇ルーブリも取ることもあるし、時にはもっと高額のことさえある。相手が大金持ちとなると、値をつり上げようとして激しい交渉となる。もちろん刑吏だって、極端に手加減することはできない。そんなことをすれば自分の背中で償いをしなければならなくなるからだ。だがその代わり、一定の賄賂さえ払えばあまり痛くは打たないと、受刑者に約束するのである。ほとんど常に彼の提案は受け入れられた。さもなければ実際にむごたらしい刑が行われるだろうし、それはまったく彼の匙加減一つだったからだ。時には、ごく貧しい被告人に彼がかなりの金額をふっかけることがある。そんなときは親族がやってきて値切ったり拝み倒したりするのだが、仮に彼が納得しなければ大変な結果になる。そんなときには、彼が相手に与える迷信的な恐怖感が、大いに有利に働く。まったく刑吏についてはとんでもない風評が飛び交っているのである！

もっとも、囚人たち自身が私に請け合ったところによると、刑吏はただの一笞で人を殺すことができるという。そもそも、いったいいつそんなことが検証されたのだろう？　しかし、あり得ることかもしれない。連中の口ぶりが、あまりにも確信ありげだったからだ。例の刑吏は、自分ならそれはやれると私に請け合った。同じく聞いた話だが、この刑吏は全力で受刑者の背中をひっぱたきながら、打った後にかすり傷さえ付けず、囚人が一切何の痛みも感じないような芸当ができるという。しかしそうした手品やら秘術やらの数々については、もはやあまりにも多くの話が知れ渡っている。ただし、たとえ刑吏が手加減するという約束で賄賂を取った場合でも、やはり最初の一撃だけは、思い切り、力一杯振り下ろすのである。これはすでに刑吏の間でしきたりのようになっていた。二発目以降は、特に事前に賄賂を取っている場合には、彼は笞をゆるめる。しかし最初の一撃は、金をもらおうともらうまいと、自分の本領なのだ。とはいえ、何のためにそんなしきたりができているのか、私にはわからない。もしかして、最初にきつい一発を受けた後では軽い打撃はもはやそれほど苦痛ではないという計算から、いっぺんに受刑者を先々の打撃に馴れさせようとしているのか、あるいは単に受刑者に力を見せつけ、最初から脅しつけて縮み上がらせ、甘く見るなと諭す、いわば自己アピールのマナーなのか。いずれにせよ、体刑執行を前にした刑吏は精神の高揚を覚え、自分の力を自覚し、自分が権力者であることを意識している。この瞬間の彼は俳優であり、公衆は彼に度肝を抜かれ、恐怖する。そしてもちろん、最初の打撃の前に、しきたりとなっているあの不吉な「歯を食いしばれ、いくぞ！」というせりふを受刑者に向かって放つとき、彼はむろんなにがしかの快感を覚えているのだ。まったく人間の本性はどこまで歪めることができるのか、想像もつかない。

この最初の頃、病院で私はこうした囚人たちの語ることがらにじっと耳を傾けていた。入院暮らしは我々の誰にとってもひどく退屈だった。毎日毎日同じような日の繰り返しなのだ！　朝方はまだ医者たちの回診で気が紛れ、それが済むとやがて昼飯になる。食事というのはもちろん、このような単調な暮らしにあっては、大事な気晴らしだった。

食事のメニューは入院患者の病状次第で決まるので、皆異なっていた。ある者は何かの挽き割りを混ぜたスープだけ、別の者は薄い粥《カーシャ》だけ、また別の者は挽き割り小麦《マンナヤ》の粥《カーシャ》だけといった調子だが、この最後の粥《カーシャ》を好む者は多かった。長く入院している囚人はすっかり贅沢癖がついていて、うまいものを食いたがった。回復しかかっている者、あるいはほとんど健康な者には、ボイルドビーフが一切れ出たが、我々の間ではそれは「牡牛」という名で呼ばれていた。一番上等なのが壊血病食で、牛肉にタマネギやわさび等々の付け合わせがつき、時にはウォトカがコップに一杯出た。パンも病気次第で黒パンかよく焼いた薄茶色のパンかに分かれた。食事を決める際のいかにもお役所的な形式主義と細かいこだわりは、病人たちをおかしがらせるばかりだった。

もちろん病気によって、そもそも何も食べられない患者もいた。一方食欲旺盛な患者は、何でも好きなものを食べていた。食事を交換する者たちもいて、その場合ある病気の特別食が、まったく別の病気の患者に渡ってしまうのだった。また別の、軽食を与えられる患者の中には、牛肉食なり壊血病食なりを買い取って食べ、別の患者たちに処方されているクワスや薬用ビールを買って飲む者もいた。二食分を食べる者さえいたのである。そうした食事は、金で売買されたり転売されたりする。牛肉食の値段はかなり高くて、五コペイカもした。もしうちの病室で売り手が見つからなければ、別の囚人病室に看守を使いに出したし、それでも見つからなければ、ここの言葉で言う「自由病室」と呼ばれる兵士用の病室まで当たってもらった。いつでも売り手は見つかるものである。そうした人間はパンだけしか食べられないが、その代わり結構な金を稼ぐことができる。もちろん皆おしなべて貧しかったが、少しの金を持っている連中は、市場にまで使いを出して白パンだの甘いものだのまで買ってきてもらっていた。我々の看守たちはこうした依頼をまったく私利私欲抜きで果たしてくれたものだ。昼食がすんでしまうと一番退屈な時間が訪れる。何もすることがなくて寝る者もいれば、おしゃべりする者も、言い争う者も、何かの話を語って聞かせる者もいた。新顔の患者が一人も連れてこられないような場合、いっそう退屈が募った。新人の到来はほとんど常に何らかの心理作用を呼び起こした。とりわけ誰にも馴染みのない新人の場合が顕著だった。まずじっくりと観察して、その男が何者で、いつどこからどんな罪で送られてきたのか、探り出そうとするのである。移送中の囚人の場合にはそうした関心がひときわ高まった。移送囚からはいつも、何かおもしろい話が聞けるからだ。といっても、別に囚人の身の上話が聞きたいわけではない。そうしたことは、当人が自分からしゃべり出さないかぎり、決してこちらからたずねることはなかった。皆が聞きたいのは、どこから来たのか、誰と一緒だったか、道はどうだったか、この先どこへ行くのか、等々といった事柄である。そうした新しい話を聞いているうちに、ふと何か自分自身の体験を思い起こしては語りだす者もいた――いろんなところに送られたこと、移送部隊の仲間たちのこと、護送兵のこと、隊長のことを。

列間笞刑を受けた者が姿を現すのも同じくこの時間、夕方にかけてのことだった。彼らはいつだってかなり強烈な心理作用をもたらしたが、しかしそのことはもはや述べた。ただし毎日列間笞刑の犠牲者が連れてこられるわけではないので、彼らが現れない日には部屋の中が火の消えたようになり、なんだかお互い同士にすっかりうんざりしたような気分になって、言い争いさえ始まるのだった。精神鑑定に連れてこられた狂人さえ、ここでは歓迎された。体刑を免れようとして狂人の振りをするのは、裁判中の被告がまれに使う手である。ある者たちはじきに嘘がばれる、というよりもむしろ自分から方針変更をする。すなわち二、三日わけのわからない振る舞いをし通したあと、にわかに何のきっかけもなく正気に戻っておとなしくなり、陰鬱な顔で退院を申し出るのだった。囚人も医者もそうした者を責めもせず、ついさっきまでのにわか狂人の演技を思い起こさせて、恥をかかせるようなこともしない。ただ黙って退院させ、黙って引き取らせ、二、三日すると同じ囚人が受刑後の姿で現れるというわけだ。ただしそんなケースはめったになかった。

ところが本物の狂人が鑑定のために連れてこられるような場合、病室全体に天罰が下ったような騒ぎとなった。陽気で威勢がよくて叫んだり踊ったり歌ったりするような狂人の場合は、初めは囚人たちもほとんど大喜びで迎えたものだ。「おもしろいやつが入ってきたぞ！」連れてこられたばかりのおどけ者を見ながら、彼らはそう言い交わすのだった。しかし私はそうした不幸な狂人たちを見ると、切なくて辛い気持ちになった。私は決して狂人を冷静に見ていられたためしがない。しかし連れてこられた当初は爆笑で迎えられた狂人も、やがてその延々と続く百面相ぶりや落ち着きを知らぬ振る舞いが皆をすっかりうんざりさせ、二日もするといよいよ堪忍袋の緒を切らせてしまうのだった。一人の狂人などはほぼ三週間も我々の病室に留め置かれたのだが、そうなるとただもうこちらが病室から逃げ出すしかなくなる。ちょうどそんなとき、まるで謀《はか》ったかのように、もう一人の狂人が連れてこられたのだった。この人物は私に格別の心理作用をもたらした。これはすでに私も流刑の三年目を迎えていたときのことだった。監獄暮らしの最初の年、いやまだ最初の数ヶ月の頃、春先のことだったが、私は煉瓦職人たちと一緒にある班に混じって、二露里離れたところにある煉瓦工場に運搬夫として通っていた。夏場の煉瓦焼き作業に備えて、窯《かま》を修理しておかなければならなかったのである。

そんなある日の朝、工場でMとBが、そこに監督官として住み込んでいる下士官のオストロシスキを私に紹介してくれた。それはポーランド人で、六十歳くらいの老人であり、背が高くやせぎすで、並外れて端正な、威厳さえ漂う風貌をしていた。シベリアにはもうずっと昔から勤務していて、出は平民だが、一八三〇年のポーランド軍の兵として送られてきた。[20]だがMもBもこの人物を愛し、敬っていた。彼はいつもカトリックの聖書を読んでいた。話してみると、大変穏やかな口調で、筋の通ったおもしろい話をしてくれる。いかにも善良で誠実そうな顔つきをしていた。そのとき以来二年ほどこの人物と会ったことはなくて、ただ噂で、何かの事件で取り調べを受けていると聞いたばかりだったが、それが突然我々の病室に狂人として連れてこられたのである。

入って来るなり彼は奇声をあげて高笑いし、卑猥きわまる、俗っぽいカマリンスカヤ踊りの身振りで病室中を跳ね回った。囚人たちは大喜びしたが、私はひどく滅入ってしまった……。三日後には、我々はもはや彼をすっかりもてあましていた。人に喧嘩をふっかけ、殴りかかり、金切り声を上げ、真夜中でも歌を歌い、ひっきりなしにいやらしい仕草をしては、皆に吐き気を催させるのだ。彼は誰一人恐れていなかった。拘禁衣を着せられたが、我々にとってはかえって迷惑になった。とはいえ、拘禁衣を着せなければ、誰彼見境なく喧嘩をふっかけ、殴りかかるのである。この三週の間に何度か、病室の全員が声をそろえて院長に頼み込み、この我らの「秘蔵っ子」を別の囚人病室に移してもらった。すると向こうも二日もすれば、拝み倒してこっちに送り返そうとする。ところが狂人が一度に二人になって、しかもいずれも気が立っていて喧嘩っ早いので、二つの病室がお互いの間で狂人をたらい回しすることになった。しかしどうしようと、いずれ劣らず手に負えないのである。とうとう二人がどこかへ連れて行かれたときには、皆ほっとため息をついたものだった……。

同じくもう一人、変わった狂人のことを覚えている。ある夏の日に一人の未決囚が連れられてきた。頑健でいかにも鈍重そうな四十五歳くらいの男で、醜い痘痕面《あばたづら》に、膨れ上がった目蓋《まぶた》に埋もれた赤い小さな目、ひどくふさぎ込んだ暗い顔をしていた。男は私のすぐ隣のベッドに落ち着いた。これが実におとなしい男で、誰とも話をしようとせず、ただ座って何か考え込んでいる様子である。そうして日も暮れはじめた頃、不意に彼は私に話しかけてきた。いきなり何の前触れもなく、ただしまるで極秘事項

20　一八三〇～一八三一年、当時ロシアに併合されていたポーランドで大規模な対ロシア反乱が起こり、鎮圧後数千人のポーランド兵や将校がシベリアやコーカサスに送られた。

でも打ち明けるような口調で、私に向かって語り出した――近いうちに自分は二千発の笞刑を受けることになっているが、それは取りやめになるだろう、G大佐の娘が手を回してくれているから、と。私は怪訝《けげん》な目で相手を見てからこう答えた――刑が決まっているなら、いくら大佐の娘さんだって、どうにもならないと思うよ。私はまだまったく気がついていなかった。というのもこの男はそもそも狂人としてではなく、普通の病人として連れてこられたからだ。

私は彼にどんな病気かとたずねた。彼は知らないという。なぜだかここに送られたのだが、自分はまったく健康だ。大佐の娘は自分に惚れている。その娘が二週間ほど前に営倉のすぐ外を馬車で通りかかったとき、自分はたまたま窓の鉄格子の隙間から外を見ていた。娘は彼に気がつくと、たちまち一目惚れしてしまったのだ。そしてそのとき以来、娘はいろいろな形ですでに三度も営倉を訪れた。最初のときは父親と一緒に、ちょうど彼らのところの衛兵を務めていた将校の兄を訪ねてきた。二度目は母親に連れられて施しものを届けにきたが、脇を通るときに彼に向かって、あなたを愛しているから救い出すわと囁いたそうだ。むろん何もかもこの男の病んだ、哀れな頭に宿った妄想だが、このような荒唐無稽な話を細々《こまごま》と詳しく物語る様子は、まことに奇妙なものであった。自分が体刑を免れるということを、彼は固く信じていた。大佐の令嬢が自分に向ける情熱的な愛については、淡々と自信に満ちた口調で語った。話そのものがいかにもばかげているにもかかわらず、恋をする乙女のかくもロマンチックな物語を、かくもしおたれてふさぎ込んだ、醜怪な風貌の五十近い男から聞かされると、摩訶《まか》不思議な感じがするのである。

体刑への恐れがこうした臆病な魂にどれほどのいたずらをしうるものか、奇怪という他はない。たぶん彼は実際に誰かの姿を窓から見たのだろう。するとそのとき、この男のうちで刻々と募る恐怖によって準備されていた狂気が、突然一挙にはけ口を、己の形を見いだしたのだ。おそらく生涯に一度も令嬢のことなど考えても見なかったこの不幸な兵士が、本能的に藁にもすがるような気持ちに駆られて、突如として一編の恋愛小説を思いついたのである。私は黙って話を聞き終えると、他の囚人にも彼のことを伝えた。だがほかの者たちが興味をしめし出すと、当人は恥ずかしげに口をつぐんでしまった。

翌朝医者が長い時間をかけてこの男を問診したが、本人がどこも悪くはないと言うし、検診の結果も事実そうだったので、退院させられることになった。彼の患者票に「健康《サナト》」と書かれていることに我々が気づいたときには、もう医者たちは病室を出てしまっていたので、真相を伝えるにはすでに手遅れだった。それに我々自身まだそのときには、ことの真相に思い至っていなかったのである。そもそもの原因は、わけも説明せずに彼をここに送り込んできた監獄当局のミスである。そこに何かの手抜かりがあったのだ。もしかしたら送り込んだ当人たちもまだ単なる推測の域を出ず、男の狂気には確信が持てぬまま、曖昧な噂に引きずられて、精神鑑定のつもりで送ってよこしたのかもしれない。

いずれにせよ不幸な男は二日後に体刑に引き出された。このまったく思いがけない刑に、彼はどうやら激しいショックを受けたようだ。最後の一分まで自分が笞打たれるということが信じられず、いざ兵士の列の間を引かれはじめると、「助けてくれ！」と叫びだした。そのあと病院に連れて来られたが、今度は我々のところに空いたベッドがなかったせいで、別の病室に入れられた。人づてに知ったところでは、彼は八日間ずっと誰とも一切口をきかず、動揺してすっかりふさぎ込んでいたとのことだ……。後に傷が癒えると、彼はどこかへ送られていった。少なくとも私はそれ以後この男のことは何も耳にしていない。

治療や薬一般について言えば、私が気づいたかぎり、軽症の患者はほとんど医者の言いつけも守らなければ薬も飲まなかったが、重症患者や本当に病気の患者は、一般にきわめて治療に前向きで、きちんきちんと水薬や粉薬を服用していた。しかしここで一番好まれていたのは外用薬による治療だった。吸玉《すいだま》[21]、ヒルによる瀉血、温湿布、放血といった、我が国の一般民衆が大いに好みまた信用している療法が、ここでも進んで用いられ、また喜ばれていた。

私はある奇妙な現象に興味を引かれた。棒笞や枝笞の身を切るような痛みに耐えることにおいてはあれほど我慢強い者たちが、しばしばたかが吸玉ごときで泣き言を言って顔を歪め、うめき声さえ上げるのである。もはやすっかり体がなまってしまったのか、それともただ気取って見せているのか、何とも説明しがたい。ただし、ここの吸玉は確かに特殊だった。本来は一瞬にして皮膚を切開する器械装置がついていたのだが、それを衛生兵がずっと昔になくしたか壊したか、あるいはもしかしたらひとりでに壊れたかで使えない、というわけで、不可欠な皮膚の切開を衛生兵が刃針《ランセット》でやらざるを得ないのだ。切開は一つの吸玉につき十二ヶ所ほど必要である。器械さえあれば痛くはない。十二本の小さなメスが同時に、一瞬で切ってしまうため、痛みを感じる暇がないのである。だが刃針《ランセット》で切開するのは話が別だ。器械でやるのに比べ

21　金属、ガラスなどのカップを皮膚にかぶせ、内圧を減らして血行を改善する療法。吸角とも呼ぶ。皮膚に傷を付けて放血をさせるものと、そうでないものがあるが、ここでは前者の方法が話題になっている。

ればはるかに時間がかかるので、痛みがはっきり感じられる。おまけに、たとえば十の吸玉を付けるとなると、同じ切開を百二十ヶ所も行わなくてはならないわけで、全部あわせると、もちろんかなり応《こた》えるわけである。私も経験があるが、確かに痛いし腹は立つものの、そうかといって我慢できずにうめくほどのことではない。時に立派な大男や元気者が、これくらいのことで身をよじり、めそめそ泣いているのを見ると、滑稽な気さえしたものだ。

世の中には何か大仕事をする際にはどっしりと落ち着き払っているくせに、することがなくて家にいると、なんだか気がくさくさしてだだをこね、出されるものも食べないで、やたらと文句をたれて悪態をつく、といった人間がいるが、たとえて言えばそんなものだろう。何もかも気に食わない、どいつもこいつも腹が立つ、皆が俺をこけにして、皆が俺を苦しめる、といった調子で、一言で言えば贅沢病というやつである。ただし贅沢病といっても豊かな旦那方ばかりではなく、庶民の中にも見られる。皆が一つところに同居している我々の監獄では、こうした症状はもうしょっちゅうお目にかかる。病室にそんなわがまま者がいると、仲間がすぐにどやしつけたものだ。するとすぐに相手は黙り込む。まるで自分でも早く黙りたくて、誰かに怒鳴りつけられるのを待っていたかのようである。

こうしたことをとりわけ嫌っていたのがウスチヤンツェフで、甘ったれを見つけると必ず怒鳴りつけた。そもそも機会さえあれば誰にでも突っかかっていく人間で、それが彼の楽しみであり、要求であった。もちろん病気のせいであり、また幾分は頭の弱いせいでもあったのだ。初めは真剣な目つきでじっと相手を見つめているが、そのうちに妙に落ち着き払った自信ありげな声で説教をたれはじめる。彼は何にでも口を挟んだ。まるで我々の部屋の秩序を保ち、全員の風紀を取り締まるために自分が置かれているのだと思い込んでいるかのようだった。

「何にでも首を突っ込みやがる」囚人たちはよく笑ってそう言っていたものだ。しかし皆が大目に見て、彼と言い合いになるのは避けていた。ただ時折笑いの種にしていたのである。

「おやおや、さんざんご託を並べたなあ！　荷車三台でも積み切れねえくれえだぜ」

「ご託を並べただと？　阿呆を相手に遠慮していられるかい。この野郎、刃針《ランセット》ぐらいでヒイヒイ言いやがって。蜜《みつ》が好きなら笞《むち》にもなれろってな。我慢しろってことよ」

「お前に何の関係がある？」

「まあまあ、兄さん方」囚人の一人が割って入った。「吸玉なんてたいしたこたあねえよ。俺もやったことがあるからな。それより耳を長えこと引っ張られてみな、もう痛いの痛くないのって」

皆が笑いだした。

「じゃあ、お前、引っ張られたことがあるのか?」

「じゃあ、ねえと思うのか?　知れたことよ、引っ張られたのさ」

「どうりで、お前の耳が突っ立っているわけだ」

相手の囚人はシャープキンといったが、彼の耳は実際ずいぶん長くて、しかも両側に張り出していた。もともと放浪罪で送られてきた男で、まだ若く、気が利いていておとなしく、口をきけばいつも、まじめな口調の奥にユーモアを秘めた物言いをするので、時としてそれが彼の話にたいそう滑稽な味を与えるのだった。

「だいたいがそんなこと思いつくかよ、お前が耳を引っ張られたなんて!　いったいどうすりゃそんなことが頭に浮かぶんだ、この唐変木め!」またもやウスチヤンツェフが、シャープキンに腹を立ててくってかかった。シャープキンは別に彼に向けて言ったのではなく、皆に言ったのだったが、それを一人で受けたのである。しかしシャープキンは彼には目もくれなかった。

「いったい誰に引っ張られたんだ?」誰かがたずねた。

「誰に?　言わずと知れた警察の署長さんよ。あれはなあ、みんな、まだ宿無しでうろついていたころさ。あのとき俺たちはKまでたどり着いたんだっけ。二人連れで、もう一人も宿無し、二つ名も持たねえただのエフィームという野郎だ。道中トルミナ村のある百姓のところでいくらか稼いできた。そういう村があるんだ、トルミナっていう名前のな。さて町に入ると、まずあたりを見回した。ここで一稼ぎして、さっさととんずらしようか。野原は四方八方広々していていいが、町の中は辛気くさい。ご存じの通りだ。そこで手始めに酒場に入った。ぐるりと見回してみる。すると男が寄ってきた。真っ黒に日に焼けて肘の抜けたドイツっぽみたいな服を着てやがる。話が始まった。

『お前さんたち、一つ聞くけど、証明書《ドクメント》[22]は持ってるのか？』

『いいや、証明書なしだ』

『ほお、俺たちも同じだよ。あっちにあと二人仲のいい連れがいるんだが、同じく郭公《かっこう》将軍に仕える身さ。[23]そこでひとつお願いだが、みんなで一杯はじめたところが、懐具合が寂しくてな。半シトーフ[24]ほどおごってもらえないかね』

『いいとも、喜んで』

というわけで一緒に飲んだ。すると連中は一仕事持ちかけてきたんだ。押し込み強盗、つまり俺たちの領分だ。何でも町外れに屋敷があって、金持ちの町人が住んでいるという。お宝は山ほどあるというので、じゃあ夜中に出かけてみようという話になった。そうしてその日の夜中に、その金持ちの町人の家で、五人そろってお縄になってしまったわけだ。そのまま警察にしょっぴかれ、それから署長の部屋に引っ立てられた。『本官が直々に取り調べよう』というわけだ。署長がパイプ片手に出てくると、あとから茶が運ばれてくる。えらくがっしりした男で、頬髭を生やしていた。席に着く。部屋には俺たちの他にあと三人、同じ無宿者が連れてこられていた。まったくおかしな人間だぜ、この無宿者っていうのは。だって何一つ覚えちゃいねえっていうんだから。奴らの頭の上で薪割りをしてみせようが、全部忘れました、何も知りませんの一点張りなんだ。署長はいきなり俺に聞いた。『お前はいったい何者だ？』まるで樽の中から怒鳴りつけるような胴間声だ。こっちはもちろん、皆と同じように答えるさ。『何も覚えちゃいません、署長さん。全部忘れちまったもんで』

『待っていろ、お前にはまだ話がある。見覚えのある面《つら》だからな』そう言って署長は俺をじろじろ見る。俺のほうはまったく見覚えなんかない。

署長は次のやつに聞く。『お前、何者だ？』

『とんずらっていうんで、署長さん』

『とんずらだと、それがお前の名前か？』

『そのとおりで、署長さん』

『よかろう、お前はとんずらだな。じゃあお前は？』そう言って三人目に聞く。

『俺は後追いで、署長さん』

『名前は何だと聞いているんだ？』

『へえ、俺は後追いっていうのが名前なんで、署長さん』

『ふざけやがって、いったい誰がそんな名前を付けた？』

『親切な人たちが付けてくれましたんで、署長さん。世の中には親切な人もいますからね、署長さん、ご承知の通り』

『その親切な人たちっていうのはいったい誰だ？』

『いやちょっと度忘れしちまって、署長さん、どうかご容赦を』

『一人も覚えていないのか？』

『すっかり忘れちまいました、署長さん』

22 農奴制の時代から定住地を一時的に離れる農民が携帯を義務づけられていた身分証で、旅券としての機能を果たした。不携帯のものは浮浪罪に問われた。
23 森や野で暮らす無宿者の意味。囚人が逃亡したくなることを、「郭公将軍に呼ばれる」ともいう。
24 約六〇〇ミリリットル。

『だが、お前にも親父とお袋はいたんだろうが？……親父とお袋くらい覚えていないのか？』

『きっといたはずなんですけど、署長さん、でもそれもちょっと度忘れしちまって。たぶんいたんでしょうね、署長さん』

『じゃあ、お前はこれまでどこに住んでいたんだ？』

『森の中です、署長さん』

『ずっと森の中に？』

『ずっと森の中です』

『じゃあ、冬は？』

『冬なんて見たこともありません、署長さん』

『じゃあお前は、なんという名前だ？』

『まさかりで、署長さん』

『じゃあお前は？』

『しっかり研げやです、署長さん』

『じゃあお前は？』

『ぼちぼち研げよっていいます、署長さん』

『みんな何一つ覚えていないというんだな？』

『なんにも覚えちゃおりません、署長さん』

署長は立ち上がって、あきれたように笑っている。[25] 無宿者たちも署長の顔を見ながらにやにや笑っている。ただし気をつけないと、いきなり面《つら》に拳骨をくらうことだってある。署長なんていうのはだいたい図体がでかくて肥えているからな。

『こいつらを牢屋へぶち込んでおけ。あとで取り調べる。お前は残るんだ』これは俺に言ったのさ。『こっちへ来い、座るんだ！』

見るとテーブルがあって紙とペンが置いてある。署長のやつ、いったい何を始めるつもりなんだ？

『椅子に座ってペンを取れ。書くんだ！』そう言うと自分は俺の片一方の耳をぐいとつまんで引っ張ったのさ。俺は署長を見たが、まるで蛇ににらまれた蛙の気分だ。

『字は書けません、署長さん』

『書くんだ！』

25 このシーンはゴーゴリ作『死せる魂』の主人公チチコフが、死んだ農奴のリストに書かれた奇妙な名前を見ながら本人たちを想像するシーンを想起させる。

『どうか勘弁してください、署長さん』

『書くんだ、書けるだけ書いてみろ！』そう言いながら耳をぐいぐい引っ張って、おまけに捩《ねじ》りやがる！　いやみんな、正直な話、いっそ笞を三百もくらったほうがましだったぜ。目から火が出たからな。まったく『書け』の一点張りなんだから！」

「そいつぁいったいどうしたんだ、ぼけやがったのか？」

「いいや、ぼけたんじゃねえ。実はそのちょっと前にTの町で役場の書記が悪さをしてな、公金をちょろまかして逃げていたんだ。こいつ耳が突っ立っていたらしい。あちこちにお触れが出されていて、どうも俺の顔立ちが似ているっていうんで、署長が取り調べたわけだ。こいつは字が書けるか、どんな字を書くかってな」

「そいつは災難だったな！　それで、痛かったかい？」

「痛かったたって言っているじゃねえか」

一同がどっと笑った。

「それで、ちゃんと書いたのか？」

「書けっこねえだろう？　ただペンを持って、紙の上をこうぐるぐるぐるぐる動かしてやったら、奴《やっこ》さんそれであきらめたよ。いや、もちろんびんたの十もくらったけど、それで放免。つまりみんなと一緒に牢屋入りさ」

「だいたいがお前、字は書けるのか？」

「昔は書けたがね、みんなが羽ペンなんかで書くようになってから、すっかり書けなくなっちまったよ……」

ときにはこんな思い出話というより無駄話をして、私たちは退屈な時間をやりすごした。ああ、なんと退屈だったことか！　長たらしい、息苦しい日ばかりで、しかも毎日判で押したように同じことの繰り返しなのだ。せめて何かの本でもあったらどんなに救われたことか！　とはいえ私は特に最初の頃、頻繁に病院に出入りしていた。本当に病気のときもあればただ休みたいときもあったが、ともかく監獄から離れたかったのだ。監獄はやはり、ここに輪をかけてつらかった。精神的につらかった。我々貴族は、恨み、敵意、悪罵、ねたみ、絶え間ない嫌がらせの的となり、憎しみに満ちた威嚇するような顔を見て暮らさねばならなかったからだ。それに比べればこの病院のほうが、皆もっと平等で、もっと和気藹々と暮らしていたのである。

一日のうちでいちばんわびしい時間は、日が暮れて明かりがともってから真夜中になるまでだった。みんな横になるのは早かった。ぼんやりとした常夜灯が遠くの扉のところにぽつんと灯っているが、私たちのいる片隅は薄闇に包まれている。悪臭が漂い、息苦しくなってくる。寝つけない者はベッドに身を起こし、何か考え込んだように室内帽をかぶった頭をかしげたまま、一時間半ほどもじっとしている。こちらもついつい、そんな男をまるまる一時間ばかりも観察し、いったい何を考えているのか読み取ろうとする。これもまた暇つぶしのためである。そうでなければ夢想にふけり、昔のことを思い出しはじめる。広々とした鮮やかなシーンが次々と脳裏に浮かんでくる。ほかのときなら思い出しもしないし、これほどの生々しさも感じないだろうような、細かな場面が思い起こされるのである。かと思うと、この先のことを思い浮かべる。監獄を出るときはどうなっているだろう？ ここからどこへ行くのか？ それはいったいいつのことか？ いつか生まれ故郷に帰る日はあるのか？ あれこれ考えているうちに、胸の内で希望がうごめきだす……。

またあるときには、ただ単に数を数えはじめる。いち、にい、さん……と数えているうちに、どこかで眠り込めるだろうという算段だ。三千まで数えて眠れなかったこともある。誰かがその辺で寝返りを打つ。ウスチヤンツェフが例の嫌らしい、肺病患者特有の咳をし出し、それからか細いうめき声を上げては、そのたびに「ああ、罪の報いだ！」と唱える。しんと静まりかえった中で、この病みつかれて憔悴した人間の哀れっぽい声を聞くのは、異様な体験である。そうかと思うとどこかの片隅で、同じく眠れない者たちがベッドの上で話をしている。片方が自分の過去を、遠い昔のことを語りだす。放浪暮らしのこと、子供たちのこと、女房のこと、昔のしきたりのこと。遠くのささやきを聞くだけでしっかりと伝わってくる——この男が話していることはなにもかも、もはや過ぎ去って二度と戻ってこないのだ、そして話している本人も、まるでぼろの切れっ端のように天涯孤独の身なのだ、ということが。もう一人はじっと聞いている。聞こえてくるのはただ静かな、淡々としたささやきばかり。まるでどこか遠くの水のせせらぎのようだ……。

あるとき、長い冬の夜のことだったが、ある一篇の物語を聞いたのを覚えている。はじめそれは何か熱に浮かされて見る夢のような気がしたものだ。まるで自分が熱病で横たわっていて、高熱のせいで幻覚を見ているような感じだったのだ……。

第四章　アクーリカの亭主（物語）

もう夜も更けて、十一時を過ぎていた。私はいったん眠りかけたのに、急に目が覚めてしまった。遠くの常夜灯のぼんやりとした小さな灯が、かろうじて病室を照らしていた……。ほとんど全員が寝込んでいる。ウスチヤンツェフさえ眠っていて、その重い息づかいと、一息ごとに喉に絡んだ痰がたてるヒューという音が聞こえた。不意に遠くの、建物の玄関口のほうから、交代の衛兵が近寄ってくる重い靴音が響いた。銃尾が床を打つガチャという音がした。病室の扉が開けられ、上等兵がそっと入ってくると、病人の数を数えた。一分後、病室を閉ざし、新しい哨兵を残して衛兵たちが立ち去ると、再び以前の静けさが戻ってきた。そのとき初めて私は、自分の位置からそんなに遠くない左手のほうで、二人の患者がまだ眠らずに、何か話をしているような気配に気づいたのだった。病室では時にそういうことがあるが、何日も何ヶ月も隣り合ったベッドにいながら一言も口をきかなかった者同士が、あるときふと真夜中の雰囲気に誘われるようにして話し込み、そのまま一方が他方に自分の過去の一切をぶちまけてしまうのである。

どうやら二人はすでに長いこと話しつづけていたらしい。初めのほうは聞いていなかったし、今でも全部が聞き取れるわけではないが、だんだん慣れてくると、すっかりわかるようになった。どうせこちらは眠れない身だし、ここは一つ耳を澄ますしかないだろう……。

一人が半分ベッドから身を起こし、もたげた首を相手のほうに伸ばすようにして、熱心に話している。どうやら熱が入って気が昂ぶり、話さずにはいられないようだ。聞き手のほうは無愛想な、まったく気が乗らない風情でベッドに身を起こして脚を投げ出し、時折話し手への返事のつもりかそれとも聞いているという合図のつもりか、なんだかムニャムニャとうなっていたが、どうも本当に聞いているというよりはむしろただのお愛想のようで、ひっきりなしに角《つの》のタバコ入れから刻みタバコを取り出しては鼻の穴に詰め込んでいた。これはチェレーヴィンという懲治中隊の兵士で、年は五十ほど、陰気な口うるさい性格で、冷たい屁理屈屋で、馬鹿なくせにうぬぼればかり強い男だった。

話しているほうのシシコーフはまだ三十前の若い男で、我々の監獄にいる一般囚であり、縫製工場で働いていた。これまで私はほとんどこの男に注意を向けたことがなかったし、このあとも監獄生活を通じてずっと、なぜか彼をかまう気にはなれなかった。中身のない、頭のいかれた人間だったからだ。あるときにはじっと黙りこくってふさぎ込み、ぶっきらぼうな態度で何週間も口をきかなかった。そうかと思うと突然何かの事件に首を突っ込んで、いいかげんな噂を流したり、些細なことで興奮したり、房から房へと回り歩いて伝令役をやりながら、あることないことしゃべりまくって、しまいには自分がキレてしまう。そうして皆にひとしきり小突かれて、またおとなしくなるのである。つまり気の小さな、弱い若者だった。

皆なんとなくこの男を馬鹿にしていた。背が低く痩せていて、目つきは何か落ち着きがなく、時々ぼんやりと考え込んだような目になった。何か話をすることがあると、初めはむきになって熱烈に、腕まで振り回しながら語りだすのだが、そのうち急に話が途絶え、あるいはころりと別の話題に移り、新しい細々とした話に夢中になるうちに、そもそも何の話をしていたか忘れてしまうのだった。よく悪態をついたが、そういうときは必ず、誰かが自分に犯した何かしらの罪のことをくどくどと、思い入れたっぷりに責め立てて、しまいには自分が泣きそうになるのだった……。バラライカを弾かせたらなかなかの腕で、自分でも弾くのを好んだし、祝日にはダンスまでしたが、踊りもうまかった。よく皆に勧められて踊っていたものだ……。この男に何かさせようとすれば、すぐに言うことを聞いた。別に素直だからと言うわけではなく、人の仲間に入ってうまい汁を吸うのが好きだったからである。

このとき私は長いこと、彼が何の話をしているのか理解できなかった。初めは、またもやこの男が本題を外れて、話を脱線させているのだと思ったのだ。彼はおそらくチェレーヴィンが自分の話に関心を示していないのに気づいていたのだろうが、なおかつ相手が全身を耳にして聞いているものと、無理矢理自分に信じ込ませていたような感じだった。おそらく、そうではないと納得するのは、彼には大変辛いことだったのだろう。

「……よくバザールに出かけるとな」そんな風に彼はしゃべっていた。「みんながぺこぺこしてさ、挨拶するわけよ。つまりは、金持ちなのさ」

「商売をしていたのかい」

「そうさ、商売をな。なにせ俺たちみてえな町人は貧乏だからな。素寒貧もいいところよ。女どもときたら、川で汲んだ水をとんでもねえ崖の上まで運んで、畑にまくような暮らしさ。そんな苦労をしても、秋には汁の実《シチー》さえ採れねえ。ひでえもんだよ。そこへいくとあいつは、土地もいっぱい持っていやがるし、その土地を人を雇って耕している。三人も雇っているんだぜ。おまけに蜂も飼って蜂蜜も売れれば、家畜も売れるんだ。だから俺たちのとこじゃ、もう大変な持ち上げられようさ。もう七十になるいい年寄りで、さすがに節々が痛いようだったが、白髪頭の大柄な爺さんだ。こいつがキツネのコートを着てバザールに出かけると、みんなが挨拶するんだよ。つまりそんな気にさせるんだな。

『やあお元気そうで、アンクディーム・トロフィーモヴィチの旦那！』

『おや、お前も元気だね』といった調子で、誰にも分け隔てをしないのさ。

『ずっと長生きしてくだせえ、アンクディーム・トロフィーモヴィチの旦那！』

『商売はどうだね？』

『うちの商売なんて、もうさっぱりですよ。旦那のところはいかがで？』

『やっぱり生きていると罪も多くてな、お天道様を曇らせてばかりよ』

『長生きしてくだせえ、アンクディーム・トロフィーモヴィチの旦那！』

毛嫌いせずに誰とでもこんな口をきく。しかも一言一言一ルーブリもの値打ちがあるみてえだ。物知りで読み書きが達者で、聖書は隅から隅まで読んでいる。婆さんを自分の前に座らせては、『さあお前、よく聞いて悟るんだぞ！』と言って講釈を始める。婆さんといっても年寄りじゃなくて、再婚の相手だ。子供のための再婚で、つまり最初の女房には子供ができなかったんだ。二人目はマリヤ・ステパーノヴナというんだが、息子が二人できて、まだ二人とも未成年だ。下のワーシャは六十のときの子供だよ。アクーリカというのが娘で一番の年上。十八歳になっていた」

「それがお前の女房かい？」

「まあ待て。最初にフィリカ・モローゾフのやつが悪い噂を流しやがったんだ。『おいあんた』とフィリカはアンクディームの爺さんに言ったものだ。『分け前をくれよ。四〇〇ルーブリ耳をそろえてな。それとも俺はあんたの使用人だとでもいうのか？　俺はあんたと一緒に商売するなんてまっぴらだし、あんたのアクーリカも嫁にもらいたかあねえ。俺もこの頃酒の味を覚えてな。何せもう二親《ふたおや》ともねえ身だから、有り金は全部飲んじまって、そのあとはこの身を売ってさ、つまり兵隊に行くんだ。[26]そうして十年したら、元帥になってここにあんたを訪ねてくるからよ』

アンクディーム爺さんはこいつに金をやった。すっかり精算してやったんだ。昔こいつの親父が、爺さんと元手を出し合って、一緒に商売していたんだから。

『お前もだめになっちまったもんだ』爺さんが言うと、相手は言い返す。

『俺がだめになったかどうか知らねえが、あんたといるとな、白髭《しろひげ》の爺さんよ、錐の先で乳を啜るみてえなもんだわ、ケチな人間になっちまわあ。一文の金まで出し惜しみするわ、ゴミくずでも残飯でも集めて粥《カーシャ》にするわってやつだ。俺はね、そんなのはまっぴらなんだよ。せいぜいコツコツ金を貯めて、悪魔でも買いやがれ。俺は俺のやり方でいくからな。それから、あんたとこのアクーリカをもらうのはやっぱよすわ。そんなことしなくても、もうあいつとは寝てるしな……』

26　この当時農民など下層階級に課された兵役は二十五年以上にも上る重い負担で、徴兵で大事な働き手が奪われるのを防ぐため、金で身代わりを買うという慣行があった。

『この野郎』アンクディーム爺さんがくってかかる。『なんだって罪もねえ父親を、罪もねえ娘を、辱めるようなことを言うんだ？　いつお前があいつと寝た？　お前の肉は蛇の脂身か、血はカワカマスの血か？』

そう言って体中ぶるぶる震わしたそうだ。フィリカのやつがそう言っていたよ。『へん、こうなったら俺一人じゃねえ、誰のとこにもあんたんとこのアクーリカが嫁に行けねえようにしてやらあ。誰も嫁にはとらねえ、あのミキータ・グリゴーリィチのやつだって、こうなったら嫁にはしねえ。もう汚れた女だからな。俺とあいつはもう秋からずっとできていたんだ。今じゃあ赤札《ラーク》[27]百枚付けてよこしたってうんとは言わねえよ。ためしに赤札百枚出してみろや。断ってやるからよ……』

そんなことがあって、こいつは酒盛りを始めた。それも足下から地鳴りが起こって、町中に響き渡るようなどんちゃん騒ぎだ。連れは集まってくるわ、金は山のようにあるわ、そうして三月《みつき》がとこも飲みに飲んで、全部使い果たしちまった。口癖のように言っていたよ――『俺はな、金を全部使い果たしたら、家を売り払って、何もかも売り払ってやる。そのあとは身を売って兵隊になるか、それとも宿無しになるかだ！』

朝から晩まで酔っぱらって、よく鈴をいっぱい付けた二頭立てを乗り回していたっけ。娘っ子どもにもててもてて、そりゃあもうすごいもんだったよ。トルバン[28]を弾くのがうまくてな」

「で、そいつはもう前からアクーリカとできていたっていうわけか?」

「まあちょっと待て。じつは俺もな、ちょうどそのころ親父に死なれてな、お袋が糖蜜菓子を焼いて、アンクディーム爺さんの店に置いてもらって、それでうちは暮らしを立てていたんだ。ひでえ暮らしだったよ。元はうちも森の向こうに畑があってな、小麦を育てていたんだが、親父が死んでから全部人手に渡っちまった。なんたって俺も酒の味を覚えちまったからな。お袋をぶん殴ってなけなしの金をせしめたもんさ……」

「そいつはいけねえ、親に手を出すっていうのはな。大きな罪だ」

「よくなあ、朝っぱらから夜更けまで酒をくらっていたもんさ。家はまだそこそこちゃんと立っていた。腐りかけちゃあいるが、自分の持ち物だしよ。ただし家の中でウサギ狩りができそうなほど吹きっさらしだったたな。とにかくひもじくてさ、ぼろきれをかじって一週間暮らしたこともある。お袋にはがみがみ言われっぱなしだったが、

27　一〇ルーブリ紙幣のこと。赤い色から「ザリガニ」を意味するラークの愛称で呼ばれる。
28　竪琴の仲間でウクライナのバンドゥーラに似た古楽器。

こっちはどこ吹く風よ……。俺はな、その頃あのフィリカ・モローゾフのやつとべったりくっついていたんだ。朝から夜中まで、ずっと一緒だったよ。

『俺のためにギターを弾いて踊るんだ。俺は寝っ転がって、お前に金を投げてやるぜ。一番の大金持ちだからな』あいつはそんな調子さ。あいつときたら、なんだってやらないことはなかったな。ただ盗んだもんだけは買わなかった。

『俺は泥棒じゃねえ、正直な人間だ』なんてほざいてたぜ。

そいつがこう持ちかけた。

『ひとつアクーリカのとこへ行って、門にタールを塗ってやろうぜ[29]。アクーリカをミキータ・グリゴールィチなんかに嫁がせねえようにな。それが今の俺にゃ何より大事なんだ』

爺さんはまだこうなる前からミキータ・グリゴールィチに娘をやりたいと思っていたんだ。ミキータというのは同じように年寄りで、やもめでな、めがねをかけた商人だった。それがアクーリカの悪い噂を聞きつけると、尻込みしはじめた。

『これはどうも、アンクディーム・トロフィーモヴィチ、わしにとってはひどい恥さらしだよ。それにもういい年だから、今さら結婚もなあ』って調子だ。

そこへ俺たちがあの家の門にタールを塗ったもんだから、さあ大変。娘はこっぴどく折檻《せっかん》された。タールのせいで、家で笞をくらったんだ……。女親のマリヤ・ステパーノヴナは『お前なんか殺してやる！』と息巻いている。年取った親父は言う――『これが大昔の名誉を重んずる家父長の時代だったら、わしはあいつを火あぶりにしたうえで、切り刻んでやったことだろう。ところが今はもう、世の中がすっかり真っ暗で腐りきっているわ』

隣近所にも泣き喚くアクーリカの声が聞こえたもんさ。朝から晩まで笞をくらっていたからな。

フィリカのやつは、バザール中に触れて回った。

『あのアクーリカって娘っ子は、いい遊び相手だぜ。きれいなべべ着て、おしろい塗って、いい人の名を言ってみなってね！ 俺があの家の奴らに思い知らせてやったから、忘れはしねえだろうよ』

ちょうどその頃、俺はたまたまアクーリカが桶を運んでいるところに出くわしたんで、声をかけた。

『こんちは、アクリーナ・クディーモヴナ！[30] 元気そうでなにより。おや、きれい

29 門にタールを塗るのはその家の娘が純潔でないというアピール。

なべべ着て、隅に置けないね。教えてくれよ、お相手は誰だい！』

何の気なしにそう言っただけなのに、相手はじっと俺の顔を見つめるんだ。その目がまた大きな目でな、しかも体は、まるで木っ端みてえに痩せているじゃねえか。そうしてただ顔を見ていただけなのに、女親は俺とふざけていると思ったんだな。自分ちの門口から『何を愛想笑いしているんだね、この恥知らず！』って呼びつけて、またその日は折檻さ。よくまる一時間もひっぱたかれていたよ。

『答をくらわしてやるよ、こんな子はもううちの娘じゃないんだからね』って調子でな」

「やっぱりふしだらな娘だったんだな」

「いやまあ聞きなよ。俺は相変わらずフィリカのやつと飲み歩いていたんだが、あるときお袋が訪ねてきた。俺は寝っ転がったままだ。

『何を寝てばかりいるんだね、この穀潰《ごくつぶ》しが！　本当にお前はろくでなしだねえ！』さんざんこき下ろして、それから言うんだ。『嫁をもらいな。あのアクーリカをもらうんだよ。あのうちじゃ、今なら喜んでお前にくれるよ。持参金も現金だけで三〇〇ルーブリはよこすだろうさ』

おれはお袋に言った。

『だってあの娘はもう傷物だっていう世間の評判じゃねえか』

『馬鹿だねえ、結婚さえすりゃあ何でも消えちまうんだよ。お前にもかえって好都合じゃないかね、相手が生涯お前に負い目を感じるんだからさ。お金の話は決着がついているんだよ。あたしはもうお母さんのマリヤ・ステパーノヴナと話をしたからね。相手はこっちの思い通りさ』

俺は答えた。

『飲み代に二〇ルーブリ出してみな。そうしたら嫁にもらってやらあ』

そうしてな、嘘と思うかもしれねえが、式の当日までぶっ通しで、正体もなく飲みつづけていたわけよ。おまけにフィリカ・モローゾフのやつが脅しをかけてきやがる。『おい、アクーリカの婿さんよ、お前なんかあばらを全部へし折ってやるぜ。女房のほうとは、その気になったら毎晩でも一緒に寝てやるさ』

俺は言った。

『大口を叩くな、犬畜生め！』

するとあの野郎、町中に俺の悪口を言いふらしやがった。俺は家に駆け戻って言っ

30　アクーリカの正式な名と簡略形の父称。

たね。

『結婚なんかまっぴらだ。今すぐ五〇ルーブリよこさなけりゃ、嫁とりの話はなしだ！』」

「それでも娘をお前にくれたのか？」

「俺に？　当たり前じゃねえか。こっちだって別に恥ずかしい家柄じゃねえんだ。親父は最後に破産しちまったが、そいつは火事のせいで、あれがなけりゃ相手よりももっと金持ちだったくらいさ。アンクディームの爺さんが『お前のところは素寒貧だ』なんて言いやがるから、こっちは『あんたのとここそ、門にたっぷりタールを塗られたじゃねえか』と言い返してやったよ。『何を、俺たちをこけにするつもりか？　じゃあ証拠を見せてみろ、娘がふしだらをしたっていう証拠をな。人の口には戸は立てられないんだ。さあ出て行きやがれ、娘をもらってくれなくて結構だ。ただし受け取った金は返してよこせ』

でそのとき俺はフィリカのやつとすっぱり手を切った。ミートリー・ブィコフをあいつのところに使いにやって、お前の恥を世間中にさらしてやると伝えさせたんだ。そうして婚礼のときまで、ずっと正体なく飲みつづけたものさ。式の直前になってやっと素面《しらふ》に戻った。式が終わって家に連れ帰られて、座らされたとき、叔父のミトロファン・ステパーノヴィチが言ったよ。

『晴れ晴れしくとはいえないまでも、婚礼は滞りなく行われた。これで一件落着だ』

アンクーディムの爺さんもこのときは酔って泣き出し、座ったまま髭に涙を伝わせていた。俺はな、このとき一つ考えがあって、ポケットに編み鞭を忍ばせていた。まだ式の前から用意していたんだ。そいつでこれからアクーリカを思うさまいたぶって、きたねえ嘘で人を騙して結婚したらどんな目に遭うか思い知らせてやろう、世間の奴らにも、俺が騙されて嫁をもらうような馬鹿じゃねえことを教えてやろうと、そういうつもりだったのさ……」

「なるほど！　つまり女房が先々つけあがらねえように……」

「いや、まあ黙って聞けや。俺たちのほうじゃあ、式が済むとすぐに新郎新婦は離れの部屋に引っ込んでな、残りの者たちは母屋でそのまま飲むわけだ。だから俺とアクーリカも離れで二人きりにされた。あいつはまったく血の気のねえ、真っ白な顔で座っている。怯えきっているんだなあ。髪の毛もまるで亜麻みたいに白茶けていた。大きな目をしてな。じっと黙っているもんだから、まるで唖者《おし》と一緒にいるみたいに気配もしねえのさ。不思議なもんだぜ、まったく。ところがどうだい、驚くじゃねえか。俺は鞭まで支度してベッドのそばに置いておいたんだが、女にはな、なんと俺に対してこれっぽっちもやましいことなんかなかったんだよ」

「何だと！」

「これっぽっちもだ。正直者の家から嫁に来た、操の正しい生娘《き》だったんだ。だとすりゃあ、いったいどうしてこの女はあんなにつらい目にあって我慢してきたんだ？　いったい何のためにフィリカ・モローゾフのやつは世間様の前でこいつに恥をかかすようなまねをしたんだ？」

「まったくだ」

「あんとき俺はすぐにベッドから降りて、女の前にひざまずいて、手を合わせたよ。『なあ、アクリーナ・クディーモヴナ、俺を、この馬鹿を許してくれ。俺もお前を尻軽女だと思っていたんだ。この見下げ果てた男を許してくれよ！』

女は目の前のベッドに座ったまま俺をじっと見つめていたが、それから両手を俺の肩に載せると、にこっと笑った。だけど自分は涙を流している。泣きながら笑っているんだ……。俺はそのとき皆のところに出て行くと、こう言った。

『よし、今度フィリカ・モローゾフのやつに会ったら、もう生かしちゃおかねえぞ！』

年寄りどもは、もううれしさのあまり、誰に感謝したらいいのかわからねえくらいだった。お袋ときたらあの女の足下にひざまずかんばかりで、おいおい泣いていたっけ。そこへ爺さんがこう言うじゃねえか。

『もしもこうとわかっていたらなあ、かわいい娘のお前に、もっとましな婿を見つけてやったのに』

初めて夫婦そろって日曜日の教会に行ったときのことだ。俺は子羊革の帽子をかぶり、薄地の更紗のカフタンを着て、ビロードの太いズボンをはいていた。嫁は真新しい兎のコートを着て、絹のプラトークをかぶっていた。つまり似合いの夫婦だったぜ。そんな格好で歩いて行ったのさ！　皆は見とれていたね。俺はそこそこの男前、アクーリカのほうだって、とびきりのべっぴんじゃないが、けなすところもねえ、十人並みの器量よしだ……」

「結構じゃねえか」

「まあ聞けよ。祝言の次の日、俺は酔ったまま客の席から抜け出した。無理矢理抜け出してバザールに駆けつけると、四方に聞こえるように怒鳴ってやった。

『ろくでなしのフィリカ・モローゾフを出せ。あのくず野郎を連れてこい！』

まあ、まだ酔っぱらっていたんだな。俺はヴラーソフの店のあたりで取り押さえられて、三人がかりで家に連れ戻されたよ。ただ噂は町中に広がった。娘たちはバザールでこんな話をし合ったもんだ。

『ねえねえ、知っている？　あのアクーリカは処女だったそうよ』

それからしばらくすると、フィリカのやつが人前で俺にこんなことをほざきやがった。

『女房を売りなよ。酒が飲めるぞ。俺のところの兵隊のヤーシカなんか、そのために結婚したんだ。自分は女房と寝ずに、三年飲み暮らしやがった』

おれは言ってやった。

『お前はくずだ！』

『お前は阿呆だ。どうせ酔っぱらったまま結婚させられたんだろう。初夜がどうのこうのなんて、わかるわけがねえや！』

俺は家に帰って怒鳴った。

『よくも酔っぱらったまま結婚させたな！』

止めに入ったお袋にも、『お袋、あんたの耳は金で塞がれちまっているんだよ。アクーリカを連れてこい！』と言って、それから女房を鞭で打ったね。打って打って打ち据えて、二時間もたったころにはこちらの足が立たなくなっていた。あいつは三週間も寝たきりだったよ」

「いや、もちろん」チェレーヴィンがぼそっと意見を言う。「女どもは殴らなきゃいけねえ、さもないとつけあがって……しかしお前、女房が男といるところを見たのか？」

「いや、べつに見ちゃあいねえさ」シシコーフはちょっと黙ってから渋々答えた。「ただ悔しくってたまらなかったのさ、あんまりみんなにこけにされたからな。しかもみんなあのフィリカの野郎が糸を引いていたんだ。

『お前の女房は飾り物だ。人に見せるためのな』

これもあいつのせりふだ。そうかと思うと俺たちを客に呼んで、すっぱ抜きやがるんだ。

『こいつのかみさんときたら、気立てがよくて上品で、礼儀も愛想もわきまえて、誰にも優しいいい女さ。まったくいい気なもんだぜ！　忘れたのかい、自分があの女の家の門にタールを塗ったのをよ！』

俺が酔って座り込んでいると、あいつはいきなり俺の髪の毛をひっつかんで、ぐいと引き倒すようにしながら言った。

『踊れよ、アクーリカの亭主殿、こうして髪の毛をつかんでいてやるから、そのまま踊って俺を楽しませるんだ！』

『くず野郎！』俺が叫ぶとあいつは言った。『俺は仲間を連れておまえんちに行くぞ。そうしてアクーリカを、お前の女房を、お前の目の前で笞でしばいてやる。俺の気が済むまでな』信じられねえかもしれないが、このあと俺はまる一月《ひとつき》も、怖くて家を空けられなかった。本当にあいつがやってきて、みっともない騒ぎを起こすんじゃねえかと思ったんだ。おかげでむしゃくしゃして、自分が女房を殴るようになったよ……」

「なんで殴るんだよ？　手は縛っても舌は縛れねえって言うじゃねえか。殴るだけじゃ思うようにはならねえよ。ちゃんとお仕置きをして言い聞かせたら、あとはかわいがってやるんだ。それが女房ってもんだろうが」

シシコーフはしばらく黙っていた。

「いまいましかったんだよ」彼はまた話し出した。「それでまた癖になっちまって、朝から晩まで殴っていたこともあったよ。やれ立ち方が悪いの、歩き方が気にくわねえのって文句を付けてな。殴っていねえと気がくさくさするんだ。女房はよく黙って座って、窓の外を見ては泣いていた……。しょっちゅうめそめそしていて、つい気の毒になるんだが、それでも殴るんだ。お袋は女房の肩を持って、よく俺にがみがみ言っていたよ。『お前は人間のくずだ、ろくでなしだ！』ってな。

婚させやがって！』俺は怒鳴り返す。『もう誰にも文句は言わせねえ。人を騙して結婚させやがって！』

『殺すぞ、こら！』

初めのうちはアンクディームの爺さんも娘をかばおうとして、顔を出しては言ったものさ。『お前ってやつは、身も心も腐り果てたやつだ。今に痛い目に遭わせてやるぞ！』

だが、そのうちに引っ込んでしまったよ。姑のマリヤ・ステパーノヴナのほうはいきなりしゅんとしちまった。あるときやってきて、泣きながら訴えたもんだ。

『実はお願いがあってきたんだよ。たいしたことじゃあないんだけど、是非聞いてもらいたくてね。どうか後生だから』そう言って頭を下げるんだ。『ひとつ気を静めて、あの子を勘弁してやっておくれよ。うちの娘は悪い人たちの陰口にやられたんだよ。きれいな体でお嫁に来たことは、あんたも知っているじゃないか……』

そう言って深々とお辞儀をして泣くんだ。ところがおれは頑として聞かねえ。

『俺はもうあんたたちの言うことなんぞ聞く気はねえ！　この家のことは何でも俺のしたい放題にするんだ。それにもう俺は自分でも抑えが利かなくなっているからな。あのフィリカ・モローゾフのやつこそ俺の連れで一番の友達さ……』」

「ていうと、またつるんで飲みだしたのか？」

「とんでもねえ！　そばに寄れもしねえよ。あいつはとことん飲み暮らした果てに、きれいさっぱり無一文になると、どこかの町人に身を売った。長男の身代わりで兵隊に行くのさ。俺たちのところじゃな、徴兵の身代わりとなりゃ、いよいよ入隊という その日まで、その家の者は全員そいつの前に這いつくばっていなくちゃならねえんだ。本人はもう何をしようと勝手放題よ。金を全額受け取るのは入隊のときだが、それまでは雇い主の家に厄介になる。時には半年ほども住み着いてさんざん迷惑をかけるもんだから、家の者たちはもう一刻も早く出て行ってくれと思うんだ！　ところが本人は、俺様はお宅の大事な息子の身代わりに兵隊に行ってやるんだ。つまり恩人なんだから、みんなで俺を大事にして当たり前だ。それが嫌ならこの話はなしだってわけだ。それでフィリカのやつもこの町人の家でどんちゃん騒ぎはやるわ、娘とは寝るわ、毎日メシのあとで主人の髭は引っ張るわと、なにもかも好き放題をしていた。毎日自分一人のために風呂を立てさせて、しかも酒の湯気で蒸せだの、女どもに抱いて風呂まで運ばせろだの、注文を付ける。遊び歩いて戻ってくると、道ばたに立ったまま動かねえ。『門から入るのは嫌だ、垣根を壊せ』っていうんで、わざわざ門の脇の垣根を壊して、別の入り口を作らなくちゃならねえ。そうしてやっと家に入ってもらう始末さ。

さてそれもおしまいになり、いよいよ入隊のお迎えがきて、あいつも素面に戻った。あのフィリカ・モローゾフがいよいよ連れて行かれるってんで、通りはもう黒山の人だかりさ。あいつはあちこちに向かって何度もお辞儀をしていたっけ。するとそこに畑から帰ってきたアクーリカが通りかかって、もううちの門に入ろうというときに、ちょうどフィリカの目にとまったんだ。

『待ってくれ！』そう叫んで荷車から飛び降りると、あいつはまっすぐアクーリカに向かって深々と頭を下げた。『なあ、あんた、あんたは俺の宝物だ。俺は二年もあんたを思いつづけてきたが、今はこうして鳴り物入りで兵隊に行かされる身だ。俺を許してくれよ、立派な親父さんの立派な娘さん。俺はお前さんに卑しいまねをした。何もかも俺が悪かった！』そう言ってもう一度、深々と相手に頭を下げたんだ。アクーリカははじめびっくりした顔で突っ立っていたが、それからあいつに丁寧なお辞儀を返してこう言った。

『あんたもあたしを許してね、おにいさん。私はあんたのことを、何も悪く思っちゃいないわ』

俺は女房のあとから家に入っていって問い詰めた。

『このあま、あいつに何を言いやがった？』

すると女房は、嘘だと思うかもしれねえが、俺をじっと見て答えやがったんだ。

『ええ、私は今じゃあの人が、世の中の誰より好きよ！』」

「なんとね！」

「その日は一日中、俺は女房に一言も口をきかなかった……。ただ夕方になって
『やいアクーリカ、もう生かしちゃおかねえぞ』と言ってやった。夜中になっても全然眠れねえで、玄関部屋に出てクワスを飲んだ。そうこうするうちに夜が明けはじめる。俺は母屋に戻って声をかけた。

『アクーリカ、遠くの畑へ行くから支度をしろ』

出かけることは前から決めていて、お袋も承知していたんだ。

『ちょうどいいね。農繁期だというのに、作男が一人一昨日から腹をこわして寝ているようだし』

俺は黙って荷馬車に馬を付けた。俺たちの町を出るとすぐに松林が十五露里ほど続き、林が終わったところにうちの開墾畑があった。松林を三露里ほど進んだところで、俺は馬を止めた。

『立て、アクーリカ、お前の命もここまでだ』

女房は怯えた目で俺を見ると、黙ったまま俺の前に立った。

『お前にはもううんざりしたんだよ。さあ神に祈るんだ！』そう言ってあいつの髪をぐいとつかんだ。太く編んだ長い髪を片手に巻き付けるようにしておいて、後ろから両膝で胴を締め付ける。そうしてナイフを抜くと、首をぐいと後ろにそらせて、のど元のところをざっくりとナイフで切り裂いた……。あいつが叫び声を立てると、血がピューと噴き出してきて、俺はナイフを捨てた。前に回って両手であいつの体を抱え、そのまま地面に倒れ込んだ。抱きしめながら声を限りに名を呼んだよ。あいつも叫び、俺も叫ぶ。あいつが全身をびくびく震わせながら俺の手から逃れようとすると、噴き出す血が俺に降りかかる。顔にも手にも血がどんどん降りかかってくるんだ。あいつを振り放すと、急に恐怖が襲ってきた。馬を捨て、そのまま元来た道を走って走って家にたどり着き、そのまま風呂小屋に駆け込んだ。うちの風呂小屋は古いやつで、使われないままほったらかしてあった。その風呂小屋の座り棚の下へと潜り込んで、そこでじっとしていたよ。真夜中までそうしていたな」

「アクーリカはどうなった？」

「あいつはな、なんと俺が逃げたあとで起き上がって、同じように家へ帰ろうと歩きだしたんだな。それで現場から百歩も離れたところで見つかったんだ」

「斬り方が浅かったんだろう」

「ああ……」シシコーフはしばらく言葉を止めた。

「決まった血の管があるのさ」チェレーヴィンが言う。「もしそいつを、その血の管をはじめにすぱっと掻き切らねえと、人間はいつまでもじたばたするばっかりで、いくら血が流れたって死にはしねえんだ」

「だけどあいつは死んだんだ。晩になって死んで見つかったさ。報《しら》せが回って俺がお尋ね者になり、真夜中になって捕まったわけだ。風呂小屋でな……。おい、もう四年目になるぜ、ここの暮らしもな」ちょっと間があってから、彼はそう付け加えた。

「まあな……そりゃあもちろん、殴らなけりゃあ示しはつかねえさ」しれっとした口調で当たり前のことのように言いながら、チェレーヴィンはまたタバコ入れを取り出し、間を置きながら長いこと嗅ぎタバコを味わった。

「だけどなあ、おい」と彼は続けた。「お前もずいぶん馬鹿なまねをしたもんだよ。俺だって一度、女房が色男といるところを見つけたさ。そこで女房を物置小屋へ呼びつけて、馬の手綱《たづな》を二重に折ったのを手に持って問い詰めた。

『お前が操を立てたのは誰だ？　どっちに操を立てているんだ？』そう言って女房をひっぱたいたよ、手綱でな。びしびしびしびし、一時間半もひっぱたいているとな、とうとう女房が泣き声で言ったね。

『お前さんの足を洗って、その水を飲みますからゆるして』
オブドーチヤって名前の女だったぜ」

第五章 夏

そうこうするうちに四月の初めになり、復活大祭週が近づいてきた。少しずつ夏の作業も始まる。陽光は日ごとに熱と輝きを増し、大気は春のにおいを含んで、それが体に疼くような刺激を与える。間近に迫る明るい日々の予感が鎖につながれた人間の胸をもかき立て、そこに何かの願望を、欲求を、憂愁を生むのである。どうやら冬や秋の悪天候の日よりも、むしろ明るい陽光の下でこそ、自由のない身がやりきれなくなるものらしい。それはどの囚人にも感じられた。皆明るい日々を喜んでいるように見えながら、同時に何かの焦燥を、衝動を募らせているようなのだ。確かに私も気づいたが、春になると監獄の喧嘩の数も多くなるようだ。騒音、叫び声、ざわめきを耳にする機会が増し、頻繁に悶着が持ち上がる。そして一方ではどこか作業の現場などで、ふと誰かが、青みを帯びた遠くの景色にぼんやりと見入っているのを見かけることもある。視線の先はどこかイルティシ河の向こう岸、広大無辺のキルギス草原《ステップ》[31]が千五百露里にもおよぶ果てしないテーブルクロスのように広がりはじめるあたりだ。

そんなとき誰かが深く、胸いっぱいに息を吸い込む音がする。あたかもあの遥か彼方の自由な空気を吸い込むことで、押しひしがれ、鎖につながれた心を軽くしようとするかのように。「ええい！」しまいに囚人はそうつぶやくと、にわかに、まるで夢や思いを頭から振り払うかのように、いらいらと不機嫌にシャベルを手にするか、あるいはどこかへ運ぶ途中の煉瓦を抱えるのである。一分もすると彼はすでにさっきのふとした感覚を忘れ去り、笑ったり罵ったり、気質通りの振る舞いを始める。さもなければ、いきなり突拍子もない、まるで必要もないようなやる気を発揮して、もしも作業ノルマが課されている場合にはそのノルマに取りかかり、全力で働きだす。まるで己の内部にあって内側から自分を圧迫し、締め付けている何ものかを、労働の重みによって押しつぶそうとしているかのように。

総じて囚人は頑健であり、大半は年齢的にも体力的にも盛りの時期にある……この季節に足かせを着けられているのはつらいはずだ！　何も詩的な解釈を押しつけるつもりはないが、私は自分の言っていることに確信を持っている。おまけに、暖かい陽気、明るい日差しの中、周囲で計り知れぬ力を持ってよみがえろうとしている自然を心と体のすみずみまで感じ取ると、閉ざされた監獄が、護送兵が、他人の意のままに扱われることが、ますます耐え難くなる。おまけにこの春の時期には、シベリア中で、そしてロシアの全域で、初雲雀《ひばり》の声と共に、放浪が開始される。哀れな囚人たちが監獄から脱走して森へと逃げ込むのだ。息苦しい穴蔵のような世界、裁判、足かせ、棒笞を味わってきた囚人たちが、ようやく自由気ままな身になって、気が向いたところを、なるべく面白そうな、実入りの良さそうなところを歩き回る。食うのも飲むのも行き当たりばったりで、天のお恵み次第。夜はどこかの森か野原で気楽に眠る。もはやたいした気がかりも、囚われ人の憂いもなく、ちょうど森の小鳥のように、空の星たちだけにおやすみを言って、神様に見守られて眠るのだ。

とはいえ、「郭公《かっこう》将軍にお仕えする」暮らしは、時につらく、ひもじく、やりきれない。何日も何日もパンにありつけないことだってある。誰からも身を隠し、いつも警戒していなくてはいけない。盗んだり奪ったり、時には人殺しも強いられる。「流

31　イルティシ河の対岸に開けているのはカザフ草原《ステップ》で住民はカザフ人であるが、帝政期のロシアでは誤ってキルギス草原（人）またはキルギス・カザフ草原（人）と呼ばれていた。

刑人は赤ん坊と同じで、何でも見たものに手を伸ばす」――シベリアにはそんな諺があるが、これは無宿者の放浪者にもそっくりそのまま、いや輪をかけて当てはまるくらいである。放浪者で強盗をしない者は珍しいし、盗みならほぼ全員がやる。もちろん泥棒が商売というよりも、むしろやむを得ずにやるのである。

根っからの放浪者もいる。中にはきちんと懲役を終えて、入植した先から逃亡する者さえいるのだ。入植してしまえばもう万々歳、暮らしも保証されているではないか、と思うかもしれないが、それがそうではない！　相変わらずどこかへと心が引かれ、どこかから呼び招く声が聞こえるのだ！　森の暮らしは貧しくみじめだが、そのかわり自由でスリル満点、一度味わった者の心をそそって止まぬ、何か不思議な魅力があるのだ。だからあろうことか、おとなしくて几帳面で、まっとうな入植者としてきちんと百姓をやっていこうと誓いを立てた人間が、ふっと消えたりするのである。中には嫁をもらって子供も作り、一つところに五年も暮らしていた者が、ある日不意にどこかへ姿を消してしまうケースもある。嫁も子供たちも入植先の郷の住人も全部、ただあっけにとられるばかりである。

獄中で、そういう脱走者の一人を教えられたことがある。その男はとりたてて何一つ罪を犯したわけではなかった。少なくとも彼についてその種の噂を耳にした覚えがない。この男はただの逃亡者であり、生涯逃げ続けてきたのである。彼はドナウ川を越えてロシアの南部国境まで行ったこともあるし、キルギスの草原《ステップ》にも、東シベリアにも、コーカサスにも、あらゆるところに行っているのだ。これだけ旅が好きなのだから、もしも別の境遇に生まれていたら、何かロビンソン・クルーソーのような人間になっていたかもしれない。しかしこれはすべてまわりの人間から聞かされたことで、本人は獄中ではあまりしゃべらず、口をきいてもごく必要なことに限られていた。大変小柄な、五十格好のごくおとなしい男で、とびきり穏やかな、馬鹿かと思うほど穏やかな、鈍重な顔つきをしていた。夏には好んで日向《ひなた》に座り、必ず一人で何かの歌を口ずさんでいたが、あまりにも小声で歌うので、五歩も離れるともう聞こえないくらいだった。顔の作りはなんだかごつごつとしていた。小食で、食べるのはほとんど黒パンばかりだった。白パンも一杯のウォトカも、買ったためしはない。それどころかおよそ金を持っていたことなどなかったようで、勘定ができるかどうかもあやしかった。どんなことがあっても、彼はまったく平然としていた。時々監獄の犬たちに手から餌をやっていたが、監獄の犬に餌をやる者は他にはいなかった。だいたいがロシア人は犬に餌をやるのを好まないのだ。聞くところでは、彼は既婚者だった。しかも再婚だという。どこかに子供もいるそうだ……。

なんでこの男が監獄送りになったのか、まったくわからない。囚人たちは皆、彼がこの監獄からもいつか脱走すると思って、それを心待ちにしていた。しかし、まだそのときが来ないのか、それとも年を取りすぎたのか、まるでまわりの奇妙な世界から超越したような態度で、ただ淡々と暮らしているばかりだった。とはいえ、そのままですむとも限らないのである。たしかに、なんでわざわざ逃げるのだ、どんな得があるのだ、とは思うのだが。

つまりなんといっても、森で放浪しながら暮らすのは、要するに監獄暮らしに比べれば極楽なのだ。それはもう自明のことで、まったく比べものにもならない。たしかにつらい暮らしだが、その代わり何でも自分の思うようにできるのだから。だからこそロシアの囚人は、どこの監獄にいようと関わりなく、春になってお日様の優しい光を浴びるとすぐに、みんななんだかそわそわしだすのである。もちろん、決して皆が皆逃げ出す気になるわけではない。脱走の難しさと罰則の厳しさからして、決行するのはせいぜい百人に一人だろう。だがその代わりあとの九十九人は、逃げるとしたらどんな手を使おうか、どこへ逃げようかなどと思いをめぐらせながら、その実現を夢見、思い浮かべることで、心を慰めているのである。中には昔自分が脱走したときのことを思い起こしている者もいる……。

わたしが言っているのは既決囚のことだが、もちろん未決囚の脱走のほうがはるかに頻繁で数が多い。刑期の決まった既決囚で脱走するのは、囚人暮らしのはじめに限られる。これが監獄で二、三年暮らしてしまうと、囚人はもはやその年月がもったいないと思いはじめ、なにもそんな危険を冒して、万一失敗して破滅するよりは、ここは一つ決まったとおりにお勤めを果たし、晴れて出獄して入植地に行ったほうがいいと、だんだんに納得するようになるのだ。ちなみに、脱獄が失敗する可能性は高い。いわゆる己の運命の転換に成功するのは、ほんの一割に過ぎないのだ。既決囚のうちであえて脱走を図る者には、かなりの長期刑の者が多い。十五年とか二十年という時間は、もはや永遠のように感じられるので、そういう刑期をもらった囚人は、たとえ十年懲役暮らしをしたあとでさえ、いつでも運命を転換してやろうと夢想しかねない。最後に、囚人に押される烙印もまた、ある程度脱走の抑止になっている。

運命の転換というのは、一種の術語である。たとえば脱走して捕まった囚人が尋問にかけられるとき、自分は運命を転換したかったのですと供述するわけだ。このようなちょっと文語的な表現が、こうした場合にそのまま文字通り適用されるのである。脱走者は皆、完全に自由な身になるというよりも――それがほとんど不可能だということは本人も自覚しているので――むしろ別の施設に移されるとか、うまくいって入植地送りになるとか、もう一度新しい罪で、つまり逃亡中に犯した新しい罪であらためて裁いてもらうとかいったことを当てにしている。つまりもはや飽き飽きした元の監獄ではなくて、どこでもいいから別の場所に移りたいのである。

脱走者は皆、もしも夏のうちに偶然どこか特別な、冬越しのできる場所を見つけたり、たとえば囚人を匿《かくま》って利益を得ているような人間にどこかで遭遇したり、あるいはまた、場合によっては人殺しをしてでも、どこにでも居住できるような身分証を手に入れたりといったことがなければ、秋口には（もしもそれ以前に捕まらなかった場合だが）大半が自分のほうから次々と町に現れ、監獄に出頭して、そこで冬を越すことになる。もちろん夏になったらまた脱走してやろうという夢を失わずに。

春は私にも影響を与えた。覚えているが、ときおり監獄の柵に頭をもたせて長いことたたずんだまま、杭の隙間から外の世界を食い入るように見ていたものだ。そうして監獄の堡塁に緑の草が生え、遠くの空がだんだん青みを増していく様子に、じっと飽きることなく見入っていたのである。胸騒ぎとやるせなさが日ごとに募り、監獄がますます忌まわしい場所になっていった。貴族だということで最初の一年間ずっとまわりの囚人から受け続けてきた憎しみが、だんだん耐え難いものになってきて、その毒で一生が台無しにされそうな気持ちだった。この最初の何年か、私はちょくちょく、なんの病気でもないのに入院したが、それもただただ監獄の外に出て、この執拗な、どうしても静まらない皆の憎しみを逃れたいという一心からであった。

「ふん、その鉄の嘴《くちばし》[32]で、俺たちの仲間をつつき殺してきやがったくせに！」囚人たちはそんな言葉で我々を責め立てた。新しく入獄してくる平民の囚人を、どんなに私は羨んだことか！　彼らはすぐに仲間に溶け込めたからだ。そんなわけで春のもたらす自由の幻想が、自然にみなぎる陽気さが、私の内にもまた憂鬱といらだちを生むのであった。

大斎期[33]の終わりころ、おそらく第六週のことだったが、私は斎戒をすることになった。すでに第一週から古参下士官が、監獄全体を大斎期の週の数に合わせて七つの班に分け、交代で斎戒することになっていたのだ。そんなわけで各班の人数は三十人ほどであった。斎戒の週が私には大変気に入った。斎戒している間は作業を免除される。我々は監獄からほど近いところにある教会に、日に二度か三度ずつ通ったものだ。私は久しく教会に通っていなかった。遠い昔の子供のころ生家でよく見た大斎期の

32　「鉄の嘴」はかつて貴族階層の戦士が着用を許されていた角状の突起がついた鉄兜から来た表現と言われる。

33　復活祭の四十六日前の水曜日から復活祭前日までの精進期。四旬節。

勤行《ごんぎょう》、荘厳な祈禱、額が地に着くほどの礼拝――そのすべてが私の心の内に遠く過ぎ去った昔をよみがえらせ、ほんの子供の頃の印象を思い起こさせてくれた。そして早朝、夜のうちに凍り付いた土の上を、装塡した銃を持った護送兵付きで教会へ連れて行ってもらうのが、たいそううれしかったことを覚えている。ただし護送兵は教会の中には入らなかった。

教会に入ると、我々は入り口のすぐ脇の、一番後ろの場所にぎゅうぎゅう詰めのかたまりになって立っていたので、聞こえるのは朗々たる輔祭の声だけ、それにときおり会衆の頭越しに、司祭の黒い祭服と禿げた頭がちらりと見えるだけであった。そのとき私は思い出したが、子供のころ教会の中に立ちながら、ときおり入り口のあたりにひしめきあっている百姓たちのほうに目がいったものだった。彼らはびっしりと肩章をつけた軍人や、太った地主の旦那や、ごてごてに着飾っていながらやたらと信心深い貴族夫人などが来ると、へつらうような態度で道を空ける。そうしたお偉い連中は、必ず最上席に通りたがり、席の奪い合いですぐにでも喧嘩しかねないのである。当時の私には、入り口のところにいる人たちは私たちとは祈り方が違うように感じられた。謙虚に、熱烈に、うやうやしく、自分の卑しさを十分にわきまえて祈っているように見えたのだ。

今度は私がそちら側に立つ巡り合わせになった。いや同じ側とさえいえない。我々は足かせを着けられ、辱めを受けた身だった。皆が我々を避け、何か怖がっているようなそぶりさえ見せ、そして毎回施しものをしてくれるのだった。それになにか快感めいたものさえ覚えたのを記憶している。その奇妙な満足感には、ある種微妙な、特別な感覚が混じっていた。

「こんな身になったのだから、いっそ施しも受けようではないか!」と私は考えたのである。

囚人たちはきわめて熱心に祈り、各人が毎回なけなしの小銭を持ってきては、ろうそくを購《あがな》ったり、献金箱に入れたりした。

「俺も同じ人間なんだ」と献金しながら思ったり感じたりしていたのかもしれない。

「神様の前では皆同じだからな……」

我々は朝の礼拝の時に聖体[34]を受けた。司祭が聖餐杯を手に「……されど盗賊のごとく我を受け入れたまえ[35]」と唱えると、ほとんど全員が足かせを響かせて床にひれ伏し

34 カトリックの「聖体拝領」、プロテスタントの「聖餐」にあたる。

35 『祈禱集《モリトヴォスロフ》』の教父バシレイオスの祈りの一節。正確には「人を愛する主よ、我を売春婦のごとく、盗賊のごとく、収税吏のごとく、放蕩者のごとく受け入れたまえ」

た。文字通り自分のこととして受け止めたのである。

さていよいよ復活祭週がやってきた。当局から我々一人一人に卵一個と味付け小麦パンがひとかけ支給される。町からもまた山のような施しものが届いた。またもや司祭が十字架を持って訪れ、またもやお偉いさんがやってきて濃い汁《シチー》が登場し、またもや酒を飲んでは騒ぐやつが出る——何もかもが降誕祭のときと同じだが、ただ違うのは、今度は監獄の庭を歩き回ったり、ひなたぼっこしたりできるということである。冬よりもなんだか明るく、広々としているが、しかし何か気が滅入る感じだった。長々と果てしない夏の日が、祭日にはなぜかとりわけ耐えがたいものとなった。少なくとも平日ならば、作業が日の長さを縮めてくれたからである。

夏の作業は実際、冬よりもずっときつかった。作業は建築・土木関係がどんどん増えていった。建てたり掘ったり煉瓦を積んだりという仕事である。あるいは官舎の修理で、鍛冶屋や家具職人、あるいはペンキ屋のまねごとをした。そうでなければ、煉瓦造りの工場通いだった。この最後の仕事が、仲間内では一番きつい作業と見なされていた。煉瓦工場は監獄から三露里ないし四露里のところにあった。夏のあいだ毎朝六時頃に、およそ五十名もの囚人の一団が、煉瓦造りに出発する。この作業に駆り出されるのは普通の人足、つまりこれといった技術がなく、したがってどこの作業所の専属にもなっていない者たちである。彼らはパンを携行していた。作業現場が遠いために、わざわざ昼食に戻って往復八露里分の時間を無駄にするのが割に合わないからである。そのため、ちゃんとした食事をとるのは、もう晩になって監獄に戻ってからだった。

仕事は一日分まとめてノルマになっていたが、それは本当に一人の囚人が丸一日働いてようやくこなせるような、きつい仕事量だった。まず粘土を集めて運び出し、自分で水を汲んできて、自分で粘土をこねる穴に入って足でこね上げる。そして最後にその粘土で煉瓦を作るのだが、分量がなんだかむやみに多くて、二百とか二百五十とかいう数字だった。私は二度しか煉瓦工場に行っていない。もう日が暮れてから疲れてへとへとになって帰ってくる煉瓦工たちは、自分たちが一番つらい仕事を引き受けているといって、一夏中ほかの者たちに文句を言い暮らした。それがどうやら彼らの憂さ晴らしだったようだ。

しかしながら、中には喜んで工場へ通う者たちさえいたのである。第一に、行く先が町の外れ、何もない広々としたイルティシ河の岸辺である。なんといっても、四方を見渡すだけで気持ちがいい。規則ずくめの要塞の中とはわけが違うのだ！　自由にたばこを一服してもいいいし、半時間ほども気持ちよく横になってみたってかまわないのだから。

私自身は前のように工場へ通うか、雪花石膏《アラバスター》作りに行くか、さもなければ建築現場の煉瓦運びに駆り出された。この最後の作業に当たると、あるときなどはイルティシ河の畔《ほとり》から建設中の兵舎まで、要塞の土塁を越えて七〇サージェン[36]もの距離を、煉瓦を引っ張って運ばねばならなかった。この作業は二ヶ月ほどもぶっ通しで続いたものだ。だが私にはこれが気に入った。確かに煉瓦を曳《ひ》く縄でいつも両方の肩がすり切れていたが、私が気に入ったのは、この作業のおかげで目に見えて力が強くなったからである。はじめ私は一度に八個の煉瓦しか運べなかった。ちなみに煉瓦一個の重さは一二フント[37]である。しかしそのうちに十二個まで、さらには十五個まで運べるようになり、それが大変嬉しかったものである。監獄の呪われた生活が強いるあらゆる物質的な窮乏に耐えていくためには、精神力に劣らず身体の力が必要だからである。

私は監獄を出てからも生きていたかったのだ……。

ただし私が煉瓦運びを好んだのは単に体を鍛えることができるからではなく、作業の場がイルティシ河の岸辺だったからでもある。私は何度もこの岸辺に言及するが、それはただそこからだけ神の世界を見ることができたからだ。それは何も遮るもののないきれいな遠景、誰も住む者のない自由な草原《ステップ》の連なりで、その荒涼とした景色が私に不思議な印象を与えてくれた。この岸辺にいるときだけ、要塞監獄に背を向けて、見ないでいることが可能だった。その他の我々の作業場はすべて、要塞の中かすぐ脇だったからである。最初の数日からすでに私は要塞を憎んでいた。特にそのいくつかの建物を。少佐の家は、私には何か呪われた唾棄すべき場所と思えて、脇を通るたびに憎しみの目を向けたものである。

岸辺にいるときは何もかも忘れて、よくその果てしない、何もない空間を、まるで囚人が牢獄の窓から自由な世界を見るように、見つめていたものだ。底知れぬ真っ青な空に浮かぶぎらぎらした熱い太陽も、遥かなキルギス側の岸辺から伝わってくる、キルギス人の歌声も――何もかもが私には大切な、いとおしい存在だった。じっと見つめているうちに、ようやく誰か貧しい遊牧民の、煤《すす》だらけの粗末な幕屋《ユルタ》が見分けられる。幕屋の煙突から一筋の煙が立ち、近くでキルギスの女が、二頭の羊を相手に何かあくせくと働いているのが見える。何もかも貧しくて野蛮だが、ただし自由である。ふと青く澄み切った空に何かの鳥の姿を見つけると、長いことじっとその飛翔の後を

36 一サージェンは二・一三四メートル。七〇サージェンはほぼ一五〇メートル。
37 一フントは約四〇九・五グラム。一二フントは五キロ弱。

目で追う。鳥はさっと水面をかすめたかと思うと、ふっと青い空に姿を消し、それからまたちらっと小さな点となって姿を現す……。

私は早春に、岩だらけの岸のくぼみに咲く貧弱な、みすぼらしい一輪の花を見つけたことがあったが、そんな花でさえ、なぜかそのいたいけな姿で私の注意を引きつけたのだった。懲役暮らしの一年目はずっと耐えがたい憂愁が私をとらえ、くさくさとしたいらだたしい気分にさせた。この一年間の私は、気がふさぐあまり周囲の多くの事柄を見逃していた。自分から目を閉ざして、見ることを拒んでいたのだ。意地悪な、憎たらしい仲間の囚人たちの間には、表面を覆う殻こそ醜いとはいえ、実は善人もいれば感じ考える能力を持った人間だっている。だが私はそれに気づこうとしなかった。毒々しい言葉に混じっている心のこもった優しい言葉も、時として聞き漏らしていた。そうした言葉には何の下心もなく、しばしば私よりも多くの苦しみをなめてきた者の心のうちからそのまま出てきたものだけに、余計に貴重なのである。

しかしこんなことをくどくど述べて何になろう！　ともかく私はくたくたに疲れて監獄に戻ってくると、これは眠れるぞと思って大いに喜んだものだ。なにしろ夏に寝るのは一苦労、冬よりもひどいくらいだったからである。確かに晩のうちはとても快適だった。一日中監獄の庭を照らしていた太陽が、ようやく沈んでいく。あたりが涼しくなってきたかと思うと、続いて寒いくらいの（比較の問題だが）草原《ステップ》の夜が訪れる。囚人たちは獄舎に閉じ込められるまでの時間、よく連れだって庭を歩いていた。もっとも、大半は炊事場のほうに群がっていた。炊事場ではいつも監獄暮らしに関わる何か大事な問題が話題に上り、あれこれについて意見が交わされ、時には何かの噂が吟味された。たいがい他愛のない噂だったが、世に見捨てられた囚人たちはそうした噂話に異常な関心を示すのである。

たとえば監獄の長官である例の少佐が首になるというニュースが流れる。囚人は子供のように物事を信じやすい。そもそも皆承知してはいるのだ——そんなニュースは眉唾物だし、しかもネタ元が名だたるおしゃべりの「いかさま野郎」、口を開けばほらを吹くので、もはや久しく誰にも信用されなくなっている、あの囚人クヴァーソフだということを。にもかかわらず皆がそのニュースに飛びついて、ああだこうだと突っつき回してはひとしきり自分を慰める。そしてしまいには、クヴァーソフごときを信じた自分に腹を立て、恥じ入ることになるのである。

「でも、いったい誰があいつを首にするんだい！」一人が叫ぶ。「あの首は太いから、簡単にゃあ切れねえぞ！」

「なあに、あいつの上にも上官っていうのがいるのさ！」別の一人が反論する。

かっとなりやすいがなかなか頭の回る海千山千の男で、理屈を言わせたらちょっと右に出る者がいなかった。

「カラス同士は目をつつきあわねえ[38]っていうからな」一人片隅で汁《シチー》の残りを啜っていた白髪頭が、ぼそっと独り言のように言った。

「じゃあ、その上官っていうのがお前に聞きに来るっていうのかい——あの野郎を首にしたもんかどうかって?」さらに別の男がバラライカを軽く爪弾きながら、しれっとした声で口を挟む。

「俺に聞きに来ちゃあいけねえか?」二番目の男が激しい口調で言い返した。「つまりな、俺たち困っている者がそろって要求するんだよ。訊問されたら洗いざらい申したてろと言っているんだ。それを、ここの連中はただがやがや騒ぐだけで、いざとなると尻込みばっかりしているじゃねえか!」

「だからどうしたってんだ?」バラライカの男が言う。「それが監獄ってもんじゃねえか」

「この間だってな」理屈屋は耳も貸さず、むきになって言いつのる。「麦粉がちょいと余ったのよ。それを皆でかき集めてよ、ほんの雀の涙ほどのもんだったが、そいつを売りにやったのよ。ところがどうだい、あいつが嗅ぎつけやがった。組合の会計の奴がちくったのよ。それで没収さ。節約だって言ってな。いったいこれがまっとうなことかい、ええ?」

「じゃあお前、いったい誰に訴えようって言うんだ?」

「誰にだって? あの監査官よ、今度来るっていう」

「なんだよその監査官っていうのは?」

「本当の話さ、監査官が来るんだよ」そう言ったのは若くて快活な男である。書記をしていたせいで読み書きができて、『ラ・ヴァリエール公爵夫人』[39]とか何かそのたぐいのものを読んでいた。いつも陽気なおふざけ者だったが、ある種のことに通じていて人当たりがいいので皆に重んじられていた。監査官がやってくるというので皆は色めき立ったが、本人はそれにかまわずまっしぐらに「炊事婦」の名で呼ばれる炊事係の男のところに歩み寄ると、レバーを注文した。ここの炊事係はよくこの種のものを商っている。たとえば自前でレバーの大きなかたまりを買って、焼いて、囚人たちにバラ売りするのである。

38 ドストエフスキーの『シベリア・ノート』に記載された諺で、「同じ穴の狢《むじな》」というほどの意味。
39 二二九ページに既出のルイ十四世の愛妾ルイーズ・ド・ラ・ヴァリエール。

「半コペイカかい、それとも一コペイカ分？」炊事係はたずねる。

「一コペイカ分切ってくれ。みんなをうらやましがらせてやるんだ！」囚人は答えた。「将軍だよ、みんな、えらい将軍様がペテルブルグからやってきて、シベリア中を視察して回るんだよ。確かな話だぜ。警備司令部で聞いたんだから」

この知らせは異様な興奮を引き起こした。十五分ばかりも、いったい何という将軍だ、どんな将軍だ、位はどうだ、このあたりの将軍より上なのか、といった質問が飛び交った[40]。囚人たちは階級の話やお偉方の話が大好きで、誰が誰より上だとか、誰が誰をやっつけることができるとか、痛い目を見るのは誰だとか、将軍たちのことで議論したり罵りあったりしているうちに、ほとんどつかみ合いの喧嘩にさえなりかねない。一見そんな話をして何の得になるかと思うだろう。しかし将軍連中や一般的にお偉方のことをどれほど詳しく知っているかによって、その人物の知識が、世間知が、そして以前の、監獄に来る前の社会的な重要度が測られるのである。概して高位高官に関する話題は、監獄ではもっとも上品でかつ重要な話題と見なされていた。

「ほらな、少佐の首をすげ替えに来るっていうのは、本当だっただろう」赤ら顔の小男で、激しやすく極端に物わかりの悪いクヴァーソフが言った。少佐についてのニュースを最初に持ち込んできたのがこの男である。

「買収されちまうさ！」すでに汁《シチー》を平らげた無愛想な白髪の囚人が、ぶっきらぼうに言い返す。

「そりゃあ買収だな」別の男が受けた。「なにしろ、よく貯め込みやがったからな！　ここに来る前は大隊長をやってたしな。先だっては長司祭[41]の娘を嫁に取ろうとしたっていうじゃねえか」

「なに、結婚話はおじゃんよ。ドアを指さして出ていけと言われたそうだぜ。金もねえくせに、花婿面をするなっていうわけだ。すごすごと席を立って、そのままお払い箱さ。じつはあいつ、復活祭のときにカード博打で全財産なくしちまったそうだ。フェージカがそう言ってたぜ」

「そうだな、若い頃はべつに道楽しなくても、金はどんどん出て行くからな」

「なあ兄弟、この俺も所帯持ちだったんだが、貧乏人が嫁をもらうのは考えもんだな。何せ夜が短けえから、かわいがる暇もありゃしねえ！」スクラートフが話に割り

40　将軍は最上級の武官の総称で、元帥・海軍提督を頭に大将（歩兵大将、騎兵大将、砲兵大将、海兵大将）、中将、少将までがこの称号で呼ばれた。帝政期の官等表では武官と文官の位が対応していたので、四等官以上の文官も「将軍」並みの敬称で呼ばれた。
41　功労によって主教から司祭に与えられる正教会の職位。

込む。

「おいおい！　お前の話なんかしてやしないぜ」書記上がりの気さくな若者が言った。「ところでクヴァーソフよ、言っておくがお前もたいした間抜けだぜ。お前本気で思っているのか、そんなお偉い将軍をあのケチな少佐が買収できるなんて。いったいその程度の将軍が、あんな少佐風情の監査にわざわざペテルブルグから来るかよ？　なあ、お前はやっぱり馬鹿野郎だぜ」

「なんだって？　将軍だったら賄賂は取らねえとでもいうのかい？」誰かが疑わしそうに聞き返した。

「もちろん取りゃしねえさ。まあ、仮に取るとなったら、半端な額じゃねえな」

「そりゃそうだ、半端じゃねえ。地位相応に取るだろうさ」

「将軍というのはいつだって金を取るもんさ」クヴァーソフがきっぱりと言う。

「何かいお前、つかませたことでもあるのか？」不意に入ってきたバクルーシンが馬鹿にしたように言った。「だってお前、将軍なんて一度も見たことはねえだろうが？」

「見たと言ったら？」

「嘘つき野郎が」

「嘘つきはお前だ」

「みんな、もしこいつが見たことがあるんなら、今みんなの前で言ってもらおうじゃねえか、いったいなんていう将軍を知っているのかをな。さあ言ってみろ、こっちは将軍の名前なら全部知っているんだ」

「俺が会ったのはジーベルト将軍だよ」なんだか歯切れの悪い口調でクヴァーソフが答える。

「ジーベルトだ？　そんな将軍はいねえよ。きっとお前が背中を剝かれて笞をくらっていたときに、そのジーベルトとやらが居合わせたんだろうよ。まだせいぜいが中佐くらいの身分だったのが、ぶるっているお前には将軍に見えたってわけだ」

「そうじゃねえ、みんな俺の言うことを聞いてくれ」スクラートフが叫んだ。「所帯持ちの言うことは聞くもんだ。そういう将軍は確かにいたよ、ジーベルトという名前のな。先祖はドイツ人だが、自分はロシア人さ。毎年生神女就寝祭《ゴスポジンキ》[42]にはロシアの坊さんに懺悔していたよ。この男がな、みんな、いつも水ばかり飲んでいるんだ、まるで

42　生神女、すなわち聖母の就寝（＝被昇天）の記念日。旧暦八月十五日（新暦八月二十八日）。ここではその前二週間の精進期を示す。

アヒルみてえにな。毎日毎日モスクワ河の水をコップに四十杯も飲むんだぜ。なんでも何かの病気を水で治しているんだそうだ。そいつの侍従が俺に教えてくれたんだ」「きっと腹の中の水でフナでも飼ってたんじゃねえか?」バラライカの囚人が口を出す。

「おい、いい加減にしねえか!　せっかくまじめな話をしてるのに、こいつらときたら……。で、どんな監査官なんだって?」一人の落ち着きのない囚人が心配顔で言った。マルティノフという元軍人で軽騎兵だったという老人である。

「まったく、でまかせばかり言いやがる!」疑り深い連中の一人が言った。「あれだこれだと寄せ集めて、勝手に話をこしらえやがって。全部与太話じゃねえか」

「いいや、与太話じゃないぞ!」ここまで大物然として沈黙を保っていたクリコーフが、断定口調で言った。これは五十に近い貫禄たっぷりの男で、とびきり品のある風貌をしていて、身ごなしにどこか人を見下したような、堂々と落ち着き払ったところがあった。自分でも押し出しの良いのを自覚して、鼻にかけていたのだ。ジプシーの血が混じっていて、仕事は獣医、町では馬の治療をして金を稼ぎ、監獄の中では酒を商っている。頭の切れる男で、経験も豊富だった。何かしゃべるときは、一言一言、まるで金でも恵むようにもったいを付ける。

「これは本当の話だ」彼は落ち着いて言葉を継いだ。「もう先週から俺の耳に入っている。かなり大物の将軍がやってきて、シベリア中を監査して回るということだ。おきまり通りあちこちで買収されるだろうが、ただしうちの八目妖怪の野郎（少佐）なんかの出る幕じゃない。あんな奴はそばにも寄せてもらえないさ。一口に将軍といったっていろいろだ。ピンからキリまでいるからな。ただし言っておくが、どう転んでもあの少佐は今の地位にとどまるさ。これは確かだ。俺たち囚人には物を言う場がないし、お偉方はお互いに密告などしない。監査官なんぞは、ただ監獄をちょいと覗くだけで、そのまま帰って万事問題なしと報告するんだよ……」

「そんなもんかな、だがな、少佐の奴はすっかり怖じ気づいちまって、朝から酒をくらっているっていうじゃねえか」

「しかも晩にはまたしこたま飲み直しだってさ。フェージカが言っていたぜ」

「黒犬は洗っても白くはならねえってことよ。あいつの酒浸りは、今に始まったことじゃねえや」

「なんだと、将軍様でも手が出せねえとは、いったいどういうことだい！　いや、もううんざりだぜ、あいつらのいかれたまねを指をくわえて見ているのは！」いきり立った囚人たちは口々に言い合った。

監査官の一件はたちまち監獄中に広まっていった。内庭を散歩する者たちが、先を争うようにニュースを伝え合っている。その一方でわざと落ち着き払って、口をつぐんでいる者たちもいたが、どうやらそうすることで自分に箔を付ける狙いのようだ。他にまったく関心を示さない者たちもいた。どこの獄舎の入口階段にも、バラライカを持った囚人たちが腰掛けていた。おしゃべりを続ける者たちもいれば、歌を歌う者たちもいたが、総じてこの晩は皆が異様に興奮していた。

九時を過ぎると全員点呼を受けたうえでそれぞれの獄舎に追い込まれ、朝まで閉じ込められる。夜は短かった。朝は四時過ぎに起こされるのに、眠りに就くのはどうしても十一時前ということはないのだ。その時間まではいつもまたひとしきりごそごそしたり話をしたりで、時には冬と同じように賭場が開かれることもあった。夜中には、暑さと息苦しさで耐え難いほどになった。板戸を上げた窓から夜の涼気が入ってはくるのだが、それでも囚人たちは一晩中、寝床の上でまるで熱に浮かされたように身をもがき続けていた。蚤《のみ》の大群が猛威を振るうのである。冬にも蚤はいるし、その数も馬鹿にはならないが、春から先はとてつもない規模で繁殖する。それまで話には聞いていたものの、身をもって経験するまではとても信じる気になれなかったほどだ。そして夏になるにつれて、連中はますますたちが悪くなっていく。確かに蚤には馴れることができるし、私だって馴れたが、しかしやはりかなり応《こた》えるものだ。あまりにしつこく食われるものだから、しまいには熱病に冒されて横たわっているような具合になり、眠っているというよりは、ただうなされているような気がしたものである。

もう夜明けも近くなって、さすがの蚤たちもようやく死に絶えたようにおとなしくなり、早朝の涼気で今度こそ甘い夢をむさぼれると思ったとき、にわかに監獄の門のあたりで情け容赦のない太鼓の音が響き、起床が告げられるのである。半外套にくるまったまま呪うような気持ちで、大きくはっきりとした太鼓の音をひとつひとつ数えるように聞いていると、まだ覚めやらぬ頭に耐え難い思いが忍び込んでくる。こんなことが明日も明後日も、何年もぶっ続けに、自由の身になる日まで続くのだ。しかもその自由はいつ来るのだ、いったいどこにあるのだ――ついそんなことを考えてしまうのだ。だがそれでも目を覚まさなくてはならない。またいつものあくせくが、押し合いへし合いが始まる……。囚人たちは服を着て、作業の場へと急ぐ。もっとも昼にもう一時間ほど眠ることはできたのだが。

監査官の話は本当だった。噂は日を追うごとにますます確かなものになって、ついには皆がはっきりと知ることになった――あるえらい将軍がペテルブルグからやってきて、シベリア中を監査して回る、しかももう到着して、すでにトボリスクにいるというのだ。毎日新しい噂が監獄にもたらされた。町からの知らせも届いた。それによると皆が怖じ気を振るって、なんとかうわべを取り繕おうとあくせくしているそうだ。一番のお偉方たちの家では、歓迎会や舞踏会や祝宴の準備をしているという。囚人たちは何組にも分けて動員され、要塞の中の通りを均《なら》したり、土の山を崩したり、塀や柱を塗り替えたり、漆喰を塗ったり、粘土で隙間を塞いだりといった作業をさせられた。要するに瞬く間に何もかも修理して、表面を取り繕ってしまおうという魂胆である。囚人たちもそこはお見通しだったので、仲間うちの議論もますます熱のこもった激しいものになっていった。囚人たちの空想はとどまるところを知らなかった。将軍から待遇についてたずねられたら、きちんと直訴状を出そうという話まで出た。だが一方で、お互いの間で意見がまとまらず、罵り合っていたのである。

少佐は動揺していた。いつもより頻繁に監獄に顔を出してはむやみに怒鳴りつけ、何かというと囚人に飛びかかったり、営倉送りにしたりするようになり、施設の清潔さや外見のチェックもきつくなってきた。そんなとき、まるでわざとのように監獄で一つの小さな事件が持ち上がった。ただし当然予期されたこととは裏腹に、少佐はこれに肝を冷やす気配さえ見せず、むしろ喜んだくらいだった。事件というのは、一人の囚人が喧嘩でもう一人の囚人の胸の、ほとんど心臓のあるあたりに錐を突き立てたのである。

犯人の囚人の名はローモフ、刺されたほうは仲間内でガヴリールカと呼ばれていた。これは根っからの放浪者である。この男に他の呼び名があったかどうかは記憶にないが、監獄ではいつもガヴリールカと呼ばれていた。

ローモフはK郡にあるTという村の裕福な農家の出だった。ローモフ一族はまとまって一家を構えていた。年老いた父親と三人の息子、それに彼らの叔父で、これが件《くだん》のローモフである。彼らは豊かな百姓だった。あの一家は三〇万ルーブリからの金を持っているという噂が県中にとどろいていた。畑もやれば革もなめし、商売もしたが、一番身を入れていたのが高利で金を貸したり、放浪者を匿《かくま》ってひそかに盗品を買い取ったりといった類《たぐい》の裏稼業であった。郡の百姓の半数は彼らに借金があり、そのために頭が上がらなかった。一家そろって頭がよくて抜け目がないという評判だったが、そのうちに図に乗りだした。とりわけこの地方の大変大物の高官が旅の行き帰りに彼らの家に泊まるようになり、家長の老人とじかに接して、その機転と抜け目なさが気に入って目をかけるようになってから、増長ぶりに拍車がかかった。にわかに、自分たちはもはやどんな規制も及ばない身だと思い込み、いろんな無法の裏稼業でどんどん危ない橋を渡るようになったのである。皆がこの一家のことで愚痴をこぼし、その破滅を願うようになったが、彼らはどこ吹く風と増長の鼻をますます伸ばしていった。郡の警察署長や選任参事官《ザセダーチェリ》のことなど、もはや歯牙にもかけなかった。

そしてついに彼らはへまをして身を滅ぼすことになったのだが、ただしそのきっかけは悪事でも闇の犯罪でもなく、ある冤罪事件だった。この一家は村から十露里ばかりのところに大きな農場を持っていた。シベリアで言う開墾地《ザイムカ》である。ある年の秋口、この農園に六人のキルギス人の作男が住み込みで働いていた。昔から奴隷のように使われてきた者たちである。ある晩、このキルギス人の作男たちが全員斬殺されるという事件が起こった。捜査が始まり、それは長く続いた。捜査の過程でほかのよからぬ所行が続々と明らかにされた。ローモフ一家は作男たちの殺害容疑で起訴された。本人たちも話していたし監獄でも皆知っていたが、容疑のポイントは、作男たちの給料の未払い分がかなりな額にまで貯まっていたことで、一家の者は大きな資産を持っているくせにケチで金に汚いところから、未払い分を払わずにすむようにキルギス人たちを殺害したものと疑われたのである。予審と裁判を受けているうちに、財産はすっかり消えてしまった。家長の老人は死んだ。息子たちはそれぞれ別な場所に流刑となった。その一人と叔父が、十二年の刑期で我々の懲役場にやってきたわけだ。

ところがどうだろう？　彼らはキルギス人たちの死に関して、まったく罪はなかったのである。同じ監獄にいたガヴリールカがあとから自白したのだ。これは名だたるペテン師の放浪者で、陽気で威勢のよい男だが、これが事件の一切を自分の仕業と認めたのである。ただし自分からすべてを白状したかどうかは聞いていないのだが、監獄中の人間がキルギス人たちは彼の手にかかって死んだものと確信していた。ガヴリールカはまだ放浪していたときからこのローモフと関わりがあった。彼が監獄に来た罪状は脱走と放浪で、刑期は短かった。キルギス人殺しは他の三名の放浪者との共犯だった。この開墾農園で盗みを働き、荒稼ぎしてやろうと忍び込んだのである。ローモフの叔父と甥は、どうしてか監獄では嫌われていた。甥のほうは立派な体格の頭のいい若者で、協調性もあったが、ガヴリールカを錐で刺した叔父のほうは、馬鹿な上に喧嘩好きな男だった。今度の諍《いさか》いの前にも、彼は何人もの囚人と喧嘩をして、さんざん殴られていた。ガヴリールカのほうは明るくて調子のいい性格のため、皆に好かれていた。ローモフたちはガヴリールカが真犯人で自分たちは彼の身代わりで監獄送りになったのだと知ってはいたが、彼と言い争うことはなかった。もっとも、彼らが一つの場所にそろうことも皆無だったのだ。おまけにガヴリールカのほうも、まったく相手に目もくれなかった。ところが突如、一人の見るもおぞましいような娘っこのことで、彼とローモフの叔父との間に喧嘩が始まったのだ。ガヴリールカが、その娘は自分に気があるといって自慢しはじめると、叔父がそれに焼き餅を焼き、ある日の真昼時、突然相手を錐で突き刺したのである。

ローモフたちは裁判中に零落《れいらく》したものの、獄中では豊かな暮らしをしていた。きっと金があったのだろう。自分でサモワールを所有し、茶を飲んでいた。少佐はそのことを知っていて、二人のローモフを蛇蝎《だかつ》のごとく嫌っていた。誰が見てもわかるほど相手に難癖を付け、しょっちゅう懲らしめる種を探していたのだ。ローモフたちは少佐が賄賂ほしさにそんなことをしているものと受け止めていたが、自分から賄賂を渡すことはしなかった。

もちろん、もしもローモフがもう少し深く錐を差し込んでいたら、ガヴリールカは死んでいただろう。しかし実際には、ただのちょいとしたかすり傷でことはすんだのだ。これが少佐に報告された。今でも覚えているが、息せき切って馬で駆けつけてきた少佐は、見るからにうれしそうだった。彼はびっくりするような猫なで声で、まるで実の息子に語りかけるようにガヴリールカにたずねた。

「どうだね、君、このまま病院まで歩いていけるかね？　いや、やっぱり馬車で運んでやろう。おい、すぐに馬をつけるんだ！」少佐はせかせかした口調で下士官に命じた。

「ですが、少佐殿、何も痛みはありません。あいつは軽く突いただけなんです、少佐殿」

「何を言うんだね、君、ほら見てごらん……危ない場所じゃないか。何でも場所次第だからね。ほら心臓のすぐそばを狙っているぞ、あの悪党め！　貴様は、貴様のことは」彼はローモフのほうを振り向いて吠えた。「今度こそしっかり懲らしめてやる！……営倉に入れておけ！」

　そうして実際に懲らしめたのだった。ローモフは裁判にかけられ、傷がごく浅い突き傷だったにもかかわらず、明瞭な殺意があったものと見なされた。被告は懲役期間を延長されたうえ、笞刑千発が科された。少佐はすっかり満足していた……。

　そしてついに監査官がやってきた。

町に到着して二日目に、監査官は我々の監獄にも巡視に来た。その日は祝日にあたっていた。もう何日か前から監獄はどこもかしこも洗い上げ、磨き上げられて、舐めたようにきれいになっていた。囚人たちの頭や顔も新たに剃り上げられていた。着ている服も真っ白で清潔だった。規則によって、夏には全員が亜麻布の白シャツと白ズボンを着ることになっていたのだ。背中には一人一人、直径二ヴェルショークほどの黒い丸印が縫い付けられていた。囚人たちは、もし高官から声をかけられた場合どう答えるべきか、みっちり一時間も教え込まれていた。何度か予行演習も行われた。少佐はまるで気が触れたようにあたふたしていた。将軍が姿を現す一時間も前から、全員がそれぞれ決められた場所に木偶《でく》のように直立し、両手をズボンの縫い目に当てていた。

昼の一時になってようやく将軍が到着した。それは威厳たっぷりの将軍だった。あまりの貫禄に、きっと西シベリア全域の長官連中の心臓は、将軍の到来と共に縮み上がったことであろう。将軍はいかめしく堂々たる様子で入ってきた。地元のお偉方からなる大きな随行集団が、あとからどやどやと入ってくる。何人かの将軍や大佐がいた。中に一人、文官が混じっていた。燕尾服に短靴姿の背の高い美男の紳士で、同じくペテルブルグから来たものだが、ごく自然に、自由に振る舞っていた。将軍はしばしばこの男性に話しかけていたが、その態度はたいそう丁寧だった。文官の身であれほどの敬意を、それもこれほどの将軍から賜るとはと、囚人たちは並々ならぬ好奇心をかき立てられた。後になってこの人物の名前と身分が明らかになったが、このときはいろんな噂が飛び交ったものだ。

我々の少佐はオレンジ色の襟章をつけた制服に身を固め、血走った目をして、ニキビだらけの顔を真っ赤にしながら突っ立っていたが、どうやら将軍に対して特に良い印象を与えることはできなかったようだ。高貴な訪問者に対する格別の敬意から、彼はめがねを外していた。少し離れたところに、まるで弦のようにピンと身をのばして立ったその姿は、もしも何かの必要が生じた瞬間には、真っ先に駆けだして将軍閣下の御意を満たさせていただこうと、全身全霊で待ち構えているようであった。ただし彼は何の用も申しつからなかった。将軍は黙って獄舎を巡回し、炊事場までのぞき、どうやら汁《シチー》まで試したらしい。随員が私を示して、これこれの者で貴族ですと説明した。

「ほう！」と将軍は応じた。「それで今はどんな態度かね？」

「今のところ問題はありません、将軍閣下」と随員は答えた。

将軍は一つうなずき、二分ほどして監獄を後にした。囚人たちはもちろんすっかり目がくらんで圧倒されるばかりだったが、しかしそれでもなにか割り切れない気持が残った。少佐に関する直訴など、当然おくびにも出す余裕はなかった。少佐のほうも、こうなることをずっと前から確信していたのである。

43 一ヴェルショークは約四・四四五センチ。

第六章　監獄の動物たち

この後まもなく監獄で栗毛馬《グネトコ》を購入することになったが、囚人たちにとってはそちらのほうが貴顕の訪問などよりもはるかに面白い、愉快な気晴らしとなった。監獄では普段から、水の搬入や汚物の搬出などのために馬が飼われていた。馬の世話には決まった囚人が当たっていた。馬でものを運ぶのも同じ囚人の仕事だったが、もちろんそのときは護送兵が付く。朝も晩も、監獄の馬の仕事は有り余るほどあった。我々のところにいた栗毛はもうかなりお勤めが長く、気立てのいい馬ではあったが、すっかり老いぼれていた。ある日の朝、聖ペテロ祭[44]の直前のことだったが、この栗毛が晩に使う水桶を引いてきたところでばったりと倒れ、そのまま数分後に息を引き取ってしまった。

囚人たちは馬の死を悼んで周囲に集まり、あれこれ詮索したり議論したりしたものである。囚人の中でも退役軽騎兵やジプシーや獣医といった者たちは、ここぞとばかり馬についての持ち前の知識をあれこれと披瀝して、しまいには互いに罵倒し合っていたが、栗毛を生き返らすことはできなかった。死んで横たわっている馬のぱんぱんにふくれあがった腹を、皆はまるでそれが義務だといわんばかりに、代わる代わる指で突いてみるのだった。神の御心によるこの出来事が少佐に伝わると、少佐は即刻新しい馬を購入するという決断を下した。

聖ペテロ祭の当日、朝の礼拝式が終わって全員が集まっているところへ、売り物の馬たちが引かれてきた。もちろん、買う馬を決める仕事は四人に委ねるのが正解である。四人の中には本物の専門家もいたし、それにもっぱら人を騙すことを専門にしてきた者が二百五十人もそろっているのだから、こっちが騙される心配は少ないだろうからである。

キルギス人や馬喰《ばくろう》やジプシーや町人が、それぞれ馬を引いてやってきた。四人たちは新しい馬が現れるのを心待ちにしている。彼らは子供のようにはしゃいでいた。何より気分がよかったのは、いま自分たちが、ちょうど娑婆の人間が本当に自分の身銭を切って自分の馬を買うのと同じ立場にいる、しかも立派にその権利を持っている

---

44 使徒ペテロの殉教を記念する祭日。旧暦六月二十九日（新暦七月十二日）。

ということだった。三頭の馬が順繰りに引いてこられてはまた連れ去られ、そして四頭目でようやく話が決まったのだった。

馬を連れて入ってくる馬喰たちは、ちょっとびっくりして気後れしたような顔であたりを見回し、ときおり付き添いの護送兵の顔をちらちらと振り返っている。頭を剃られ、烙印を押され、鎖を付けられた囚人の大群が、常人が足を踏み入れることのない監獄の内懐で我が家にいるようにくつろいでいるさまは、一種の畏敬の念を誘うのだろう。囚人たちはあらん限りの秘術を尽くして、一頭一頭の馬を吟味した。体の隅から隅までのぞき込み、およそどこにでも手を触れて、しかもそれが、あたかも大切な監獄の福利がこの一事にかかっているかのように、大まじめで抜かりのない様子なのである。

チェルケス人たちはひょいと馬に飛び乗ってみさえした。ぎらぎらと目を輝かせた彼らは、真っ白な歯並《はなみ》をむき出し、浅黒い鷲鼻の顔でしきりにうなずきながら、こちらにはわからない自分たちの言葉でよどみなくしゃべり交わしていた。ロシア人の一人が今にも彼らの目の中に飛び込んでいきそうな勢いで、全身を耳にしてその議論に聞き入っている。言葉はわからないまでも、せめて目の表情から、合格かどうかという彼らの判断を読み取ろうとしているのだ。こんなにもはらはらしながら見守っている様子をどこかの傍観者が見たら、奇妙な感じさえ抱くことだろう。普段はおとなしくて、仲間の囚人の前で文句一つ言う度胸さえないような、平凡な囚人が、どうしてこんなことにここまで気を揉んでいるのか！　まるで買おうとしているのが自分の馬であり、従ってどんな馬を買うかは自分にとっては死活問題だといった態度なのである。

チェルケス人の他にとりわけ目立っていたのがジプシーと馬喰くずれで、皆彼らに一目置いて場所を譲り、発言権もゆだねていた。そこには一種の、名誉をかけた対決といった雰囲気さえ生まれていた。とりわけジプシーの出で馬泥棒兼馬方をしてきた囚人のクリコーフと、もぐりの獣医で、最近入獄したばかりのくせにそのクリコーフから町の得意先をあらかた奪ってしまった一人の狡猾なシベリアの百姓との間には、火花が散っていた。

そもそも監獄にいるもぐりの獣医は町中で評価が高く、町人や商人ばかりか高位高官のお歴々でさえ、自分の馬が病気にかかると、町にいる何人かの正式の獣医をさしおいて、監獄まで治療を頼みに来るほどだった。クリコーフは、ヨールキンというシベリアの百姓が現れるまでは一人勝ちの状態で、たくさんのお得意を抱え、当然ながら実入りも大きかった。この男はジプシー一流のはったりやペテンが得意で、じつは見かけほどの腕ではなかった。ただ収入でいえば囚人仲間では貴族だった。世慣れていて頭が回り、大胆で気風《きっぷ》が良いところから、監獄の囚人たちは皆もう以前から、何となくこの男に一目置いていたのである。彼の意見には皆が耳を傾け、従った。ただし口数は少ないほうで、しゃべるときにも一言いくらといったもったいぶった調子であり、しかもごく重要な場合に限られていた。紛れもない気障《きざ》男だったが、しかし本物の、作り物でない活力も秘めていた。すでに年配だったが、実に美男で、実に頭が回った。我々貴族を相手にするときには、ちょっと取り澄ました慇懃な物腰になったが、同時に自分のほうもめいっぱい貫禄を見せつけるのだった。思うに、もしもこの男に盛装をさせて、どこかの伯爵という触れ込みで首都のクラブにでも送り込んだら、そのまま結構さまになって、そこそこホイスト[45]などもこなし、しゃべるほうもぬかりなく、口数は少ないながら威厳たっぷりな物言いをして、おそらく一晩中いても、これが実は伯爵どころか一介の放浪者だとは気取《けど》られないだろう。これはまじめな話である。それほどまでにこの男は気が利いて鋭くて、頭の回転が速い。しかも身ごなしがまた優雅で垢抜けているのである。きっとそれなりの経験を積んできたのだろう。ただしその過去は謎のヴェールに包まれたままだ。監獄では特別檻房に収容されていた。

一方のヨールキンは、身分はただの百姓だが、その代わり狡猾極まる百姓で、年格好は五十ばかりの分離派信徒だったが、このヨールキンが来て以来、クリコーフの獣医としての名声はすっかり翳《かげ》ってしまった。二ヶ月かそこらの間に、町の顧客をほとんどそっくり奪われてしまったのである。ヨールキンはクリコーフがとっくに見放していたような馬を引きうけて、ごくあっさりと治療してしまった。おまけに町の専門の獣医が見放した馬まで治してみせたのだ。この男は別の何人かと一緒に贋金作りの罪で送られてきたのだった。いい年をしてそんな犯罪に一枚嚙むなんて、まったく魔が差したとしか思えない。本人も自嘲しながら語っていたが、本物の金貨三枚から贋金貨一枚しか作れなかったそうだ。

クリコーフはこの男の獣医としての成功ぶりにいささか傷ついていた。囚人たちの間での名声にも翳りが差しはじめたからである。町はずれには妾を囲い、粋なビロードの半外套を着込み、銀の指輪やイヤリングをつけて、縁飾りのついた自前のブーツで闊歩していたこの男が、急に収入を絶たれたために、酒屋のまねまでする羽目になったのだ。だから皆は今度新しい栗毛を買うこの機会に、二人の仇敵《きゅうてき》がきっとつ

45　四名で行うブリッジ系のカードゲーム。

かみ合いのけんかでもやらかすだろうという期待を持っていた。果たしてどうなるものかと、興味津々で待ち構えていたのである。

二人にはそれぞれ取り巻きがいた。その露払いにあたる連中は、すでに熱くなりはじめて、ちょびちょびと互いにヤジを飛ばしあっていた。ヨールキン本人もすでに小狡そうな顔をしかめて、今まさに人を小ばかにしたようなほくそ笑みを浮かべようとしていた。しかしそれは早計だった。クリコーフのほうは罵り合いをしようという気はさらさらなく、しかも暴言抜きで見事に相手をあしらったのだ。彼はまず頭を低く構え、仇敵の批判的な意見を一通り恭《うやうや》しく承っていた。しかしたった一言の相手のミスを聞きとがめると、控えめながらねちねちとした口調で、それは間違いだと言い立てた。そしてヨールキンが我に返って言い直す前に、これこれだから間違っていると証明してしまったのである。つまりヨールキンはまったく思いもかけなかったところでまんまと足をすくわれたのだ。最後に勝ったのはやはりヨールキンのほうだったとはいえ、クリコーフの取り巻き連中も満足したことであった。

「いやみんな、あいつだってそうやすやすとやられはしねえよ。なかなかしぶといからな、まったく！」一方の取り巻きが言う。

「ヨールキンのほうが知識じゃ上さ！」相手側も言い返すが、なんとなく一歩引いたような口ぶりである。どちらの陣営も急に驚くほど語調が柔らかになってきたのだった。

「知識がどうのじゃねえ、あいつはただ手先が器用なだけさ。いざ牛や馬のことになりゃあ、クリコーフだって負けちゃあいねえよ」

「負けるようなタマかよ！」

「負けちゃいねえさ……」

ようやく新しい栗毛《グネトコ》が決まって、買い取ることになった。若くて、美しくて、たくましくて、それでいてびっくりするほど愛くるしくて陽気な感じの、素晴らしい馬だ。もちろん他のどんな点においても、まったく非の打ちどころがなかった。値段の交渉が始まった。相手は三〇ルーブリの値をつけ、こちらは二五ルーブリなら出すという。じゃあここまで引こう、ここまで出そうと、熱の入ったやり取りが延々と続いた。しまいには自分たちでも可笑《おか》しくなってくる。

「なんだよおい、いったいてめえの身銭を切ろうとでもいうのかい？」ある者たちが言う。「何をそんなに値切ってやがるんだ」

「お上の金を惜しめってか？」別の者たちがはやし立てる。

「でもな、みんな、やっぱりこれだって、組合《アルテリ》の金だし……」

「組合の金だとよ！　いやはや、俺たちみたいなバカは種をまかなくてもひとりでに生えてくるっていうが、まったくだなあ……」

　とうとう二八ルーブリで折り合いがついた。少佐に報告が行き、購入が決定された。もちろんただちにパンと塩[46]が用意され、新しい栗毛を監獄に迎える儀式が執り行われた。このときに新しい馬の背中をたたいてみたり、鼻づらをなでてみたりしなかった囚人は、おそらく一人もいないだろう。その日のうちに栗毛は馬車につけられ、水運びに駆り出された。囚人たちは皆、新しい栗毛が自分たちの水桶を引いていくさまを、物珍しそうに眺めていたものだ。

　水運び人のロマーンは得意満面で新しい馬をしげしげと見ていた。五十がらみの百姓で、無口でまじめな気質の男である。だいたいがロシア人の御者には、とびきりまじめでおまけに無口というタイプがよくある。ずっと馬とつきあっていると、人間には実際に一種特別なまじめさと、さらには重厚さが身につくもののようである。ロマーンは穏やかで誰にも愛想よく、あまりものも言わずに嗅ぎたばこを嗅いでいるような人間で、もはや誰も覚えていないような大昔からずっと監獄の馬を扱ってきた。今度買った馬で、もはや三代目になる。我々のところではみんな、監獄には栗毛の馬がふさわしい、栗毛こそがいわばうちに似合った色だと信じ込んでいた。ロマーンも同じ意見である。たとえば斑《まだら》馬などは絶対に買わなかっただろう。水運びの役も、何かの事情によりずっとロマーンが担当していて、誰一人一度として彼のこの権利に文句を付けたためしはなかった。前の栗毛が倒れたときも、誰一人、あの少佐でさえ、ロマーンを責めようなどとは思いもしなかった。これもただ神の御業《みわざ》であり、ロマーンは立派な御者で何の落ち度もないという受け止め方である。

やがて新しい栗毛は監獄の人気者になった。気の荒い囚人たちも、しばしば近寄っていってかわいがった。よく川から戻ってきたロマーンが、下士官に開けてもらった門扉《もんぴ》を閉じている間、すでに中に入った栗毛が水桶を荷車に載せたまま立ち止まって、横目で御者を見ながら待っていることがある。そんなときロマーンが「一人で行け！」と命じると、栗毛はすぐさま一人で荷を曳いて、炊事場まで運んでいく。そこで立ち止まって、炊事人や雑役夫が、桶をもって水をもらいに来るのを待っているのである。

「お利口だなあ、栗毛！」人々が声をかける。「一人で運んできたのか！……聞き分けがいいなあ」

46 ロシアでは改まった来客の際、玄関先で主婦などがパンと塩をささげて迎える風習がある。

「まったくだ、畜生のくせにわかっていやがる！」

「偉いぞ、栗毛！」

栗毛はまるで本当に人間の言葉がわかって褒められたのがうれしいかのように、首を左右に動かしながら鼻息をたてる。すると必ず誰かがすぐにパンと塩をもってきて与えるのだ。栗毛はそれを食べてはまた首を振るが、その様子はまるでこう言っているかのようだ。

「知っていますよあんたのことは、よく知っています！　僕はかわいいお馬さん、あんたは優しい人間ですね！」

私も好んで栗毛にパンを与えた。美しい鼻面を見ながら、柔らかな温かい唇がむしゃむしゃと餌を食《は》むのを手のひらに感じるのが、なんだか気持ちがよかったのだ。

概してうちの囚人たちは動物をかわいがるのはやぶさかでないほうで、もしも許されるなら、喜んで監獄の中を家畜や家禽だらけにしたことだろう。それにおそらく、囚人たちのとげとげして凶暴な性格を和らげ、穏やかにするために、たとえば動物を飼うといった営みほど効果的なものがあるだろうか？　だがそうした許可は下りなかった。規則からしても場所柄からしても、無理だったのである。

しかし私がいた期間ずっと、監獄にはたまたまいくらかの動物が暮らしていた。栗毛馬の他に犬、鵞鳥《がちょう》、山羊のワーシカがおり、さらに一時は鷲までが住んでいたのだ。監獄の飼い犬のような形で定住していたのが、すでに述べたシャーリクである。賢くて穏やかな犬で、私とはいつも仲良しだった。しかし一般に庶民は犬というものを、かまってはいけない不浄な生き物と見なしているので、シャーリクのこともここではほとんど誰もかまう者がいなかった。勝手気ままに暮らし、屋外で眠り、炊事場の残飯を食べるシャーリクは、特に誰の関心も引かなかったが、犬のほうでは皆を知っていて、監獄の者全員を自分の主人と見なしていた。囚人たちが作業から戻ってきて、衛兵詰所で「上等兵立ち会え！」の命令がかかると、犬はもう門めがけて駆けだしていく。そうしてどの班も愛想よく出迎え、尻尾を振りながら、入ってくる囚人一人一人の目を親しげにのぞき込んで、頭の一つでも撫でてもらおうとするのである。しかし何年もの間、この犬は誰からも優しくしてもらえず、相手をしたのは私ばかりだった。だからこそ誰よりも私になついたのである。

後に監獄にはもう一匹のベールカという犬が現れたが、どんな風にやってきたのか私には覚えがない。三匹目のクリチャプカという犬は、私自身がまだ子犬のときに何となく作業場から連れ帰り、飼いだしたのである。ベールカは変わった犬だった。誰かに荷車で轢《ひ》かれたせいで、背中が途中でくぼんでいたので、走っているところを遠くから見ると、なんだか二匹の白い生き物が一つにくっついて走っているように見えたものである。おまけに全身が疥癬《かいせん》にかかったようになっていて、目は膿みただれ、尻尾は禿げちょろけてほとんど毛がなく、いつも怖じ気たように腹の下にしまい込まれていた。さんざんひどい目に遭ったあげく、この犬はどうやらあきらめの心境に達していたらしい。誰にも一度として吠えたことも唸ったこともなかった。まるでそんな気力がないかのように。

食べ物をもらう都合から、ベールカはおもに獄舎の裏庭に住み着いていたが、囚人の誰かを見かけると、まだ何歩も手前で従順の印にごろりとひっくり返って腹を見せるのだった。「さあどうとでもしてください、抵抗する気はありませんから」と言っているのだ。そんな姿を見せられた囚人は、必ず、まるでそうするのを義務と心得ているかのように、長靴の先で蹴飛ばした。「ふん、卑しい野郎め！」みんなそんな風に罵ったものだ。しかしベールカは蹴られてもキャンと鳴く気力さえなく、あまりに痛みが激しいときだけ、なんだかうつろな声で訴えるように呻《うめ》くのだった。シャーリクの前でも同じようにひっくり返って腹を見せたし、自分の都合で監獄の外に出たときには、他のどんな犬の前でも同じことをした。どこかの耳の垂れた大型の牡犬がワンワン吠えながら飛びかかってくるところに、ベールカがひっくり返って静かにじっとしていたこともある。だが犬というものは、同じ犬がおとなしく恭順の意を示せば悪い気はしないものだ。猛り狂った牡犬もすぐに気を落ち着け、ちょっといぶかしげな顔で、ひっくり返っている従順な犬の上にたたずんでいたかと思うと、ちょっといぶかしげやがておもむろに、さも興味深そうな様子で相手の体のあちこちを嗅ぎはじめるのだ。全身わなわなと震えているベールカに、そんなとき何かを考える力があるだろうか？

「いやはや、乱暴な奴だ、八つ裂きにされるんじゃないか？」おそらくそんな問いが頭に浮かぶことだろう。しかし念入りににおいを嗅ぎおわって、何も特におもしろいものを見いださなかった牡犬は、ついにそのままベールカを置き去りにして行ってしまう。ベールカはすぐさま起き上がると、またもやびっこを引きながら、どこかのジューチカとかいう牡犬にくっついて歩いている長い犬の行列の後を追うのである。自分がジューチカそのものとお近づきになれるはずはないとはっきり承知しながら、それでもこうして遠くでびっこを引きながら追いかけていることが、この不幸な犬のせめてもの慰めなのだった。もはやプライドのことなど頭にないのは明らかだった。未来の夢も一切失って、ベールカはただパンのためだけに生きており、しかもそれを十分自覚していたのだ。

私はあるときこの犬を撫でてやったことがある。これはこの犬にとってまったく初めての、思いがけないことだったので、いきなり四つ足をたたんでべたりと身を伏せ、全身を震わせながら感極まって大声でキュンキュン鳴きだした。かわいそうに思った私は、それから何度も撫でてやった。それでベールカは私の顔を見るたびに必ずキュンキュン言うようになったのである。遠くで見かけただけで、キュンキュン、キュンキュンと痛々しく涙を流しながら鳴くのである。結局この犬は要塞監獄の外の堡塁の上で、他の犬どもに八つ裂きにされてしまった。

クリチャプカのほうはまったく気質の違う犬だった。まだ目も開かない子犬のころ私が作業所から監獄に連れてきた犬だが、どうしてそんなことをしたのか自分でもわからない。ただ餌をやって育ててやるのがうれしかったのだ。シャーリクはすぐにクリチャプカの保護者役を引き受け、一緒に寝るようになった。クリチャプカが少し大きくなると、自分の耳を噛ませたり毛を咥《くわ》えて引っ張らせたり、普通成犬が子犬相手にするような遊びをしてやった。不思議なことにクリチャプカはほとんど上に伸びず、ひたすら胴が長く、太くなっていくばかりだった。毛はふさふさと長く、色は明るいねずみ色、耳は片方が垂れて片方が立っていた。子犬がみんなそうであるように、すぐに興奮してはしゃぎ出す性格で、主人の顔が見えると、たいていうれしさのあまりキャンキャンワンワン言いながら懐に飛び込んで来て、いきなり顔を舐めようとする。

そしてただちになんのためらいもなく、その他諸々の感情をすっかりぶちまけるのだ。「大喜びしているのさえ見てもらえれば、お行儀なんかどうだっていいんだ！」という調子である。

どこにいるときでも「クリチャプカ！」と呼ぶと、たちまちどこかの隅っこから、まるで地からわいて出るように姿を現し、キャンキャンと大喜びで私めがけて駆けてくる。途中ででんぐり返りしながら、毬《まり》のように転がってくるのである。このみっともない小さな生き物が、私は可愛くてたまらなかった。あたかも天はこの子犬の生涯に、ひたすら満足と喜びのみを用意したかに思えた。

しかしある日突然、婦人靴の縫製と皮革加工を仕事にしているネウストローエフという囚人が、この子犬に特別な関心を示した。ふと何かがひらめいたのだ。彼はクリチャプカを呼び寄せると、ひとしきり毛を撫でてみてから、優しく仰向けに地べたに転がした。クリチャプカはなんの疑いももたずに、ただうれしくてキャンキャン鳴いていた。しかし翌朝にはクリチャプカの姿は消えていた。私は長いこと探し回ったが、水にでも沈んだかのように何の気配もなかった。二週間たって、ようやくすべてが明らかになった。クリチャプカの毛はネウストローエフのお好みにぴったりだったのだ。彼は子犬の皮をはぎ、毛皮にすると、それを法務官[47]の奥方から注文されていた冬用のビロード半ブーツの裏に貼ったのだ。半ブーツができると、彼は私に見せてくれた。毛皮はまったく見事な出来だった。かわいそうなクリチャプカよ！

監獄には皮革加工を仕事にしている者が多かった。彼らはしばしば毛並みのいい犬を連れてきたが、そうした犬はたちまち姿を消すのが常だった。盗んできた犬もいれば買った犬もいた。あるとき炊事場の裏手で二人の囚人を見かけたのを覚えている。二人は何か打ち合わせながら、せわしく立ち働いていた。一人は一目で高価な品種と分かる見事な大型犬を、縄につないで持っていた。どこかの家のやくざな下男が主人の犬を盗んできて、監獄の靴職人に銀貨三〇コペイカで売り払ったのだ。二人の囚人はその犬の首を吊って殺す支度をしているのだった。ここはそんな作業にうってつけの場所だった。皮を剝ぎ取ったら、死骸のほうは監獄の裏庭の一番隅にある大きくて深いゴミ捨て用の穴に放り込んでおけばいいからである。その穴は夏の暑いときなど、ひどい悪臭を発していた。めったに掃除をすることはなかったからだ。哀れな犬はどうやら迫り来る運命を自覚していたらしい。探るような、不安に満ちたまなざしで我々三人の顔を順番に見ては、ときおり縮み上がったふさふさの尻尾をおそるおそる振っていた。そんな恭順の合図によって我々の気持を和らげようとするかのように。私はさっさとその場を離れたが、彼らはもちろん首尾良く仕事をやり遂げたのである。

鵞鳥が監獄で飼われるようになったのも、同じく偶然からである。誰が飼いはじめたのかも、そもそも誰の所有物だったのかも私は知らないが、しばらくの間鵞鳥たちは囚人たちの心を慰め、町でも評判になったほどだ。監獄の中で卵もかえし、そろって炊事場に住み着いていた。雛が育つとみんなでにぎやかな鳴き声を上げながら、囚人たちにくっついて作業場まで出かけるようになった。太鼓が鳴って囚人たちが出口へと向かうと、鵞鳥たちもガアガアと鳴き声を上げながら羽を広げて後から駆けだす。木戸の高い敷居を次々と飛び越えると必ず囚人集団の一番右手に回り、そこで整列して作業班の編成が終わるのを待つのだ。鵞鳥たちはいつも一番大きな班にくっついていって、作業場に着くとどこかそのあたりで勝手に餌をついばんでいた。作業を終えた囚人たちが監獄に戻ろうとすると、ただちに鵞鳥たちも腰を上げる。鵞鳥が囚人と一緒に作業に通っているという噂は、要塞の兵士の間にも広まった。

「あれ、囚人さんたちが鵞鳥をつれて歩いているよ！」通りで行き合う人々は言ったものだ。「よくもしつけたこと！」

「はいこれ、鵞鳥にね！」そう言って施しをしてくれる者もいた。

47 軍法会議で検事役を務める官職。

だがこんなに懐《なつ》いていたにもかかわらず、いつかの精進明けの際に、一羽残らずつぶして食われてしまったのである。

一方山羊のワーシカのほうは、ある特殊な事情が生じさえしなければ、絶対に殺して食われたりはしなかったことだろう。またもや誰がどこから連れてきたのか知らないのだが、突然監獄に、小さくて白くてとってもきれいな仔山羊が出現したのである。何日かのうちに囚人たちはみんな仔山羊が大好きになって、仔山羊はみんなの慰めとなり、そして喜びの種にさえなった。囚人たちは仔山羊を飼う口実まで考え出した。監獄の厩舎に山羊を飼うなどといったら、これはとんでもないことだ。しかしこの仔山羊は厩舎に住んでいるのではなく、はじめは炊事場に居つき、後ではもう監獄中をすみかにしているのだからかまわないだろうというのである。

見た目はごくしとやかで上品なくせに、仔山羊のワーシカはとってもお茶目な生き物だった。名前を呼ぶと駆けてきて、ベンチにもテーブルにも飛び乗り、囚人たち相手に角で突き合いをするといった調子で、いつも朗らかで滑稽なところがあった。すでに立派な角が生えた頃のこと、ある晩囚人たちの一団に混じって獄舎の入口階段に座り込んでいたレズギン人のババーイが、ワーシカと突き合いをやってみようと思い立った。この両者はすでに何度もおでこをぶつけ合ってきた仲だった。囚人たちはそうして山羊と遊ぶのを好んでいたのである。だがこのときワーシカはいきなり入口階段の一番上段に飛び乗り、ババーイがちょっと脇を向いた隙にさっと後足立ちになったかと思うと、前足の蹄をぎゅっと胸前に引きつけてから、全力でババーイの後頭部を殴りつけたのである。ババーイはたまらずにもんどり打って階段を転げ落ちたが、これには一同大喜び。誰よりもババーイが真っ先にうれしがっていた。要するに皆ワーシカが可愛くてならなかったのだ。

ワーシカが大人になりかかった頃、皆でまじめに話し合ったあげく、例の手術[48]が施された。監獄の獣医が手際よくやってのけたのだ。「これをやっておかねえと山羊くさくなってかなわんからな」と囚人たちは言っていたものだ。それからというもの、ワーシカはむくむくと太りはじめた。おまけにまわりの餌のやり方も、まるで肥育でもしているような勢いだったのだ。こうしてとうとう、とびきり長い角を生やし、異様なまでに肥え太った、巨大な山羊ができあがった。歩いていても、ともするとよろけて倒れるほどだった。

この山羊もまた我々と一緒に作業場へ出かけるようになり、囚人を喜ばせると同時

48 去勢手術のこと。

に行き合う人々をも喜ばせた。監獄の山羊ワーシカは皆に知られるようになった。時折、たとえば作業現場が水辺だったりすると、囚人たちはよくしなりの良いサルヤナギの枝をもいで、さらにどこかから葉っぱを集め、土塁の花を摘んで、そうしたものでワーシカを飾ってやった。角には細枝や花を絡め、胴体には一面に鎖にした花飾りを散らした。よく帰り道では、全身満艦飾のいで立ちのワーシカが先頭に立ち、囚人たちはその後を、まるで行き合う人々に自慢しているような顔で歩いていたものだ。

こうした山羊ブームが行くところまで行くと、ついに囚人の中には「ワーシカの角を金メッキしてやったらどうだろう！」などと、子供のようなことを思いつく者さえ出てきた。だがこれはもちろん口だけで、実行したわけではない。しかし私は監獄でイサイ・フォミーチに次ぐ金細工師のアキーム・アキームィチに、本当に山羊の角を金メッキしたりできるものだろうかと質問したのを覚えている。彼はまずしげしげと山羊を見つめ、まじめな顔で考え込んでいたが、それから答えたものだ――たぶんできるだろうが「所詮もろいだろうし、おまけに何の役にも立つまいよ」と。それで話はおしまいになった。

このままいけばきっとワーシカは監獄で長生きしたあげく、ただ息が止まって死んでいったことだろう。それがあるとき、例の満艦飾姿で囚人たちの先頭に立って作業場から帰る途中、軽馬車で通りかかった少佐とばったり出くわしてしまったのだ。

「止まれ！」少佐は怒鳴った。「誰の山羊だ！」

皆は彼に説明した。

「なに、監獄に山羊だと！　しかも俺の許可もなしで！　下士官を呼べ！」

下士官がやってきて、ただちに山羊を始末せよという命令が下った。皮は剝いでバザールで売り、売上金は国庫の囚人積立金に入れる。肉は囚人に与えて汁《シチー》の具にしろというのである。監獄に戻った囚人たちはひとしきり話し合い、山羊の身を哀れんだものの、命令に逆らう勇気は誰にもなかった。ワーシカはゴミ捨て穴の上で始末された。肉は囚人の一人が共同の財布に一ルーブリ半を入金してそっくり買い取った。みんなはその金で白パンを買い、ワーシカを買い取った者は、焼き肉にして仲間に切り売りした。肉は実際、とびきりうまかった。

我々のところには、同じく一時期だが、一羽の鷲（カラグシ）[49]が住み着いていた。草原《ステップ》に棲む小ぶりな鷲の一種である。怪我をして苦しんでいたのを、誰かが監獄に連れてきたのだ。囚人たちが総出でこの鷲を取り囲んだが、鷲は飛ぶことができない。

49　カラグシは「黒い鳥」という意味のカザフ語カラクスをロシア文字で書いたもの。

右の翼がだらりと地面に垂れ、片方の足は脱臼していた。覚えているが、鷲は獰猛《どうもう》な目つきであたりをにらみ、物好きな群衆の様子を窺いながら、鉤形《かぎがた》に曲がった嘴《くちばし》を大きく開いて威嚇し、命の安売りはしないという覚悟を見せつけた。やがて見飽きた囚人たちが四方に散りだすと、鷲は片足を引きずり、丈夫なほうの翼をばたばたさせながら、こけつまろびつ監獄の敷地の一番遠い端まで身を運び、柵にぴったり張り付くようにして、隅っこに隠れてしまった。そこで鷲は三ヶ月ばかりを過ごしたのだが、その間一度として自分の片隅から出ようとはしなかった。

はじめのうち囚人たちはよく鷲を見に来ては、犬をけしかけたりしていた。シャーリクは激しく襲いかかっていくのだが、間近までいくと腰が引けてしまう風で、囚人たちはそれを見ておもしろがっていた。

「やっぱり野獣《けだもの》の仲間だぜ！」彼らは言ったものだ。「負けちゃあいねえさ！」

そのうちにシャーリクも相手を痛めつけるコツを覚えてきた。恐怖心が消え、けしかけられると、巧みに傷ついたほうの翼を狙って嚙みつくようになったのだ。鷲も足の爪と嘴を使って、全力で応戦した。あたかも手傷を負った王のように、自分の片隅で背水の陣を敷きながらも、見物にきた物好きな連中を、傲然とした荒々しい目でにらみつけるのであった。しまいにはみんなすっかり鷲に飽きて、ほったらかしたまま忘れてしまった。とはいえ毎日鷲のいるそばには、新鮮な肉の切れ端と、水の入った皿が見かけられた。誰かが気を配っていたのだ。はじめ鷲は食べようとせず、何日かは餌は口もつけないままになっていた。結局は食べるようになったものの、決して人の手から食べたり、人のいるところで食べたりはしなかった。

私は何度かこの鷲を遠くから観察した。誰の姿も見えず、自分が一人きりだと思うと、鷲は時々思い切って隠れ家から少しだけ出てきた。そうして足を引きずりながら、柵沿いに隠れ家から十二歩ばかりのところまで行っては引き返し、後でまた出てくる。ちょうど足慣らしをしているような具合である。私に気づくと、とっさに全力を振り絞って、足を引きずりながら大急ぎで隠れ家まで駆け戻り、そこで頭を反らして大きく嘴を開き、毛を逆立てて、たちまち戦闘態勢を取った。どんなにかわいがろうとしても、私にはこの鷲の頑《かたく》なさを和らげることはできなかった。嚙みつこうとして暴れ、牛肉をやろうとしても受け付けず、私がそばに立っている間、憎しみに満ちた突き刺すような目でじっとこちらの目をにらんでいた。ただ一人憎しみに燃えて死を待ちながら、誰をも信用せず、誰とも和解しようとしなかった。

ようやく囚人たちもこの鷲のことを思い出したとみえて、二ヶ月ばかりは誰も気にせず、話題にする者もなかったのに、急に誰も彼もが鷲に同情しだしたような具合だった。鷲を外に出してやらなくては、といった発言が聞かれるようになった。「どうせくたばるとしても、せめて監獄の外がよかろうぜ」そんな風に言う者もいた。「当たり前だ、自由な、気の荒い鳥だからな。監獄にはむかねえよ」別の者たちがうなずいて言う。

「つまり、俺たちたあ違うってことだ」誰かが言い添える。

「なにをつまらんことを、あいつは鳥で、俺たちは人間様じゃねえか」

「鷲っていうのはな、みんな、森の王者でな……」スクラートフが能書きを垂れようとしたが、今回は誰も耳を貸そうとしなかった。

ある日の昼過ぎ、太鼓が鳴って仕事に出かけるとき、皆で鷲を連れ出した。むちゃくちゃに暴れる奴の嘴をしっかりと手で押さえて捕まえ、監獄の外へ運び出したのだ。堡塁のところまで来た。作業班にいた十二人ばかりの囚人は、放した鷲がどこに向かうか、興味津々で見定めようとしていた。不思議なことに皆なんだかうれしそうだった。まるで自分自身も自由の分け前にあずかるような気分だったのだ。

「見ろよ、恩知らずな奴だぜ。いい目を見させてやろうっていうのに、嚙みついてばかりだ！」鷲を捕まえている男が、獰猛な鳥をほとんど愛しげな目で見つめて言った。

「放してやれ、ミキータ！」

「そいつにはな、子供騙しのなぐさめは効かねえのさ。自由をくれ、本物の自由をくれって言ってるぜ」

鷲は堡塁から草原《ステップ》に向けて放たれた。晩秋の寒いどんよりした日だった。風が裸の草原《ステップ》に吹き渡り、枯れて白茶けた、まばらな草むらをざわめかせていた。鷲は傷んだ翼を振りながら、ともかく我々から離れようと焦るかのように、やみくもに駆けていった。草の間にちらちらするその頭を、囚人たちは興味深そうに目で追っていた。

「見ろよ奴を！」一人がしみじみと言った。

「振り向きもしねえ！」別の囚人が言葉を添える。「ただのいっぺんも振り向きさえしねえで、まっしぐらに走って行きやがる！」

「じゃあ何かお前、礼を言いに戻ってくるとでも言うのかい！」三人目がからかう。

「知れたことさ、自由ってやつだ。自由のにおいを嗅いじまったのさ」

「釈放だな、つまり」

「おや、もう消えちまったぞ、兄弟……」

「何を突っ立っておるか？　進め！」護送兵が号令を掛けると、皆は黙って重い足取りで作業場に向かうのだった。

第七章　直訴

この章を始めるに当たって、故アレクサンドル・ペトローヴィチ・ゴリャンチコフの手記を出版する者として、読者に以下のことをお伝えするのを自分の義務と心得る。

本稿『死の家の記録』第一部第一章には、ある貴族出の父親殺しのことが触れられていた。ちなみにこの人物は、囚人というものが時に自分の犯した犯罪についてどれほど無神経に物語るかという話の例に引かれたのである。また次のことも述べられていた。すなわちこの男は裁判の際に犯行を否認したが、事件を詳しく知る人々の話によれば、事実はあまりにも明白で、彼の犯行と信じないわけにはいかなかったというのである。そうした事情通が『記録』の著者に、この男は大変に自堕落な人間で、借金で首が回らなくなったあげく、遺産を目当てに自分の父親を殺したのだと語ったのだった。もっとも、かつて男が勤めていた町では、皆が口をそろえて同じ噂話をしていたのである。その点については、『記録』の出版者はかなり信頼できる情報を得ている。さらに『記録』に書かれているところでは、監獄ではこの殺人犯はいつも最高に上機嫌で、限りなく陽気だった。ひどく奇矯で、軽薄で、無分別な男だったが、ただしけっして愚か者ではなく、『記録』の著者はこの男が格別残忍だと感じたことは一度もない、と書いている。そして続けて「もちろん、私にはこんな犯罪は信じられなかった」と言い添えているのだ。

最近『死の家の記録』の出版者はシベリアからある通知を受け取ったが、それによるとこの囚人は実際に潔白の身であり、無実の罪で十年間もつらい懲役生活を味わわされたのだという。男の無罪は裁判で正式に認められたとのこと。真犯人が見つかって自白し、不幸な男はすでに監獄から出されたということだ。出版者にはこの知らせの信憑性を疑う根拠は一切ない……。

以上に付け加えることは何もない。この事実が含む悲劇の奥深さについて、恐ろしい濡《ぬ》れ衣《ぎぬ》のためにまだ若くして滅ぼされた人生について、くどくどと述べるまでもない。事実はあまりにも明白であり、それ自体あまりに衝撃的である。

思うに、もしもこのようなことが起こりえるのならば、そうした可能性自体が死の家の性格にまた新たな、きわめてくっきりとした特徴を付け加え、その全貌の仕上げの一筆となるであろう。

では先を続けるとしよう。

自分はようやく監獄の状況に馴染むことができた、とすでに私は書いた。だがこの「ようやく」が実現するまでの道のりは、つらく、苦しく、あまりにも遅々としたものだった。本当のところ、それにはほぼ一年にも及ぶ時間を要したのであり、しかもそれは私の生涯でもっともつらい一年であった。だからこそこの一年はそっくり私の記憶に刻み込まれた。一時間一時間の出来事を、起こった順に覚えている気がするほどである。

私はまた、この生活に慣れきることは他の囚人たちもできなかった、とも書いた。最初の一年に自分がしきりに自問していたのを覚えている。「あの連中はどうだろうか？　いったい慣れることができたんだろうか？　いったい平気なんだろうか？」この問いに私は大いに興味を覚えたのである。

すでに書いたように、ここの囚人たちはなんだか自分の定住地にいるというのではなくて、まるで宿屋に泊まっているか、野宿でもしているか、どこかの宿営地にでもいるかのように暮らしていた。終身刑の者もいたが、そうした者たちでさえ、なんだかあくせくしたりふさぎ込んだりしていて、しかも一人一人必ず、何かほとんど実現不能な夢想をはぐくんでいるのであった。そうした不断の落ち着きのなさは、黙っていても自然と様子に現れていた。ときおり無意識に、妙に熱っぽい、やむにやまれぬ口調で吐露される彼らの願望は、ともするとあまりにも荒唐無稽で、むしろうわごとに似ていたが、しばしばそんなものが一見ごく実践的な頭脳の中に収まっているということ自体が、何よりもこちらを驚かせるのだった。そうしたことのすべてが、この監獄という場所に異様な外見と性格を付与していたのだが、もしかしたらそんなところこそが監獄の一番の特徴なのかもしれない。なぜかほとんど一目見ただけで、こんなことは監獄の外にはないといった気がするのだ。皆が夢想家揃いで、しかもそれがぱっと目に付くのである。それが病的な印象を与えるのは、夢想性が大半の囚人たちに、無愛想で陰鬱な、なんだか不健康な外見となって現れていたからだ。大半が寡黙で、憎しみにも似たとげとげしさを見せ、自分の願望を人目にさらすことを嫌っていた。無邪気で開けっぴろげな人間は軽蔑された。願望がかなわぬものであればあるほど、そして本人がその不可能性を自覚していればいるほど、囚人はいよいよ頑なに、ひたむきに願望を胸のうちにしまい込んでしまうばかりで、それを捨てることはできないのだった。もしかしたらそういう自分を密かに恥じている者もいたかもしれない。ロシア人の性格には物事を正面から醒めた目で見るところがあり、まず内心で自分をあざ笑ってみせるところがあるからだ……。ひょっとしたらいつもそんな風に自分への不満を隠し持っていることが、彼らが日頃のつきあいにおいてあんなにも短気で、互いにぎくしゃくし合い、馬鹿にし合っていることの原因なのかもしれない。もしも、たとえば囚人の中で誰かちょっとおっちょこちょいで気の短い者が藪《やぶ》から棒にしゃしゃり出て、誰もが頭の中に隠していることを口に出し、夢だの希望だのを披瀝しはじめると、ただちに荒い言葉でたしなめられ、遮《さえぎ》られ、あざ笑われる。だが私の考えでは、そんなときに一番激しく責める者たちにかぎって、おそらく相手に輪をかけたような夢や希望に浸り込んでいるのである。おっちょこちょいで単純な連中は、すでに述べたようにここでは一般に一番低級な愚か者と見なされ、軽蔑の的となる。皆それぞれに気難しく、またうぬぼれが強かったので、お人好しや自尊心のない人間はどうしても軽蔑された。

おっちょこちょいで単純なおしゃべりを別にすれば、他の全員、つまり寡黙な者たちは、善良な人間と意地悪な人間、陰気な人間と陽気な人間にはっきり色分けされた。陰気で意地悪な人間のほうがはるかに多かった。もしもそうした者の中に生まれつきのおしゃべりが混じっていたら、そうした連中は皆決まって落ち着きのない陰口屋か、気の小さい妬み屋だった。そういう者は他人のことには何でも首を突っ込むが、胸に隠した自分の秘密は、誰にも打ち明けない。そんなことは流行《はや》らないし、してはいけないことになっていたからだ。善良な人間はごく小さな集団だが、穏やかで無言のまま、胸のうちに自分の夢を隠し持っていた。そしてもちろん、その夢にかける期待と信念は、概して陰気な者たちよりも強かった。

しかし、思うに監獄にはもう一つ、絶望しきった人間というグループがあった。その一例があのスタロドゥビエ村の老人であるが、いずれにせよこうした人間はごくまれだった。この老人は見かけは落ち着いているのだが（すでに彼の話はした）、いくつかの点から察するに、その精神状態はすさまじいものだったようだ。ただし彼には彼なりの救いが、彼なりの解決があった。祈ることと、殉教を思うことである。これもすでに書いたが、聖書を読みふけったあげく気が触れて、煉瓦を持って少佐に襲いかかった囚人も、おそらく最後の希望に裏切られて絶望した者の一人であろう。まったく希望なしでは生きていけないので、彼は自発的な、ほとんど不自然な殉教という形での解決を考えついたのである。自分が少佐に襲いかかったのは憎しみからではなく、ただ苦難を負いたかったからだとこの男は宣言している。そのとき彼の心のうちで果たしてどのような出来事が起こったのか、いったい誰が知ろう！　何らかの目的と、それを目指す意志がなければ、どんな人間も生きていけない。目的と希望を失った人間は、しばしばやりきれなさのあまり怪物へと変身する……。我々全員の目的は、解放されて監獄を出ることであった。

ところで、私は今こうして監獄にいる囚人のすべてを無理矢理いくつかのグループに分類しようとしているが、果たしてそんなことが可能だろうか？　現実の事象というものは、抽象的な思考のいかなる結論と比べても、たとえ最高度に周到な結論と比べようとも、はるかに多様性に富んでいるので、きちんといくつかに大別するわけにはいかない。現実は絶えず細分化される方向にあるからだ。監獄の中にも個々人の、それぞれ固有な人生があった。たとえどんなちっぽけなものであれ、それは存在した。皆と一緒の公的な生活ばかりではなく、心の中の、自分自身の生活があったのである。

しかしすでにいくらか述べたように、私は監獄生活の初めには、この生活の内奥にまで思いを致《いた》すことができなかったし、またその能力もなかった。だからこそ外に現れたことのすべてが、当時の私を曰《いわ》く言い難い切なさで苦しめたのである。時には自分と同じ苦しみを舐めてきたここの人たちが憎らしく思えることもあった。彼らを羨み、運命を呪いさえしたのである。私が彼らを羨んだのは、なんと言っても彼らが仲間同士で結束して、互いにわかり合っているように思えたからだった。本当は枝笞や棒答の力でできあがったこの仲間集団、強制的に作られた組合《アルテリ》には、私と同じく彼らもほとほと嫌気がさしていて、皆が互いに顔を背けて、どこかそっぽを向いていたのであるが。

繰り返すが、彼らを憎らしく思う瞬間に私の心に芽生えたこの羨望の念には、それなりに正当な根拠があった。実際問題として、懲役生活や監獄生活のつらさは農民であろうが貴族、知識人等々であろうが同じことだというような言説は、まったく間違っている。私もそういう説があることはわきまえているし、最近も耳にしたり読んだりした。そうした考えには確かな、人道的な根拠がある。誰でも皆、同じ人間だというものである。しかしその考えはあまりに抽象的だ。きわめて多くの実際的な条件が見逃されているし、そうしたものは現実そのものの中でしか理解できない。

私がこう言うのは、べつに貴族や知識人が相対的に発達度が高いので、感覚も繊細なら、痛みも強く感じるというような理由からではない。人間精神とその発達度を何か一定の水準に照らして計ることは困難である。教養もこの場合には物差しにならない。私は真っ先に証言する用意があるが、囚人のうちでもとりわけ無教養で一番抑圧されてきた階層の中にさえ、きわめて繊細な域にまで発達した精神の表れを見かけることがあった。ある人間を何年も見知っていて、こいつは獣で人間ではないと思って蔑《さげす》んでいたところが、たまたまある一瞬にその人間の胸のうちが意図せぬはずみで表に現れ、そこに垣間《かいま》見《み》えるあふれんばかりに豊かな感情、心根、自他の苦しみに対する明察に思わず目を開かれる思いを味わい、最初の一瞬などわが目で見、耳で聞いたことが信じられぬような気さえする――監獄では時としてそんなことがあった。その逆のケースもまたあって、せっかくの教養が思わず怖気《おぞけ》を震うほど野蛮で破廉恥な精神と同居しているような場合、いくらこちらが善人であろうと思い込みの激しい人間であろうと、心のうちに相手を許す気持ちもかばう気持ちも見いだせはしないだろう。

習慣や生活様式や食べ物等々の変化についても、私はコメントを控えたい。もちろんそうしたことは上流階級の人間のほうが百姓よりも応えるもので、百姓の場合は自由の身でも飢えていることが珍しくないのに、監獄では少なくとも腹一杯食えるからである。ただしこの点については議論しない。仮に、少しでも意志の強い人間にとっては、このようなことはすべて他の不便な事柄と比べれば取るに足らないことだとしておこう。とはいえ、習慣の変化というものは本来決して取るに足らぬことでも些細なことでもないのだが。ただ、もっと深刻な不都合があって、それに比べればこんなことはすべて影が薄れ、房の中が不潔だとか、過密だとか、食い物が水っぽくて不衛生だとかいうことは、どうでもよくなってしまうのだ。どんなに苦労知らずの高等遊民でも、柔《やわ》な育ちのお坊ちゃんでも、日がな一日汗水垂らして、娑婆では一度も経験がないほど働いた後では、黒パンだろうとゴキブリ入りの汁《シチー》だろうと、かまわず食べるものだ。そういうことはまだしも慣れることができる。囚人の滑稽な歌では、懲役に送られてきた白い手の遊民について次のように歌われている。

キャベツと水のごちそうも
勇んでがつがつ食べまする

いや、以上のどれよりも重要なことは、新しく監獄に入ってくる農民は、着いて二時間もすると他の全ての囚人と同じように、まるで我が家に帰ったようにくつろぎ、他の皆と同じ権利を持った囚人組合の一員として認められるということである。彼は皆に理解され、自分も皆を理解して、皆と知り合いになり、皆に仲間と認められる。しかし貴族だとか地主の場合はそうはいかない。たとえどんなに正しく、善良で賢い人物であろうと、貴族は何年たっても皆の憎しみと軽蔑の的にされ、集団の爪弾きにされる。彼は理解されないし、何よりも信用されない。彼は友でもなければ仲間でもない。たとえ何年もかけて侮辱されないところまでたどり着いたとしても、やはり仲間扱いされず、いつまでたっても疎外と孤独のつらさを味わい続けるのである。この爪弾きは、時として一般の囚人のほうになんの悪意がなくても、ただ無意識に起こるものだ。自分たちの仲間じゃないという、ただそれだけのことだ。こうした仲間はずれの状態で暮らすことほど恐ろしいことはない。

仮に百姓がタガンローク[50]からペトロパーヴロフスク[51]の港へ送られたとしても、そこでたちまち自分とそっくり同じようなロシア人の百姓を見つけ、すぐに相談して話がつけば、二時間後にはおそらくどこかの百姓家か掘っ立て小屋に、仲むつまじく一緒に住み着いている。貴族の場合はそうはいかない。彼らは底なしの深淵によって一般民衆から隔てられているからだ。それにはっきりと気がつくのは、貴族が突然何か外的な状況のせいで、それまでの権利を実際に、本当に剝奪され、一般民衆の仲間入りをするときである。そんなことでもなければ、仮に生涯民衆と交わっていても、これはわからない。民衆とのつきあいには、職務上、たとえば官吏としての立場で接することもあれば、単なる友誼《ゆうぎ》で、保護者とか父親代わりのような立場で接することもあろうが、そんな形で仮に四十年間もぶっ続けに毎日民衆とつきあおうと、ことの本質は決してわかりはしない。何もかも単なる錯覚ずくめ、それにとどまるのである。私は自分でもわかっている――これを読む人は全員、文字通り全ての読者が、事実の誇張だと受け止めることだろう。しかし私は自分の言うことに自信を持っているのだ。書物で学んだのでも頭で考えたのでもなく、現場で身をもって知ったことであり、しかもかなり長い時間を費やして自分の信念を検証してきたからだ。おそらくいずれ時が来れば、これがどれほど正しいかを、全ての人が理解してくれることだろう……。

まるでしつらえたかのように、最初の一歩から私の観察を裏書きする様々な出来事が起こって、私の神経を病的なまでに苛立たせた。この最初の夏には、私はほとんどひとりぼっちで監獄の中をさまよっていたのだった。すでに述べたように、あまりにも気持ちが落ち込んでいたので、囚人の中に自分を好きになってくれそうな者がいても、ありがたいとも思わなければ、他と見分けることさえもできなかった。そうした者たちは実際後になって私を愛してくれたものだ。とはいえ決して対等のつきあいにはならなかったが。貴族出の仲間はいたのだが、そうした仲間づきあいが私の心の重荷をすっかり取り払ってくれることはなかった。目をやるべきものは何一つなく、か

50　ドン河の河口に近いアゾフ海岸の港湾都市。作家チェーホフの生地。
51　カムチャツカ半島の太平洋に面した都市。

といって逃げていく場所もない――そんな心境だった。監獄の中での自分の疎外された特殊な立場を最初からつくづく思い知らされた出来事の一つは、たとえば次のようなものだった。

同じ夏の、すでに八月になっていたが、ある暑い平日のこと、普段なら午後の作業を前に皆が食後の一休みをしている昼の一時ころ、やにわに囚人たちがそろって、まるで一人の人間のように立ち上がり、監獄の庭に整列しはじめた。私はこの瞬間まで何一つ知らなかった。当時の私はともするとすっかり自分の世界に浸り込んでいて、周囲の出来事にほとんど気づいていなかった。ところがすでに三日ばかり、監獄では密かな動揺が続いていたのである。もしかしたらこの動揺はずっと以前から始まっていたのかもしれない。後になって何となく囚人たちの会話の断片を思い起こし、さらにはこの少し前から囚人たちの様子が普段にもましてぶっきらぼうで無愛想で、やけに殺伐としていたことを思い合わせてみると、どうもそんな風に思われる。そうした苛々を私はきつい仕事や、退屈で長々しい夏の日々や、無意識に浮かんでくる森や自由気ままな暮らしへの夢想や、寝苦しい短い夜のせいだと思っていた。もしかしたらそうしたことが積もり積もって一つになり、ついに爆発のときを迎えたのかもしれないが、爆発のきっかけとなったのは食事だった。

すでにこの何日か、獄舎の中で、そしてとりわけ炊事場での昼食や夕食の場で、囚人たちが大声で文句を言い、怒りをあらわにしていた。炊事係が気に食わないといって一人を交代させるまでしたのだが、新しい炊事係もすぐに追い払われ、また前任が呼び戻された。ひとことで言って、皆が何か不穏な精神状態だったのである。

「仕事はきついってえのに、腹膜《ハラミ》ばかり食わせやがって」誰かが炊事場で口火を切る。

「腹膜《ハラミ》が嫌なら乳ゼリー《ブラマンジェ》でも頼みな」別の者が受ける。

「腹膜汁《ハラミシチー》は、俺は好物さ」三人目が引き取る。「うめえからな」

「じゃあ生涯腹膜《ハラミ》ばっかり食わされてみろ、それでもうめえか？」

「そりゃあもちろん、今はちゃんとした肉を食う時期よ」四人目が言う。「工場で働きづめに働いているんだ、仕事が終わったら鱈腹《たらふく》食いてえや。そこへ腹膜《ハラミ》なんか食えるかよ！」

「腹膜《ハラミ》でなけりゃ、臓物《モツ》[52]だとよ」

52 原文では「臓物《オセルディエ》」の代わりにわざと音の似た「熱意《ウセルディエ》」という語が用いられ、作者は囚人たちの皮肉なゴロ合わせだという注を付けている。

「なに、臓物《モツ》にしたって同じことよ。腹膜《ハラミ》だの臓物《モツ》だの、まるで馬鹿の一つ覚えじゃねえか。食い物って言えるかい！　なあ、どっか間違っていねえか？」

「まったく、食い物はひでえな」

「きっと誰かさんが懐を肥やしているんだぜ」

「おめえの頭で考えても無駄だよ」

「じゃあ、誰の頭ならわかるんだい？　腹は俺のもんだぜ。なあ、一つみんなでそろって直訴をしねえか。そうすりゃあどうにかなるさ」

「直訴だと？」

「そうさ」

「まだ懲りねえのか。その直訴とやらのせいで笞をくらってきたんだろうが。このでくの坊が！」

「その通りだよ」これまで黙り込んでいた男がぼそっと言う。「急《せ》いてはことをし損じるってな。直訴で何をしゃべろうっていうんだい、まずそれを言ってみな、うすのろめ！」

「じゃあ言ってやるよ。みんなで出るとこに出たら、俺もみんなと一緒にしゃべってやる。つまり貧乏のせいなんだ。俺たちの中には自分で食い物を買って食える奴もいるが、監獄のメシだけしか食えねえ奴もいるんだ」

「へん、とんだやっかみ野郎だぜ！　他人の懐にばっかり目をぎらつかせやがって」

「他人の食い物に見とれていねえで、せいぜい早起きして自分の食い扶持《ぶち》を稼ぐんだな」

「稼げだと……。よし、とことん話し合おうじゃねえか。そんなふうに、ただ腕組みして座っていてえってことは、要するにお前は金持ちなんだな？」

「金持ちだとも。犬も持ってりゃ猫も持ってらあ」

「まじめな話、なあみんな、何をぼけっと座り込んでいるんだよ！　やつらの馬鹿なまねにつきあうのはもうたくさんだ。このままじゃ俺たち、皮まで剝がれちまうぜ。なぜ立ち上がらねえんだ！」

「何を言ってやがる！　おめえは何でも嚙んで砕いてお口に入れてもらわねえと飲み込めねえんだな。きっと人の嚙んだものを食い慣れているんだろう。つまりここは懲役場だってことさ――それっきりよ」

「ていうと、下々が争っている間にお偉方は食い太ろうって魂胆《こんたん》だな」

「そのとおりよ。あの八目妖怪の野郎め、ぱんぱんに太っているじゃねえか。葦毛の馬も二頭買ったしな」

「おまけに酒も飲まねえし」

「この間も獣医とカードをやってて取っ組み合いになったそうだぜ」

「一晩中カードをやって、二時間も殴りあったそうだ。フェージカが言っていたぜ」

「だから臓物《モツ》入り汁《シチー》なんだ」

「おい、お前たちは馬鹿だぜ！　俺たちの立場で直訴なんかに行けるかよ」

「なに、みんなで押しかけて、奴がどんな申し開きをするか見てみようぜ。それを要求するのさ」

「申し開きだと！　面《つら》に一発拳骨をくらって、おしまいよ。前にもそんな奴がいたぜ」

「おまけに裁判にまで引き出されるぞ……」

要するに、皆気が立っていたのだ。実際このときの監獄の食事はひどかった。おまけにいろいろなことが次から次へと積み重なっていたのだ。一番大きかったのは、全体を覆う憂鬱な気分であり、たえず胸を去らない秘められた苦しみであった。懲役囚というのは気質からして喧嘩っぱやく、騒ぎを起こしやすい。しかしみんなして一斉に、あるいは大きな集団で御輿《みこし》を上げることは滅多にない。なぜならいつもいがみ合っているからだ。皆もそれを自覚しており、それ故に口喧嘩ばかり多くてまとまった行動が取れないのである。ところがこのときの騒ぎはそのままでは収まらなかった。囚人たちは三々五々集まっては立ち話をし、獄舎ごとに意見を交わし、悪態をつきながら少佐の管理のやり口を逐一やり玉に挙げるようになった。秘密も根こそぎ嗅ぎ出す勢いだった。

中にとりわけ入れ込んでいる囚人が何人かいた。このようなケースには必ず首謀者が、音頭取りが現れるものだ。今回のような場合、つまり直訴をしようというようなときの音頭取りをつとめるのはたいていきわめて抜きんでた人物で、それは監獄に限らず、組合だろうが軍団だろうが、どこでも同じことである。これは特殊な人種で、どこに現れようと互いに似たところを持っている。熱烈な正義漢であり、自分の目指す正義が絶対に、間違いなく、しかもただちに実現されるものと、きわめて純真かつ真っ正直に信じ込んでいるのだ。彼らがほかの者たちより愚かなわけではない。それどころか中にはきわめて賢い者もいるのだが、あまりに熱血漢すぎて、狡猾に計算高く立ち回ることができないのである。

すべてこのような場合に、もしも巧妙に大衆を導いて勝利を勝ち得ることのできる者がいれば、それはもはやおのずと民衆を従えてゆく指導者という別のタイプであるが、これは我が国にはきわめてまれである。一方今ここで話題にしているような直訴の首謀者や音頭取りは、ほとんど常に敗北を喫して、事後に監獄や懲役に送られることになる。熱血漢ゆえに敗れるのだが、しかし熱血漢ゆえに大衆に影響力を持つのだ。人間は結局このような人物の後に喜んで付き従う。彼らの熱と偽りのない怒りが皆に作用して、しまいにはもっとも優柔不断な者たちまで引きつけてしまうのだ。彼らの盲目的な勝利への信念は、もっともしたたかな懐疑家をも誘惑してしまう。ところがその信念なるものは、ときに恐ろしくあやふやな、子供だましのような根拠しか持っていないので、端《はた》で見ているとどうしてあんな連中について行くのかとあきれることさえあるくらいだ。だが大事なのは彼らが先頭を切って、何一つ恐れずに突き進むことである。彼らはあたかも牡牛のごとくに角を低く構えて、しばしば戦術も持たず、警戒も知らぬままに突き進む。目的のためには手段を選ばずというイエズス会的実利主義とも無縁である。それさえあればどんなにケチな卑劣漢でも勝利を収めて目的を達し、水の中から濡れずに出てくるようなまねができるというのに。牡牛のごとき熱血漢は必ず角を折られる定めなのだ。

普段の生活では彼らは短気で気難しい、苛々と堪《こら》え性のない人間である。たいていはひどく視野が狭いが、ただしそれがある意味で彼らの力になっている。なにより惜しまれるのは、しばしば目的に向かって直進せずに見当外れの方角に逸れ、肝心なことをさしおいてつまらぬことに引っかかることである。まさにこれが彼らを滅ぼす。だが大衆にはわかりやすく、そこに彼らの力があるのだ……しかし、直訴とは何かということを今少し説明しておかなければならない……。[53]

我々の監獄には直訴をした罪で送られてきた囚人が何人かいたが、まさに彼らが一番興奮していた。特に目立ったのがマルティノフという元軽騎兵で、気が荒く、落ち着きがなく、疑い深い男だが、正直者で嘘はつかなかった。もう一人はワシーリー・アントーノフというが、こちらはなんだか苛立ちに冷静の仮面をかぶせたような人物で、いつも人を食ったような目つきで高みからあざ笑うような表情を浮かべていたが、飛び抜けて見識があり、しかも同じく正直で嘘の言えない人間だった。だがとても全部は紹介できない。それほどたくさんいたのである。ちなみにあのペトローフも、相変わらずその辺を行ったり来たりしながら、あちこちの立ち話に聞き耳を立て、自分からはあまり語らなかったが、見るからに興奮していた。皆が隊列を組んだときには、真っ先に獄舎を飛び出した口である。

53　ここに置かれている省略記号から、本来は「直訴」行為一般の説明が置かれていたことが推測される。

監獄で曹長の役を務めていた下士官が、すぐにびっくりした様子で飛び出してきた。整列した者たちはこの下士官に向かって丁寧な口調で、受刑者たちが少佐と面談の上いくつかの件について直にお願いしたいので、その旨お伝えいただきたいと申し入れた。下士官の後から傷痍兵も全員出てきて囚人たちに向かい合う形で整列する。常軌を逸した依頼を受けた下士官は縮み上がっていた。だが即刻少佐に伝えぬわけにはいかなかった。第一に、もしもこのまま囚人たちが蜂起するようなことになれば、さらにひどいことがおこる恐れがある。監獄のお偉方は皆、囚人のこととなると妙に臆病だった。第二に、仮に何事もおこらず、みんながすぐに思いとどまって解散したとしても、そのときはそのときで下士官は即刻ことの顚末を上司に報告せねばならないのだ。下士官は恐怖のあまり真っ青になって震えたまま、自分から囚人たちに事情を聞くことも説諭することもせず、ただちに少佐の元へ向かった。もはや囚人たちは、自分など相手にしないだろうと見て取ったのである。

何一つ知らないままに、私もまた列に加わろうと出て行った。一部始終を私が知ったのは、後になってからだったのだ。そのときは、何か点呼でもあるのだろうと思っていた。しかし点呼役の衛兵が見あたらないので、不思議に思ってあたりを見回したものだった。囚人たちの顔は興奮し、苛立っていた。青ざめている顔もあった。いよいよ少佐に向かって口をきこうという段になって、皆不安に駆られて黙り込んでいたのだ。ふと気づくと、多くの者が私を見てびっくりしたような顔をしては、黙ってそっぽを向く。どうやら私が列に混じっているのが腑に落ちなかったようだ。まさか私までが直訴に加わろうなどとは、思いもよらなかったに違いない。だがやがて周囲にいたほとんどの囚人が、あらためて私に注意を向けはじめた。皆がじろじろといぶかるような目でこちらを見るのである。

「お前どうしてこんなところに居るんだ?」他の者よりも私のところからちょっと離れて立っていたワシーリー・アントーノフが荒っぽい大声で聞いてきた。それまでずっと私にものを言うときは「あんた」と呼びかけて、礼儀正しい態度をとっていた男である。

私は事情が飲み込めぬまま彼の顔を見ていた。何か異常なことが起こっているのをうすうす感じながら、その意味を知ろうと必死になっていたのだ。

「まったくだ、お前なんかがここに立ってて何になる? 房へ入ってろよ」もと兵隊の若い男が言った。これまでまったく面識のなかった、善良でおとなしい青年である。「お前の頭でわかることじゃねえ」

「だって整列しているから」と私は彼に答えた。「点呼があると思ってね」

「へん、どこへでも首を突っ込みやがる」一人が怒鳴った。

「鉄の嘴よ」別の男が言う。

「無駄飯食いのくせしやがって！」三人目が何とも言えぬ侮蔑感を込めて言った。

この新しい呼び名に皆がゲラゲラ笑った。

「炊事場でも特別待遇だぜ」さらに誰かが言いつのる。

「奴らはどこでも極楽暮らしさ。こちとらただの懲役飯だというのに、奴らは白パンを食ったり子豚肉を買ったりしてやがる。自分は好き勝手なものを食ってるくせに、なぜこんなところへしゃしゃり出るんだい」

「ここは旦那の居る場所じゃありませんよ」クリコーフが馴れ馴れしい態度で近寄ってきてそう言うと、私の手を引いて列から連れ出した。

クリコーフ本人は青ざめた顔で、黒い目をぎらぎらさせ、下唇をぎゅっと嚙んでいる。やはり少佐が現れるとなると冷静ではいられないのだ。ちなみに、私はこんな状況下にいるときのクリコーフを見るのがたまらなく好きだった。つまり男気を見せることを迫られたときの彼はいつも絵になるのだ。ひどい気取り屋だったが、やるべきことはやる人間だった。おそらく処刑場に引かれていくときでも、小粋な伊達男ぶりを見せるのを忘れないだろう。今も、皆が私を「お前」呼ばわりしているのに、彼のほうはどうやらわざと普段に輪を掛けて丁寧な態度をとっているのだが、そのくせ話す言葉はなんだか特に、高飛車と言って良いほどきっぱりとした、有無を言わせぬものだったのである。

「これは俺たちの問題でしてね、ゴリャンチコフさん、旦那には関わりのないことですよ。どこか脇に行って、待っててくださいな……。ほらお仲間はみんな炊事場にいるでしょう。あそこがいいですよ」

「九番目の杭の下へでも行きゃあがれ、踵のないアンチープカがお出迎えだ！[54]」誰かが合いの手を入れた。

たしかに、少しだけ持ち上げられた炊事場の窓越しに、馴染みのポーランド人たちの顔が見分けられた。しかもどうやら、中にはポーランド人の他にもたくさんの囚人たちがいるようだ。あっけにとられたまま、私は炊事場に向かって歩きだした。背後から笑いと罵声と、監獄で口笛代わりに使うチューチューという囃《はや》し声が追いかけてきた。

54　「九番目の杭」も「踵のないアンチープカ」も悪魔を連想させる忌み言葉で、ここでは罵り言葉として使われている。ドストエフスキーの『シベリア・ノート』に収録されている表現。

「俺たちゃお見限りかい！……チューチューチュー！　そっちにくれてやらあ！……」

監獄に入って以来これほどの辱めをうけた覚えがなかっただけに、私にはこれは大変に応えた。しかし間が悪かったのだから仕方がない。炊事場の入り口でT[55]が私を迎えてくれた。貴族階級に属する毅然とした心の広い青年で、B[56]を大変に慕っていた。この青年のことは囚人たちも他のポーランド人とは別扱いにしていて、ある意味では愛していた。勇敢で男らしくて逞《たくま》しく、何となく振る舞いの端々にもそれが現れていた。

「どうしたんです、ゴリャンチコフさん」Tは私に向かって叫んだ。「さあ入って！」

「いったいあそこはどうなっているんです？」

「彼らは直訴をしようとしているんですよ、知らなかったんですか？　もちろん、成功なんかしませんよ。だって懲役囚の言うことなんて、誰が信じますか？　首謀者の割り出しが始まって、仮に我々が混じっていれば、もちろん真っ先に反乱の責任を負わされますよ。我々がなぜここへ送られたか、思い出すことですね。連中はただ笞打たれるだけですが、我々は裁判にかけられます。少佐は私たち全員を憎んでいますから、喜んでつぶしにかかるでしょう。我々をダシにして身の証《あかし》を立てますよ」

「それに囚人たちも、私たちを首謀者として差し出そうとするだろうね」我々が炊事場に入ったときにM[57]が言い添えた。

「心配ご無用、きっと情け容赦なくやってくれることでしょう！」Tが皮肉に受けた。

炊事場には貴族以外にもたくさんの囚人が集まっていた。全部で三十人ほどにもなる。皆直訴に加わるのが嫌で残った者たちで、中にはただ怖じ気づいた者もいれば、また直訴などまったく無益だという断固たる信念に基づいて残った者もいた。アキー

55 モデルはドストエフスキーと同時期にオムスク監獄にいたシモン・トカジェフスキ（Szymon Tokarzewski 一八二一〜一八九〇）。ポーランドの独立運動に関与して一八四七年に逮捕、翌年に五百発の列間笞刑と十年の懲役を宣告され、シベリア流刑となる。オムスクには一八四九年から滞在。恩赦で五七年に祖国に帰るが、六三年のポーランド蜂起に関わって六四年に再度流刑となり、八三年までワルシャワに戻れなかった。後に『徒刑地での七年』『徒刑囚たち』などの回想記を書いたが、その中にはドストエフスキーに関する記述も含まれる。
56 前出。同じくポーランド人流刑囚ユーゼフ・ボグスワフスキがモデル。
57 前出。同じくポーランド人政治犯アレクサンデル・ミレツキ。

ム・アキームィチも混じっていた。この男は、正しい仕事の流れを阻害し、公序良俗を乱すものとして、この種の抗議行動を根底的かつ本質的に憎んでいるのだ。彼はものも言わずに落ち着き払った様子で事態の終結を待っていた。結果について何の心配もしていないどころか、秩序と当局の意志が必ず勝利するものと、すっかり確信していたのである。イサイ・フォミーチもいたが、こちらはひどくまごついているらしく、しょんぼりとうなだれてたたずんだまま、私たちの話をこわごわとむさぼるように聞いている。戦々恐々の様子であった。平民のポーランド人囚人も全員、貴族にくっついて残っていた。気の弱いロシア人も何人かいたが、これは普段からいじけて黙りこくっているような連中である。ほかの者たちと一緒に飛び出していく勇気がないままに、うじうじと結果を待っているのだった。

最後に何人か、無愛想でいつも陰気な様子の囚人たちがいた。彼らは臆病者ではないが、こんなことはみなばかげたことで、どう転んでも悪い結果にしかならないと堅く信じているために、節を曲げずに残ったのだった。しかし私の印象では、彼らはやはり今の状態に何か気まずさを感じているようで、自信満々とはほど遠い様子だった。直訴に関する判断においては自分たちがまったく正しいとわかっているし、また実際後に彼らの言うとおりになったのだが、しかしなおかつ彼らは組合を抜けた裏切り者のような意識を持ち、まるで仲間を少佐に売り渡したかのような後ろめたさを覚えていたのだ。

ヨールキンも混じっていた。例のずる賢いシベリアの百姓で、偽金作りで送られてきて、クリコーフから獣医としての顧客をすっかり奪ってしまった男である。スタロドゥビエ村の老人もまたここにいた。炊事係たちも一人残らずそっくり炊事場に残っていた。おそらく自分たちもまた管理者側の一員であり、従って当局への直訴に加わるのは作法に反するという考えによるのだろう。

「しかし」と私は思い切りがつかぬままMに向かって言った。「ここにいる者以外は、ほとんど全員が立ち上がったんですね」

「我々に何の関係がありますか？」Bがつぶやく。「もしも我々が出て行ったら、彼らの百倍も大きな危険を冒すことになるでしょう。しかもそれが何になるのです？ Je haïs ces brigands（私はああいう悪党どもは嫌いです）。いったいあなたは、たとえ一瞬でも思えるのですか――彼らの直訴が通るなどと？ こんなつまらないことに首を突っ込むなんて、いい物好きじゃありませんか！」

「あんなことしてもどうもなりゃせん」囚人の一人、いつも苛々している頑固者の老人が話を引き取った。同じくその場にいたアルマーゾフが即座に相づちを打つ。

「せいぜい五十かそこら笞をくらうだけ。ただのくたびれもうけさ」

「少佐が来やがった！」誰かが叫ぶと、皆が先を争って小窓に張り付いた。

少佐は知らせに腹を立て、かんかんになって飛んできた。真っ赤に染まった顔にめがねが光っている。口もきかぬまま、決然と彼は並んだ囚人たちの正面へと進んだ。実際こうした場面では、少佐は肝が据わっていてうろたえることはなかった。ただし彼はほとんどいつもほろ酔い状態だった。オレンジ色の縁取りのある油染みた軍帽も、汚れた銀の肩章も、この瞬間何かしら不吉な雰囲気をたたえていた。少佐の後に書記官のジャートロフが従っている。これは監獄ではきわめて重要な人物で、事実上監獄の全体を取り仕切り、少佐にさえ影響力を持っていた。狡猾で抜け目がないが、悪い人間ではなかった。囚人たちは彼に満足していた。さらにその後から、我々の下士官が続いた。明らかにすでに大目玉をくらっていて、この先まだ十倍ものやつをくらいそうであった。その後には警護兵がついていたが、数は三、四人に過ぎなかった。少佐に使いを出したとき以来ずっと帽子を脱いでぼんやり立っていた囚人たちが、このとき全員ぴんと直立姿勢になり、各自左右の足を踏み換えてきちんと整列した。そして全員がその場に凍り付いたように静まりかえったまま、少佐の最初の言葉、というよりも最初の一喝に備えた。

一喝はただちに下された。二言目から少佐は喉も裂けそうな怒声になり、そこになんだか金切り声のようなものが混じった。とてつもなく激高していたのである。炊事場の窓から見ている我々にも、彼が囚人の列の前を駆け回り、飛びかかっていっては問い詰める様子が見えた。ただし距離が遠いせいで、彼の問いにしても、囚人たちの答えにしても、聞き取ることはできなかった。かろうじて聞き取れたのは、少佐が金切り声で叫んだ次の言葉だった。

「叛徒どもめ！……列間笞刑だ……首謀者どもは！　お前が首謀者だな！　お前が首謀者だな！」そう言って彼は誰かに飛びかかっていった。

答えは聞こえなかった。しかし見ているとすぐに一人の囚人が列を離れ、衛兵詰所の方角に歩き出した。さらに一分ほどしてもう一人、また一分ほどして三人目がその後に続いた。

「全員裁判に掛ける！　お前たち全員だ！　炊事場にいるのは誰だ？」開いた窓越しに我々の姿を見つけると、少佐はわめき立てた。「全員連れてこい！　ただちにここへ連行しろ！」

書記官のジャートロフが我々のいる炊事場に向かってきた。炊事場の囚人たちは自分たちには直訴の意志がないことを告げる。書記官はただちに戻っていって少佐に報告した。

「なに、直訴の意志がないだと！」少佐は見るからに気をよくした様子で、二段階ほど声音を低めて言った。「かまわん、全員連れてこい」

我々は出て行った。そうして出て行くのが、私にはなんだか恥ずかしく思われた。事実皆も、まるでうなだれたような格好で歩いていた。

「おや、プロコフィエフ！　ヨールキンもか。おいお前、アルマーゾフ……並べ、こっちへ来て並ぶんだ、まとまってな」愛想のよい目で我々を眺めながら、なんだかせかせかした、しかし穏やかな声で少佐は話しかけた。「M、お前も一緒か……よし、名簿を作るんだ。ジャートロフ！　即刻、満足している者の名前と不満な者の名前を、それぞれ一覧にして書き記せ。一人も漏らさずにだ。できた書類は俺に回せ。貴様ら全員を……裁判に掛けてやる！　思い知るがいい、悪党どもめ！」

書類という言葉には効き目があった。

「俺たちは満足しています！」直訴組の中から突然ぶっきらぼうな声が上がったが、何となく踏ん切りの良くない口調だった。

「なに、満足だと！　誰だ、満足なのは？　満足なやつは出てこい」

「満足です、満足です！」いくつかの声が重なった。

「満足だと！　ということは、お前らはそそのかされたんだな？　つまり、他に首謀者が、叛徒がいたというわけか？　それはけしからん話だな！……」

「やれやれ、なんてざまだ！」集団の中で誰かの声がした。

「誰だ、誰だ、今ほざいたのは、誰だ？」声のしたほうにすっ飛んでいきながら、少佐は吠えたてた。「お前か、ラストルグーエフ、お前がほざいたのか？　詰所へ行っていろ！」

はれぼったい顔をしたのっぽの青年ラストルグーエフは、列を離れると、ゆっくりとした足取りで衛兵詰所へと向かった。声を上げたのはまったく別人であったが、自分が名指されたので、あえて逆らわなかったのである。

「なまじ贅沢をしやがるから文句も出るんだ！」少佐が背後から喚く。「なんだそのぶくぶくした面は、それじゃあ三日がかりでも××しきれんぞ！[58]　よおし、全員を調べてやる！　満足な者は前へ出ろ！」

「満足です、少佐殿！」ぼそぼそとした陰気な声が何十か上がった。その他の者は頑《かたく》なに押し黙っていた。しかし少佐にとってはそれこそ好都合だった。明らかに彼

58　伏せ字の前後はおそらく「三日分の便でも汚しきれない」といった意味の罵倒表現。

にとっては迅速にことを処理するほうが好都合だったし、しかも何とか丸め込んでうまく納めるに越したことはなかったからだ。

「すると、もはや全員が満足なのだな！」彼は急いで言い放った。「やっぱりな……とっくにわかっていたんだ。つまり首謀者の仕業だ！　連中の中には、明らかに首謀者がいる！」ジャートロフのほうを向いて彼は続けた。「詳しく調査せねばならんぞ。それはそうと……もう作業の時間だ。太鼓を鳴らせ！」

少佐は自ら作業の組分けにも立ち会った。囚人たちは押し黙ったまま、憂鬱な顔で作業場へと散っていったが、少なくともさっさと少佐の目の届かぬところへ行けるのは歓迎のようだった。少佐のほうは組分けが終わると直ちに衛兵詰所を訪れ、「首謀者たち」の処分を指示したが、それもあまり厳しくはなかった。むしろ速度を優先したようだ。一人の囚人などは、後で聞いた話では、許しを乞うたところすぐに許してもらえたという。明らかに少佐は幾分動転しており、もしかしたら怖じ気づいていたのかもしれない。直訴と言えば、やはり慎重を期するべき問題である。今回の囚人たちの訴えは、彼を飛び越えて直接上のほうに申し立てたのではなく、彼自身に向けられたものだから、そもそも直訴というにも当たらないものではあったが、それでもやはりある種具合の悪い、好ましからざる事態であった。何よりも皆がそろって立ち上がったということが、ゆゆしき問題である。これはなんとしてももみ消してしまわなければならなかった。

「首謀者たち」はじきに放免された。事件の翌日からは、食事も改善された。もっともそれも長続きはしなかったが。少佐はその後何日かの間、普段よりも頻繁に監獄を見回って、ちょくちょく秩序の乱れを指摘した。例の下士官はいまだに驚きから我に返れないかのように、不安そうな、まごついた顔で歩き回っていた。囚人たちはといえば、あの後長く落ち着きを取り戻せなかったものの、もはや以前のように荒れることはなく、ただ黙ったまま不安そうな、困惑したような顔をしていた。すっかりしょげきっている者もいれば、今度の事件全体について、不服そうに、ただ言葉少なに論評している者たちもいた。多くの者はまるで直訴の件でわが身を罰しようとしているかのように、とげとげしい口調で皆に聞こえるように自分をあざ笑ってみせるのだった。

「まったく、飛んで火にいる夏の虫だぜ！」誰かがそんな風に言う。

「自分で墓穴を掘ってりゃ世話はねえ！」別の者が合いの手を入れる。

「猫の首に鈴をつけられるネズミがどこにいるよ？」三人目が言い返す。

「知れたことよ、俺たちの仲間は樫の棒で教わらなけりゃ、身にしみねえのさ。まだみんなして引っぱたかれなかっただけでもめっけもんさ」

「これからはもっとよくお勉強して、口のほうは慎むんだな。そうすりゃ少しはましにならあ！」誰かがむしゃくしゃしたように言い放った。

「おや、説教しているつもりかい、先生気取りでよ！」

「そうさ、教えてやっているのよ」

「いったい何様のつもりでしゃしゃり出てやがるんだ？」

「俺は今のところ人間様よ。そういうお前は何様だ？」

「てやんでい、おまえなんざ犬も食わねえ齧《かじ》りかすさ」

「それはお前のことだ」

「おいおい、いい加減にしねえか！　ぎゃあぎゃあ喚《わめ》きやがって！」四方から言い合いに止めが入る……。

同じ日、つまり直訴事件のあった当日の晩、作業から戻った私は獄舎の裏手でペトローフに出会った。彼はその前から私を捜していたのだった。近寄ってきた彼は何かぼそぼそと二言三言、つぶやきとも叫びともつかぬ不明な言葉を発したが、じきに放心したように黙り込み、そのまま機械的に並んで歩き出した。事件の顚末がまだ痛みとして私の心に残っていたところだったので、ペトローフに何か説明をしてもらういい機会に思えた。

「ねえ、ペトローフ」私は彼にたずねた。「君たちの仲間は僕たちに腹を立てていないかい？」

「誰が腹を立ててるって？」急に我に返ったかのように彼は聞き返した。

「囚人たちが僕たち……貴族にだよ」

「なんでお前さんたちに腹を立てるんです？」

「それは、僕たちが直訴に出て行かなかったことでさ」

「お前さんたちが何で直訴なんかするんです？」懸命に私の言葉を理解しようとしている様子で彼はたずねた。「だって自分で好きなものを食っているんでしょうが」

「ああ、そうじゃなくて！　だって君たちの中にも好きなものを食べている者はいるが、それでも立ち上がったじゃないか。だから僕らだって……仲間として」

「へえ……どうしてお前さん方が俺たちの仲間なんです？」彼は怪訝そうに聞き返した。

私はすかさず彼の顔を見た。彼はまったく私の言葉を理解できず、私の言おうとすることが理解できないでいるのだった。だがその代わり私のほうはこの瞬間、完全に相手の言っていることを理解した。すでに長いこと私のうちにぼんやりと立ち現れたままついて離れなかった一つの考えが、このときはじめてすっかりとその正体を現し、そして私はそれまでどうしても見抜けずにいたことを、不意に理解したのだ。たとえ私がゆゆしき重罪犯で、無期の懲役囚で、特別檻房の囚人であろうとも、所詮私は仲間としては認めてもらえない――そのことがわかったのだ。だがとりわけくっきりと記憶に残ったのは、この瞬間のペトローフの顔であった。「どうしてお前さん方が俺たちの仲間なんです？」という彼の問いには、まったく作り物でない素朴さと、心の底からの当惑がにじんでいた。果たしてこの言葉には何かの皮肉が、憎しみが、嘲りが込められてはいないか――そんなことを私は考えてみた。だがそんなものは皆無だった。単に仲間ではない、ただそれだけなのだ。お前はお前の道を行け、俺たちは俺たちの道を行く。お前にはお前の仕事があり、俺たちには俺たちの仕事がある、というわけなのだ。

実際その通りだった。実は私は直訴の件の後、囚人たちにやたらと言いがかりをつけられ、いたたまれなくさせられるような事態を、内心恐れていた。だがそんな様子は微塵《みじん》もなかった。私たちは責め言葉のかけらも聞かず、責めようとする気配さえも感じなかったし、以前と比べて特に私たちへの憎しみが増した様子もなかった。時にはいくらか嫌がらせをされることもあったが、それは以前からもあったことで、それっきりだった。しかしながら彼らは直訴を嫌って炊事場に残った者たちにも、また直訴組の中で真っ先に「満足しています」と叫んだ者たちにも、同じく全然腹を立てていなかったのである。そのことを口に出す者さえ一人もなかった。とりわけこの最後の点は、私には合点がいかなかったものである。

第八章　仲間

私が自分の仲間、すなわち「貴族」のほうに引かれがちだったのはもちろんである。特に最初のころはそうだった。だが、監獄にいたロシア人貴族三人（アキーム・アキームィチ、スパイのA、および父親殺しと見なされた男）のうちでは、私が付き合って口をきいたのはアキーム・アキームィチだけだった。正直な話、アキーム・アキームィチに近寄っていくのもいわばやけっぱちな気持ちからで、あまりのわびしさに身をもてあまして、もはや彼のところ以外どこへも行く当てがないときに限られた。前章で私は囚人全員をいくつかのタイプに分類することを試みたが、アキーム・アキームィチのことを思い浮かべると、さらに一つ新しいタイプを加えることができるように思う。もっとも、このタイプは彼一人しかいない。すなわち、完全に無関心な囚人のタイプである。完全に無関心な囚人、つまり自由な身だろうと懲役をくらっていようとまったく同じだという囚人は、もちろん我々の間にはいなかったし、またいるはずもなかったが、どうやらアキーム・アキームィチだけは例外だったようだ。監獄暮らしの構えからして皆とは違っていて、まるで生涯ここに暮らすつもりでいるかのようだった。敷布団といい枕といい調度といい、身の回りのものがすべてどっしりと丈夫にできていて、いつまでも使えそうなのだ。野営風の間に合わせ的な要素は微塵もなかった。まだ何年も監獄勤めが残っている身とはいえ、はたして一度でも出獄する日のことを考えたことがあるかどうか、疑わしいところである。いくら現実と妥協したといっても、もちろん喜んでそうしたというよりはやむを得ず屈服したのだろうが、ただし彼の場合どちらでも同じことなのである。

アキーム・アキームィチは好人物で、初めのころは私の世話を焼いて、いろいろ助言してくれたり手助けしてくれたりしたものだ。ところが正直な話、一緒にいると、ときおり相手が無意識に吹きつけてくる強烈な憂愁の気配にすっかり感染して、ただでさえわびしい気分をもてあますようになるのだ。特に初めのうちはそうだった。こちらはそもそもやるせなさのあまり話しかけているわけだから、せめて何か生きた言葉を聞きたいと望んでいる。たとえそれが意地悪な言葉でも、苛立った言葉でも、憎しみの言葉でもいいし、なんなら一緒に運命を呪ってもかまわないという心境なのだ。ところが彼は黙ったまま、例のランタン張りを続けている。さもなければこれこれの年に自分たちの隊で閲兵式があって、そのときの師団長は誰で、名前と父称はこれこれ、閲兵式に満足したとかしなかったとか、狙撃兵に対する信号がこう変わったとか、そんな話をするばかり。しかもそれを淡々とした静かな声で、まるで雨だれが滴るようにぽつりぽつりと物語るのである。かつてコーカサスで何かの戦闘に参加して、軍刀に着ける「聖アンナ勲章」[59]を拝領した顚末を語ってくれたときも、ほとんど話に熱が入る風はなかった。ただ声だけがその瞬間、なんだかいつになく重みのあるまじめな調子になった。「聖アンナ勲章」という言葉を発する際にはちょっと秘密めかしたように声を低くして、その後三分ほど妙に言葉少なく、四角張った調子になっていた……。

59　十八世紀末に導入されたロシア国家およびロマノフ家の勲章。後に四つの等級に分けられ、軍刀に着けるのは第四等級であった。

この最初の一年の間には我ながら愚かしいと思える瞬間があって、そんなときには（いつも不意にそんな風になるのだが）私はなぜか知らないがこのアキーム・アキームィチがむらむらと憎らしくなり、こんな男と一つの寝床の上に頭合わせに寝るはめになった我が運命を、無言で呪ったものだ。そしてたいていは一時間もすると、すでにそのことで自分を責めているのである。ただしこれは最初の一年かぎりのことだった。後からはもう心底アキーム・アキームィチと和解し、かつての自分の愚かしさを恥じるようになった。表だって彼と喧嘩したことは一度もなかったと記憶している。

私のいた当時、貴族身分の者は、以上三人のロシア人の他に八名いた。そのうちの何人かとはかなり近い付き合いをして好意さえ感じていたが、全員と付き合っていたわけではない。中でももっとも優秀な部類の者たちは、どこか病的で排他的で、極度に狭量だった。そのうち二人とは、私は後にきっぱりと口をきくのをやめた。

知識人といえるのは三人だけ、BとMとZ老人[60]である。このZはかつてどこかで数学の教授をしていたことがあり、善良で立派な老人だが大変な変わり者で、学があるにもかかわらずきわめて視野が狭いように思われた。MとBはこれとはまったく別のタイプだった。Mとは私は最初からスムーズにつきあうことができて、一度も喧嘩したことはなく、尊敬していたが、しかし特に好きになることも、愛着を覚えることもできなかった。不信感と苛立ちのかたまりのような人物だったが、しかし驚くほど見事に自分を抑えるすべを心得ていた。まさにその過剰なまでの自制力が、好きになれない点でもあった。何だか誰に対しても一度も心を開いたことのない人物のような気がしたのである。しかしこれは私の誤解かもしれない。ともかくMは強い性格を持ったすこぶる高潔な人物だった。他人とつきあう際の極度な、幾分イエズス会士を思わせるような巧妙さと慎重さは、胸のうちに秘めた深い懐疑を物語っていたのだ。そしてこの懐疑と、自分の持つある種の特別な信条および希望への深い、確固とした信念との二重性のおかげで、本人が一番苦しんでいたのである。ただし、如才のない人付き合いぶりにもかかわらず、Bおよびその友人のTとは不倶戴天の間柄であった。

Bは病身で幾分肺病の気があり、癇癪《かんしゃく》持ちで神経質なところもあったが、本質的にはとびきり善良な、心の広い人物だった。彼の癇癪は時々極度にわがままで気まぐれな振る舞いに結びつくことがあった。私はそうした性格に我慢がならず、後にはBと絶交してしまったが、しかし彼が嫌いになることはなかった。一方Mとは喧嘩はし

60　モデルはワルシャワ大学数学教授のフェリクス・ユーゼフ・ジョホフスキ（Feliks Józef Żochowski　一八〇一～一八五一）。一八四八年革命扇動の罪により死刑を宣告され、後に懲役十年に減刑されてシベリアに送られた。オムスクにいたのは一八四九年以降。

なかったが、一度も好きになったことがないのだ。Bと絶交したおかげで、私は自動的にTとも絶交するはめになった。前章の直訴の話のときに出てきた青年である。これは大変残念だった。Tは教養こそないが、善良で、男らしくて、つまりは好青年だったからである。どうしてこんなことになったかといえば、このTはBを極度に敬愛し、崇《あが》め奉っていたために、少しでもBと歩調の合わない人間がいると、たちまちほぼ自分の敵扱いしてしまうのである。彼は後にBのことで、長く付き合っていたMとも絶交したらしい。なんといっても皆精神を病んでいて、怒りっぽく苛立ちやすく疑い深かった。無理もない、彼らの境遇の厳しさは我々の比ではなかったからだ。

彼らは祖国から遠く離れたところにいた。何人かは十年とか十二年とかの長期流刑囚であり、そして何よりも周囲の者たちを見る目が偏見に凝り固まっていた。囚人たちを頭から獣扱いにしているせいで、相手のうちにある善良な、人間的な要素の片鱗さえ見抜くことができなかったし、そもそも自分のほうから目をつぶっていた。これもまた無理のないことだ。彼らがそんな歪んだ目で世間を見るようになったのも、まさに状況の、運命の仕業だったからだ。監獄の中で彼らが気を腐らせていたのも当然なのである。チェルケス人やタタール人やイサイ・フォミーチとは仲良く挨拶を交わしていたが、その他の囚人は蛇蝎《だかつ》のごとく嫌って付き合おうとしなかった。ただ一人例のスタロドゥビエの古儀式派の老人だけは、彼らから全幅の敬意を寄せられていた。

　注目すべきことに、囚人たちのうちには、彼らの出身や信仰や思想信条をとやかく言う者は、私がいた期間を通して一人もいなかった。通例、我が国の一般民衆は、外国人とりわけドイツ人に、そんな差別的な態度を取りがちなのである（ただしそんな機会はめったにないのだが）。もっともドイツ人の場合は、単にからかいの的になるに過ぎない。ドイツ人はロシアの一般民衆から見ると、何かしらとてつもなく滑稽な存在なのだ。ところがポーランド人に対しては、囚人たちはむしろ私たちロシア人貴族に対するよりもはるかに大きな敬意を払い、決して手を出そうとはしなかったのである。しかしポーランド人の側はどうもそんなことには一切気づきもしなければ、感謝する気配もなかった。

　ところで私はTの話をしかけたところだった。このTは、最初に彼らが送られた場所から我々の監獄に移送されてきたとき、同行のBをほとんど全路抱えて連れてきたのだった。元々病弱で体力のないBは、最初の宿営地までの道半ばで、もうへばってしまったからだ。彼らが最初に送られたのはUの町[61]だった。彼らの話では、そこは住みよかった、つまり我々の監獄よりもはるかに待遇が良かったそうだ。しかし彼らがそこで、別の町にいる別の囚人たちと文通をはじめたのが見とがめられ、まったく他愛のない文通だったにもかかわらず、三名そろって我々の監獄に移すべしということになったようだ。こちらのほうが長官の目が届きやすいからである。同時に移送された三人目の仲間が、例のZであった。彼らが来るまでは、この監獄にいたポーランド人はM一人だけだった。流刑の最初の一年間、Mはさぞかし寂しい思いをしたことだろう！

このZこそ、以前に書いたいつも神に祈っている老人である。我々の監獄にいる政治犯は概して年が若く、中にはごく若年の者もいたが、Zだけはすでに五十を超していた。もちろんまじめな人物だったが、幾分変わったところがあった。仲間のBとTは彼をひどく嫌っており、強情なわからず屋だといって口もきこうとしなかった。彼らの言い分がどれだけ正しかったのかはわからない。人間が好き勝手に集まったのではなく無理矢理集められたような場所ではどこでもそうだが、監獄の中では外の世界よりも、人々が争ったり憎しみ合ったりしがちなように感じられる。とはいえZは確かに物わかりの悪い人間で、ともすると悪印象を与えた。他の同胞も総じて彼とはウマが合わなかった。私は一度も言い争ったことはないが、特に親しくもなかった。専門の数学については造詣が深かったようだ。自分で考えついたある特殊な天文学体系を、たどたどしいロシア語で私に説明してくれたのを覚えている。聞くところによると、彼はいつかその体系を発表したのだが、学界では笑われて取り合ってもらえなかったそうだ。幾分頭がおかしくなっていたのかもしれない。とにかく来る日も来る日もひざまずいて祈っているので、囚人たちは皆彼を敬っていたし、その敬意は彼が死ぬまで失われなかった。彼はひどく患った果てに、監獄の病院で、私の目の前で死んでいった。ただし、彼が囚人たちに一目置かれるようになったのは、まだこの監獄に入ったばかりのとき、少佐と一悶着あったときからである。Uの監獄からここへ送られてくる道中、彼らは一度も剃刀を当ててもらえなかったので、着いたときは髭ぼうぼうのむさ苦しい姿だった。そのまま少佐の前に引き出されると、少佐はとんでもない規則違反だと言って烈火のごとく怒った。まったく彼らの落ち度ではなかったのにである。

「こいつらの格好はなんだ！」彼は吠えたてた。「まるで浮浪者だ、山賊だ！」

Zは当時まだロシア語がよくわからなかったせいで、てっきり自分たちが何者か、浮浪者か山賊かとたずねられているのだと思い込み、こう答えた。

61 ウスチ・カメノゴルスクのこと。現カザフスタン東部で、ドストエフスキーが送られたオムスクと同じくイルティシ河に面した要塞のある都市。

「私たちは浮浪者ではありません、政治犯です」

「なぁんだとぉ！　口答えする気か？　口答えしたな！」少佐はいっそう吠えたてた。「衛兵詰所へ連れて行け！　笞百発、即刻、ただちにだ！」

　老人は罰をくらった。彼はおとなしく笞の下に横たわると、片腕を歯で咥えて、叫び声もうめき声も上げず、身じろぎさえもせずに刑をがんばり通した。ＢとＴは一足先に獄中に通されたが、そこではとっくにＭが門のところで待ち構えていて、まだ一面識もなかったにもかかわらず、まっしぐらに首っ玉に抱きついてきた。少佐の仕打ちに激高していた二人は、Ｚの話をＭにすっかり物語った。

　Ｍがそのときのことをこんな風に私に語ってくれたのを覚えている。

「私は思わずかっとなってしまいました。自分がどうなっているのかもわからず、ただ熱病にかかったように震えていました。そのまま門のところへ行ってＺを待ちました。詰所で笞をくらったのだから、そこからまっすぐ出てくるはずです。ふいに潜《くぐ》り戸が開きました。Ｚが青ざめた顔で血の気のない唇を震わせて出てくると、誰にも目をくれず、内庭に集まった囚人たちの間を通っていきました。囚人たちは貴族が笞打たれたと知って集まっていたのです。Ｚはそのまま獄舎に入ると、まっすぐに自分の場所に行き、一言も口をきかないで、そのままひざまずいて神に祈りました。囚人たちは驚いていました。感動していた者もいます。この老人が、祖国に妻や子たちを残してきたこの白髪頭の老人が、恥ずべき体刑を受けてひざまずいて祈っているのを見た私は、思わず獄舎から飛び出して、そのまま二時間も我を忘れてさまよっていました。怒りでかっとなっていたのですね……」

このとき以来囚人たちはZをたいそう尊敬して、いつも丁重な態度で接していた。何よりも笞打たれても悲鳴を上げなかったことが、彼らの気に入ったのである。

ただし、きちんと本当のところを伝えておかねばならないが、ロシア人にせよポーランド人にせよ、貴族の囚人に対するシベリアの監獄当局の扱いを、この一例だけで判断することは決してできない。この例が示しているのは、ただ囚人はひどい悪党に出くわすことがあるものだということにすぎない。もちろん、もしもそのひどい悪党がどこかの独立した要塞の司令官であり、しかもその司令官に特ににらまれでもしたら、その囚人の運命は悲惨なことになるだろう。だが正直な話、あらゆる群小指揮官たちの態度や気構えを左右するシベリア総督府の貴族流刑囚に対する姿勢は、きわめて慎重なものであり、場合によっては他の平民の懲役囚にくらべ手心を加えようとする傾向があった。理由は明らかで、第一にそうしたお偉方は自身が貴族の仲間である。第二に、かつて貴族流刑囚の中におとなしく笞刑を受けようとせずに執行官に飛びかかる手合いがいて、それが大きなスキャンダルになったことがある。第三に、これが私には一番大事に思えるが、だいぶ前のこと、すでに三十五年ほどにもなるが、シベリアに突然貴族流刑囚の大集団が一挙に出現したことがある。[62] そしてその流刑囚たちが三十年の歳月をかけてシベリア全域に立派な足跡を残し、高い評価を定着させたので、私のいた時代には行政のほうでも、無意識にある種の範疇の貴族流刑囚を、他のすべての流刑囚とは別な目で見るようになっていた。そんな態度が代々の伝統として受け継がれていたのである。

上層部に従って下級の指揮官たちも、同じような目で眺めることに慣れていた。もちろんいわゆる上司のひそみに倣《なら》うというやつで、ただ上の者たちの見解や態度を借りて真似しているのである。しかしそうした下級指揮官の中には融通のきかない者が多く、内心では上層部の方針に不満を持っていたので、なんとかして自己流を通したくてうずうずしていたのだ。しかしなかなかそうは問屋が卸さなかった。私がそう考えるには十分な根拠がある。それを以下に述べよう。

私が属していた懲役囚の第二種は、要塞に収容されて軍当局の監督を受けるものだが、これは他の二つの種、すなわち第三種（工場労働）および第一種（鉱山労働）とは比べものにならぬほど厳しかった。貴族のみでなくすべての囚人にとって厳しかったのだが、それは管理も組織形態もおしなべて軍隊式になっていて、ロシア内地にある懲治中隊に酷似していたからである。軍当局の管理は厳格で規律は厳しく、囚人はいつも鎖につながれ、いつも監視付きで、いつも監禁されている。他の二種においてはそこまでのことはしない。少なくとも仲間の囚人たちは口をそろえてそう言っていたが、彼らの中には事情通も多かったのだ。法律上は第一種がもっとも重い刑と見なされていたが、皆許されれば喜んでそちらに移ったことだろう。しょっちゅうそのことを夢に見ていたくらいである。内地の懲治中隊にいたことのある囚人は皆、さも恐ろしそうに経験を語り、要塞付属の懲治中隊ほどつらいところはロシア中探してもない、あそこに比べたらシベリアなんか極楽だと断言するのであった。

すなわち我々の監獄は規則も厳格で、軍隊式に管理され、総督の目の届くところにあって、おまけに部外者ではあるが半官半民といった立場のある種の人間が、悪意からか仕事熱心なせいかは知らないが、これこれの類の囚人たちに対してこれこれの不届きな監督官が手心を加えているなどと、いつでもしかるべき筋に密告しかねない状況にある（実際ちょくちょくあったのだ）。このような厳しい場所でさえ、（あえて言

62 前出のデカブリストの乱による流刑者たちのこと。

うが）貴族の囚人が他の懲役囚とは幾分違った扱いを受けているのだとすれば、第一種や第三種の場合にははるかに有利な待遇がなされていることだろう。こんな風に、自分のいた場所からの類推で、この件に関するシベリア全体の状況を判断することが可能だと私には思える。このことについての第一種や第三種の囚人たちによる噂や述懐が私の耳にも届いているが、おしなべて私の結論を裏付けてくれるものだった。

実際、我々貴族の囚人は皆、監獄の当局から他の囚人たちよりも注意深く慎重な扱いを受けていた。ただし作業や待遇に関しては、一切何の甘やかしもなかった。作業も同じなら足かせも施錠も同じで、つまりは何もかも一般囚人と同じ扱いだったのだ。そもそも手心を加えることなどできない相談だった。私は知っているが、この町ではさして古い話ではないのにすでに大昔の感のある時代に、密告者やら陰謀家やらがむやみに跳梁跋扈《ちょうりょうばっこ》して、互いにさんざん足をすくい合った事例があるので、当局はしぜんと密告を恐れるようになっている。しかもある種の囚人たちが甘い扱いを受けているというような密告ほど恐ろしいものはないのだ！

そういったわけで、誰もがびくびくしていたために、私たちも他の囚人たちと差のない生活をしていたのだが、ただし体刑についてはある程度の例外があった。もちろん私たちの場合も、もしもれっきとした理由があれば、つまり何かの過ちを犯せば、ここぞとばかりに笞打たれたことだろう。それこそが彼らの職務上の義務と平等の観念、すなわち体刑における平等の観念が要求するところだったからである。しかしただ単に理由もなく、軽々に私たちが笞打たれるようなことは、さすがになかった。一般の囚人の場合は、もちろんその手の軽率な扱いが横行していたのだ。とりわけ監督者が下級将校で、ことあるごとに仕切ったり威張ったりしたがる人間の場合は、そうなりがちなのである。

Z老人の件を聞いた司令官が少佐に対して激怒し、今後行動を慎むようにと譴責《けんせき》したことが、私たちにも伝わってきた。皆が私に話してくれたのだ。さらには、これまで少佐を信頼して、実務家として、またある種の能力の持ち主として幾分目をかけていた総督自身が、この件を知って同じく少佐に譴責をくらわしたという話も伝えられた。さすがの少佐にもこれは応えた。たとえば彼は、例のAの告げ口のせいでMを憎んでいたので、何とか手を出してやろうと口実を求め、追いかけ回し、付け狙っていたのだが、もはやどうしてもMに笞をくらわすことはできなかった。Zの話は町中に伝わったが、世論は少佐に不利だった。多くの者が少佐を非難し、嫌悪をあらわにする者さえいた。

今改めてこの少佐に初めて会ったときのことが思い起こされる。私たちは、つまり私ともう一人一緒に懲役送りになった貴族の流刑囚は、まだトボリスクの中継監獄にいたときにこの人物のいやな性格についてさんざん話を聞かされ、怯えていたものだった。当時そこに住んでいた、追放後二十五年にもなる古参の貴族流刑囚たちが、深い同情をもって私たちを迎えてくれ、中継監獄にいる間ちょくちょく訪ねてきてくれたのである。彼らは未来の司令官に対してくれぐれも気をつけるように忠告し、自分たちのほうでもあれこれの知人を通じて、私たちをこの人物の毒牙から守るためにできる限りの手を尽くすと約束してくれた。実際、ちょうどこの頃総督の三人の令嬢が、ロシアの内地からやってきて父総督のもとに逗留していたのだが、彼女たちもこの貴族流刑囚たちから手紙を受け取り、父親に私たちのことで口をきいてくれたらしい。しかし総督に何ができただろうか？　ただ少佐に対して、幾分慎重を期すようにと申し渡しただけだった。私と私の仲間が昼の二時過ぎにこの町に着くと、護送兵はまっすぐに私たちをこの親玉の自宅へ連れて行った。長官を待つ間、私たちは玄関部屋に立っていた。この間に監獄の下士官も呼びにやられていた。下士官が姿を現すと同時に、少佐も部屋から出てきた。その赤黒い、ニキビだらけの意地悪そうな顔を見ると、私たちの気分はすっかり落ち込んでしまった。まるで悪しき蜘蛛が自分の巣にかかった哀れな蠅めがけて駆け寄ってきたかのようだったのだ。

「何という名前だ？」彼は私の仲間に聞いた。早口でぶっきらぼうで細切れなしゃべり方で、明らかに私たちを脅しつけようとしていた。

「これこれです」

「お前は？」私のほうに向き、めがね越しににらみつけながら彼は続けた。

「これこれです」

「下士官！　即刻監獄へ連行。衛兵詰所でただちに一般囚並みに髪を剃れ。頭半分だ。足かせの着け替えは明日だ。それはどういう外套だ？　どこでもらった？」私たちの着ている背中に黄色の丸が入った灰色の兵隊外套に目をとめて、彼は急にたずねた。トボリスクで支給されたもので、それを着たまま直々に長官へのお目通りとなった次第である。

「そいつは新しい制服だな！　きっとどこかの新しい制服だ……まだデザインの途中だろう……ペテルブルグ製か……」私たちを順番にあっちに向けたりこっちに向けたりしながら、そんな論評をしていたかと思うと、急に「こいつらは何も持っておらんのか？」と私たちを護送してきた憲兵にたずねる。

「私物の衣類があります、少佐殿」憲兵はただちに直立の姿勢をとり、わずかに身震いさえしながら答えた。少佐のことは皆が知っており、皆が噂を聞いて怯えていたのである。

「全部没収だ。下着だけ返してやれ。下着も白だけで、色のついたやつがあったら没収しろ。残りはすべて競売に掛けろ。売り上げは収入に記録しておけ。囚人は私物を持つことは許されん」厳しい目で私たちをにらみつけながら少佐は続けた。「いいか、お行儀よくするんだ！　変な噂が俺の耳に入らんようにな！　さもないと……た、体刑をくらわすぞ！　どんな小さな過ちでも、む、む、笞打ちだ！……」

こんな歓迎に慣れていなかった私は、その夜一晩ほとんど病気にかかったような具合だった。しかもその印象は、監獄の中で目撃したもののせいでいっそう強まっていたのである。だが、入獄した際のことはすでにお話しした。

先ほど私は、自分たちに対して何の手加減もなかったし、できるはずもなかったので、他の囚人よりも作業が軽減されるようなことは一切なかったと書いた。しかしただ一度、その試みがなされたことはあった。私とBがまる三ヶ月間、工兵隊の事務所に書記として通ったのだ。だがこれは内々に行われた措置で、工兵隊長の計らいによるものであった。つまり他の者たちは皆、必要な限りにおいてこのことを知らされていたのだが、見て見ぬふりをしていたのである。これはまだGが工兵隊長だったときのことだった。

G中佐は、まるで天から降ったように忽然と我々のところに姿を現して、ごく短期間いただけで（確か半年にも満たない、あるいはもっと短い期間だった）、ロシア内地へと去って行った。その間にすべての囚人に並々ならぬ印象を与えたのである。囚人たちは彼を慕うというよりは、もしこんな場合にそんな言葉を使ってよければ、神様のようにあがめ奉っていた。どうしてそんなことができたのかわからないが、彼は初日から囚人たちの心を征服してしまったのだ。

「あれこそ親父だ、親父様だ！　もう実の親父なんかいらねえや！」中佐が工兵隊を指揮していた間中、囚人たちはたえずそんな風に言い暮らしていた。

どうやらひどい放蕩者だったらしい。小柄だが大胆不敵な、自信満々の目つきをしていた。しかも同時に囚人たちに対しては甘ったるいほどに優しく、文字通り父親のようにかわいがっていた。なぜそんなにも囚人をかわいがったのか、私にはわからないが、囚人を見れば必ず優しい、愉快な言葉を掛け、一緒になって笑い、冗談の一つも言わずにはおかなかった。しかも肝心なことに、そんな態度のうちに管理者めいた様子は毛ほども混じっておらず、あえて身分を越えてつきあってやろうとか、下々の者をかわいがってやろうとかいったわざとらしさは、皆無だったのである。これこそまさに自分たちの仲間、本当の身内の一人だった。しかし相手がいくら気取りのない庶民的態度で接してくれるとはいえ、囚人の側がそれにつけ込んで礼を失するとか、馴れ馴れしく振る舞うとかいうことはなかった。むしろ反対である。工兵隊長に出会っただけで囚人は満面を輝かせ、さっと帽子を取って、相手が近寄ってくるのをにこにこしながら見ているのである。そこで言葉でも掛けてもらおうものなら、まるで一ルーブリ恵んでもらったような気分になるのだった。世の中にはこんな風に人に好かれる人間がいるものだ。彼は見るからに勇ましく、歩く姿も颯爽として凛々《りり》しかった。「まるで鷲だ！」と囚人たちは評していたものである。

囚人たちの運命を軽減してやることは、中佐にはもちろんどうしてもできない相談だった。彼の管轄はただ工兵隊関連の仕事のみであり、それは他のどんな隊長の下でも、定められた規則に従って、十年一日のごとく変わらずに進められてきたのだ。彼にできるのはせいぜいが、偶然どこかの班の作業現場に行き当たって、すでにその作業が終わっていたりしたとき、無駄に囚人たちを引き留めておかずに、太鼓の鳴る前に解放してやることくらいだった。しかし囚人たちには彼が自分たちを信頼して、細かいことで文句を言ったり癇癪を起こしたりせず、決して上官風を吹かして人を侮辱したりしないところが気に入っていたのである。もし彼が一〇〇〇ルーブリをなくしたら、思うに、監獄の中の一番の泥棒でも、見つけ次第彼に返すことだろう。きっとそうなるにちがいない。

この鷲のような隊長があの憎らしい少佐と死闘を演じたと知ったとき、囚人たちはどれほどわくわくしたことだろう。これは彼が着任して一月目《ひとつき》のことだった。ここの少佐は彼のかつての同僚だった。長い別離の後に友人として再会した両者は、早速一杯やりはじめた。しかし二人の仲はあっけなく決裂してしまった。言い争った挙句、Gは少佐の不倶戴天の敵となった。このとき両者が取っ組み合いの喧嘩をしたという説まであるが、少佐の場合いかにもありそうなことだ。しょっちゅう殴り合いばかりしていたからだ。

これを聞いたときの囚人たちの喜びようときたら、果てしがなかった。「八目《やつめ》妖怪の野郎があんな立派なお方とやっていけるわけがねえや！　片っぽが鷲だとすりゃあ、あいつのほうは×××だからな」ここで普通、印刷にそぐわない言葉が挿入されるのである。果たしてどちらがどちらをとっちめるか、皆はもう興味津々だった。もしも両者の喧嘩の噂がガセネタだったとしたら（それもまたあり得ることだが）、おそらく囚人たちは大いに悔しがったことだろう。

「いや、きっと隊長の勝ちよ」彼らはそんな風に言っていた。「体は小さくても肝が据わっているからな。きっとあの野郎のほうは、ベッドの下にでも逃げ込んだことだろうぜ」しかし程なくしてGは去り、囚人たちはまたもやしょげ返ってしまった。工兵隊の隊長は、確かに皆優れた人物だった。私のいる間に三人か四人交代したのである。

「しかしやっぱり、あれほどの人物はまたと現れねえな」囚人たちは言っていた。「まったく鷲みてえだったよ、俺たちを守ってくれる鷲さ」

まさにこのGが我々貴族にたいそう目を掛けてくれて、結局私とBがときおり事務所へ通うよう命じてくれたのである。Gの去ったあと、このことはいっそうシステム化された。工兵の中の何人かが（中の一人は格別に）私たちのことに大変親身になってくれたのだ。私たちはせっせと事務所に通っては書類を浄書していたので、そのうちに字まで上手になってきた。とそこへ当局のトップから、即刻我々を以前の作業に戻すべしというお達しが届いた。早くも密告する者がいたのである！　だがこれはかえって好都合だった。二人とも事務仕事にかなり辟易していたからだ。

この後私とBは二年ほども、ほぼ離れることなく一緒の仕事に通った。たいていはどこかの作業所だった。私たちはよくおしゃべりをした。それぞれの希望を語り、信念を語った。Bはすばらしい人物であったが、その信念はときとしてたいそう奇妙な、独善的なものだった。しばしばある種の人間は、きわめて賢いにもかかわらず、まったく逆説的な観念に凝り固まってしまうことがある。しかしそれは非常な人生の苦しみを舐めた末に高価な代償を払って獲得された観念である故に、無理矢理捨てようとするのはあまりにも大きな痛みを伴う、ほとんど不可能な業なのである。Bは私の一つ一つの反論を悲痛な顔で受け止め、とげとげしい言葉で答えを返した。もっとも、もしかしたら多くの点で、彼のほうが私より正しかったのかもしれない。それはわからないことだ。しかし私たちは結局、決別してしまった。私にはそれがとてもつらかった。すでにあまりにも多くのものを分かち合ってきた仲だったからだ。

一方Mは年とともになんだかどんどん快活さを失って、陰気な人間になっていった。ふさぎの虫に負けたのだ。以前、まだ私の監獄生活一年目のころは、彼はもっと人づきあいが良くて、胸のうちをもっと細やかに、はっきりと表に出していた。私が入ってきたとき、彼はすでに監獄暮らし三年目を迎えていた。はじめ彼は過去二年間に世間で起こったこと、監獄にいたせいで自分が知らなかったことの多くに興味を示して、私にあれこれ質問を浴びせ、答を聞いては興奮していた。だが年がたつとともに、そうした関心が結局すっかり内向して、自分自身の心の問題に集中してしまった。いわば炭の火が灰で覆われてしまったのである。憎しみが彼のうちでますます募っていった。

「Je haïs ces brigands（私はああいう悪党どもは嫌いです）」囚人たちを憎々しげな目

で見ながら、彼はよく繰り返した。私のほうはすでに囚人たちのことをより身近に理解するようになっていたのだが、私がどんなに彼らを弁護しようと、Mには通用しなかった。こちらが何を言っているのかさえ、理解できなかったのだ。それでもときには曖昧にうなずくこともあったのだが、一夜明ければまた「Je haïs ces brigands（私はああいう悪党どもは嫌いです）」を繰り返すのであった。ちなみに私たちはよくフランス語で会話していたが、それを小耳に挟んだ作業監督のドラニーシニコフという工兵が、何を思ったか私たちに「准医さん」というあだ名をつけたことがある。

Mが生気を取り戻すのは母親のことを話すときだけだった。「母は年老いています。病身なんです」彼は私に語ったものだ。「私のことをこの世の何よりも愛しているのに、私はこんなところにいて、母が生きているかどうかさえ知らないのです。私が列間笞刑を受けたと知っただけで、母にはもう十分すぎるショックだったでしょう……」

Mは貴族ではなかったので、流刑の前に体刑を受けたのだ。そのことを思い出すと、彼は歯を食いしばり、顔を背けるようにしたものだ。後になるにつれて、彼は一人きりで歩いていることがますます多くなった。ある朝、十一時過ぎに、彼は司令官のところへ呼び出された。行くと、司令官はにこにこ顔で出迎えた。

「おいM、お前昨夜《ゆうべ》どんな夢を見た？」司令官は聞いた。

「あのときはぎくっとしました」戻ってきてからMはそんな風に語ったものだ。「まるで心臓を突き刺されたみたいで」

「母から手紙をもらった夢を見ました」Mはそう答えたのだった。

「なんだ、それどころじゃないぞ！」司令官は言い返す。「お前は自由の身になったんだ！　母上が嘆願をして……それが聞き届けられたんだ。ほら、これが母上の手紙、これがお前の赦免状だ。すぐに出獄してよろしい」

朗報の衝撃がさめやらぬまま、Mは青ざめた顔で戻ってきた。私たちは彼を祝福した。彼は震える冷たい手で私たちと握手を交わした。囚人の多くも彼におめでとうと言い、その幸運を喜んでいた。

彼は獄を出ても入植者の身として、私たちの町に残ることになった。やがて職も与えられた。初めのうち彼はよく監獄を訪れて、機会があればいろいろなニュースを伝えてくれた。おもに政治的なニュースに興味を持っていた。

残りの四人、すなわちM、T、B、Zをのぞいた外国人のうち、二人はまだごく若い短期の流刑者で、あまり教養はなかったが、正直で素朴で率直な性格だった。三人目のAはあまりにも単純な男で特筆すべきものを持っていなかったが、四人目のBはすでに初老の人物で、実に不快な印象を皆に与えていた。[63]彼がどうしてこの種の犯罪者の仲間入りをしたのか、私は知らないし、本人もそれを否定していた。これはがさつな町人根性の持ち主で、一コペイカ二コペイカのはした金をごまかして財を成した、小商人らしい習慣とルールが身に染みついていた。教養は一切なく、自分の職業以外のことは何にも興味を示さなかった。商売はペンキ職人、それもそんじょそこらのとは違う、とびきり腕の良いペンキ職人であった。やがて彼の腕前は監獄のお偉方にも知られ、ひいては町中の人が壁塗りや天井塗りを彼に頼むようになった。二年の間に彼はほとんどすべての官舎の壁を塗った。部屋の住人たちがそれぞれ謝礼を払ったので、彼はなかなか羽振りがよかった。

しかし何よりよかったのは、彼と一緒に同僚たちも作業に遣わされるようになったことだ。いつも彼に同行していたのは三人だが、そのうち二人は彼に教わって仕事を覚え、その一人のTは、師匠に劣らぬほどの腕前になった。我々の少佐もまた官舎に住んでいたが、彼もまたBに注文して壁と天井をすっかり塗らせた。Bはここぞとばかり腕をふるったので、総督の屋敷にも負けないほどの仕上がりになっていった。木造の平屋建てで、かなり古いので外見はひどいぼろなのだが、内装は宮殿と見まがうばかりに豪華なのだ。見ている少佐も有頂天になっていく……。うれしそうに揉み手をしながら、こうなったらぜひ身を固めなくては、などと言ったものだ。「これほどの部屋に住んで、結婚しない手はない」大まじめな口調で彼は言い募った。Bのことがますます気に入り、おかげで一緒に働いている囚人たちの覚えもめでたくなった。この仕事はまる一月続いた。そしてその一月の間に、少佐は我々囚人全体に対する見方をがらりと変え、保護者のように振る舞うようになった。挙句の果ては、ある日突然監獄からZを自宅に呼んで、次のような挨拶をしたのだった。

「Z！ 俺はお前を侮辱した。理由もないのに笞をくらわせた。自分でもわかっている。俺は後悔している。わかるか、お前？ 俺は、俺が、この俺が、後悔しているんだぞ！」

Zはわかると答えた。

「わかるのか、お前、俺が、この俺が、お前の長官が、わざわざお前を呼んで、直々《じきじき》に許しを請うているんだぞ！ そこのところがわかっているのか？ 俺に比べたらお前なんかいったい何者だ？ ウジ虫だ！ いやウジ虫よりも劣る囚人じゃない

---

63 ここでのA、Bのモデルはそれぞれユーゼフ・アンチコフスキ（Józef Anczykowski）とカロル・ベーム（Karol Bem）。ともに一八四六年のクラクフ蜂起に関連して軍法会議で裁かれ、一八五〇年から二年間オムスク監獄に流刑。ベームは実際、職業的な画家だった。

か！　ところが俺は、神のご加護を被った[64]少佐殿だ！　少佐だぞ！　わかるのかお前、この意味が？」

Zはそれもわかると答えた。

「よし、じゃあ俺はお前と和解する。だがな、お前はわかっているのか、ことのありがたさが十分身にしみているのか？　このことをよく理解して、感謝する力があるのか？　考えてもみろ、俺は、俺は少佐さまだぞ……云々」

Zは自分で私にこの一部始終を物語ってくれたのだった。ここから察するに、この飲んだくれで喧嘩っぱやい無法者の少佐にも、人間的な感情があったのだ。当人の知力や教養のレベルからすれば、これはもはや寛大なる振る舞いとして褒めてやっても差し支えない。もっとも、おそらく酔いの力がかなり後押ししていたのだろうが。

少佐の夢は叶わなかった。住居の改修が済んだときにはすっかり覚悟を決めていたのに、ついに結婚はできなかったのだ。いや結婚どころか、裁判に掛けられて、依願による退役を強いられる羽目になった。過去のいろいろな罪状までが加算されたのだ。思えば少佐はかつてこの町で、市長をしていたのだった……。この展開はまさに彼にとって青天の霹靂《へきれき》だった。監獄の囚人たちはこのニュースに躍り上がって喜んだ。まさに祝うべき日、勝利の日であった！　噂によると少佐はまるで年寄りの百姓女みたいに涙を流しておいおいと泣きわめいたそうだ。しかしもはや手遅れだった。彼は退役し、葦毛の二頭も売り払い、後に全財産も手放して、すっかり落ちぶれてしまった。後日、着古した文官のフロックコートをまとって小さな徽章のついた帽子をかぶった姿を見かけることがあった。囚人たちを見る目は憎々しげだった。しかしかつての神通力は、軍服を脱いだとたんにすっかり消えていた。軍服を着ている限りでこそ、雷にもなれれば神様にもなれたのだ。それがフロックコートを着ると、とたんにまったくの凡人となり、まるで下男のように見えた。こうした者たちにとって軍服がどんなに大きな意味を持つか、驚くばかりである。

64 〈原注〉 ここは文字通りの引用だが、ただしこの少佐だけの口癖ではなく、当時多くの下級指揮官が用いていた言い回し。特に低い地位から昇進した者たちが用いた。

第九章　脱獄

少佐が更迭《こうてつ》されてからまもなく、我々の監獄では抜本的な改革が行われた。懲役システムが廃止され、その代わりにロシア本土の懲治中隊にならった軍当局の懲治中隊が置かれることになったのだ。これは、もはやこれまでのように第二種流刑懲役囚がこの監獄には送られてこなくなったことを意味する。以降この監獄に収容されるのはもっぱら軍に属する囚人であり、従って一般囚のように身分権を剝奪されてはおらず、その点では兵士一般と同じであるが、ただし罰を受けて短期の刑（最長六年）で送られてくる者である。監獄を出た後はまた元通りの兵卒として、原隊に復帰することになる。ただし、再犯で監獄に送り返される場合には、以前と同じ二十年の長期刑となる。確かに我々の監獄にはこの改革以前からも軍事犯用の檻房があったが、それは他に行き場所がなかったためにここに同居していたに過ぎない。今度は監獄全体が軍事犯の収容施設になったというわけである。

当然のことながら、従来からいる懲役囚、すなわちすべての権利を剝奪され、烙印を押されて髪を半分剃られた、本来の一般市民の懲役囚は、刑期が満了するまでこの監獄に残されることになった。ただ新しい一般囚は送られてこず、残った者は少しずつ刑期を終えて去って行くので、十年もすればきっとこの監獄に懲役囚は一人もいなくなるだろう。特別檻房もまた監獄に残されていて、相変わらずぽつりぽつりと重罪の軍事犯が送られてきたが、これは後にシベリアに最重刑囚用の懲役施設ができるまで続いた。そんなわけで私たちの生活は本質的には従来と変わらず、食事も同じ、作業も同じ、規則もほとんど同じだったが、ただ管理機構は変化し、複雑になった。中隊長として佐官が任命されたほかに、交代で監獄を巡回する四名の尉官が任命された。房内を管理していた傷痍兵も同じく廃されて、代わりに十二名の下士官と一名の主計官が置かれることになった。囚人は十名ずつの班に組まれ、囚人の中から上等兵が選ばれた。もちろん名義だけだが、当然アキーム・アキームィチがすぐに最初の上等兵になった。こうした新しい組織と、軍人も囚人も含めた監獄の全体は、従来通り最高指揮官としての要塞司令官の管理下に置かれた。以上が改革のすべてである。

当然、囚人たちははじめのうちかなり動揺して、新しい監督官たちについて話し合ったり推測したり品さだめしたりしていたが、本質的には以前と何も変わらないのだと悟るとすぐに落ち着きを取り戻し、昔通りの監獄暮らしが再開された。ただ何よりありがたいのは、皆が前の少佐から解放されたことであった。皆まるで、ゆっくり体を休めて元気を回復したような様子だった。怯えた顔はなくなった。今はもう、必要があったら長官に釈明することができるし、何かの間違いでもなければ、罪のある者に代わって正しい者が罰をくらったりしない——それが皆にわかったからだ。前の傷痍兵の代わりに下士官が付いたにもかかわらず、酒も今までとまったく変わらず、今までと同じ方法で売られていた。この下士官たちは大半がしっかりしていて察しも良い、自分の立場をよくわきまえた人物だった。確かに何人かははじめ威張りちらす素振りを見せたし、経験がないから当然だが、囚人を兵隊並みに扱おうとした。しかしそうした者もやがて事情を察したのだった。いつまでも悟らない者たちには、囚人たちがこちらから悟らせてやった。かなり手荒な方法もとられた。たとえば下士官を誘惑して酒を飲ませておいて、後からもちろん仲間口調で、一つの杯で酒を飲んだからには、わかっているな……と因果を含めるのである。結局下士官は酒入りの袋が持ち込まれウォトカが販売されるのを、平然と見逃すか、それとも努めて見まいとするようになるのだった。それどころか、下士官たちは昔いた傷痍兵と同じように、バザールに出かけては、白パンやら牛肉やらその他いろいろ、つまり手がけてもさして恥にはならないような品々を囚人たちに届けてくれた。何のためにすっかり制度が変わったのか、何のために懲治中隊が導入されたのか、私にはわからない。これはもう私の監獄時代の最後のほうで起こったことだった。とはいえ私はまだ二年も、この新制度の下で暮らすことになっていたのだが……。

はたしてここの暮らしの一部始終を、監獄で過ごしたすべての歳月を、書き記すべきだろうか？　私はそうは思わない。もしも起こったことや見たことを全部、一から十まで順序立てて書いていくとしたら、もちろんこれまで書いてきたものの三倍も四倍もの章が書けるだろう。しかしそのような書き物は、結局はとんでもなく単調なものになることが避けられない。きっとどの事件もうんざりするほど似たり寄ったりになってしまう。とりわけ読者がこれまでに書かれた章から、すでに第二種懲役囚の監獄暮らしについて、いくらかでも得心のいくイメージを持ってくださっている場合は、なおさらである。

私が意図したのは、我々の監獄の全貌と、自分がこの何年かに経験したことのすべてを、一目ではっきりと見えるような一幅の絵に表現することだった。はたしてそんな目的が達成できたかどうかわからない。ある意味で、それは自分で判断すべきことではないのだろう。しかし私は、そろそろ終わり時だという確信を持っている。おまけに、こうして思い出に浸っていると、ときおり私自身が憂愁にとらわれるのだ。それに、思い出そうとしてもすべてを思い出せはしないだろう。ここから先の歳月は、妙に記憶が薄れている。きっとすっかり忘れてしまった事柄も多いに違いない。記憶では、たとえば最後のほうの数年間は、毎年がまったく同じようで、ひたすら生気なく、わびしく過ぎていった。長い退屈な日々が、まるで夕立の後のしずくが屋根からぽたりぽたりと滴るように、ひたすら単調に繰り返されたのだ。忘れもしないが、そんなときただひとつ、復活への、再生への、新しい人生への激しい欲望だけが、私にひたすら待ち、願い続ける力を与えてくれたのだ。

結局私はくじけずに済んだ。ひたすら待つことで、一日一日をこなしていった。たとえまだ千もの日々が残っていようと、喜んで目の前の一日をこなし、やり過ごしては葬った。そうして次の日を迎えると、すでに残りの日が千日ではなく九百九十九日であることを喜んだものである。覚えているが、この時期ずっと、何百人もの仲間がいるにもかかわらず、私は恐ろしいまでにひとりぼっちだった。そしてついには、その孤独を愛するようになった。精神的に孤独なまま、私は自らの全生涯を振り返り、何もかも隅々まで思い起こし、そんな風にして過去をじっくりと検討しながら、一人で容赦なく、手厳しく自分を裁いたのだった。時にはそんな孤独を恵んでくれた運命を祝福したものである。もしこの孤独がなければ、そんな風に自分を裁くことも、過去の人生を厳しく見直すこともなかっただろうからだ。

そしてそのとき私の心は何という希望に高鳴ったことか！　私は考え、決断し、そして誓った——自分の今後の人生においては、かつて犯したような失敗も、堕落も、もはや二度と繰り返すまいと。自分の全未来の予定表を書き、厳しくそれを守ろうと決めた。それをすべて実行しよう、実行できるのだという、盲目的な信念が心のうちによみがえってきた……。私は自由を待ち望み、早く来いと呼びかけた。もう一度この自分を、新たなる戦いの中で試みてみたかったのだ。時には痙攣のような焦燥に、息が詰まりそうだった……。だがあのときの自分の精神状態を今思い出すのはつらい。もちろんこんなことは何もかも、私だけの問題ではあるが……。しかし私がなぜこれを書いたかと言えば、これが誰にでもわかってもらえると思えたからだ。若い花の盛り、力の盛りを刑務所で過ごすことになったら、誰でもまったく同じことを経験するだろうからである。

しかしこんなことを述べて何になろう！……尻切れトンボになってしまわないように、何かもう一つお話ししよう。

ふと思いついたのだが、おそらくこんな疑問を持つ人もいるだろう——いったい監獄からは誰一人脱走できないのか、それだけ長いことといても誰も脱走する者はいなかったのか？　すでに書いたように、囚人というものは二、三年を獄中で過ごすと、もはやその年月がもったいなくなるので、自然に計算を働かせて、残りの年月を面倒ごとも危険もなく過ごして、その上で晴れて出獄のうえ、正式に入植者の身になるのが一番だと思うようになる。しかしこうした計算がしっくりいくのは、短い刑期で入ってきた囚人の場合だけである。長期の者はどうやら、一か八かやってみようという気になるものらしい……。

ただし我々のところでは、なぜかそういう例が見られなかった。はたして皆怖じ気て腰が引けていたからか、監視が特別厳しい軍隊式だったからか、町の立地が（草原《ステップ》の開けた場所なので）いろいろと不都合だったせいか、それはわからない。おそらくそのすべてが作用していたのだろう。実際、私たちの監獄から脱走するのはちょっと難しそうだった。しかし私がいる間にもただ一度だけ、そういうケースがあった。囚人が二人組で脱獄したのだ。しかも二人とももっとも重罪の者たちだった……。

例の少佐が更迭されてから、A（少佐のスパイを務めていた囚人）は庇護者を失ってまったくのひとりぼっちになった。まだごく若い男だったが、年とともに気性が強くなり、肝が据わってきた。そもそもが大胆で思い切りがよく、頭も回る人間だった。

もしも自由を与えられたら、そのままスパイを続け、いろいろ非合法な手法で稼いだことだろうが、もはや昔のようにへまをして捕まり、愚行の代償を流刑で支払うようなことは繰り返さないだろう。獄中では身分証《パスポート》の偽造にも手を染めていた。ただしはっきりしたことは知らない。仲間の囚人からの伝聞である。噂では、まだ少佐の家の台所に通っていたころからその種の仕事をして、当然それなりの収入を得ていたという。要するにこの男は、運命を転換するためならどんなことでもしかねなかった。

私もこの男の心根を垣間見る機会があったが、それはもはや厚顔無恥がきわまって、言語道断な生意気さと冷酷無比な薄笑いに行き着いているような世界で、こらえがたい嫌悪感を覚えたものだった。思うに、もしこの男がウォトカを一杯飲みたくなって、その一杯がどうしても誰かを斬り殺さないと手に入らないとしたら、彼はきっとその殺しをやってのけるだろう。ただし誰にも知られずにそっとやってのけられる場合にかぎる。監獄でそういう損得計算を覚えたのだ。まさにこんな男に、特別檻房の囚人だったクリコーフが目をつけたのである。

クリコーフのことは前にも述べた。もはや若くはないが熱血漢で生気にあふれ、力も強く、数々の抜きんでた能力を備えた男である。彼には力があり、まだ一花咲かせたいという気持ちがあった。こうした人間はどんなによぼよぼの年寄りになっても、生きたいという気持ちを捨てないものだ。だからもしも私が、なぜ我々の監獄には脱走者がいないのかと不審に思うとしたら、もちろん真っ先にこのクリコーフに首をかしげたことだろう。しかしクリコーフは決断した。はたして二人のどちらがリード役だったのか、Aがクリコーフを誘ったのか、それともクリコーフがAを誘ったのか、私は知らない。ただどちらも負けず劣らずといったところで、この種のことにはうってつけのコンビだった。そこで二人はいい仲になった。

思うにクリコーフはAが身分証を偽造してくれると当て込んでいたのだろう。Aは元貴族であり、上流社会の人間だったから、それも先々の展開の綾《あや》となってくれるはずだ。ともかくロシア内地まで逃げ延びればいいのだ。両者がどんな風に打ち合わせ、どんな成算を持っていたのか、誰にもわからない。しかし両者の希望が、通例シベリアの放浪者の頭に浮かぶ典型パターンを逸脱していたのは確かである。クリコーフは生まれつきの役者で、実生活においても豊富で多彩な役柄を選ぶことができた。目算は大きかったし、少なくともいろいろな選択肢があることは間違いなかった。こんな人間は監獄にいればつぶされてしまう。こうして脱獄の話がまとまった。

しかし護送兵の助けがなくては脱走は不可能だ。誰か護送兵を引き込んで、一緒に連れて行く必要があった。要塞に駐屯していたある大隊に一人のポーランド人兵士が勤務していた。精力的な男で、もっとよい運に恵まれていてもおかしくなかったかもしれない。すでに中年であったが、颯爽としていて仕事熱心だった。若いころ、シベリアの勤務に就いて間もないときに、彼は故郷恋しさのあまり脱走を図った。捕えられて罰を受け、二年ばかり懲治中隊に入れられた。隊に帰ってまた一兵卒に戻ったとき、彼は心を入れ替えて熱心に、全力で勤務に励むようになった。そして精勤によって上等兵に格上げされたのである。

これは功名心もうぬぼれも強く、自分の値打ちを意識している男だった。目つきにも言葉にも、自分の値打ちを知る者の自信が窺えた。私もこの数年に何度か、護送兵の中にこの男を見かけたことがあった。ポーランド人の囚人たちからも彼について何やかや聞いていた。かつての郷愁がこの男の胸のうちで憎悪に、それも秘められた、奥深い、不断の憎悪に変わってしまった——そんな印象を私は受けた。この人間ならどんなことでもやりかねない。クリコーフが彼を道連れに選んだのは間違いではなかったのだ。彼の姓はコレルといった。三人は相談の上で決行の日を決めた。

それは六月の、暑い日が続くころのことだった。この町の気候はたいそう安定していて、夏はずっと快晴の、暑い日が続く。これは無宿者にとっては好都合だ。もちろん彼らがこの要塞監獄からまっすぐ出て行くのは無理な相談だった。町全体が開けた高台にあるので、どこからも丸見えだったからだ。周囲にはかなり遠くまで森一つない。民間人の服に着替えなくてはならないが、そのためにはまず町外れまでたどり着く必要がある。そこにクリコーフが隠れ家を持っていたのだ。彼らが頼りにした町外れの住人というのが、計画をはっきり知らされていたのかどうかわからない。知らされていたと見るべきだろうが、ただし後の審理においてもその点は十分解明されなかった。ちょうどこの年、町外れの一角で、一人の若く美しい乙女が花柳界へのデビューをしたところだった。源氏名をワーニカ＝ターニカといって、将来その世界で大物になると目されていたが、事実後年ある程度まで名を売ったものだった。別名を炎の娘という。どうやらこの娘が何らかの関与をしていたらしい。クリコーフはすでに丸一年も、この娘に金を貢いでいたのである。

我らが勇敢な囚人たちは朝の組分けに出たとき、うまく立ち回って、二人そろって暖炉職人で漆喰工のシルキンという囚人の班に入れてもらった。兵士がずっと前から野営に出払って空っぽになっている大隊の兵営を、壁塗りする作業である。Aとクリコーフは雑役夫としてシルキンに従った。コレルは護送班にもぐり込んだが、三人の作業班には二名の護送兵が付く決まりだったので、上官は古参でかつ上等兵のコレルの相方として、ここぞとばかりまだ若い新兵を選んだ。護送勤務の見習い実習をかねるつもりだったのだ。こうしてみると、脱走囚たちはコレルによくよく強い影響力を持っていたのだろうし、コレルのほうでも彼らをすっかり信用したのであろう。なにせ彼ほど頭の回る、しっかりした、慎重な人間が、せっかく長年勤め上げて最近やっと認められてきたというのに、彼らの後に従おうと決心したのだから。

一行は作業場の兵営に到着した。朝の六時ごろである。彼らの他には人っ子一人いない。一時間ほども働いたころ、クリコーフとAはシルキンに、ちょっと作業所へ行ってくると告げた。誰それと少々話があるのと、ついでに足りない工具を借りてきたいというのが理由である。シルキン相手には巧妙に、つまりできるだけ自然に立ち回る必要があった。なにせモスクワっ子の暖炉職人で、出がモスクワの町人だけに、こすっからくて老獪《ろうかい》で頭の切れる、口数の少ない男である。ただし外見はひ弱でやせっぽちだった。世が世なら生涯モスクワ風にチョッキの上にガウンを羽織ってのうのうとしているところだろうが、運命の匙加減が違ったために、長い流転のあげく、生涯我々の監獄の特別檻房に住み着く身となった。つまりもっとも重罪の軍事犯の仲間入りをしたのである。なぜそんな羽目になったのか、それは私の関知するところではないが、彼が格別の不満を表明するのは一度も見たことがなかった。態度はいつも従順で落ち着いていた。時には大酒を飲んで酔っぱらうこともあったが、そんなときでも乱れはしなかった。もちろん脱走話は彼にばれてはいなかったが、なかなか目ざといところがあった。だからクリコーフも彼に目配せをして、実は昨日から工場に隠してある酒を取りに行くのだとにおわせたのだった。それでシルキンも合点がいって、なんの疑いもなく彼らを送り出し、自分は新兵と二人で残った。一方クリコーフとAとコレルは町外れに向かったのである。

半時間が過ぎても、出かけた者たちは帰って来なかった。そのときふと思い当たることがあって、シルキンは頭をめぐらしはじめた。なんといっても海千山千の男である。まず連中の様子を思い起こしてみる。クリコーフはどことなくいつもと違っていたし、Aは二度ばかりクリコーフとひそひそ話をしていたようだ。少なくともクリコーフが二度ほどAに目配せしたのを彼は見ていた。今や彼はそのことをすっかり思い出した。コレルの態度にもなんだか目を引くものがあった。少なくとも連中と一緒に出て行くとき、彼はわざわざ新兵に訓令を読み上げ、自分の留守中の行動を指示した。あれは何か不自然だった。少なくともコレルのしそうなことではない。つまりあれこれ思い起こせば起こすほど、シルキンはますます疑念を深めていったのである。

そうこうするうちに時は経つが、囚人たちはいっこうに帰ってこず、シルキンの不安は限界にまで達した。この件で自分がいかに危うい立場にいるか、彼は重々理解していた。当局の嫌疑が自分に降りかかってくるかもしれないのだ。あらかじめお互いの了解ができていて、自分が承知の上で仲間を逃がしたと思われる可能性がある。だとすれば、クリコーフとAの失踪報告が遅れれば遅れるほど、自分の容疑は濃くなっていくだろう。もはや一刻も無駄にできない。そのとき彼は、最近クリコーフとAがなんだかとりわけ仲がよく、しょっちゅうひそひそ話をしたり、獄舎の裏手の皆の目の届かないあたりを連れ立って歩いたりしていたのを思い出した。そして自分がすでにその当時、二人を何かあやしいと思ったのを思い出したのだった……。

彼は探るような目で自分の護送兵をちらりと見た。相手は銃に寄りかかってのんびりとあくびをしながら、何とも罪のない様子で鼻の穴をほじっている。それを見たシルキンは相手に自分の考えを伝えることはせず、ただ単に自分も工兵隊の作業所へ行くから付き合ってくれと言った。作業所でこれこれの者が来なかったかと聞いてみる必要があった。だが聞いたところ、誰もそんな者は見ていないという。もはや疑う余地はなかった。「時々クリコーフがやっているように、もしも連中が単に一杯やって遊ぶつもりで町外れに行ったのだとしたら」とシルキンは考えた。「わざわざ作業所なんかを持ち出すはずがない。ただ自分にそう言えばすむことだ。自分に隠す必要なんかないからだ」シルキンは作業を投げ出して、兵営に立ち寄ることもせず、まっすぐに監獄を目指した。

シルキンが曹長の下に出頭して事情を説明したときは、すでに午前九時近かった。曹長は仰天のあまり、初めは信じようともしなかった。もちろんシルキンは何もかも推測として、疑惑として伝えるにとどめたのである。曹長はまっしぐらに少佐のところへ飛んでいった。少佐は即刻要塞司令官に伝える。十五分後にはもう、一切の必要措置がとられていた。総督にも報告がなされた。重罪の囚人を脱走させたということで、ペテルブルグから厳しい譴責をくらう恐れがあった。当否はともかくAは政治犯の範疇に入れられており、クリコーフのほうは特別檻房にいる、いわば凶悪犯で、おまけに軍籍があった。いまだに特別檻房の囚人が脱走した例はなかった。

そこで皆が思い起こしたのだが、規則には特別檻房の囚人の作業の際には、囚人一名に対して護送兵二名、少なくとも一対一の態勢を取ることとされていた。この規則が守られていなかったのだ。つまりまずい事態になったわけである。各郷にも、近在のすべての村々にも急使が遣わされて囚人脱走のお触れを告げ、人相書きを分けて回った。脱走犯の追跡と捕獲のために、コサック兵が送り出された。まわりの郡や県にも連絡が送られた……。すなわち一大パニックになったのである。

一方監獄の囚人たちも、別の意味で興奮しはじめていた。囚人たちはそれぞれ作業から戻って来るや、すぐに事件のことを知らされた。知らせは瞬く間に監獄中に広まった。知らせを聞いた者は皆、何か異様な喜びを押し殺すような表情をしていた。誰もがなんだか胸が震えるような興奮を覚えたのだ……。事件が監獄の単調な生活を打ち破り、蟻塚をひっくり返したような騒ぎを引き起こした痛快さに加えて、脱走、それもこんな大胆な脱走がなされたこと自体が、皆の胸に親近感を呼び起こし、久しく忘れていた心の琴線を震わすのだった。希望、運否天賦《うんぷてんぷ》、運命を転換する可能性――そんな言葉が皆の胸の内でざわめきだしたのである。

「逃げた奴らだって同じ人間だ、どうしていったい……」それぞれそんなことを思って武者震いしながら、挑みかかるような目でほかの者たちを見回すのだった。少なくとも皆が急になんだか尊大な顔になって、下士官たちを上から見下すような態度を取りだした。当然、即刻お偉方が飛ぶようにして監獄にやってきた。要塞司令官御大も駆けつけた。気が大きくなっていた囚人たちは、そんな一部始終を、大胆な目つきで幾分蔑むように、また何か無言の激しい威圧を込めて、見守っていた。「俺たちだってその気になればやれるんだ」というわけである。お偉方がそろってやってくることは、当然囚人たちも事前に予測していた。同じく必ず所持品検査があることも察知して、早々と何もかも隠してしまった。こういう場合必ず当局は、手遅れになってから大騒ぎするものだということを、皆知っていたのである。案の定、大騒動が持ち上がった。何もかも引っかき回して探したが、もちろん何も見つからなかった。午後の作業に出るときには護送陣が強化された。晩には衛兵がひっきりなしに獄内を見回り、いつもよりも一回余計に点呼を取り、さらに二度ほども多く数え間違った。そのおかげでなおさらごちゃごちゃして、全員中庭に出て最初から数え直しになった。その後、檻房ごとにもう一度数を確認した……。要するに面倒なことだらけだった。

しかし囚人たちは素知らぬ顔でやりすごしていた。誰もがごく超然と身を持して、こうした場合いつもそうであるように、その日は一晩中いつになく行儀がよかった。「これなら言いがかりもつけられまい」というわけだ。

当然当局のほうは「獄中に脱走者の共謀者は残っていないか？」と疑って、囚人たちの挙動を窺い、話に聞き耳を立てるよう命ずる。しかし囚人たちはただせせら笑うばかりであった。

「こんな仕事の後に共謀者を残すなんて手があるもんかい！」

「こういうことは誰にも知られねえでこっそりやるもんだ。じゃなきゃあ、できやしねえよ」

「あのクリコーフとあのAの奴のやった仕事だぜ、証拠を消しておかねえわけがねえだろう？　まさに名人芸で、ほころびも継ぎ目もありゃあしねえよ。どっちも海千山千のお兄いさんで、鍵のかかった扉もすり抜けてしまうって口だからな！」

要するにクリコーフとAの名声はうなぎ登りで、皆が誇りにしていた。二人の快挙が代々の囚人たちに果てしなく語り継がれて、監獄がつぶれた後まで残る――そんな気がしたのである。

「まあ玄人《くろうと》ってことだな！」ある者たちが言う。

「ここからは逃げられねえとみんな思い込んでいたが、見ろ、逃げたじゃねえか！……」別の者たちが受けて言う。

「逃げたじゃねえかだと！」別の一人がふんぞり返るようにしてあたりをにらんだ。「誰が逃げたと思っているんだ？……自分と一緒にするんじゃねえ！」

別のときであればこんな風に言い返された囚人は、必ず挑戦を受けて立ち、自分の名誉を守ろうとすることだろう。だがこのときばかりはおとなしく口を閉じていた。

「そうだな、誰もがクリコーフやAのような人間というわけじゃねえ。まずやって見せなくちゃはじまらねえや……」と胸の内で思ったのだ。

「それにしてもよ、みんな、俺たちのこんな暮らしは、本当に生きてるって言えるのかね？」炊事場の小窓の脇に静かに座っていたもう一人の囚人が、沈黙を破った。

頬杖を突いたまま、何となく虚脱したような、しかし内心自分に満足しているような感じで、ちょっと歌うような調子で問いかける。「俺たちはここで何をしているんだろうねえ？　生きているのに人間じゃなし、死んでいるのに死人じゃなし。やれやれだ！」

「世の中のことは靴を履くのたあ、わけがちがうのよ。足から脱いで、はいおさらばっていう風にはならねえんだ。なにがやれやれだ！」

「だってあの「クリコーフは……」熱くなっている一人で、まだ若い、生意気盛りの青年が口を挟もうとした。

クリコーフだと！」すぐに別の一人が、生意気盛りの青年を馬鹿にしたように斜《しゃ》に見ながら割り込む。「気易く呼ぶじゃねえか！……」

つまり、そんじょそこらの人間とは違うと言っているのだ。

「ところであのAだって、みんな、なかなかなタマだぜ。いやあ、しっかりしてらあ！」

「当たり前よ！　あいつはあのクリコーフさえ手玉にとってやがる。上には上があるってえことさ！」

「それで、もう遠くまで逃げたのかな？　知りてえもんだ……」

そこでたちまち、遠くまで逃げただろうか、どっちの方角に行ったのか、どこへ行くのがいいか、どんな郷が一番近いのか、といった話に花が咲いた。中には近辺をよく知っている者たちもいたので、皆は興味を持って彼らの話に耳を傾けた。近隣の村の住人たちのことをひとしきり論じたあげく、あの連中のところには行かないほうがいいという結論が出た。町の近くに住んでいる者はどうしてもすれっからしで、囚人に施しを与えないどころか、捕まえて突き出しかねないというのである。

「あのあたりの百姓ときたら、まったく油断のならねえやつらでよ。手に負えねえや!」

「ちゃっかりしてやがるのさ!」

「シベリア野郎はこすっからいって。捕まったら殺されちまうわ」

「でも俺たちの仲間なら……」

「そうだな、いい勝負だろうな。俺たちの仲間だって負けちゃあいないだろうからな」

「まあ生きていりゃあ、そのうち噂も聞こえてくるだろうさ」

「するってえとお前、捕まるとでも思ってるのか?」

「あいつらは絶対捕まりゃしねえよ!」もう一人熱くなっている囚人が、拳骨でテーブルを殴って言った。

「ふん、まあこうなったら運次第だな」

「おいらは思うんだが」スクラートフが口を挟んだ。「もし俺が無宿者の身になったら、絶対に捕まらねえでいてやる！」

「お前がかい！」

笑い声が起こり、中には聞きたくもないと耳をふさぐ者もいた。だがスクラートフはもはやブレーキがきかなくなっていた。

「絶対に捕まりっこねえ！」彼は力み返って答えた。「俺はな、よく頭ん中でそのことを考えるんだが、たんびに自分でもびっくりするんだ。本当だよ、小さな隙間だってするりと通り抜けて、捕まりゃしないのさ」

「最後には腹を空かして、百姓のところへパンをもらいに行く口だろうが」

皆が爆笑した。

「パンをもらいにだって？　でたらめ言うな！」

「でかい口を叩きやがって！　お前はワーシャおじさんとやらと牛の疫病神を殺して[65]、それで送られてきたんだろうが」

笑いがますます大きくなった。まじめな者たちはなおさら憤懣の色を濃くする。

「でたらめ言うな！」スクラートフは叫ぶ。「それはミキータのやつが俺のことで、でたらめを言いふらしやがったのよ。いや俺のことじゃねえ、ワーシカの野郎のことだ。俺は後から一緒くたにされただけさ。俺はモスクワ生まれでな、ガキのころから年季の入った無宿者よ。どっかの教会の堂守《どうもり》が俺に読み書きを教えるってんで、耳を引っ張りながら唱えるんだよ。『神よ、汝のおおいなる慈悲によりて、我に赦《ゆる》しを与え給《たま》え云々』てな。すると俺は後について唱えるんだ。『汝の慈悲によりて我を警察《サツ》に導き給え云々』てな。まあほんのガキのころからそんなまねをしとったわけよ」

皆はまたどっと笑った。だがそれこそスクラートフの思うつぼだった。この男は馬鹿のまねをしないではいられないのである。だがじきにみんなは彼をかまうのをやめ、またまじめな会話をはじめた。おもに発言したのは老人と、このことに詳しい者たちだった。若い者やおとなしい者は、ただうれしそうな目で彼らを見ながら、頭を突き出すようにして耳を傾けていた。炊事場には人があふれかえっていた。もちろん下士官は混じっていない。彼らがいたら打ち明けた話はできなかっただろう。特にうれしそうにしている者たちの中に、私は一人のタタール人を見つけた。マメートカという

65 〈原注〉つまり誰かが家畜を殺す呪文を流していると疑いをかけて、その相手を殺したという意味。我々のところには一人そういう殺人者がいた。

名前で、背が低く頬骨が張った、きわめて滑稽な風采の男である。ほとんどロシア語がしゃべれず、他人のしゃべっているロシア語もほとんどわからなかったが、やはり群がった人々の背後から首を突き出して聞いていた。それもさもうれしそうに聞いていたのだった。

「どうだ、マメートカ、大丈夫《ヤクシ》か？」みんなに見限られたスクラートフが退屈紛れにすり寄っていく。

「大丈夫《ヤクシ》！　うん、大丈夫《ヤクシ》！」マメートカは満面を輝かせ、滑稽な頭を振り立てて、たどたどしくスクラートフに答える。「大丈夫《ヤクシ》！」

「あいつらは捕まらねえよな？　捕まらない《イオク》だろ？」

「捕まらない《イオク》、捕まらない《イオク》！[66]」マメートカは今度は両手まで振り回しながら相づちを打った。

「こりゃなんだな、片っ方がほらを吹いても、もう片っ方はどこ吹く風ってやつで、埒《らち》があかねえな、なあ、そうだろう？」

「そう、そう、大丈夫《ヤクシ》！」

「そんなら、よかった《ヤクシ》な！」

スクラートフはマメートカのかぶっている帽子をぴんと指ではじくと、目が隠れるほどぐいとずらしてみせ、いささかあっけにとられたマメートカを置き去りにしたまま、上機嫌で炊事場から出て行った。

まるまる一週間、監獄では厳重な管理体制が敷かれ、周辺一帯では大がかりな追跡と捜索が続けられた。どこから伝わるのかは知らないが、当局が獄外で展開している捜索活動についてのあらゆる情報が、すぐに、しかも正確に囚人たちの耳にも届くのである。最初の何日かは、脱走者に有利なニュースばかりだった。なんの手がかりもない、消息不明――それっきりである。囚人たちはにやにやとほくそ笑むばかりだった。脱走者たちの身の上の心配など、すっかり吹き飛んでしまった。「何も見つかりっこねえし、誰も捕まりっこねえよ！」皆はほくほく顔で言い交わしていた。

「手がかりなし、鉄砲玉と同じで行ったきりさ！」

「さようなら、心配しないで、またね！　ってなもんよ」

近在の農民たちが全部駆り出されて、あやしい場所や森や谷にくまなく見張りに立たされているのを、獄中の者たちも知っていた。

「無駄なこった」誰かがあざ笑ってうそぶく。「あいつらにはきっと仲間がいて、そ

66　片言のタタール語の会話。「ヤクシ」は「良い」、「イォク」は否定文の代わりをする助詞。

いつのところに匿《かくま》われているに決まってらあ」

「きっとそうだな！」ほかの者も相づちを打つ。「並みの奴らたあ違う。何でもはじめっから用意してあるのさ」

さらにいろいろな憶測が交わされた。脱走者たちはまだ町外れに潜んでいるかもしれないという説もあった。どこかの穴蔵にでも身を隠したまま、「警戒《けいかい》」が解けて髪も生えてくるまで待っている。そうして半年か一年たってから、おもむろに動き出すというのだ……。

ひとことで言えば、みんなは何かロマンチックな気分にさえ浸っていたのである。

そこへ突然、脱走から八日ほど後に、足取りをつかんだという噂が流れてきた。もちろんそんな下らぬ噂は、たちまち馬鹿にされておしまいだった。しかし同じ日の晩には、噂が本当であったことが確認された。囚人たちは気が気ではなくなった。翌日の朝から町中が、脱走者がすでに逮捕されて運ばれてくるという噂で持ちきりになった。昼過ぎになるとさらに詳しいことがわかってきた。ここから七十露里の何とかいう村で捕まったとのことだった。そしてついに正確なニュースが伝えられた。少佐のところから戻ってきた曹長が、脱走者は夕方近くにはここに連行され、そのまま衛兵詰所に収容されると発表したのだ。もはや疑う余地はなかった。

この報せはいわく言い難い印象を囚人たちにもたらした。はじめは誰もがまるで向かっ腹を立てたみたいだったが、次にはしょぼんと沈み込んでしまった。さらに時が経つと、あざ笑ってやろうという欲求のようなものが顔を出した。嘲笑の声が起こったが、あざ笑う相手はもはや捕まえた側ではなく、捕まった脱走者のほうだった。はじめは小人数の者たちだけが、やがてはほとんど全員がへらへら笑っていた。ただ何人かのきまじめで意志の強い、自分で考える頭を持った囚人たちは別で、そうした者たちは他人の嘲笑には翻弄されなかった。だから軽薄な大衆を侮蔑の目で見据えながら、ぶすっと黙りこくっていたのである。

要するに、ちょうどこの間クリコーフとAを祭り上げた分だけ、今度は引きずり下ろしてやろうということになったわけで、皆はなんだか小気味よさそうにこき下ろしていた。まるで二人が何かで皆の顔に泥を塗ったかのようである。脱走者たちはさんざん腹が減ったあげく、空腹に耐えきれず村人にパンを恵んでもらいに行ったのだという話が、さも見下げ果てたような調子で語られていた。これこそ宿無しの放浪の道を選んだものにとっては、最大の屈辱だったからだ。ただしこの話は本当のことではなかった。脱走者たちは追っ手に捕まったのだ。森に隠れていたところを四方から取り囲まれてしまったのである。助かる手立てがないと観念して、彼らは自分から投降した。ほかにどうしようもなかったのである。

だが晩方になって実際に脱走者たちが手足をつながれた格好で、憲兵に伴われて到着すると、彼らがどうなるか見届けようと監獄中の囚人が飛び出してきて、杭の塀のところにへばりついた。無論のこと衛兵詰所の脇に止められた少佐と要塞長官の馬車のほか何一つ見えはしなかった。脱走者たちは隔離房へぶち込まれて鎖につながれ、翌朝裁判に掛けられた。囚人たちの嘲笑や侮蔑は、やがてひとりでに静まった。詳しい状況が伝わってきて、投降する以外にしようがなかったことがわかると、皆は真剣に裁判の行方を追うようになった。

「あれは千発はくらうぜ」ある者たちは言った。

「千発じゃあすまねえだろう！」別の者たちが反論する。「殴り殺されるぜ。Aのほうはひょっとして千発ですむかもしれねえが、もう一人はとことんやられるぜ。なにせ、特別檻房だからな」

しかしこれは当たらなかった。Aはただの五百発ですんだ。これ以前の素行がよかったのと、初犯であることが酌量されたのだ。クリコーフは笞千五百発を言い渡されたらしい。かなり穏便な処罰であった。脱走者たちはものの道理がわかっていたので、審理の際に誰一人巻き添えにせず、はっきりと正確に質問に答え、まっすぐに監獄から逃亡してどこにも立ち寄っていないと証言した。私が誰よりも哀れに思ったのはコレルである。この男はすべてを失い、最後の希望までなくして、他の者よりも多い、おそらく二千発の列間笞刑をくらい、どこか我々の監獄ではないところへ囚人として送られたのである。Aの体刑は軽い、手加減したものだった。医者たちが口をきいてくれたのだ。しかし彼は虚勢を張って、病院でも大声をあげ、こうなったら何でもやってやる、もう怖いものはない、今にもっと大きな事をしでかしてやると言い散らした。クリコーフのほうはいつもと変わらなかった。つまりどっしりと構えて無様なまねもせず、体刑を受けて監獄に戻ってきたときも、まるで一度もここを離れたことがないような、しれっとした顔をしていた。しかし囚人たちの彼を見る目は違っていた。クリコーフ自身はいつであれどこであれ、自分を持するすべをわきまえていたが、囚人たちの胸のうちでは何となく彼への敬意が薄れたようで、妙に馴れ馴れしい態度をとるようになっていた。つまりこの脱走事件を境に、クリコーフの名声がすっかり薄れてしまったのである。なんと言っても世の中、成功がものを言うのだ……。

第十章　出獄

　これはすべて私の監獄暮らしの最後の年にあったことである。この最後の一年は、ほとんど最初の一年と同じように、はっきりと記憶に残っている。とりわけ最後の頃のことはそうだ。しかし詳しい話をしても仕方なかろう。ただ頭に残っているのは、この一年、早く刑期が終わらないかと苛々し通しだったにもかかわらず、それまでの流刑の歳月のいつに比べても、私には暮らしやすかったことである。

　第一、すでに私には囚人の間にたくさんの友人知己がいた。彼らは結局、私を良い人間だと認めてくれたのである。そういう友の多くは私に心酔して、心から好いてくれた。例の土工兵[67]などは、監獄を出る私と同僚に同行しながら、ほとんど泣き出しそうな顔をしていた。出獄した後も我々はほとんど一月もの間、同じ町のある官用の住宅に暮らしていたのだが、彼はそこへもほとんど毎日のように訪ねてきた。ただ一目我々の顔を見たいためにである。しかし最後までぶすっとして打ち解けない者もいた。

どうやら私とひとことでも口をきくのがつらいようなのだが、それがなぜかはわからない。おそらく私と彼らとの間には、何かの障壁があったのだろう。

最後の時期には、概してそれまでのどの時期よりも多くの特権を享受できるようになった。同じ町に勤務する軍人の間に、私の知人もいれば、昔の同級生までいることがわかった。私は彼らと旧交を温めた。彼らを通じてより多くの金を持つこともできれば、故郷に手紙を書くことも、本を手に入れることさえもできるようになった。すでに何年もの間、私は一冊の書物も読んでいなかった。初めて監獄の中で読んだ本が与えてくれたあの不思議な、めくるめくような印象は、どんな言葉にしてもお伝えできまい。覚えているが、日が暮れて獄舎の扉が閉ざされたときからその本を読みだした私は、一晩中読み通してそのまま夜明けを迎えたのだった。それはある雑誌の一巻だった。それはまるで別世界からの便りが舞い込んできたようで、かつての生活をくっきりと明るく目の前に再現してくれた。読んだ内容から私は一所懸命推測しようと努めたものだった――自分はあの生活からどのくらい遅れてしまったのだろうか？　あの世界の人々は、私のいない間にどれほど多くのことを経験しただろうか？

67　バクルーシンのこと。

今は何に心を躍らせ、どんな問題に関心を持っているのだろうか？　記事の一語一語を吟味し、行間を読み、そこに隠された意味を、過去を暗示するような言葉を探そうとした。かつて私の時代に人々の心を騒がせていた問題の痕跡を見つけ出したかったのだ。だから今や自分がすっかり新時代に無縁な人間となり、切り離されたパンの一片のような身になったと現に自覚したときは、なんと悲しかったことか。

新しい物事に慣れ、新しい世代と付き合う必要があった。とりわけある記事の下に馴染みのある、昔親しかった人物の名前を見いだしたときは、それに飛びついたものである……。だが、すでに新しい名前も飛び交っていた。新しい作家たちが現れていたのだ。私は慌てて、むさぼるようにそうした作家の作品を読もうとしたが、腹立たしいことに手近にある書物はごく限られており、本を入手するのはきわめて困難だった。かつて、前の少佐の時代には、監獄へ本を持ち込むのは危険ですらあった。所持品検査で見つかりでもしたら、必ず詰問され、「どこからきた本だ？　どこで手に入れた？　してみると、外部と連絡があるな？……」といった調子で責められるからだ。そんな詰問にどう答えられようか？　だから本なしで暮らしながら、私は否応なく自分自身をほじくり返し、自分に質問を投げかけては、それを解こうと努め、時にはその作業に苦しんでいたのである……。だが、こんなことを話してもきりがない。入獄したのが冬だったので、同じ冬の、来たのと同じ月に、私は自由の身になることになっていた。その冬がどんなに待ち遠しかったことだろう。夏の終わり、木々の葉が枯れて、草原《ステップ》の草がしおれていくのを、どんなに喜んで見つめていたことだろう。そしてもう夏は過ぎ、秋風がうなりをあげる。そのうちに淡い初雪が舞いだす……。ようやく待ちに待った冬がやってきたのだ！　かけがえのない自由の予感に、心臓がときおり胸の奥で強い鼓動を響かせる。だが不思議なことに、時がたち、刑期の終わりが近づくにつれて、私はますます忍耐強くなっていった。いよいよ最後の数日という頃には、我ながらあきれはてて、自分を責めたくらいだった。それほど冷静で無感動になっていたのである。休憩の時間に内庭で出会う多くの囚人は、私に声をかけ、祝ってくれたものである。

「じきにお出かけですな、ゴリャンチコフの旦那、自由の世界へね。もうすぐでしょう。俺たち哀れな孤児は、置いてきぼりってわけですな」

「そういえば、マルティノフさん、あんたはあとどれくらい？」私は応じる。

「俺ですか？　なに、まだずっと先の話でさあ！　たっぷり七年がところ残っていて、これからまだ一苦労ってわけで……」

相手はそう言ってそっとため息をつくと、足を止める。ぼんやりとした目つきは、まるで未来を覗き込んでいるかのようだ……。実際、多くの者たちが心を込めて、嬉しそうに祝いの言葉をかけてくれた。なんだか誰も彼もが以前よりも愛想よく接してくれるようになった気がした。きっと私はもう彼らの仲間ではなくなりかけていて、すでにお別れが始まっていたのだ。

ポーランド人貴族のK[68]はおとなしい青年で、私と同じように休憩時間に庭を長いこと歩き回るのを好んでいた。きれいな空気と運動によって健康を維持し、夜の獄舎の濁りきった空気が与える害を埋め合わせようとしていたのだ。

「あなたが出獄されるのを心待ちにしているのですよ」散歩の途中でたまたま出会ったとき、彼は笑顔でそんな風に言ったものだ。「あなたが出て行ったら、そのときこそ私ははっきりと自覚できるからです――自分の出獄の日まで残りはきっかり一年だってね」

簡単に注釈しておくが、監獄にいるとどうしても夢見がちになるし、また長いこと世間から遠ざかっているので、自由というものが本物の、現実世界にある実際の自由よりもなにかもっと自由なものと思われてくる。つまり本物の自由について大げさな観念を持つようになるわけで、これはどの囚人にとっても自然でかつ特徴的なことだった。どこかの将校の従卒をしているよれよれの兵隊風情でも、囚人に比べればほとんど王様であり、自由な人間の理想と見なされかねなかった。それもただ彼が頭も剃られず、足かせも護送もなしで歩き回っているからに過ぎないのである。

いよいよ明日出獄という日の夕暮れ、私はこれが見納めというつもりで柵づたいにぐるりと監獄中を歩いてみた。この年月の間、いったい私は何千回この柵のあたりを歩き回ったことか！　獄舎の裏手のこの場所は、最初の年に私がひとりぼっちで、寂しくうちひしがれてさまよったところだった。自分の刑期はあと何千日かと、当時数えたのを覚えている。ああ、あれはなんと遠い昔だろう！　ほらこの片隅に、あの鷲が住み着いていたのだ。ほらここはよくペトローフが待っていてくれた場所だ。彼は今でも私から離れようとしなかった。駆け寄ってきては、まるで私の考えを見抜こうとするかのように、黙って隣を歩く。そんなときの彼は、自分でも何かに驚いているみたいだった。

私は心の中で、獄舎を取り巻いている黒ずんだ丸太の柵に別れを告げた。当時、あ

68　モデルはルドヴィク・コルチンスキ（Ludvik Korczynski　一八一七～?）鉱山技師。一八四八年のクラクフの蜂起に加わった罪で、一八五〇年から四年間オムスク監獄に流刑。

の初めの頃、この無愛想な柵にどれほど私は怯えたことだろう。きっとあの頃に比べれば柵も古びているのだろうが、私の目にはそうは映らなかった。それにしても、この柵の中でどれほどの青春が理由もなく葬られ、どれほどの偉大な力が無駄に潰えたことか！　いや、こうなったら何もかも言おう。ここにいたのはまれに見る人々だった。これこそ、もしかしたら、わがロシア国民全体の中でも、もっとも才能と力に恵まれた人々だったかもしれない。しかしそれほどの逞しい力が、いたずらに滅びてしまった。不当にも、不法にも、滅び去って二度と返らないのだ。果たして誰の罪なのか？

そうだ、誰の罪なのか？

翌朝早く、まだ作業に出る前の、ようやく夜が白みはじめたばかりの頃、私はすべての囚人に別れを告げるために、ぐるりと各房を回った。何本ものマメだらけの逞しい手が、私を迎えてくれた。本当の仲間と別れるような固い握手をしてくれる者もいたが、それは少数だった。ほかの者たちは、これからの私が自分たちとはまったく違う人間になるのだということをはっきりと理解していた。私には町に知人がいるということも、ここを出たらすぐにあの紳士たちのところへ行って、対等の仲間として彼らと席を並べるのだということも、知っていたのだ。それがわかっているので、別れの挨拶も愛想よく情のこもったものではあったが、しかし仲間内とはまったく違って、旦那とお別れするといった調子だった。中にはくるりとそっぽを向いて、さようならの言葉にもぶすっとして答えない者もいた。憎しみの目でにらみつける者さえいたのである。

太鼓が鳴り、皆が作業に出かけて、私は後に残った。スシーロフはこの朝ほとんど誰よりも早く起きて、獅子奮迅の勢いで、私のために茶の準備をしてくれた。哀れなスシーロフよ！ 私がここで着古した下着やシャツや足かせ用の当て帯や、さらにいくらかの金をプレゼントすると、彼は泣き出してしまった。

「俺はこんなものが、こんなものがほしいんじゃねえ！」唇の震えを力ずくで押さえながら彼は言った。「あんたがいなくなるなんて、ねえゴリヤンチコフさん！ あんたがいなくなったら、俺はいったい誰を頼りにすりゃあいいんだ？」

アキーム・アキームイチとも最後のお別れをした。

「あんたももうすぐですね！」私は彼に言った。

「私はまだ長いですよ。まだかなり長くここにいなくては」私の手を握りしめて彼はつぶやいた。私は彼に抱きついて、キスを交わしたのだった。

囚人たちが作業に出かけた十分ほど後に、私たちも監獄を永遠に後にした。私と一緒にいた仲間との二人連れだ。まずはまっすぐに鍛冶屋のところに行って、足かせを外してもらわなくてはならない。ただしもう銃を持った護送兵が付いてくるわけではない。同行したのは下士官だった。我々の足かせを外してくれたのは工兵隊の作業所にいた囚人だった。はじめに同僚の足かせが外されるのを待ち、次に自分も金敷《かなしき》の前に行った。鍛冶屋たちはまず私を後ろ向きにして、背後から私の片足を持ち上げると、金敷の上に載せた……。皆がせわしく立ち働いて、少しでもうまく、手際よくやろうとしていた。

「鋲《びょう》だよ、鋲をまず最初にねじ切るんだ！」作業長が指図する。「そいつをちゃんと乗せろ、そう、それでよし……今度は金槌で殴るんだ……」

足かせが外れた。私はそれを拾い上げた。最後に一度、手にとって眺めてみたかったのだ。こんなものが今の今まで自分の脚に着いていたことに、あらためて愕然とする思いだった。

「まあ、達者でな！　達者で！」囚人たちはぽつりぽつりと、ぶっきらぼうだが何か満足しているような口調で言った。

そう、お達者で！　自由、新生活、死者の世界からの復活……。なんとすばらしい瞬間だったことか！

付録㈠　『死の家の記録』に収録されなかった話

A・P・ミリュコーフ[1]の回想から。

私たちの監獄に——とドストエフスキーは語ってくれた——ある若い囚人がいました。穏やかで無口な、地味な人物です。長いこと私とは付き合いがなかったので、監獄に来てどれくらいになるのかも知らなければ、いったいどんなわけで最も重罪の者が入れられる特別檻房に入っていたのかも知りませんでした。素行の点で監獄当局の覚えはめでたく、囚人たちもおとなしくて気が利くというので気に入っていました。私も次第に付き合うようになったのですが、そんなある日、作業の帰り道に、彼は自分が流刑になった顛末を話してくれたのです。あるモスクワ近県の農奴だった彼がシベリア送りになった理由とは、次のようなことでした。

「けっこう大きくて豊かだった よ。地主の旦那は鰥夫《やもめ》だったけれど、まだ年じゃあなかった。これがひどい悪《わる》というわけじゃあないが、道理のわからない奴でね、女にかけてはだらしなかった。みんなに嫌われていたなあ。あるときこの俺が嫁をもらおうと思い立った。どうせかみさんは必要だし、好きになった娘がいたんだ。相手とうまく話が付いて、旦那の許しも出て、式も挙げてもらったよ。

でも式が終わって嫁と家に帰ろうとして、旦那の屋敷の脇を通りかかったとき、急に召使いどもが六、七人、ばらばらっと飛び出してきた。俺の嫁の腕をつかんで、旦那の屋敷に引きずっていこうとするんだ。こっちも嫁を取り戻そうと飛び出したが、逆に取り押さえられてしまった。喚いてももがいても無駄で、両手は帯でぐるぐる巻き。俺の力ではどうしても外せやしない。嫁は連れ去られ、俺は自分の家へ引っ張って行かれて、縛られたまま長椅子に転がされ、二人の見張り番までつけられたんだ。一晩中じたばたもがいていると、朝の日もだいぶ高くなってから嫁が連れてこられて、俺の縛《いまし》めも解かれた。やっと起き上がったが、嫁はテーブルに突っ伏してしくしく泣いて悲しんでいる。

『気に病むんじゃねえぞ。お前のせいじゃねえんだ!』そう言ってやったよ。

もうその日のうちに俺は、何とかして旦那に嫁をかわいがってくれた礼をしてやろうと決心したんだ。手始めに納屋にあった斧をきれいに研いだ。パンだって切れるほど鋭く研いでから、ちょっと工夫して身に着けてもばれないような案配にした。そんな格好でお屋敷のあたりをぶらぶらしはじめたんだ。誰か見かけた奴がいたら、何か企《たくら》んでいるなと思ったかもしれねえが、だからって関わり合いになる奴なんかいない。それほどこの旦那は嫌われていたんだよ。

ただし旦那を捕まえるのがなかなか大変だった。たいていは客がうようよいるか、召使どもがちょろちょろしているか……とにかくちっともそばに寄れやしねえのさ。あれだけ恥をかかされて落とし前もつけられねえっていうんで、俺はもうむしゃくしゃしてたまらない。何より女房がくよくよしているのを見るのがつらかったんだ。

そこである晩、思い切ってお屋敷の庭の裏手に回ってみた。見ると旦那が一人で庭の小道をぶらぶら歩いて来やがる。こっちには気がついていない。庭の塀は低くて、しゃれた手摺子《てすりこ》でできた格子の塀だ。俺はまず旦那をやり過ごしておいてから、そっ

1　アレクサンドル・ペトローヴィチ・ミリュコーフ（一八一七〜一八九七）。作家、文化史家、エッセイスト。ドストエフスキーとともにペトラシェフスキー事件に連座して逮捕されるが、裁判で無罪釈放になった。

と塀を跳び越えた。斧を取り出すと、足音が聞こえないように小道から草の上に移る。そのまま身を低くして後を追った。そうしてもう真後ろまで近づいたところで、両手で斧を構えた。だが俺は、だれが仕返しに来たのかを旦那にちゃんと気づいてほしかったんで、わざと咳払いをしたのさ。旦那は振り返り、こちらの顔を認めたが、俺は飛びかかってそのまま真っすぐ相手の脳天に斧をくらわせた……ぐしゃっとな！　人の女房に手を出した報いだ……脳みそだの血だのが飛び散ったよ……ごろんと倒れてそれっきりおだぶつさ。俺はそのまま警察に行って、かくかくしかじかと自白した。それで捕まって、笞をくらったあげくに、二十年の刑で送られてきたんだ」

「でもあんたは特別檻房だろう。無期じゃなかったのか？」

「いや、それはまたもう一つ別の件で、無期懲役をくらったのさ」

「どんな件だね？」

「ある大尉を殺《あや》めてしまったのさ」

「どこの大尉を？」

「護送される途中の宿場の監督だ。まるでそんな仕事をするため生まれてきたような顔をしていたよ。俺は囚人隊の連中と一緒に移動していた。旦那を殺した次の年の夏さ。場所はペルミ県だった。隊は大きな隊だったね。とんでもなく暑い陽気で、宿場から宿場までの距離がまた長かった。じりじりと日にあぶられて歩いているうちに、皆疲れ果てて死にそうになったっけ。護送の兵隊たちもやっと足を動かしているくらいだから、慣れない鎖でつながれた俺たち囚人はなおさらひどかった。だって皆が丈夫なわけじゃねえし、中には年寄りだっているんだ。一日中パンの皮も口に入れてねえ者もいた。またルートが悪くて、道中パンの切れはしさえ恵んでもらえなかったんだ。二度ばかり水が飲めただけさ。まったくどうしてたどり着けたものやら不思議なくらいだよ。

やっと宿場に入ったが、ある者たちはそのまま倒れ込んでしまった。俺はへたばったというよりは、とにかく腹が減ってたまらなかった。当時は宿場に着いた囚人たちは食事を出してもらえることになっていたんだが、見るからに何の支度もされていない。なんで飯が出ねえんだと囚人たちは口々に文句を言いだした。とにかくへとへとに疲れたうえに腹が減っているものだから、皆座り込んだり寝転がったりしていたが、パン切れ一つ投げてもらえねえのさ。あんまりにもひどい仕打ちだと俺は思ったね。自分がこれだけ飢えているくらいだから、弱った年寄り連中はもう気の毒でたまらなかったよ。

『飯はいつ出るんですか？』宿場の兵隊たちにきいた。

『待て、まだ長官殿の指示が下りていない』という答えだ。ねえドストエフスキーさん、こんな答えを聞かされた者の身にもなってくれよ。いったいこれが法にかなっているかい？　外を書記官が歩いていたのを捕まえてきいたんだ。

『なんで食事を出せという指示が出ないんですか？』

『おとなしく待っていろ、死にはせん』

『いや、ほら見てください、皆へとへとで死にそうですよ。とにかく、こんな陽気にあれだけ歩いたんですからね……早く食わせてくださいよ』

『だめだ。大尉殿は来客と朝食中だ。食事が済んでから指示を出される』

『いつになるんですか？』

『心ゆくまで食事をされて、爪楊枝で歯を掃除されたら、出てこられるだろう』

『ひどい話じゃないですか。自分は勝手にのんびりやって、こっちは飢えてくたばれっていうわけですか！』

『貴様、暴言を吐く気か？』と書記。

『暴言なんか吐いちゃいません。ただ弱っている者がいるって言っているんです、足も動かせねえような者が』

『いや、お前は反抗しているし、仲間もけしかけている。即刻、大尉殿に報告する』『反抗なんかしてませんけど、大尉さんには好きに報告してください』俺たちの話を聞きつけて、何人かの囚人も不平を言いだし、中には長官を罵る者までいた。書記官はかっとなった。『お前は反乱者だ』と俺に向かって言う。『じきに大尉殿の取り調べがあるぞ』そう言って去って行った。俺はむかむかして口もきけないほどだったが、こいつは無事には済むまいという予感はあった。そのとき俺は折りたたみ式のナイフを持ち歩いていた。ニジニ・ノヴゴロドである囚人からシャツと交換で手に入れたやつだ。どうやったかもう覚えていないが、とにかく俺はそのときそいつを懐から取り出して、服の袖口に隠したんだ。

見ていると軍の宿舎から将校が一人出てきた。きっと一杯飲んだんだろう、すっかり真っ赤になって、目玉は飛び出しそうだ。書記官の野郎も後からついてくる。

『反乱者はどこだ？』大尉はそう怒鳴って、まっすぐ俺に向かってくる。『お前、反乱する気か？　ええ？』

『反乱なんてしません、大尉殿。ただ皆がかわいそうだって言っているんです。何で腹を空かしていなくちゃならないのか、神様も皇帝様も命じたわけじゃないのに』

大尉はたちまちかっとなって怒鳴った。

『こいつ、聞いた風な口をたたきやがって！　悪党どもをどう扱えと命じられているのか、俺が今から教えてやる。兵隊を呼べ！』

俺は袖口のナイフをうまく手に収めながら、うまく間合いを計ろうとしていた。

『一つお前を教育してやる！』

『大尉さん、学のある者に教育はいりませんや。俺は教えてもらわなくても、自分のことはわかっているんでね』

これはわざと言ったんだ。相手がますます腹を立てて、近くへ寄ってくるようにね……こいつはきっとぶち切れるだろうと思ったのさ。案の定、大尉は我慢ができずに、拳骨を固めて向かってきた。こっちもそれに合わせてさっと前に出ると、相手の下っ腹にナイフを突き立てて、そのまま喉元まで切り裂いてやったのさ。相手はまるで丸太ん棒のようにごろんと転がったよ。仕方がねえ。あいつがあんまり囚人にひどい仕打ちをするから、俺もかっとなっちまったんだ。つまりこの大尉の件でね、ドストエフスキーさん、俺は特別檻房送りになったんだ。無期でね」

付録㈡　第一部第二章への補足（最終稿に入らなかった断片）[1]

つまりは完全なる、恐ろしい、本当の苦しみがすっぽりと監獄を覆っていて、どこにも逃げ道はなかった。しかしながら（これこそが私の言いたいことでもあるのだが）表面的な観察者の目には、あるいはある種の有閑人種の目には、監獄生活というものは一見至極快適な暮らしとさえ映りかねない。

「おいおい」とそういう者は言うことだろう。「あいつらを見てみろよ。あいつらの中には（誰でも知っている通り）一度もまともなパンを食べたことがないどころか、本物のパンとは一体全体どういうものなのか、知らなかった奴さえいるんだ。それが見ろ、ここではそのペテン師が、盗賊が、あんな結構なパンを食わせてもらっているじゃないか！　見てみろよ、あいつを、あの目つきを、あの歩きぶりを！　そうさ、誰も恐れちゃいない。足かせなんか屁でもないんだ！　ほら、パイプまで吹かしている。おや、あれはまたなんだ？　カード博打だよ!!!　うわあ、酔っ払いまでいる！　つまり監獄にいながら酒が飲めるのか?!　結構な罰じゃないか!!!」

監獄を一目見ただけの部外者は、きっとそんなことを言うだろう。たとえそれが善意の、優しい人物だったとしても……。

だとすればそんなに恵まれた囚人が、今すぐにでも脱走して宿無し暮らしをしたがるのはいったいなぜなのか？　諸君は宿無しの暮らしがいったいどういうものか、ご存じだろうか？　これについてはいつか詳しく説明するとしよう。宿無しは一週間飲まず食わずのこともある。寒いところで眠り、自由な人間、宿無しでない人間に見つかれば、見境なく獣のように狩り立てられるということを自覚している。それがわかっていながら、暖かくてパンももらえる監獄から逃げ出すのだ。それに諸君だって、もし囚人が恵まれていると本気で思うなら、なぜ必ず囚人に護送兵を付けるのか。しかもご丁寧に二人も護送兵が付く者もいるではないか。なぜ諸君が囚人に付ける足かせは、錠前は、かんぬきは、こんなにも頑丈にできているのか？

パンがいったい何になる！　パンは生きるために食べるものだが、その生きるということができないのだ！　本当の、かけがえのない、一番大事なものがない。しかも囚人はそれが永遠に失われたことを知っている。いや戻ってくるかもしれないが、それはいったいいつのことだ？……ただ人をあざ笑うための約束みたいではないか……。一つ宮殿を建ててみるがいい。大理石や絵や金細工で飾り立て、極楽鳥を放ち、色とりどりの庭を造り、ありとあらゆる趣向を凝らす……そしてそこに入ってみるのだ。きっと、もはやどこへも出て行きたくなくなることだろう。もしかしたら、諸君は本当にそこから出ないかもしれない。何でも揃っているからだ！「幸せ者は高望みをしない」と言うではないか。

だが、急にちょっとした変化が生じる。諸君の宮殿のまわりが塀で囲まれて、諸君はこう告げられるのだ。

「何もかもお前のものだ！　存分に楽しむがいい！　ただしここから一歩も出ては

1　すでに作品の序章と第一部第一章が週刊新聞『ロシア世界』に発表された一八六〇年九月、作品が重犯罪者への量刑や待遇が軽すぎる印象を与えかねないという検閲局の危惧から、以降の部分の発表が滞った。この断片はその情況への打開策として、自由を奪われた囚人の苦しみを強調する目的で書かれ、提出されたもの。結局当局はこの断片への言及なしで、もとのテクストへの微修正のみで以降の出版を許可したため、この断片は作品には組み込まれなかった。

いけない！」

するると、請け合ってもいい、そのとたんに諸君は自分の極楽を捨て、塀を乗り越えて外に出たくなるのだ。いや、それどころではない！　宮殿が贅沢であればあるほど、暮らしが安逸であればあるほど、いっそう諸君の苦しみが募るようになる。まさにその贅沢ぶりが、癪《しゃく》に障ってたまらなくなるのだ……。

そう、そこに足りないものはただ一つ。自由だ！　自由で気ままな暮らしなのだ。監獄の囚人ときたらそれどころではない。足には足かせ、まわりはとがった杭の柵、後ろには銃剣を持った兵隊、太鼓で起床して棒笞をくらって働く。それでお遊びがしたくなったら、ほら二百五十人もお友達がいるよ、というわけだ……。

「いや、俺はあいつらとはつきあいたくない！　あいつらは嫌いだ。人殺しじゃないか。俺はお祈りがしたいのに、連中は卑猥な歌を歌っている。好きでも尊敬してもいない連中と、どうして一緒に暮らせるか！」

「いいから黙って暮らせ！　身から出た錆だ……」というわけだ。

こうしたことを囚人はすっかり理解している。それもただ頭でわかっているのではなく、全身でわかっているのだ。おまけに我が身は烙印が押され、髪は剃られ、身分権まで剥奪されているのも承知の上だ。だからこそ囚人はいつも意地悪で、無愛想で、沈み込んでいる。だからこそ不健康だ。だからこそ囚人同士の間には喧嘩が、陰口が、いがみ合いが絶えない。だからこそ諸君だって囚人を避けるのだ。その証拠に、警護なしで監獄に入りはしないだろう……。

聞いた話だが、いつかどこかで夏期休暇の時に、警察が夜中に野犬狩りをした。三十頭ほども捕まえて、生きのいい元気な犬どもをひとまとめに檻付き馬車に詰め込み、警察署まで運んでいった。その間に檻の中はものすごい喧嘩になった。それはもうあきれるほどの、身の毛もよだつような有様だったそうだ！　さて、監獄の中にはロシアの津々浦々から、好きでもないのに連れてこられた連中が、二百五十人も集まって、「さあ好き勝手に暮らせ、ただし皆一緒に、柵の内側で暮らすんだ」と言われている。これはまさに野犬狩りの檻付き馬車にそっくりではないか？　もちろんそっくりではなく、少しはましである。あちらが所詮犬の喧嘩だとすれば、こちらは人間様の喧嘩だからだ。人間は犬とは違う。知恵があって物事を理解し、感じることができる。少なくとも犬よりは多少多く……。

そうだ！　囚人はまさに理解し、感じている——すべてを失ったということを。しみじみ実感しているのだ。見ていれば歌も歌うだろうし、空元気も出すことだろうが、ともかくも、呪われた、お先真っ暗な人生なのだ！　これぱっかりは想像することはできない。身をもって経験しなくてはわからないのだ！

ただし民衆は、たとえ経験がなくともこのことを知っている。だからこそ民衆は囚人のことを「不幸な人たち」と呼び、何もかも許し、食事を与えて慰めようとするのだ。民衆の理解では、これは単なる災難ではなく、「懲役」すなわち懲らしめの苦役である。「要するに懲役ってことよ」――囚人たちも自分でそう言っている。

読書ガイド

望月 哲男

誰も知らなかった世界

『死の家の記録』は作家ドストエフスキーが一八五〇年一月から五四年一月までの四年間を過ごした、西南シベリアのオムスク要塞監獄での体験に基づいて書いた作品です。「記録」という名付け自体、これが体験記的な性格を持つことの表示で、実際、時間や空間の構造においても、個別の出来事や人物像においても、多くの点で作者の実体験と合致することが裏付けられています。ただしいわゆる社会学的な観察記録やルポルタージュとはちがい、特定の経歴と個性を持つ話者を設定した上で、大きなテーマの流れに沿った時空間の拡大や圧縮、人物や事件の焦点化や省略といった創作的な加工を施して書かれていることも確かで、その意味では広義の小説の枠内に入る作品です。小説＝ノヴェルをその語源通り新規な、未知の物事をめぐる語りと捉えるならば、当時の大半のロシア人読者にとって想像外の世界だったシベリア流刑地の空間を、一人の新米囚人の経験に沿って、彼の驚きや苦悩とともに描き出したこの作品は、まさに小説の名にふさわしい作品と言えるかも知れません。シベリア流刑囚の生活は、現代の日本人にとってはなおさらなじみの薄い世界ですが、小説としてこれを味わうには、とりあえず想像や共感の力以外、何の用意もいらないでしょう。ただしこの作品が一九世紀ロシアという特殊な時空間を前提にして書かれている以上、主人公たちの驚きや迷いを追体験するためにも、若干の背景知識があったほうが便利なことも確かです。以下、まず作品のベースとなったシベリア流刑という制度の経緯とドストエフスキー自身の体験を大まかに説明し、次にこの作品の成り立ちや特徴を考えてみることで、読書ガイドとしたいと思います。

シベリア流刑とは

シベリアは、ロシアのヨーロッパ部分の東端を南北に走るウラル山脈を西の境界として太平洋岸まで続く広大な地域で(一九世紀ロシア人の地域観では極東もシベリアに含まれます)面積は一七〇〇万平方キロあまり、アメリカとヨーロッパを合わせた広さとも、月面の広さに匹敵するとも言われます。北極海からカザフスタン国境まで広がる西シベリア平原、ツングース炭田のある中央シベリア高原、モンゴル・中国国境と接する南シベリア山地、コルィマ鉱山のある北東シベリア山地の四地域に大別され、オビ、エニセイ、レナなど、世界有数の大河が流れています。極北のツンドラ地帯から南部の森林ステップの穀倉地帯まで多様な気候帯を含み、豊富な毛皮動物や鉱物資源で古来ヨーロッパ人の関心を引いてきました。

すでに一二、一三世紀から、交易や毛皮採取を目的としたロシア人がこの地に進出していましたが、一六世紀のイワン雷帝の時代に豪商ストロガノフ家がエルマークを隊長としたコサック部隊を送り込んでから、本格的な「開発」が始まります。部隊は西シベリアに広がっていたシビル・ハン国を滅ぼし（一五八二年）、やがて今日、油田地帯として有名なチュメニやトボリスクの町を建設しますが、この後一七世紀末までのほぼ一世紀間に、ロシアは太平洋岸までを含む全シベリアを勢力圏に収めてしまいます。

タタール、ヤクート、ブリヤート、トゥバなどアルタイ語系民族をはじめ多様な民族が住むこの地に、ロシアは一六世紀末以来植民を行ってきました。その経緯は、しばしばアメリカの西部開拓史と比較されます。イワン・シチェグロフの『シベリヤ年代史』（日本語文献①）では、最初の植民の記録は一五九〇年とされていますが、興味深いことにシベリア流刑史は、この植民史とほぼ同じ長さを持ちます。すなわち前記年代史の一五九三年の項には、皇子ドミートリー暗殺事件に関わったヴォルガ河上流域のウグリチの住民がペルミに送られたという記述が見えます。同じく一五九九年には最初の貴族の流刑者として、ロマノフ家の二兄弟が皇帝ボリス・ゴドゥノフによってシベリアに送られたとされています。こうした事例も含め、初期のシベリア流刑は危険分子やすでに刑罰がすんで廃疾者となった者を中央から遠ざけるための手段でした。

しかし一七世紀後半以降、シベリアの経済開発が進むにつれて、犯罪者を死刑などの刑に処す代わりに、開発の先兵として単独で、あるいは家族もろともシベリアに送り込むという、植民を兼ねた流刑が一般化するようになりました。とりわけ一八世紀後半のエカテリーナ女帝の時代、エカテリンブルグやネルチンスクの巨大鉱山が開発されると、流刑者の労働力はますます貴重なものとなり、重犯罪者の有期・無期流刑懲役など裁判によるものに加え、地主に逆らった農奴や放浪者などが、裁判によらぬ行政措置で流刑地に送られるという、大量人間移動の仕組みができあがっていきます。

一九世紀はこの仕組みが大規模に組織化された時代で、まず流刑者に対する身分証制度や正規の護送組織ができ、さらにエタープと呼ばれる流刑者用の宿営が街道沿いに整備されます。アレクサンドル一世時代の一八二三年には流刑行政局がトボリスクに設置され（後にチュメニに移転）、流刑者の識別、分類、記録、配送を一手に管理するようになります。流刑者はまずここに集められ、シベリア各地へ送られていったのです。

シベリア流刑者は軍事犯をのぞいて、性格上四種類に大別できます。すなわち、ⓐ懲役囚（カートルジニク）、ⓑ強制入植者（ポセレーネツ）、ⓒ追放者（ススィリヌイ）、ⓓ随伴者（ドブロヴォーリヌィ）です。ⓒの追放者は、裁判による追放刑の他に、放浪者、村落共同体からの追放者、執行令による行政的追放者を含み、実際には一番大きなグループでした。懲役囚と強制入植者は、貴族、聖職者、商人、職人、農民といった身分に伴う権利を一切剝奪されて流刑囚という特別な身分を与えられ、原則的に生涯シベリアに留め置かれます。懲役囚の場合は、足かせを着けられ、頭を半分剃《そ》られた屈辱的な格好で目的地に送られ、刑期が終わるとⓑの強制入植者の身分となって、指定された場所に居住させられました。『死の家の記録』の主人公ゴリャンチコフも、妻殺しで一〇年の懲役を勤めた後、入植者の身分で小さな町に住みながら、家庭教師をして生計を立てていたのです。ドストエフスキー自身の場合は、軍事法廷で裁かれた貴族階級の政治犯ということで、このような一般ルールとは異なり、懲役の後に兵役を勤めた後、新しい皇帝の即位に際して大赦を受けて、貴族身分を回復し、内地に戻ることができました。

興味深いのはどれほどの規模で流刑が行われていたかですが、Н・М・ヤドリンツェフの『植民地としてのシベリア』（一八八二、ロシア語文献①）によれば、前記の流刑行政局が記録をとりはじめた一八二三年からドストエフスキーの経験に関わる一八五〇年代まで、一〇年ごとで以下のような推移になっています。

一八二三〜三二年　九万八七二五人
一八三三〜四二年　八万六五五〇人
一八四三〜五二年　六万九七六四人
一八五三〜六二年　一〇万一二三八人

時代状況でかなり変動がありますが、年間八〇〇〇人を超える流刑者が送られていたと見なせます。なおこの数は一九世紀後半のテロリズムの時代にはさらに増えていきます。二〇世紀のソ連時代にも、シベリア流刑制度が強制収容所群という形で強化され、何百万もの流刑者を生んだことはよく知られています。

ドストエフスキー自身のような政治犯流刑囚の規模はさらに興味深いところですが、公式統計に政治犯流刑囚というカテゴリーは存在せず、一般流刑囚のいずれかに分類されてしまうため、確定は困難なようです。一八八五〜八六年にシベリア流刑地を旅したアメリカのジャーナリスト、ジョージ・ケナンは、流刑になる政治犯の数は年間一五〇人程度だろうと推定し（日本語文献⑫）、『帝政ロシアにおける監獄と流刑』（一九九五、ロシア語文献⑧）の著者アレクサンドル・マルゴリスもこれを支持しています。前出のヤドリンツェフが伝える一八七九年のヨーロッパ・ロシアからシベリアへの政治犯流刑者数統計でも、全一万一九二四人中の一八一人（一・五二％）となっています。ただしこうした数字には、たとえば一八六三年のポーランドにおける反ロシア蜂起の際の大量の流刑懲役囚の数は含まれていませんし、ドストエフスキーが獄中で出会った、より以前のポーランド人政治犯流刑囚も、おそらくロシア側の統計では一般囚の数に紛れているでしょう。ちなみに、一九世紀ロシア国内でもっとも大規模な政治犯流刑囚を出したのは一八二五年に起こったデカブリストの乱で、五人の首謀者が絞首刑になったほか、一〇六人が二年から二〇年の懲役刑、もしくは強制入植刑の判決を受け、シベリアへ送られました。そのうち生き残った者は、一八五〇年代のアレクサンドル二世の大赦によって身分を回復し、内地に戻りました[注1]。

シベリアへの道

ドストエフスキーのシベリア流刑の原因となったペトラシェフスキー事件とは、ロシアにおける初期社会主義者への弾圧の一頁《ページ》をなす事件です。一八四〇年代の後半、外務省の翻訳官をしていた貴族ミハイル・ペトラシェフスキー（一八二一〜一八六六）のもとに金曜会と呼ばれる集まりが生まれ、当時の最新の社会・政治思想や文芸についての自由な談話が交わされていました。ホスト役のペトラシェフスキーはドストエフスキーと同じ一八二一年生まれの青年でしたが、ファッションでも言動でも世間の注目を引くような奇矯なアイデアにあふれたアジテーターで、たとえば彼の考案した『ポケット外来語辞典』は、外来語の解説という形式によって検閲の目をごまかしながら、最新の西欧思想を紹介宣伝するという意図を持っていました。彼の家には政府が禁止していた外国書籍の大きなコレクションがありましたが、これは外務省の翻訳官として外国人の差し押さえ財産の登録業務をする際、禁止書籍を発見する度《たび》に別の書籍とすり替えて集めたものだと言われます。

この会に集まっていたのはきわめて多様なメンバーで、貴族も貴族以外の者もおり、教師もいればドストエフスキーのような作家や詩人も含まれました。思想傾向においても、フーリエ、サン＝シモン、ルイ・ブランらのいわゆるユートピア社会主義を信奉する者を中心に、経済学に関心を持つ者、キリスト教思想を重視する者、共産主義

注1　シベリア流刑の概要については、日本語文献⑤⑨、ロシア語文献③も参考になる。

に引かれる者（ドストエフスキーに影響を与えた貴族ニコライ・スペシネフ〈一八二一～一八八二〉はこのタイプ）などが混じっていました。ただしロシアにおける農民の解放、言論の自由化、裁判制度の改革といった課題への意識は共有され、この関連で検閲の禁じる急進主義的な文献が回覧されたり朗読されたりしました。一八四七年に会を訪れるようになったドストエフスキーも、来るべき社会主義社会の理念をキリスト教思想の延長上において熱烈に受け止める青年として、社会改良の方向をめぐる議論に積極的に加わり、たとえば危険思想家と見なされた批評家ヴィッサリオン・ベリンスキー（一八一一～一八四八）が作家ニコライ・ゴーゴリ（一八〇九～一八五二）の農民論・地主論を槍玉に挙げて激しい農奴制批判を展開した文献『ゴーゴリへの手紙』を会の席で朗読しています。

西欧の革命運動が高揚する四八年頃には、会の内部でもいくつかの分派が生まれ、また秘密結社のプランも囁かれるようになりましたが、現実社会への働きかけのイメージの持ち方にも、（前記スペシネフの分類によれば）陰謀派、公然プロパガンダ派、実力行使派の差がありました。言論の自由への一歩として地下出版や海外でのロシア語出版を企てるグループもあり、スペシネフのリードで実際に手動式活版印刷機を準備した小集団にはドストエフスキーも入っていました。ただし、ペトラシェフスキー自身の行ったいくつかの啓蒙活動を含め、どこから見ても、革命的な結社の事業と呼ぶにはあまりにもナイーヴな段階にとどまるもので、政権にとっての危険性はいまだきわめてささやかだったと思われます。

ただしニコライ一世の政府はそうは受け止めませんでした。一八二五年、立憲君主制や共和制の理念を擁して立ったデカブリストの乱という洗礼を受けて誕生し、三〇年、四六年のポーランドにおける独立運動を力で押さえ込み、いままた東欧にまで波及する四八年の革命運動の高揚に神経をとがらせていた政府は、ペトラシェフスキーの会をあえてロシアの首都における反体制運動の震源と捉え、それを押さえ込むことでヨーロッパの騒擾《そうじょう》の防波堤たる姿勢を見せつけようとしたのです。一八四九年四月、会の主要メンバー三四名が逮捕されて、ペテルブルグのペテロ＝パウロ要塞に拘置され、予備審問と軍法会議による審理の結果、二一人に死刑判決が出されました。後に死刑は流刑懲役に減刑されましたが、皇帝の意志により量刑の結論は最後まで被告たちに明らかにされず、二一人は一二月のセミョーノフスキー練兵場でいきなり銃殺刑の場に引き出され、執行直前に減刑を申し渡されて、その後すみやかに小人数のグループ別にシベリアへと送られたのです。皇帝と正教会を冒瀆したベリンスキーの手紙の朗読や、反政府的論文の執筆・流布の謀議に加わった廉《かど》で懲役四年、のち兵卒として勤務の最終判決を受けたドストエフスキーも、まずは擬似的な死の演出を経験した上で、足かせを着けられた姿で「死の家」へと赴いたのでした。注2「ちょうど十二時、つまりまさにキリスト降誕の時刻に、ぼくははじめて足かせを着けられました」とドストエフスキーは後に回想しています（一八五四年二月二二日付兄ミハイル宛書簡、日本語文献④）。

四九年一二月二四日に他の二名の流刑者とともにペテルブルグを出たドストエフスキーは、シリッセリブルグを経ておよそ二六〇〇キロを馬そりで移動、一月九日にトボリスクの流刑行政局に到着します。この中継監獄でシベリア流刑世界へのイニシエーションを受けてから、一月二〇日に同僚のセルゲイ・ドゥーロフ（一八一六～一八六九）とともにさらに六四〇キロほど離れたオムスク監獄に向かいました。なお、トボリスクでは、二五年前にデカブリストに随行した妻たちの訪問を受け、獄中で携帯を許される唯一の書物である福音書（表紙裏に一〇ルーブリ紙幣を隠したもの）を贈られました。オムスク到着が一月二三日。こうして「死の家」の生活が始まります。

ドストエフスキーが四年を過ごしたオムスクは西シベリアの南部という比較的近い流刑地でした。北緯五四度五八分、東経七三度二三分、内陸性気候で夏の最高気温が二五度以上、冬の最低気温がマイナス二〇度以下ですが、居住条件さえよければロシア人にとって住みにくいところではありません。カザフスタンとの国境に面したこの町はロシア帝国の縁辺に作られた要塞都市の典型で、流刑懲役囚の監獄も要塞の中に置かれて、軍によって管理されていました。作品に描かれているように、監督官も医者もすべて軍に属しています。[注3]

監獄の人間模様

ドストエフスキーの獄中生活の詳細については、作品自体がよく物語っているし、別途に多くの記録が残っているわけではないので、事実と小説を比べる余地が大きいわけではありません。ただしここに集められたのはかなり特殊な集団ですので、『死の家の記録』の人物群像について大まかな背景を説明しておくのは無駄ではないでしょう。

まずはあまり描写対象にならなかった同僚のドゥーロフについて。ドストエフスキーの五歳年上のこの人物は、同じ年数の判決を受けてともに監獄に着いたのですが、

注2　以上のペトラシェフスキー事件の経緯は、日本語文献⑤に詳述されている。
注3　オムスク監獄の様子については日本語文献⑩に詳述されている。

ドストエフスキー、シベリア流刑の行程

実線：往路（1849年12月〜1850年1月）
破線：懲役終了後兵役時の移動（1854年2月〜1857年2月）、および兵役終了後の首都までの帰路（1859年6月〜12月）
В.С. Нечаева. Ф.М. Достоевский в портретах, иллюстрациях, документах. Москва, 1972（V. S. ネチャーエヴァ『肖像、挿絵、記録に見るドストエフスキー』）の挿図をもとに作成。

白海
ペチョラ河
北ドヴィナ河
ラドガ湖
オネガ湖
サンクト・ペテルブルグ
シリッセリブルグ
ノヴゴロド
プスコフ
ヴォログダ
ヤロスラヴリ
ヴャトカ（現キーロフ）
マカリエフ
ウラル山脈
ペルミ
トヴェーリ
トロイツェ・セルギエフ
モスクワ
ニジニ・ノヴゴロド
オカ河
リャザン
カザン
エカテリンブルグ
ヴラジーミル
カマ河
ヴォルガ河
サマーラ
ドン河
オレンブルグ

作品にはほとんどその存在感がありません。たとえば第一部第二章には「元貴族のロシア人は、私をのぞけば四人だった」とありますが、三名は紹介されるのに、四人目は素通りされています。入獄するときに監獄長に脅される場面（第二部第八章）や、最後に足かせを外される場面、篤志家の夫人を訪れる場面（第一部第六章）などに同行者として言及されますが、名前のイニシアルさえ紹介されません。第一部第七章に、激しく憔悴していく同僚の貴族囚人を見ながら、身体の健康を保つ必要を思う場面がありますが、おそらくこれが一番具体的なほのめかしです。

実はこのドゥーロフはペトラシェフスキーの会では過激な言動で目立っており、やがて思想的に曖昧な本体の会とは別個に社会主義者を中心にドゥーロフ・サークルを形成し、農奴解放の具体的方法を論じたり、石版による自主出版を計画したりという活動を始めていました。ペトラシェフスキーの会の周辺にいた後の旅行家・地理学者ピョートル・セミョーノフ＝チャンシャンスキー（一八二七～一九一四）によれば、ドゥーロフはペトラシェフスキーをのぞけば会で唯一革命家の要素を持っていた人物でした。ただし、ペトラシェフスキーが天性の革命家・アジテーターとして、「目的」としての革命を想定していたのに対して、ドゥーロフにとっての革命は、現存秩序を破壊した上で新しい秩序の中で自分が優位を獲得するための「手段」だった。別様に言えば、社会転覆をするほかないところまで、実生活において追い詰められた存在だったというのです（『回想』中「幼年期と青年期（一八二七〜一八五五）」、ロシア語文献④所収）。セミョーノフ＝チャンシャンスキーの評価がどの程度正しいのかは分かりません。ただこの人物に対するドストエフスキーの沈黙は、何かしら似たような評価の存在を想像させます。少なくともそこに、革命的な社会改造の手法や革命家的思考法に対するドストエフスキーの本質的な違和感、もしくは醒めた態度を見ることができるでしょう。もちろんこの種の作品にとって、自国の政治犯に言及することは常に検閲上の問題を生ずるし、語り手自身も政治犯ではなく殺人犯へと置き換えられているので、仮に触れるとしても、ちょうど語り手自身に施したのと同じ「変形」が必要だったであろうことは言うまでもありません。

デカブリストたちとペトラシェフスキーの会のメンバーの流刑における大きな差は、前者が大きな集団の単位で流刑されたのに対して、後者がごく小人数ずつ各地に分散されたことです。これは具体的には、多種多様な一般民衆の犯罪者の中に少数の貴族代表として混じることを意味します。さらに言えば、そこにいたのは単なる民衆（多くは農民）ではなく、各地から強制的に集められた信仰も生活習慣も異なる様々な階層、民族の代表者たちでした。語り手と同房のアキーム・アキームィチは、少年徴集兵、チェルケス人、分離派ないし古儀式派、正教会の信者、ユダヤ人、ジプシーといった集団を識別していますし、語り手自身は以上に加えて、ロシアとポーランドの貴族、コーカサスのイスラーム系山岳民、ウクライナ人、シベリア人等々のカテゴリーに言及しています。「思うに、ロシアのすべての県、すべての地域の出身者がそろっていたのではないか」（第一部第一章）とあるように、まさにロシア帝国の縮図が獄中にできあがっていたと言ってもいいでしょう。

しかもそれは単なる縮図ではなく、帝国の病める部分を強調した図柄になっています。たとえば古儀式派と呼ばれるのは、一七世紀に行われたロシア正教会の典礼改革に反発して正統派教会を去り、各地で独自の信仰生活を展開して、政府と正統派教会から迫害されてきた信者の総称です。作品に描かれたうちの何人かはシベリアの古儀式派ですが、一人の老人は一度西部国境の外に逃げながら、エカテリーナ女帝時代の西方拡大（ポーランド分割併合）によって再度引き戻された宗派の後裔です。この宗派の移住先となったスタロドゥビエ村は、古儀式派のうちで再度正統派教会に合流しようとした帰一派《エディノヴェールィ》の中心地でしたが、老人は彼らの運動に反発し、その派の教会を焼いて流刑になったもの。一種の反逆罪です。ポーランド人の多くも政治犯です。ロシア支配下のポーランドでは一八三〇年以来何度かの大きな独立運動が起こりましたが、作品で言及されるのは一八四〇年代後半にクラクフやワルシャワで反ロシア的陰謀や運動に加わり、いろいろな刑期で送られてきた者たちです。コーカサス・グループにも、この地域での長期にわたるロシアの戦争が反映されていて、中の一人レズギン人のヌッラーは、ロシアに帰順した部族に属しながら非帰順派山岳民に混じってロシア軍を襲撃していたといいます。ロシア人貴族のアキーム・アキームイチもコーカサス戦線で要塞勤務をしていた過去があります。時々ほのめかされるデカブリストの流刑者の影も、こうした人間模様に色を添えるものです。すなわち作者は主人公の政治犯色を消す一方で、帝国の縁辺で生まれていた国家の敵や反逆者を画面の中心に取り込んでいるわけで、こうした人間模様は首都を描く文学にはあり得ません。流刑後のドストエフスキーはロシアの民衆を知ったと自認するようになりますが、民衆ばかりではなく、ロシア帝国の成り立ちそのものを知ったと言うこともできたでしょう。

余談ですが、この一八五〇年代は、ロシアの文学者の目が自分の住む帝国のいろいろな地域とその住民に向けられた時代で、イワン・トゥルゲーネフ（一八一八～一八八三）が『猟人日記』に中部ロシア地主領の農民を描き、若きレフ・トルストイ（一八二八～一九一〇）がコーカサスに赴いて、一般兵士やコサックに混じって山岳民との戦闘を経験しながら小説を書きはじめたのもこの時代です。他にもアレクセイ・ポテーヒン（一八二九～一九〇八）、アレクセイ・ピーセムスキー（一八二一～一八八一）らの作家や劇作家アレクサンドル・オストロフスキー（一八二三～一八八六）、詩人ニコライ・ネクラーソフ（一八二一～一八七七）などが、沿ヴォルガ河地域の民衆生活に取材した作品を書いています。ドストエフスキーのきわめて特異な経験も、そうした大きな流れの中に位置づけることができるでしょう。シベリア自体に関していえば、一七世紀に古儀式派のリーダーとなった長司祭アヴァクーム（一六二〇～一六八二）が流され、一八世紀には体制批判的な作家アレクサンドル・ラジーシチェフ（一七四九～一八〇二）が、そして一九世紀にはデカブリストたちが流刑にされたこともあって、文学的な想像力を刺激する場であったことは確かですが、むしろ広大な未開のアジア的ロシアのイメージが先行し、人間の生きる場としての具体的な情報が読書界に提供される例は、ほぼ皆無でした。[注4] たとえばネクラーソフは物語詩『不幸な人々』（一八五六）で、ドストエフスキーをイメージモデルの一部としながら、政治的流刑者の世界を書き、ペトラシェフスキー・グループの一人だったフョードル・リヴォーフ（一八二三～一八八五）は、軍事犯を仮の主人公にして『一流刑者の回想断章』（一八六一）を発表していますが、いずれもドストエフスキーの作品のような空間と人間像の造形に貢献していません。特に後者は、流刑地を現実との和解のための教訓の場と見なすようなナイーヴさで、同時代の批判を浴びました。シベリア流刑の場が緻密な観察と描写の対象となるのは、ドストエフスキーの作品の他には、同じ六〇年代に海軍省の内部文書として書かれ、後の七一年に単行書になった民俗学者セルゲイ・マクシーモフ(一八三一〜一九〇一)の『シベリアと流刑』や、ヤクーチアに流された作家ヴラジーミル・コロレンコ(一八五三〜一九二一)の初期作品集(一八八六)、アントン・チェーホフ(一八六〇〜一九〇四)の『シベリアの旅』(一八九〇)、『サハリン島』(一八九三)などにおいてです。『死の家の記録』は先駆的な仕事だったと言えるでしょう。

雑居生活の中の孤独

ドストエフスキーが監獄の人間群像を細かく観察し、彼らと付き合いながら同時に貴族と民衆の間の断絶を実感していた様子は、作品自体によく現れています。ただし観察することはまた観察されることでもあり、他者評価と自己評価はルールのない交

注4　シベリアの文学的イメージについては、英語文献④が参考になる。

換ゲームのようなものでしばしば不釣り合いです。ダゲスタン・タタールのアリとの交情のような相互性が生まれることはまれで、多くの場合病院のシーンや直訴のシーンに見られるような、いわば構造化された不信感や反感の壁にぶち当たっています。作品の語り手の主張は、最終的には多くの囚人たちの信頼を勝ち得ることができたという点にありますが、相手の大半が文字を残さない庶民ですので、一般囚の目から見た監獄のドストエフスキー像は、謎に包まれたままです。

ただし限られた情報源からドストエフスキーについての第三者の印象を知ることができます。作家ピョートル・マルチヤーノフ（一八二七〜一八九九）の『時代の曲り角で』（一八九五）は、看守たちの目に映ったドストエフスキー像を伝聞で教えてくれる資料です。獄中の政治犯はこんな風に描写されています。

「かつて華やかだったペトラシェフスキー党員のここでの姿は、きわめて惨めなものだった。皆と同じに灰色と黒が半々になって背中に黄色のエースの印が付いた囚人服を着せられ、夏には柔らかい、鍔《つば》のない円帽、冬には半コートに耳当てと手袋という格好で、一足ごとにガラガラ音を立てる足かせを着けた彼らは、外見上他の囚人と変わるところはなかった。ただ一つ、いつまでも決して消えることのない育ちの良さと教養の痕跡が、彼らを囚人たちの集団から区別していた。ドストエフスキーはがっしりずんぐりとして肩幅も広い労働者風の体軀で、軍事教練で鍛えられたようにぴしりと姿勢も整っていた。しかし出口のない辛い運命の意識がまるでその体を固めてしまったかのようで、のっそりとしてぎこちなく、口数も少なかった。赤黒い色のシミに覆われた土気色の憔悴した顔が笑いで生気を取り戻すことはなく、口を開くのは用事か仕事で声をかけられた際に、ただ断片的な、短い答えをするときだけだった。帽子を眉のところまで深々とかぶり、気むずかしい、思い詰めたような、人好きのしない顔をうつむけ、目は地面ばかり見ていた。囚人たちは彼を嫌っていたが、しかし精神的な権威は認めていて、なんとなく目上の者への憎しみを漂わせた暗い目で彼を見やりながら、黙って脇へよけるのだった」（ロシア語文献④所収）

ドストエフスキーの失意と孤独がよくうかがえる文章です。

マルチヤーノフはまたドストエフスキーとドゥーロフがしばしば監獄の最上層部の目を盗んで要塞内部での作業を仰せつかるという特別扱いの恩恵に浴し、そこでニュースや書物に触れる機会も得ていたこと、さらにボリスラフスキーという将軍の好意で工兵部の事務仕事を斡旋された事情を記しています。また親切な医師トロイツキーの説を紹介しながら、ドストエフスキーの無愛想さや疑り深さが、てんかん発作に起因する神経の不調に関わるという推測も述べています。マルチヤーノフによれば

『死の家の記録』にも登場するこの医師は、ドストエフスキーを時々病院で休息させるばかりでなく、まさにこの「記録」の断片を書く機会を与え、その最初の部分を准医の手元に保管させたのでした。マルチヤーノフの記述には、作業すべき時間に看守の計らいで檻房で休んでいたドストエフスキーが、監獄の長である凶暴な少佐に見つかって危うく体刑を受けそうになるのをかろうじて救われるというエピソードも含まれています。最後には政治犯に対する厚遇が密告されてペテルブルグから来た監察官の尋問を受けるのですが、ドストエフスキーは監獄の中で何か手記を書いているのではないかという問いに対して、自分は将来の書き物のための資料を集めているが、それは全部頭の中に入っているのだと答えるのです。

もう一人、反ロシア的陰謀に関与した罪でポーランドから送られてきた政治犯シモン・トカジェフスキ（一八二一〜一八九〇）が、後に書いた回想記『懲役の七年』（一九〇七）に獄中のドストエフスキー像を描いています。ただしそれはマルチヤーノフの描いた暗い影の代わりに、鼻持ちならない貴族主義と大国主義の色彩を施したドストエフスキー像です。トカジェフスキの描くドストエフスキーは、絶えず自分が貴族であることをひけらかしながら、ウクライナもリトアニアもポーランドも神によってロシアに委ねられた土地であり、コンスタンチノープル（現イスタンブール）もロシアの手に落ちると主張しています。彼はまた強烈な反ポーランド主義者ですが、その背景には名字も風貌もポーランド系の血筋を偲ばせる、自らの出自への懐疑が推測されると言います。[注5] 総じてこのポーランド人の観察者の目には、ドストエフスキーの反体制活動への関与が真摯なものではなく、一時の迷妄であり、ひいてはペトラシェフスキー事件そのものが、かつてのデカブリストの乱に比べて、きわめて卑小なものに見えています。そんなわけで、自分たちポーランド人はドストエフスキーとの付き合いを絶ってしまったと、彼は書いています（『懲役の七年』、ロシア語文献②所収）。

　これはちょうど、ドストエフスキーがポーランド人たちを「閉鎖的な態度を取り、ロシア人懲役囚を嫌っていたために、彼らのほうも皆から嫌われていた」「病んだ性格の持ち主ばかり」（第一部第四章）と描写していることと釣り合っているように思え

注5　-skii, -tskiiという語尾を持つ名字はポーランド風の固有名と見なされる。ドストエフスキーの父方の祖先の領地ドストエヴォ村は、リトアニア大公国（後ポーランド・リトアニア共和国）のピンスク郡（現ベラルーシ）にあった。この地域はカトリック圏と正教圏の交わる場所で、正教会の典礼を使いながら、ローマ・カトリックの教義と教皇権を受け入れるユニエイト教会が広まった。ドストエフスキーの祖父はブラツラフ（現ウクライナ）のユニエイト教会の司祭だった。

ます。ただしドストエフスキーが必ずしも常にポーランド人をこのような型にはめて理解しているのではなく、やがて個別に描写しながら、相手によっては敬意や愛着を表明しているように、トカジェフスキも回想記の別の部分ではドストエフスキーのより生き生きした側面に光を当てています。たとえば雪花石膏《アラバスター》の仕事に行った作業所にふっと姿を現した子犬を、動物好きのドストエフスキーがかわいがって離れがたくなってしまう様を、彼は「仲間」的な視点から暖かく描写していますし（前掲書中「隅っこ《スァンゴ》」）、囚人たちの芝居を描いた章（同「だがいつ？……いつのことだ？」）には、ドストエフスキーがこの催し全体のアドバイザーのような格で、晴れがましく言及されます。それればかりか、『死の家の記録』で囚人たちの感嘆の的となったつぎはぎ製の幕の絵が、室内装飾画家のカール・ベームとユーゼフ・ボグスワフスキ、および自分トカジェフスキのポーランド・チームの手になるものだということが明かされ、催しの全体が国際コラボレーション的な色彩を強めています。これはドストエフスキーの作品では言及されない細部であり、概して二つの「記録」が相互補完的意味を持つことを窺わせます。

こうした例に限らず、総じて孤独な者たちの強制的な集合体としてある監獄は、各自の事実認識のぶれや相互干渉によって「現実」とその「ルール」が絶えず発見され、再生産されていく場で、とりわけ第二部第七章「直訴」のようなシーンにその本質が現れています。ドストエフスキーと一般民衆の囚人やポーランド人とのかかわりも、心を閉ざした元エリート貴族と虐げられた帝国の臣民たちとの関係と固定して捉えるよりは、むしろそうした初期設定が絶えず関係自体の中で揺すぶられ、変質し、誤解を通じて相互理解が生まれていく、ダイナミックなプロセスであったと捉えるべきではないでしょうか。

なお、ドストエフスキーと「民衆」の関係がマルチヤーノフの描くような冷たい相互無視のレベルにとどまらなかったことは、彼が獄中で記録した『シベリア・ノート』（翻訳は日本語文献⑧）が何よりも証明しています。折に触れて耳にした諺《ことわざ》、隠語、啖呵《たんか》、しゃれ、掛け合いなどを五二二点にわたって並べたもので、そのうち二四一が『死の家の記録』に用いられていると言われます。[注6] これらの言葉が作品の民衆像に付与している圧倒的な存在感やエネルギーこそが、彼の民衆「理解」の幅と深さを語るものだといえるでしょう。

注6　松本賢信「『シベリア・ノート』と『死の家の記録』」（日本語文献⑪）。なお『シベリア・ノート』からの引用部分の解釈については、ロシア語文献⑦も参照した。

作品の世界

(1) 創作過程

オムスク監獄から解放された直後の手紙で、ドストエフスキーは自分の経験を二つの異なった側面から意味づけようとしています。一方でそれは、周囲から疎外され、孤独の中で自己を検証する時間でした。「ぼくの魂、ぼくの信仰、ぼくの知性、ぼくの心情が、この四年間にどうなったかは、言わないことにします。話せば長いことですからね。しかし、ぼくが現実を逃避するため常に自分自身に集中していたことは、その実りをもたらしました。いまぼくは、これまで考えてもいなかったような要求と希望をいだいています」(前出一八五四年二月二二日付兄宛書簡)。ここに暗示されているのは過去の反省と検証であり、『罪と罰』にテーマ化されるような、贖罪を通しての更生や成長のモチーフです。

他方で彼は監獄生活を、民衆という他者を認識する契機として位置づけています。「もっとも、人間はどこへ行っても人間です。懲役の場でさえ、ぼくも四年の間には、ついに人間を見分けるようになりました。兄さんは本当にできないかも知れませんが、その中にも深刻な、強い、立派な性格の者がいます。粗野な表皮の下に黄金を発見するのは、なんという楽しいことでしょう。……概して、あの年月はぼくにとって失われたものではありません。たとえロシアそのものでないまでも、ぼくはロシアの民衆をよく知りました」（同前）。こちらの文脈では、民衆の世界観に学ぶことが知識人の自己中心性や抽象性からの脱却の契機とされているようです。

流刑地における自己の信念の検証と民衆との出会いという両モチーフは、後にたとえばドストエフスキーの個人ジャーナル《作家の日記》の中の『百姓マレイ』（一八七六年二月）というエッセイ（日本語文献⑦）で、一つの物語に結実します。しかしまずは監獄生活という特異な体験を、総体として整理し、消化し、表現することが彼の課題でした。その作業の一部はすでに監獄の中で始まっていたのですが、実際に取り組むにはなお数年を要したのです。[注7]

懲役を終えたドストエフスキーはオムスクからさらに東方のセミパラチンスク（現カザフスタンのセメイ）で兵役を勤め、一八五五年一一月には下士官に昇進、五七年二月には十等官の未亡人マリヤ・イサーエワと結婚します。同年四月には世襲貴族の

注7　流刑が創作に与えた影響については、日本語文献②③⑥⑭、英語文献②③などに詳論されている。

権利を回復、五九年三月に少尉に昇進して退職、内地への居住が許されてヴォルガ河上流のトヴェーリに移ります。同時に文壇に復帰しますが、まずは書きためていた『伯父様の夢』『ステパンチコヴォ村とその住人』といった、ゴーゴリ的世界をカーニヴァル風にアレンジした「様式的な」作品を発表し、その後おもむろにより社会と切り結んだ『死の家の記録』を世に問うという順序になりました。作品は序章と最初の四章が新聞《ロシア世界》の一八六〇年九月から六一年一月にかけて掲載され、後にあらためてドストエフスキー兄弟が発行した雑誌《時代》の六一年から六二年にかけて、九号に分けて全体が連載されました。これはちょうど六一年の農奴解放に始まるアレクサンドル二世の大改革の時期に合致していて（その新しい時代ゆえにまたこのようなロシアの暗黒部に触れる作品の出版も許されたのですが）、作品はいわば新時代の観点からニコライ一世時代の司法の実態を振り返るといった、時代的な意味をも合わせ持つ結果となりました。『過去と思索』（一八五二〜一八六六）の作者アレクサンドル・ゲルツェン（一八一二〜一八七〇）をはじめ、歴史批判を通じて現代を論じようとする同時代文化人たちがドストエフスキーの作品に大きな興味を寄せたのはよく理解できます。もちろんドストエフスキー自身の創作意図が、そうした狭義の時代性に収まらなかったのは言うまでもありません。

なお語り手＝主人公像が先に触れたような変形を受けている以上、作中に書かれていることをドストエフスキー自身の体験と直に比べたり、彼の伝記に還元したりする態度は、文学的には正しくありません。実際新しい主人公＝語り手の設定によって、作品は確かに様式やテーマ構成上の自由を得ているので、叙述主体のアイデンティティは基本的に尊重すべきでしょう。ただしこの主人公像の設定が、そもそもは「政治犯流刑囚の手記」というスキャンダラスな枠組みを避けて、検閲をも刺激しないための便法でしかなかったこともまた確かです。事実、作者は妻殺しの地主貴族の仮面をかぶり続けることにあまり熱心ではなく、随所で設定を破綻させています。たとえば後半の第二部第七章「直訴」や第二部第八章「仲間」におけるポーランド人政治犯たちとの付き合いぶりや、第二部第十章「出獄」で久しぶりに見る月刊誌に旧知の作家や未知の文人の名前を発見して深い感慨に浸るシーンなどは、この語り手が政治的な罪を犯した作家であると捉えたほうが理解しやすいものです。この読書ガイドでも、時々語り手の背後に妻殺しの地主貴族ゴリャンチコフ氏の代わりにドストエフスキーに似たXを置いて考えていますが、それはそのような事情によるものです。

（2）スタイルと構成

シベリアの要塞監獄という特異な世界を読者に提供するに際して、ドストエフスキーは一連の表現上の工夫をしています。文章のスタイルもその一つで、ロシアの文学者ウラジーミル・トゥニマノフの巧みな性格付けによれば、叙述は「告白・自伝調」「分析・考察調」「記録・ルポルタージュ調」「伝聞調」の四層に分かれています（『一八五四〜一八六二年のドストエフスキーの創作』、ロシア語文献⑥）。しかもそれらは相互に組み合わされて各部分に特有のトーンを作っています。たとえば序章をのぞいた第一部前半の第四章までは、見聞の記録に告白や考察の要素を混ぜた語りが基調になっていて、しかもその三者の要素がかなり頻繁に交代します。それがちょうど、新来者の目から監獄の空間と人間模様を一渡り紹介するという、この部分の趣旨に合致しています。ちなみにこの作品で何らかの形で言及される人物群はおよそ一八〇名（うちオムスク監獄の囚人は一三〇名弱）ですが、そのうち八〇名（同六五名）ほどはこの第四章までに触れられます。ただしこの段階では大半が、たとえば「何人かの偽金作り」といった名前も顔もない形であり、後の章でその一部が特筆され、背景とともに掘り下げられていくという仕組みになっています。固有名詞（略称含む）まで特定できる囚人は、最終的に六〇名強です。ちなみにこの翻訳の原典としたソ連版ドストエフスキー三〇巻全集第四巻の注によれば、ドストエフスキーのいた時期のオムスク監獄の収容者数は、作品の語り手が申告している「二五〇人ほど」よりはかなり少なく、一四八人から一七一人の間だったということなので、ドストエフスキーはそのかなりの部分をモデルとして認識していたと考えてもいいでしょう。

物語が進み、場や時空間が広がるとともに、叙述構成も自在になり、たとえば第一部第九章「イサイ・フォミーチ……」や第一部第十一章「芝居」は、ほぼ記録的描写と考察に解放されています。また第二部第四章の「アクーリカの亭主（物語）」は、全編が伝聞でできあがっています。なお描写の時間は第一部の半分ほどがイニシエーション（最初の一月）にあてられ、後半がほぼ残りの一年を覆う形ですが、実際は全体が冬の監獄生活を対象にしています。第二部の初めの病院シーンも、同じく冬を出発点にしていますが、第五章以降夏のモチーフが現れ、第九章「脱獄」まで、基本的に夏を描いているとみていいでしょう。したがって、最終章の「出獄」を別にして一年のサイクルに収まってしまうようにも見えますが、実際には第六章「監獄の動物たち」や第九章「脱獄」に明らかなように、長い時間にちらばる出来事がテーマ別に集約・参照されているのです。

（3）ライトモチーフ

こうした構成の中に、様々なライトモチーフが浮かび上がってきます。最初の何章かはいわば要塞監獄という場とそこでの生活様式自体がテーマ化されていて、監獄を取り囲む先端のとがった杭《くい》の柵に始まって、夜の檻房の圧迫感と悪臭、板寝床、炊事場の様子から酒屋のシステムまで、あらゆる細部が、巨人国に迷い込んだガリバーにも似た驚きの口調で報告されています。朝の水場、一度口に含んだ水で洗面する囚人たちの様子や、それに続く迫力のある罵り合いの描写などは、おそらくゴーゴリ風のユーモラスな民衆点描を何倍かバージョンアップしたものとして、同時代の読者に受け止められたことでしょう。「生きながらに死んだ者たちの住処《すみか》」「忍耐が身につく場所」「人間はどんなことにも慣れてしまう」といった語り手のフレーズも、こうした異形な空間の性格付けとして効果を発揮しています。

描写の主眼はやがてそうした空間における個々の人間の個性的な営みと、それぞれの人物の風貌へと移っていきます。古儀式派の老人、稚児《ちご》的なシロートキン、愛すべき獅子ヌッラー、ダゲスタン・タタールのアリ、土工兵のバクルーシンなどは、語り手がシンパシーを込めて描き出している人物です。向こう見ずなペトローフ、精神力の権化オルローフなどは感嘆の混じった驚異の調子で、怪人ガージン、ユダヤ人宝石職人イサイ・フォミーチ、ロシア人貴族アキーム・アキームィチなどは誇張された違和感を交えて、陰険な八目《やつめ》妖怪の少佐（監獄長）、スパイ貴族A、残忍な刑の執行官ジェレビャートニコフ中尉などは明確な嫌悪や恐怖をもって描き出されています。語り手はいくつかの箇所で囚人のタイプ分けを試みていますが、その作業はあくまでも両義的な結果にしか至りません。たとえば第二部第四～第五章では、単純なおしゃべり／寡黙な者（善人／意地悪、陽気／陰気）／絶望し切った人間／完全に無関心な者というバランスの悪い分類を試みていますが、これは結果的に、分類は不可能だということを証明しているかのようです。従って読者としては、そうした分類の境界上にあってよくわからない個性、たとえば黙々と主人公の世話をするおとなしいスシーロフや、訪れてきては意味不明の質問をするペトローフなどにますます興味を引かれます。

（4）気分のうねり

ただしそうした個別的な様態を越えて、強制的な共同生活を営む囚人たちが共通に巻き込まれる精神のうねりのようなものの描出も、作品の魅力をなしています。精神の高揚の一端は第一部の降誕祭を前にした入浴のシーンに現れていて、そこでは裸の体に足かせを着け、笞や烙印の痕を無残に浮かび上がらせた姿の囚人たちが、ぎゅうぎゅう詰めの風呂場の中で、久々の肉体の解放を謳歌します。しばしばダンテの『神曲』の「地獄編」にたとえられるシーンですが、いかにグロテスクであれ、これが死の家における生命の高揚の姿であることは間違いありません。降誕祭の祝祭自体は、皆の厳かな期待とともに始まり、最後は漠然とした失望感のうちに終わりますが、続いて登場する芝居のシーンは、第二のクライマックスをなしています。バクルーシンやポツェイキンといった玄人はだしの役者たちの情熱的なリードによって、監獄の一角に祝祭的な笑いと風刺に満ちた空間が現出し、いつもは不機嫌で仲の悪い囚人たちも、一時子供のような喜びと誇りのごときものを共有するのです。もちろんがんじがらめの規制の中にかろうじて実現する約束事の創造空間ですが、語り手はそこに単なる自由の幻想や代償以上のもの、いわば日常時間（クロノス）の法を越えて永遠へと伸びる至福の瞬間（カイロス）のイメージを読み込んでいるように見えます。

こうした解放のエネルギーの対極にあるのが抑圧的な力です。たとえば笞打ちの刑はリアルタイムでは描写されないものの、列間笞刑直後の囚人の様子はおぞましいものですし、何よりも笞刑の記憶と不断の可能性そのものが、重い圧力となって囚人たち全員を圧迫しています。刑吏たちの奇妙なふるまいや性格に関する記述も、負の圧力を高めています。また春から夏へと活性化する自然と生命のうずきが、囚人たちの気分に抑鬱的な力として作用するというのも、逆説的ながら理解できるところです。このような負の圧力は、労働の過重と食事の劣悪化によって飽和点に達し、第二部第七章ではまともな肉を食わせてもらえない囚人たちによる、せっぱつまった直訴が描かれます。これはいわば降誕祭週の祝祭的な「芝居」を反転させた裏の「舞台」ですが、こちらは支配／被支配関係という監獄社会を存立させる約束事を脅かす行為として、獄長の八目妖怪氏によってあっけなく鎮圧されてしまいます。第二部第九章の脱獄物語も、単に三人の逃亡者の個的な行動というよりも、抑圧され、爆発してはまた壁の内側に回収されてしまう、囚人共通の精神の運動を表象しているものと捉えてみることができるでしょう。

(5) 貴族・知識人と民衆——境界論

このような囚人たちの営みの描写を通じて、作品の中心テーマ群のようなものが浮かび上がってきます。そこに現れる個々のテーマは、一九世紀ロシアに引き寄せて読むこともできれば、より普遍的な問題系に即して解釈することも可能です。

先にも触れた民衆と貴族・知識人階級との溝に関するテーマは、何よりもまず、きわめてロシア的な問題でした。語り手は第一章から始めていくつかの箇所でこの問題に触れ、最終的に「直訴」の章でその溝の埋めがたさを再確認しています。彼によれば、貴族にとっての監獄生活のつらさは、教養の落差でも食事などの条件でもなく、まさに周囲の民衆との断絶にあるのです。世間においていかに民衆と親しく付き合っても、監獄のような状況で強制された共同生活を送らなければ、この落差は実感できない、と彼は述べています。

結局は自分も一般民衆の囚人たちの多くから信頼されるようになったと言う一方で、この議論を何度も蒸し返すのは、おそらくそこにきわめて強い困難さの実感があったからでしょうが、また一種のイデオロギー的な背景も感じられます。この作品が書かれた六〇年代前半、ドストエフスキーは一八世紀初頭のピョートル大帝の改革以降ロシアに生じた民衆と知識人の溝を埋め、有機的なロシア共同体を構築しようという「土壌主義」の思想を唱えていました。この作品で繰り返される民衆と貴族・知識人両者の対立や無理解に関する観察は、いわばそうしたイデオロギーの出発点となるもので、西欧風の国家論を無条件の前提として、国民の啓蒙と解放によって理想社会を築こうという進歩派の陣営を牽制する意味合いを持っています。おそらくドストエフスキーは、社会の表層でしかない知識人階級こそが圧倒的多数の民衆に学ぶ気持ちにならないと、ロシアの有機的統一は実現しないと言いたいのです。

ただし作品の差別論を時代的・イデオロギー的にのみ理解するのは、極論のそしりを免れません。この点で興味深い解釈を提供しているのは現代ロシアの思想家イーゴリ・スミルノフで、彼はこの作品の差別や疎外が、民衆と貴族の間に限らず、あらゆる範囲と領域に亙る原理として作用していることに注目しています。作品の社会そのものがすでに外部から差異化された世界、「生の外の生」であり、その内側では囚人と監督側との差異が前提としてあります。その中で、実は民衆の間にも、貴族同士の間にも、上官と部下の間にも、様々なレベルの対立・いがみ合い・無理解が存在しています。作品の語り手自身、民衆からばかりか貴族仲間からも疎外を感じているのですが、それでもなお彼が存在できるのは、貴族の枠にも民衆の枠にも収まりきれない一連の中間的人物（アキーム・アキームィチ、アリ、ペトローフ、バクルーシンなど）がいるからです（「疎外の中の疎外。一八四〇年代ヨーロッパ哲学の文脈における『死の家の記録』」、ロシア語文献⑩）。スミルノフはここに、集団間の相互排除の問題よりも、むしろ個人と集団あるいは人類を媒介する仲介者に関するフォイエルバッハ的な問題の展開を見ようとするのですが、それはさておき、ドストエフスキーの描く死の家の状況が、彼自身が主張したがる以上に普遍社会的な問題をはらんでいることは確かなようです。

右のような文脈を離れても、たとえば第一部第四章に言及されるタタール人のアリに福音書でロシア語を教えるというエピソードは、直接的には帝国主義的「未開の啓蒙」もしくは多民族帝国の「ロシア化」の私的現場のように見えます。ただしここでは、そうした行為が相互の親しみを生み主人公を癒すばかりか、イスラームの預言者としてのイエスという、主人公にとって思いがけぬイメージをクローズアップする契機ともなっています。また、第二部第一章などに触れられる自発的「召使」たちへの当惑――無理矢理まつわりついてくる奉仕者を許容するうちに、外見上の主従関係とは逆に、自分が従僕として相手の言いなりになっているという感覚――は、まさにヘーゲル風の主人と奴隷の弁証法を展開したもののように見えます。すなわちこの作品は、諸々《もろもろ》の境界をめぐるリスクに満ちた関係の構築や認識の冒険の物語としても読めるのです。

(6) 罪、罰、自由をめぐって

犯罪と刑罰をめぐる議論も一九世紀ロシアにおいてアクチュアルなものでした。ドストエフスキーはここで独自の時間・空間法則をもった物理的実体としての監獄を描き、入れ墨や半刈り頭、滑稽な服装といった、追放と恥辱の烙印を負った人物たちを配し、その状態を生きながらの死（人間的尊厳の破壊）と定義しています。自由の剝奪は殺人と同義であり、その一方で暴力や恫喝は後悔にも矯正にも結びつかず、そうした効果は理解や許しという生きた魂への働きかけから生ずると示唆しているのです。

作品が完結した一八六二年はロシアで司法改革の指針が表明された年であり、シベリア流刑から帰ったばかりの作者が扱う問題は、まさに時代の関心と呼応していました。ただしソ連期の研究者Ｔ・カルロヴァが指摘しているように、行政からの独立、公開裁判、弁護士制、陪審員制、予審制の導入、体刑の軽減といった同時代司法が目指す民主化の歩みに対して、ドストエフスキーの議論は意外な方向からより深い議論をぶつけるものでした。どんな処罰よりも自由の剝奪こそが最大の罰であるという考えは、やっと農奴解放の一歩を踏み出したばかりで不自由が社会の常態だった一九世紀ロシアの法学界にとっては、意想外の見方だったのです（「『死の家』イメージの構造的な意味について」、ロシア語文献⑤）。

ドストエフスキーは前記のような自由剝奪＝死という思想へのイラストのように、監獄の形容に地獄の描写の紋切り型（悪臭、鎖の音、高笑い、灼熱、開いた傷口……）を当て、また拘束の物理的メタファーとしての足かせや病室に置かれた用便桶を、人間性への侮辱として象徴的に批判しています。そしてそのような多重の閉塞空間で、自由の幻想を求めて金を貯め、飲酒で羽目を外す囚人たちを描きました。このような描写に目を留めた検閲官が、作品が刑罰の甘さを印象づけて犯罪を誘発しはしないかという危惧を持ったのはある意味で当然であり、一方のドストエフスキーがそれにどう対応したかは、本書の付録(二)に紹介した『地下室の手記』を先取りしたような文章に読み取れます。それにしてもユートピア社会主義の共同体システムに関心を覚えて流刑になったペトラシェフスキー派の作家が、広大無辺のカザフ草原の縁にロシア帝国が作った強制的共同生活の装置の中で自由の根源的意味を知るというのは、きわめて皮肉な経験と言えるかもしれません。自由のテーマが贖罪のテーマとともにドストエフスキー自身によって時代を超えて持ち越され、『地下室の手記』『罪と罰』『カラマーゾフの兄弟』の根底に据えられたことは言うまでもありません。

ドストエフスキーはこの自由のテーマを、さらに人間の尊厳の問題と関係づけています。人間はどんな惨めな立場にいようと、常に人間としての尊厳を必要としている。自由を奪われた囚人たちこそ、人間らしく扱って、神のイメージを失わせぬよう配慮しなければならない——第一部第八章などに語られるこうした思想も、同時代社会に強く訴えるものでした。

この問題系列にはもちろん罪とは何かというテーマも含まれているのですが、それは少なくとも作品の内部では解決されていません。ここに言及されている犯罪にはきわめて多様なものがあり、明らかに利己的欲望や邪悪な意志、もしくは鈍感さのしからしむる犯罪のほかに、抑圧への反抗、宗教的感情の発露、受苦の希求などによる、捨て身や自死に似た犯罪もあります。中にはしゃにむに運命を変えようという動機で起こる上官の殺害や、ふとしたきっかけで抑制の糸が切れたために生ずる無差別殺人も描かれていて、個人の負うべき責任の問題は複雑を極めています。この雑色の集団を束ねている共通項が何らかの罪を犯した過去であるからには、どのような罪を犯したかこそがその個人の顔であり履歴書であるという事情も見逃せません。罪はある点で、自由や個性ときわめて近い関係にあるとも言えるでしょう。この問題も、『罪と罰』以降の作品に持ち越されていきます。

（7）文学的連想

『死の家の記録』は歴史の中で多様な読み方をされてきました。その一つは他の作家の文学との関連です。もっともポピュラーな類推としてはダンテの『神曲』の「地獄編」との類推で、作家ツルゲーネフをはじめ何人かの同時代人が同じ連想のもとにこの作品を激賞しています。裁判や監獄制度に直に関係するヴィクトル・ユゴーの『死刑囚最後の日』は、一八六〇年に兄ミハイル・ドストエフスキーが翻訳を雑誌に発表したという経緯も含めて、この作品とダイレクトな関係があります。もう少し踏み込んだ問題として、この作品に明確な場を占めている刑吏の性格をめぐる議論に、同時代のフランス思想との関連を見ることもできます。罪人に直接の罰を下す刑吏をどのような存在として捉えるかは法治国家にとって本質的な議論で、一九世紀のフランスにも、刑吏を法の守護者として賛美するジョセフ・ド・メーストル、倫理的な立場から人非人のように批判するユゴー、悲劇の人と捉えるバルザックなど、複数の見解がありました。一八六〇年代のドストエフスキーは、兄と発行した雑誌の編集者として同時代の国際的社会記事にも詳しく、また以上のすべての作家に通じていたので、この作品の刑吏論にそのような議論の反映があってもおかしくありません。注8

ロシアの関連では、この作品が作家ゴーゴリに対するオマージュになっているという受け止め方があります。ゴーゴリは若きドストエフスキーが強い影響を受け、また乗り越えるべき対象とした作家で、『貧しき人々』『分身』をはじめとする四〇年代のいくつかの作品にも、また『死の家の記録』に先立つ『伯父様の夢』や『ステパンチコヴォ村とその住人』といった五〇年代の作品にも、ゴーゴリへの意識が顕著です。

『死の家の記録』は一見毛色の違う作品ですが、この作品のコミカルな層を作っているユダヤ人イサイ・フォミーチの造形や「芝居」の章の演劇に直接の連想が見られるほか、第二部第三章に出てくる狂人の描写、同じ章の変な名前ばかり持つ放浪者たちのエピソード、同第五章の監査官のエピソードなどに、それぞれ『狂人日記』『死せる魂』『検察官』のモチーフの変奏が見られます。前出のイーゴリ・スミルノフは『死の家』と『死せる魂』、ゴリャンチコフとチチコフ（ゴーゴリの主人公）という名付けにも呼応関係を読み取ろうとしています。ただし作品全体は、ゴーゴリとの類似よりは、その差異を印象づける仕上がりとなっています。

ついでに、この作品がドストエフスキーとトルストイという異質な作家同士を結ぶ糸になっていたことも付け加えておきます。トルストイはドストエフスキーの文学を高く評価しながら、ある種の奇想やイデオロギー的側面には抵抗を覚え、手放しでほめることは多くありませんでした。ただしこの『死の家の記録』はほぼ唯一全面的に認めた作品で、発表当時から晩年に至るまでその評価は変わりませんでした。一八八〇年の書簡では、久々にこの作品を読み、「真率で自然でキリスト教的な」観点に

注8　この問題についてはロシア語文献⑥を参考にした。

立った「優れて教訓的な書物」としての感動を新たにした経緯を記し、プーシキンの作品を含めた一九世紀文学のどれよりも抜きんでたものと絶賛しています（一八八〇年九月二六日付ストラーホフ宛）。後年の『芸術とは何か』でも、「神と隣人への愛に発した宗教的芸術」の数少ない手本として、この作品を挙げています。確かに本稿で触れたような叙述の構成、人物描写、ライトモチーフの配置、テーマの提示といった様々な面で、トルストイの言うごとくこの作品がきわめて「真率で自然」かつ明晰な印象を与えることは確かでしょう。さらに全編の主題を死の世界からの復活という位相で捉えれば、宗教的芸術という評価も的外れでないものと思えます。より具体的に、たとえば笞打ち刑の残酷さや、それが囚人の精神に与える大きなトラウマを描いた部分が、後に「恥を知れ」（一八九五）や「黙ってはいられない」（一九〇八）で体刑や死刑の非人間性を告発する一大キャンペーンを張ることになるトルストイに、大きな印象を与えたことも十分想像されます。その意味でこれはドストエフスキーの作品中もっともトルストイ的な仕事だったと言えるかも知れません。

二〇世紀後半には、ソ連の強制収容所（ラーゲリ）を舞台とした、いわゆる「収容所文学」が生まれますが、『死の家の記録』はそこにも深い影を落としています。ソルジェニーツィンもシャラーモフ[注9]も、ドストエフスキーの作品を強く意識しながら創作しています。ただしそこに現れるのは、単なる創作上の継承や対抗といった要因ばかりではありません。一九世紀と二〇世紀のシベリア流刑が持った質的な差異のせいで、二つの時代の流刑文学を読み比べると、比較文明論的な感慨を覚えます。いち早く『死の家の記録』と『イワン・デニーソヴィチの一日』を比較したミハイ

注9　アレクサンドル・ソルジェニーツィン（一九一八～二〇〇八）は、独ソ戦の前線にいた一九四五年に反スターリン的言説によって逮捕、八年の矯正労働を宣告された。うち四年をモスクワ北部のマルフィノの特殊研究所で囚人数学者として過ごし、三年をカザフスタン北東部のエキバトス炭坑の収容所で過ごした。刑期を終えた一九五三年に同じカザフスタンのコクテレクに永久追放（流刑）になったが、五六年の党大会後に名誉回復、スターリン批判後の六二年に、エキバトスでの生活を書いた『イワン・デニーソヴィチの一日』で作家としてデビューした。ヴァルラーム・シャラーモフ（一九〇七～一九八二）はモスクワ大学法学部生だった一九二九年に反政府活動で逮捕、ウラル山脈の麓ペルミ市近郊で収容所生活を送った。三二年に出獄してモスクワに戻った後、三七年の大粛清時代に前科を理由に再逮捕、反体制トロツキー主義者として金鉱のあるマガダン州コルィマの強制収容所に送られた。受刑中にさらに二回の追加逮捕を加え、五三年のスターリンの死後まで、一六年以上も出獄できなかった。五〇年代から書きためられた『コルィマ物語』と総称される短編集は、六六年以降海外で出版されはじめたが、ロシアではペレストロイカの時代まで出版されることはなかった。

ロ・ミハイロフは、たとえばゴリャンチコフの板寝床の隣人であるイスラームの青年アリと、『イワン・デニーソヴィチの一日』の主人公シューホフの隣人であるバプチストの青年アリョーシャに多くの共通点を見出しています。両者は共に政治的抑圧と強制的な共同生活の暗黒空間を、純真さや信仰の光で照射するような役割を果たしているのです。しかし二つの世界の構造的な類似は、その現実的な差を強調する結果となっています。たとえばドストエフスキーの監獄生活を彩る数々のことがら——夜の内職、十分な食物、施し、無駄話や掛け合い、飲酒、女、宗教的祭日、動物、芝居等々——はソルジェニーツィンの世界には存在しません。一九世紀の監獄のようにシステム化された笞刑はないものの、一五日で死に至るような酷寒の営倉が常に待ち受けています。そこでは罰の根拠も刑期さえも判然とせず、囚人たちは帝政期とは比べものにならぬほど厳格な管理体制のもとで一日数分間の自由を盗むようにしながら、ひたすら生き延びることに全力を注いでいます。[注10] 人間同士の本質的な部分での理解や交流が生ずる余地は、死の家よりもはるかに少ないといわざるを得ません。

一六年以上を極北コルィマで暮らしたシャラーモフは、より明示的にドストエフスキーとの批判的対話を試みています。自分のいた収容所では『死の家の記録』で肯定的に描かれているような屋外の清浄な空気も、風呂も、病気や死に結びつく危険をはらんでいた――そんな風に彼は書いています。一六時間労働で常に疲労と飢えに苛まれる状態で冬の清浄な空気にさらされていたら、健康な青年も一月で廃人になってしまうと彼は言います。風呂が敬遠されるのも、限られた睡眠時間を奪われる、留守中に所持品を奪われる、風呂場が寒い、下着がすり替わってしまう、等々といった、致命的な不利益と結びついているからです。シャラーモフがもっとも懐疑的なのは、「悪党《ブラターリ》」と呼ばれる犯罪世界の人間が描かれていないことです。収容所に根を張り、当局よりも大きな権威として一般囚人に君臨している犯罪者たちの世界を見た彼にとっては、『死の家の記録』のペトローフ、ルカ・クジミーチ、スシーロフ、ガージンといった怪物や奇人たちでさえ、単なる柔《やわ》な素人であり、悪党どものカモにしか見えません。「ドストエフスキーは『死の家の記録』で、まるで大きな子供のように振る舞い、芝居に夢中になり、子供のようにたわいなく言い争っている不幸な人たちの行動を、感動を込めて書き記している。ドストエフスキーは本物の悪党世界の人間に会ったこともなければ知りもしないのだ。もしそうした世界を描くとしたら、彼は一切共感などしなかったはずだ」（「赤十字」）とシャラーモフは書いています。[注11]

注10　Mihajlo Mihajlov, "Dostoevsky's and Solzhenitsyn's *House of The Dead*"（英語文献①に所収）。

百年後の世界からのこうした声は、もちろん民衆を描くドストエフスキーの「ロマンチシズム」への懐疑を含んでいますが、だからといってそれが彼の描いた世界を無意味化するわけではないし、二〇世紀の作家たちがそのことを意図しているとも思えません。メッセージの中心はあくまでも、表社会と裏社会に同じように強大な無法集団を現出させたソ連国家という怪物への驚きと、そこにおける個人の絶望的な無力感です。ドストエフスキーが描いたのが年間数千人の規模で社会から排除されるマイノリティの世界だとすれば、ソルジェニーツィンやシャラーモフの描いたのは、その何十倍もの規模で増殖する、見えない国家の大きな一部でした。想像を絶するような流刑世界の変貌が、ロシアを舞台とした一九世紀から二〇世紀への国家と社会の変容を映している――ドストエフスキーの作品はその起点にあって、人間の条件に関する問いの、一つの祖型を示しているのです。

（8）後期作品との関係

最後に、この作品をドストエフスキーの後期創作の原点とする読み方があります。恐れを知らぬ者、完全に自己を制御する者、巨大なクモのように凶暴な者、子供のように純真な者、弱き者、ひたすら神に祈る者――といった諸類型の内に、ラスコーリニコフ、スヴィドリガイロフ（『罪と罰』）、ムィシキン、ロゴージン（『白痴』）、スタヴローギン（『悪霊』）、アリョーシャ、ドミートリー（『カラマーゾフの兄弟』）等々の主人公の原像を読み取っていくのは、興味深い作業です。饒舌《じょうぜつ》な者や道化的人物にも多くの後輩たちがいそうですし、第二部第四章のエピソードに出てくるアクーリカという女性一人を取っても、複数のヒロインたちへの連想がわくことでしょう。哲学者ニーチェも、この作品のペトローフやオルローフの内に、自らのイメージするドストエフスキー的超人のモデルを読み取っています（『偶像の黄昏』）。

この作品を構成している閉ざされた空間や、そこを流れ、あるいは滞留している時間の意識、予告された運命、生きながらの埋葬、自由への絶望的な暴発といったモチーフも、後期作品に類似物を見出すことができます。

ただし時空間感覚も人物群も、ある濃密な経験の総体の中から生まれたものであるだけに、むやみに部分を切り取ると意味が変わってしまう恐れがあるのも否定できま

注11　以上触れたシャラーモフの『死の家の記録』への言及は、以下の作品に見られる——「赤十字」「タタールのムッラーときれいな空気」「文学の一つの過ちについて」「風呂で」「グリーシカ・ログーンの温度計」（ロシア語文献⑨第一、二巻に所収）。「赤十字」は高木美菜子訳がある（日本語文献⑬に所収）。

せん。したがってまずはこの作品を一つの全体として読み、主人公の味わった強制的な共同生活のもたらす苦痛、恐怖、絶望と、間違いなくそこに生まれている理解やユーモアや感動を、我々なりに追体験してみたいものです。

原典と参考文献

〈原典〉

作品　Ф.М. Достоевский. Записки из мертвого дома. Полное собрание сочинений в тридцати томах. Том 4. Ленинград: Наука, 1974.

付録　Ф.М. Достоевский.Рассказ, не вошедший в текст《Записок из мертвого дома》(из воспоминаний А.П.Милюкова); Дополнение ко II главе первой части《Записок из мертвого дома》,не вошедшее в окончательный текст. Полное собрание сочинений в тридцати томах. Том 4. Ленинград: Наука, 1974.

〈参考文献〉

本作品の既訳［日本語と英語］

中村白葉訳『死の家の記録』岩波文庫、一九三八年

米川正夫訳『死の家の記録』／『ドストエーフスキイ全集４』河出書房新社、一九七〇年

小沼文彦訳『死の家の記録』／『ドストエフスキー全集４』筑摩書房、一九七〇年

工藤精一郎訳『死の家の記録』／『ドストエフスキー全集５』新潮社、一九七九年

Fyodor Dostoevsky（Translated by Jessie Coulson）, *Memories from the house of the dead*, Oxford: Oxford Univ. Press, 1983.

Fyodor Dostoevsky（Translated by David McDuff）, *The House of the Dead*, Penguin books, 2003.

Fyodor Dostoevsky（Translated by Constance Garnett）, *The House of the Dead and Poor Folk*, Sterling Pub. Co. Inc., 2004.

研究書・評論・本作品以外の文学作品など

［日本語文献］

①イワン・シチェグロフ（吉村柳里訳）『シベリヤ年代史』日本公論社、一九四三年

②ヴィクトル・シクロフスキー（水野忠夫訳）『ドストエフスキー論　肯定と否定』勁

草書房、一九六六年
③レオニード・グロスマン（北垣信行訳）『ドストエフスキイ』筑摩書房、一九六六年
④米川正夫訳『書簡上』／『ドストエーフスキイ全集16』河出書房新社、一九七〇年
⑤原卓也、小泉猛編訳『ドストエフスキーとペトラシェフスキー事件』集英社、一九七一年
⑥桶谷秀昭『ドストエフスキイ』河出書房新社、一九七八年
⑦川端香男里訳『作家の日記（1）』／『ドストエフスキー全集17』新潮社、一九七九年
⑧染谷茂訳『シベリア・ノート』／『ドストエフスキー全集26』新潮社、一九八〇年
⑨ロナルド・ヒングリー（川端香男里訳）『19世紀ロシアの作家と社会』中公文庫、一九八四年
⑩ヴェーラ・ネチャーエワ（中村健之介編訳）『ドストエフスキー：写真と記録』論創社、一九八六年
⑪松本賢信「『シベリア・ノート』と『死の家の記録』」／《ロシア語ロシア文学研究》25号、日本ロシア文学会、一九九三年
⑫ジョージ・ケナン（左近毅訳）『シベリアと流刑制度Ⅰ、Ⅱ』法政大学出版局、一

九九六年
⑬ヴァルラーム・シャラーモフ（高木美菜子訳）『極北コルィマ物語』朝日新聞社、一九九九年
⑭コンスタンチン・モチューリスキー（松下裕・恭子訳）『評伝ドストエフスキー』筑摩書房、二〇〇〇年

［英語文献］

①Mihajlo Mihajlov, *Russian Themes*, NY: Farrar, Straus and Giroux, 1968.
②Robert Jackson, *The Art of Dostoevsky*, Princeton U.P., 1981.
③Joseph Frank, *Dostoevsky: The Years of Ordeal 1850-1859*, Princeton U.P., 1983.
④Galya Diment & Yuri Slezkine, *Between Heaven and Hell: The Myth of Siberia in Russian Culture*, New York: St. Martin's Press, 1993.

［ロシア語文献］

①Н.М. Ядринцев. Сибирь как колония. СПб: Типография Стасюлевича, 1882.
②Шимон Токаржевский. Семь лет каторги / Кушникова М.М., Тогулев В.В.

《Кузнецкий венец》Федора Достоевского в его романах, письмах и библиографических источниках минувшего века. Кемерово: Кузбассвузиздат, 2007.

③М.Н. Гернет. История царской тюрьмы в пяти томах. Том второй: 1825-1870. Москва: Гос. изд. Юридической литературы, 1961.

④Ф.М. Достоевский в воспоминаниях современников. Том первый. Москва: Художественная литература, 1964.

⑤Т.С. Карлова. О структурном значении образа《Мертвого дома》/ Достоевский: материалы и исследования. Том 1. Ленинград: Наука, 1974.

⑥В.А. Туниманов. Творчество Достоевского 1854-1862. Ленинград: Наука, 1980.

⑦Ф.М. Достоевский. Моя тетрадка каторжная（Сибирская тетрадь）. Изд. подгот. [и примеч. сост.] В.П. Владимирцев, Т.А. Орнатская. Красноярск, 1985.

⑧А.Д. Марголис. Тюрьма и ссылка в императорской России: исследования и архивные находки. Лантерна Вита, 1995.

⑨В.Т. Шаламов. Собрание сочинений в четырех томах. Москва: Художественная литература, Вагриус, 1998.

⑩И.П. Смирнов. Отчуждение-в-отчуждении.《Записки из мертвого дома》в контексте европейской философии 1840-х гг.（Фейербах & Co）/ Текстомахия: как литература отзывается на философию. СПб: Петрополис, 2010.

ドストエフスキー年譜

（日付は一九一七年以前にロシアで使用されていたユリウス暦による。一二日を足せば現行のグレゴリオ暦の日付になる）

一八二一年
一〇月三〇日、モスクワの慈善病院医師の次男として誕生。父ミハイル・ドストエフスキーはブラツラフ（現ウクライナ）のユニエイト教会司祭の息子で、元軍医。母マリヤはモスクワの商人の娘。

一八二七年　六歳
父が八等官に昇進、世襲貴族の権利を得て、翌年息子らとともに貴族台帳に登録される。

一八三一年　一〇歳
父がトゥーラ県に領地を得て、家族で夏期休暇を過ごすようになる。後年百姓マレイとして回想される農民と出会う。シラー作『群盗』に感動。

一八三四年　一三歳
兄ミハイルとともにモスクワのチェルマーク寄宿学校に入学。

一八三七年　一六歳
一月、詩人プーシキンが決闘で死去。二月、母マリヤが肺結核で死去。五月、兄とペテルブルグのコストマーロフ寄宿制予備学校に入学。七月父が退職。

一八三八年　一七歳
ペテルブルグの中央工兵学校に入学。学業の傍らホフマン、バルザック、ゲーテ、ユゴーなどを耽読。一〇月、成績不振で落第。

一八三九年　一八歳
六月、父が領地で急死。自然死とみられるが、農奴による殺害という説が流れる。

一八四一年　二〇歳
八月、工兵学校生徒から野戦工兵少尉補に昇進、以降通学生として築城学を学ぶ。

一八四二年　二一歳
八月、陸軍少尉に任官。

一八四三年　二二歳
八月、中央工兵学校を卒業、ペテルブルグ工兵団工兵製図室付に。一二月、バルザックの『ウージェニー・グランデ』を翻訳。

一八四四年　二三歳
勤務の傍ら創作（『貧しき人々』）に専心。九月、作家グリゴローヴィチと同居。一〇月、中尉に昇進して工兵団を退官。

一八四五年　二四歳
五月末、『貧しき人々』完成、詩人ネクラーソフらの仲介で批評家ベリンスキーの絶賛を受ける。

一八四六年　二五歳
一月、『貧しき人々』が《ペテルブルグ文集》に掲載され、評判に。続いて

『分身』(二月)『プロハルチン氏』(一〇月)を《祖国雑記》誌に発表するが、不評。一一月、工兵学校の同級ベケートフらのグループと大きな住居を借りて共同生活をはじめる。

一八四七年　二六歳

年初から文学観の対立でベリンスキーとの仲が険悪化。二月、ユートピア社会主義者ペトラシェフスキー宅での金曜会に参加、会の蔵書を利用しはじめる。七月、はじめて強いてんかんの発作を起こす。一〇月から『家主の妻』を《祖国雑記》誌に発表。

一八四八年　二七歳

二月、『弱い心』を《祖国雑記》誌に掲載。パリで二月革命。五月、ベリンスキー死去。秋以降ペトラシェフスキーの会に深く関わり、急進的な思想を持つ青年貴族スペシネフらとの親交を深める。一二月、『白夜』発表(《祖国雑記》誌)。

一八四九年　二八歳

一月、スペシネフを中心とした急進派のグループによる秘密出版所の計画に関与。一月、二月、『ネートチカ・ネズワーノワ』の最初の二部を《祖国雑記》誌に発表。四月一五日、故ベリンスキーが農奴制を批判した『ゴーゴリへの手紙』をペトラシェフスキーの会で朗読。四月二三日、ドストエフスキーを含むペトラシェフスキーの会の三四名が逮捕され、ペテロ＝パウロ要塞監獄に収監される。四月末、審問開始。五月、『ネートチカ・ネズワーノワ』第三部を《祖国雑記》誌に匿名で発表。収監中に『小英雄』執筆。九月軍法会議による裁判開始。一一月、ドストエフスキーを含む二一名に銃殺刑の裁定。後に皇帝の温情により減刑され、ドストエフスキーには「陰謀に与《くみ》し、ギリシャ正教と主権に悖《もと》る不遜な言辞を恣《ほしいまま》にした文学者ベリンスキーの書簡を世に広め、さらに他の被告らとともに、家内石版印刷による文書の流布を企てたかどにより、財産官位の一切を剥奪し、要塞懲役八年」の裁定が下る（後に「懲役四年の後兵役服務」に減刑）。一二月二二日、以上の経緯を知らぬまま他のメンバーとともにセミョーノフスキー練兵場に引き出され、銃殺刑を宣告された後、刑の執行直前に恩赦による減刑が告げられる。一二月二四日深夜、ドゥーロフら二名とともに足かせをはめられて、そりでシベリアに出発。

一八五〇年　二九歳

一月九日、トボリスクの流刑行政局が管轄する中継監獄に到着、処置決定を待つ六日間の滞在中にデカブリストの妻たちの訪問を受け、一〇ルーブリ紙幣を忍ばせた福音書を贈られる。一月二〇日、六四〇キロほど離れたオムスク監獄へ出発。アンネンコワ夫人の口利きで、徒歩ではなく馬で護送された。

一月二三日、オムスク監獄に到着、四年間の懲役暮らしが開始。二月、監獄病院に入院、以降しばしば病院ですごす。この年、獄中でのてんかん発作を経験。

一八五一年　三〇歳
八月、ペテルブルグ―モスクワ間鉄道開通。年末、降誕祭週間の芝居が行われる。

一八五二年　三一歳
三月、オムスク要塞司令官がドストエフスキーとドゥーロフを減刑して期限付囚人隊に移したい旨上申するが、皇帝は却下。

一八五三年　三二歳
一〇月、オスマン帝国との間にクリミア戦争勃発、後に英、仏も参戦。

一八五四年　三三歳
一月二三日、懲役刑期満了で出獄。シベリア守備大隊勤務を命ぜられるが、体調不良のため出獄後もしばらくオムスクに滞在。二月二二日、兄ミハイルに長い手紙を書く。三月二日、セミパラチンスクのシベリア第七守備大隊に編入される。春、トゥルゲーネフの『猟人日記』をはじめ最新の文学をむさぼり読む。五月、休職中の税関職員イサーエフと知り合い、アストラハンの検疫所長の娘だったその妻マリヤに恋をする。六月、セミパラチンスク地方検事局に赴任したヴランゲリ男爵がドストエフスキーの待遇改善に尽力しはじめる。

一八五五年　三四歳

二月、ニコライ一世没。八月、イサーエフが転勤先のクズネックで死去、妻マリヤがドストエフスキーに助けを求める。キルギス人将校で民族学者チョカン・ワリハノフと知り合う。八月一三日、シベリア独立軍団長ガスフォルト、ドストエフスキーが故ニコライ一世の皇后アレクサンドラの誕生日に寄せて書いた愛国的な頌詩『一八五五年七月一日によせて』を添えて、ドストエフスキーの下士官昇進を請願、一一月にその勅許が下りる。

一八五六年　三五歳

三月、パリ条約。皇帝アレクサンドル二世、上からの改革を宣言。春、頌詩『戴冠式とパリ条約締結によせて』を書き、ヴランゲリに託して皇室に送る。八月、セミパラチンスクに立ち寄った地理学協会会員セミョーノフ（チャンシャンスキー）と面談。一〇月、少尉補に昇進。

一八五七年　三六歳

二月六日、クズネックでイサーエフ未亡人マリヤと結婚（連子パーヴェルがいた）。二月中旬、旅行中に激しいてんかんの発作に見舞われる。四月、世襲貴族権を回復。八月、ペテロ＝パウロ要塞監獄に収監中に書いた『小英雄』を《祖国雑記》誌に匿名で発表。

一八五八年　三七歳

一月一六日、病気を理由とする退職とモスクワ居住許可を嘆願。一〇月、兄ミハイルの雑誌《時代》の発行許可が下りる。

一八五九年　三八歳

三月、『伯父様の夢』を《ロシアの言葉》誌に発表。三月一八日、一階級昇進（少尉）のうえ退職の許可。両首都への居住は認められず、当面の居住許可地は両首都の中間のヴォルガ河畔の町トヴェーリとされる。同時にドストエフスキーに秘密監視をつける指令。八月トヴェーリ着。一一、一二月、『ステパンチコヴォ村とその住人』を《祖国雑記》誌に発表。一二月、ペテルブルグ居住許可が下り、一〇年ぶりに首都に戻る。

一八六〇年　三九歳

九月、雑誌《時代》の予告文で「土壌主義」の理念を宣言。九月から『死の家の記録』を週刊新聞《ロシア世界》に連載開始するが、検閲側から、作品の記述が処罰の不当な軽さを印象づけるのではないかという危惧が出されて一時中断。対応策として第一部第二章への補足（本書付録㈡）を執筆。結局六一年一月までに序章と第一部第四章までが同紙に発表される。

一八六一年　四〇歳

一月、兄ミハイルが《時代》誌を発刊、『虐げられた人々』を連載（七月号まで）。二月一九日、農奴解放令発布、

「大改革」の開始。四月、『死の家の記録』冒頭部分を《時代》誌に再掲、以後六二年末にかけて残りの部分を同誌に発表。九月、作家志望の女性アポリナリヤ・スースロワを知る。一〇月ペテルブルグ大学などで学生の反乱。

一八六二年　四一歳

五月、ペテルブルグ大火。ザイチネフスキーの社会主義共和国論『若きロシア』に反発。六月、最初の西欧旅行でパリ、ロンドン、ジュネーヴ、フィレンツェなどを訪れ、九月に帰国。ロンドンで亡命社会主義者ゲルツェンや無政府主義者バクーニンと知り合う。一二月、『いやな話』を《時代》誌に発表。年末に『死の家の記録』単行書発行（バズーノフ版）。

一八六三年　四二歳

一月、ワルシャワで反ロシア「一月蜂起」、ポーランド臨時政府樹立。二、三月、『冬に記す夏の印象』を《時代》誌に発表。五月、ポーランド問題に関する批評家ストラーホフの論文『宿命的問題』がきっかけで《時代》誌発行停止に。六月、帝国大学令（大学自治の部分的回復）。八月、アポリナリヤ・スースロワとヨーロッパ旅行、イタリア各地を回り一〇月に帰国。旅先でルーレット賭博に熱中。

一八六四年　四三歳

一月、兄ミハイルが《世紀》誌を発刊。三、四月、『地下室の手記』を《世紀》誌に発表。四月一五日、妻マリヤが結核で死亡。七月一〇日、兄ミハイルが肝臓病で急死。《世紀》発行を引き継ぎ、負債と雑誌の運転資金で金策に奔走。一一月、司法制度改革法成立（陪審制度など導入）。この年ライプツィヒで『死の家の記録』ドイツ語版発行（作者生前唯一の翻訳）。

一八六五年　四四歳
二月、アンナ・コルヴィン＝クルコフスカヤ（数学者ソフィヤ・コワレフスカヤの姉）と交際、四月に結婚を申し込む。三月、急進派批評家チェルヌィシェフスキーを風刺した『鰐』を《世紀》誌に発表、この号で雑誌廃刊。四月、臨時出版条例（検閲制度改革）。七月、出版者ステロフスキーに著作権を三〇〇〇ルーブリで売却、翌年一一月一日までにもう一編の長編を渡さないと向こう九年間の全著作権を無償提供するという条件付。七月〜一〇月、ヨーロッパ旅行でスースロワと再会。ルーレットに熱中して無一文に。年末からステロフスキー版著作集、出版される。

一八六六年　四五歳
一月、『罪と罰』を《ロシア報知》誌に連載開始（一二月まで）。四月、元カザン大学生カラコーゾフによる皇帝暗殺未遂事件。一〇月、ステロフスキーとの契約履行のため速記者アンナ・スニートキナを雇い、小説『賭博者』を口述、一月弱《ひとつき》で完成させる。一一月、アンナに求婚。以降、口述筆記の創作法が定着。

一八六七年　四六歳

二月一五日、アンナと結婚。四月一四日、アンナとヨーロッパ旅行に出発（七一年まで）。ベルリン、ドレスデン、バーデン・バーデン、バーゼルなどを回り、ジュネーヴに長期滞在。ラファエロ『サン・シストの聖母』（ドレスデン）、ハンス・ホルバインJr『墓の中のキリスト』（バーゼル）などを見る。バーデン・バーデンでは賭博に熱中。八月末、ジュネーヴで自由平和連盟国際会議、ガリバルディ、バクーニンらが参加。『白痴』を執筆。

一八六八年　四七歳

一月、『白痴』を《ロシア報知》誌に連載開始（翌年二月まで）。二月二二日に娘ソフィアが誕生したが五月一二日に死亡。九月上旬、イタリアへ移りミラノ、フィレンツェへ。

一八六九年　四八歳

七月、フィレンツェで長編『大いなる罪人の生涯』構想。八月、ドレスデンに戻る。九月一四日、娘リュボーフィ誕生。一一月、「人民裁判結社」の革命家ネチャーエフによる仲間の殺害事件。『悪霊』の構想に取り入れる。

一八七〇年　四九歳

一、二月、『永遠の夫』を《黎明》誌に連載。一月、ジュネーヴに第一インターナショナル・ロシア支部。『悪霊』を執筆。

一八七一年　五〇歳

一月、『悪霊』を《ロシア報知》誌に連載開始（中断を挟み翌年末まで）。七月、ドレスデンを発ちベルリン経由でペテルブルグへ戻る。国境での検査に備え、『白痴』『悪霊』の草稿を焼却。七月一六日、長男フョードル誕生。

一八七二年　五一歳

年初、後にロシア正教会を統括する宗務院長となるポベドノースツェフと知り合う。四月末、画家ペローフがドストエフスキーの肖像画を描く。五月、ノヴゴロド県スターラヤ・ルッサに移り夏を過ごす。この後この地が生活拠点の一つとなる。

一八七三年　五二歳

一月から週刊新聞《市民》編集を担当。個人ジャーナル《作家の日記》を連載。流刑経験に関連する『昔の人々』『環境』などのエッセイを書く。一〇月、露・独・墺三帝同盟成立。

一八七四年　五三歳

一月、軍制改革、国民皆兵の徴兵制度（陸軍六年、海軍七年）。三月、前年の《市民》編集時の検閲規則違反のかどで三日間留置所に拘留される。六月〜七月、ドイツの鉱泉エムスで、ネクラーソフの雑誌《祖国雑記》に掲載依頼された長編（『未成年』）を構想。夏、ナロードニキ運動盛ん。

一八七五年　五四歳
一月から『未成年』を《祖国雑記》誌に連載（年末完結）。八月一〇日、次男アレクセイ誕生。

一八七六年　五五歳
一月、月刊個人ジャーナル《作家の日記》を発行開始。二月号に流刑時の内省と幼年期の体験を合わせた民衆論『百姓マレイ』を掲載。一一月号に『おとなしい女』。

一八七七年　五六歳
一月、『ペトラシェフスキーの会の昔話』、二月、トルストイの民衆観や戦争観を批判した『最も重要な現代的問題の一つ』、四月、反ユートピア小説『おかしな男の夢』を《作家の日記》誌に発表。四月、ロシア・トルコ戦争始まる。

一八七八年　五七歳
三月、トルコとサン゠ステファノ条約。女性革命家ヴェーラ・ザスーリチ、ペテルブルグ特別市長トレーポフを狙撃。ザスーリチ裁判を傍聴。五月一六日、次男アレクセイがてんかんの発作で死去。六月、哲学者ウラジーミル・ソロヴィヨーフとオープチナ修道院を訪ね、長老アンブローシーと面談。

一八七九年　五八歳
一月、『カラマーゾフの兄弟』を《ロシア報知》誌に連載開始（翌年一一月に完結）。七月～九月、エムスに滞在。

一八八〇年　五九歳

六月八日、モスクワで開催された詩人プーシキンの銅像除幕式と記念祭における講演で、プーシキンを国民性に根ざしているがゆえに全世界的共鳴性を持つロシア型の天才と評して喝采を浴びる。一二月、『カラマーゾフの兄弟』単行書刊行。

一八八一年

一月二五日深夜、落ちたペン軸を拾おうとして重い棚を動かした際に喀血。一月二八日、肺動脈破裂で死亡。享年五九。三月一日、人民の意志派によるアレクサンドル二世の暗殺、アレクサンドル三世の即位。

訳者あとがき

たくさんの言葉、いろんな名前

辺境の監獄で、見知らぬ民衆に囲まれて過ごすという異常な状況を描いた点で、『死の家の記録』はドストエフスキーの創作の中でも、また一九世紀ロシア文学を通じてみても、きわめて特異な作品ですが、そのユニークさは言語の様態にも現れています。先の尖った杭を並べた外塀をはじめとする要塞監獄の各部分の仕組み、足かせや足巻き布を含む囚人の身の回りの品々、病院で使われる各種の薬や療法、笞打ち刑の道具立てや手順……いかに文芸が実生活への接近を目指した一九世紀中期の作品とは言え、ここに現れた多様な名称や概念の世界は、読書界にとって衝撃的に新奇なものだったことでしょう。それは現代の読者にとってはなおさらで、しばしばこの作品が文化人類学的な議論の対象になるのも不思議ではありません。

翻訳という立場から見ると、そうした特異さが難しさでもあるので、訳者も作業過程で風俗やら方言やらをめぐる各種の事典や解説書のお世話になりました。とりわけ興味深く、また手強かったのは囚人たち自身の語る言葉の世界で、読書ガイドにも触れたように、そこにはドストエフスキーが流刑中に聞き書きした言葉の集成『シベリア・ノート』の中身が反映されています。

「親父やおふくろの言うことをきかなかったもんだから、今じゃ太鼓の皮の言うなりになれってわけだ」（第一部第一章）

「俺たちを一つところに集めるまでにゃ、さすがの悪魔もわらじを三足も履きつぶしたってな！」（同）

「いやはや、親父さん！　稼いでこいってあんたに送り出されて、ほらこうして一人殺したけれど、見つけたのはタマネギ一個だぜ」（第一部第三章）

「馬鹿野郎！　タマネギ一個なら一コペイカだ！　がんばって百人殺せばタマネギ百個で、立派に一ルーブリじゃねえか！」（同）

こうしたやけっぱちの啖呵やシュールな掛け合いはそれ自体おもしろいものですが、この背後に、饒舌な小物たちを軽蔑してじっと黙っている「怪物」たちの息づかいを感じると、余計に味わい深いものがあります。

第一部第十章、キリスト降誕祭の場面に出てくる一連の囚人歌や第二部第四章のアクーリカの亭主の独特な語り口なども、作品の言語空間に律動や厚みを加えるものです。演出家としてのドストエフスキーの手際を感じさせるこんな部分を苦労して訳しているときが、振り返ってみるといちばん楽しかったように思えます。

作品世界をさらに雑色化しているのは標準ロシア語を逸脱した語彙で、「重刑懲役囚《シリノカートルジヌィ》」（第一部第一章）「郭公《かっこう》将軍に仕える」（第二部第三章）のような囚人言葉、「カガーン様」（第一部第二章）のような（おそらく）ローカルな語彙、ダゲスタン・タタールのアリの「イエス《イーサ》」（第一部第四章）やマメートカの「大丈夫《ヤクシ》！」（第二部第九章）のような非ロシア語が、作品を文字通りの異言語共存空間と化しています。ドストエフスキーの世界は初期からすでに、発話の中に他者の声への顧慮が交じるような複声性を帯びていますが、そこからそれぞれの声と論理を持った複数の主体の発話が交錯し合う多声的空間（ミハイル・バフチン）へと進化していくのにも、「死の家」の世界は決定的な役割を果たしたと言えるのではないでしょうか。

もう一つ翻訳の立場から興味深かったのは人物の固有名詞で、ここにはロシア帝国の支配下にあった複数の地域、複数の民族の人名が登場します。原文ではポーランド人の多くは（おそらく政治犯であるゆえに）イニシアルと語尾だけで曖昧表示され、他の多くはロシア語化された表記になっています。本書の訳では、イニシアル表記は語尾を省いてそのままラテン文字化したものの、通例ロシア語表記風のまま訳されてきたいくつかの民族の固有名については、できるだけそれぞれの原語に近い表記にしてみました（アレイ→アリなど）。注に入れたポーランド人流刑囚の名前も、同様の原則に従いました（トカルジェフスキー→トカジェフスキなど）。ロシア語文学の訳として妥当な方針かどうか難しいところですが、本作品の、ひいてはロシア帝国自体の多民族性や言語・宗教的雑色性を明示し、強調する試みとして、ご理解いただければ幸いです。

また、原作ではかなり大きなくくりになっている段落構成について、この翻訳では意味のまとまりに沿って、適宜段落の小分けを行いました。これは過去と現代の文章表現作法の差異を踏まえ、またとりわけ文庫本にしたときの読みやすさを考慮したものです。これも文学の翻訳作法上微妙な問題を含むかと思いますが、一つの試行としてご理解いただきたいと思います。

なお、作品理解の参考に、翻訳原典の全集版に収録されている作家アレクサンドル・ミリュコーフの「『死の家の記録』に収録されなかった話」と、ドストエフスキー自身の「第一部第二章への補足（最終稿で削除された部分）」の二つの文章を、付録として添えました（出典は七一八頁に提示）。

翻訳作業に際しては、多くの方のお世話になりました。『シベリア・ノート』と作品の関係については、松本賢信氏の研究に多くを学ばせていただきました。非ロシア語固有名詞等の固定・解釈と訳語の表記については、沼野充義、宇山智彦、長縄宣博の各氏から大変親切なご教示・ご示唆をいただきました。ロシアの宗教と精神史に造詣の深い作家の佐藤優氏からは、作品の現代的意味を喝破するコメントをいただきました。光文社翻訳編集部編集長の駒井稔さんは、怠け者の訳者を列間笞刑にも処さず、暖かく見守ってくださいましたし、いつもながらうっかり間違いや後知恵による訂正の多い翻訳校正の各段階では、同編集部の中町俊伸さんや、今野哲男さんはじめ校閲部の皆様に、ひとかたならぬご助力をいただきました。敬愛する同郷の画家望月通陽氏は、今回も最初の読者となって、すばらしい装画を描いてくださいました。記して深く感謝申し上げます。

二〇一三年一月　　望月哲男

この本の一部には「ジプシー」などの呼称、また障害者に対して現在の観点からみて差別的な表現があります。

「ジプシー」とはインド北西部を発祥とする民族「ロマ」のことで、九〜十世紀ごろインドから移動を始めたといわれ、十五世紀ごろにはヨーロッパにも移住しています。歴史的に流浪を余儀なくされてきた彼らへの差別は現代でも続いており、今では定住する者が多いにもかかわらず「流浪の民」と呼ばれたり、犯罪行為と直接結びつけて差別的に扱われたりしています。こうした状況から、近年は彼らが自称する「ロマ（人間）」と呼称することもあります。

本作品では、作品の時代背景をふまえ、古典としての歴史的・文学的な意味を尊重して使用しています。差別や侮蔑の助長を意図するものではないことをご理解ください。


（編集部）

光文社古典新訳文庫

死《し》の家《いえ》の記録《きろく》

著者　ドストエフスキー

訳者　望月《もちづき》哲男《てつお》

2013年2月20日　初版第1刷発行
2025年2月15日　第4刷発行

発行者　三宅貴久
印刷　大日本印刷
製本　大日本印刷

発行所　株式会社光文社
〒112-8011東京都文京区音羽1-16-6
電話　03（5395）8162（編集部）
03（5395）8116（書籍販売部）
03（5395）8125（制作部）
www.kobunsha.com

落丁本・乱丁本は制作部へご連絡くだされば、お取り替えいたします。
ISBN978-4-334-75265-1 Printed in Japan

組版　新藤慶昌堂

いま、息をしている言葉で、もういちど古典を

長い年月をかけて世界中で読み継がれてきたのが古典です。奥の深い味わいある作品ばかりがそろっており、この「古典の森」に分け入ることは人生のもっとも大きな喜びであることに異論のある人はいないはずです。しかしながら、こんなに豊饒で魅力に満ちた古典を、なぜわたしたちはこれほどまで疎んじてきたのでしょうか。

ひとつには古臭い教養主義からの逃走だったのかもしれません。真面目に文学や思想を論じることは、ある種の権威化であるという思いから、その呪縛から逃れるために、教養そのものを否定しすぎてしまったのではないでしょうか。

いま、時代は大きな転換期を迎えています。まれに見るスピードで歴史が動いていくのを多くの人々が実感していると思います。

こんな時わたしたちを支え、導いてくれるものが古典なのです。「いま、息をしている言葉で」――光文社の古典新訳文庫は、さまよえる現代人の心の奥底まで届くような言葉で、古典を現代に蘇らせることを意図して創刊されました。気取らず、自由に、心の赴くままに、気軽に手に取って楽しめる古典作品を、新訳という光のもとに読者に届けていくこと。それがこの文庫の使命だとわたしたちは考えています。

このシリーズについてのご意見、ご感想、ご要望をハガキ、手紙、メール等で翻訳編集部までお寄せください。今後の企画の参考にさせていただきます。
メール　info@kotensinyaku.jp

光文社古典新訳文庫　好評既刊

カラマーゾフの兄弟　1〜4＋5エピローグ別巻
ドストエフスキー／亀山《かめやま》郁夫《いくお》●訳

父親フョードル・カラマーゾフは、粗野で精力的で女好きの男。彼と三人の息子が、妖艶な美女をめぐって葛藤を繰り広げる中、事件は起こる――。世界文学の最高峰が新訳で甦る。

罪と罰（全3巻）
ドストエフスキー／亀山《かめやま》郁夫《いくお》●訳

ひとつの命とひきかえに、何千もの命を救える。「理想的な」殺人をたくらむ青年に押し寄せる運命の波――。日本をはじめ、世界の文学に決定的な影響を与えた小説のなかの小説！

悪霊（全3巻＋別巻）
ドストエフスキー／亀山《かめやま》郁夫《いくお》●訳

農奴解放令に揺れるロシアは、秘密結社を作って国家転覆を謀る青年たちを生みだす。無神論という悪霊に取り憑かれた人々の破滅と救いを描く、ドストエフスキー最大の問題作。

白痴（全4巻）
ドストエフスキー／亀山《かめやま》郁夫《いくお》●訳

純真無垢な心をもち誰からも愛されるムイシキン公爵を取り巻く人間模様を描く傑作。ドストエフスキーが書いた〝ほんとうに美しい人〟の物語。亀山ドストエフスキー第4弾！

未成年（全3巻）
ドストエフスキー／亀山《かめやま》郁夫《いくお》●訳

複雑な出生で父と母とは無縁に人生を切り開いてきた孤独な二十歳の青年アルカージーがつづる魂の「告白」。ドストエフスキー後期の傑作、45年ぶりの完訳！　全3巻。

貧しき人々
ドストエフスキー／安岡《やすおか》治子《はるこ》●訳

極貧生活に耐える中年の下級役人マカールと天涯孤独な少女ワルワーラ。二人の心の交流を描く感動の書簡体小説。21世紀の〝貧しき人々〟に贈る、著者二十四歳のデビュー作！

光文社古典新訳文庫　好評既刊

地下室の手記
ドストエフスキー／安岡《やすおか》治子《はるこ》◉訳

理性の支配する世界に反発する主人公は、「自意識」という地下室に閉じこもり、自分を軽蔑した世界をあざ笑う。それは孤独な魂の叫び声だった。後の長編へつながる重要作。

白夜／おかしな人間の夢
ドストエフスキー／安岡《やすおか》治子《はるこ》◉訳

ペテルブルグの夜を舞台に内気で空想家の青年と少女の出会いを描いた初期の傑作「白夜」など珠玉の4作。長篇とは異なるドストエフスキーの〝意外な〟魅力が味わえる作品集。

賭博者
ドストエフスキー／亀山《かめやま》郁夫《いくお》◉訳

舞台はドイツの町ルーレッテンブルグ。「偶然こそ真実」とばかりに、金に群がり、偶然に賭け、運命に嘲笑される人間の末路を描いた、ドストエフスキーの〝自伝的〟傑作！

ステパンチコヴォ村とその住人たち
ドストエフスキー／高橋《たかはし》知之《ともゆき》◉訳

帰省したら実家がペテン師に乗っ取られていた！　人の良すぎる当主、無垢なる色情魔、胸に一物ある客人たち…。奇天烈な人物たちが巻き起こすドタバタ笑劇。文豪前期の傑作。

アンナ・カレーニナ（全4巻）
トルストイ／望月《もちづき》哲男《てつお》◉訳

アンナは青年将校ヴロンスキーと恋に落ちたことを夫に打ち明けてしまう。一方、公爵令嬢キティはヴロンスキーの裏切りを知って——。十九世紀後半の貴族社会を舞台にした壮大な恋愛物語。

戦争と平和（全6巻）
トルストイ／望月《もちづき》哲男《てつお》◉訳

ナポレオンとの戦争（祖国戦争）の時代を舞台に、貴族をはじめ農民にいたるまで国難に立ち向かうロシアの人々の生きざまを描いた一大叙事詩。トルストイの代表作。

光文社古典新訳文庫　好評既刊

イワン・イリイチの死／クロイツェル・ソナタ
トルストイ／望月《もちづき》哲男《てつお》●訳

裁判官が死と向かい合う過程で味わう心理的葛藤を描く「イワン・イリイチの死」。地主貴族の主人公が嫉妬がもとで妻を殺す「クロイツェル・ソナタ」。著者後期の中編二作。

コサック　1852年のコーカサス物語
トルストイ／乗松《のりまつ》亨平《きょうへい》●訳

コーカサスの大地で美貌のコサックの娘とモスクワの青年貴族の恋が展開する。大自然、恋愛、暴力……。トルストイ青春期の生き生きとした描写が、みずみずしい新訳で甦る！

初恋
トゥルゲーネフ／沼野《ぬまの》恭子《きょうこ》●訳

少年ウラジーミルは、隣に引っ越してきた公爵令嬢ジナイーダに恋をした。だがある日、彼女が誰かに恋していることを知る…。著者自身が「もっとも愛した」と語る作品。

カメラ・オブスクーラ
ナボコフ／貝澤《かいざわ》哉《はじめ》●訳

美少女マグダの虜となったクレッチマーは妻と別居し愛娘をも失い、奈落の底に落ちていく…。中年男の破滅を描いた『ロリータ』の原型。初期の傑作をロシア語原典から訳出。

絶望
ナボコフ／貝澤《かいざわ》哉《はじめ》●訳

ベルリン在住のビジネスマンのゲルマンは、自分と〝瓜二つ〟の浮浪者を偶然発見する。そして、この男を身代わりにした保険金殺人を企てるのだが…。ナボコフ初期の傑作！

偉業
ナボコフ／貝澤《かいざわ》哉《はじめ》●訳

ロシア育ちの多感な少年は母に連れられクリミアへ、そして革命を避けるようにアルプス、そしてケンブリッジで大学生活を送るのだが…。ナボコフの〝自伝的青春小説〟が新しく蘇る。

光文社古典新訳文庫　好評既刊

大尉の娘
プーシキン／坂庭《さかにわ》淳史《あつし》◉訳

心ならずも地方連隊勤務となった青年グリニョーフは、司令官の娘マリヤと出会い、やがて相思相愛になるのだが…。歴史的事件に巻き込まれる青年貴族の愛と冒険の物語。

われら
ザミャーチン／松下《まつした》隆志《たかし》◉訳

地球全土を支配下に収めた〈単一国〉。その国家的偉業となる宇宙船〈インテグラル〉の建造技師は、古代の風習に傾倒する女に執拗に誘惑されるが…。ディストピアSFの傑作。

現代の英雄
レールモントフ／高橋《たかはし》知之《ともゆき》◉訳

カフカス勤務の若い軍人ペチョーリンの乱行について聞かされた「私」は、どこか憎めないその人柄に興味を覚え、彼の手記を手に入れる…。ロシアのカリスマ的作家の代表作。

19世紀ロシア奇譚集
高橋《たかはし》知之《ともゆき》◉編・訳

ある女性に愛されたいために悪魔に魂を売った男の真実が悲しい「指輪」、屋敷に棲みつく霊と住人たちとのユーモラスな関わりを描く「家じゃない、おもちゃだ！」など7篇。

二十六人の男と一人の女
ゴーリキー傑作選

ゴーリキー／中村《なかむら》唯史《ただし》◉訳

パン職人たちの哀歓を歌った表題作、港町のアウトローの郷愁と矜持を描いた「チェルカッシ」など、社会の底辺で生きる人々の活力と哀愁に満ちた、初期・中期の4篇を厳選。

レーニン
トロツキー／森田《もりた》成也《せいや》◉訳

子犬のように転げ笑い、獅子のように怒りに燃えるレーニン。彼の死後、スターリンによる迫害の予感の中で、著者は熱い共感と冷静な観察眼で〝人間レーニン〟を描いている。

光文社古典新訳文庫　好評既刊

光文社古典新訳文庫　好評既刊

くるみ割り人形とねずみの王さま／ブランビラ王女
ホフマン／大島《おおしま》かおり◉訳

くるみ割り人形の導きで少女マリーが不思議の国の扉を開ける「くるみ割り人形とねずみの王さま」。役者とお針子の恋が大騒動に発展する「ブランビラ王女」。ホフマン円熟期の傑作二篇。

ネコのムル君の人生観（上）
ホフマン／鈴木《すずき》芳子《よしこ》◉訳

人のことばを理解し、読み書きを習得した雄ネコのムルが綴る自伝と、架空の音楽家クライスラーの伝記が交差する奇才ホフマンによる傑作長編。世界に冠たるネコ文学！

ネコのムル君の人生観（下）
ホフマン／鈴木《すずき》芳子《よしこ》◉訳

ネコ学生組合への加入、決闘、そして上流階級体験……。若々しさと瑞々しい知性、気負いがぶつかり合う修業時代から成熟期まで、血気盛んな若者としての成長が描かれる。

若きウェルテルの悩み
ゲーテ／酒寄《さかより》進一《しんいち》◉訳

故郷を離れたウェルテルが恋をしたのは婚約者のいるロッテ。関わるほどに愛情とともに深まる絶望。その心の行き着く先は……。世界文学史に燦然と輝く文豪の出世作。

だまされた女／すげかえられた首
マン／岸《きし》美光《よしはる》◉訳

アメリカ青年に恋した初老の未亡人（「だまされた女」）と、インドの伝説の村で二人の若者の間で愛欲に目覚めた娘（「すげかえられた首」）。エロスの魔力を描いた二つの女の物語。

ヴェネツィアに死す
マン／岸《きし》美光《よしはる》◉訳

高名な老作家グスタフは、リド島のホテルに滞在。そこでポーランド人の家族と出会い、美しい少年タッジオに惹かれる…。美とエロスに引き裂かれた人間関係を描く代表作。

光文社古典新訳文庫　好評既刊